MANESSE BIBLIOTHEK DER WELTLITERATUR

Spanische Erzähler

SPANISCHE ERZÄHLER

VOM 14. BIS 20. JAHRHUNDERT

Herausgegeben von
Albert Theile und Werner Peiser
Nachwort von Albert Theile

MANESSE VERLAG

ISBN 3-7175-1574-8 (Leinen)
ISBN 3-7175-1575-6 (Leder)

 · Druck: Conzett + Huber AG, Zürich
Imprimé en Suisse · Printed in Switzerland

SPANISCHE ERZÄHLER

DON JUAN MANUEL

DREI GESCHICHTEN AUS DEM «CONDE LUCANOR»

Der König und die drei Schelme

Zu einem Könige kamen einmal drei Schelme, die gaben sich für große Meister im Weben aus; insbesondere aber verstünden sie ein Gewebe herzustellen, das jedem sichtbar wäre, der wirklich der Sohn seines vermeintlichen Vaters sei, wogegen es keiner sehen könnte, der nicht der Sohn dessen sei, den er und die Leute für seinen Vater hielten.

Das gefiel dem König sehr; denn durch dieses Gewebe gedachte er, in seinem Reiche die wahrhafte Abkunft eines jeden zu erkennen und auf diese Weise seine Finanzen wieder in Ordnung zu bringen, da bei den Mauren nur die wirklichen Söhne den Vater beerben. Er räumte ihnen daher einen Palast zu ihrer Arbeit ein; sie aber baten, er möge sie in den Palast einschließen lassen, bis das Gewebe fertig wäre, damit er sich überzeuge, daß sie ihn nicht hintergehen wollten, womit der König auch sehr wohl zufrieden war.

Nachdem sie nun eine Menge Gold, Silber, Seide und andere Habe empfangen hatten, um daraus das Tuch zu verfertigen, begaben sie sich in den Palast;

man schloß sie dort ein, und sie stellten sogleich ihre Webstühle auf und taten, als webten sie den ganzen Tag.

Nach Verlauf einiger Tage aber kam einer von ihnen mit der Anzeige zum König, daß das Gewebe bereits angefangen sei und man in der Welt nichts Schöneres sehen könne. Dabei beschrieb er ihm, was für Figuren und Webkünste sie schon begonnen hätten, und wenn es ihm beliebte, möge er es in Augenschein nehmen, aber ja niemand sonst mitbringen. Der König, voller Eifer, das Ding zu versuchen, schickte einen seiner Kämmerlinge hin, ohne jedoch den eigentlichen Zusammenhang zu entdecken. Da nun der Kämmerling die Meister sah und hörte, was sie sprachen, wagte er es nicht einzugestehen, daß er nichts sähe, sondern sagte bei der Rückkehr dem König, daß er das Tuch gesehen. Darauf schickte der König einen andern, und dieser tat desgleichen; und da alle, die er schickte, dasselbe berichteten, ging endlich der König selber hin.

Als er in den Palast kam, fand er die Meister in voller Arbeit und hörte sie rufen: «Seht da diese Zieraten!» – «Das ist die Geschichte!» – «Dies ist jene Figur!» – «Dort ist eine andere Farbe!» – Und aller Worte stimmten zusammen, und hatte doch keiner einen Faden gewoben! Und da nun der König sah, wie sie nichts arbeiteten und doch alles erklärten, und er das Gewebe nicht erblickte, während die andern es gesehen, wollte er in die Erde sinken, denn er glaubte, er sähe es bloß darum nicht, weil er nicht der Sohn des Königs wäre, den er für seinen Vater gehalten. Er befürchtete aber, sein Reich zu verlieren, wenn er etwas davon sagte, und so begann er, das Tuch außerordentlich zu loben, merkte sich aber genau, wie die Meister es beschrieben hatten, und als er nach Hause zu dem Hofgesinde kam, fing er Wunderdinge zu erzählen an, wie schön und prächtig das Gewebe sei; im Herzen aber war er voller Besorgnis.

Zwei oder drei Tage darauf befahl er seinem Wesir, auch das Tuch zu betrachten. Dieser ging hin; da webten die Meister wieder und sprachen wieder von den Figuren und Zieraten, und da doch der König das Gewebe gesehen, er aber nichts sehen konnte, glaubte er ebenfalls, daß er nicht der Sohn seines angeblichen Vaters und es mithin um seine Ehre geschehen sei, wenn es die Leute erführen; und hatte daher der König das Gewebe gerühmt, so rühmte er es nun ebenso, wenn nicht mehr. Als er aber zum Könige zurückkam und sagte, daß er das Gewebe gesehen und daß es das herrlichste und zierlichste Stück von der Welt sei, wurde der König immer tiefsinniger; denn wenn der Wesir, dachte er, alles gesehen, ich aber nicht, so ist kein Zweifel mehr, daß ich nicht der Sohn des Königs bin, wie ich geglaubt; und so stimmte er denn von neuem in das Lob von der Vortrefflichkeit des Tuches und der Meister ein, die solche Arbeit vollbracht.

Am folgenden Tage schickte er noch einen andern hohen Staatsbeamten in den Palast; dem ging es aber, wie es dem König und den andern ergangen. Was soll ich Euch noch mehr sagen? Auf solche Art und durch jene Besorgnis wurden König und Untertanen betrogen, denn niemand traute sich zu sagen, daß er das Gewebe nicht sähe.

So ging die Geschichte fort, bis ein großes Fest eintrat; da sagten alle zum König, er möchte sich zu dem Feste mit jenem Gewebe schmücken; die Meister brachten es, in feine Leinwand eingeschlagen, sogleich herbei, taten, als wickelten sie's auseinander, und fragten, was sie daraus schneiden sollten. Der König bestimmte die Gewänder, die er haben wollte, sie aber stellten sich, als ob sie die Kleider zuschnitten und ihr Maß nähmen und nähten. Und als der Tag des Festes kam, brachten sie ihr Tuch geschnitten und genäht und taten so, als ob sie den König ankleideten und ihm die Gewänder glattstrichen, bis der König, der sich nicht erkühnte zu sagen, daß er nichts sähe, vollkommen bekleidet zu sein vermeinte. Nachdem er aber nun so vortrefflich, wie Ihr Euch wohl denken könnt, gekleidet war, stieg er zu Pferde, um durch die Stadt zu reiten; und es war ein Glück, daß es eben Sommer war.

Da nun das Volk ihn so daherkommen sah und wußte, daß, wer jenes Gewebe nicht sähe, ein Bastard sei, so glaubte ein jeder, die andern sähen es, und hielt sich selber, da er nichts sah, für verloren.

und beschimpft, wenn er's eingestünde. So wurde also das Geheimnis bewahrt, bis endlich ein Neger, der des Königs Stallknecht war und nichts zu verlieren hatte, zum König trat und sagte: «Herr, mir verschlägt es wenig, ob Ihr mich für den Sohn meines Vaters haltet oder nicht, und darum sage ich Euch geradeheraus: entweder bin ich blind, oder Ihr ziehet fasernackt einher.» Doch der König schalt ihn und sagte, er sähe seine Gewänder bloß deshalb nicht, weil er der Sohn eines andern sei, als den er für seinen Vater hielte. Nachdem aber der Neger einmal damit herausgeplatzt, sagte ein anderer, der es mitangehört, dasselbe, und so immer mehrere, bis der König und alle anderen ihre Furcht, die Wahrheit zu bekennen, fahren ließen und den Betrug erkannten, den ihnen die Schelme gespielt hatten. Als man aber diese aufsuchte, waren sie nirgends zu finden, denn sie hatten sich mit dem, was sie durch ihre List vom König erbeutet, schon davongemacht.

Der Dechant von Santiago und der große Zauberer Don Illán

In Santiago war ein Dechant, der hatte große Lust zur Magie; und da er hörte, daß Don Illán von Toledo darin der Erhabenste jener Zeit wäre, so reiste er, um diese Kunst zu erlernen, nach Toledo und begab sich gleich am Tage seiner Ankunft daselbst in das Haus des Don Illán, den er in einem abgelegenen Gemache lesend antraf. Dieser nahm ihn sehr gut auf, wollte aber nicht eher etwas von seinem Anliegen hören, als bis er erst gespeist hätte; dann versorgte er ihn aufs beste, ließ ihm die schönsten Gemächer mit allem Zubehör anweisen und suchte ihm auf diese Weise zu erkennen zu geben, wie gern er ihn sehe.

Nachdem sie aber gespeist hatten, nahm der Dechant ihn auf die Seite, erzählte ihm, weshalb er gekommen, und bat ihn angelegentlichst, ihn in seiner Wissenschaft zu unterweisen, wonach er große Sehnsucht verspüre. Doch Don Illán entgegnete, er sei Dechant und ein Mann von großem Ansehen, der noch zu hohen Würden gelangen könnte; vornehme Männer aber, denen alles nach Wunsch gehe, vergäßen gar schnell, was andre für sie getan; und so befürchte er, daß auch er, wenn er erst erfahren, was er wissen wollte, es ihm nicht so vergelten werde, wie er verheißen. Der Dechant beteuerte jedoch, wie hoch er auch noch steigen möge, er würde jederzeit nur auf die Erfüllung seiner Versprechungen bedacht sein. In solchem Zwiegespräch verblieben sie vom Mittag bis zum Abend; und als sie endlich alles miteinander fest abgemacht hatten, sagte Don Illán zum Dechanten, seine Wissenschaft ließe sich nur in sehr abgelegenen Orten lehren; er wolle ihm daher gleich diese Nacht zeigen, wo sie sich aufhalten müßten, bis er das Gewünschte erlernt hätte. Darauf führte er ihn bei der Hand in ein anderes Zimmer, und nachdem er alle seine Leute fortgeschickt hatte, rief er eine Magd und befahl ihr, Rebhühner zum Nachtessen zu besorgen, sie aber nicht eher zu braten, bis er's ihr sage. Jetzt winkte er dem Dechanten, und beide stiegen lange Zeit eine schön gearbeitete steinerne Treppe immer tiefer und tiefer herab, daß ihnen war, als hörten sie den Strom Tagus über sich rauschen.

Am Ausgang der Treppe kamen sie endlich in ein wohleingerichtetes zierliches Gemach, wo die Werkstatt war und Bücher zum Lesen umherstanden. Sie setzten sich und überlegten soeben, mit welchem Buch sie den Anfang machen sollten; da traten plötzlich zwei Männer herein und brachten dem Dechanten einen Brief von seinem Oheim, dem Erzbischof, worin er ihm zu wissen tat, daß er gefährlich krank darniederliege, und ihn bat, sogleich zu ihm zu kommen, wenn er ihn noch am Leben finden wollte. Diese Neuigkeit betrübte den Dechanten sehr, teils seines Oheims wegen, teils weil er befürchtete, daß sie nun ihre Studien so schnell würden abbrechen müssen; und so verfaßte er denn ein Antwortschreiben und sandte es an den Erzbischof.

Vier Tage darauf aber kamen wieder drei Fußboten an und überbrachten dem Dechanten abermals einen Brief; darin meldete man ihm, daß der Erzbischof gestorben und das Kapitel in der Wahl begriffen sei, die, wie sie zu Gott hofften, auf ihn fallen würde. Darum möchte er sich nicht die Mühe machen, jetzt hinzukommen; denn es sei angemessener für ihn, während der Wahl sich von der Kathedrale entfernt zu halten.

Und kaum waren acht Tage vergangen, so erschienen auch schon zwei prächtig gekleidete und gerüstete Edelleute, küßten dem Dechanten die Hand und zeigten ihm die Urkunde, wonach er zum Erzbischof erwählt worden.

Als Don Illán dies vernahm, begab er sich sogleich zu ihm, drückte ihm über die gute Zeitung seine Freude aus und bat ihn dringend, da Gott so Großes an ihm getan, die nun erledigte Dechantenstelle seinem Sohne zukommen zu lassen. Doch der Erwählte entgegnete, er möge doch zugeben, daß diese Dechanei einem seiner Brüder zuteil würde, er wolle ihn hernach bei seiner Kirche schon anderweit zufriedenstellen; und zu diesem Behuf bat er ihn, ihm nach Santiago zu folgen und seinen Sohn mitzunehmen.

Don Illán willigte ein, und sie reisten nach Santiago, wo sie mit großen Ehrenbezeugungen empfangen wurden. Hier hatten sie eine Zeitlang verweilt; da kamen eines Tages Abgesandte des Papstes zum Erzbischof und meldeten ihm, wie er ihn zum Bischof von Toulouse ernannt habe, mit der Vergünstigung, sein Erzbistum abzutreten, an wen er wolle. Als Don Illán dies hörte, hielt er ihm angelegentlichst vor, was sie untereinander abgemacht hätten, und drang in ihn, nunmehr das Erzbistum seinem Sohne zu verleihen. Der Erzbischof dagegen bat ihn um seine Zustimmung, dasselbe einem Oheim von väterlicher Seite zuwenden zu dürfen. Don Illán entgegnete, er sehe wohl, daß ihm großes Unrecht geschehe, wollte aber unter der Bedingung, daß man es in Zukunft wiedergutmachen werde, dareinwilligen. Das versprach der Erzbischof auf alle Weise zu bewerkstelligen und ersuchte ihn, ihn nebst seinem Sohne nach Toulouse zu begleiten.

In Toulouse wurden sie von den Grafen und Herren des Landes prächtig empfangen, und nachdem sie beinahe zwei Jahre dort gewesen waren, kamen wieder Gesandte vom Papst an ihn, mit der Meldung, daß der Papst ihn zum Kardinal ernannt und ihm vergönne, das Bistum von Toulouse nach Belieben zu verleihen. Da verfügte sich Don Illán zu ihm und sagte, er habe ihn nun schon so oft getäuscht, daß ihm keine Ausflucht mehr übrigbleibe, wenn er jetzt nicht eine jener Würden seinem Sohne erteilte. Der Kardinal bat jedoch, ihm zu gestatten, daß ein Oheim von mütterlicher Seite, der ein guter alter Mann sei, das Bistum erhalte; da er aber Kardinal geworden, so solle er nur mit ihm an den Hof kommen; dort fände sich Gelegenheit genug, etwas für ihn zu tun.

Don Illán beschwerte sich sehr, fügte sich aber endlich den Wünschen des Kardinals und ging mit ihm in die päpstliche Residenz. Als sie dort anlangten, empfingen die Kardinäle und alle Hofleute sie auf das beste; sie blieben dort lange Zeit, und täglich setzte Don Illán dem Kardinal wegen des Sohnes zu, und immer machte der Kardinal neue Ausflüchte.

Da starb der Papst, und sämtliche Kardinäle wählten diesen Kardinal zum Papste. Nun ging Don Illán zu ihm und sagte, jetzt hätte er durchaus keine Ausrede mehr, sein Versprechen nicht zu erfüllen. Der Papst aber erwiderte, er solle ihn nicht so drängen; denn nun hätte er allezeit Gelegenheit, ihm nach Recht und Billigkeit eine Gunst zu erweisen. Doch Don Illán begann mit Heftigkeit sich zu beklagen und rückte ihm vor, wie er ihm goldne Berge verheißen, ohne je das geringste zu halten; das habe er aber gleich befürchtet, als er ihn das erstemal gesprochen, und da er nun wirklich so hoch gestiegen sei, ohne sein Versprechen zu erfüllen, so habe er auch keinen Grund weiter, noch etwas Gutes von ihm zu erwarten. Darüber wurde der Papst ganz entrüstet und fing an zu schimpfen und sagte, er würde ihn in den Kerker werfen lassen, wenn er ihn noch länger belästige; denn er sei ein Ketzer und Schwarzkünstler, und er wisse wohl, daß er in Toledo nichts andres treibe und von nichts andrem lebe als von der Zauberei.

Da nun Don Illán sah, wie schlecht ihm der Papst vergolten, was er für ihn getan, nahm er Abschied von ihm, und der Papst mochte ihm nicht einmal

Zehrung mit auf den Weg geben. Da sagte Don Illán zu ihm, da er nichts anderes zu essen habe, so müsse er wieder zu seinen Rebhühnern zurückkehren, die er zur Nacht bestellt, und rief die Magd und hieß sie, die Rebhühner braten. Und als Don Illán dies ausgesprochen, sah sich der Papst wieder in Toledo als Dechant von Santiago nach wie vor und schämte sich so, daß er kein Wort hervorbringen konnte. Don Illán aber sagte, er solle nur wieder abziehen; denn er habe nun ausreichend erprobt, was er an ihm habe, und es würde ihn jedes Rebhuhn gereuen, das er mit ihm geteilt hätte.

Sieg der Tugend

Saladin, der Sultan von Babylon, führte viel Kriegsvolk mit sich, und da nun eines Tages nicht alle mit ihm lagern konnten, kehrte er in dem Hause eines seiner Ritter ein, welcher nebst Frau und Kindern seinem hohen Gast alle nur mögliche Ehre und Dienste zu erzeigen suchte. Doch der Teufel, der immer geschäftig ist, den Menschen zu verleiten, gab dem Saladin in den Sinn, alles zu vergessen, was er hüten sollte, und die Frau jenes Ritters zu lieben, wie er nicht sollte; und diese Liebe war so groß, daß er wegen Befriedigung seiner Wünsche mit irgendeinem seiner schlechten Diener sich zu beraten beschloß. Wahrlich, es sollten alle Gott bitten, ihren

Gebieter vor bösem Gelüst zu bewahren, denn hat es ihn einmal gepackt, so könnt Ihr auch versichert sein, es wird ihm zur Ausführung nie ein Helfershelfer fehlen.

Und so hatte denn auch Saladin gar bald einen solchen willfährigen Ratgeber gefunden. Dieser riet ihm, er möge den Ritter rufen lassen, ihn unter großen Gunstbezeigungen zum Befehlshaber über ein Kriegsheer setzen und nach einigen Tagen in Geschäften in irgendein entferntes Land absenden; so könne er dann, während dessen Abwesenheit, hier ungestört seine Lust büßen.

Das gefiel dem Saladin nicht wenig; er befolgte den Rat, und sobald der Ritter, der sich durch die Huld seines Herrn sehr beglückt wähnte, fortgegangen war, begab er sich in dessen Haus, wo die gute Dame, von der ihrem Gemahl erwiesenen großen Gnade bereits unterrichtet, alles aufbot, ihn auf das herrlichste zu empfangen. Nachdem aber die Tafel aufgehoben war und Saladin sich in sein Gemach verfügt hatte, ließ er die Dame vor sich rufen. Sie, die nichts Arges dabei dachte, ging hin, und er sagte ihr, daß er sie sehr lieb habe. Als sie das hörte, wußte sie gleich, was er meinte, stellte sich aber, als verstände sie's nicht, und wünschte ihm Gottes Segen zum Dank, denn sie verlange nichts sehnlicher als sein Wohlergehen und bitte täglich Gott für ihn, wie's sich gebühre, da er Gebieter und gegen sie und ihren Mann so gnädig sei.

Saladin entgegnete indes, er liebe sie aus ganz andern Gründen und mehr als irgendein Weib in der Welt; doch sie nahm auch dieses nur als eine Gnadenbezeugung und ließ sich's noch immer nicht merken, daß sie jene andern Gründe recht gut verstehe. Nun mußte Saladin endlich reinen Wein einschenken; doch sie, als eine tugendsame und verständige Frau, antwortete ihm folgendermaßen:

«Herr, obgleich ich nur ein Weib von geringem Stande bin, so weiß ich doch, daß die Liebe in keines Menschen Macht steht, sondern er vielmehr in der ihrigen, und wenn Ihr daher mich so sehr zu lieben behauptet, so kann dies allerdings wahr sein. Ebensogut aber weiß ich auch, daß ihr Männer, und vorzüglich ihr großen Herrn, wenn ihr an einem Weibe Gefallen findet, alles versprecht, was sie nur wünscht; sobald sie aber einmal gefallen ist, sie, wie billig, verachtet und ihrem Unglück überlaßt. Und so, fürcht' ich, Herr, könnt' es auch mir ergehen.»

Saladin aber begann ihre Einwände zu entkräften und verhieß zu tun, was sie irgend verlange, um sie recht glücklich zu machen. Als die gute Dame ihn aber so reden hörte, erwiderte sie, wenn er verspräche, bevor er ihr Gewalt und Schmach antäte, ihr eine Bitte zu erfüllen, so wollte sie, sobald er sein Wort gelöst, ihm dann gänzlich zu Willen sein. Saladin befürchtete, sie möchte ihn bitten, nichts mehr von diesem Gegenstande zu sprechen; sie entgegnete jedoch, das begehre sie keineswegs, noch sonst etwas, das er nicht leicht erfüllen könnte. Nun gab Saladin das Versprechen, und die gute Dame, ihm Hände und Füße küssend, sagte, sie verlange nichts anderes von ihm, als daß er ihr angebe, welches die beste Eigenschaft des Menschen, Anfang und Mutter aller Tugenden, sei.

Bei diesen Worten fing Saladin an, heftig nachzudenken, es wollte ihm aber durchaus die Antwort nicht einfallen. Da er es aber einmal versprochen hatte, so erwiderte er, er wolle darüber weiter nachsinnen, und sie wiederholte ihre Zusage, alles zu tun, was er befehle, sobald er ihr hierauf Bescheid gegeben.

So war der Handel zwischen ihnen beigelegt; Saladin aber ging zu den Seinigen und griff die Sache bei einem andern Ende an, indem er jetzt alle seine Gelehrten darüber zu Rate zog. Die einen meinten nun, das Beste für jene Welt sei zweifelsohne ein gutes Gewissen, nur tauge es darum noch nicht sonderlich viel für diese Welt. Andere sagten wieder, die Ehrlichkeit sei ein gut Ding, aber es könne einer ehrlich und dabei doch knauserig, sehr feige, unwissend oder ungeschliffen sein und also trotz seiner Ehrlichkeit immer noch etwas anderes nötig haben. Und so grübelten sie alles durch und konnten doch nicht auf den rechten Punkt kommen.

Da nun Saladin in seinem ganzen Lande niemanden fand, der ihm seine Frage beantworten konnte, so nahm er, um desto leichter durch die Welt zu kommen, zwei Spielleute mit sich und fuhr mit ihnen verkleidet übers Meer an den päpstlichen Hof, den Sammelplatz aller Christen, suchte jedoch auch hier vergeblich die gewünschte Auskunft. Von dort begab er sich an den Hof des Königs von Frankreich und zu allen andern Königen, aber nirgends fand er Bescheid.

Darüber aber war endlich so lange Zeit verstrichen, daß es ihn schon gereuete, sich auf die Sache eingelassen zu haben, und nicht mehr so sehr um der Dame willen, als weil es schimpflich ist für einen großen Herrn, das einmal Begonnene, wenn es sonst nichts Schlechtes ist, nicht zu beenden, und um so schimpflicher, wenn er sich durch Furcht oder Schwierigkeiten davon abschrecken läßt; und so wollte denn auch Saladin nicht ruhen und rasten, bis er das erforscht hätte, um deswillen er sein Land verlassen.

Nun geschah es eines Tages, als er mit den Spielleuten seines Wegs daherzog, daß sie auf einen Schildknappen stießen, welcher, soeben von der Jagd zurückkehrend, einen Hirsch erlegt hatte. Dieser Knappe war erst seit kurzem vermählt und hatte einen sehr alten Vater, der für den Besten jenes Landes galt; denn er war zwar vor Alter schon erblindet und gebrechlich, sein Verstand aber so scharf und vollkommen, daß ihm das Alter selbst nichts anhaben konnte.

Der Schildknappe nun fragte die Fremden, woher sie kämen und wer sie seien; und als er hörte, daß es

Spielleute waren, war er voller Freude und sagte, die Jagd habe ihn sehr erheitert, und um die Lust vollkommen zu machen, sollten sie, wenn sie gute Spielleute seien, heute bei ihm übernachten. Doch sie entgegneten, wie sie große Eile hätten und in einer gewissen Angelegenheit schon sehr lange von Hause fort wären, ohne damit zu Ende kommen zu können; sie wollten daher jetzt heimkehren und könnten also heute nicht mit ihm gehen. Der Knappe aber fragte sie so lange aus, bis er heraus hatte, was sie eigentlich wollten. Da sagte er, wenn sein Vater da nicht Rat wüßte, so wisse es kein Mensch auf der Welt. Dann beschrieb er ihnen, was für ein Mann sein Vater sei, und Saladin, den der Schildknappe gleichfalls für einen Spielmann hielt, ließ sich endlich bereden.

Als sie in dem Hause des Vaters angekommen waren, erzählte der Knappe diesem sogleich, daß er fröhlich sei, weil er eine gute Jagd gemacht, und noch fröhlicher, weil er jene Spielleute mit sich bringe; und nun sagte er ihm, was diese wissen wollten, und bat ihn inständigst, ihnen seine Meinung darüber zu eröffnen, denn er habe ihnen erklärt, daß sie in der ganzen Welt keinen bessern dazu finden könnten.

Da der Alte das hörte, erkannte er gleich, daß der, welcher eine solche Frage tat, kein Spielmann war, sagte jedoch dem Sohne nur, er wolle ihnen nach dem Essen Bescheid erteilen.

Dies teilte der Schildknappe dem Saladin mit, worüber dieser sehr erfreut war.

Und als nun die Tafel abgetragen war und die Spielleute ihre Künste gezeigt hatten, sagte der alte Ritter zu ihnen, er habe von seinem Sohne gehört, daß sie wegen einer Frage reisten und niemand gefunden hätten, der sie beantworten könnte; sie sollten sie ihm nur mitteilen, er wolle ihnen gern sagen, was er davon verstände.

Da erwiderte der verkleidete Saladin, die Frage sei, welches die beste Eigenschaft des Menschen, Mutter und Anfang aller Tugenden, wäre.

Hier erkannte der alte Ritter, der überdies auch den Sinn dieser Frage gar wohl begriffen, Saladin an der Stimme; denn er hatte lange Zeit an seinem Hofe gelebt und viel Gunst von ihm erfahren. Da sprach er:

«Freund, zuerst muß ich Euch nur versichern, daß bis auf den heutigen Tag dergleichen Spielleute mein Haus noch nicht betreten haben; und wisset, nach Recht und Billigkeit sollt' ich eigentlich Euch danken für alles Gute, das ich einst von Euch empfangen; doch davon ein andermal, wenn ich erst insgeheim mit Euch gesprochen, damit niemand etwas von Eurem Handel erfahre. Was aber Eure Frage anbetrifft, so sage ich Euch: die beste Eigenschaft des Menschen, Haupt und Mutter aller Tugenden, ist die Scham. Denn aus Scham erduldet der Mensch den Tod, der doch das Schlimmste ist, was er erleiden kann; aus Scham unterläßt er, was ihn böse dünkt, so groß auch sein Gelüsten darnach sei; und also ist die Scham der Ursprung aller Tugenden sowie die Schamlosigkeit aller Laster Anfang.»

Saladin mußte die Wahrheit dieses Ausspruchs anerkennen, und da er also sah, daß er nun wirklich die Antwort auf seine Frage gefunden, war er äußerst vergnügt und nahm Abschied von dem Ritter und seinem Sohne. Bevor sie jedoch schieden, sprach der Alte noch einmal mit ihm und sagte, wie er wohl wisse, daß er der Saladin sei, von dem er so viel Gutes erfahren; und er und sein Sohn erwiesen ihm – doch so, daß er von den andern nicht erkannt wurde – alle möglichen Dienste, worauf Saladin sich, so schnell er nur konnte, auf die Rückreise machte. Seine Zurückkunft verbreitete große Freude im ganzen Lande; sobald aber die Freudenfeste vorüber waren, begab er sich nach dem Hause der guten Dame, die ihm jene Frage gestellt hatte.

Diese bewirtete ihn auf das beste; und nachdem er gespeist und sich in sein Gemach zurückgezogen hatte, ließ er die Dame rufen und erzählte ihr, was für Not er gehabt, sichere Antwort auf ihre Frage zu finden. Jetzt aber habe er sie gefunden, und da er mithin sein Wort vollständig lösen könne, so sollte auch sie nun halten, was sie versprochen. Doch sie bat es sich zur Gnade aus, daß er sein Versprechen zuerst erfülle und ihr die Antwort sage; und sei diese von der Art, daß er selbst sie für richtig anerkenne, so wolle sie dann sehr gern auch ihrerseits nicht länger zögern.

Saladin war damit zufrieden und sagte: «Die beste Eigenschaft des Menschen und Mutter aller Tugenden ist die Scham.»

Bei diesen Worten war die gute Dame sehr vergnügt.

«Herr», sagte sie, «jetzt erkenne ich, daß Ihr die Wahrheit redet und Euer Versprechen erfüllt habt; nun bitte ich Euch, beantwortet mir nur noch eine Frage ebenso wahrhaft und wie es einem König geziemt: Ob Ihr nämlich glaubt, daß es einen bessern Mann auf Erden gibt als Ihr.» Saladin erwiderte, er schäme sich zwar, es auszusprechen, solle er aber als König die Wahrheit sagen, so meine er allerdings besser zu sein als die andern, und daß es keinen bessern gebe.

Als die gute Dame dies vernommen, warf sie sich zu seinen Füßen und rief heftig weinend aus:

«Herr, Ihr habt mir hier zwei große Wahrheiten gesagt: daß Ihr der beste Mensch seid und daß die Scham das Beste am Menschen sei. Wohlan, Herr, gebt Ihr das letztere zu und seid der beste Mann auf Erden, so beschwör' ich Euch, hegt auch das Beste auf Erden, die Scham, in Eurer Brust und schämt Euch Eurer verliebten Reden.»

Da sah Saladin ein, daß die gute Dame durch ihre Tugend und Verständigkeit ihn vor großer Sünde zu bewahren gewußt, wofür er Gott sehr dankte;

und hatte er sie bisher mit ganz anderm Herzen geliebt, so faßte er von jetzt an eine noch viel größere, ehrliche und aufrichtige Liebe zu ihr, wie sie ein guter Herr zu allen seinen guten Untertanen haben soll. Er ließ daher ihren Gemahl rufen und erwies ihm so viel Gunst und Gnade, daß er und seine Nachkommen vor allen ihren Nachbarn hervorleuchteten; und alles dies geschah durch die Tugend jener guten Dame und weil sie es ans Tageslicht gebracht, daß die Scham die beste Eigenschaft des Menschen und Anfang und Mutter aller Tugenden sei.

MIGUEL DE CERVANTES SAAVEDRA

DIE MACHT DES BLUTES

In einer heißen Sommernacht kehrte in Toledo ein alter Edelmann mit seiner Frau, einem Söhnchen, einer Tochter von etwa sechzehn Jahren und einer Magd von einem Spaziergang am Ufer des Flusses zurück. Es war elf Uhr, die Nacht war hell, der Weg einsam, und sie schritten gemächlich aus, da sie nicht durch Ermüdung für die Annehmlichkeiten büßen wollten, die man in Toledo am Fluß oder im Tale genießt. Mit der Zuversicht, wie sie den Einwohnern dieser Stadt ihre strenge Gerechtigkeit und gute Gesinnung verleiht, ging der wackere Edelmann mit seiner ehrenwerten Familie einher, ohne im entferntesten daran zu denken, daß ihnen ein Unfall begegnen könnte. Da aber die meisten Unfälle gerade dann eintreten, wenn man sie nicht erwartet, so widerfuhr auch ihnen wider jedes Erwarten etwas, was die Freude des Tages trübte und ihnen auf viele Jahre Ursache zu Tränen gab.

Etwa zweiundzwanzig Jahre mochte ein Ritter jener Stadt alt sein, den Reichtum, edles Blut, verkehrte Neigungen, allzu große Unabhängigkeit und schlechte Gesellschaft zu Handlungen verleiteten und zu Kühnheiten trieben, die seines Standes unwürdig waren und ihm den Namen des Frechen eintrugen. Dieser Ritter nun, dessen wahren Namen wir aus guten Gründen vorläufig verschweigen und den wir Rodolfo nennen wollen, kam mit vier von seinen Freunden, die alle jung, übermütig und rücksichtslos waren, dieselbe Anhöhe herab, die der Edelmann hinaufstieg. Die zwei Gruppen begegneten sich, wie eine Herde Schafe einem Rudel Wölfe begegnet, und mit schamloser Ungezwungenheit schauten Rodolfo und seine Kameraden bedeckten Hauptes der Mutter, der Tochter und der Dienstmagd ins Gesicht. Der Alte war gereizt und tadelte, ja schalt ihre Frechheit; sie erwiderten mit Grimassen und Spöttereien und gingen weiter, ohne sich nochmals zu vergessen. Aber die große Schönheit des Gesichts, das Rodolfo gesehen hatte, nämlich des Gesichts der Leocadia, denn so soll die Tochter des Edelmanns geheißen haben, setzte sich allmählich so in seiner Erinnerung fest, daß sie sich seiner Willenskraft bemächtigte und ein Verlangen in ihm erweckte, sie trotz all der Unannehmlichkeiten, die daraus entstehen mochten, zu besitzen. In einem Augenblick hatte er diesen Gedanken seinen Kameraden mitgeteilt, und im nächsten beschlossen sie, um Rodolfo ein Vergnügen zu machen, umzukehren und sie zu entführen; denn Reiche, die freigebig sind, finden immer jemanden, der ihre Ausschweifungen lobt und ihrem schlechten Gelüste Vorschub leistet. So war es denn das Werk eines Augenblicks, daß dieser arge Plan entstand, mitgeteilt und gebilligt wurde, daß man beschloß, Leocadia zu rauben, und sie schließlich sogleich entführte. Sie verhüllten das Gesicht mit dem Taschentuch, zogen den Degen, kehrten um und erreichten mit wenig Schritten die andern, die noch das Dankgebet nicht beendet hatten, das sie zu Gott emporsandten, weil er sie aus den Händen jener frechen Menschen befreit hatte. Rodolfo fiel über Leocadia her, nahm sie in die Arme und entfloh mit ihr. Sie hatte nicht die Kraft, sich zu wehren, der Schreck nahm ihr die Stimme zur Klage, ja das Licht der Augen; denn ohnmächtig und bewußtlos, sah sie weder, wer sie forttrug, noch wohin man sie brachte. Ihr Vater rief laut, ihre Mutter schrie, ihr Brüderchen weinte, die Magd zerkratzte sich das Gesicht: aber niemand hörte auf die Rufe, niemand vernahm das Geschrei, die Tränen rührten nicht zum Mitleid, und daß die Magd sich das Gesicht zerfleischte, war vollends nutzlos; denn alles versank in der Einsamkeit der Gegend, dem tiefen Schweigen der Nacht und dem grausamen Herzen der Missetäter. Kurz, die einen zogen heiter von dannen, die andern blieben traurig stehn.

Rodolfo erreichte sein Haus ohne irgendein Hindernis, und Leocadias Eltern erreichten das ihre unter Klagen und in Bekümmernis, ja in Verzweiflung; blind, weil ihnen die Augen ihrer Tochter fehlten, die das Licht der ihren waren; einsam, denn Leocadia war ihre holde, süße Gesellschaft gewesen; unentschlossen, da sie nicht wußten, ob es angebracht sei, der Obrigkeit von ihrem Unglück Anzeige zu machen: sie fürchteten, sie könnten selbst den ersten Anstoß geben, ihre Schande zu offenbaren. Auch sahen sie, daß sie als arme Edelleute der nötigen Fürsprache entbehrten; und sie wußten nicht einmal, über wen sie sich zu beklagen hatten, außer etwa über ihr Mißgeschick.

Rodolfo hatte inzwischen Leocadia vorsichtig und listig schon in sein Haus, ja in sein Zimmer gebracht. Obwohl er merkte, daß sie ohnmächtig wurde, als er sie entführte, hatte er ihr die Augen mit einem Tuche verbunden, damit sie die Straßen nicht sah, durch die er sie trug, noch das Haus und Gemach, in dem sie sich befand. Und ohne von jemandem gesehen zu werden – denn er bewohnte im Hause seines Vaters, der noch lebte, ein abgeschlossenes Gemach und hatte die Schlüssel nicht nur zu seinem Zimmer, sondern zu dem ganzen Flügel in Händen (eine große Unvorsichtigkeit der Eltern, wenn sie wünschen, daß ihre Söhne geordnet leben) –, hatte Rodolfo dort, ehe noch Leocadia aus ihrer Ohnmacht erwachte, seine Gelüste befriedigt; denn die unkeuschen Begierden der Jugend warten selten oder nie auf eine bequeme Gelegenheit oder auf Umstände, die sie noch mehr reizen und spornen. Blind gegen das Licht des Verstandes, raubte er

Leocadia im Dunkel ihr kostbarstes Kleinod. Da aber die Vergehungen der Sinnlichkeit meist nicht weiter zielen als bis zum Punkte der Befriedigung, so wünschte auch Rodolfo sogleich, Leocadia fortschaffen zu können, und ihm kam der Gedanke, sie ohnmächtig, wie sie war, auf die Straße zu tragen. Als er aber eben diesen Plan ausführen wollte, bemerkte er, daß sie zu sich kam; denn sie sagte: «Wo bin ich Unglückliche? Was für ein Dunkel hüllt mich ein? Welche Finsternis umgibt mich? Bin ich noch im Vorhof meiner Unschuld oder schon in der Hölle meiner Sünde? Jesus, wer berührt mich? Wie, auf einem Bette? Mißhandelt? Hörst du mich, meine Mutter und Gebieterin? Vernimmst du mich, geliebter Vater? Ach, ich Elende! Ich merke wohl, daß meine Eltern mich nicht hören, daß meine Feinde mich ergreifen. Glücklich wäre ich, wenn nur dies Dunkel bliebe, wenn meine Augen das Licht der Welt nicht wieder erblickten und wenn dieser Raum, in dem ich mich befinde, was er auch sei, meiner Ehre zum Grabe diente; denn die Schande, die niemand kennt, ist besser als die Ehre, die den Menschen verdächtig wurde. Jetzt erinnere ich mich (o daß ich mich nie erinnert hätte!): vor kurzem noch war ich in Gesellschaft meiner Eltern; ich erinnere mich, man fiel mich an; ich denke mir, ja ich erkenne, es ist nicht gut, wenn mich die Leute jemals wieder sehn. O du, wer du auch sein magst, der du hier bei mir bist ...» (dabei ergriff sie Rodolfos Hände), «wenn dein Herz einer Bitte zugänglich ist, so bitte ich dich, da du schon einmal über meine Ehre triumphiert hast, nun auch über mein Leben zu triumphieren. Nimm es mir, denn es ist nicht gut, wenn die am Leben bleibt, die ihre Ehre verloren hat. Bedenke, daß die furchtbare Grausamkeit, die du begangen hast, indem du mich beschimpftest, durch die Barmherzigkeit gemildert wird, die du übst, wenn du mich tötest. So kannst du in einem und demselben Augenblick grausam und barmherzig sein.»

Leocadias Worte brachten Rodolfo in große Verlegenheit, und als ein junger, unerfahrener Mensch wußte er nicht, was er sagen, noch was er beginnen sollte. Sein Schweigen erstaunte Leocadia noch mehr, und indem sie um sich tastete, suchte sie sich zu versichern, ob das Wesen, das sich in ihrer Nähe befand, nicht etwa ein Gespenst oder ein Schatten sei. Doch als sie einen Leib berührte und sich erinnerte, daß sie gewaltsam fortgeführt worden war, während sie mit ihren Eltern am Flusse ging, da erkannte sie ihr Unglück als volle Wirklichkeit. In dieser Überzeugung nahm sie den Faden der Worte wieder auf, die durch viel Schluchzen und Seufzen unterbrochen worden waren, und fuhr fort: «Verwegner Jüngling – denn aus deinen Handlungen schließe ich, daß du noch nicht alt sein kannst –, ich verzeihe dir die Beleidigung, die du mir angetan hast, wenn du mir versprichst und schwörst, wie du sie in dieses Dunkel gehüllt hast, sie so auch in ewiges Schweigen zu hüllen, ohne jemandem davon zu sagen. Es ist ein kleiner Ersatz für so großen Schimpf, den ich von dir fordere; aber doch wird es für mich der größte sein, den ich von dir verlangen kann und den du mir wirst geben mögen. Bedenke, daß ich nie dein Gesicht gesehen habe noch sehen will; denn so gewiß ich mich auch meiner Beleidigung erinnere, so will ich mich doch meines Beleidigers nicht erinnern, noch das Bild des Urhebers meiner Schande im Gedächtnis tragen. Zwischen mir und dem Himmel sollen meine Klagen ein Geheimnis bleiben; ich will nicht, daß die Welt sie höre, da sie die Dinge nicht nach ihrem Hergang beurteilt, sondern nach ihren Vorurteilen. Ich weiß nicht, wie ich dazu komme, dir diese Weisheit zu predigen, die sonst nur vielfältigen Erlebnissen und der Erfahrung vieler Jahre entspringt, während der meinen nicht einmal siebzehn sind. Aber ich lerne daraus, daß der Schmerz die Zunge der Bedrängten ebenso lösen wie lähmen kann; denn manchmal schildern sie ihr Unglück in grellen Farben, damit man ihnen glaube, zuweilen aber sagen sie nichts, da sie doch keine Hilfe zu finden hoffen. Was ich auch tue, ob ich schweige oder rede, so glaube ich doch, dich dahin bringen zu können, daß du mir glaubst und mir hilfst; denn mir nicht zu glauben, wäre Torheit. Wolltest du mir aber nicht helfen, so wäre es mir unmöglich, irgendwelche Erleichterung meines Unglücks zu finden. Ich will nicht verzweifeln, denn es wird dich ja so wenig kosten, mir Erleichterung zu gewähren, daß der Lauf der Zeit den gerechten Zorn mäßigen wird, den ich gegen dich hege, und denke ja nicht, Beleidigung auf Beleidigung zu häufen! Je weniger du mich genießest – und du hast mich ja schon genossen –, desto weniger werden deine bösen Lüste sich entflammen. Denke, du habest mich durch Zufall beleidigt, ohne vernünftiger Überlegung Raum zu geben! Ich will mir vorstellen, ich sei nicht in die Welt geboren worden, oder wenn ich geboren wurde, so sei es geschehn, damit ich unglücklich würde. Bringe mich sogleich auf die Straße oder wenigstens an die Kathedrale, denn von dort weiß ich den Weg nach Hause zurückzufinden. Aber du mußt mir schwören, mir nicht zu folgen, noch meinen Aufenthalt zu erkunden, noch mich nach dem Namen meiner Eltern oder nach meinem eignen oder dem meiner Verwandten zu fragen; denn wären sie so reich wie adlig, so wären sie nicht durch mich so unglücklich geworden. Antworte mir! Und wenn du fürchtest, ich möchte dich an der Sprache erkennen, so vernimm, ich habe außer mit meinem Vater und meinem Beichtiger in meinem Leben mit keinem Manne gesprochen und überhaupt die Stimme weniger Menschen so aus der Nähe gehört, daß ich sie am Klange unterscheiden könnte.»

Rodolfo beantwortete die vernünftigen Reden der entehrten Leocadia nur dadurch, daß er sie umarmte und sich gebärdete, als wollte er nur seine

Lust und ihre Schmach erneuern. Doch als Leocadia das bemerkte, verteidigte sie sich kräftiger, als man es von ihrem zarten Alter erwarten konnte, und zwar mit den Füßen, den Händen, den Zähnen und sogar der Zunge; denn sie sagte: «Bedenke, Verräter, fühlloser Bösewicht, wer du auch sein magst, daß du die Beute, die du mir entrissest, ebensogut einem Baumstamme oder einer leblosen Bildsäule hättest rauben können, und daß ein solcher Sieg und Triumph dir zur Schmach und Unehre gereichen muß! Allein, was du jetzt begehrst, das sollst du nicht erreichen, es sei denn mit meinem Tode. Als ich ohnmächtig war, hast du mich zertreten und vernichtet; jetzt aber, da ich die Kraft des Lebens spüre, sollst du mich eher töten als überwinden! Denn wenn ich jetzt bei wacher Seele ohne Widerstand deinen verabscheuenswürdigen Gelüsten nachgäbe, so könntest du dir einbilden, meine Ohnmacht sei verstellt gewesen, als du dich erfrechtest, mich zu vernichten.»

Kurz, Leocadia leistete ihm so tapfer und hartnäckig Widerstand, daß Rodolfos Kraft und Begierde versagte; und da die Schamlosigkeit, die er an Leocadia begangen hatte, nur einem unzüchtigen Verlangen entsprungen war, das nie zu wahrer, dauernder Liebe wird, so trat an die Stelle des flüchtigen Begehrens, wenn auch keine Reue, so doch eine große Lauheit des Wunsches nach Befriedigung. Daher ließ er, abgekühlt und ermattet, Leocadia, ohne ein Wort mit ihr zu sprechen, auf dem Bette in seiner Wohnung liegen, verschloß das Zimmer und ging davon, um seine Gefährten aufzusuchen und mit ihnen zu beratschlagen, was weiter zu tun sei. Leocadia merkte, daß sie allein und eingeschlossen war, erhob sich vom Bette und ging im ganzen Zimmer umher, indem sie sich mit den Händen an der Wand hintastete, um zu sehn, ob sie nicht eine Tür finden könnte, um zu fliehen, oder ein Fenster, um sich hinauszustürzen. Sie fand die Tür, aber wohlverschlossen; sie erreichte auch ein Fenster, das sich öffnen ließ, und durch das der Mond so hell hereinschien, daß Leocadia die Farben der seidenen Tapete unterscheiden konnte, die das Zimmer schmückte. Sie sah, das Bett war vergoldet und so reich geschmückt, daß es eher einem Fürsten als einem einfachen Ritter zu gehören schien. Sie zählte die Stühle und die Tische und merkte sich die Stelle, wo die Tür war; ja, sie sah sogar ein paar Gemälde, die an den Wänden hingen, konnte aber nicht erkennen, was auf ihnen dargestellt war. Das Fenster war groß, mit einem starken Gitter versehen und geschützt; die Aussicht ging auf einen Garten, der gleichfalls von hohen Mauern umschlossen war. All diese Hindernisse stellten sich ihrer Absicht, auf die Straße hinabzuspringen, entgegen. Die Geräumigkeit und der reiche Schmuck des Gemaches überzeugten sie, daß sein Besitzer ein vornehmer, reicher Mann sein müsse, und zwar auch unter ihnen keiner von den ersten besten, sondern aus sehr hervorragendem Hause. Auf einem Schreibtisch in der Nähe des Fensters erblickte sie ein kleines, ganz aus Silber gearbeitetes Kruzifix, das sie an sich nahm und im Ärmel ihres Kleides verbarg, nicht aus Frömmigkeit, noch um etwas zu entwenden, sondern in kluger Absicht. Dann schloß sie den Fensterladen wieder, wie er zuvor gewesen war, legte sich aufs Bett und wartete, welchen Ausgang dieses so unglücklich begonnene Erlebnis nehmen werde.

Noch war keine halbe Stunde verflossen, als sie die Tür ihres Zimmers öffnen und jemanden auf sich zukommen hörte. Ohne ein Wort zu sprechen, verband man ihr die Augen mit einem Tuche, nahm sie beim Arm und führte sie aus dem Zimmer, dessen Türe sie hinter sich wieder schließen hörte. Es war Rodolfo, der zwar weggegangen war, um seine Gefährten aufzusuchen, jedoch seine Absicht fallenließ, da ihm schien, es sei nicht wohlgetan, sie zu Zeugen dessen zu machen, was ihm mit diesem Mädchen begegnet war. Vielmehr beschloß er, ihnen zu sagen, sein schlimmes Verlangen habe ihn gereut, und, von ihren Tränen gerührt, habe er sie auf halbem Wege freigelassen. Mit diesem Entschluß kehrte er eilig zurück, um Leocadia, ihrem Wunsche gemäß, bis zur Kathedrale zu bringen, und zwar, noch ehe der Morgen graute und der Tag ihn hinderte, sie wegzuschaffen, so daß er sie bis zur folgenden Nacht in seinem Zimmer hätte behalten müssen; denn ihn gelüstete nicht, während dieser Zeit seine Kräfte aufs neue zu versuchen, noch auch sich der Gefahr der Entdeckung auszusetzen. Er führte sie bis zu dem sogenannten Gemeinderatsplatz und sagte ihr dort mit verstellter Stimme und in halb portugiesischer, halb kastilischer Sprache, sie könne nun unbesorgt nach Hause gehn, es werde ihr niemand folgen; und ehe sie noch Zeit gehabt hatte, sich die Binde von den Augen zu nehmen, war er schon verschwunden, so daß sie ihn nicht mehr sehn konnte.

Leocadia war allein, und sie erkannte den Ort, wo man sie verlassen hatte. Als sie sich umsah, erblickte sie keinen Menschen; aber aus Furcht, man möge ihr aus der Ferne folgen, blieb sie bei jedem Schritte stehn, und so kehrte sie langsam in ihr nicht fernes Haus zurück. Um aber Spione irrezuleiten, die ihr etwa folgen möchten, trat sie in irgendein Haus, das sie offen fand, und ging erst etwas später in das ihrer Eltern, die sie noch in ihren Kleidern höchst niedergeschlagen erwarteten; denn sie hatten bisher mit keinem Gedanken daran gedacht, sich zur Ruhe zu legen. Als sie sie erblickten, eilten sie ihr mit offenen Armen entgegen und empfingen sie mit Tränen in den Augen. Leocadia war noch voller Schrecken und in tiefer Bewegung. Sie bat ihre Eltern, sich mit ihr zurückzuziehn, berichtete ihnen in kurzen Worten ihr ganzes unseliges Erlebnis mit allen Einzelheiten und sagte, daß sie über den Entführer und den Räuber ihrer Ehre nicht die geringste Auskunft geben könne. Sie erzählte ihnen, was sie von der Bühne aus, auf der das Trauerspiel ihres Unglücks spielte, gesehn hatte: das Fenster, den Garten, das Gitter, die Tische, das Bett und die Damasttapeten, und zuletzt zeigte sie das Kruzifix, das sie mitgenommen hatte. Vor diesem Bilde flossen ihre Tränen von neuem; man stieß Verwünschungen aus, flehte um Rache und sehnte sich nach wunderbaren Züchtigungen. Sie sagte, obgleich sie selber ihren Beleidiger nicht zu kennen wünsche, so könnten ihm doch ihre Eltern, wenn ihnen daran gelegen sei, durch dieses Bild auf die Spur kommen, indem sie durch die Küster auf den Kanzeln aller Kirchensprengel der Stadt verkünden ließen, wer ein solches Kruzifix verloren habe, könne es bei dem Geistlichen abholen, den sie bezeichnen würden. Kenne man dann den Besitzer des Bildes, so kenne man auch das Haus ihres Feindes, ja ihn selber. Da entgegnete der Vater: «Du hättest recht, meine Tochter, wenn nicht die alltäglichste Bosheit deine kluge Vorsicht zunichte machte. Natürlich wird dieses Bild in dem Zimmer, von dem du erzähltest, schon heute vermißt, und sein Bewohner muß sogleich vermuten, daß die Person, die bei ihm war, es mitgenommen hat. Erhält er nun die Nachricht, daß ein Geistlicher das Bild besitzt, so kann das viel eher dazu dienen, ihm zu verraten, wer es dem Geistlichen gegeben hat, als uns den früheren Besitzer zu offenbaren, dem es gehört. Er kann ja, um es abholen zu lassen, einen andern schicken, dem er die Kennzeichen angegeben hat; und auf diese Art würden wir eher in Verlegenheit kommen als Einsicht in die Sache erlangen, wenn wir auch dieselbe List gebrauchen wollten, die wir von ihm erwarten, indem wir dem Geistlichen das Bild durch eine dritte Person übergäben. Nein, meine Tochter, du mußt das Bild sorgfältig bewahren und dich dem Gekreuzigten empfehlen. Da dies Bild Zeuge deines Unglücks war, so wird es auch sorgen, daß du einen Richter findest, der dir zu deinem Rechte verhilft. Und bedenke, meine Tochter, daß ein Lot öffentlicher Unehre schwerer drückt als zwanzig Pfund geheimer Schande; und da du vor dem Angesicht Gottes öffentlich in Ehren leben kannst, so mache dir keine Sorge darum, daß du in deinen Augen und im geheimen entehrt bist. Die wahre Unehre besteht in der Sünde, die wahre Ehre in der Tugend. Mit Rede, Begierde und Tat beleidigt man Gott. Da du ihn aber weder durch die Rede noch durch Gedanken noch durch die Tat beleidigt hast, so achte dich für ehrenhaft; denn ich selbst will dich so achten, ohne dir je etwas andres zu sein als dein treuer Vater.» Mit diesen verständigen Worten tröstete ihr Vater Leocadia. Ihre Mutter umarmte sie nochmals und suchte sie gleichfalls zu trösten. Sie schluchzte und weinte von neuem und entschloß sich schließlich, wie man sagt, das Haupt zu verhüllen und unter dem Schutz ihrer Eltern in zwar armen, aber darum nicht minder ehrenwerten Verhältnissen zurückgezogen zu leben.

Rodolfo war unterdessen nach Hause zurückgekehrt, hatte sogleich das Bild des Gekreuzigten vermißt und dachte sich auch, wer es entwendet habe; er kümmerte sich aber nicht darum und nahm es sich bei seinem Reichtum nicht sehr zu Herzen. Auch seine Eltern verlangten keine Rechenschaft darüber, als er drei Tage später nach Italien reiste und einer Kammerfrau seiner Mutter alles, was er in seinem Zimmer zurückließ, zur Aufbewahrung übergab. Schon seit längerer Zeit hatte Rodolfo den Entschluß gefaßt, nach Italien zu gehn, und sein Vater, der einst dort gewesen war, bestärkte ihn durch sein Zureden in diesem Vorhaben; denn er behauptete, man sei noch kein rechter Edelmann, wenn man es nur im Vaterland sei, man müsse es auch in der Fremde gewesen sein. Diese und andre Reden reiften in Rodolfo den Entschluß, den Willen seines Vaters zu erfüllen, der ihm reichliche Kreditbriefe nach Barcelona, Genua, Rom und Neapel mitgab. Er reiste sogleich mit zweien seiner Kameraden ab, voll Begierde nach all dem, was er durch einige Soldaten von dem Überfluß in den Gasthäusern Italiens und Frankreichs vernommen hatte, sowie von der Freiheit, deren die Spanier sich in ihren Quartieren erfreuten. Lieblich klangen ihm das «Eco li buoni polastri e picioni, il presuto et salcicie!» und andre solcher Worte in den Ohren, deren die Soldaten sich noch entsinnen, wenn sie aus jenen Gegenden nach Hause kommen und sich wieder in die Enge und Unbequemlichkeit der Schenken und Wirtshäuser Spaniens finden müssen. Kurz, er reiste ab und dachte dessen, was ihm mit Leocadia begegnet war, so wenig, als wäre es niemals vorgefallen.

Sie aber brachte unterdessen im Hause ihrer Eltern ihr Leben in möglichster Zurückgezogenheit hin, ohne sich vor irgend jemandem sehn zu lassen, voller Angst, man möge ihr Mißgeschick auf der Stirne lesen. Nach einigen Monaten sah sie indes, daß sie aus Zwang tun mußte, was sie bisher freiwillig getan hatte; sie sah, daß sie Ursache hatte, zurückgezogen und verborgen zu leben, denn sie fühlte sich schwanger. Und damit kehrten die kaum ein wenig vergessenen Tränen in ihre Augen zurück, und ihre Seufzer und Klagen stiegen von neuem in die Lüfte, und selbst das vernünftige Zureden ihrer guten Mutter vermochte sie nicht mehr zu trösten. Die Zeit flog dahin, der Augenblick der Niederkunft erschien, und alles wurde so geheim gehalten, daß man sich nicht einmal einer Hebamme anzuvertrauen wagte. Die Mutter übernahm dieses Amt selbst, und Leocadia brachte einen der schönsten Knaben zur Welt, die man sich nur vorstellen kann. Ebenso vorsichtig und heimlich, wie er geboren worden war, brachte man ihn in ein Dorf, wo er bis zu seinem vierten Jahre aufgezogen wurde. Nach Ablauf dieser Zeit nahm ihn sein Großvater unter dem Namen eines Neffen in sein Haus, und er wurde, wenn nicht in Reichtum, so doch sehr tugendhaft erzogen.

Der Knabe, dem man nach seinem Großvater den Namen Luis gegeben hatte, war schön von Angesicht und sanften Charakters; er besaß einen scharfen Verstand und zeigte in allen Handlungen, deren er in seinem zarten Alter fähig war, daß er von einem edlen Vater stammen mußte, und seine Anmut, Schönheit und Klugheit nahmen seine Großeltern so für ihn ein, daß sie schließlich das Unglück ihrer Tochter als ein Glück anzusehen begannen, weil es ihnen einen solchen Enkel gegeben hatte. Wenn er über die Straße ging, so regneten Segenswünsche zu Tausenden auf ihn nieder. Die einen priesen seine Schönheit, andre die Mutter, die ihn geboren, diese den Vater, der ihn gezeugt, jene wieder die, die ihn so gut erzogen hatten. Unter dem Beifall aller Bekannten und Unbekannten erreichte also der Knabe das Alter von sieben Jahren. Um diese Zeit konnte er schon lateinisch und und spanisch lesen, und er schrieb eine gefällige und fließende Handschrift. Es war nämlich die Absicht seiner Großeltern, da sie ihm keinen Reichtum bieten konnten, ihn zu einem ehrenhaften Gelehrten zu machen. Sind doch Wissen und Tugend die größten aller Güter, über die kein Räuber noch auch das sogenannte Glück Gewalt hat.

Nun geschah es eines Tages, daß der Knabe mit einem Auftrage seiner Großmutter zu einer ihrer Verwandten ging und zufällig durch eine Straße kam, in der ein Wettreiten abgehalten wurde. Er blieb stehn, um zuzusehn, und lief, um einen besseren Platz zu bekommen, quer über den Weg, aber so spät, daß er einem Pferde nicht mehr ausweichen konnte; es warf ihn um, da der Reiter nicht imstande war, es in seinem schnellen Laufe aufzuhalten. Das Pferd lief über ihn weg, er blieb wie tot am Boden liegen und blutete stark aus einer Wunde am Kopf. Kaum aber war es geschehn, als ein alter Ritter, der dem Rennen zusah, mit unglaublicher Gewandtheit vom Pferde sprang und zu dem Kinde eilte. Er nahm es einem Fremden, der es schon aufgehoben hatte, aus den Armen und ging, ohne Rücksicht auf seine grauen Haare oder seinen hohen Rang, mit schnellen Schritten in sein Haus zurück und befahl seinen Dienern, fortzueilen und einen Wundarzt aufzusuchen, der den Knaben verbinden sollte. Viele Ritter folgten ihm, gerührt von dem Unglück eines so schönen Knaben; denn schnell verbreitete sich das Gerücht, der Niedergerittene sei Luisico, der Neffe des Ritters Soundso, und man nannte seinen Großvater. Dies Gerücht lief von Mund zu Mund, bis es auch seinen Großeltern und seiner unbekannten Mutter zu Ohren kam. Sowie sie sich genügend vergewissert hatten, eilten sie außer sich und wie wahnsinnig hinaus, um ihren Liebling zu suchen, und da der Ritter, der ihn fortgetragen hatte, so bekannt und so vornehm war, konnten ihnen viele von den Leuten, denen sie begegneten, sein Haus angeben, das sie erreichten, als der Knabe schon unter den Händen des Wundarztes lag. Der Ritter und seine Frau, denen das Haus gehörte, baten sie, die sie für die Eltern des Kindes hielten, nicht zu weinen und nicht laut zu klagen, da es ihm doch nichts nützen könne. Der Chirurg, ein berühmter Arzt, erklärte, nachdem er den Knaben mit großer Sorgfalt und Geschicklichkeit verbunden hatte, die Wunde sei nicht so gefährlich, wie er anfangs befürchtet habe. Als er halb verbunden war, kam Luis wieder zur Besinnung; denn bis dahin war er bewußtlos gewesen. Er freute sich, seinen Oheim und seine Muhme zu sehn, die ihn unter Tränen fragten, wie er sich fühle. Er erwiderte, ihm sei ganz wohl, nur schmerze ihm der Leib und der Kopf. Der Arzt verordnete, man sollte nicht mit ihm reden und ihn ruhen lassen. Es geschah, und sein Großvater begann nun, dem Herrn des Hauses für die große Menschenliebe zu danken, die er seinem Neffen bewiesen habe. Der Ritter erwiderte, er habe ihm nichts zu danken; denn er könne nur sagen, als er den Knaben habe stürzen und am Boden liegen sehn, da sei ihm gewesen, als sehe er das Gesicht seines eignen Sohnes, den er zärtlich liebe: das habe ihn bewogen, ihn in den Arm zu nehmen und nach Hause zu tragen. Hier aber solle er bleiben, solange die Heilung dauere, um alle mögliche und erforderliche Pflege zu genießen. Seine Gemahlin, eine edle Dame, sagte das gleiche, ja sie gab noch größere Versprechungen. Die Großeltern waren über ein so christliches Verhalten ganz erstaunt; noch mehr erstaunt aber war die Mutter. Denn als ihr erschrecktes Gemüt durch die Versicherungen des Wundarztes einigermaßen beruhigt war, betrachtete sie aufmerksam das Zimmer, in dem ihr Sohn lag, und an vielen Merkmalen erkannte sie deutlich dasselbe Gemach, in dem ihre Ehre ein Ende und ihr Unglück seinen Anfang genommen hatte. Obgleich es nicht mehr mit denselben Damasttapeten geschmückt war wie damals, so erkannte sie doch die Anordnung wieder, sie sah das Gitterfenster, das auf den Garten ging, und da es aus Rücksicht auf den Verwundeten geschlossen war, so fragte sie, ob dieses Fenster Aussicht auf einen Garten gewähre. Man bejahte ihre Frage. Am deutlichsten aber erkannte sie eben jenes Bett, das sie als die Gruft ansah, in der ihre Ehre begraben lag. Überdies stand auch der Schreibtisch, auf dem das entwendete Kruzifix gestanden hatte, noch an derselben Stelle. Zur völligen Gewißheit endlich wurde ihre Vermutung, als sie die Stufen sah, die sie gezählt hatte, während man sie mit verbundenen Augen aus dem Zimmer führte, die Stufen, die von dort auf die Straße gingen, und die sie mit besonnener Aufmerksamkeit gezählt hatte. Jetzt, da sie ihren Sohn verließ und nach Hause zurückkehrte, zählte sie sie noch einmal, und die Zahl stimmte wirklich. Als sie nun diese verschiedenen Beweise zusammen prüfte, überzeugte sie sich vollkommen von der Wahrheit ihrer Vermutung und legte sie ihrer Mutter ausführlich dar. Diese erkundigte sich als eine kluge Frau, ob der Ritter, bei dem sich ihr Enkel befand, einen Sohn gehabt habe oder noch habe; und sie erfuhr, daß es derselbe war, den wir Rodolfo genannt haben, und daß er sich gegenwärtig in Italien befand. Und als sie die Zeit nachrechnete, um die er aus Spanien abgereist sein sollte, fand sie, daß es gerade sieben Jahre her war; so alt aber war jetzt ihr Enkel. Sie unterrichtete ihren Gemahl von all dem, und beide kamen mit ihrer Tochter dahin überein, daß sie warten wollten, was Gott über den Verwundeten verfügen werde; er befand sich aber in vierzehn Tagen außer Gefahr, und nach dreißig Tagen verließ er das Bett. Während der ganzen Zeit besuchten ihn seine Mutter und seine Großmutter häufig, und die Besitzer des Hauses pflegten ihn, als sei er ihr eigner Sohn. Zuweilen sagte Doña Estefania (so hieß die Frau des Ritters) im Gespräch zu Leocadia, der Knabe gleiche ihrem jetzt in Italien reisenden Sohne so sehr, daß sie ihn nie ansehn könne, ohne zu meinen, sie sehe jenen vor sich. Diese Worte veranlaßten sie, ihr einst, als sie sich mit ihr allein befand, zu sagen, was sie in Übereinstimmung mit ihren Eltern ihr zu sagen beschlossen hatte, nämlich Folgendes oder doch Ähnliches: «An dem Tage, gnädige Frau, an dem meine Eltern erfuhren, daß ihr Neffe so übel zugerichtet worden sei, da glaubten sie, der Himmel habe sich ihnen verschlossen, und die ganze Welt liege ihnen auf dem Rücken; ihnen war, als fehlte ihnen das Licht ihrer Augen und die Stütze ihres Alters, wenn ihnen dieser Neffe entrissen würde; denn sie liebten ihn so herzlich, daß ihre Liebe weit über die Empfindungen hinausging, mit denen die Eltern sonst ihren Kindern gegenüberstehn. Aber wie man sagt, Gott gebe, wenn er Wunden schlägt, auch das Heilmittel gegen sie, so fand der Knabe in diesem Hause seine Pflege, und ich fand hier die Auffrischung gewisser Erinnerungen, die ich nicht vergessen werde, so lange auch mein Leben dauern mag. Ich bin edler Abkunft, gnädige Frau, denn meine Eltern sind es, und alle meine Vorfahren sind es gewesen, und sie haben mit einem nur geringen Vermögen überall ihre Ehre glücklich zu behaupten gewußt, wo immer sie lebten.»

Doña Estefania war ganz erstaunt und verwundert, als sie Leocadias Rede hörte, und sie konnte kaum glauben, obgleich sie es mit Augen sah, daß so viel Klugheit sich mit so jungen Jahren verbinden könne; denn ihrer Erscheinung nach schätzte sie sie auf ungefähr zwanzig Jahre. Ohne sie durch ein Wort oder einen Einwurf zu unterbrechen, wartete sie ab, bis sie ausgeredet hatte; und sie hielt denn auch nicht eher inne, als bis sie ihr alles erzählt hatte: wie ihr Sohn von zügelloser Begier entflammt war, wie er sie entführt und entehrt, ihr die Augen verbunden und sie in dieses Zimmer gebracht hatte, und an welchen Merkmalen sie jetzt erkannte, daß ihre Vermutung richtig war, und daß es eben dieses Zimmer gewesen sei. Zur Bekräftigung des Ganzen zog sie endlich das Bild des Gekreuzigten, das sie mitgenommen hatte, aus dem Busen und sprach zu ihm: «Du, o Herr, der du Zeuge warst, wie mir Gewalt angetan wurde, sei nun Richter über die Genugtuung, die mir zuteil werden soll! Von diesem Schreibtisch habe ich dich genommen, um dich beständig an meinen Schimpf zu erinnern, nicht, weil ich Rache von dir erflehte, die ich nicht verlange, sondern um dich zu bitten, daß du mir einigen Trost gewährtest, auf daß ich mein Unglück in Geduld zu tragen vermöchte. Dieser Knabe, gnädige Frau, an dem Ihr die ganze Fülle Eurer Menschenfreundlichkeit zeigtet, ist Euer wahrer Enkel. Es war eine Fügung des Himmels, daß er zu Boden geworfen wurde; er mußte in Euer Haus kommen, damit ich, wenn nicht die Heilung, die einzig für mein Unglück taugt, so doch ein Mittel fände, es zu ertragen, wie ich es auch zu finden hoffe.» Indem sie diese Worte sagte, sank sie, das Kruzifix an die Brust gepreßt, Estefanien ohnmächtig in die Arme. Diese, der als Weib und Edelfrau Mitleid und Erbarmen so natürlich waren wie den Männern die Härte, hatte Leocadias Ohnmacht kaum bemerkt, als sie auch schon ihr Gesicht an das ihre drückte und so reichliche Tränen darüber hinfließen ließ, daß es keines andern Wassers mehr bedurfte, um Leocadia wieder zur Besinnung zu bringen.

Noch befanden die beiden sich in dieser Stellung,

da trat zufällig der Ritter, Estefanias Gemahl, mit dem kleinen Luisico an der Hand, in das Zimmer, und als er Estefanias Tränen und Leocadias Ohnmacht bemerkte, fragte er alsbald nach der Ursache dieser Erscheinung. Der Knabe umarmte seine Mutter als seine Base und seine Großmutter als seine Wohltäterin und fragte gleichfalls, weshalb sie weinten. «Ich habe Euch wichtige Dinge zu sagen, mein Herr», erwiderte Estefania ihrem Gemahl, «deren Inhalt ich kurz zusammenfassen kann, indem ich Euch sage, daß Ihr in dieser Ohnmächtigen Eure Tochter und in diesem Knaben Euren Enkel erkennen möget. Was ich Euch sage, hat mir dies Mädchen mitgeteilt, und sie hat es mir bewiesen, und bewiesen wird es zugleich durch das Gesicht dieses Knaben, in dem wir beide das unsres Sohnes wiedererkannten.» – «Wenn Ihr Euch nicht deutlicher erklärt, gnädige Frau», erwiderte der Ritter, «so verstehe ich Euch nicht.» Inzwischen kam Leocadia wieder zu sich; sie drückte das Kruzifix noch immer an die Brust und schien in ein Meer von Tränen verwandelt zu sein. Dies alles brachte den Ritter sehr in Verwirrung, aber alles wurde ihm klar, als seine Frau ihm berichtete, was Leocadia ihr erzählt hatte. Und nach der göttlichen Fügung des Himmels glaubte er es auch so heilig, als wäre es ihm durch viele und wahrhafte Zeugen bewiesen worden. Er tröstete und umarmte Leocadia, küßte seinen Enkel und fertigte noch an demselben Tage einen Eilboten nach Neapel ab, der seinen Sohn veranlassen sollte, sogleich zurückzukehren, da man in seinem Namen mit einem außerordentlich schönen Mädchen, das sich zudem besonders für ihn eigne, eine Verbindung abgeschlossen habe. Sie ließen weder Leocadia noch ihren Sohn in das Haus ihrer Eltern zurückkehren, die über die gute Wendung in dem Schicksal ihrer Tochter die höchste Freude empfanden und Gott unablässig dafür dankten.

Der Kurier kam nach Neapel, und Rodolfo schiffte sich, voll Begierde, eine so schöne Frau zu besitzen, wie sein Vater sie ihm schilderte, zwei Tage nachdem er den Brief erhalten hatte, ein, da sich ihm eben Gelegenheit bot, mit vier Galeeren nach Spanien zu reisen. Seine beiden Gefährten begleiteten ihn noch immer, und mit ihnen kam er nach günstiger Fahrt in zwölf Tagen in Barcelona an. Von dort fuhr er in sieben weiteren Tagen mit der Post nach Toledo, und er erreichte das Haus seines Vaters in so blühender Gesundheit und so festlichem Schmuck, daß sich in ihm das Äußerste vereinigte, was Stattlichkeit und Prachtaufwand zu leisten vermochten. Seine Eltern freuten sich über das Wohlergehen und die glückliche Ankunft ihres Sohnes, und in gespannter Erwartung betrachtete ihn Leocadia, und zwar, um die Ordnung und den Plan, den Doña Estefania entworfen hatte, nicht zu kreuzen, von einer Stelle aus, wo er sie nicht sehn konnte.

Rodolfos Gefährten wünschten sogleich, ein jeder

in sein Haus zu gehn; Estefania aber gab es nicht zu, da sie sie zu ihrem Vorhaben brauchte. Es war gegen Abend, als Rodolfo ankam, und während man das Mahl bereitete, rief Estefania die Gefährten ihres Sohnes beiseite; denn sie glaubte, sie müßten zwei von den dreien sein, die, wie Leocadia gesagt hatte, Rodolfo an jenem Abend begleitet hatten, als sie entführt worden war. Sie sprach ihnen die dringendste Bitte aus, ihr, wenn sie sich dessen erinnerten, zu sagen, ob ihr Sohn in der und der Nacht vor so und so viel Jahren ein Mädchen geraubt habe; denn es hänge die Ehre und Ruhe all der Ihren davon ab, daß sie den wahren Hergang dieser Sache erführe. Und sie wußte die beiden so dringend und unablässig zu bitten und versicherte ihnen so feierlich, ihnen solle aus der Entdeckung dieses Raubes durchaus kein Schaden erwachsen, daß sie es für gut fanden, zu gestehn, sie hätten wirklich in einer Sommernacht, als sie beide und noch ein dritter Freund mit Rodolfo zusammen gingen, und zwar in eben der Nacht, die sie ihnen bezeichnete, ein junges Mädchen geraubt; Rodolfo sei mit ihr entflohen, während sie ihre Angehörigen zurückhielten, die sich durch Schreie und Rufe zu verteidigen suchten. Tags drauf aber habe ihnen Rodolfo gesagt, er hätte das Mädchen in ihre Wohnung gebracht. Dies sei alles, was sie auf die ihnen vorgelegten Fragen antworten könnten. Das Geständnis dieser beiden löste vollends alle Zweifel, die noch über diesen Vorfall walten konnten, und Estefania beschloß nun, ihren guten Plan zur Ausführung zu bringen. Er bestand in folgendem: Kurz bevor man sich zum Abendessen setzte, trat Rodolfos Mutter mit ihm allein in ein Zimmer, übergab ihm ein Bildnis und sagte zu ihm: «Mein Sohn Rodolfo, ich will dir durch den Anblick deiner Braut ein frohes Abendmahl verschaffen. Dies ist ihr wohlgetroffenes Bildnis; allein ich sage dir im voraus, daß das, was ihr an Schönheit fehlt, durch ihre Tugend reichlich ersetzt wird. Sie ist von edler Abkunft, klug und ziemlich reich, und da dein Vater und ich sie für dich gewählt haben, so kannst du versichert sein, daß sie deiner würdig ist.» Rodolfo betrachtete das Bildnis aufmerksam und sagte: «Wenn die Maler bei diesem Gesicht mit der Schönheit so verschwenderisch waren, wie es ihre Sitte ist, so muß, glaube ich, das Original die Häßlichkeit selbst sein. Wahrlich, meine Herrin und Mutter, es ist nur gerecht und gut, daß Kinder ihren Eltern in allen ihren Befehlen gehorchen. Allein es ist nicht weniger geraten, daß die Eltern ihre Kinder so vermählen, wie es ihnen am angenehmsten ist; und da das Band der Ehe nur durch den Tod gelöst wird, so sollten die Teile, die es verbindet, gleichmäßig und aus demselben Faden gewebt sein. Tugend, Adel, Verstand und Güter des Glücks können den Geist dessen, dem sie in seiner Gattin zuteil werden, wohl erfreuen; daß jedoch ihre Häßlichkeit den Augen des Gatten Vergnügen mache, scheint mir unmöglich.

Ich bin jung, allein ich sehe recht wohl ein, daß sich mit dem Sakrament der Ehe der gerechte und gebührende Genuß, wie er Vermählten zuteil wird, ganz wohl verträgt; denn wo er fehlt, da ist die Ehe einseitig, und ihr zweiter Hauptzweck wird nicht erreicht. Wenn Ihr mir sagen wollt, ein häßliches Gesicht, das man zu jeder Stunde vor Augen sehen muß: im Saale, bei Tisch und im Bette, könne einem Manne Freude machen, so wiederhole ich, ich halte es für unmöglich. Ich beschwöre Euch bei Eurem Leben, geliebte Mutter, gebt mir eine Gefährtin, die mich unterhält und nicht langweilt, damit wir beide, ohne nach der einen oder der andern Seite zu Fehltritten verlockt zu werden, gleichermaßen und auf geradem Wege an dem Joche tragen, das der Himmel uns auferlegt. Wenn dieses Fräulein edel, klug und reich ist, wie Ihr sagt, so wird ihr auch ein Gemahl nicht fehlen, dessen Geschmack ein andrer ist als meiner. Denn einige suchen Adel, andre Klugheit, andre Geld und wieder andre Schönheit; zu diesen aber gehöre ich. Den Adel habe ich, es sei dem Himmel, meinen Vorfahren und meinen Eltern gedankt, zum Erbteil erhalten; Klugheit – nun, wenn nur eine Frau nicht töricht, albern oder närrisch ist, so genügt es, daß sie nicht vor lauter Scharfsinn irre wird, noch vor Dummheit zu gar nichts taugt; was aber den Reichtum anbetrifft, so schützt mich der meiner Eltern vor der Besorgnis, zu verarmen. Ich suche Schönheit, Schönheit ohne jede andre Mitgift als

Ehrbarkeit und gute Sitten; denn wenn meine Gattin das mitbringt, so werde ich Gott mit Freuden dienen und meinen Eltern ein glückliches Alter bereiten.»

Rodolfos Mutter freute sich sehr über seine Worte, denn sie merkte, daß ihr Plan gelingen mußte. Sie erwiderte ihm, sie wolle dafür sorgen, ihn nach seinen Wünschen zu vermählen, und er möge sich keine Sorgen machen; denn man könne die Unterhandlungen, die man über die Verbindung mit jenem Fräulein gepflogen habe, leicht wieder abbrechen. Rodolfo dankte ihr, und da die Stunde der Abendmahlzeit gekommen war, gingen sie zu Tische; und als sie, Vater und Mutter, Rodolfo und seine zwei Gefährten, sich niedergelassen hatten, sagte Doña Estefania mit gespielter Gleichgültigkeit: «Um des Himmels willen! Wie schlecht behandle ich meinen Gast! Geht schnell», befahl sie einem Diener, «und sagt der Señora Doña Leocadia, sie möge ihre allzu große Bescheidenheit überwinden und uns bei dieser Mahlzeit mit ihrer Gegenwart beehren; denn alle, die zugegen sind, seien meine Söhne und ihre Diener.» All dies gehörte zu ihrem Plan, und Leocadia, die genau unterrichtet und angewiesen war, was sie zu tun hatte, ließ nicht lange auf sich warten; und zwar machte sie einen so unerwarteten und schönen Eindruck, wie ihn nur je die geschmückte und natürliche Schönheit machen konnte. Sie trug, da es Winter war, ein vollständiges Kleid aus schwarzem

Samt, reich besät mit goldenen Knöpfen und Perlen; Gürtel und Halsband waren aus Diamanten; ihr echtes Haar diente ihr, lang und nicht allzu blond, als Schmuck und Kopfputz, und die künstlich gewundenen Flechten und Locken und der Schimmer der Diamanten, mit denen sie durchwoben waren, blendeten das Licht der Augen, die sie sahen. Leocadias Haltung war sittsam und edel; sie führte ihren Sohn an der Hand, und vor ihr her gingen zwei Mädchen, die sie mit zwei Wachskerzen in zwei silbernen Leuchtern erhellten. Alle, die anwesend waren, standen auf, um sie zu bewillkommnen, als sei sie ein himmlisches Wesen, das durch ein Wunder hier erschien. Keiner von allen, die in ihren Anblick versunken waren, vermochte ihr, wie es schien, vor Verwunderung ein Wort zu sagen. Leocadia machte mit zierlicher Anmut und voll feinen Anstands vor allen eine Verbeugung, Estefania nahm sie bei der Hand und setzte sie neben sich, Rodolfo gegenüber; den Knaben setzte man neben seinen Großvater. Als Rodolfo nun Leocadias unbegreifliche Schönheit aus größerer Nähe sah, sagte er bei sich selber: «Wenn das Mädchen, das meine Mutter mir zur Gemahlin gewählt hat, nur die Hälfte dieser Schönheit besäße, so würde ich mich als den glücklichsten Menschen der Welt ansehn. Gott stehe mir bei! Was sehe ich? Ist es vielleicht ein menschlicher Engel, den ich erblicke?» Unterdessen drang Leocadias reizendes Bild durch seine Augen ein, um von seinem

Herzen Besitz zu ergreifen, und Leocadia, die sich, solange die Mahlzeit dauerte, dem so nahe sah, den sie schon mehr als das Licht ihrer Augen liebte, mit denen sie manchmal verstohlen nach ihm blickte, begann sich wieder vor den Geist zu rufen, was ihr einst mit Rodolfo begegnet war. Die Hoffnung, seine Gattin zu werden, die ihr von seiner Mutter eingegeben worden war, begann in ihrem Herzen zu erlöschen; denn sie fürchtete, ihr kurzes Glück sei schon genügende Verwirklichung der Verheißungen seiner Mutter. Sie bedachte, wie nahe sie daran sei, auf immer glücklich oder unglücklich zu werden, und diese Vorstellung war so lebhaft, und die Gedanken, die auf ihr Herz einstürmten, so erregt, daß sie langsam glühend heiß wurde, plötzlich wieder die Farbe verlor und in eine Ohnmacht sank, die sie nötigten, das Haupt in Doña Estefanias Arm zurückzulegen, die sie, sowie sie es bemerkte, voll Bestürzung auffing. Alle Anwesenden erschraken, verließen die Tafel und eilten ihr zu Hilfe. Die größte Teilnahme an dem Unfall aber bekundete Rodolfo, der zweimal stolperte und fiel, um schnell in ihre Nähe zu gelangen. Weder daß man sie aufschnürte, noch daß man ihr Wasser ins Gesicht sprengte, brachte sie wieder zu sich, vielmehr waren die beklommene Brust und der Puls, der sich nicht finden ließ, sichere Anzeichen ihres Todes, und die Mägde und Diener des Hauses erhoben unvorsichtig genug ein Geschrei und sprengten aus, sie sei gestorben.

Diese bittere Nachricht kam Leocadias Eltern zu Ohren, die Doña Estefania für einen erfreulicheren Augenblick verborgen gehalten hatte. Sie traten daher, ganz gegen Estefanias Absichten, mit dem Pfarrer des Kirchspiels, der bei ihnen war, in den Saal. Der Pfarrer eilte herzu, um zu sehn, ob sie durch irgendein Zeichen zu verstehen gebe, daß sie ihre Sünden bereue, und sie so absolvieren zu können. Aber wo er einen Ohnmächtigen zu finden gedachte, fand er ihrer zwei; denn schon lag Rodolfo mit seinem Gesicht an Leocadias Busen. Seine Mutter hatte ihn zu ihr herantreten lassen, da sie ihm ja anzugehören bestimmt war; doch als sie sah, daß auch er bewußtlos wurde, stand sie als dritte im Begriff, die Besinnung zu verlieren, und sie hätte sie verloren, wäre nicht Rodolfo in eben diesem Augenblick wieder zu sich gekommen. Er war beschämt, daß er sich vor ihren Augen so vergessen hatte; seine Mutter aber sagte, als ahne sie die Empfindungen ihres Sohnes: «Schäme dich nicht, mein Sohn, daß du deinen Schmerz so verraten hast; schäme dich aber, wenn dir keinen Schmerz bereitet, was du jetzt erfahren sollst und was ich dir nicht mehr verbergen will, obgleich ich es für einen erfreulicheren Augenblick aufzusparen gedachte. Wisse denn, mein Herzenssohn, die Ohnmächtige, die ich in den Armen halte, ist deine wirkliche Gattin! Ich nenne sie so, denn ich und dein Vater haben sie für dich gewählt, und die auf dem Bildnis ist nicht die rechte.» Als Rodolfo das hörte, überließ er sich ganz seinem glühenden Liebesverlangen, und da er sich durch den Namen eines Gatten von allen Hindernissen entbunden glaubte, die der Anstand und die Rücksicht auf den Ort ihm auferlegen konnten, so warf er sich auf Leocadias Gesicht, preßte seinen Mund auf den ihren und schien nur darauf zu warten, daß ihre Seele ihren Leib verlasse, um sie in seine aufzunehmen. Endlich aber, als die Tränen aller aus Mitleid reichlicher strömten und die Klagen im Schmerze lauter wurden, als Leocadias Eltern sich das Haar ausrauften und die Klagen und das Geschrei Rodolfos gen Himmel drangen, kam Leocadia zu sich, und damit kehrten auch Heiterkeit und Freude in aller Brust zurück, wo sie bereits erloschen waren. Als Leocadia sich in Rodolfos Armen sah, wollte sie sich mit sittsamer Gewalt befreien; er aber sagte zu ihr: «Nein, Fräulein, nicht so soll es geschehn! Es ist nicht wohlgetan, wenn Ihr kämpfet, um Euch aus den Armen dessen loszuwinden, in dessen Seele Ihr lebt.» Mehr und mehr kam Leocadia, als sie diese Worte hörte, zur Besinnung, und Doña Estefania beschloß, ihren ersten Plan ganz aufzugeben. Sie bat also den Pfarrer, ihren Sohn sogleich mit Leocadia zu verbinden. Das tat er denn auch. All dies ereignete sich nämlich noch zu jener Zeit, in der nichts nötig war als die Einwilligung beider Teile, und in der man all der gerichtlichen und religiösen Förmlichkeiten und Vorkehrungen, die jetzt üblich sind, noch nicht bedurfte.

So wurde die Vermählung vollzogen, und keine Schwierigkeit stellte sich der Trauung in den Weg.

Und jetzt, da wir so weit sind, mag es einer andern Feder und einem andern, feineren Geiste als meinem überlassen bleiben, von der allgemeinen Freude all derer zu erzählen, die bei diesem Ereignis anwesend waren, von den Umarmungen zwischen Leocadias Eltern und Rodolfo, von dem Dank, den sie dem Himmel und seinen Eltern zollten, von den gegenseitigen Höflichkeiten und von der Verwunderung der Gefährten Rodolfos, die so unerwartet gleich am Abend ihrer Ankunft Zeugen einer so schönen Vermählung wurden, zumal Doña Estefania in ihrer aller Gegenwart erzählte, daß Leocadia dasselbe Mädchen sei, das ihr Sohn in ihrer Gesellschaft geraubt hatte. Rodolfo aber, nicht minder betroffen als sie, bat, um sich vollends von der Wahrheit all dieser Dinge zu überzeugen, Leocadia, ihm irgendein Merkmal anzugeben, das ihm bestätigen solle, was er nicht mehr bezweifelte; denn er sagte sich, daß seine Eltern alles genau ermittelt haben mußten. Sie erwiderte: «Als ich einst aus einer andern Ohnmacht wieder zur Besinnung und zum Bewußtsein kam, mein Herr, da sah ich mich entehrt in Euren Armen. Jetzt aber scheint es mir wohl geschehn; denn als ich eben aus dieser Ohnmacht erwachte und mich wieder von jenen Armen umfangen sah, fand ich in ihnen auch meine Ehre wieder. Und wenn Euch dies Merkmal noch nicht genügt, so mag ein Bild des Gekreuzigten für mich zeugen, das Euch niemand entwendet haben konnte als ich, wenn Ihr es an jenem Morgen vermißt habt; es ist dasselbe, das Eure Mutter, meine gnädige Gebieterin, in Händen hat.» – «Ihr seid die Gebieterin meiner Seele und sollt es bleiben, solange Gott es vergönnt, mein höchstes Gut!» Damit umarmte er sie von neuem, und von neuem segneten und beglückwünschten sie alle.

Die Speisen wurden aufgetragen, und zugleich kam die Musik, die schon früher bestellt worden war. Rodolfo erkannte sich selbst im Spiegel der Züge seines Sohnes, dessen Großeltern vor Freude weinten. Kein Winkel war im ganzen Hause, wo nicht Jubel, Freude und Heiterkeit herrschten. Und obgleich die Nacht auf ihren leichten schwarzen Fittichen vorüberschwebte, so war es Rodolfo doch, als gehe und wandle sie nicht mit Flügeln, sondern auf Krücken, so groß war sein Verlangen, sich mit der geliebten Braut allein zu sehn. Endlich kam die ersehnte Stunde; denn es gibt nichts, was kein Ende nähme. Alle gingen zu Bett, und das ganze Haus lag begraben in der tiefen Stille, in der diese wahre Geschichte nicht begraben bleiben wird; denn das würden die vielen Kinder und die erlauchte, noch jetzt lebende Nachkommenschaft nicht dulden, die diese beiden glücklichen Gatten in Toledo hinterließen. Sie selber aber freuten sich glücklich viele Jahre hindurch aneinander, an ihren Kindern und Enkeln, und zwar kraft der Fügung des Himmels und der Macht des Blutes, mit dem der mannhafte, erlauchte und christliche Großvater Luisicos den Boden benetzt sah.

ANONYM

LAZARILLO DE TORMES

Lazarillo erzählt, wer sein Vater gewesen
Lazarillo wird Führer eines Blinden

Vor allem ist zu wissen, geneigter Leser, daß ich Lazaro von Tormes heiße, Sohn des Thomas Gonzales und der Antonia Pérez, die aus Tejares, einem Dorfe bei Salamanca, gebürtig waren. Ich bin auf dem Flusse Tormes geboren (daher mein Zuname), und zwar hat sich dies folgendermaßen begeben:

Mein Vater (Gott habe ihn selig!) hatte eine Mühle zu versorgen, die an besagtem Flusse stand und in der er fünfzehn Jahre lang Müller war. In dieser Mühle nun brachte mich meine Mutter in einer Nacht, da sie ihr Stündlein überraschte, auf die Welt, so daß ich mit Wahrheit sagen kann, ich sei auf dem Wasser geboren. Als ich acht Jahre alt war, wurde mein Vater angeklagt, er habe die Kornsäcke seiner Kunden bisweilen arg scharf zur Ader gelassen. Er wurde deshalb verhaftet und peinlich examiniert, worauf er alles redlich bekannte und nichts leugnete, um nach vollendetem Prozeß und gefälltem Urteil in die Zahl derjenigen aufgenommen zu werden, welche Christus die Auserwählten nannte mit den Worten: «Selig die, welche leiden um der Gerechtigkeit willen.» Zur gleichen Zeit rüstete man eine Armada gegen die Türken, bei der sich mein Vater als Stallknecht eines Edelmanns verdingte, da er wegen des erwähnten Unglücks des Landes verwiesen war; wider die Ungläubigen hat er sein Leben geendet.

Als nun meine arme Mutter hörte, daß sie ihres Mannes und Ernährers beraubt war, beschloß sie, sich zu frommen Leuten zu gesellen, zu denen sie ja gehörte; zog also in die Stadt Salamanca, mietete ein Häuschen, kochte für Studenten und wusch für die Stallknechte des Komturs der heiligen Magdalena. Bei solcher Gelegenheit wurde meine Mutter mit einem Mohren bekannt und geriet mit ihm in große Vertraulichkeit. Der hat sie nun bisweilen des Abends in ihrem Häuslein besucht und erst des anderen Tages früh sich wieder zu seinen Pferden begeben. Bisweilen kam er auch bei hellichtem Tag unter dem Vorwand, er wolle frische Eier kaufen, obschon meine Mutter gar keine Hennen hatte. Anfangs habe ich mich über ihn heftig entsetzt; wie ich aber merkte, daß mit seinem Kommen das Fleisch im Topf größer zu werden begann, habe ich ihn gutwillig anerkannt, denn er kam nie mit leeren Taschen, sondern brachte stets etwas mit: ein Stückchen Brot, etwas Fleisch und zur Winterszeit Holz, daß wir uns wärmen konnten. In summa: es ging so vertraulich zu, daß meine Mutter mich endlich mit einem kleinen, jungen Mohren beschenkte, den ich wiegen und wärmen half.

Ich erinnere mich noch, daß mein Stiefvater einst lieb tat mit seinem Söhnchen, und dieses, da es meine Mutter und mich weiß und ihn anders sah, floh aus Furcht vor ihm und lief zu meiner Mutter, indem es schrie: «Mama, der Wau-Wau». Darüber lachte sein Vater und antwortete: «Na, du Schelmenkind!» Obwohl ich damals ziemlich jung war, merkte ich mir doch, was mein Brüderchen sagte, und dachte bei mir: Wieviel Leute muß es auf der Welt geben, die vor anderen fliehen, weil sie nicht sehen, wie sie selber sind?

Unser Unglück wollte es, daß unsere Vertraulichkeit mit Zyades – so hieß der Mohr – dem Hofmeister des Komturs zu Ohren getragen wurde, und der brachte durch eine Untersuchung ans Tageslicht, daß mein ehrbarer Stiefvater die Hälfte des Pferdefutters, außerdem Heu, Holz, Striegel, Wischtücher und Roßdecken gestohlen hatte, mit der Entschuldigung, es sei verlorengegangen. Ja, wenn's nicht anders ging, nahm er sogar den Pferden die Eisen, damit meine Mutter mein kleines Brüderlein aus dem Erlös großziehen könne.

Wundern wir uns also nicht, wenn ein Geistlicher die Armen, ein Mönch sein Kloster bestiehlt, um seinen frommen Schäfchen davon mitzugeben, wenn sogar die Liebe einen armen Sklaven zu solchen Dingen verführt.

Dem Mohren wurde alles, was ich erzählt habe, bewiesen und noch mehr, weil ich selbst als Kind durch Drohungen dazu gebracht wurde, daß ich den ganzen Handel recht gründlich entdeckte und bekannte, ich habe im Auftrage meiner Mutter etliche Hufeisen verkauft.

Mein Stiefvater, der arme Tropf, wurde gepeitscht und mit Ruten gekitzelt, und meiner Mutter von der Obrigkeit ausdrücklich und ernstlich verboten, den Zyades noch in ihre Wohnung zu lassen, und sie hat denn auch, um nicht die Ärmel noch zum Rock zu verlieren, dieses Verbot treu und fest gehalten. Um die Gefahr zu vermeiden und neidischen Zungen den Stoff zum Gewäsch zu nehmen, verdingte sie sich beim Wirt «Zur Sonne». Hier mußte sie sehr viel erdulden und zog mein Brüderlein auf, bis es laufen konnte, indes ich schon so viel nutz war, daß ich den Gästen Wein, Brot, Kerzen und sonstiges, was man von mir verlangte, holen konnte.

In dieser Zeit kam einstmals ein Blinder in das Wirtshaus, der meinte, ich würde als Führer eben recht für ihn sein, und mich deshalb meiner Mutter abbettelte. Sie war's zufrieden und empfahl mich ihm; denn ich sei der Sohn eines frommen und ehrlichen Mannes, der um des christlichen Glaubens willen in einer Schlacht umgekommen sei, und sie halte dafür, daß ich nicht aus der Art schlagen würde, und bat ihn, mich gut zu behandeln und auf mich als einen Waisenknaben achtzuhaben. Er versprach, mich nicht wie einen Diener, sondern wie sein eignes Kind zu halten, und so fing ich denn an, meinem neuen alten Herrn zu dienen und ihn herumzuführen.

Nachdem wir noch einige Tage in Salamanca geblieben, glaubte mein Herr, der Gewinn sei da zu gering, und beschloß aufzubrechen. Ich nahm deshalb von meiner Mutter Abschied; sie gab mir ihren Segen und sprach dabei: «Mein Sohn! ich werde dich wohl nicht mehr sehen, befleißige dich, fromm und redlich zu sein, und möge Gott dich geleiten; ich habe dich bisher aufgezogen und dich zu einem guten Herrn gebracht, jetzt hilf dir selbst zu Brot und Nahrung!» Damit ging ich von ihr fort zu meinem Herrn, der auf mich gewartet hatte. Wie wir nun aus Salamanca gingen und zu der Brücke kamen, auf der ein steinerner Stier steht, hieß mich der Blinde nahe herantreten und sagte: «Lazarillo, lege dein Ohr an dieses Stieres Maul, du wirst ein großes Getöse darin hören.» Ich tat einfältigerweise, was er mir sagte, in der Meinung, es sei wahr. Wie der Bösewicht aber merkte, daß ich meinen Kopf an des steinernen Stieres Kopf hatte, stieß er mich so grob und heftig dagegen, daß ich es länger denn drei Tage verspürte, sagte dabei zu mir: «Du Gimpel, so merk dir, da du noch jung bist, daß eines Blinden Diener verschmitzter und geriebener sein muß als der Teufel selbst», und lachte gewaltig über seinen Streich. Mir aber schien es, als ob ich aus meiner Einfalt erwachte, in der ich nach Jungenart geschlafen hatte, und ich sprach zu mir selbst: «Der Mann hat recht, du mußt jetzt die Augen auftun und selbst sehen, was dir gut und nützlich ist.»

Wir setzten unseren Weg fort, und er lehrte mich in wenigen Tagen das Rotwelsch, und weil er merkte, daß ich ein gutes Ingenium und hurtigen Verstand hatte, freute er sich sehr und sprach zu mir: «Lazarillo, Gold und Silber kann ich dir nicht geben; aber ich will dich abrichten, daß ein rechtschaffener Mensch aus dir werden soll und du deinen Unterhalt wohl wirst gewinnen können.» So war's denn auch; denn nächst der Hilfe Gottes hat er mich zum Menschen gemacht und mir Klarheit und Licht gegeben, obwohl er selbst blind war.

Um nun auf unseren Blinden und seine Qualitäten zurückzukommen, so müßt ihr wissen, daß unser Herrgott seit Erschaffung der Welt keinen listigeren und verschlageneren Menschen hervorgebracht hat. Er war ein Wunder seiner Kunst; er konnte wohl hundert und mehr Gebete auswendig, und diese zu rezitieren, brauchte er eine so tiefe, ruhige und doch klangvolle Stimme, daß es in der ganzen Kirche widerhallte; zudem machte er ein andächtiges und demütiges Gesicht, ohne irgendwie den Mund zu verziehen oder mit den Augen zu blinzeln. Ferner hatte er noch wohl tausend Kniffe, Ränke und Künste, um Geld an sich zu ziehen. Er wußte Gebete für allerlei Gebrechen: für Frauen, die keine Kinder bekamen, für Weiber, die in Kindsnöten waren, für unglücklich

Verheiratete und ähnliche Geschichten mehr. Schwangeren Weibern konnte er wahrsagen, ob sie einen Knaben oder ein Mädchen zur Welt brächten, und in der Arzneikunst war er gelehrter als Galenus; denn wenn ihm einer klagte, er werde von Zahnweh, Herzenspein, Bauchgrimmen oder Frauenkrankheiten geplagt, so sagte er ihm sofort: «Tu dies, tu jenes; gebrauche dieses Kraut, nimm jene Wurzel!» Deshalb lief ihm alle Welt zu, besonders die Weiber, welche seinen Worten wie dem Evangelium glaubten und ihn für seinen Rat und seine Kunst so beschenkten, daß er in einem Monat mehr verdiente als hundert andere seines Handwerks in einem ganzen Jahr.

Doch wisse, lieber Leser, obwohl er reich und begütert war, kann ich mich nicht erinnern, mein lebelang einen geizigeren und schäbigeren Kärgling gesehen zu haben. Nicht nur ließ er mich fast Hungers sterben, sondern er hat mir auch weder Kleider noch Schuhe noch anderes gekauft, so daß ich längst eine Speise der Würmer hätte sein müssen, wenn ich nicht durch Hurtigkeit und Wachsamkeit mich selbst versorgt hätte. Aber wie verschlagen und abgefeimt er auch war, so wußte ich ihn doch derart anzuführen, daß ich fast immer oder doch meistens den grössten und besten Teil an mich brachte. Dazu bedurfte es aber großer List und mancher Kniffe, von denen ihr etliche hören sollt, obgleich nicht alle ganz zu meinem Vorteil ausgefallen sind.

Dieser Blinde trug sein Brot und andere Speisen in einem linnenen Beutel, der oben mit einem eisernen Ring eingefaßt war, den er mit einem Vorhängeschloß versperrte, und wenn er Speisen und Brot hineintat, gab er so fleißig und genau darauf acht, daß ihn die ganze Welt nicht um ein Brosämchen hätte betrügen können. Ich mußte also mit dem zufrieden sein, was er mir gab, obwohl es nur kleine und schmale Bissen waren. Wenn er aber seinen Sack verschlossen hatte, glaubte er vor allen Verlusten ganz sicher zu sein. Ich aber schlich mich an den geizigen Sack, trennte ihn an einer Seite auf und zog Brot, Braten, Fleisch und Knackwürste fein säuberlich und hurtig heraus. Auf diese Weise konnte ich meinen wütigen Hunger stillen, den der Blinde mich leiden ließ.

Alles, was ich stehlen und stibitzen konnte, trug ich in einzelnen Pfennigen bei mir, und wenn man ihm befahl, ein Gebet zu sprechen, und ihm einen Kreuzer darreichte, konnte er, der stockblind war, die Hand nicht so schnell darnach ausstrecken, daß ich den Kreuzer nicht schon im Munde verbarg und dafür mit wunderbarer Fixigkeit den Pfennig reichte. Darüber aber murrte der verfluchte Blinde alsbald, denn er merkte am Griff, daß es kein Kreuzer, sondern nur ein Pfennig war, und sagte: «Wie zum Teufel kommt es, daß man mir, seit du bei mir bist, nichts als schäbige Pfennige gibt, während man mir doch früher stets einen Kreuzer, bisweilen auch zweie gegeben hat; daran kann niemand anders schuldig sein als du.» Deshalb kürzte er auch sein Gebet um mehr als die Hälfte ab und befahl mir, ihn am Mantel zu zupfen, wenn der Bezahler außer Hörweite sei. Sobald er dieses Ziehen merkte, machte er Schluß mit dem Beten und schrie von neuem, wie der Blinden Brauch ist, man solle dies oder jenes Gebet bei ihm bestellen.

Er hatte die Angewohnheit, wenn er aß, seinen Weinkrug neben sich zu stellen, den ich zuweilen beim Kragen erwischte, um ihn still und heimlich ein- oder zweimal zu küssen. Leider konnte ich diese Freude nicht lange genießen, denn der Blinde merkte, daß ihm einige Schlücke, deren Zahl er auswendig wußte, gegen früher fehlten. Deshalb hielt er sein Krüglein stets in der Hand. Doch der Magnet kann auf Eisen keine so starke Anziehungskraft ausüben, wie meine Lust und Begierde war, meine Gurgel mit dem Weine anzufeuchten, was mir mit Hilfe eines Strohhalms auch glücklich gelang. Weil aber dieser blinde Tropf so verschmitzt war (wie ich vorhin schon erzählt habe), muß er mich wohl einmal saugen gehört haben, wenigstens stellte er den Krug hinfüro zwischen seine Füße und deckte stets die Hand oben über das Mundloch. Ich, der ich des Weines schon gewohnt war, hätte rasend werden können, daß ich meiner Lust nicht mehr frönen durfte. Ich kam deshalb auf den Gedanken, am Boden des Kruges ein kleines Löchlein anzubringen, welches ich mit Wachs verstopfte. Wenn nun der Blinde seine Mahlzeit hielt, setzte ich mich zwischen seine Füße, als wollte ich mich an dem ärmlichen Lichtlein wärmen, das wir unser eigen nannten, und wenn dann das Stückchen Wachs nach kurzer Zeit geschmolzen war, entrieselte dem Krug ein rieselndes Brünnlein, welches dem Lazarillo ins Maul hüpfte, ohne daß ein einziges Tröpflein verlorengegangen wäre. Wenn nun der Ärmste wieder trinken wollte und schier nichts mehr in dem Krug fand, geriet er in wundersame Verzückungen und wünschte Krug und Wein zum Teufel.

Damals sagte ich zu ihm: «Onkel, Ihr werdet doch nicht meinen, daß ich den Wein ausgesoffen habe, da Ihr den Krug ja nie aus Euren Händen laßt!» Er sagte nichts, kehrte, drehte und betastete den Krug aber oben und unten, rechts und links so lange, bis er die Quelle fand und den Streich merkte. Er hielt sich jedoch ruhig bis zum anderen Tage, da ich wiederum meine trockene, durstige Gurgel durch den himmlischen Tau des Weines befeuchten ließ. Als nun der süße Brunnen zu quellen begann, hielt ich mein Maul darunter, den Blick gen Himmel gerichtet und die Augen ein bißchen geschlossen, auf daß mir dieses liebliche, köstliche Gurgelwasser desto besser schmecken sollte. Der gottlose Blinde aber hielt den rechten Augenblick zur Rache für gekommen, hob den süßen bitteren Krug jäh hoch in die Höhe und stieß ihn mir mit voller Kraft mitten ins Gesicht, so daß ich armer Lazarillo, der nichts Böses dachte, vielmehr in schönster Herrlichkeit thronte, im ersten Augenblick glaubte, das gesamte Himmelsgebäude mit allem Drum und Dran sei mir auf den Kopf gefallen. Der Stoß war so heftig, daß ich in eine Ohnmacht fiel; zugleich zerrissen mir die Trümmer und Scherben des Krugs das ganze Gesicht und stießen mir auch etliche Zähne aus, ohne die ich bis auf den heutigen Tag mich behelfen muß.

Von dieser Stunde an wurde mir der Blinde verhaßt, und obwohl er mir schöntat und gute Worte gab, merkte ich doch, daß er sich über die grausame Rache freute. Denn indem er mir die Wunden von den Scherben mit Wein wusch, lachte er dazu und sagte: «Was meinst du, Lazarillo, der Wein, der dich krank gemacht, wird dich wohl wieder heilen.» Mit solchen und ähnlichen Stichelreden kränkte er mich.

Als nun meine Wunden halb geheilt waren und ich mir überlegte, daß mit noch einigen solchen Streichen der Blinde mich um mein Brot bringen würde, gedachte ich, mich seiner zu entledigen, wobei ich sehr schlau und vorsichtig zu Werke ging. Selbst wenn ich mich hätte beruhigen und den Schlag mit dem Krug ihm verzeihen wollen, so gestattete dies doch die schnöde Behandlung nicht, die er mir hernach angedeihen ließ. Ohne alle Ursache schlug, stieß und raufte er mich, und wenn ihm einer zusprach, er solle nicht gar so grausam und unbarmherzig gegen mich sein, so erzählte er sogleich die Geschichte mit dem Krug und sagte: «Haltet Ihr vielleicht diesen Jungen für fromm und unschuldig? Hört zu, ob alle Teufel miteinander ein solches Schelmenstück hätten erdenken können.» Dann erzählte er den Streich, und alle Zuhörenden schlugen ein Kreuz und sprachen: «Sieh, sieh, wer sollte meinen, daß so viel List und Schlechtigkeit in einem solchen kleinen Knirpschen stecken könnten.» Zugleich lachten sie über meinen pfiffigen Streich und sprachen: «Haut ihn nur! haut ihn nur! Ihr werdet einen Gotteslohn dafür verdienen.» Das tat denn auch der Blinde redlich und ohne aufzuhören.

Aus Rache führte ich ihn allezeit über die schlechtesten Wege, und wo ich nur Steine sah und Schmutz, da mußte er mitten hindurch, und obwohl ich selbst nicht auf guten Wegen wandelte, so hatte ich doch ein großes Vergnügen daran, wenn er an den Steinen sich stieß und mitten durch den Kot tappte. Er griff mir allezeit hinten auf den Kopf und raufte mich mit seinen Bärentatzen so unchristlich, daß ich hinten kein einziges Haar mehr hatte, und obwohl ich schwor, daß ich ihn nicht absichtlich die schlechten Wege führe und bessere nicht vorhanden seien – es half mir alles nichts. Je heftiger ich schwur, desto weniger glaubte er mir, denn der Bösewicht war zu schlau und durchtrieben.

Und damit der geneigte Leser ersehe, wie weit die Verschmitztheit dieses schlauen Menschen ging, will ich einen Fall von den vielen erzählen, die mir mit ihm passierten, woraus leichtlich abzumessen ist, wie groß seine Schlauheit gewesen.

Als wir von Salamanca hinwegzogen, war sein Vorhaben, sich in das Königreich Toledo zu begeben, denn, sagte er, dort seien viel reichere Leute, wenn sie auch weniger freigebig seien. Er folgte eben dem Sprichworte: «Der Hartherzige gibt mehr als der Nackte.» Also wanderten wir auf dieser Reise durch die wohlhabendsten Städte und Dörfer. Wo man uns gut aufnahm und wo wir zu unserm Nutzen schaffen konnten, da blieben wir; wo nicht, da währte unser Jahr drei Tage. So kamen wir zur Zeit der Weinlese in ein Dorf mit Namen Almorox. Dort schenkte uns ein Bauer als Almosen eine Traube. Da die Beeren aber schon abfielen, auch in dem Bettelsack zerdrückt worden wären und den übrigen Inhalt beschmutzt haben würden, so beschloß der Blinde, ein Festmahl abzuhalten; auch um mich zu entschädigen für die vielen Knüffe und Püffe, die ich von ihm erhalten hatte. Wir setzten uns nieder an einem Rain, und dort sprach er zu mir: «Lazarillo, ich will jetzt gar freigebig und mild gegen dich sein; wir wollen nämlich diese Traube miteinander zugleich verzehren, und du sollst davon so viel haben als ich selbst. Wir wollen sie so teilen: du pickst einmal, ich das andere Mal, doch mußt du mir versprechen, auf einmal nicht mehr denn eine Beere abzubrechen, wie auch ich nicht mehr nehmen werde; auf diese Weise wird keiner übervorteilt werden.» Dieser Vergleich wurde sofort beiderseits genehmigt und bestätigt. Wie wir nun anfingen, an den Trauben zu klauben, blieb der Bösewicht nicht lange bei dem getroffenen Pakt, sondern nahm zwei Beeren auf einmal, weil er wohl dachte, ich würde das gleiche tun.

Wie ich nun sah, daß er unseren Vergleich brach, glaubte ich, auch nicht mehr daran gebunden zu sein, und nahm also nicht nur zwei und zwei, sondern drei und drei und noch mehr, wenn ich sie erwischen konnte. Als die Traube aufgezehrt war, saß er eine gute Weile still und hielt den leeren Stengel in der Hand. Endlich schüttelte er den Kopf und sprach: «Bei Gott, Lazarillo, du hast mich beschwindelt, denn ich darf wohl sagen, daß du die Beeren zu dritt auf einmal gepflückt hast.» Ich antwortete: «Nein fürwahr, wie kommt Ihr auf diesen Verdacht?», und der durchtriebene Blinde antwortete: «Weil du mich die Beeren zu zweien nehmen ließest, ohne irgend etwas dagegen zu sagen.» Darüber mußte ich heimlich lachen, und obwohl ich noch jung war, habe ich mir doch diese pfiffige Ausrechnung fleißig gemerkt und im Gedächtnis behalten.

Um aber nicht langweilig zu werden, will ich viele Sachen, die mir mit diesem Blinden passiert sind und welche gar lustig zu hören wären, lieber verschweigen und nur den letzten Streich erzählen.

Wir waren in der Stadt Escalona (einem Herzog gleichen Namens gehörig), dort gab mir in einer

Herberge mein Blinder ein Stück von einer Knackwurst zu braten, und nachdem er etliche Schnitten Brot mit dem leckersten Wurstfett beträufelt, gab er mir zwei Kreuzer, um Wein aus einem Wirtshause zu holen. Der Teufel, der, wie man sagt, die Leute zu Dieben macht, stellte mir die Gelegenheit vor Augen, und die war, daß in einem Winkel neben dem Feuer eine dicke, welke Rübe lag, die man dahin geworfen, weil sie zum Kochen nicht geeignet gewesen. Da wir nun beide allein waren und ich einen wütigen Appetit hatte, den mir der liebliche Geruch von der Knackwurst verursachte, so setzte ich alle Furcht beiseite und zog, indessen der Blinde in seinem Beutel nach den Kreuzern suchte, in einem Hui die Knackwurst von dem Spieß und steckte die welke Rübe fein säuberlich und meisterlich daran. Sobald mein Blinder mir das Geld gegeben, fing er an, den Spieß im Feuer zu wenden und die schlimme Rübe mit allem Fleiß zu braten, die des Bratens wirklich nicht würdig war. Wie ich nun den Wein holte, verschluckte ich mit herzlichem Vergnügen meine Knackwurst; und wie ich wieder zurückkam, sah ich meinen blinden Herrn, wie er die Rübe, die er noch nicht betastet hatte, zwischen zwei Brotschnitten gedrückt, festhielt. Wie er nun aber mit seinen Zähnen gar begierlich hineinbiß, merkte er, daß es nichts weiter war als eine wertlose Rübe. Rasend und wütend schrie er mich an: «Was soll das bedeuten, Lazarillo?» – «Wehe mir Unglücklichem», sagte ich, «könnt Ihr mir denn dafür die Schuld zumessen? Komme ich nicht grad erst mit dem Wein zurück? Es muß einer dagewesen sein, der Euch diesen Streich gespielt hat.» – «Nein, nein!» rief er, «das ist erlogen, denn ich habe den Spieß nicht aus der Hand gelassen.» Ich aber begann zu schwören und mich zu verfluchen, wenn ich an diesem Possen schuldig wäre. Doch alles half mir nichts, denn der Schlauheit dieses abgefeimten Blinden konnte nichts verborgen bleiben. Er sprang sofort auf, packte mich beim Kopf und begann gleich einem Spürhund mein Maul und meinen Atem zu beriechen. Um aber der Wahrheit ganz und vollständig auf den Grund zu kommen, riß er mir in seinem Zorne das Maul so ungestüm auf, daß ich meinte, es ginge mir aus den Angeln. Dann stieß er mir seine lange, spitzige Nase, die der Ärger noch länger gemacht hatte, bis hinten in den Schlund hinein. Hierdurch und wegen meiner Furcht und weil sich die Knackwurst noch nicht recht im Magen gesetzt hatte und schließlich wegen des Grausens, das mir diese hochentwickelte Nase erweckte – kurz, alle diese Ursachen wirkten zusammen, daß die Wahrheit und meine Gefräßigkeit an den Tag und die Knackwurst ihrem rechtmäßigen Besitzer wieder zukam. Denn mein elender Magen wurde, ehe der böse Blinde seinen bestialischen Rüssel aus meinem Munde zurückziehen konnte, so heftig alteriert, daß er das Gestohlene wieder herausgab, und zwar so, daß seine Nase und meine unverdaute Knackwurst gleichzeitig mein Maul verließen. Ach, großer Gott, wäre ich doch damals schon begraben gewesen, denn tot war ich ja schon. So groß war die giftige Wut dieses Gottlosen, daß er mich gewiß des Lebens beraubt hätte, wenn man mir nicht zu Hilfe gekommen wäre. In summa: man mußte mich mit Gewalt aus seinen Händen reißen, darin er die letzten Haare hielt, die ich noch auf dem Kopfe hatte. Mein Gesicht war von seinen Nägeln zerrissen und mein Hals und meine Kehle zerschunden, was sie auch wohl verdient hatten, denn durch ihre Bosheit war dieser Jammer über mich gekommen. Den umstehenden Menschen aber und allen, die herbeigelaufen kamen, erzählte der wütige Blinde meine Streiche; nicht ein-, sondern zwei- und dreimal, und nicht nur die Geschichte mit der Knackwurst, sondern auch die mit dem Krug und der Traube. Alle Leute lachten wie verrückt, und jedermann, der es hörte, trat hinzu, um auch an der Vergnüglichkeit teilzunehmen, denn der Blinde erzählte meine Händel mit solchem Witz und solcher Grazie, daß ich trotz der Schmerzen und der empfangenen Stöße und Streiche es für ungerecht gehalten hätte, nicht auch darüber zu lachen.

Unterdessen fiel mir ein, daß es eine große Dummheit und Feigheit meinerseits gewesen war, daß ich ihm die Nase nicht abgebissen hatte, was ich doch so leicht hätte tun können, weil ich nur die Zähne, zwischen denen sie steckte, hätte aufeinanderzubeißen brauchen. Zudem glaubte ich, daß mein Magen sie viel besser verdaut haben würde als die Knackwurst, und schließlich hätte ich auch noch, wenn man die Nase nirgends gefunden, bei der Untersuchung die Tat leugnen können. Wollte Gott, ich hätte es getan, denn meine Lage wäre dadurch weder besser noch schlechter geworden. Die Wirtin und die Umstehenden versöhnten uns wieder miteinander und wuschen meine Wunden mit dem Wein, den ich für den Blinden geholt hatte. Unterdessen vexierte mich der Alte auf tausenderlei Art; bald sagte er: «Dieser Junge verwäscht in einem Jahre mehr Wein, als ich in zweien trinken kann»; dann wieder sprach er: «Lazarillo, Lazarillo, du hast dem Wein mehr zu danken als deinem Vater, denn, gesetzt der Fall, daß dir dieser einmal das Leben gegeben, so hat es dir doch der Wein tausendmal erhalten.» Dann erzählte er, wie oft er mich blutig geschlagen und mir das Gesicht zerfetzt und mich dann mit Wein wieder geheilt habe. «Gewiß, Lazarillo», sprach er, «wenn je ein Mensch durch den Wein zu Glück und Wohlstand kommen kann, so wirst du es sein.»

Über diese Stichelworte wurde ich ärgerlich und wütend. Die Leute aber, die dabeistanden, wollten sich wohl krank darüber lachen.

Aber die Weissagung des Blinden sollte sich nicht als trügerisch erweisen, und ich habe mich oft an ihn erinnert, der ohne Zweifel Prophetengabe besaß;

und es reut mich oft der viele Verdruß, den ich ihm bereitete, wenn ich bedenke, daß das, was er mir eines Tages sagte, an mir vollständig sich erfüllen und zur Wahrheit werden sollte.

Als ich sah, wie böse dieser Blinde andauernd mit mir umging, beschloß ich, ihn für immer zu verlassen. Und das begab sich folgendermaßen:

An einem der nächsten Tage gingen wir durch die Stadt, um Almosen zu sammeln, obwohl es Tag und Nacht vorher heftig geregnet hatte. In dieser Stadt gab es Bogengänge und Lauben an den Häusern, unter denen er während des Betens auf und ab ging, um nicht naß zu werden.

Als aber die Nacht herniederkam und es nicht aufhörte zu regnen, sagte er zu mir: «Lazarillo, das böse Wetter will nicht nachlassen, und je später es wird, je heftiger regnet es; wir wollen beizeiten in die Herberge gehen.» Um dahin zu kommen, mußten wir über ein Bächlein schreiten, welches mitten durch die Gassen floß und wegen des Regens stark angeschwollen war. Deswegen sagte ich zu ihm: «Onkel, der Bach ist sehr breit, doch sehe ich eine Stelle, wo wir trockenen Fußes können herüberkommen, wenn wir nur ein wenig springen.» Dieser Rat gefiel ihm nicht schlecht, und er sprach zu mir: «Lazarillo, ich liebe dich, weil du klug bist und verständig; darum führe mich an die Stelle, da der Bach am schmalsten ist. Es ist jetzt Winter, und das Wasser ist überhaupt unangenehm, aber das

Schlimmste sind nasse Füße um diese Jahreszeit.» Als ich nun sah, daß die Geschichte ganz nach meinem Wunsch ging, führte ich ihn von den Bogengängen fort auf die Gasse und stellte ihn grad einer Steinsäule gegenüber, auf der sich wie auf andern die Vorsprünge der Häuser stützten. Dann sagte ich ihm: «Onkel, an dieser Stelle ist der Bach am schmalsten.» Der arme Kerl traute mir nichts Böses zu, und da es heftig regnete und er Eile hatte, ins Trockene zu kommen, und ihn schließlich Gott noch verblendete, um mir Gelegenheit zur Rache zu geben, so sprach er in großer Eile zu mir: «Stelle mich nur an die richtige Stelle und spring zuerst hinüber!» Dann stellte ich ihn ganz gerade dem steinernen Pfeiler gegenüber, hüpfte über den Bach, stellte mich hinter die Säule, als wollte ich einen stoßenden Stier erwarten, und schrie: «Onkel, springt nur los, so weit Ihr könnt, nur los, damit Ihr nicht in das Wasser tretet und Euch naß macht!»

Kaum hatte ich das gesagt, da wiegt und schwingt sich mein Blinder hin und her wie ein Ziegenbock, tritt einige Schritte zurück und springt aus allen Kräften gegen den steinernen Pfeiler, daß er wie ein Wollsack zurückprallte und rücklings in den Bach fiel, als wenn ihn der Hagel zu Boden geschlagen hätte. «Aber Onkel», sagte ich, «Ihr habt die Knackwurst riechen können und riecht jetzt nicht einmal den mächtigen Pfeiler? So riecht doch! riecht doch! riecht!» Mit diesen Worten ließ ich den armen Teufel in den Händen der vielen Leute, die herbeigelaufen waren, und setzte mich schleunigst in Trab, so daß ich noch, bevor es Nacht wurde, Torrijos erreichte. Wie es aber dem armen Blinden weiter ergangen ist, weiß ich nicht, und ich habe auch nie danach gefragt.

Wie Lazarillo zu einem Geistlichen in Dienst kam und was er mit dem erlebte

Aus Angst, ich möchte in Torrijos nicht sicher sein, wanderte ich am folgenden Tage nach einem Ort, der Maqueda hieß. Dort ließen mich meine Sünden mit einem Geistlichen bekannt werden, der mich, als ich um ein Almosen bat, fragte, ob ich ihm am Altare dienen könnte. Ich sagte ja, denn obschon er mich mißhandelt hatte, hatte mir doch der Blinde viel gute Sachen beigebracht, darunter auch diese.

Der Priester behielt mich also bei sich, und ich kam aus dem Regen in die Traufe, und wenn ich glaubte, dem Donner entronnen zu sein, wurde ich jetzt erst von dem Blitzstrahl getroffen; denn der Blinde war im Vergleich zu diesem in der Freigebigkeit ein Alexander der Große, obwohl er der Geiz in persona gewesen war. Ich brauch' nur zu sagen, daß die Schäbigkeit und Filzigkeit der ganzen Welt in diesem meinem neuen Herrn verschlossen war; doch weiß ich nicht, ob sie in dem eigenen Wesen lag oder erst später erworben war. Er besaß eine große, alte

Truhe, mit einem Schlüssel verschließbar, den er allezeit mit einer Nadel an seinem Rocke befestigt trug, und sobald er etwas bekommen oder gekauft hatte, legte er es eigenhändig in die Truhe und vergaß niemals, sie mit Bedacht wieder zu schließen. In dem ganzen Haus fand sich nicht ein Bröckchen zu essen wie wohl in anderen Häusern: etwa ein Stück Speck im Rauchfang oder Käse oder ein Körbchen mit Brotüberresten, deren Anblick mir Kraft gegeben, auch wenn ich keinen Nutzen davon gehabt hätte.

Aber es gab gar nichts anderes als in einer stets zugesperrten Kammer ein Bündel Zwiebeln an einem Bändchen, von denen ich alle vier Tage eine als meine Ration überwiesen bekam. Wenn ich den Schlüssel verlangte, sie zu holen, und es war zufällig jemand bei ihm, nahm er ihn mit aller Gemächlichkeit aus seiner Brusttasche und sprach: «Hier ist der Schlüssel, und dann komm stracks wieder um und schleckere nicht, wie du sonst immer tust», gleich als ob das beste Konfekt von Valencia in der Kammer eingeschlossen wäre! und doch war nichts anderes darin als die Zwiebeln, die an einem Nagel hingen und so genau abgezählt waren, daß es mir sicher teuer wäre zu stehen gekommen, wenn ich nur einmal meine Ration überschritten hätte. Wozu die vielen Worte: ich starb schier vor Hunger! Dabei ließ er die christliche Nächstenliebe sich selbst gegenüber häufiger hervortreten. Meistens aß er für fünf Kreuzer zu Mittag und Abend, zwar teilte er die Suppe mit mir, aber von dem Fleisch bekam ich nur so viel wie das Schwarze des Nagels; was das Brot anbelangt, so wäre ich zufrieden gewesen, wenn ich nur die Hälfte seiner Portion bekommen hätte.

Es besteht in Spanien vielenorts, besonders in Kastilien, der Brauch, daß man an Samstagen Hammelkopf ißt, und mein Herr ließ mich für drei Kreuzer vom Metzger einen holen. Als nun der Kopf gekocht war, aß er Augen, Ohren, Zunge, das Hirn und das Fleisch an den Kinnbeinen, und den gesamten Rest gab er mir mit den Worten: «Nimm und iß und schlemme tapfer, hier hast du eine bessere Mahlzeit als der Papst!» Möge dir Gott ein gleiches bescheren, dachte ich heimlich bei mir.

In den ersten drei Wochen wurde ich so dürr und abgemagert, daß ich mich vor lauter Hunger kaum auf den Beinen halten konnte. Ich sah den Tod deutlich vor meinen Augen, wenn mir Gottes Gnade und mein Verstand nicht ein Rettungsmittel angegeben hätten. Denn weil absolut nichts vorhanden war, konnte ich auch durch meine List nichts erreichen, und selbst wenn was vorhanden gewesen wäre, hätte ich diesen Herrn doch nicht betrügen können wie meinen Blinden, dem Gott seine Sünden vergeben möge, wenn er an dem Sprunge gestorben ist. Aber der hatte doch wenigstens, weil er des köstlichen Augenlichtes beraubt war, meine fixen Handgriffe nicht sehen können, dieser aber sah schärfer als ein Luchs.

Während der Messe zum Beispiel fiel kein Pfennig auf den Teller, den er nicht gemerkt hätte. Mit einem Auge schielte er auf die Leute, mit dem anderen auf meine Finger, und die Augen tanzten ihm dabei im Kopfe herum, wie wenn sie aus Quecksilber gewesen wären. Alle Pfennige zählte er, und wenn die Messe vorüber war, nahm er mir den Teller ab und stellte ihn auf den Altar. So habe ich ihm keinen einzigen Pfennig stibitzen können während der ganzen Zeit, da ich bei ihm lebte oder – besser gesagt – starb.

Während der ganzen Zeit auch hat er mich niemals um Wein ausgeschickt; wenn er aber ein Viertelchen geschenkt bekam, sperrte er es sofort in die Truhe und zog es so sparsam in die Länge, daß er die ganze Woche damit auskam. Um seinen Geiz zu bemänteln, sagte er mir: «Mein Junge, wir müssen im Essen und Trinken hübsch maßhalten!» Aber der Kerl log wie gedruckt, denn wenn er bei einem Totenschmaus zu Gaste war, wo es aus anderer Leute Beutel ging, da fraß er wie ein Wolf und soff wie ein Stadtmusikant, so daß er hinterher zu Hause drei Tage lang weder kochen noch Wein oder Brot holen ließ.

Ich bin mein lebelang, möge mir's Gott verzeihen, niemals dem Menschengeschlecht so feind gewesen als damals, wo ich zu Gott betete, er möge nur viele Menschen sterben lassen, damit mein guter Herr Domine öfters einen Totenschmaus bekomme und auch ich mich bei der Gelegenheit satt essen und trinken könnte. Wenn einer erkrankte und der Geistliche die Anwesenden zum Gebet aufforderte, so habe ich unsern Herrgott von ganzem Herzen angerufen, nicht etwa, daß es Gott nach seinem Willen mit dem Kranken schicken solle (wie man sonst zu beten pflegt), sondern daß er ihn bald aus diesem Jammertale erlöse, damit ich eine gute Mahlzeit bekäme. Wenn aber einer dem Tode entrann und wieder hochkam, so wünschte ich ihn tausendmal zum Teufel, während ich denjenigen, der starb, ebensooft seinem Herrgott treulich befahl. Denn in der ganzen Zeit, die ich dort war, und es werden ungefähr sechs Monate gewesen sein, verschieden nur zwanzig Personen, und daran ist mein lebhafter Wunsch oder, noch besser, mein inbrünstiges Gebet schuld gewesen; denn weil der Herrgott meinen wütigen Hunger und mein stetes Leiden sah, glaube ich, machte es ihm Freude, jene von der Welt zu nehmen, um mir dadurch das Leben zu geben. Doch fand ich keine endgültige Abhilfe für meine Not, denn wenn ich durch ein Totenmahl Maul und Magen wieder ein wenig in Schwung gebracht, mußte ich gleich darauf wieder an meinem gewohnten Hungertuche nagen. Zuweilen wünschte ich mir den Tod, aber er kam mir nie vor Augen, obwohl ich ihn stets auf dem Rücken trug.

Ich nahm mir einige Male vor, von diesem geizigen und armseligen Herrn hinter der Tür Urlaub zu nehmen, aber ich hatte einen doppelten Grund, dies noch nicht zu tun. Erstens traute ich mich nicht, auf meinen schwachen, abgemagerten Beinen fortzukommen, und dann dachte ich auch bei mir selber: Du hast bisher zwei löbliche Herren gehabt; der erste hat dich durch Hunger krank gemacht, der zweite dich gleich bis ans Grab gebracht; wenn nun der dritte ärger wird als diese beiden, so werde ich es ohne Zweifel mit Haut und Haaren bezahlen müssen. Ich entschloß mich also, in Gottes Namen bei meinem geistlichen Herrn zu bleiben.

Während ich nun in einem Jammer, in einer Angst und Not dahinlebte, vor der Gott einen jeden frommen Christen behüten wolle, und weder aus noch ein wußte, befand sich mein unbarmherziger, böser Herr einstmals nicht zu Hause; vor der Tür aber spazierte ein Kesselflicker vorüber, der zweifelsohne ein verkleideter Engel war, den mir der Herrgott zu Hilfe schickte. Dieser fragte mich, ob ich etwas auszubessern habe. An mir selbst, dachte ich, wäre für Euch genug zu tun, so zerrissen und zerfetzt bin ich, und es wäre ein Meisterstück, wenn es Euch gelänge. Da mir aber das Possenreißen nicht stark im Kopfe lag, so sprach ich zu ihm, vom Heiligen Geist erleuchtet: «Ich habe den Schlüssel zu einer Truhe verloren und fürchte, daß mein Herr mich deswegen prügele. Ich bitte Euch um Gottes willen, suchet unter den alten Schlüsseln, die Ihr bei Euch tragt, nach, ob nicht einer darunter ist, der für die Truhe paßt; ich will ihn Euch gut bezahlen.» Sofort fing der Engel in Kesselflickers Gestalt an, von den Schlüsseln, die er in seinem Gerümpelsack trug, einen nach dem anderen zu probieren, wobei ich ihn mit meinem armen, aber andächtigen Gebete dermaßen unterstützte, daß plötzlich die Truhe aufsprang. Darüber empfand ich eine solch unaussprechliche Freude, daß ich glaubte, wie ich das Brot in der Truhe sah, das Angesicht Gottes zu schauen. Ich sprach zu dem Kesselflicker: «Ich habe wirklich kein Geld da, Euch den Schlüssel zu bezahlen, aber macht Euch selbst mit Brot bezahlt!» Also nahm er eins der schönsten Brote, gab mir den Schlüssel und ging gar wohl zufrieden seiner Wege. Ich war noch zufriedener als er, aber für den Augenblick berührte ich nichts, damit der Abgang nicht so bald bemerkt werde. Auch war ja nun ein so köstlicher Schatz in meiner Gewalt, und der Hunger konnte mir hinfüro keine Not mehr antun. Bald darauf kam mein sparsamer Herr nach Hause, schaute aber nach Gottes Willen nicht nach dem Brote, das der Engel von Kesselflicker mitgenommen hatte. Am anderen Morgen früh sperrte ich mein Brotparadies auf und erwischte eins mit Händen und Zähnen und solcher Begier, daß es in Zeit von zwei «Vaterunsern» verschwunden war.

Darauf sperrte ich die Truhe wieder zu und sprang freudig jauchzend im Haus herum, denn ich glaubte, hier das Allheilmittel für mein elendes Leben gefunden zu haben. Ich brachte also diesen und den folgenden Tag in Freuden zu; aber schon am dritten Tage wollte mir das neidische Glück dies Wohlleben nicht länger vergönnen, und es brach ein Unheil über mich herein, das ärger war als das dreitägige Fieber. Ich sah nämlich meinen Peiniger zu ungewohnter Zeit die Brote in der Truhe hin und her legen und drehen und suchen und zählen und wiederum zählen. Ich spielte den Unschuldigen und rief nur Gott und die Heiligen mit heimlichen Gebeten an: «O heiliger Herr Johannes, schlage diesen Menschen mit Blindheit!»

Nachdem er lange an den Broten gezählt und an den Fingern gerechnet, sagte er zu mir: «Wenn diese Truhe nicht so wohl versperrt und an einem sicheren Ort gewesen wäre, würde ich behaupten, es gingen mir etliche Brote ab. Doch um bösen Argwohn zu verhüten, will ich genaue Rechnung führen; es sind also neun Brote und ein viertel vorhanden.» Das dankt dir der Teufel, dachte ich bei mir selbst, denn mir war bei diesen Worten nicht anders, als ob mir das Herz mit einem Pfeil durchschossen wäre, und sofort begann auch mein Magen zu knurren und zu brummen, da er sich wieder auf die alte Ration gesetzt sah.

Als mein Herr ausgegangen war, öffnete ich die Truhe, um mich an dem Anblick des Brotes, von dem ich nichts essen durfte, zu erquicken. Ich zählte es nun, um zu sehen, ob sich der gute Herr nicht etwa verrechnet habe, fand aber die Rechnung richtiger, als mir lieb war; so hatte ich keinen anderen Genuß davon, als daß ich die Brote wohl tausendmal küßte, und zuletzt schnitt ich von dem angeschnittenen Brot ein Schnittlein so dünn herunter wie nur möglich und verbrachte so den ganzen Tag, aber bei weitem nicht so fröhlich wie die vorhergehenden. Da aber der Hunger wuchs, besonders weil ich drei Tage lang des Brotes genug zu essen bekommen hatte, so fiel ich vor Hunger fast um, so daß ich, sooft ich allein war, nichts anderes tat als die Truhe öffnen und schließen und in den Broten das Angesicht Gottes, wie die Kinder sagen, betrachten. Aber Gott, der den Betrübten allemal zur rechten Zeit zu Hilfe kommt und mich in solcher Not sah, gab mir ein kleines Hilfsmittel in den Sinn, so daß ich bei mir dachte: Diese Truhe ist alt, faul, wurmstichig und an mehreren Orten durchlöchert; so wäre leichtlich anzunehmen, daß Mäuse hineinkommen und das Brot benagen. Ein ganzes Brot aber hinauszunehmen ist ein Ding der Unmöglichkeit, denn der, der mich Hungers sterben läßt, wird das Fehlen bemerken. Dies aber geht wohl an – und ich kratzte mit den Nägeln die Brosamen auf ein altes Tischtuch heraus, als sei eine Maus dort gewesen. So höhlte ich drei oder vier Brote aus und knusperte die Krümel auf, als ob es Zuckermandeln wären, und kam dadurch meinem Magen ein wenig zu Hilfe. Als aber mein Herr zum Essen nach Hause kam und die Truhe öffnete, sah er die Bescherung und glaubte ohne Zweifel, es sei von Mäusen geschehen, weil ich fein säuberlich nachgemacht hatte, wie die Mäuse das Brot zu benagen pflegen.

Mein guter Domine besah die Truhe von oben bis unten, und weil er einige Löchlein sah, argwohnte er, die Mäuse seien dadurch hineingekommen, und rief mir zu: «Schau, schau, Lazarillo, wie uns die verfluchten Mäuse verfolgen und was sie unserm Brot heute nacht für einen Schaden getan haben.» Ich tat ganz verwundert und fragte ihn, was los wäre. «Was soll los sein», sagte er, «Mäuse, die uns das Brot wegfressen.»

Wir setzten uns zu Tisch, und Gott wollte, daß mir dieses Mal mehr Brot zuteil wurde als sonst, denn das von den Mäusen benagte schnitt er ringsherum ab und gab's mir mit den Worten:

«Iß es nur, Mäuse sind reinliche Tierchen!» Und obwohl durch die Arbeit meiner Hände oder, besser gesagt, meiner Nägel meine Brotportion größer war als gewöhnlich, so war doch unsere Mahlzeit schon zu Ende, ehe ich erst recht angefangen hatte zu essen.

Bald überfiel mich wieder ein neuer Schrecken, denn ich sah, wie mein Herr alte Nägel aus der Wand zog, kleine Brettchen zusammensuchte und damit alle Löcher der Truhe vernagelte und verstopfte. «Herrgott im Himmel», sagte ich da, «welch mannigfaltigem Unglück, Elend und Jammer sind doch wir armen Sterblichen unterworfen, und wie kurz währen die Freuden unseres mühseligen Lebens! Ich glaubte zwar, mit diesen ärmlichen Mitteln Hilfe und Trost in meinem Leben gefunden zu haben; aber mein Unglück hat es nicht gewollt, sondern meinen Herrn zu noch größerer Sorgfalt in der Bewachung seines Eigentums angespornt. Denn indem er die Truhe mit den Nägeln versperrt, versperrt er das Tor meiner Freude und öffnet den Abgrund aller Not und Pein!» So klagte ich bei mir selber, während mein eifriger Zimmermann mit vielen Nägeln und Brettchen seine Arbeit zu Ende brachte, indem er sprach: «So, ihr verdammten Mäuse, jetzt müßt ihr mich ungeplagt lassen, denn hier könnt ihr zu eurem Nutzen nichts mehr erreichen.» Kaum war er fort, so besah ich mir seine Arbeit recht genau und fand, daß er an der ganz alten, zerlumpten Truhe kein einziges Loch offen gelassen, durch das auch nur eine Fliege hätte hereinkriechen können. Trotzdem öffnete ich sie mit meinem falschen Schlüssel, und als ich die Brote sah, von denen mein Herr glaubte, die Mäuse hätten sie benagt, konnte ich es nicht lassen, sie obenhin ganz leicht zu betupfen (wie es geschickte Fechter machen), weil die Not die beste Lehrmeisterin ist. Ich dachte also Tag und Nacht über Mittel und Wege nach, mein erlöschendes Lebenslicht zu erhalten, und ich glaube, daß mich bei der Auffindung der Mittel der Hunger erleuchtete, heißt es doch, daß er den Verstand schärfe, während Sattsein faul und träge mache. Als ich nun in einer Nacht diesen Gedanken nachging und darüber spintisierte, wie ich auch weiterhin der gebenedeiten Truhe genießen könnte, hörte ich, daß mein Herr schnarchend und schnaubend im Schlafe lag. Sofort stand ich still und leise auf, und da ich mich schon am Tage zuvor für die Taten der Nacht vorbereitet hatte, so erwischte ich ein altes Messer, das ich anstatt eines Bohrers gebrauchte, und machte mich über die Truhe her. Da sie hochbetagt war, wurmstichig und faul, so ließ sich bald ein großes Loch darin machen. Hierauf öffnete ich die beschädigte Truhe ganz gemächlich, und weil ich wohl wußte, wo das angebrochene Brot lag, erquickte und labte ich mich ein wenig daran, schloß dann die Truhe und kehrte zu meinem Strohlager zurück. Dort ruhte und schlief ich ein wenig, was mir aber schlecht gelang; und schuld daran war wohl, daß ich zu wenig gegessen hatte, denn sonst hätten mir nicht einmal die Sorgen des Königs von Frankreich den Schlummer rauben können.

Als mein Herr am anderen Morgen den Schaden an Brot und Truhe sah, fing er an, die Mäuse zu verfluchen und zum Teufel zu wünschen. «Was ist mir das», sagte er, «ich habe doch mein lebelang keine Maus in diesem Hause gesehen.» Das war ihm ohne weiteres zu glauben, denn wenn nur ein einziges Haus im ganzen Königreich Spanien dazu hatte privilegiert sein sollen, so mußte es von Rechts wegen dieses sein, weil die Mäuse sich nie aufzuhalten pflegen, wo's nichts zu beißen und zu bröckeln gibt. Nun, mein Herr fing aufs neue an, Nägel und Brettchen zu suchen, um das Loch zu verschließen. Kaum aber hatte er des Nachts die Augen geschlossen, so war ich schon wieder auf den Füßen und mit meinem Messer am Werk, seine Tagesarbeit des Nachts wieder zu vernichten. Ja, wir machten einander so viel Mühe und Arbeit, daß daraus das Sprichwort entstand: «Wenn eine Tür zugeht, geht die andere auf.» Man konnte auch in Wahrheit sagen, wir hätten das Gewebe der Penelope auf uns genommen, denn was er tagsüber wob, trennte ich des Nachts wieder los. So war in wenigen Tagen und Nächten die arme Truhe also zugerichtet worden, daß man sie eher für einen alten Küraß als für eine Truhe hätte ansehen können: so steckte sie voller Nägel. Als mein Herr nun sah, daß all sein Flicken nichts mehr helfen wollte, sprach er: «Diese Truhe ist so alt und abgenutzt, daß es ihr unmöglich ist, den Mäusen Widerstand zu leisten; klopfe und hämmere ich noch mehr daran herum, so fällt sie gar in Trümmern zusammen. Wenn sie also auch nichts mehr taugt, so ist es doch nicht ratsam, sie zu zerschlagen, denn ohne Truhe komme ich nicht aus, und wollte ich eine neue kaufen, so würde es mich an die zwanzig Kreuzer kosten. Ich glaube, das beste ist, wir gehen den Mäusen auf andere Art und Weise zu Leibe und stellen in der Truhe eine Falle auf.» Er lieh sich eine Falle von den Nachbarn, dazu einige Käserinden, und von jetzt an stand die Katze stets fangbereit im Inneren der Truhe; das war für mich ein gefundenes Fressen, denn obwohl ich der Würzen nicht bedurfte, um meinen Appetit zu wecken, so ließ ich mir doch die Käserinden gut schmecken, die ich aus der Mäusefalle nahm, wobei ich auch noch das Brot mit den Nägeln auspickte nach der Mäuse Art. Wie nun mein braver Herr sah, daß das Brot benagt und die Käserinden fort waren, ohne daß er nur eine Maus gefangen hätte, geriet er in Wut und Verwunderung und fragte die Nachbarn: «Was kann das nur sein? Die Maus frißt den Käse, benagt das Brot und wird doch nicht gefangen?» Die Nachbarn sagten ihm einhellig, daß dies unter keinen Umständen eine Maus sein könne, denn diese würde doch wohl einmal in die Falle geraten sein. Und einer der Nachbarn sagte zu ihm: «Ich erinnere mich, eine Natter gesehen zu haben, die in Euer Haus kroch. Die ist es ohne Zweifel, die Euch die Sorge bereitet, denn weil sie lang ist, kann sie an die Käserinde leicht hinankommen und, selbst wenn die Klappe sie auch trifft, leicht wieder herausschlüpfen.» Das leuchtete allen ein, besonders meinem Herrn, der es sich so sehr zu Herzen nahm, daß er nur noch ganz leise schlief, und wenn er das geringste hörte, in der Meinung, es sei die Natter, zur Truhe hinsprang und mit einem mächtigen Prügel ungestüm auf die Truhe losschlug, um die Natter zu vertreiben. Mit dem Getöse weckte er die Nachbarn auf und ließ auch mich nicht mehr schlafen. Denn wenn er zu meinem Strohlager kam, warf er mich und das Stroh von zuunterst zuoberst, in dem Glauben, die Natter könnte sich im Stroh oder meinen Kleidern versteckt haben; man hatte ihm nämlich erzählt, daß diese Tiere in der Nacht die Wärme aufsuchten, sogar zu kleinen Kindern in die Wiege kröchen, um sie zu beißen und an ihnen zu saugen. Ich stellte mich dann meistens schlafend, und am folgenden Morgen sagte er zu mir: «Junge, hast du diese Nacht nichts gehört? Ich habe die Natter gesucht und fürchtete, sie sei zu dir ins Bett gekrochen, um sich zu wärmen.» – «Gott bewahre mich», antwortete ich dann, «daß sie mich nicht beiße. Ich habe eine schreckliche Angst vor ihr.»

So war er also immer auf den Beinen und wanderte schlaflos umher, so daß die zweibeinige Schlange sich nicht mehr hervorwagte, die Truhe zu benagen. Aber tagsüber, wenn mein Herr in Kirche oder Dorf zu tun hatte, machte ich meine Angriffe. Wie er nun sah, daß es gegen diese Natter keine Hilfe noch Rettung gab, polterte er nachts wie irrsinnig herum, so daß ich Angst bekam, er könnte einmal hinter meinen Schlüssel kommen, den ich unter dem Stroh verborgen hatte. Deswegen steckte ich ihn des Nachts in meinen Mund, den ich, seit ich der Diener des Blinden war, an Stelle eines Beutels gebrauchte, da ich häufiger Pfennige und Kreuzer darin zu verbergen pflegte. Wenn aber der Mensch Unglück haben soll, so ist alle Vorsicht umsonst.

Ein unglücklicher Zufall oder, der Wahrheit die Ehre zu geben, meine Sünden verursachten, daß einmal in der Nacht der Schlüssel in meinem Munde, den ich offen hielt, so zu liegen kam, daß mein Atem durch den hohlen Schlüssel ging und ein Pfeifen hervorbrachte, als sei es das Zischen einer Natter. Das hörte mein Herr, kroch leise aus dem Bett, griff zu seinem großen Prügel und tastete sich bis zu mir heran, wo er das Pfeifen hörte. Er glaubte, die Natter habe sich in meinem Stroh verkrochen, hob den Prügel hoch empor, um sie mit einem Schlage zu töten, und versetzte mir dann mit all seinen Kräften einen solch furchtbaren Schlag auf den Kopf, daß er mir ein großes Loch hereinschlug und ich Kraft und Bewußtsein verlor. Er merkte nun an meinem Winseln und Klagen, daß er mich getroffen hatte, deshalb schrie er mir zu, ich solle aufstehen, und schüttelte mich dann hin und her, um mich zur Besinnung zu bringen. Als er aber das Blut fühlte, das aus meiner Wunde lief, und erkannte, welchen Schaden er mir zugefügt, eilte er fort, um Licht zu holen. Und wie er wiederkam, fand er mich immer noch ohnmächtig, den Schlüssel halb im Munde, gerade wie in dem Augenblick, da ich darauf gepfiffen hatte.

Darüber verwunderte sich dieser Schlangentöter nicht wenig, zog ihn ganz heraus und merkte an Gestalt und Ähnlichkeit mit seinem Schlüssel bald, was für eine Bewandtnis es damit hatte; er probierte ihn noch an der Truhe und kam damit hinter meinen

Schelmenstreich. Weiß der Himmel, wie der grausame Jäger geprahlt hat: «Ich habe die Maus und die Natter, die mir so stark zusetzten, beide auf einmal ertappt.» Von dem, was jetzt geschah, kann ich kaum erzählen, denn die folgenden drei Tage brachte ich wie im Bauche des Walfisches zu. Nach den drei Tagen aber fand ich mich selbst auf meinem Stroh liegend wieder vor, den Kopf ganz bepflastert und mit Öl und Salben beschmiert. Erschrocken fragte ich, was das bedeute. Da antwortete mir der gute Herr: «Nun, ich habe nur Jagd auf Mäuse und Nattern gemacht.» Als ich mir nun alles ins Gedächtnis zurückrief und mich so übel zugerichtet fand, merkte ich bald, was mir zugestoßen. Inzwischen kamen die Nachbarn herein, nahmen mir die Binden und Pflaster vom Kopf, um mich aufs neue zu verbinden, und als sie sahen, daß ich wieder bei Besinnung war, freuten sie sich sehr und sagten: «Nun er wieder bei sich ist, wird es wohl nichts von Bedeutung gewesen sein, so Gott will.» Dann erzählten sie mir mit lautem Lachen die ganze Geschichte aufs neue, indessen ich armer Sünder traurig war und weinte. Als sie aber merkten, daß ich ganz ausgehungert war, gaben sie mir zu essen, so daß ich nach fünfzehn Tagen ziemlich außer Gefahr war, wenn auch nicht ohne Hunger und nur halb genesen.

Am folgenden Tage nahm mich mein Herr bei der Hand, führte mich vor die Haustür und setzte mich auf die Straße.

Dabei sprach er zu mir: «Lazarillo, jetzt bist du wieder frei, du gehörst wieder dir und nicht mehr mir. Glück auf den Weg, und suche dir einen andern Herrn, denn ich kann einen so fleißigen und unverdorbenen Diener nicht gebrauchen; du mußt entschieden einmal Blindenführer gewesen sein.» Dabei schlug er ein Kreuz, als ob ich den Teufel im Leibe hätte, machte kehrt, ging in sein Haus und schlug die Tür hinter sich zu.

Wie Lazarillo zu einem Edelmann kam und was ihm bei diesem begegnete

So mußte ich also aus der Not eine Tugend machen und aus meiner Schwäche Stärke ziehen und wanderte allgemach mit Hilfe guter Leute zu der berühmten Stadt Toledo, in der, Gott sei's gedankt, bald meine Wunde sich schloß. Während ich noch krank war, bekam ich immer einige Almosen; jetzt aber sagte man zu mir: «Du bist ein Landstreicher und Tagedieb, suche dir Arbeit und diene einem Herrn!» Ich dachte bei mir: Ja, wo soll ich einen Herrn finden? Wenn Gott nicht einen erschaffen, wie er die Welt erschuf, weiß ich keinen aufzugabeln.

Unter solchen Gedanken bettelte ich von Haus zu Haus, aber mir wurde nur wenig gegeben, denn die Liebe war schon von der Welt gewichen und wieder in den Himmel aufgefahren. Da führte mich Gott mit einem Edelmanne zusammen, der ziemlich gut gekleidet, sauber geputzt und wohl gekämmt war und gravitätischen Schrittes durch die Straßen wandelte. Ich sah ihn an, und er sah mich an und sprach: «Junge, suchst du einen Herrn?» – «Ja, Junker», antwortete ich. «So komm mit mir», sagte er, «Gott hat dir eine große Gnade erwiesen, daß du mir begegnet bist; du hast heute sicherlich fleißig gebetet.»

Ich trottete hinter ihm drein und sagte meinem Herrgott Lob und Dank, weil ich glaubte, daß er ein rechtschaffener, stattlicher Herr vom Adel sei und der rechte Herr für mich sein würde. Es war damals noch recht frühzeitig, und so ließ mich mein Herr durch einen großen Teil der Stadt hinter sich hergehen, wobei er stolz sehen ließ, daß auch er einen Diener hatte.

Wir gingen auch über Plätze, wo Brot und andere Lebensmittel feilgehalten wurden, und ich glaubte, er würde mich mit eingekauften Waren bepacken, denn es war eben die rechte Zeit, einzukaufen; doch er ging gemessenen Schrittes an allem vorüber. Ei, dachte ich mir, dieses Brot scheint ihm nicht zu gefallen, er wird wohl auf einem anderen Platze einkaufen wollen.

So spazierte er gravitätisch umher, hinter ihm sein zierlicher Nachtreter, bis es elfe schlug. Dann ging er in den Dom, hörte gar andächtig die Messe und blieb dort, bis aller Gottesdienst vorüber war und die Leute sich entfernt hatten. Dann gingen auch wir hinaus und schritten feierlich durch lange Gassen. Mir war dabei aufs fröhlichste zumute, denn ich dachte mir, weil der Junker nicht selbst einkaufte, so würde ohne Zweifel sein Hauswesen mit allen Vorräten reichlich versehen und das Essen bei unserer Rückkunft schon fertig sein. Inzwischen schlug die Glocke ein Uhr mittags – da kamen wir vor ein Haus, vor dem wir beide stillstanden, und indem mein Herr den Zipfel seines Mantels über die linke Achsel schlug, zog er einen Schlüssel aus dem Ärmel und sperrte die Tür damit auf. Wir traten hinein. Der Eingang war finster und traurig, so daß einem ängstlich und furchtsam zumute wurde, obwohl das Häuschen ein kleines Höfchen und ordentliche Zimmer hatte. Wie wir nun in eine Kammer hinaufkamen, legte er seinen Mantel ab, und nachdem er gefragt hatte, ob ich saubere Hände habe, staubten wir ihn ab, falteten ihn zusammen und legten ihn auf einen Stuhl, der erst säuberlich gereinigt wurde. Dann setzte er sich daneben und fragte mich, woher ich wäre und wie ich nach Toledo käme. Ich gab ihm des langen und breiten Bescheid, obwohl ich glaubte, es wäre besser an der Zeit gewesen, das Essen auf den Tisch zu tragen und die Suppe anzurichten. Nichtsdestoweniger reimte ich meine Lügen aufs beste zusammen und gab ihm zufriedenstellende Antworten, indem ich das wenige Gute, das an mir war, erzählte und das andere mit Stillschweigen überging.

Danach schwieg er einen Augenblick, und ich dachte hin und her, besonders daran, daß er gar keine Neigung zum Essen zeigte, gleich als ob er nur von der Luft hätte leben können. Zudem wunderte ich mich nicht wenig, daß er das Haus vorne versperrt hatte und daß im ganzen Haus keine lebendige Seele außer uns zu hören und zu sehen war. Alles, was ich sah, waren kahle Wände und zwischen den Wänden weder Sessel noch Bank noch Tisch oder Truhe, nicht einmal eine wurmstichige wie bei meinem verflossenen Herrn. Kurz, das Haus kam mir vor wie verzaubert. Endlich fragte er mich: «Na, Bursche, hast du schon zu Mittag gespeist?» – «Nein, Junker», antwortete ich, «denn da ich Euer Gnaden traf, war es noch keine acht Uhr.» – «Ich habe eben noch ein Frühstück zu mir genommen», entgegnete er, «und wenn ich so früh esse, so pflege ich den ganzen Tag über zu fasten, bis es Nacht wird. Mach also, was du willst, wir wollen nachher um so besser zu Abend essen!»

Lieber Leser, glaube mir, als ich das hörte, wäre ich vor Angst und Schrecken beinahe zu Boden gefallen, nicht so sehr vor Hunger, sondern weil mir klarwurde, daß ein feindliches Geschick mich verfolge. Aufs neue kamen mir all meine Leiden in den Sinn, und ich vergoß heiße Tränen. Da stiegen mir auch die Gedanken wieder auf, die ich gehabt hatte, als ich dem Geistlichen ausbrennen wollte, daß ich nämlich, wenn der auch geizig und schinderisch war, doch vielleicht zu einem noch schlimmeren geraten könne. Was soll ich viel sagen, ich beweinte mein dornenvolles Leben und meinen sicherlich nahen Tod, und doch schluckte ich, so gut es ging, die Tränen hinunter und sagte: «Mein Herr, ich bin ein Junge, der nach Essen und Trinken nicht viel fragt. Ja, ich darf mich wohl rühmen, daß ich vor anderen meinesgleichen gar nicht gefräßig, sondern nüchtern bin, und ich wurde von den Herren, denen ich bisher gedient, gerade deswegen sehr gelobt.» – «Das ist fürwahr eine große Tugend an dir», entgegnete er, «derentwegen du mir noch lieber sein wirst; denn satt frißt sich nur die Kanaille, anständige Menschen essen nur mäßig.» Ja, ja, Junker, dachte ich mir, ich merke schon, wo Ihr hinaus wollt. Verdammt sei die Heilkraft und die Güte, die alle meine Herren im Hunger finden! Dann stellte ich mich hinter die Tür, zog einige Stückchen Brot, die ich morgens erbettelt hatte, hervor und fing an zu kauen. Als mein Junker dies sah, sprach er: «Komm mal her, mein Bursche, was ißt du denn da?» Ich ging zu ihm und zeigte ihm die drei Stückchen Brot.

Sofort nahm er das größte und beste mir aus der Hand und sprach: «Sieh an, das scheint ja gutes Brot zu sein.» – «Ja, Junker», sagte ich, «und *wie* gut es ist!» – «Ja, bei meiner adeligen Ehre», antwortete er, «es ist hervorragend. Wo hast du es bekommen? Ist es auch mit reinen Händen geknetet worden?» – «Das weiß ich nicht», entgegnete ich, «aber es schmeckt mir ganz ausgezeichnet.» – «Nun, wie Gott will», sagte der arme, kahle Schuft, führte zugleich sein Brot zum Munde und biß ganz herzhaft so große Stücke davon wie ich von dem meinen. «Recht wohlschmeckendes Brot ist das», sagte er, und so merkte ich sofort, wieviel es bei ihm geschlagen hatte, und beeilte mich, meine zwei Stückchen geschwind herunterzuarbeiten, denn ich merkte wohl, wenn er vor mir fertig würde, würde er mir bei dem Rest auch noch geholfen haben.

Dann schüttelte er einige Brotkrümelchen, die ihm am Anzug hängengeblieben waren, fein säuberlich ab und holte aus einem Nebenzimmerchen einen alten, zerbrochenen Krug, trank daraus und reichte ihn mir. Ich wollte mich von der besten Seite zeigen und sagte: «Herr, ich trinke keinen Wein.» – «Oh», sagte er, «trink nur, es ist kein Wein, sondern Wasser.» Da nahm ich den Krug und trank, aber nicht viel, denn gerade der Durst tat mir wenig zuleide.

So blieben wir bis zur Nacht zusammen, plaudernd über Dinge, die er mich fragte und auf die ich Bescheid gab, so gut ich konnte. Dann führte er mich in die Kammer, aus der er den Krug geholt hatte, und sprach zu mir: «Junge, bleib hier stehen und gib genau acht, ich will dir zeigen, wie wir dies Bett machen, damit du es auch in Zukunft machen kannst.» Ich trat auf die eine, er auf die andere Seite, und wir machten das armselige Bett, wozu es wirklich keiner großen Kunst bedurfte. Denn die Bettstatt war anders nichts als zwei dicke Balken, über die der Länge nach etliche Stöcke lagen, welche an beiden Seiten in Löchern befestigt waren, damit sie nicht weichen konnten. Auf diesen Stöcken lag das Bett, welches so schlecht und erbärmlich war, daß man Matratze und Strohsack nur schwer voneinander unterscheiden konnte. Außerdem war in der Matratze viel weniger Wolle, als nötig gewesen wäre. Die streckten, schütteten und bogen wir hin und her, um sie geschmeidig zu machen; aber vergebens, denn aus einem harten Bett läßt sich kein weiches machen. Schließlich war der nichtswürdige Strohsack noch so leer, daß er einem mageren Gaule glich, dem alle Rippen herausstehen. Auf diese ausgehungerte Matratze legten wir eine Leinwanddecke von so wunderbarer Farbe, daß ich ehrlich nicht entscheiden kann, ob sie grau oder blau war. Als wir nun dieses prächtige, kostbare Herrenbett gemacht hatten, war es Nacht geworden, und mein Junker sagte zu mir: «Lazarillo, es ist schon spät und finster und bis zum Platz ein weiter Weg. Außerdem gibt es in der Stadt viel unnützes Gesindel, Diebe und Landstreicher, die einem bei Nachtzeit den Mantel stehlen. Wir wollen uns also diese Nacht noch gedulden und auf das Abendessen für einmal verzichten; morgen wird uns Gott schon weiterhelfen. Ich bin augenblicklich mit Speisen und Vorräten nicht versehen, weil ich bis heute ohne Diener war; ich habe in der Stadt bei ansehnlichen Leuten meine Kost gehabt, aber von nun an soll das anders werden.» – «Herr», antwortete ich, «habt meinetwegen keine Sorge, denn ich kann ganz gut eine Nacht und, wenn es not tut, auch mehrere ohne Essen auskommen.» – «Schön», sagte er, «desto gesünder und länger wirst du leben, denn nichts ist für ein langes Leben so gut als wenig essen.» – «Wenn dem so ist», sprach ich bei mir selbst, «so werde ich in Ewigkeit nicht totgehen, denn diese Regel habe ich notgedrungen immer befolgt, und ich befürchte, daß ich sie mein ganzes Leben lang werde halten müssen.»

Dann legte sich der gute, hungrige Junker ins Bett, wobei ihm Hose und Wams als Kopfkissen dienten, und befahl mir, zu seinen Füßen mich niederzulegen. Doch kam kein Schlaf in meine Augen, denn die Stöcke, die unten in dem Bett lagen, und meine herausstehenden Rippen ließen sich die ganze Nacht keine Ruhe; ich hatte nämlich nur ganz wenig Brot gegessen und nicht ein Pfund Fleisch an meinem ganzen Leibe. So tat ich denn die ganze Nacht durch, besonders, da ich mich nicht rühren durfte, um den Junker nicht aufzuwecken, nichts anderes als mich und mein Schicksal verfluchen.

Als der Morgen gekommen war, erhoben wir uns, und mein Herr begann, mit Bürsten und Händen Hosen, Wams, Rock und Mantel zu reinigen und sie dann anzuziehen; ich mußte ihm Wasser reichen, um Hände und Gesicht zu waschen, und dann kämmte und ordnete er sein Haar mit einem sogenannten böhmischen Kamm (das waren seine vier Finger und der Daumen), steckte seinen Degen in den Gürtel und sagte: «Lazarillo, wenn du wüßtest, was dies für eine Musterklinge ist! Für kein Gold in der Welt gäbe ich sie her, denn sie ist die beste von allen, die Meister Antonio gemacht hat.» Bei diesen Worten zog er sie aus der Scheide, fuhr mit dem Finger über die Schneide und sprach: «Siehst du, ich wette, ich könnte damit einen Büschel Wolle durchschneiden!» Ich aber dachte bei mir: Und ich wollte wohl ein vierpfündiges Brot mit meinen Zähnen durchschneiden, wenn sie auch weder von Stahl noch von Eisen sind. Dann steckte er die Klinge wieder ein, hing sie an seinen Gürtel, daneben einen großen, dicken Rosenkranz, und so ging er gemessenen Schritts und aufrechten Ganges durch die Gassen, Kopf und Körper zierlich wiegend und die rechte Hand in die Hüfte gestemmt. In der Tür sagte er noch: «Lazarillo, während ich zur Messe bin, gib gut acht auf das Haus, mach das Bett und hole Wasser aus dem Fluß da unten; schließe aber die Haustür gründlich ab, damit uns nichts gestohlen wird, und lege den Schlüssel in dieses Loch, damit ich ihn zu finden weiß, wenn ich inzwischen komme.» Dann ging er fort, gravitätisch und mit jenem edlen Anstande, der jeden Fremden hätte schwören lassen, daß er ein naher Verwandter oder doch Kämmerer des Herzogs von Kastilien sei.

O Gott, dein heiliger Name sei gelobt und gebenedeit, dachte ich bei mir, der du mit der Krankheit auch das Heilmittel schickst! Wer wird meinem Junker begegnen und nicht denken, wenn er ihn so frisch und sicher dahergehen sieht, der habe gestern abend gut gespeist, die Nacht gut geschlafen und heute morgen gut gefrühstückt. Wer würde vermuten, daß ein so gutgekleideter Mann gestern nichts anderes gegessen als ein Stückchen Brot, das sein Diener Lazarillo gebettelt und stundenlang in der Tasche mit herumgetragen hat? Wer würde vermuten, daß er heute morgen in Ermangelung eines Handtuchs sich Hände und Gesicht in seinem Mantel abgetrocknet habe? O du lieber Gott, wieviel solch stolzer Bettler mögen über die Erde zerstreut sein, die um eines Unsinns willen, den sie Ehre nennen, leiden und erdulden, was sie um deinetwillen nicht erdulden würden!

In solchen Gedanken blieb ich an der Türe stehen, bis ich meinen Herrn am Ende der engen und langen Gasse verschwinden sah. Dann eilte ich ins Haus zurück, durchstöberte es in einem Augenblick von oben bis unten, ohne das geringste zu finden, machte das elendige Bett und wanderte mit meinem zerbrochenen Krug zum Wasser. Da sah ich auf der anderen Seite in einem Garten meinen Junker, der zwei wohlgeputzten und geschminkten Damen sehr eifrig den Hof machte. Damen, wissen Sie, wie es zu Toledo nicht wenige gibt und welche es meistens für eine gute Sitte halten, an schönen Sommertagen am Wasser zu promenieren und die Sorge für das Frühstück gefälligen jungen Herren zu überlassen, die das ja so gewohnt sind. Wie nun mein Junker mitten im Gespräch war und diesen Frauenzimmern mehr Süßigkeiten sagte, als Ovid jemals zusammengeschrieben, da glaubten die beiden, bei seiner zärtlichen Stimmung sei es wohl am Platze, das gewohnte Frühstück zu verlangen. Er aber, dem's im Beutel genau so windig war wie im Magen hitzig, erblaßte, stammelte einige Entschuldigungen und wurde dann von den beiden, die ziemlich abgefeimt schienen, ohne weiteres stehengelassen. Ich nahm unterdessen in Ermangelung eines warmen Frühstücks einige Kohlstrünke zu mir und ging dann mit dem neuen Eifer eines neuen Burschen in das Haus zurück, um auszukehren; aber ich konnte keinen Besen finden und mußte es also wohl oder übel bleibenlassen. So wartete ich also bis gegen Mittag auf meinen Junker, in der Hoffnung, er werde etwas zu essen mitbringen. Doch meine Hoffnung war vergebens, und sobald mich der Hunger zu sehr quälte, schloß ich die Tür, legte den Schlüssel an die bestimmte Stelle und begann mein altes, schönes Handwerk von neuem. Ich faltete meine Hände vor der Brust und begann mit leiser und schwacher Stimme, Gott vor Augen und seinen Namen im Munde, von Haus zu Haus ums liebe Brot zu betteln. Und da ich diese Tätigkeit gleichsam mit der Muttermilch eingesogen und von meinem großen blinden Meister gründlich erlernt hatte, so zeigte ich mich als tüchtigen Schüler und hatte bis um vier genau so viele Pfunde Brot in meinem Magen und noch zwei weitere im Ärmel und in der Tasche untergebracht, obwohl die Einwohner der Stadt nicht sehr mildtätig waren und in dem Jahre eine Teuerung geherrscht hatte. Auf dem Rückweg ging ich durch einige Gassen, wo Abfälle verkauft wurden, bettelte dort eins der Weiber an und bekam ein Stück von einem gekochten Kuhfuß und einige Reste.

Als ich nach Hause kam, war mein Herr schon da. Sein Mantel lag zusammengefaltet, und er spazierte im Hofe herum. Als ich eintrat, kam er auf mich zu, so daß ich schon glaubte, er wolle mich wegen meiner langen Abwesenheit verprügeln. Doch Gott fügte es anders, und er fragte mich nur, woher ich käme. Ich sagte es ihm: «Herr, ich habe bis zwei Uhr auf Euch gewartet, und als ich sah, daß Euer Gnaden nicht kamen, bin ich durch die Stadt gegangen, um mich an gute Leute zu wenden, und die haben mir für Gotteslohn gegeben, was Ihr hier seht.» Er zeigte sich gar nicht zornig, besah die Sachen, die ich in der Tasche trug, und sprach: «Ich habe dich zum Essen erwartet, und da du nicht kamst, allein gespeist. Im übrigen aber handelst du, wie es einem ehrlichen Menschen ziemt, denn Betteln ist besser als Stehlen. So wahr mir Gott helfe, dies gefällt mir an dir, nur paß gut auf, daß die Leute nicht merken, daß du bei mir in Diensten bist, denn das könnte meiner Ehre und Reputation abträglich sein. Ich glaube allerdings, daß nur wenige Leute mich kennen in dieser Stadt, in die ich nie hätte kommen sollen.» – «Keine Sorge, Junker», sagte ich, «hier hat mich keiner was zu fragen und ich keinem was zu sagen.»

«So iß also jetzt, du armer Kerl», sprach er zu mir, «denn mit Gottes Hilfe werden wir wohl bald aus dieser Not herauskommen, obwohl ich dir sagen muß, daß mir, seit ich dieses Haus betrat, alles fehlgeschlagen ist. Es muß wohl unter einem ungünstigen Sterne gebaut sein; es gibt ja solche Unglückshäuser, deren Bewohnern das Pech stets an der Ferse klebt. Solch ein Haus ist auch dieses; aber ich verspreche dir, Ende des Monats ziehe ich aus, und wenn man's mir schenken wollte.»

Ich setzte mich, und da es bei uns keine Bank, keinen Stuhl und keinen samtenen Sessel gab, setzte ich mich auf den Boden, und um nicht für einen Vielfraß gehalten zu werden, sagte ich von einem Abendessen nichts und fing an, lustig und wacker in mein Brot und meinen Kuhfuß zu beißen. Heimlich blickte ich zu meinem armen Junker herüber, der kein Auge von meinem Schoß wandte, der mir als Tisch und Teller diente. Möge Gott so viel Mitleid mit mir haben, wie ich mit meinem Herrn hatte, denn ich kannte seine Krankheit aus eigener Erfahrung ganz genau und dachte nur nach, ob es sich wohl schicke, ihn einzuladen. Weil er mir aber erzählt hatte, daß er schon gegessen habe, fürchtete ich, einen Korb zu erhalten; aber innerlich wünschte ich doch, der arme Tropf möchte seinem Elend mit dem meinigen abhelfen, zumal ich besser ausgerüstet war, weil ich mehr Fleisch und weniger Hunger hatte. Gott brachte seine und meine Wünsche zusammen. Denn kaum hatte ich angefangen zu essen, da blieb er bei mir stehen und sprach: «Bei meiner adeligen Ehre, Lazarillo, du zeigst beim Essen einen Anstand und eine Grazie, der jedem beim Zuschauen Lust zum Essen macht, wenn er auch vorher keinen Appetit dazu hatte.» Ja, ja, dachte ich mir, das kommt von deinem Mordshunger, daß du mein Essen so schön findest. Da er nun sich selber half und mir den Weg zeigte, glaubte ich, ihm helfen zu müssen, und sagte zu ihm: «Herr, das gute Werkzeug macht den guten Arbeiter. Dieses Brot ist so wohlschmeckend und dieser Kuhfuß so vorzüglich gekocht, daß sogar ein Halbtoter Lust zum Essen bekommen müßte.» – «Ist das ein Kuhfuß?» – «Ja, Herr.» – «Bei meiner Ehre, das ist der beste Bissen von der Welt, und ich wüßte nicht, was ich lieber äße.» – «Nun, Herr, so probiert einmal!» Mit diesen Worten überreichte ich ihm den Kuhfuß und drei oder vier der weißesten Brote. Dann setzte er sich neben mich, begann zu essen und benagte die kleinsten Knöchelchen gerade wie ein Hund. Als er fertig war, sagte er: «Mit Sauce muß das ein herrliches Essen sein.» Dein Hunger ist die beste Würze, dachte ich. – «Bei Gott, das hat mir geschmeckt, als wenn ich heute noch keinen Bissen gegessen hätte.» Er bat mich dann um seinen Wasserkrug, und ich reichte ihn ihm, so voll, wie ich ihn vom Flusse geholt hatte, woraus leichtlich zu entnehmen ist, daß das Essen meines Herrn nicht allzu üppig gewesen sein mußte. Nun, wir tranken und legten uns dann wohlgemut zu Bett. Und so verbrachten wir, um es kurz zu sagen, acht bis zehn Tage, indem der blutarme Kerl lustig, aufrecht und geputzt, mit langsam gravitätischen Schritten durch die Gassen spazierte, während sein Diener Lazarillo wie ein Wolf auf Beute ausging, um Nahrung für den Tag zu suchen. In dieser Zeit dachte ich oft über mein Unglück nach, das mich dem schlimmen Pfaffen entlaufen ließ, in der Hoffnung, mich zu verbessern, und das mich jetzt einem Herrn in die Hände führte, der nicht mich unterhielt, sondern den ich unterhalten mußte.

Nichtsdestoweniger hatte ich ihn gern, weil ich sah, daß er nicht mehr hatte und tun konnte; und ich hatte mehr Mitleid mit ihm als Haß und hungerte nicht selten, um ihm etwas zum Essen mitbringen zu können. – Eines Morgens stand der arme Teufel auf und ging im Hemd nach oben, um seine Bedürfnisse zu befriedigen; die Zeit benutzte ich, um seine Hose und sein Wams zu untersuchen, und entdeckte ein altes, abgeschabtes Samtbeutelchen mit tausend Falten, in dem kein Pfennig steckte und an dem kein Zeichen zu sehen war, daß in langer Zeit mal etwas darin gewesen. Dieser Mann, dachte ich mir da, ist in

Wirklichkeit ein armer Schlucker, und niemand gibt, was er nicht hat; aber der geizige Blinde und der unglückselige Pfaffe, die sich beide durch unsern Herrgott ernähren ließen, der eine durch seine Pfründe, der andere durch seine Zungenfertigkeit, und die mich dennoch fast verhungern ließen, die verdienten Haß und Feindschaft, aber mit diesem muß man Mitleid haben; und sooft mir ähnliche Leute begegnen, mit feinen Kleidern, stolzem Wesen und feierlichem Schritt, habe ich, Gott ist mein Zeuge, Mitleid mit ihnen und denke: Ob die wohl an derselben Krankheit leiden wie mein Herr, dem ich bei all seiner Armut lieber diente als den beiden ersten? Nur eins gefiel mir nicht an ihm: Ich hätte gewünscht, daß er etwas weniger Anmaßung zur Schau getragen und seinen Stolz und seine Einbildung etwas besser in Einklang gebracht hätte mit der Not, die er leiden mußte. Es scheint allerdings bei diesen Leuten Brauch und Regel zu sein, die Nase um so höher zu tragen, je weniger Kreuzer sie zu wechseln haben. Wenn hier unser Herrgott keine Abhilfe schickt, so müssen sie alle an dieser Krankheit zugrunde gehen.

Wie ich mich nun in dieser Stellung befand und das Leben führte, das ich euch beschrieben habe, da wollte mein feindliches Geschick, das nicht müde wurde, mich zu verfolgen, daß selbst dies armselige und schändliche Bettelleben nicht weiterdauern sollte.

Und das geschah folgendermaßen: Da in diesem Jahre das Korn um Toledo herum nicht zum besten geraten und ziemlich teuer war, so ließ der ehrsame Stadtrat öffentlich ausrufen und gebieten, daß alle fremden Armen die Stadt zu räumen hätten, widrigenfalls sie mit Ruten zur Stadt sollten hinausgepeitscht werden. Vier Tage nachher sah ich wirklich, wie eine gute Anzahl Bettler unter Peitschenhieben durch die Gassen geführt wurde, worüber ich dermaßen erschrak, daß ich mich nicht mehr traute, meine Almosen zu erbetteln. Da hätte man ein strenges Fasten und großes Stillschweigen in unserm Hause sehen können, denn es kam so weit, daß wir zwei, drei Tage lang keinen Bissen aßen und kein Wort redeten. Mir haben einige arme Weiber, Nachbarinnen, die Baumwolle spannen und Strümpfe wirkten und mit denen ich auf gutem Fuße stand, das Leben gerettet. Denn von ihren zusammengesponnenen, kümmerlichen Pfennigen gaben sie mir so viel mit, daß ich mich gerade so durchzuhungern vermochte. Das größte Mitleid hatte ich aber nicht mit mir, sondern mit meinem armen Edelmann, der acht Tage lang nichts aß, wenigstens nicht zu Hause, so daß einem das Herze wehe tat. Nichtsdestoweniger, wenn er mittags durch die Gassen ging, ging er so gerade und aufrecht daher wie ein Windspiel von allerbester Rasse; das hättet ihr sehen müssen! Um seiner verdammten sogenannten Ehre zu genügen, nahm er einen Strohhalm aus dem Strohsack, der eigentlich keinen entbehren konnte, stellte sich damit vor die Haustür und stocherte damit in den Zähnen, in denen es nichts zu stochern gab. Dabei klagte er, daß all das Mißgeschick dem widerwärtigen Stern zuzuschreiben sei, klagte über das Unglückshaus, daß es finster, traurig, dunkel sei, ja daß er eine Handvoll Dukaten drum geben wolle, wenn der Monat nur schleunigst zu Ende wäre und er die Spelunke verlassen könnte.

In dieser jämmerlichen und hungervollen Verfolgungszeit geriet eines Tages, ich weiß nicht wie, wo und wodurch, mein Edelmann in den Besitz von zwanzig ganzen Pfennigen, mit denen er so stolz und aufgeblasen nach Hause kam, als wenn er den Schatz von Venedig besäße. Diese zwei Groschen gab er mir mit lachendem Mund und fröhlichem Gesicht und sprach: «Da nimm, mein Lazarillo, Gott hat seine Hand über uns aufgetan; laufe geschwind zum Marktplatz und kaufe Wein, Brot und Fleisch, wir wollen dem Teufel ein Schnippchen schlagen und lustig sein. Weiter noch: Ich habe ein anderes Haus gemietet. Unter diesem Unglücksdach bleiben wir nur bis zum Monatsschluß; verflucht soll es sein und der, der den Grundstein dazu gelegt, denn solange ich darin wohne, habe ich weder Fleisch noch Wein in meinen Magen bekommen und keinen einzigen guten Tag gehabt. Nun lauf und komme schnell zurück, wir wollen heute tafeln wie die Fürsten.» Ich nahm meine zwei Groschen und den Krug und laufe, was ich laufen kann, jauchzend und frohgemut durch die Gassen zum Marktplatz. Ich bin nun aber einmal unter einem Unglücksplaneten geboren (als gerade Mars und Venus sich den Rücken wandten), und bei mir gibt's keine Freude ohne Leid. Denn wie ich die Gassen hinauflaufe und hin und her überlege, was ich alles für die zwanzig Pfennige kaufen könne, kommt mir plötzlich ein Leichenzug entgegen unter zahlreicher Begleitung von Geistlichen und Leidtragenden. Ich drückte mich an die Mauer, um Platz zu machen, und sah gleich hinter der Bahre eine Frau, wohl die Witwe des Verstorbenen, die weinte und schrie und jammerte: «O mein Herr und Gemahl, wohin bringen sie dich? In das traurige und unglückliche Haus! In das öde und finstere Haus! In das Haus, darinnen man nimmermehr isset noch trinket!»

Wie ich dies hörte, glaubte ich, der Himmel stürzte ein. O ich Armseliger, dachte ich, den Toten bringt man sicherlich in unsere Wohnung. Ich kehrte also um, bahnte mir einen Weg mitten durch die Menge und laufe, so schnell ich konnte, die Gassen hinunter bis zu meinem Haus, springe hinein und sperre hinter mir die Türe zu. Dann rufe ich meinen Junker um Gnade und Hilfe an, der kam schnell herbei, und ich klammerte mich an ihn, mit der Bitte, er möge mir helfen, den Eingang zu verteidigen. Er war hierüber etwas bestürzt, dachte, es möchte etwas anderes sein, und fragte: «Was ist denn los, Junge? Was soll das Geschrei, und warum schließest du die Türe mit solcher Hast?» – «Ach, Herr», antwortete ich, «helft mir doch, denn sie bringen uns einen Toten ins Haus.» – «Toten? Wieso?» – «Ein Leichenzug ist mir oben in der Gasse begegnet, und ein Weib hinter dem Sarge schrie laut: ‹O mein Herr und Gemahl, wohin bringen sie dich? In das traurige und unglückliche Haus! In das öde und finstere Haus! In das Haus, darinnen man nimmermehr isset noch trinket!› Herr, den bringen sie doch sicher zu uns?» Und obwohl mein Herr für gewöhnlich nicht besonders lachlustig war, begann er jetzt doch so heftig zu lachen, daß er lange kein Wort herausbringen konnte. Inzwischen hatte ich den Riegel vor die Tür geschoben und mich zur größeren Sicherheit mit den Schultern dagegen gestemmt. Die Leute gingen mit ihrem Toten indessen schon vorüber, aber ich befürchtete immer noch, man würde den Toten bei uns einlogieren. Als sich mein Junker mehr satt gelacht als gegessen hatte, sprach er zu mir: «Sicherlich, Lazarillo, nach dem, was die Witwe gesagt hat, war dein Argwohn ganz berechtigt; aber da Gott es anders gefügt hat, so mach nur ruhig auf und lauf hinaus und bring uns was zu essen!» Ich bat, er möchte die Leiche zunächst die Gasse ganz hinunterziehen lassen; schließlich aber trat mein Herr an die Haustür, öffnete sie mit Gewalt, sprach mir Mut zu und schickte mich aus, aufs neue fürs Essen zu sorgen. Obwohl wir an jenem Tage vorzüglich speisten, wollte es mir doch nicht recht schmecken, und es dauerte wohl drei Tage, bis ich meine Farbe wiederbekam; mein Herr aber, sooft er dieses Streiches gedachte, konnte sich des Lachens nicht enthalten.

So also lebte ich bei meinem dritten und armen Herrn, dem heruntergekommenen Edelmann, mehrere Tage. Immer wünschte ich zu erfahren, warum er nach Toledo gekommen sei und weshalb er dort bliebe, denn schon am ersten Tage, da ich bei ihm in Dienst trat, merkte ich, daß er ein Fremder sein mußte. Endlich einmal wurde mein Verlangen erfüllt; denn eines Tages (wir hatten gerade gut gespeist, und er war in bester Laune) erzählte er mir von seinen Verhältnissen; er sei aus Alt-Kastilien zu Hause und nur dort fortgezogen, um nicht den Hut vor einem benachbarten Edelmann abziehen zu müssen. «Ei, Junker», antwortete ich hierauf, «wenn er ein Edelmann war und reicher als Ihr, so hätte es Euch meiner Ansicht nach geziemt, zuerst zu grüßen, da Ihr ja sagt, daß auch er Euch grüßte.» – «Ja, er ist ein Edelmann, er ist auch reicher als ich, und er hat mich auch wiedergegrüßt; aber es würde ihm an seinem Adel und seinem Reichtum nichts geschadet haben, wenn er mal zuerst an seinen Hut gegriffen hätte.» – «Ich glaube, Herr», antwortete ich, «ich würde das nicht so genau berechnet haben, besonders nicht bei Leuten, die reicher und vornehmer sind als ich.» – «Du bist ein dummer Junge und verstehst nichts von Fragen der Ehre und Reputation, die heute das ganze Kapital eines anständigen Mannes ausmachen. Das aber will ich dir sagen: Ich bin bloß ein einfacher Junker, aber, Gott sei mein Zeuge, wenn ich einen Grafen auf der Straße treffe und er mich nicht genau so tief grüßt wie ich ihn, so werde ich bei der nächsten Begegnung in irgendein Geschäft treten oder in eine Seitengasse einbiegen, um ihn nicht grüßen zu müssen. Denn wir von Adel fürchten nichts auf der Welt als unsern Gott und unseren König! Und man darf sich als Ehrenmann nicht das geringste von der einem gebührenden Hochachtung nehmen lassen. Ich erinnere mich, daß ich in meiner Heimat einmal einen Handwerksmeister recht gründlich angefahren habe, bloß weil er zu mir sagte: ‹Gott erhalte Euch!› – ‹Du verdammter Flegel›, sagte ich zu ihm, ‹weißt du nicht, was sich gehört, und hast du mich anzureden, als wenn ich der nächste beste wäre?› Von da an zog er schon auf eine halbe Stunde die Mütze und grüßte, wie es sich gehörte.» – «Ja, aber, Herr», fragte ich, «ist es denn kein ordentlicher Gruß, wenn ich jemandem wünsche: ‹Gott erhalte Euch?›» – «Na, dann wisse doch ein für allemal, du dummer Junge, so spricht man zu Leuten tieferen Ranges, aber zu mir und sonstigen Adeligen muß man zum mindesten sagen: ‹Ich bin Euer Gnaden untertäniger Diener› oder ‹Ich küsse Euer Gnaden die Hand›. So wollte ich es auch von meinem Nachbarn und Landsmann, der mir reichlichen Unterhalt gewährte, unter keinen Umständen dulden, daß er ‹Gott erhalte Euch› zu mir sagte; das lass' ich mir von keinem anderen gefallen als von meinem König und Herrn.» Du armer Kerl, dachte ich, deshalb ist der Herrgott so wenig besorgt, dich zu erhalten, weil du nicht dulden willst, daß es jemand dir wünsche.

«Außerdem», fuhr er fort, «bin ich keineswegs so arm, daß ich nicht in meiner Heimat große Baugelände besäße, die, wenn man Häuser darauf baute und die stattlich einrichtete, bei der geringen Entfernung von nur sechzehn Meilen von Valladolid mehr als zweihunderttausend Taler wert wären. Weiter besitze ich noch einen Taubenschlag, aus dem ich jährlich mehr als zweihundert Täubchen haben könnte, wenn er nicht unglücklicherweise umgefallen wäre. Vieles andere, das ich um meiner Ehre willen verlassen habe und das ich mein Eigentum nenne, will ich lieber verschweigen. Und so bin ich denn in diese Stadt gekommen, in der Hoffnung, eine gute Stellung zu finden; aber es ist mir nicht so geglückt, wie ich hoffte.

Prälaten und Domherren gibt's hier zwar genug, aber sie leben so eingezogen, daß sie die ganze Welt nicht aus ihrem gewöhnlichen Geleise bringen kann. Auch Adelige mittleren Schlages wollen mich wohl in ihre Dienste nehmen, aber das ist ein mühseliges Leben, bei dem man aus einem Menschen ein Packesel wird, und läßt man sich das nicht gefallen, so heißt es: ‹Geh mit Gott!› Auch der Lohn ist sehr gering, meistens nur freie Kost. Und wenn solche Leute einmal Gewissensbisse bekommen und dich für Schweiß und Arbeit entschädigen wollen, so wirst du aus der Kleiderkammer mit einem schmutzigen Wams, einem abgetragenen Mantel oder einer schäbigen Jacke beschenkt. Kommst du aber in den Dienst eines großen Herrn, so geht es zur Not an. Dennoch fehlt es nicht an Klagen und Beschwerden, denn vielleicht fehlt es mir an der nötigen Gewandtheit, um mich nach seinem Willen zu richten und ihn zufriedenzustellen. Dennoch glaube ich, wenn mich das Glück zu einem solchen Herrn führte, so würde ich bald sein Liebling sein; ich würde mich nämlich in allen Dingen willig, unverdrossen und untertänig erzeigen. Ich würde ihn so gut anlügen wie irgendein anderer, alle seine Worte, ob wahr oder nicht, bestätigen, alle seine Sitten und Gebräuche, ob gut oder schlecht, mit Beifall begrüßen, nie ihm etwas sagen, was ihm unangenehm wäre, zu allem lachen, die Diener gründlich ausschimpfen, wenn er es hörte, um den Anschein zu erwecken, als ob mir seine Angelegenheiten besonders am Herzen lägen; wenn er mit einem Diener nicht zufrieden wäre, ihn noch zu größerem Zorne reizen, indem ich zugunsten des Angeklagten zu reden schiene. Dann, wenn ich bei ihm in Ansehen und Gnade stände, wollte ich ihn allezeit loben und rühmen, das Leben anderer durchschnüffeln und durchforschen, um interessante Geschichten, besonders vom Hofe, ihm zutragen zu können. Leider scheint mein Schicksal nicht zu wollen, daß ich einen solchen Herrn finde.» So beklagte sich mein Junker über sein widriges Geschick und brachte mir zu gleicher Zeit ein richtiges Bild von seinen edlen Eigenschaften bei.

Als wir uns so unterhielten, traten ein Mann und ein altes Weib über die Schwelle: der Mann verlangte die Miete für das Haus, das Weib die Miete für das Bett. Und beide machten ihre Rechnung so gut, daß er für zwei Monate mehr bezahlen mußte, als er überhaupt im ganzen Jahre verdiente; wenn ich mich recht erinnere, waren es zwölf oder dreizehn Taler. Er antwortete ihnen sehr höflich, er müsse nur eben auf den Marktplatz gehen, um ein Goldstück zu wechseln, sie möchten gegen Abend wiederkommen. Aber sein Abschied war ein Abschied auf ewig. Der Mann und das Weib erschienen zwar zur bestimmten Stunde, schon reichlich spät, wieder im Hause, aber ich mußte ihnen sagen, daß mein Junker noch nicht gekommen sei. Als nun die Nacht kam, aber nicht mein Junker, bekam ich Angst in dem öden Hause und ging zu meinen Nachbarinnen, erzählte ihnen die Geschichte und schlief dort.

Am folgenden Morgen kamen die Gläubiger meines Junkers wieder, und da sie die Haustür versperrt fanden, fragten sie bei den Wollspinnerinnen nach ihm. Die antworteten: «Hier ist sein Bursche, der hat den Hausschlüssel.» Sie fragten mich nun, und ich entgegnete, daß ich nicht wisse, wo er sei; seit er zum Wechseln des Goldstücks ausgegangen, habe ich von ihm weder etwas gesehen noch gehört; ich vermute, daß er mit dem gewechselten Gelde mir und ihnen durchgebrannt sei. Als sie dies hörten, holten sie einen Schutzmann und einen Schreiber, öffneten mit meinem Schlüssel in Gegenwart mehrerer Zeugen das Haus und gingen hinein, um auf die Habe meines Junkers so weit Beschlag zu legen, daß seine Schuld abgetragen wäre. Sie gingen im ganzen Haus herum und fanden es so leer, wie ich kurz vorher von dem Geldbeutel meines Junkers euch erzählt habe. «Wie steht's mit dem Hausrat deines Herrn, mit Truhen, Kisten, Teppichen und Möbeln?» – «Das weiß ich nicht», antwortete ich. «Ohne Zweifel», sagten sie nun, «haben sie die Sachen diese Nacht zusammengepackt und beiseite geschafft. Herr Schutzmann! nehmt diesen Burschen hier gefangen, denn er muß wissen, wo die Sachen stecken.» Der Schutzmann trat sofort auf mich zu, faßte mich, packte mich am Kragen und sprach: «Zeige uns sofort, wo sich die Habe deines Junkers befindet, oder du bist verhaftet!» Nun war ich zwar schon häufiger am Kragen gepackt worden, nämlich von meinem Blinden, dem ich so den Weg zeigen mußte; aber so heftig und deutlich hatte mich noch niemals jemand gefaßt, so daß ich Furcht bekam und weinend versprach, alles zu sagen, wonach man mich fragte. «Gut», sagten sie, «so gestehe alles, was du weißt, und habe keine Furcht!» Der Gerichtschreiber setzte sich in Ermangelung eines Stuhles auf die steinerne Türschwelle, um das Inventar aufzunehmen, und fragte mich: «Was besaß also dein Herr?» – «Ihr Herren», sagte ich, «wie mein Herr mir mitteilte, besaß er vorzügliche Baugelände und einen umgefallenen Taubenschlag.» – «Gut!» sprachen sie, «wenn's auch nicht gerade viel ist, so wird es doch genügen, um uns bezahlt zu machen, und in welcher Straße der Stadt liegen die Grundstücke?» – «In seiner Heimat», antwortete ich. «Da haben wir es ja vorzüglich getroffen», sagten sie. «Und wo liegt denn seine Heimat?» – «In Alt-Kastilien», sagte ich, «so hat er mir selber erzählt.»

Der Schutzmann und der Schreiber fingen laut an zu lachen und sagten: «Diese Auskunft genügt vollständig, um eure Schuld einzutreiben, selbst wenn sie noch bedeutend größer wäre.» Meine Nachbarinnen, die dabeistanden, sagten: «Ihr Herren, dies ist ein unschuldiger Junge, der erst vor kurzem bei dem Edelmann in Dienst getreten ist und der nicht mehr von ihm weiß als ihr selbst. Der arme Teufel ist immer in unser Haus gekommen, weil er nichts zu beißen und zu brechen hatte, und wir haben ihm aus Mitleid so viel gegeben, wie wir konnten; des Nachts kehrte er dann zu seinem Junker zurück.» Da man meine Unschuld sah, ließ man mich los und gab mich frei.

Der Schutzmann und der Schreiber verlangten nun von dem Manne und dem Weib ihre Gebühren. Darüber erhub sich ein großer Streit, denn die beiden behaupteten, sie seien zu keiner Bezahlung verpflichtet, da ja nichts vorhanden sei und keine Beschlagnahme stattgefunden habe; die anderen führten dagegen ins Feld, daß sie dieses Lumpenhandels wegen bessere und wichtigere Geschäfte versäumt hätten. Endlich, nach langem Kopfzerbrechen, Zanken und Schreien, packte ein Gerichtsdiener das lumpige Bett der Alten, und obgleich er nicht schwer daran zu schleppen hatte, zogen doch alle fünf schimpfend hinterher, so daß ich nicht sagen kann, wie die Geschichte schließlich zu Ende ging. Ich glaube, daß die alte, zerlumpte Matratze für alle fünf herhalten mußte, und sie fand damit eine gute Verwendung, denn sie konnte sich jetzt von langjährigen Mühen und Berufsbeschwerden, die sie während der Zeit, wo sie ausgeliehen war, hatte erdulden müssen, recht gründlich ausruhen und erholen. So verließ mich mein dritter Herr, wobei ich meinen Unglücksstern in hellster Deutlichkeit erkannte. Denn indem mein Geschick seinen ganzen Haß und seine ganze Feindschaft über mich ergoß, ließ es mich die tollsten und widersinnigsten Dinge erfahren: sonst ist es der Lauf der Welt, daß die Burschen ihre Herren verlassen; hier aber war der Herr seinem Diener durchgebrannt.

Wie Lazarillo zu einem barmherzigen Bruder kam und was ihm bei diesem begegnete

Ich mußte mir jetzt den vierten Herrn suchen, und das war ein barmherziger Bruder. Die Wollspinnerinnen aus der Nachbarschaft hatten mich zu ihm geschickt; sie nannten ihn stets nur «Herr Vetter». Er war kein Freund der Klosterküche und der Messen, beschäftigte sich dafür aber um so lieber mit weltlichen Angelegenheiten und Spaziergängen außerhalb der Klostermauern, so daß ich glaube, er zerriß mehr Schuhe als das ganze übrige Kloster zusammen. Er gab mir auch die ersten Schuhe, die ich in meinem Leben trug, aber sie hielten bloß acht Tage, und ich konnte dennoch nie gleichen Schritt mit ihm halten. Deshalb und wegen anderer Geschichten, die ich lieber nicht nennen will, ging ich von ihm fort.

Wie Lazarillo zu einem Ablaßkrämer kam und was ihm bei dem begegnete

Mein Glück führte mich zu einem fünften Herrn, der der frechste, unverschämteste und geriebenste Betrüger war, den ich und die Welt je sahen und sehen werden, denn er kannte tausenderlei Kniffe und Listen und erfand noch tausend neue dazu. Wollte er in einem Dorfe Ablaßzettel verkaufen, so machte er zunächst den Geistlichen seinen Besuch und schenkte ihnen einige Kleinigkeiten von unbedeutendem Werte: mal einen Salatkopf aus Murcia, wenn gerade die Salatzeit war, mal ein paar Apfelsinen, Pfirsiche, Aprikosen oder Birnen; so errang er ihre Gunst, so daß sie seine Geschäfte begünstigten und die Gläubigen zum Kaufen der Ablaßzettel ermunterten. Schon beim ersten Besuch hatte er heraus, welch Geistes Kinder sie waren. Merkte er, daß sie Lateinisch verstanden, so hütete er sich sehr, lateinisch zu sprechen, um nicht Fehler zu machen, sondern wartete mit einigen kurzweiligen und lächerlichen oder gepfefferten Historien auf; merkte er aber, daß die Geistlichen zu jenen hochwürdigen Herren gehörten, die sich mehr um Geld als um Wissen und Amtswürden kümmerten, so spielte er den heiligen Thomas unter ihnen und schwätzte zwei Stunden Latein oder wenigstens etwas, was wie Lateinisch klang. Wenn man ihm die Ablaßzettel nicht gutwillig abnehmen wollte, so suchte er sie den Leuten gegen ihren Willen anzuhängen, und er plagte und drängte sie auf die verschiedenste Art. Ein anderes Mal wieder probierte er es mit den schlauesten Mitteln, und weil es mich zu weit führen würde, alle, die ich sah, aufzuzählen, so mag einer der geriebensten Streiche genügen, um seine Schlauheit zu beweisen.

An einem Orte des Sprengels von Toledo hatte er zwei oder drei Tage gepredigt und seine gewöhnlichen Kunstkniffe angewandt, aber niemand hatte ihm einen Zettel abgekauft, und es schien auch niemand Lust zum Kaufen zu haben. Darüber wurde er ärgerlich und wünschte sich selbst zum Teufel, und nachdem er nachgedacht hatte, was nun weiter zu beginnen sei, beschloß er endlich, die Einwohner des Dorfes für den folgenden Morgen nochmals zur Kirche zu laden, um seine Bullen zu verkaufen. In der Nacht vorher spielten er und der Gerichtsdiener nach dem Essen um die Zeche und gerieten beim Spiel aneinander und wechselten die bösesten Worte. Der Gerichtsdiener nannte ihn einen Fälscher und er den Gerichtsdiener einen Dieb; schließlich nahm mein Herr einen kräftigen Spieß, der an der Tür lehnte, und der Gerichtsdiener zog seinen Degen, den er an der Seite trug. Durch unser Lärmen und Schreien liefen die Wirtsleute und die Nachbarn herbei und warfen sich zwischen die Streitenden. Die aber drängten sie wütend zur Seite, um aufeinander loszugehen.

Da aber bei dem Lärm die Menge der Zuschauer immer mehr wuchs und die beiden Streitenden sahen, daß sie sich mit den Waffen nichts anhaben konnten, so warfen sie sich beleidigende Äußerungen zu, und der Gerichtsdiener schimpfte meinen Herrn einen Fälscher, dessen Bullen, über die er predige, unecht seien. Um des Streites ein Ende zu machen, schleppten die Leute den Gerichtsdiener von dem Gasthause fort und ließen meinen Herrn in wütigem Toben zurück. Man redete ihm zu, seinen Groll fahrenzulassen und schlafen zu gehen; dann legten wir uns alle zur Ruhe nieder.

Als es Morgen geworden war, ging mein Herr in die Kirche und befahl, zur Messe zu läuten, um seinen Ablaßhandel von neuem zu beginnen. Das Volk versammelte sich auch, doch fluchte es und murrte, die Bullen seien unecht, und der Gerichtsdiener selber habe dies in dem Streite verraten. Da sie nun schon an sich nicht besonders kauflustig gewesen waren, so war ihr Widerwille jetzt noch gewachsen. Mein Herr aber bestieg die Kanzel und fing seine Predigt an, indem er die Leute ermahnte, nicht diesen Segen und Sündennachlaß, den die Ablaßzettel böten, an sich vorübergehen zu lassen. Und als er gerade so mitten im rechten Fahrwasser war, trat der Gerichtsdiener durch die Kirchentüre herein und begann mit lauter, klarer und salbungsvoller Stimme zu sprechen: «Liebe Leute, leiht mir nur für einen Augenblick euer Ohr, nachher könnt ihr anhören, wen ihr wollt. Ich bin zusammen mit diesem Gauner, der da oben auf der Kanzel steht, hierhergekommen, denn er hat mich überrumpelt, indem er mich bat, ich solle ihm bei seinen Geschäften behilflich sein, er würde dann den Gewinn mit mir teilen. Doch jetzt wird mir klar, wie sehr ich mein Gewissen schädigen würde und euer Vermögen, und ich erkläre deshalb voller Reue laut und offen, daß der Ablaß, den er predigt, falsch ist. Schenkt ihm keinen

Glauben und kauft ihm nichts ab, und zum Zeichen, daß ich mit diesen Sachen weder direkt noch indirekt etwas zu tun haben will, lege ich hier meinen Amtsstab nieder. Sollte später mal dieser da wegen seiner Gaunereien gezüchtigt und gestraft werden, so sollt ihr meine Zeugen sein, daß ich nicht zu ihm halte, ihm keinen Vorschub leiste, sondern vor ihm warne und seine Schlechtigkeit enthülle.» So schloß er seine Ansprache. Einige von den besseren Leuten, die anwesend waren, wollten sich erheben und den Gerichtsdiener vor die Türe werfen, um dem Skandal ein Ende zu machen, aber mein Herr hielt sie zurück und befahl allen bei Strafe des Kirchenbannes, den Zwischenrufer nicht zu stören, sondern ihn ruhig alles sagen zu lassen, was er wolle. Er selbst schwieg auch, so daß der Gerichtsdiener alles sagen konnte, was ich eben erwähnt habe. Als er schwieg, fragte ihn mein Herr, ob er fertig sei oder ob er noch etwas zu sagen habe. Der antwortete: «Gar viel könnte ich noch von Euch und Eurer Falschheit berichten; aber für dieses Mal mag es genug sein.» Und mein Herr und Ablaßkrämer fiel auf der Kanzel in die Knie, faltete seine Hände und begann, den Blick zum Himmel gewandt, also: «Großer Gott im Himmel, dem nichts verborgen bleibt, vor dessen Auge vielmehr alles klar und deutlich darliegt, dem nichts unmöglich ist und der allein die Wahrheit weiß, bringe an den Tag, wie ungerecht ich hier beschimpft werde. Was mich angeht, so will ich ihn nicht richten, damit ich nicht gerichtet werde; schaue nicht auf ihn, denn er weiß nicht, was er tut und sagt. Aber ich bitte dich, die Sünde, die er gegen dich begangen, um der Gerechtigkeit willen nicht unbemerkt vorübergehen zu lassen; denn vielleicht ist einer hier, der diese heilige Bulle kaufen möchte und davon absteht, weil er den Worten dieses Lügners Glauben schenkt. Dies würde aber den Seelen meiner Nächsten zu so großem Schaden gereichen, daß ich dich, mein Herr und Gott, kniefällig bitte und anflehe, nicht zu dieser Greueltat zu schweigen, sondern laß ein Wunder geschehen und gib uns folgendes Zeichen: Wenn es Wahrheit ist, was dieser Mensch da sagt, und Bosheit und Falschheit in mir wohnt, so möge die Erde diese Kanzel verschlingen und ich sieben Klafter tief in die Hölle hinabfahren und nie wieder zum Vorschein kommen. Aber wenn meine Worte die Wahrheit sind und dieser, ein Werkzeug des Teufels, Lügen spricht, um die Anwesenden großen Segens zu berauben, so züchtige ihn und laß uns allen offen werden seine Schlechtigkeit!» Kaum hatte mein frommer Herr sein Gebet beendet, da brach der sündige Gerichtsdiener, wie vom Schlage getroffen, so heftig zu Boden, daß die Kirche davon widerhallte, und er fing an zu brüllen, und der Schaum trat ihm vor den Mund, und er verzerrte und zerriß sein Gesicht und schlug mit Händen und Füßen um sich und krümmte und wälzte sich am Boden. So groß war da das Lärmen und Schreien der Leute, daß keiner mehr den anderen verstand, und voller Schrecken und voller Furcht sprachen die einen: «Möge Gott ihm gnädig sein», die anderen: «Es geschieht ihm ganz recht, warum hat er falsches Zeugnis gegeben wider seinen Nächsten!» Endlich näherten einige von den Anwesenden sich ihm mit zitterndem Zagen, faßten ihn bei den Armen, mit denen er wild um sich schlug und Ohrfeigen austeilte, andere ergriffen seine Beine, mit denen er ihnen Fußtritte versetzte, wie es der bösartigste Maulesel nicht heftiger hätte tun können; so hielten sie ihn eine Zeitlang fest, wohl an die fünfzehn Menschen, und allen gab er vollauf zu tun, wenn sie achtgeben wollten, um nicht von seinen Hieben und Stößen getroffen zu werden. Während dieser ganzen Zeit lag mein Herr auf der Kanzel auf den Knien, Hände und Augen gen Himmel gerichtet, als ob ihm eine Offenbarung würde, und das Lärmen und Schreien in der Kirche störte ihn nicht im geringsten in seiner gottähnlichen Verzücktheit. Da stiegen die guten Leute zu ihm hinauf, riefen ihn an und baten ihn kniefällig, dem unglücklichen Sterbenden seine Hilfe nicht zu versagen und nicht auf das Vergangene zu schauen und seine erlogenen Worte, für die er ja schon reichlich bestraft sei; vielmehr, wenn er irgend etwas tun könne, um ihn aus Not und Gefahren zu befreien, so möge er es um Gottes willen tun, da sie ja jetzt klar einsähen die große Sünde des Schuldigen und *seine* Frömmigkeit und Wahrheitsliebe, nachdem auf seine Bitte um Strafe der Herr nicht mit seinem Urteil gezögert habe.

Der Ablaßkrämer schlug die Augen auf und schaute sie an wie einer, der aus süßem Träumen erwacht, und dann sah er den Sünder an und die bei ihm standen und sprach in salbungsvollem Tone: «Ihr guten Leute, von Rechts wegen solltet ihr nicht für einen Menschen bitten, an dem Gott ein solch sichtbares Zeichen getan. Aber da ein Gesetz lautet, daß wir nicht Böses mit Bösem vergelten sollen und Beleidigungen nicht nachtragen, so laßt uns den Herrgott vertrauensvoll bitten, sein Gebot hier in Erfüllung gehen zu lassen und dem zu verzeihen, der ihn beleidigte, indem er unserm heiligen Glauben sich widersetzte.» Mit diesen Worten verließ er die Kanzel und befahl den Gläubigen, zum Herrgott zu beten, er möge diesem Sünder verzeihen, ihm Verstand und Gesundheit zurückgeben und den Teufel aus ihm vertreiben, wenn Er, der Allerhöchste, es gestattet habe, daß er in ihn fahre, wegen seiner großen Schlechtigkeit. Alle sanken auf die Knie nieder und begannen gemeinsam mit dem Priester vor dem Altare mit leiser Stimme eine Litanei zu singen, und dann eilte mein Herr mit Kreuz und Weihwasser herbei, und nachdem er über ihn fromme Worte gesungen, hob er Hände und Augen zum Himmel empor, so daß nur noch das Weiße zu sehen war, und begann ein ebenso langes wie inbrünstiges Gebet, wobei er alle zu Tränen rührte, wie es bei den Fastenpredigten dem Prediger und den andächtigen Zuhörern zu geschehen pflegt. Er bat Gott, da er ja nicht den Tod des Sünders wolle, sondern daß er sich bekehre und lebe, diesem Besessenen und dem Tode und der Hölle Verfallenen zu verzeihen und ihm Leben und Gesundheit wiederzugeben, damit er bereue und seine Sünden bekenne. Dann ließ er sich eine Ablaßbulle bringen, legte sie ihm auf den Kopf, und sofort begann der sündige Gerichtsdiener sich zu bessern und sich zu erholen. Kaum aber war das Bewußtsein wieder vollständig in ihn zurückgekehrt, so warf er sich dem Ablaßkrämer vor die Füße und flehte seine Verzeihung an, indem er gestand, daß aus ihm der Teufel gesprochen habe, erstens um ihn zu schädigen und für die Beleidigungen des Vorabends Rache zu nehmen, und zweitens, weil der Teufel eine große Wut empfinde über das viele Gute, das durch den Verkauf der Ablaßbullen gestiftet würde.

Mein Herr gewährte ihm seine Verzeihung, und sie schlossen wieder Freundschaft miteinander; zu den Ablaßzetteln aber drängte sich eine solche Menge Volkes, daß fast keine lebende Seele zu Hause blieb, weder Mann noch Weib, weder Sohn noch Tochter, weder Bursche noch Mädchen. Auch in die umliegenden Ortschaften drang die Kunde von dem, was geschehen war, und es bedurfte jetzt weder einer Predigt noch des Kirchenbesuchs, sondern die Leute holten die Ablaßzettel schon im Gasthofe ab, als wenn reife Birnen zu verkaufen wären. So setzte mein Herr in zehn oder zwölf Ortschaften der näheren Umgebung genau so viel Ablaßzettel ab wie hier, ohne nur die Kanzel zu besteigen. Als dieses wunderliche Wunder sich ereignete, war ich, wie ich gerne bekenne, darüber sehr erschrocken und glaubte es wie alle anderen auch. Als ich dann aber später das Gelächter und Gespötte hörte, das mein Herr und der Gerichtsdiener wegen des vorzüglichen Geschäftes machten, merkte ich, daß die Geschichte von meinem schlauen und geriebenen Herrn in Szene gesetzt worden war, und obwohl ich noch im Knabenalter stand, fand ich die Geschichte zu toll und dachte bei mir: Wieviel ähnliche Streiche mögen dem gutmütigen und gläubigen Volke von solchen Spaßmachern gespielt werden! In summa: ich blieb bei diesem meinem fünften Herrn vier Monate und hatte während dieser Zeit allerlei Qualen zu erdulden.

Wie Lazarillo zu einem Mönch kam
und was ihm bei dem begegnete

Hierauf kam ich zu einem Tamburinmaler, dem ich die Farben reiben mußte, und auch da hatte ich tausend Übel auszustehen. Da ich inzwischen in die Höhe geschossen und zu einem ordentlichen Burschen herangewachsen war, so nahm mich eines Tages, da ich den Dom betrat, ein Mönch in seine Dienste, übergab mir einen Esel, vier Wasserkrüge und eine Peitsche, und so ausgerüstet mußte ich Wasser aus dem Fluß in der Stadt verkaufen. Dieses war die erste Staffel, die ich erklomm, um zu einem ehrlichen Leben zu gelangen.

Täglich mußte ich meinem Herrn dreißig Groschen abliefern; der Überschuß war mein, und ebenfalls das, was ich an Samstagen an dem Wasser verdiente, und dieses Geschäft war so gut und nützlich, daß ich im Laufe von vier Jahren so viel ersparte (ich lebte nämlich, was Essen und Trinken anbetrifft, sehr eingezogen), daß ich mich ehrlich kleiden konnte. Bei dem Althändler kaufte ich mir ein altes Wams von Barchent, einen abgeschabten Rock mit zerschlitzten Ärmeln, einen Mantel, der einen Riß hatte und wieder hübsch zusammengeflickt war, und einen guten alten Degen. Als ich mich so ehrlich und anständig gekleidet und herausgeputzt sah, sagte ich meinem Herrn, er solle seinen Esel wieder an sich nehmen, ich wolle in Zukunft kein Eseltreiber mehr sein.

Wie sich Lazarillo zu einem Gerichtsboten begab und was sich bei diesem ereignete

Als ich so die Dienste des Mönches verlassen hatte, verdang ich mich als Mann der Gerechtigkeit bei einem Mitglied der heiligen Justitia. Doch blieb ich nicht lange bei ihm, nachdem ich innerhalb weniger

Tage die Erfahrung gemacht, daß es ein gefährliches Amt sei, namentlich als eines Nachts einige Kerle meinen Herrn und mich aus ihren Schlupfwinkeln überfallen und mit Steinen und Prügeln ganz jämmerlich abgefertigt hatten. Besonders meinen Herrn, der ihnen entgegentrat, richteten sie übel zu; mich aber konnten sie nicht erwischen.

So hatte ich denn bald die Lust an dieser Stellung verloren, und während ich nun hin und her dachte, wie ich mein Leben einrichten müßte, um Unterhalt und einen Zehrpfennig fürs Alter zu haben, schickte mir unser Herrgott aus übergroßer Gnade ein gutes und ersprießliches Mittel. Denn durch die Gunst meiner Herren und Freunde wurde ich für alle überstandenen Mühen und Qualen dadurch entschädigt, daß ich das Amt erlangte, das ich lange erstrebt hatte: Ich wurde ein königlicher Beamter, denn ich sah wohl ein, daß man heutigentags in der Welt von keinem etwas hält, der nicht gründlich was aufzutischen oder zum wenigsten ein stattliches Amt hat. Dieses Amt nun habe ich heute noch inne, Gott zur Ehre und allen ehrlichen Menschen zu Diensten. Meine Pflicht ist es nämlich, die Weine, die in dieser Stadt zu haben sind, Versteigerungen und verlorene Sachen auszurufen und schließlich diejenigen, die von Gerichts wegen bestraft werden, zu begleiten und ihre Verbrechen laut zu verkünden. In summa: ich bin einer von jenen Leuten, die den gemeinen Nutzen fördern: ein öffentlicher Ausrufer. Dabei ist es mir so gut und glücklich ergangen, und ich habe mich so geschickt gezeigt, daß fast alle Sachen, die dies Amt berühren, jetzt durch meine Hände gehen, und zwar so, daß, wer nur in der Stadt Wein oder sonst was zu verkaufen hat, kein gutes Geschäft zu machen glaubt, wenn sich nicht der Herr Lazarus von Tormes (ich werde nämlich nicht mehr Lazarillo genannt) darum bekümmert und dabei ist.

Um diese Zeit wurde der Herr Erzpriester von der Kirche zum heiligen Erlöser auf meine Geschicklichkeit, meinen klaren Verstand und ehrbaren Lebenswandel aufmerksam, und nachdem er sich nach den Umständen näher erkundigt, faßte er den Plan, mich mit einer seiner Mägde zu verheiraten. Da ich nun einsah, daß mir aus einer solchen Heirat und der Protektion eines so hohen Herrn nur Ehre und Glück erwachsen konnte, so willigte ich gerne ein. Die Heirat ging vonstatten und hat mich bis auf diese Stunde noch nicht gereut. Denn abgesehen davon, daß mein Weib gut, fromm und fleißig ist, finde ich bei meinem Herrn stets Gunst und Gnade, denn er schenkt meinem Weibe einige Male im Jahre einige Säcke Getreide, an hohen Feiertagen Fleisch, zuweilen ein paar Brote und mir die alten Hosen, die er abgelegt hat. Er hat uns auch in der Nähe seiner Wohnung ein Häuschen gemietet und lädt uns fast alle Sonn- und Feiertage bei sich zu Gaste. Aber die bösen Zungen, die niemals stillstehen, lassen uns nicht in Ruhe, schwätzen dies und das und behaupten, man sehe mein Weib oft ihrem gewesenen Herrn das Bett machen und das Essen zubereiten. Möge Gott sie auf ihrem Totenbette von der Wahrheit überzeugen! Denn abgesehen davon, daß meine Frau an solchen Scherzen und Späßen absolut keinen Gefallen findet, hat mir mein frommer Erzpriester etwas versprochen, was er ohne Zweifel halten wird, indem er eines Tages in Gegenwart meines Weibes mit Nachdruck sagte: «Lazarus, wer sich um die bösen Zungen kümmern will, der hat recht viel zu tun; ich sage dir das, weil ich nicht erstaunt sein würde, wenn die Leute anfingen zu klatschen, weil man dein Weib bei mir ein und aus gehen sieht. Laß dich dadurch nicht stören, denn glaube mir, es geschieht nur um deiner und ihrer Ehre willen. Deshalb laß die Leute schwatzen, bis sie müde werden, und siehe du auf das, was dir Vorteil bringt und Nutzen.»

«Großgünstiger Herr», antwortete ich, «ich habe beschlossen, mich an die frommen Menschen zu halten und ihnen zu glauben. Aber das ist es nicht nur, daß mir einige meiner guten Freunde von den eben besprochenen Geschichten so etwas angedeutet haben, sondern sie haben mir dreimal klar und deutlich ins Gesicht behauptet, daß mein Weib vor ihrer Heirat mit mir schon drei Kinder gehabt habe, wenn es gestattet ist, dies vor Eurer Hochwürden mit untertänigster Reverenz zu vermelden.»

Da fing mein Weib an zu schwören und zu fluchen,

so daß ich dachte, die Erde werde uns alle zusammen mit Haus und Hof verschlingen; dann weinte sie und beschimpfte und verfluchte alle, die uns zusammengebracht hätten. Dies ging mir so sehr zu Herzen, daß ich mein Leben drum gegeben hätte, wenn mir die Worte nicht über die Zunge gekommen wären. Aber einerseits mein Herr und andererseits ich selber sprachen ihr so lange und eifrig zu und versprachen ihr so viel, daß sie endlich aufhörte zu weinen und zu jammern; aber vorher mußte ich ihr hoch und teuer versprechen, diese Geschichte mein Leben lang nicht wieder zu erwähnen. Ja, ich war schließlich froh und gut zufrieden, wenn sie auch Tag und Nacht bei ihrem früheren Herrn ein und aus ging, da ich ja von ihrer Ehre und Frömmigkeit zur Genüge überzeugt war. So blieben wir alle drei in schönster Einigkeit beieinander, und dieser Geschichte wurde mit keinem Worte weiter gedacht. Wenn aber einer davon anfangen wollte, so fuhr ich ihm sofort übers Maul und sagte: «Wenn du mein Freund sein willst, so rede mir nicht von Dingen, die mir zuwider sind; denn ich halte den nicht für einen Freund, der mir Ärger bereitet oder Zwietracht säen will zwischen mir und meinem Weibe, denn ich liebe sie über alles auf der Welt, mehr als mich selbst; und Gott erweist mir durch ihre Hilfe viel Segen und viele Gnaden. Ja, ich möchte bei allem, was heilig ist, schwören, daß sich in ganz Toledo kein so frommes und ehrenreiches Weib befindet wie das meinige. Und wem es einfiele, anders von ihr zu reden, den würde ich erwürgen und der bekommt es mit mir zu tun.»

Durch dieses Mittel habe ich erreicht, daß mir keiner mehr mit ähnlichen Nachrichten zu Ohren kommt und in meinem Hause Friede herrscht und Ruhe.

Dies alles ereignete sich, als unser Kaiser und Herr, Karl V., seinen Einzug hielt in die weitberühmte Stadt Toledo, dort einen Reichstag um sich sammelte, wobei große Freudenfeste und Ritterspiele abgehalten wurden. Damals befand ich mich auf dem höchsten Gipfel meines Glückes und meiner Zufriedenheit.

LOPE FÉLIX DE VEGA CARPIO

EIFERSUCHT BIS IN DEN TOD

Ein Edelmann von sehr altem Geschlechte aus dem Gebirge von Burgos, namens Bernardo de Salazar, kam wegen eines in seinem Vaterlande mit dem Tode seines Gegners endenden Zweikampfes nach dem Königreiche Valencia und wurde um seines guten Rufes und Betragens willen bei der Hofhaltung des Señor Don Carlos de Borja, Herzogs von Gandia, in Gandia als Kavalier angestellt. Nachdem er einige Jahre seine Pflichten getreulich erfüllt hatte, erwarben ihm seine vortrefflichen Eigenschaften die Zuneigung einer Edeldame der Herzogin, und er verheiratete sich mit ihr, indem er sich also an seine neue Heimat mit festeren Banden fesselte. Er zeugte in dieser Verbindung eine Tochter, die mit ihrem fünfzehnten Jahr das schönste Mädchen des ganzen Königreichs geworden war. Viele junge Edelleute des Herzogs trugen Verlangen, sie als Gattin zu besitzen, und bemühten sich eifrig um ihre Hand; ihre Ansprüche wurden jedoch von ihrem Vater insgesamt unter dem Vorwande zurückgewiesen, daß sie noch in einem zu frühen Alter stehe, um verheiratet und aus der väterlichen Obhut entlassen zu werden.

Die Anbeter der schönen Marcela vernachlässigten zwar keineswegs ihre Bewerbungen oder gaben sie auf; Bernardo de Salazar vereitelte sie aber als ein schlauer und beständiger Gebirgsbewohner durch den in sich vorgefaßten Beschluß, seine Tochter einem sehr reichen leiblichen Vetter von sich in Aguilar de Campo zuzuwenden, der von seinen Eltern ein Vermögen von mehr als vierzigtausend Dukaten in Ländereien und Einkünften geerbt hatte und also einer der reichsten Männer seines Ortes zu nennen war.

Marcela erreichte ihr zwanzigstes Lebensjahr, und ihr Vater begann mit anderen Verwandten, die ihre Vermählung mit dem Vetter behandeln sollten, um ihretwillen Briefe zu wechseln. Das dem Vetter zugeschickte Bild des jungen Mädchens erleichterte den Abschluß des Vertrags wesentlich. Der nachgesuchte Erlaß von Rom kam binnen drei Monaten an, und mittlerweile bereitete man die Hochzeit vor. Der Bräutigam war als ein echter Gebirgsmann nicht eben sehr galant, und seine Körpergestalt erhöhte seine guten Eigenschaften nicht, denn sie war sehr unansehnlich und überdies durch einen Wulst in den Schultern entstellt, der, nach seiner Aussage, infolge eines Falles angeschwollen war, von denen aber, die ihn von Jugend an gekannt hatten, für einen Höcker angesehen ward. Er war also nicht allein bucklig, sondern es saß ihm auch der Kopf so tief in den Schultern, daß er sich kaum zwei Finger breit darüber erhob. Seine Beine ersetzten diesen Mangel an Schönheit nicht, denn sie waren im höchsten Grade krumm, und es erschienen diese Gebrechen nur in bezug auf seinen Verstand geringer, weil derselbe dem Körper an Kürze und Beschränktheit glich und fast mit den Elementen der Höflichkeit und Sitte sogar unbekannt geblieben war. Welchem Ungeheuer sollte also Marcelas Schönheit hingeopfert werden! Welchen Teufel suchte man zur Begleitung dieses Engels aus! Nur in dem einen Punkte war er klug, daß er nicht nach Gandia kommen wollte, sondern verlangte, seine Braut sich in seine Heimat zugeführt zu sehen, was ihm wahrscheinlich zur Verheimlichung seiner Mißgestalt wohlwollend angeraten worden war. Er wich von dieser Bedingung nicht ab, sondern bestand so lange und fest wie ein König darauf, daß sein Schwiegervater und Vetter ihm seine Braut in das Gebirge übersende, bis Bernardo de Salazar seinem Starrsinne nachgab und, weil er bei Lebzeiten der mächtigen Brüder des von ihm Getöteten nicht öffentlich in Aguilar erscheinen durfte, heimlich dahin zu reisen beschloß.

Er verließ mit Marcelen Gandia und langte nach mehreren Tagereisen bei der Vaterstadt des Bräutigams an. Marcela sah dem Ende ihrer Wanderschaft mit keinem großen Vergnügen entgegen, denn sie schloß aus der geringen Gefälligkeit ihres zukünftigen Gatten auf einen Mangel an Verstand, wo nicht gar auf einen Überfluß an körperlicher Gebrechlichkeit seinerseits. Dem Willen ihres Vaters gehorchend und unterworfen, verleugnete sie am Ende aber allerdings den ihrigen und fügte sich darein, in Begleitung ihrer Mutter ihrem körperlich und geistig ihr unbekannten Verlobten entgegenzuziehen. Sie machten vier Meilen vor Aguilar halt, wo Bernardo de Salazar zurückzubleiben beabsichtigte, und erwarteten, von Lorenzo de Santillana daselbst eingeholt zu werden; der Bräutigam entschuldigte sich aber mit vorgeblicher Krankheit und Bettlägerigkeit.

Salazar faßte nun den Entschluß, zur Zusammenkunft mit seinem Eidam selbst nach Aguilar zu gehen, und sendete Frau und Tochter in Begleitung einiger ihnen entgegengekommener Verwandten dahin voraus. Sie wurden zur Belustigung des ganzen Ortes von dem Bräutigam im Bett mit Freuden empfangen, erkannten aber bald nach seinen ersten Äußerungen seine Sinnesbeschaffenheit und fühlten darüber beide um so schwerere Betrübnis, als diese Heirat eben gar nicht in dem Willen der Mutter gelegen hatte. An demselben Abende fand ein glänzendes Gastmahl statt, woran die nächsten Verwandten mit ihren Frauen teilnahmen und wozu auch Bernardo de Salazar heimlicherweise kam. Mutter und Tochter hofften viel von dem Eindrucke, den der Anblick des von ihm zu seinem Tochtermanne erkorenen Menschen auf ihn machen werde; er war jedoch dermaßen von der Begierde nach dessen Besitztume eingenommen und so eingebildet auf dessen Person, daß er deren Gebrechen sogar wie Vollkommenheiten betrachtete. Oh, wie viele Mißgriffe begehst du, menschlicher Eigennutz, wie viele Irrtümer verschuldest du! Die Nacht verging unter Besuchen von Anverwandten, und am anderen Tage fand die Hochzeit statt, die der schönen Marcela und ihrer Mutter nicht wenige Tränen kostete. Der Bräutigam befand sich dabei äußerst elend, und es schienen ihm die acht Tage, während deren er seine Schwiegereltern bei sich behielt, tausend Jahre zu sein. Ja, seine Gäste wurden ihm am Ende so zur Last, daß er ihnen mit finsteren Blicken zu verstehen gab, es würde ihm Freude machen, ließen sie ihn allein.

Die Schwiegermutter nahm die Unlust des unhöflichen Eidams wahr und drängte Salazar zur Rückreise nach Gandia, wiewohl es sie auf der anderen Seite bekümmerte, ihre Tochter in der Gewalt eines ihr so unähnlichen Menschen lassen zu müssen. So versündigen sich die Eltern, die aus kleinlicher Selbstsucht ihre Töchter gewaltsam mit Menschen zur Ehe zwingen, bei denen sie lebenslänglichen Tod erleiden und von denen sie nur der Tod befreien kann. Salazar kehrte mit seiner Gattin nach Gandia zurück, und sein Schwiegersohn behandelte ihn beim Abschiede unfreundlich genug, daß er schon einiges Leidwesen und Besorgnisse um das künftige Schicksal seiner Tochter empfinden konnte. Bei der Ankunft der schönen Marcela beeiferten sich alle namhafteren Bewohner Aguilars, sowohl Damen als Edelleute, sie zu besuchen, und wurden alle von ihren Reizen entzückt wie von ihrer Anmut und Höflichkeit bezaubert. Die müßige Jugend des Ortes war ganz voll des Lobes der schönen Valencianerin, wie man sie nannte, und ihre Schönheit ward unaufhörlich besungen und mit Abendständchen gefeiert. In dem guten Santillana störte man dadurch eine solche Staubwolke von Eifersucht auf, daß er in derselben ganz das Bewußtsein seiner selbst verlor. Er gab sich im allgemeinen zwar wenig mit Denken ab, aber was diesen Umstand anlangte, so konnte er doch nicht wohl umhin, sich bedachtsam zu Gemüte zu führen, wie sehr die Natur ihn an Körper und Geist vernachlässigt habe und wie unwürdig er mithin sein und von den anderen erachtet werden möge, eine so vollkommene, von dem ganzen Orte mit Recht gefeierte Schönheit als Gattin zu besitzen. Infolge dieser Betrachtung fing er nach und nach an, wachsam zu werden, seine Frau am Ausgehen zu verhindern, die ihr zugedachten Besuche abweisen zu lassen und sogar seinen Verwandten den Zugang in sein Haus zu untersagen. Er erhöhte somit in der armen Frau das Gefühl ihres Unglücks dermaßen, daß ihre Schönheit von Tag zu Tag abnahm. Sie durfte nie anderwärts als in die Messe aus dem Hause gehen und alsdann nur mit verhülltem Gesicht und in Santillanas eigener Begleitung, der sie unterwegs fortwährend bei der Hand führte und in der Kirche keinen Augenblick von ihrer Seite wich. Marcela empfand weniger schmerzlich ihre häusliche Abgeschlossenheit von allen Besuchen und allen Freuden der Welt und Geselligkeit als das geringe Vertrauen, welches ihr unfeiner Gatte in sie setzte, und die Ängstlichkeit, mit der er sie behütete, von irgend jemand gesehen und etwa zum Leichtsinn oder zur Kränkung seiner Ehre verführt zu werden. Sie teilte dies und die Beschwerden, die er ihr unaufhörlich auferlegte, einige Male schriftlich ihren Eltern mit, und es bereute besonders Salazar, sie zu einer solchen Ehe gezwungen zu haben. Eines Tages in der Kirche geschah es, daß Santillana einen der Liebhaber, die seine Frau verfolgten, während der Messe gähnen sah und daß auch Marcela – so wie denn der, welcher gähnen sieht, gewöhnlich mitgähnen muß – einigemal dasselbe tat, was ihren Gatten gleich zu dem Verdacht verleitete, dies möge ein zwischen beiden verabredetes Zeichen sein, und ihm genügte, sie bei der Rückkehr nach Hause mit seiner Eifersucht aufs äußerste zu belästigen. Es konnte nicht fehlen, daß auf diese Weise immer eines aus dem anderen hervorging, was der armen Marcela die empfindlichsten Kränkungen verursachte und die Nachbarn, sobald sie dies erfuhren, auf Kosten der törichten Leidenschaft ihres Ehemannes belustigte.

Die bitteren Klagen, in welche Marcela sich über

ihr betrübtes und verzweifeltes Leben schriftlich gegen ihre Eltern ergoß, zogen Bernardo de Salazar eine schwere Krankheit zu, die ihn so hart angriff, daß sie sein Leben beendigte. Seine Gattin liebte ihn so sehr und empfand seinen Verlust so tief, daß auch sie vierzehn Tage nach seinem Begräbnis zum großen Leidwesen ihrer fürstlichen Herrschaften, die sie sehr wertschätzten, ihren Geist aufgab. Da nun Salazar einiges Vermögen hinterließ und Marcela seine einzige gesetzliche Erbin war, so benachrichtigte man Santillana zugleich von dem Tode seiner Schwiegereltern und von der Erbschaft seiner Frau. Habsüchtig und geldgierig, wie er war, freute er sich dieses Erbes ungemein, und da er einsah, daß er, wenn er nach Gandia reise, um es anzutreten, seine Frau allein zurücklassen müsse, so beschloß er, sie mit sich zu nehmen. Der schönen Marcela war diese Reise nicht wenig angenehm, und sie nahm sich vor, in Gandia alles zu tun, was sie vermöge, um sich der Gesellschaft eines so unerträglichen Mannes zu entledigen, wobei sie namentlich auf die Gewogenheit der herzoglichen Familie rechnete. Sie langten in Gandia an – und es muß hier zuvörderst erwähnt werden, daß Santillana seit seiner Geburt Aguilar auf keine Meile im Umkreise verlassen hatte –, stiegen im Hause eines Verwandten Marcelas ab, der sie mit Freuden bei sich aufnahm, und wurden noch an demselben Abende im Namen der Fürstlichkeiten von einem Pagen bewillkommt. Santillana erwiderte diese Höflichkeit mit der ihm eigentümlichen Sprache, die von dem schlauen Pagen sogleich aufgestochen und im Palaste zu allgemeinem Ergötzen mit vielem Geschicke nachgespottet wurde.

Zwei Tage nach ihrer Ankunft wünschte Marcela, dem Herzoge und der Herzogin aufzuwarten, und es begleitete sie ihr plumper Ehegemahl, so wohl aufgeputzt, als es sein Äußeres und seine Herkunft gestatteten; denn obwohl Aguilar ein sehr gebildeter Ort ist, so war es daselbst doch noch nicht eingeführt, nach der Mode zu gehen.

Santillana ward von dem Herzoge, dessen ältestem Sohne und dem anwesenden Großmeister des Ordens von Montesa mit Ehren empfangen, indem ein jeder, so gut er es konnte, das Lachen verbarg, welches ihm seine komische, widerwärtige Gestalt und seine ungeschliffenen Gebärden erregten. Marcela ging dagegen, sobald sie dem Herzoge die Hand geküßt hatte, in das Gemach der Herzogin hinüber, die ihr sehr huldreich begegnete und sich nicht wenig über die Abnahme ihrer Schönheit und über die große Gewalt des Kummers verwunderte, und versäumte denn bei dieser Gelegenheit nicht, ihrer Exzellenz und deren Damen ihre Leiden seit ihrer Verheiratung zu schildern und sich über deren Fortdauer zu beklagen, ohne daß ihr ein Mittel gegeben sei, Santillana dahin zu bringen, von seiner auf den nichtigsten Gründen beruhenden Eifersucht abzulassen.

Als sie darauf mit ihrem Gatten in ihre Wohnung zurückgekehrt war, besprachen und betrübten sich die vornehmen Herrschaften über das, was ihnen die junge Frau von der häßlichen Sinnesweise Santillanas mitgeteilt hatte, und der Herzog nahm es auf sich, des andern Tages ernstlich mit ihm zu reden, um zu versuchen, ob er vielleicht zur Besserung und Sinnesänderung gegen seine Gattin zu bewegen sei. Er ließ ihn deshalb zu sich rufen, und wenngleich dem guten Gebirgsbewohner nichts eben an Besuchen im Palaste gelegen war, so kam er dennoch des Herzogs Befehlen nach. Der Herzog erwartete ihn allein in seinem Kabinett, und als er sich mit ihm unter vier Augen sah, erinnerte er ihn an die Verpflichtungen, die ein Ehemann habe, seine Gattin ehrenvoll zu behandeln, sobald sie sich ihm liebenswürdig erweise und ihm keinen Anlaß gebe, argwöhnisch auf sie zu sein, sagte ihm, was ihm von seinem Betragen gegen sie zu Ohren gekommen sei, und bat ihn, seine Aufführung fortan zu ändern, mit dem Bemerken, daß er ihn auf einem anderen Wege dazu vermögen werde, erführe er späterhin jemals das Gegenteil über ihn. Santillana fühlte sich in der Tat eingeschüchtert, als er sich von einem großen Herrn in einer Sache, worin er so wenig, jener aber so viel Recht hatte, ausgescholten sah. Er entschuldigte sich indessen mit den allerfüglichsten Gründen, die ihn seine Unbehilflichkeit im Augenblicke auffinden ließ, ohne imstande zu sein, seine Hartnäckigkeit irgend zu beschönigen, und beurlaubte sich damit von dem Herzoge.

Da Santillana ein Dummkopf vom Kopf bis zu den Füßen war, so verstand er durchaus nicht, sich gegen seine Frau zu verstellen, sondern erboste sich, in der Voraussetzung, daß ihn dieser Verweis infolge von Marcelas Beschwerden betroffen habe, dermaßen gegen sie, daß er, ohne die Rücksicht auf seine Wirte und Verwandten, Hand an sie gelegt haben würde. Der Herzog erfuhr das Geschehene alsobald und teilte es seinen Söhnen mit, um sich mit ihnen über das, was darauf zu tun sei, zu besprechen. Einige waren der Meinung, daß auf eine Ehescheidung angetragen werden solle, andere, daß die Herzogin Marcela auf einige Zeit zu sich nehmen möge, um zu versuchen, ob er sich noch bessere. Der Großmeister von Montesa aber, ein kluger junger Mann und Freund der Kurzweil, wünschte einen Scherz mit Santillana getrieben zu sehen und hoffte, auf diesem Wege Marcelen am ehesten Hilfe zu verschaffen. Er eröffnete seine Ansicht seinem Vater und seinen Brüdern und veranlaßte den Herzog zu beschließen, daß dieselbe versuchsweise ins Werk zu richten sei. Vor allen Dingen war es notwendig, zwischen Santillana und seiner Frau wieder Frieden zu stiften. Die gastfreundlichen Verwandten nahmen dieses Amt auf sich, vollbrachten es anderentags und schlugen zur Feier der Versöhnung eine Lustfahrt auf dem Meere vor. Santillana weigerte sich nicht wenig, darauf einzugehen, weil er so etwas vorher noch niemals versucht hatte; auf die Bitten und Vorstellungen aller übrigen Verwandten, daß gar keine Gefahr dabei zu bestehen sei, gab er aber endlich wider Willen nach. Zwei große Fischerbarken von dem flachen Strande Gandias wurden ausgerüstet und mit einem Vorrate kalter Speisen zum Vesperimbiß versehen. Die See ging ruhig, man fuhr frisch in dieselbe hinein, und die Ruder trübten die flüssige Bläue mit Geschäftigkeit, bis man über eine Meile weit meereinwärts gefahren war.

Der Großmeister hatte alle seine Diener zu der Posse angestellt und ungefähr dreißig von ihnen, als Mohren verkleidet, auf eine mitten im Meere vor Anker liegende Brigantine geschafft, deren Wimpel nach dem Gebrauche mit halben Monden ausgeschmückt waren. Santillana bestürmte die Gesellschaft mit Bitten, nach dem Lande zurückzufahren, da sie aber große Vorsicht beobachteten, so wagten sie sich, je mehr er bat, desto tiefer in die See hinaus.

In kurzer Zeit kam ihnen die so wohlbestellte Brigg zu Gesicht, daß sie sie wirklich für einen algerischen Kaper gehalten haben würden, wären sie nicht hinlänglich auf sie gefaßt gewesen. Die Schiffer huben an zu schreien: «Ans Land! Ans Land! Weh uns Armen! Das Schiff ist ein maurisches.» Santillana entfärbte sich, als er diesen Ruf hörte, und wagte kein Wort zu sprechen. Es fehlte nicht viel, so hätten die ihn Umgebenden den Betrug durch ihr losbrechendes Gelächter entdeckt; ein jeder tat aber fast das Unmögliche in der Verstellungskunst, indem er äußerliches Entsetzen über dies unvermutete Ereignis zu erkennen gab und Gott anrief, ihn aus der offenbaren Gefahr zu befreien. Die Frauen verbargen ihr Gesicht in ihre Schnupftücher und schienen Tränen zu vergießen, und es herrschte allgemein die größte Verwirrung. Die Brigantine holte in diesem Augenblick die beiden Barken ein und feuerte, unter dem Kriegsgeschrei der Mauren, blindgeladenes Geschütz auf sie ab, dessen Donner kaum an Santillanas Ohren schlug, als er, auf den Boden der Barke niederstürzend, zu heulen und um Erbarmen zu schreien begann. Die Brigg enterte die eine Barke, auf welcher sich Santillana mit seiner Frau befand, und einige vermeintliche Mohren sprangen sofort hinein und schleppten die Frauen unter Umarmungen mit sich fort. Einige Männer, die sich zum Widerstande anschickten, wurden alsbald entwaffnet und gebunden und mit den übrigen und dem fast besinnungslosen Gebirgsbewohner auf die Brigg geschafft, wo man den Frauen allerdings nichts antat, die Männer jedoch, weil dies in der herbstlichen Jahreszeit eben noch erträglich war, bis aufs Hemd entkleidete und beraubte.

Die Brigantine kreuzte den ganzen Abend im Meere hin und her, und Santillana ward im untersten Raume aufbewahrt, damit er den Weg, den sie nahm, nicht erkenne. Der sorgenvolle Gebirgsbewohner weinte und wehklagte zum Erbarmen, ohne daß ihn eine Menschenseele tröstete. Zumeist bekümmerte es ihn, daß er sich seiner Gattin beraubt und sie, wie er nicht anders glauben konnte, in die Gewalt der Mohren gefallen sah. Die Nacht brach ein, und die Brigantine strich die Segel, indem sie das sämtliche Ruderwerk in der Nähe des Landes oberhalb der Küste von Gandia ruhen ließ, wo sich ein wenig landeinwärts eine Meierei befand. Es fing alles an zu rufen: «Land! Land!» damit Santillana es vernehme, und seine Gefährten verkündeten ihm, sie befänden sich an dem Strande von Algier, in der Nähe eines Landhauses, worin der König sich aufhalte. Der Unglückliche wußte nichts anderes zu tun, als zu weinen. Die Mohren stiegen in einem kleinen Boote an das Land und führten den vor Mißhandlungen zagenden Santillana und die übrigen vermeintlichen Gefangenen mit sich nach dem Landhause, wo, ihrer Aussage gemäß, der König sie erwartete, um die gemachte Beute in Augenschein zu nehmen. Allen anderen voraus schritt der über seinen Fang anscheinend sehr erfreute Befehlshaber der Brigg, dem das Schiffsvolk je zwei und zwei nacheinander folgte. Sie gelangten auf diese Weise in die Meierei und fanden an dem Eingange eines Saales vier Mohren als Türhüter stehen, die sie baten, für sie um die Erlaubnis nachzusuchen, vor dem Könige Muhammed Jafer zu erscheinen. Der eine der Mohren leistete diesem Geheiß Folge, während die anderen drei an ihren Plätzen verweilten, und kam bald mit der Nachricht zurück, der König erwarte sie. Der Zug der Mohren und der Gefangenen bewegte sich also in derselben Ordnung, wie er gekommen war, weiter bis in das Gemach des falschen Königs, dessen Rolle der Kammerdiener des Großmeisters, ein Mensch von der trefflichsten Laune, spielte, der sein ganzes Leben lang an den Höfen der Könige von Spanien gedient hatte und für einen der gewandtesten Schlauköpfe in Europa galt. Er war in einen engen, scharlachroten maurischen Talar gekleidet, worüber er einen blauen Regenmantel trug. Seinen Kopf bedeckte ein großer, von verschiedenfarbig gestreiftem Nesseltuche dick gewundener Turban. Er war groß von Körper, schwarzbraun, mit starkem Knebelbart versehen und, kurz, wie dazu geschaffen, die Figur zu spielen, die er auf eine sehr natürliche Weise vorstellte. Er saß auf zwei Polstern von grünem Sammet, die auf einem großen Fußteppich lagen, und um ihn herum standen einige Mohren. Selim, so wurde der Befehlshaber der Brigg genannt, trat zuerst auf ihn zu, verbeugte sich vor ihm auf muhammedanische Art und redete ihn dann in einer selbstgebildeten Sprache an. Als er mit seinem unverständlichen Geschwätz zu Ende war, umarmte ihn der König und befahl ihm, beiseite zu treten. Darauf wurden die für Gefangene geltenden Leute vorgeführt, die der König in spanischer Sprache einzeln nach Vaterland und Gewerbe befragte. Als die

Reihe den erblassenden Santillana traf, trat derselbe mit ungewissen Schritten vor und verwunderte sich nicht wenig, den ungläubigen König so geläufig in seiner Muttersprache sich ausdrücken zu hören. Der König sagte zu ihm: «Wo bist du her, Christ?» Diese Frage setzte den niedergeschlagenen Gebirgsbewohner in solche Verwirrung, daß er nichts zu erwidern vermochte und die zweite Aufforderung an sich ergehen ließ. Die Worte halb verschluckend, stammelte er: «Ich bin aus dem Gebirge von Burgos, Herr.» – «Was ist dein Gewerbe?» fuhr der König fort. «Ich bin ein Edelmann», erwiderte Santillana. «Nach meinem Bedünken», sagte der König, «ist der Adel doch kein Gewerbe in deinem Lande, womit man sein Brot verdient, sondern wohl eine Erbschaft des Blutes tugendreicher Vorfahren.» Da sich der gute Gebirgsmann, wie schon gesagt, nicht eben auf das Denken verstand, so war ihm die Erklärung des Begriffes Adel zu hoch gegeben und ging an seinem nur das Wort Erbschaft festhaltenden Ohre vorüber. Er sagte also: «Señor, seit dem Tode meiner Eltern, gottseligen Angedenkens, habe ich keine andere Erbschaft als die meiner Frau gehoben, die mir überdies so teuer zu stehen gekommen ist, daß ich mich, indem ich sie kaum angetreten habe, in Euer Gnaden Gefangenschaft befinde.» Er fing bei diesen Worten so bitterlich zu weinen an, daß sich der König, trotz seiner Verstellungskunst, kaum bezwingen konnte, nicht zu lachen und dadurch den angefangenen

Scherz ganz zu verderben. «Du bist verheiratet?» fragte der König. «Euer Gnaden zu dienen», antwortete Santillana, «wofern es Hochdenenselben, die ich nicht zu benennen weiß, recht ist, daß ich es hier in Algier bin.» – «Wie!» rief der König aus, «deine Frau ist in diesem Lande?» – «Um meiner Sünden willen, ja, Señor! Die Herren Mohren haben sie als Gefangene mit hierhergeschleppt, ohne mich sie wiedersehen zu lassen, und uns von Tisch und Bett geschieden, als wären sie ein geistliches Gericht.» – «Ist sie jung oder alt?» fragte der König. «Das wird sie besser als ich sagen können», entgegnete Santillana, «die Frauen haben es aber nicht gern, daß immer mehr Jahre zu ihrem Alter kommen, wiewohl es mir doch scheinen will, in der kurzen Zeit unserer Ehe schon einige Jahre verheiratet zu sein.» – «Ist sie unter dem Trupp?» sprach der König, zum Befehlshaber der Brigg gewendet. Er bejahte es. «Ich werde mich freuen, sie zu sehen», fuhr der Schelm fort. Der Hauptmann ließ Marcela sogleich vor den König führen. Er betrachtete sie aufmerksam, und sie blickte nicht vom Boden auf, indem sie über ihre uneigentliche Haft sehr niedergeschlagen schien. Als der König sie eine lange Weile angeschaut hatte, sprach er: «Deine Schönheit, Christin, ist erstaunlich und ganz gewiß die höchste, die ich jemals ersehen habe. Ist es möglich, daß man in deinem Lande schöne Frauen so gering achtet, sie an Männer von so schlecht beschaffener Art, wie dein Gemahl da ist, wegzuwerfen, derweil sich Fürsten glücklich schätzen würden, dich zur Gefährtin zu haben?» Aufmerksam hörte Santillana den Worten des Königs zu, und, wie die Eifersucht ihn immerdar beunruhigte, so nahm er gleich an, der König müsse an seiner Frau Gefallen finden, und sprach, um in dessen Augen nicht niederen Standes zu erscheinen: «Herr, meine Frau ist schön und weiß, daß sie es ist, was mir nicht gefällt; ich aber bin so hohen Standes wie irgendeiner, denn es gibt in dem ganzen Gebirge kein besseres Geschlecht als das meinige.» – «Nun wohl», sagte der König, «so mögt Ihr es Euch genügen lassen, ein guter Chronist Eures Adels zu sein, während ich, der ich derzeitiger Gebieter Eures Weibes bin, mich zu bemühen gedenke, sie zur Annahme unseres Glaubens zu bringen, damit sie die Meinige werde.» – «Solange ich lebe, soll dies nicht geschehen», rief Santillana, vom Zorn überwältigt, aus. «Wie! Was!» sagte der König, «in meiner Gegenwart erkühnt sich ein elender Christensklave, der mir angehört, solche Reden zu führen? Holla, Hauptmann! Laß ihm eine Tracht Prügel mit einem indianischen Rohre aufzählen.» Mit Schreck und Betrübnis vernahm Santillana diesen strengen Beschluß, und die Mohren säumten keinen Augenblick, nach dem Willen ihres Königs Santillana trotz seines Sträubens zu greifen und ihm die Hände auf den Rücken zu binden. Unter Vergießung reichlicher Tränen stürzte er vor dem vermeintlichen Könige auf die

Knie nieder und flehte zu ihm: «Herr König oder Herzog von Algier, oder wie Ihr Euch sonst nennen mögt, widerruft den gestrengen Urteilsspruch, den Ihr gegen mich erlassen habt, und vergebt mir meine Unehrerbietigkeit. Die Eifersucht allein sprach aus mir, und wessen sich diese Leidenschaft bemächtigt, der behält selten seine gesunden Sinne bei.» – «Je, je, du bist eifersüchtig auf mich?» meinte der König; «das wollte ich eben hören, um zu wissen, wie du zu behandeln seist. Den Spruch widerrufe ich zwar, aber ich verwandle ihn in Peitschenhiebe auf den Teil, den man gemeiniglich an den Schulknaben zu geißeln pflegt.»

Hier standen die spaßhaften Ungläubigen nicht länger an, sondern schleppten ihre Beute im Umsehen, wie höllische Geister eine arme Seele, an einen geheimen Ort, wo sie ihn so weit entkleideten, daß er wie ein bußfertiger Sünder stehen blieb, und ihn mit ebensolcher Lust als Genauigkeit züchtigten, indem der arme Teufel so laut schrie, daß er die Ohren aller Umstehenden betäubte und auch nicht wenig seine mitleidige Frau über sich betrübte, die nimmermehr in den Scherz gewilligt haben würde, hätte sie solche Folgen und Ergebnisse vorausahnen können.

Nachdem die Strafe an ihm vollzogen war, führte man den Schuldigen abermals vor den König, der ihn solchergestalt anredete: «Die über dich verhängte Züchtigung ist von hoher Bedeutung, denn sie soll anderen nichtswürdigen Sklaven so wie dir eine Warnung sein, sich gegen einen wohlwollenden König so wie ich nicht zuviel herauszunehmen.» Hätte Santillana Verstand gehabt, so würde er an diesem Fortgange den Betrug erkannt haben; aber den an und für sich schon einfältigen Tropf hatte die Bestürzung, sich gefangen und geprügelt, seine Gattin der Willkür des Königs preisgegeben zu sehen, aller Besinnung beraubt. Der König fuhr zu reden fort: «Inzwischen dich meine Diener abstraften, habe ich dein Weib zu überreden gesucht, ihren Glauben abzuschwören und sich mit mir zu vermählen; aber sie zeigt sich so widerspenstig, die Ehre zu erkennen, die ich ihr antue, daß ich beschlossen habe, sie, die nicht gutwillig meine Gemahlin werden will, mit Gewalt zu meiner Kebsfrau zu machen.» Santillana befragte sich, was eine Kebsfrau sei, und man sagte ihm, daß dies eine von den Freundinnen oder Geliebten wäre, die sich der König in seinem Serail hielte. Darüber verlor der Gefoppte aber gänzlich die Geduld und rief aus: «Du ungerechter König, du Tyrann, der du dir nach anderer Gut gelüsten läßt, töte mich lieber, als daß du vor meinen Augen meiner Frau den Schimpf antust, sie zu deiner Beischläferin zu machen. Eine so vollkommene, so seltene Schönheit sollte ihre Ehre verlieren! Ich kann darüber wohl mein Leben einbüßen; aber ehe ich das mit ansähe, ermordete ich nicht bloß einen König, sondern hundert Könige, die eine solche Dreistigkeit begingen.

Möge sich Eure anonyme Größe mäßigen und sich nicht mit Gewalt anmaßen, was ihr nicht im Guten gegeben wird, begnüge sie sich mit den Kebsweibern, die sie hat, und lasse sie Marcela aus dem Spiele.» – «Hochverrat, Hochverrat!» schrien die Mohren auf, und der König sagte, als er die Bewegung des Volkes sah: «Abermalige Empörung des Sklaven gegen seinen Herrn zieht ihm eine abermalige Strafe zu. Du sollst geschoren und als Ruderknecht auf eine meiner Galeeren geschmiedet werden. Wohlan, ruft den Bartscherer oder Bader herbei und laßt ihn scheren, wie man Galeerensklaven schert.» Zum zweiten Male sah sich der Gebirgsbewohner in den Händen der Mohrenschar, die ihn durchaus entkleidete, nachdem sie ihn geschoren hatte, und ihm dann ein Hemd und ein Paar Hosen von grober Leinwand sowie eine Jacke oder einen Kittel von scharlachrotem Fries überzog, auch eine Mütze von dem nämlichen Zeug aufsetzte, so daß er mit seinen Fußschellen nebenbei ganz das Ansehen eines Rudersklaven gewann. Der Unglückliche wußte nicht, wie ihm geschehen war. Er fing von neuem seinen Jammer an, brachte die ganze Nacht in einem Keller zu, der die Stelle eines unterirdischen Gefängnisses vertrat, worin die Mauren damals ihre Sklaven aufzubewahren pflegten, und wurde unaufhörlich von den Mohren bedroht, nächsten Tages an die Ruderbank befestigt zu werden. Kein Schlaf kam in seine Augen. Von tausend Ängsten bedrängt, stellte er sich das Leben vor, das ihn erwartete und das ihm von seinen Wächtern mit tausend Mühsalen und Schrecknissen geschildert ward.

Der von dem traurigen Santillana nicht eben sehr ersehnte Tag brach an und brachte ihm den Befehl, vor dem vermeintlichen Könige zu erscheinen. Er traf seinen Gebieter auf ebendem Platze wie vorigen Tages an und zu seinem gewaltigen Erstaunen ihm zur Seite seine ziemlich zufrieden blickende Frau. Der König sagte: «Sieh her, Christ, wie gegen Beharrlichkeit kein Ungehorsam aushält und wie aller Widerstand am Ende weicht: Marcela, dein Weib, hat schon zu meinem Glauben geschworen und ist entschlossen, weil sie von dir mit deiner Eifersucht vielfältig gekränkt und beleidigt worden sei, hier in Algier mit mir verbunden zu bleiben. Erkenne nun, was dein wunderliches Betragen angestiftet hat.» Sobald Santillana diese Worte vernommen hatte, fragte er Marcela, ob der König die Wahrheit gesprochen habe. Sie schwieg still, und der König entgegnete: «Santillana, Schweigen bejaht. Ergib dich in Geduld und verrichte deinen Dienst auf der Galeere, wie es sich gehört.» Der Gebirgsbewohner stürzte seiner Länge nach bewußtlos zu Boden, so sehr ergriff ihn der Schmerz. Als er nach einer Weile wieder zu sich kam, fing er aus Trostlosigkeit an, sich Bart und Haare auszuraufen. Die Art, wie er dies tat, würde den Umstehenden viel zu lachen gegeben haben, wenn ihnen nicht die ernsteste Haltung in ihren Rollen eine Pflicht gewesen wäre. Also wurde Santillana auf die Brigantine geschafft und bedeutet, daß man nur die Ankunft der Galeeren erwarte, um ihn nebst den übrigen Sklaven dahin abzuliefern. Der Gepeinigte fing von neuem zu jammern und zu wehklagen an. Der Befehlshaber der Brigg schien Mitleid mit ihm zu tragen und sagte ihm, um ihn zu trösten und nicht ganz verzweifeln zu lassen, solange er seiner Obhut anvertraut bleibe, wolle er ihn nicht zwingen, das Ruder zu führen, bis der König vielleicht andere Bestimmungen über ihn treffe. Es vergingen acht Tage, und nach Ablauf derselben wurde Santillana wieder vor den König beschieden. Er fand ihn in der Gesellschaft seiner neben ihm auf einem gleichen Polster sitzenden Gattin und schloß daraus, daß die Hochzeit beider schon vorüber sei. Gleich nach ihm sah er zwei Diener des Herzogs von Gandia als vermeintliche Gesandte desselben eintreten. Diese erklärten dem Könige, wie es dem Herzog sehr nahegehe, Untertanen von sich als Sklaven in seine Gewalt gekommen zu wissen, und wie er ihn deshalb ersuche, ihm das für alle zu entrichtende Lösegeld zu bestimmen. Der König erwiderte ihnen: er wisse zwar sehr wohl, daß die Gefangenen insgesamt angesehene Leute wären, wolle aber desungeachtet zufrieden sein, wenn ihm seine Exzellenz zwölftausend Stück Dukaten für sie zahlen lasse. Die Gesandten gingen auf sein Verlangen ein; der König fügte jedoch gleich hinzu: daß in diesem Vertrage die schöne

Marcela nicht mitbegriffen sei, denn er nehme sie unwiderruflich von allen anderen aus, weil er von ihr wisse, daß sie freiwillig nicht wieder zu ihrem Ehegatten zurückkehren werde, der ihr mit seiner unbegrenzten Eifersucht gar zu sehr das Leben verbittere. «Wenn sie nur deswegen und aus keinem anderweitigen Gelüste bei Euer Gnaden bleiben will», sagte Santillana, «so erbiete ich mich, von heute an nicht mehr eifersüchtig zu sein oder mich wenigstens nicht so gegen sie zu erweisen und alles zu tun, was sie von mir verlangt, werde ich nur dafür mit ihr aus der Sklaverei erlöst.»

Der König befahl, einen Gerichtsschreiber herbeizubringen, an dem es der Himmel hier nicht ermangeln ließ, und Santillana sagte demselben eine rechtskräftige Urkunde folgenden Inhalts in die Feder:

«*Ich, Lorenzo de Santillana, wohlbekannter Edelmann aus dem Gebirge von Burgos, ehelich verbunden mit Marcela de Salazar, meiner Verwandtin, und derzeitiger Sklave des...*», hier fragte er den König zu allgemeiner Belustigung um seine Titel und Würden und fuhr fort, als sie ihm genannt worden waren, «*... des Señor Muhammed Jafer, Königs von Algier c. c., tue hiermit kund und zu wissen: daß ich ferner nicht mehr wie seither meine vorgenannte Ehegattin mit Eifersucht verfolgen und belästigen, sondern still und ruhig ohne die böse, verteufelte Leidenschaft leben will, und daß ich Seine Hoheit, den Herrn König, berechtige, mich im Übertretungsfalle durch seine Mohren abholen zu* *lassen, wo ich immer bin, und mich als seinen Sklaven bei Wasser und Schiffszwieback mit Mißhandlungen zu halten, wie ich sie bereits von ihm erfahren habe und wie die blauen Flecke meines Sitzfleisches sie offenbaren können. Zur Bekräftigung dessen dient meine eigenhändige Unterschrift.»*

Mit Abfassung dieser Schrift beschäftigt, hatte er nicht auf die Mienen der anwesenden, vor Lachen fast berstenden Zeugen acht. Sie waren also imstande, sich wieder zu fassen, und er vollzog sein Versprechen, das er dem Könige einhändigte. Der König ergriff Marcelas Hand, übergab sie Santillana und erinnerte ihn nochmals daran, daß er wieder in seine Gewalt verfiele, sobald er seinem Versprechen zuwiderhandelte. Santillana erneuerte seine Zusagen auf das bestimmteste, und es wurden darauf die Gefangenen den Gesandten des Herzogs übergeben, in einige Barken geladen und in der Richtung nach Gandia zur See abgeführt.

Der Herzog und die Herzogin und deren Söhne waren bereits von dem Scherze unterrichtet, den der unkenntlich als Mohr verkleidet zugegen gebliebene Großmeister mit dem dummen Santillana vorgenommen hatte. Die Barken liefen nach einigen Umwegen an den Strand von Gandia und setzten die ganze Gesellschaft an das Land, das von ihr mit derselben Inbrunst geküßt wurde, als ob sie in Wahrheit aus der algerischen Sklaverei erlöst worden wäre. Sie wurden alle vor den Herzog und die Herzogin gebracht, die sich die Geschichte von Santillanas Gefangenschaft in seinem zierlichen Spanisch von ihm erzählen ließen und sich ungemein darüber belustigten, und der Herzog riet ihm, nur ja seines dem Könige von Algier gegebenen Versprechens gewissenhaft eingedenk zu bleiben. Santillana sprach: «Exzellenz braucht mir das nicht weiter zu Gemüt zu führen; ich lasse das Worthalten meine eigene Sorge sein, denn sie haben mich dort so übel zugerichtet, daß ich den König und seine Mohren in langer Zeit nicht vergessen werde, ich müßte denn ein wahrer Dummkopf sein.» Die fürstlichen Herrschaften belachten den albernen Tropf abermals und gaben ihm, wie den übrigen, Urlaub, nach Hause zu gehen. Santillana nahm seine Geschäfte wieder auf, um sie zu Ende zu führen, und kam seinem Versprechen pünktlich nach.

Marcela benutzte die ihr also zuteil gewordene größere Freiheit dazu, ihren Freundinnen auswärts Besuche abzustatten. Santillana kehrte jedoch innerlich mit desto stärkerer Heftigkeit zu seiner eifersüchtigen Gemütsart zurück und verzehrte sich, weil er sie nicht zu äußern wagte, dergestalt, daß er in eine gefährliche Krankheit verfiel, die sein Leben beendigte. Marcela, als seine gesetzmäßige Erbin, trat den Besitz seines ganzen Vermögens an und suchte sich nach Ablauf eines Jahres einen Gemahl nach ihrem Sinne aus, mit dem sie ein zufriedenes und heiteres Leben führte.

ANONYM

DER ALCALDE VON ALORA UND DER ABENCERRAJE

Zu den Zeiten des Infanten Don Fernando, der nachmals König von Aragonien wurde, lebte in Spanien ein Ritter namens Rodrigo de Narváez, dessen Tapferkeit und Tugend so groß waren, daß er sich nicht allein im Kriege, sondern auch im Frieden unter seinen Zeitgenossen einen angesehenen Namen machte. Er zeichnete sich ganz insbesondere aus, als der genannte Infant der Gewalt der Mohren die Stadt Antequera entriß, indem er durch unternehmende Waffentaten einen unüberwindlichen Mut und eine Hochherzigkeit zu erkennen gab, die einem Krieger nicht bloß bei seinen eignen Leuten, sondern auch bei den Feinden Achtung verdienen. Er erwarb sich somit zum Lohn seiner Dienste nach Eroberung der Stadt das Amt eines Befehlshabers und Alcalden derselben und wurde überdies noch Alcalde von Alora, woselbst er sich die meiste Zeit über mit einer Schutzwache von fünfzig auserlesenen, im Solde des Königs stehenden Rittern aufhielt und in der Verteidigung sowie zu Ehren des christlichen Glaubens mit dieser tapferen Schar viele mannhafte, seinen und ihren Ruhm weitverbreitete Taten verrichtete.

Einesmals in einer Sommernacht, deren Klarheit und Kühle zum Genusse einlud, verließ der Alcalde mit neun seiner Ritter, von denen die übrigen zur Bewachung der Feste zurückblieben, vollständig bewaffnet Alora, um zu erspähen, ob die Mohren auf ihrer Hut wären, und drang im Vertrauen auf die Nacht mit höchstmöglicher Behutsamkeit und Geräuschlosigkeit über die nächste Umgrenzung der Stadt bis zu einem Scheidewege hinaus. Hierselbst beratschlagte der kühne Kapitän mit den Seinigen und kam mit ihnen überein, auf beiden Wegen je zu fünfen weiterzureiten, und zwar mit der Abrede, daß, wenn der einen Partei etwas zustieße, sie die andere durch das Blasen einer Zinke zu Hilfe rufen sollte. Also ritt der Alcalde mit vieren rechts, die anderen fünfe links hin ab, und indem sie unterwegs von dem und jenem miteinander plauderten und der eine wie der andere wünschte, es möge ihnen auch diesmal so wie alle Tage Gelegenheit gegeben werden, sich ehrenvoll hervorzutun, siehe, da hörten die letzteren unfern von sich die Stimme eines Mannes, der einen süßen Gesang ertönen ließ und von Zeit zu Zeit einen tiefen Seufzer aushauchte, wodurch er genugsam zu verstehen gab, daß irgendeine verliebte Leidenschaft ihm den Sinn befing. Die Ritter verbargen sich in einem Gebüsch am Wege, und da der Mond so hell wie das Tageslicht schien, so sahen sie bei seinem Schimmer desselben Weges, den sie verfolgten, einen Mauren einherziehen, dessen edles

Wesen und äußere Bildung verrieten, daß er einem vornehmen Hause angehören und von nicht gewöhnlicher Tapferkeit sein mußte. Er ritt einen hohen, gefleckten Grauschimmel und war mit einem engen maurischen Talar von karmesinrotem Damast mit goldenen Fransen und Silberbesatz bekleidet. An der Seite trug er einen schönen, mit Quasten von Gold und Seide verzierten Säbel, und auf dem Haupte einen goldgestreiften, reichgewundenen Turban von Seide und Baumwolle, der ihm zugleich zur Zierde und zum Schutz diente. An dem linken Arm hatte er eine große Tartsche, und in der rechten Hand hielt er eine Lanze mit zwei Spitzen. Also saß der verliebte Jüngling mit dem herrlichsten Anstande zu Pferde und sang eine arabische Romanze. Die fünf Ritter, die in Liebeshändeln wenig erfahren waren, hatten ihr Augenmerk mehr auf den Gewinn gerichtet, den ihnen der Fang dieses Mauren bringen konnte, als auf den Inhalt seines zärtlichen Liedes und stürzten aus dem Hinterhalte mit großem Ungestüm über ihn her. Dagegen besann sich der tapfere Maure, in dessen Seele die Liebe den Heldenmut nicht beeinträchtigt hatte, mit rascher Geistesgegenwart und begann mit seiner Lanze in der Hand dergestalt den fünf Christen zu begegnen, daß er ihnen bald zu verstehen gab, sie hätten es mit einem Meister in den Waffen zu tun, indem er drei von ihnen zu Boden warf. Angesehen nun aber, daß die beiden anderen mit desto kühnerem Mute auf ihn eindrangen und er bereits seine Lanze im Kampfe verloren hatte, so bedachte er doch den schlimmsten Fall, der ihn betreffen konnte, wenn ihn etwa eine nicht tödliche Wunde kampfesunfähig machte, und setzte seinem Rosse die Sporen ein, sich also den Anschein gebend zu entfliehen. Die beiden Ritter verfolgten ihn; mit einemmal aber wandte er sich, um wie der Blitz zwischen ihnen durchzuschießen, kehrte zu der Stelle zurück, wo einer der drei aus dem Sattel Gehobenen lag, und nahm seine Lanze auf, indem er sich mit großer Leichtigkeit zu Boden ließ und sich gleich darauf wieder auf dem Pferde emporrichtete. Zu der nämlichen Zeit stieß einer der beiden übrigen Ritter in das Horn, und als nun der tapfere Maure sich auch gegen sie wendete und sie desselben Weges senden wollte, den ihre drei Gefährten gegangen waren, kam eben noch im rechten Augenblick der Alcalde selbst an. Erstaunt über die Kraft und Taten seines Feindes und vor Verlangen entbrennend, sich mit ihm zu messen, sagte er höflich zu ihm: «Eure Tapferkeit, Herr Ritter, ist in Wahrheit der Art, daß es Ehre einbringt, sie zu überwinden, und ich würde mich glücklich genug schätzen, wenn es mir vom Schicksal beschieden wäre, dies zu tun. Ich stelle mich Euch drum zum Zweikampfe entgegen, obwohl ich mir die Gefahr nicht verhehle, die ich damit eingehe.» Bei diesen Worten befahl er den Seinigen, Raum zu geben und bestimmte, daß der Besiegte der Preis des Siegers sei. Seine Begleiter wichen zurück, und der Kampf begann. Der edle Narváez wünschte den Sieg zur Erhöhung seines Ruhms, und der kühne Maure trug mit einer anderen Hoffnung nicht geringere Sehnsucht darnach als er. Sie fielen sich mit Entschlossenheit an und schlugen sich gegenseitig Wunden, und wäre der Maure nicht vorher schon so ermüdet und verwundet gewesen, wie er war, so würde er dem Alcalden den Sieg schwer genug gemacht haben. Obgleich er sich fast nicht mehr auf dem Pferde bewegen konnte, tat er das Unmögliche, da er einsah, daß es sich in diesem Kampfe um sein Glück und Leben handele, richtete sich in den Steigbügeln hoch auf und gab dem Alcalden einen gewaltigen Lanzenstoß über die Tartsche hin. Der Alcalde empfing den Streich und erwiderte ihn, worauf er, seinen Kräften vertrauend, seinen Gegner mit den Armen umschlang und ihn mit sich aus dem Sattel herunter zu Boden riß. «Ritter», sprach er zu ihm, «gebt Euch für überwunden, wenn Ihr nicht lieber Euer Leben verlieren wollt, das ich in meinen Händen halte.» Der Maure antwortete: «Es steht in deiner Hand, mich zu töten, wie du sagst; jedoch was mir das Schicksal auch ferner noch anhaben mag, es kann nichts Schlimmeres sein, als daß ich mich habe besiegen lassen, und dieser einzige Trost bleibt mir in der mir beschiedenen Gefangenschaft.» Der Alcalde dachte den Worten des Mauren nicht weiter nach, um ihn zu fragen, was er damit habe sagen wollen, nahm seine Ergebung an und behandelte ihn mit der Milde, die es dem tapferen Sieger gegen den vom Glück Verlassenen auszuüben zusteht, indem er ihm beistand, sich zu erheben und ihm selbst seine Wunden verband, die nicht so bedeutend waren, daß sie ihn etwa gehindert hätten, zu Pferde zu steigen. Sie schlugen sodann insgesamt den Weg nach Alora ein, und der Alcalde hatte die Augen immer auf den Mauren gerichtet, dessen edles Äußere seine Aufmerksamkeit fesselte und dessen Betrübnis ihm für sein hohes Gemüt übermäßig zu sein schien, ja aus dessen häufigen Seufzern er abnehmen konnte, daß er von einem tieferen Schmerz als dem von ihm vorgegebenen bedrückt würde. Begierig, die Ursache desselben zu ergründen, sagte er zu ihm: «Bedenkt, Ritter, daß ein Gefangener, der in der Gefangenschaft den Mut verliert, sein Recht an die Freiheit gefährdet und daß man im Kriege durch die Seelengröße, mit der man dem Unglück entgegentritt, sich des Glückes würdig machen muß. Ich halte dafür, daß sich deine Seufzer schlecht zu der persönlichen Tapferkeit und Stärke schicken, die du bewiesen hast, und daß auch deine Wunden nicht bedeutend genug sind, um dein Leben in Gefahr zu bringen, in dessen Hinsicht du durch die Tat zu erkennen gegeben hast, daß du es um der Ehre willen zu lassen vermagst. Hat also deine Traurigkeit einen anderen Grund, so nenne mir ihn; ich schwöre dir bei meiner Rittertreue, daß du dein Vertrauen zu mir nicht zu bereuen haben, sondern an mir im Gegenteile einen

Freund finden sollst.» Sowie der Maure diese von einem hohen Sinn zeugenden Worte des Alcalden und sein ihm erteiltes Versprechen des Beistandes hörte, glaubte er demselben seine Not nicht verhehlen zu dürfen, da ihn seine Rede zu solchen Hoffnungen berechtigte, und er richtete also sein von Leidwesen gebeugtes Angesicht zu ihm empor und fragte: «Wie heißt du, Ritter, der du mir durch deine Teilnahme an meinem Unglück solch Zutrauen einflößt?» – «Ich will dir meinen Namen nicht vorenthalten», sprach der Alcalde, «man nennt mich Rodrigo de Narváez, und ich bin Alcalde von Alora und Antequera, welche Festen der König von Kastilien, mein Herr, meiner Obhut anvertraut hat.» Auf diese Weise erheiterte sich der Maure ein wenig und sagte: «Es freut mich ungemein, daß mein Mißgeschick noch einen solchen Trost in sich hegt, mich gerade in deine Hände gegeben zu haben, von dessen Tugend und Ritterlichkeit ich so vieles gehört habe, und angesehen, daß es mich nur ehren kann, von dir überwunden worden zu sein, und daß man mich noch niemals als bei dieser übermächtigen Gelegenheit schwach gesehen hat, wage ich dich bei dem, was du bist, zu bitten, deine Ritter sich entfernen und dich von mir belehren zu lassen, daß weder das Schmerzen meiner Wunden noch der Gram über meine Gefangenschaft der Grund meiner Betrübnis ist.» Der Alcalde wünschte seine Zweifel aufgeklärt zu sehen und gebot den Seinigen vorauszureiten, und sobald dann der Maure sah, daß sie beide allein waren, holte er einen tiefen Seufzer aus seiner Seele hervor und sprach zu dem Ritter solchermaßen: «Es ist dein Wille, tapferer Alcalde, der mich nötigt, dir von meinem Leben Rechenschaft abzulegen, das allstündlich von tausendfacher Unruhe und von Sorgen heimgesucht wird, deren geringste du gewiß nicht umhinkannst, für schlimmer als den Tod anzusehen. Ich werde Abindarráez der Jüngere, zum Unterschied von einem Oheime, dem Bruder meines Vaters, der denselben Beinamen führt, genannt. Ich gehöre zu den Abencerrajen von Granada, an deren Fall ich lernte unglücklich sein, und auf daß du erfahrest, was es damit für eine Bewandtnis hat, so wisse, daß in Granada ein Rittergeschlecht, nämlich die Abencerrajen, blühte, deren Tapferkeit im Kriege und Weisheit im Frieden und in der Beherrschung unseres Staates der Spiegel des ganzen Volkes war. Die Alten saßen im Rate des Königs, die Jünglinge übten ritterliche Taten aus und widmeten sich dem Dienste der Frauen. Sie waren bei vornehm und gering beliebt, obwohl sie es in allem Guten den anderen zuvortaten, und auch der König schätzte sie hoch, da sie im Kriege wie im Rate immerdar seinen Erwartungen entsprachen. Ihre Tapferkeit, Freigebigkeit und gute Sitte waren so groß, daß man sich keines Beispiels eines feigen, kargen oder unfeinen Abencerrajen erinnerte. Sie gaben Ton und Moden an, und kein Abencerraje diente jemals einer

Dame, ohne ihre Gunst zu erlangen, da sich jede durch solche Bewerbung geschmeichelt fühlte. Derweil nun aber die Abencerrajen also im Schoße des Glücks, der Ehren und des Ruhms ruhten, entriß das der Ruhe und Zufriedenheit der Menschen feindlich gesinnte Schicksal sie plötzlich diesem Zustande und schleuderte sie in den tiefsten Abgrund des Verderbens hinunter. Der Anfang ihres Unglücks war nämlich, daß der König zweien Abencerrajen eine gewisse Kränkung antat, um deretwillen sie, wie sie fälschlich beschuldigt wurden, mit zehn anderen Rittern ihres Standes sich verschworen haben sollten, den König zu ermorden und das Reich unter sich zu teilen. Mochte nun aber diese Verschwörung wahr oder falsch sein, kurz, sie wurde angegeben, ehe sie etwa zum Ausbruch gekommen, und der König befahl, alle Abencerrajen einzuziehen und zu enthaupten, noch bevor das Volk Kunde davon erhielte, das sich ohne Zweifel sonst empört und eine solche Gerechtigkeitspflege nicht zugelassen haben würde. Es war ein kläglich Schauspiel, als sie hierauf zum Richtplatz abgeführt wurden, die Tränen und Wehklagen zu sehen und zu hören, mit denen die ganze Stadt an dem Schicksal der unglücklichen Ritter teilnahm. Alles lief zum Könige und versuchte, mit großen Summen Goldes und Silbers Gnade von ihm zu erkaufen; jedoch es blieb vergebens, und keine Bitte erweichte seine Strenge. Wie das Volk nun seine Unerbittlichkeit erkannte, hub es von neuem an zu heulen und zu schreien, die Ritter weinten, die mit den Verurteilten freundlichen Umgang gepflogen, die Damen weinten, denen sie ihre Dienste gewidmet hatten, die ganze Stadt weinte um des Verlustes solcher Bürger willen, so daß es schien, als sollte alles zugrunde gehen. Diesen Tag überlebte also von dem ganzen Geschlechte der Abencerrajen kein einziger Mann als mein Vater und ein Oheim von mir, von welchen beiden erhellte, daß sie an der Verschwörung nicht beteiligt gewesen waren. Überdies wurden die Häuser der Gerichteten eingerissen, ihre Güter und Hinterlassenschaft eingezogen und sie selbst vom Könige mit dem Zusatze für Hochverräter erklärt, daß es inskünftig keinem Abencerrajen als meinem Vater und Oheim gestattet sein sollte, in Granada zu wohnen. Diesen beiden sogar wurde dabei die Bedingung auferlegt, daß sie, wenn sie Kinder bekämen, die Knaben sogleich bei ihrer Geburt aus der Stadt wegsendeten, um sie anderwärts erziehen zu lassen, da es ihnen nicht erlaubt sei, jemals nach Granada zurückzukehren, die Mädchen aber bei erwachsenem Alter außerhalb des Landes verheirateten.»

Als der Alcalde diesen erstaunenswerten Bericht des Mauren und seine Klagen über sein Schicksal vernahm, vermochte er seine von seinem Mitgefühl sprechenden Tränen nicht zurückzuhalten. Er wendete sich zu Abindarráez mit den Worten: «In Wahrheit, Abindarráez, du hast Ursache genug, den

Untergang deines Stammes zu betrauern, denn was mich anlangt, so kann ich unmöglich glauben, daß derselbe einer so schwarzen Verräterei fähig gewesen sei, und zwar wenn ich auch keinen anderen Grund dafür hätte als den, daß ein so ausgezeichneter Mann wie du aus ihm hervorgegangen.» – «Allah vergelte dir die gute Meinung, die du von mir hegst», sprach der Maure, «und sei Zeuge, daß die Eigenschaften meiner Vorfahren dazu berechtigten! Wie ich nun mit dem Schicksale der Meinigen auf die Welt kam, so wurde ich der königlichen Verordnung gemäß nach einer Feste geschafft, die die Christen Cardama nennen, und meine Erziehung in die Hände seines Alcalden gelegt, der meinem Vater von alters her befreundet und ein Mann von großer Gewalt im Reiche und von großem Reichtume war, wozu wesentlich eine Tochter gehörte, die er besaß und die mir das Liebste geworden ist, was es auf der Welt für mich gibt. Allah entreiße sie mir, wenn ich mich jemals ohne sie zufriedengebe! Wir wuchsen als Geschwister miteinander auf, denn als solche behandelte uns ihr Vater, und für solche hielten wir uns irrtümlich. Meine Liebe zu der schönen Jarifa, denn also heißt die Herrin meiner Freiheit, würde nicht eben groß sein, wenn ich sie beschreiben könnte. Es genüge mir, Euch davon zu sagen, daß ich ihrethalb tausend Leben hingegeben haben würde, um sie auf einen Augenblick zu sehen. Unser Alter, aber mehr noch unsere Liebe nahm zu, und schon zeigte es sich, daß sie von anderer Beschaffenheit als Geschwisterliebe war. Ich erinnere mich, daß ich Jarifa eines Tages in dem Jasmingarten, ihr schönes Haupt sich schmückend, antraf. Ich betrachtete sie, ob ihrer großen Schönheit staunend, und ich weiß nicht, wie leid es mir wurde, daß sie meine Schwester sei. Endlich trat ich ihr näher, und sobald sie mich erblickte, kam sie mir mit offenen Armen entgegen und sprach zu mir, als ich mich neben sie an den Springquell niedergesetzt: ‹Mein Bruder, wie konntest du mich so lange Zeit allein lassen?› Ich antwortete: ‹Liebe, ich suche dich schon lange Zeit, und niemand konnte mir sagen, wo du weiltest, bis daß mein Herz es tat. Aber sage du mir doch jetzt einmal, woraus du eigentlich abnimmst, daß wir Geschwister sind?› – ‹Ich habe keine andere Sicherheit dessen›, sprach sie, ‹als meine große Liebe zu dir und als den Umstand, daß nicht nur jedermann uns Geschwister nennt, sondern auch mein Vater uns wie seine Kinder behandelt.› – ‹Wenn wir nun aber nicht Bruder und Schwester wären›, fuhr ich fort, ‹würdest du mich dann noch ebensosehr lieben?› – ‹Siehst du denn nicht ein›, sagte sie, ‹daß, wenn wir es nicht wären, sie uns nicht so fortwährend miteinander allein lassen würden?› – ‹Es wäre mir lieber›, sprach ich, ‹sie entzögen, als sie ließen uns unter der Bedingung dieses Glück.› Hierauf erglühte ihr schönes Angesicht, und sie fragte: ‹Was verlierst du denn dabei, daß wir Geschwister sind?› – ‹Ich verliere also mich selbst und dich›, erwiderte ich. ‹Ich verstehe dich nicht›, sprach sie wieder, ‹aber mich dünkt, daß die Natur uns durch unsere Verwandtschaft verpflichtet, uns gegenseitig zu lieben.› – ‹Mich verpflichtet nur allein deine Schönheit dazu›, fiel ich ihr ins Wort und schlug die Augen vor Verschämung über das, was ich gesagt hatte, nieder, wodann ich überall in dem Wasser des Quells, ich mochte den Kopf wenden, wohin ich wollte, ebensowohl ihr Abbild wiedersah, als dessen Urbild allerwärts in meinem innersten Herzen lebte. Ich sagte damals zu mir selbst: Wenn ich mich jetzt in diesem Wasser ertränke, in dem ich das Bildnis meiner Herrin schaue, wieviel größere Entschuldigung fände da mein als Narcissens Tod, und wenn das Schicksal uns zusammen wollte leben lassen, und sie liebte mich, so wie ich sie liebe, wie glücklich wäre ich! Darnach stand ich auf, pflückte blühenden Jasmin, von dem der Quell rings umgeben war, fügte Myrtenblüten dazu und flocht aus beiden einen schönen Kranz, den ich mir, mich also als Besiegten krönend, auf den Kopf drückte. Sie sah mich mit einem süßen Blicke an, nahm mir den Kranz, setzte ihn sich selber auf, die mir damit noch schöner als Venus zu sein deuchte, und wendete mir sodann ihr Antlitz mit den Worten wieder zu: ‹Was sagst du jetzt zu mir, Abindarráez?› Ich erwiderte: ‹Es scheint mir, daß du also die ganze Welt besiegen müßtest und daß du dich zu ihrer Königin und Beherrscherin gekrönt hast.› Sie erhob sich, nahm mich bei der Hand und sagte: ‹Wenn das wäre, mein Bruder, so solltest du nichts dabei verlieren›, und ich folgte ihr, ohne weiter etwas zu sagen, aus dem Garten. Wenige Tage nachher endigte mein Schicksal die süße Täuschung; ich erfuhr, daß eine Verwandtschaft zwischen mir und Jarifa nicht bestand, und die Liebe gewann nunmehr ihre volle Geltung. Mein ganzes Glück beruhte in ihr, und meine Seele löste sich so ganz in der ihrigen auf, daß mir alles, was ihr nicht glich, häßlich, nichtig und nutzlos erschien. Unsere Zeitvertreibe waren alsbald nicht mehr dieselben wie vordem, ich konnte sie nicht mehr ohne die Besorgnis, beobachtet zu werden, ansehen, ich war auf den Boden eifersüchtig und neidisch, den sie betrat, und obwohl sie mir noch ebenso günstig gesinnt war wie jemals, wollte es mir doch nicht so scheinen, weil das Mißtrauen in jegliches verliebte Herz seine Wurzeln schlägt. Da geschah es, daß ich sie eines Tages wieder bei dem klaren Quell in dem Jasmingebüsch antraf und diesmal zu finden glaubte, in ihrer Art mit mir zu sprechen und umzugehen, sei gegen sonst eine Veränderung eingetreten. Sie bat mich, wie sie das öfter zu tun pflegte, zu singen; da ich aber in dieser Stunde so äußerst argwöhnisch war, meinte ich, sie fordere mich nicht deshalb auf, weil sie daran Vergnügen finde, sondern vielmehr, damit sie mich vom Sprechen abhalte. Ich begann ihr also in arabischer Sprache das folgende Lied zu singen, in dem ich ihr zu verstehen gab, welcher Grausamkeit ich sie in meinem Herzen beschuldigte:

Wenn zarte Fäden Gold sind deine Haare,
In deren Schatten ruhn die klaren Augen,
Zwei Sonnen, deren Himmel deine Stirne,
Fehlt der Rubin, zu bilden deinen Mund?
Fehlt der Kristall für deinen schönen Hals?
Fehlt der Demant für deine weiße Brust?

Wohl ist dein Herze gleich wie deine Brust,
Denn noch kein Pfeil von dem Metall der Haare
Vermochte dich, zu wenden deinen Hals
Und mir genugzutun mit deinen Augen,
Der ich ein Ja *erwarte von dem Munde,*
Und nimmer noch dich sah mit heitrer Stirne.

War je unfreundlicher so schöne Stirn?
Jemals verhärteter so schöne Brust?
So himmlisch doch ein so erzürnter Mund?
War je so reich und so mißgünstig Haar?
Sah jemand schon so streng so helle Augen?
Sah unbeweglicher so weichen Hals?

Die Schlinge warf mir Liebe um den Hals,
Umwölkt ist und erblichen mir die Stirn,
Nah dran sind sich zu schließen mir die Augen,
Das Herz vergeht mir hier in dieser Brust,
Vor Bangen sträubt sich mir empor das Haar,
Hör ich nie mehr ein Wort von diesem Munde?

O, du vollkommnerer und schönrer Mund,
Mehr als ich sagen kann! o glatter Hals!
O Sonnenstrahlen ihr vielmehr denn Haare!
Oh, du kristallnes Antlitz, weiße Stirn!
Nicht minder weiße, diamantne Brust!
Werd ich Erbarmen sehn in diesen Augen?

Fühl' ich schon: nein! im Wenden dieser Augen?
Hör' ich's bestätigen vom süßen Mund?
Wird unerbittlich sein die harte Brust?
Und wenn schon hin und her sich regt der Hals,
Schon Falten zeigen will die schöne Stirn,
Was darf ich noch erwarten von dem Haar?

Zwar scheinen: nein! zu sagen Hals und Brust,
Zwar nicht bejahen mir die Stirn und Haare;
Doch was tut ihr nun, Augen, schöner Mund? – –

Diese Worte vermochten so viel, daß sie, mit dem Beistande der Liebe derjenigen, an die sie gerichtet waren, ihre Augen einige Tränen zu vergießen zwangen, die mir die Seele so sehr rührten, daß ich nicht zu sagen weiß, ob ihre Freude über dies wahrhaftige Zeugnis der Liebe meiner Gebieterin oder ihr Schmerz darüber, daß sie ihrethalb weinte, größer war. Sie rief mich, ließ mich neben sich niedersitzen und redete mich solchergestalt an: ‹Abindarráez! ob die Liebe, die ich für dich empfunden, seitdem ich deinen Sinn erkannt habe, gering ist oder vielmehr der Art, daß sie nicht anders als mit meinem Leben enden kann, das sollen dir, hoffe ich, ehe wir gegenwärtig diesen Ort verlassen, meine Worte genugsam zu verstehen geben. Ich will dich dessetwegen nicht schelten, was dir dein Argwohn eingegeben hat, denn ich weiß, daß dieser einmal von der Liebe unzertrennlich ist. Aber um dich von ihm zu heilen und um die Trauer zu lindern, die du empfinden wirst, wann ich dereinst von dir getrennt werden sollte, sage ich dir, daß du dich hinfort als den Herrn meiner Freiheit ansehen darfst und daß meine Liebe bereit ist, sie dir in dem Bunde der Ehe zu ergeben.› Mein Entzücken über diese mir so unerwartet günstig ausfallenden Worte war so übergroß, daß ich darauf nichts anderes zu tun wußte, als vor meiner Geliebten niederzuknien und ihre schönen Hände zu küssen. Der Inhalt ihrer Zusage machte mich auf einige Tage höchst glücklich; das uns mißgünstige Geschick störte aber bald den süßen und genußreichen Frieden unseres Lebens, und zwar geschah dies auf die folgende Weise. Der König von Granada wollte nämlich dem Alcalden von Cardama ein höheres Amt anweisen und befahl ihm, sich aus dieser Festung hinweg nach Coin, einem dem deinen entgegengesetzten Grenzorte, zu begeben, mich aber unter der Obhut des neuen Alcalden in Cardama zurückzulassen. Stelle dir, wenn du jemals selbst geliebt hast, nunmehr vor, was ich und meine Geliebte bei dieser unglückseligen Neuigkeit empfinden mußten! Wir kamen insgeheim zusammen, um unser Verderben und unsere bevorstehende Trennung zu beweinen. Ich nannte sie: meine Gebieterin, meine Seele, mein einziges Gut! und fragte sie, ob sie auch in der Ferne des Gefangenen ihrer Schönheit eingedenk sein werde. Aber hier unterbrachen Tränen und Seufzer meine Stimme, und ich vermochte nur noch abgerissene Worte hervorzubringen, deren ich mich nicht mehr erinnere, da meine Herrin mein Gedächtnis mit sich genommen hat. Zu beschreiben, was sie bei unserem Scheiden fühlte und welche Gefühle die Tränen, die ich sie dabei vergießen sah, in mir erregten, wer vermöchte das! Sie sagte mir Dinge, die sich mir auf ewig in die Seele gegraben haben; ich wiederhole sie dir, tapferer Alcalde, aber nicht, weil, wenn deine Brust von der Liebe noch nicht durchdrungen worden ist, sie dir unglaublich vorkommen dürften und weil du dich dagegen im anderen Falle vielleicht allzu heftig davon betrüben ließest. Es genüge dir, zu wissen, daß sie mir zuletzt sagte, sie werde mich bei erster Gelegenheit, wenn ihr Vater etwa unwohl oder abwesend, zu sich entbieten, damit wir in Ausführung brächten, was zwischen uns verabredet worden war. Dieses Versprechen richtete meinen Mut wieder in etwas auf, und ich küßte ihr für die Gunst, die sie mir erwies, wiederholt die Hände. Schon am nächstfolgenden Tage reiste sie mit ihrem Vater ab, und ich befand mich darauf wie jemand, der durch rauhe, unwegsame Gebirge irrt und, nach Sonnenuntergang in dicke Finsternis versinkend, viel eitle Mittel ersinnt, sich aus seiner Not zu helfen. Ich schaute die Fenster an, an denen sie zuweilen gestanden, das Bett, in dem sie geschlafen, den Garten, in dem sie gelustwandelt und nach Mittag geruht, die Gewässer, in denen sie gebadet hatte, ich wandelte durch alle ihre Zimmer und fand in einem jeden von ihnen eine andere Vorstellung meines Leidens wieder. Es war allerdings der Fall, daß mich die Hoffnung, sie werde mich zu sich fordern, in etwas tröstete und mich von meiner Niedergeschlagenheit aufrichtete; nur verursachte mir aber die verzögerte Befriedigung meiner Sehnsucht wieder zuweilen desto herbere Pein und machte mir vor der Verzweiflung bange, die so lange unser Schrecken ist, bis sie eintritt. Da wollte nun mein gutes Glück, daß mir meine Geliebte heut morgen ihr Wort erfüllte und mich durch eine vertraute Dienerin zu sich bescheiden ließ, weil ihr Vater auf Befehl des Königs nach Granada gereist ist, von wannen er alsbald zurückkehrt. Ich lebte bei dieser unvermuteten, glücklichen Zeitung gleichsam von neuem auf und rüstete mich sofort zur Abreise. Ich ließ es erst Nacht werden, um ganz heimlich und unentdeckt davonzukommen, und legte dieses prächtige Gewand an, meiner Gebieterin also den Übermut und die Fröhlichkeit meines Herzens zu bestätigen. Ich erblickte sie in meinem Sinne bereits neben mir, und dieser Gedanke machte mich in der Tat unüberwindlich, denn wenn ich dennoch von dir besiegt worden bin, so geschah dies nicht durch deine Stärke, sondern nach dem unmittelbaren Willen des Himmels durch mein Mißgeschick. Überdenke nun einmal das Heil, das ich verlor, und das Unheil, das ich erwarb. Ich zog von Cardama nach Coin, einen kurzen Weg, den mir nur die Sehnsucht ausdehnte, der fröhlichste Abencerraje, den man jemals sah, denn ich folgte dem Rufe meiner Dame, um sie zu sehen, zu erwerben und mich mit ihr zu vermählen. Und dagegen bin ich nun verwundet und gefangen und weiß nicht, was mit mir geschehen wird, derweil mit dieser Nacht die einzige Möglichkeit meines Glücks vergeht. Laß mir daher, o Christ! diesen einzigen Trost meiner Seufzer, durch die sich meine Brust die Last ihrer Betrübnis erleichtert, und zeihe mich nicht der Schwäche, wenn du meine Augen tränenfeucht siehst, denn einen so harten Schlag des Schicksals mutvoll zu ertragen, liegt in keines Menschen Fähigkeit.» Diese Rede des Mauren ging dem wackeren Narváez an das Herz und rührte ihn nicht wenig durch die Erzählung der seltsamen Schicksale seiner Liebe. Er sah ein, wie gefährlich ihr jeglicher Verzug wurde, und deshalb sagte er zu Abindarráez: «Damit du siehst, daß mein Wohlwollen stärker ist als dein Mißgeschick, so soll es dir freistehen, unter dem Versprechen, dich nach dreien Tagen wieder in meine Haft zu stellen, für jetzt deines Weges weiterzuziehen, wohin dich deine Liebe ruft, der ich nicht verderblich werden will.» Sobald der Abencerraje diesen Ausspruch vernahm, warf er sich seinem Besieger zu Füßen und sagte zu ihm: «Alcalde von Alora, du gibst mir das Leben, wenn du das tust, und erzeigst mir dadurch einen wesentlicheren Dienst, als mir noch in meinem Leben einer erzeigt worden ist. Verlange von mir jede Sicherheit, die ich dir für meine Rückkehr irgend geben kann, ich sage sie dir zu.» Hierauf rief Rodrigo von Narváez seine Waffenbrüder herbei und sprach zu ihnen: «Ihr Herren, vertraut mir diesen Gefangenen an, ich bürge für seine Auslösung.» Sie erwiderten, er möge mit ihm nach seiner Willkür verfahren, sie würden mit allem zufrieden sein, und sofort ergriff der Alcalde des Abencerrajen rechte Hand mit den Worten: «Versprecht Ihr mir bei Eurer Ritterehre, binnen hier und dreien Tagen Euch mir in meinem Schlosse von Alora als mein Gefangener zu stellen?» Er entgegnete: «Ja, ich verspreche es», und der Alcalde sagte schließlich: «So wünsch' ich Euch Glück auf den Weg, und wenn Ihr derweil meiner Person oder Hilfe sonst bedürfen solltet, so laßt es mich wissen.» Der Maure sagte ihm vielen Dank, nahm das Pferd, das ihm der Alcalde gab, da das seinige in dem Gefecht verwundet und von dem Blutverluste, den es bereits unterwegs erlitten, sehr geschwächt worden war, und jagte in größter Eile auf die Straße nach Coin zurück. Rodrigo von Narváez und seine Gefährten kehrten, im Gespräche über die Tapferkeit des Mauren und seine edle Sitte, nach Alora heim.

Bei der großen Hast des Abencerrajen währte es nicht lange, und er hatte die Festung Coin erreicht. Er umkreiste sie ohne Säumnis, fand bald eine geheime Pforte aus, die ihm bezeichnet worden war, und schickte sich an, dadurch einzudringen, nachdem er noch einen Moment gezögert und umhergespäht hatte, ob auch kein Verräter in der Nähe sei. Er überzeugte sich vom Gegenteile und klopfte mit der Spitze seiner Lanze an, also von seiner Ankunft das Zeichen gebend, zu dem er durch die Zofe veranlaßt worden war. Die Dienerin öffnete auf der Stelle und sagte zu ihm: «Euer Ausbleiben, Herr, hat uns um Euch sehr besorgt gemacht, meine Gebieterin erwartet Euch schon eine geraume Weile, steigt ab und folgt mir zu ihr.» Abindarráez stieg von seinem Pferde, das er an einem Orte in der Nähe unterbrachte, lehnte seine Lanze an die Wand, legte Säbel und Tartsche dazu und faßte die Dienerin bei der Hand, die ihn, um von niemand wahrgenommen zu werden, so verstohlen als möglich eine Treppe empor nach dem Zimmer der schönen Jarifa führte. Sie hatte sich seiner Ankunft schon versehen und kam ihm mit der höchsten Freudigkeit entgegen, und so schlossen denn beide einander viele Male in die Arme, ehe sie wieder zur Besinnung und zu Worte kommen konnten. Sie fragte ihn besorgt, welcher Umstand ihn so lange aufgehalten habe, und er erwiderte: «Du weißt, meine teure Gebieterin, daß die Schuld meiner Verspätung Nachlässigkeit nicht trägt; es gelingen nun aber dem Menschen einmal nicht alle Dinge nach seinem Wunsche, und ich versichere dich, daß ich nicht imstande war, früher zu kommen.» Sie ließ ihn nicht ausreden, führte ihn bei der Hand in ein reiches Gemach und ließ sich mit ihm auf einem darin stehenden Ruhebett nieder, indem sie zu ihm sagte: «Ich habe dir dartun wollen, Abindarráez, wie die in Liebe Gefangenen ihr Wort halten, denn von dem Tage an, da mein Herz sich dir verpfändete, habe ich nach Mitteln und Wegen geforscht, es einzulösen. Ich habe dich jetzt in dieses Schloß beschieden, damit du mein Gefangener werdest, so wie ich die deine bin, und damit ich dich als solche vollends zum unumschränkten Gebieter meiner Person und meines Daseins mache, indem ich deine Gattin, und zwar ohne die Einwilligung meines Vaters, werde, der noch nicht so gut als ich deinen ganzen Wert hat erkennen können.» Nachdem sie so gesprochen, senkte sie den Kopf zu Boden, über ihre eigene zärtliche Erklärung beschämt. Der Maure zog sie in seine Arme, küßte ihr vielemal die Hände für die ihm erwiesene Gunst und sagte: «Gebieterin meiner Seele, ich vermag dir, was du für mich tust, nicht anders zu vergelten, als indem ich mich dir ganz zu eigen hingebe, und also gib du dies Erröten deiner Schamhaftigkeit auf und sei die Meinige!» Sie bestiegen nunmehr das hochzeitliche Lager, und das süße Reden und Tun, das ihnen im ferneren Verlaufe dieser Nacht die Liebe lehrte, entzündete das Feuer ihrer jungen Herzen zu lauteren Flammen, von denen sich eben ein mehreres besser mitempfinden als sagen läßt. Wie dann aber der Maure in der höchsten Freudigkeit seiner Seele lebte, stieg ihm plötzlich aus ihrer Tiefe ein Gedanke auf, der ihn so schwer betrübte, daß die mit ihm vorgegangene Veränderung der schönen Jarifa nicht verborgen blieb. Also darauf merkend, hörte sie, wie er einen tiefen, kläglichen Seufzer ausstieß und sich unruhig hin und her bewegte. Unfähig, eine so große Kränkung ihrer Liebe und Schönheit, wofür sie dies doch ansah, zu ertragen, richtete sie sich deshalb ein wenig in dem Bette auf und sprach mit heiterer und sanfter Stimme, wenn auch etwas verlegen zu ihm: «Was ist das, Abindarráez? Es scheint, meine Freude hat dich traurig gemacht, ich höre dich seufzen und schluchzen und muß dich an Leib und Seele so unruhig sehen. Bin ich so sehr dein alles, wie du sagst, warum bist du da nicht glücklich bei mir, und bin ich es nicht, und du fandest einen Fehl an mir, den du nicht erwartetest, warum verschweigst du es? Dienst du einer anderen Dame lieber als mir, so nenne sie, damit ich ihr auch dienen kann, und hast du irgendeinen anderen Gram, der unsere Liebe nicht kränkt, so sprich ihn aus, auf daß ich mit dir sterbe oder dich davon befreie.» Sie drückte ihn zugleich mit aller Heftigkeit ihrer Leidenschaft an sich, und da er dafürhielt, daß ein längeres Verschweigen dessen, was ihm widerfahren war, ihr die empfindlichsten Zweifel einflößen müsse, so hub er mit einem heißen Seufzer zu reden an: «Wenn ich dich nicht eben mehr als mich selbst liebte, so würde ich mich nicht so unglücklich fühlen als jetzt, denn solange ich allein war, ertrug ich meinen Kummer getrosten Muts; gegenwärtig aber, da ich von dir scheiden soll, reicht meine Kraft nicht aus. Damit du nicht länger darüber in Ungewißheit schwebest, so höre mich an.» Er erzählte ihr hierauf von Anfang bis zu Ende sein Abenteuer dieser Nacht, und als er damit fertig war, fügte er unter heißen Tränen hinzu: «Solchergestalt, Jarifa, ist dein Gefangener der des Alcalden von Alora zu gleicher Zeit, und nicht allein, daß ich die Bande, in die du mein Herz geschlagen hast, nicht fühle; im Gegenteil ist mir ein Leben ohne dich lästiger als der Tod, woraus du wohl erkennen magst, wie der Grund meiner Seufzer kein Mangel an Treue, sondern ihr Übermaß ist.» Abindarráez fiel nach diesen Worten in seine vorige Trauer und Betrübnis zurück; Jarifa aber erwiderte freudig: «Klag nicht ferner, Abindarráez, ich nehme die Sorge auf mich, deinem Unglück abzuhelfen, denn da ein Gefangener, den man auf sein Versprechen, sich zu stellen, entlassen hat, sein Wort völlig damit einlösen kann, daß er statt seiner ein solches Lösegeld, als man von ihm fordert, schickt, so brauchst du mir nur die Summe anzugeben, die du bedarfst. Ich führe die Schlüssel zu allen Kassen und Schätzen meines Vaters, und du sollst darüber gebieten, als wären sie dein Eigentum. Rodrigo de Narváez ist ein edler Ritter, der dir die Freiheit schon einmal gegeben hat; er wird dein Vertrauen auf seine Großmut gewiß zum zweiten Male rechtfertigen und sich um so mehr mit einem Lösegelde begnügen, als er ja, wenn er dich persönlich in seiner Gewalt hat, auch nichts anderes mit dir beginnen, als dich gegen ein solches wieder freilassen kann.» Der Abencerraje entgegnete: «Es will mir scheinen, Herrin, daß deine Liebe zu mir dich abhalte, mir gut zu raten. Ganz gewiß werde ich in keinen so schlimmen Irrtum verfallen, mein gegebenes Wort zu brechen. Ich werde nach Alora gehen und mich in die Gewalt des Alcalden begeben. Habe ich nur meine Pflicht erfüllt, so mag das Schicksal mit mir verfahren, wie es will.» – «Verhüte Gott!» rief Jarifa, «daß ich frei bliebe, derweil du gefangen wärest. Ich gehöre mir nicht mehr an, und ich begleite dich auf deinem Wege; weder meine Liebe zu dir noch meine Furcht vor meinem Vater gestatten mir, anders zu handeln.» Der Maure weinte vor Freude, umarmte sie und sagte: «Du willst, ich soll dir immer größere Wohltaten verdanken; es geschehe so, wie du sagst, denn auch ich wünsche es.» Mit diesem Entschlusse standen sie, noch eh es tagte, auf, trafen die notwendigen Vorkehrungen zur Reise und brachen nach Alora auf. Als der Morgen kam, verhüllte Jarifa, um unterwegs nicht erkannt zu werden, ihr Angesicht, und ihre große Eile ließ sie Alora in kurzer Zeit erreichen. Sie klopften an das Tor der Burg, und die Wachen, die bereits auf des Abencerrajen Ankunft vorbereitet waren, öffneten es alsbald. Der tapfere Alcalde empfing sie mit vieler Höflichkeit selbst am Tore, und Abindarráez führte ihm seine Gattin bei der Hand mit den Worten zu: «Siehe, Rodrigo de Narváez, ob ich dir Wort halte; ich versprach dir, ein einzelner, als dein Gefangener wiederzukehren, und ich bringe dir zweie, von denen einer imstande ist, wie viele zu besiegen! Dies ist meine Gebieterin! Ich vertraue ihre Ehre und meine Person deiner Gewalt an.» Der Alcalde sah heiter drein und sprach zu der Dame: «Herrin, tretet ein und ruht Euch in Eurem Hause aus, das Ihr fortan als solches ansehen könnt, da sein Gebieter Euch zugehört.» Sie traten hiermit in das Gemach ein und nahmen bald nachher eine Mahlzeit zu sich, da sie sehr ermüdet waren. Der Alcalde fragte den Mauren, wie es um seine Wunden stände, und er antwortete: «Ich vermute, Herr, daß sie durch die Reise entzündet sind.» – «Was ist das, Herr», rief die schöne Jarifa betroffen aus: «Ihr habt Wunden, von denen ich nichts weiß?» – «Wer denen entgeht, die Ihr schlagt», sagte er, «der muß dafür die anderen auf sich nehmen. Ich empfing gestern abend im Gefechte zwei unbedeutende Verletzungen. Sie wollen nichts besagen und machen sich nur fühlbar, weil ich sie ganz und gar vergessen hatte.» – «Ihr werdet wohltun, Euch niederzulegen», sprach der Alcalde, «der Wundarzt meines Kastells soll sie Euch sogleich verbinden.» Die schöne Jarifa trieb ihn an, sie zu entblößen, und besichtigte sie mit großer Besorgnis, wiewohl mit ruhiger und gefaßter Miene, um ihn durch ihren Schmerz nicht zu ängstigen. Der Wundarzt kam herbei und erklärte, daß es damit keine Gefahr auf sich habe und daß sie bald heilen würden, und nachdem er sofort ein schmerzstillendes Mittel aufgelegt und alle erforderliche Fürsorge getragen, hatte er den jungen Mauren binnen vier Tagen völlig wiederhergestellt.

Eines Nachmittags sprach Abindarráez zu dem Alcalden: «Rodrigo de Narváez, aus der Art und Weise unserer Ankunft wirst du leicht erraten haben, in welcher Lage wir uns befinden. Ich hege dennoch die Hoffnung, daß unsere jetzt so schlimmen Umstände, und zwar durch deine Vermittelung, gebessert werden können. Die schöne Jarifa, meine Gattin und Gebieterin, von der ich dir schon gesagt habe, wollte aus Furcht vor ihrem Vater nicht in Coin zurückbleiben. Er weiß zwar noch nichts von dem, was mit ihr vorgefallen ist; aber es dürfte doch angenommen werden, daß ihm alles verraten worden wäre. Er verweilt bei dem Könige von Granada, und ich weiß, daß dir, obwohl du ein Christ bist, um deiner Kraft und Tugend willen der König geneigt ist. Ich beschwöre dich also, bringe ihn dahin, uns zu verzeihen, uns ohne seine Einwilligung und sein Vorwissen miteinander vermählt zu haben; das Schicksal hat es ja einmal zugelassen und so gefügt.» Der Alcalde sagte: «Seid getrost, Freunde, ich verspreche Euch als Edelmann, in dieser Sache für Euch zu tun, was ich irgend kann», ließ auf der Stelle Papier und Tinte bringen und stattete dem Könige von Granada einen wahrhaften Bericht von dem Geschehenen in einem Briefe ab, den er mit der inständigen Bitte schloß: der König wolle aus ganz besonderer Gunst für ihn den beiden Liebenden nicht nur selbst verzeihen, sondern auch Jarifens Vater als seinem Vasallen gebieten, Abindarráez als Eidam anzuerkennen. Mit diesem Schreiben sendete er einen seiner Schildknappen ab. Der gelangte vor den König und gab ihm den Brief, und der König nahm ihn und freute sich sehr, als er hörte, von wem er kam, denn er liebte den Christen um seiner Tapferkeit und Persönlichkeit willen. Als er gelesen hatte, sah er sich um und gewahrte den Alcalden von Coin. Er zog ihn beiseite, händigte ihm das Blatt ein und sagte: «Lies!» Der Alcalde gehorchte und erschrak gewaltig, als er daraus ersah, was geschehen war. Der König sprach: «Betrübe dich nicht deshalb, wie sehr du auch Ursache haben magst, denn der Alcalde von Alora kann mich um nichts vergebens bitten, was in meiner Macht zu tun steht. Ziehe ungesäumt gen Alora, ich befehle es dir, verzeihe deinen Kindern und nimm sie mit dir nach Hause. Du sollst dich für deinen Gehorsam meiner steten Gnade zu erfreuen haben.»

Dem Mauren tat dies in der Seele weh; da er aber sah, daß dem königlichen Willen nicht auszuweichen war, machte er gute Miene zum bösen Spiel und aus der Not eine Tugend und versprach zu tun, was der König von ihm forderte. Er folgte dem Schildknappen nach, der ihm mit seiner frohen Botschaft vorausgeeilt war, und wurde in Alora auf das allerbeste empfangen. Der Abencerraje und seine Tochter erschienen äußerst beschämt in seiner Gegenwart und küßten ihm die Hände; er aber begegnete ihnen freundlich und sagte: «Lassen wir geschehene Dinge ruhen. Der König befiehlt mir, dies zu tun, und so vergebe ich dir, Tochter, dich ohne mein Vorwissen verheiratet zu haben, denn übrigens hast du dir allerdings einen besseren Gatten, als ich dir hätte geben mögen, ausgewählt.» Rodrigo de Narváez freute sich dieses guten Erfolges ungemein und bewirtete seine Gefangenen mit vielen Festen und Banketten. Eines Tages sprach er zu ihnen nach der Mahlzeit: «Ich glaube Euren Angelegenheiten in der Heimat nunmehr eine erwünschte Wendung gesichert zu haben und kann Euch nicht genug aussprechen, wie viel Vergnügen mir das macht. Was deine Gefangenschaft betrifft, Abindarráez, so sage ich dir, daß ich kein Lösegeld verlange und mich mit der Ehre begnüge, dich in meiner Gewalt gehabt zu haben: du bist von dieser Stunde an frei und kannst gehen, wohin es dir beliebt.» Abindarráez dankte dem Alcalden viele Male und schickte sich demnach an, ihn mit seiner Gattin des nächsten Tages zu verlassen. Rodrigo de Narváez geleitete sie vor seine Burg hinaus, und sie gelangten nach Coin, wo die Neuvermählten mit großen Ehren und Lustbarkeiten gefeiert wurden. Als die Feste alle ihre Endschaft erreicht hatten, führte der Vater seine Kinder abseits und sagte zu ihnen: «Kinder, Ihr seid jetzt im Besitze meiner Güter und im Schoße der Ruhe, also tut es auch Not, daß Ihr dem Alcalden von Alora Eure Dankbarkeit beweist, der durch seinen Edelmut und seine Großherzigkeit, mit der er dich, Abindarráez, ohne Lösegeld freigegeben, seine Ansprüche daran keineswegs verloren, sondern Eure Verbindlichkeiten gegen ihn vielmehr vergrößert hat. Ich gebe Euch hiermit viertausend Jaeneser Dukaten, sendet sie ihm und bleibt immerdar seine Freunde, so wie er es verdient, mögen zwischen ihm und Euch auch noch so verschiedene göttliche Gesetze walten.» Der Abencerraje dankte von Herzen, nahm das Gold, das er Rodrigo de Narváez in einem zierlichen, reichen Kästchen übersendete, und da er ebenfalls nicht karg erscheinen wollte, so fügte er zu diesem Geschenke sechs schöne aufgesattelte und aufgezäumte Pferde nebst sechs Tartschen und sechs Lanzen, deren Spitzen und Zwingen von gediegenem Golde waren. Die schöne Jarifa ihrerseits schrieb dem Alcalden einen zärtlichen und anmutigen Brief voll Danksagungen für alles, was er für sie und ihren Gatten getan hatte. Und da sie den anderen an Freigebigkeit nicht nachstehen wollte, so verehrte sie ihm einen wohlriechenden Kasten aus Zypressenholz, der kostbare und reiche weiße Stoffe zu Gewanden für ihn enthielt. Der tapfere Alcalde nahm dies Geschenk dankbar an, verteilte die Rosse, Tartschen und Lanzen unter die Edelleute, die ihn bei jenem nächtlichen Abenteuer begleitet hatten, behielt eines davon, das ihm zumeist gefiel, gleichwie den Zypressenkasten von der schönen Jarifa für sich und stellte die viertausend Goldstücke dem Boten wieder mit den Worten zu: «Sage der Señora Jarifa, daß ich zwar dieses Gold als Lösegeld von ihrem Gatten annehme, es aber ihr zu ihrer Ausstattung zurücksende, denn ihre Freundschaft allein sei mir teurer als alle Schätze der Welt, und sie möge ebenso wie ihr Gatte dieses Haus jederzeit als das ihrige ansehen.» Der Bote ging nach Coin zurück, wo die Großmut des edlen Kapitäns viel gepriesen wurde, und seine Nachkommen haben in Antequera immerfort geblüht und sich durch ritterliche Taten ihres großen Vorfahren würdig erwiesen.

JUAN PÉREZ DE MONTALBÁN

UNVERHOFFT KOMMT OFT

In der alten und namhaften Stadt Avila in Spanien wurde Laura von edeln Eltern erzeugt und geboren, deren Vorfahren, da der Adel aus Waffentaten hervorzugehen pflegt und das Kriegswesen in Avila überhaupt geblüht, mit ihrem eignen Blute das ihrer Nachkommenschaft mannigfach geadelt hatten. Sie waren mäßig reich und liebten ihre Tochter als ihr einziges, wohlgeratenes Kind außerordentlich, und Laura besaß in der Tat eine so keusche Schönheit, daß zu gleicher Zeit ihre Reize sie liebenswert und ihre Sittsamkeit sie achtungswert machten. Sie war so verständig, daß sie sich hätte für häßlich ausgeben dürfen, wäre sie nicht von der Vollkommenheit ihres Angesichts Lügen gestraft worden. Viele warfen wohl ihr Auge auf sie, um sie zur Gattin zu erwerben, einige im Vertrauen auf ihren Stand, andere auf ihre Persönlichkeit, noch andere auf ihren Reichtum, und diesen letzteren war es am wenigsten zu verdenken, wenn sie sich dazu für berechtigt hielten. Aber Lauren war es unangenehm, sich schmeicheln zu hören, wenn sie dahinter Liebe verborgen sah, denn sie wollte nichts von der Ehe wissen, was bei einem schönen sechzehnjährigen Mädchen allerdings wunderbar genug zu nennen war. Ihr Widerwille reizte ihre Liebhaber zu erhöhtem Eifer an, denn Sprödigkeit, die aus Ehrbarkeit und zumal bei derjenigen erwächst, die wir zu unserer dereinstigen Gattin auserkoren, spornt nur unser Verlangen nach ihr an, anstatt die Begierde abzukühlen. Laura war keine der Jungfrauen, die, wann die Sonne sinkt, das Nähkissen beiseite schieben, an das Fenster treten und um die Mitternacht Ständchen anhören und Liebesbriefe annehmen, womit sie die erste Staffel zu ihrer Entehrung betreten. Sie erhörte keinen ihrer Anbeter und ließ sich von nichts bestechen, was sie taten, denn sie liebte schon und hatte eben das Bildnis eines Mannes in ihr Herz eingeschlossen, das es ganz erfüllte und in ihrem Sinne nicht gestattete, noch einem anderen darin eine Statt einzuräumen. Ihr Vater hatte nämlich einen Bruder, der kürzlich Witwer geworden und, nachdem er bedeutenden Reichtum besessen, durch die Schuld seines verschwenderischen Weibes in die äußerste Armut versunken war, in der ihn seine Schulden nötigten, sein Haus zu verlassen und nach Indien zu gehen, wo er unbekannt war und seine Umstände zu verbessern hoffte. Damit er dies desto besser bewirken könnte, ließ er seinen Sohn, der Lisardo hieß, unter der Obhut seines Bruders zurück, und dieser nahm den Jüngling als seinen leiblichen Neffen in sein Haus auf, indem er dafürhielt, der Himmel habe ihm auf diese Weise einen Sohn geschenkt, der ihm, nach der dereinstigen Verheiratung seiner Tochter, Gesellschaft leisten und sein hinfälliges Alter ertragen helfen werde. Lisardo war ebenso alt wie Laura, schön, wohlerzogen, aufgeweckten Geistes und in seinem Mutwillen doch so anmutig, daß ihn sein Oheim bald nicht weniger als seine eigne Tochter liebte, mit der zusammen er wie ein Bruder aufgezogen wurde.

Die beiden jungen Leute liebten sich so innig, als es nur die Unschuld vermag: Laura tat nichts, was Lisardo unlieb war, und Lisardo teilte ihr alle seine Gedanken mit, so daß es schien, als ob ihre Leidenschaft zueinander sich also für wichtigere Äußerungen üben und vorbereiten wolle. Laura hörte endlich auf, Kind zu sein, und Lisardo entfaltete seinen reichen Geist, dessen Fähigkeiten ihn allgemein beliebt machten. Er liebte seine Muhme über die Maßen und eben mehr, als seine Klugheit ihm verstatten wollte, denn er betrachtete sie schon mit anderen Augen, und er flößte seiner erwachenden Sinnlichkeit schon kühnere, mit der Zeit immer mehr erwachsende Wünsche ein. Auf der anderen Seite gab auch Laura sich ganz ihrer natürlichen Neigung und ihren Hoffnungen hin, wiewohl ihr vor ihrem alten, zur Habsucht geneigten Vater bange war, der einen im Lande sehr viel vermögenden Mann zum Freunde hatte, welcher mit dem Gedanken umging, sie zur Gattin seines dermaßen in Liebe zu ihr entbrannten

Sohnes zu machen, daß für seine Gesundheit zu besorgen stand. Laurens Vater war nun dieser Absicht gar nicht abhold, denn Octavio, so hieß der Liebeskranke, war von anerkannt edler Familie und würde, wenn er es auch nicht gewesen, mit seinen zweitausend Dukaten Einkünften leicht diesem Mangel abgeholfen haben. Er sprach deswegen des öfteren zugunsten Octavios mit seiner Tochter, der er also manche vor Kummer schlaflose Nacht und üble Stunde bereitete, die sie in der Einsamkeit durchweinte, obwohl sie Lisardo, um ihm keine Sorgen zu verursachen, nichts davon sagte, und nach Verlauf von wenigen Tagen entschloß sich der alte Mann sogar, Lauren, die lieber in ihr Grab gegangen, mit dem Jünglinge zu verbinden. Inzwischen wollte er über diese Angelegenheit doch seinen Neffen zu Rate ziehen, von dessen Einsicht und Verstand er hinlänglich Beweise hatte, und als er sich eines Tages mit ihm im Freien befand, wo nur Bäume und Wellen seine Zeugen waren, redete er Lisardo folgendermaßen an: «Du weißt, Lisardo, wie vielen Dank du mir dafür schuldest, daß ich dich, der du doch mein Sohn nicht bist, gleich wie dein leiblicher Vater in meinem Hause von Kindheit auf ernährt und erzogen habe, und Gott weiß, wie gern ich dir immer alles Gute erwiesen, da du meiner Sorgfalt für dich durch dein löbliches Betragen und deine erfreuliche Ausbildung so wohl gelohnt hast. Ich sage dir dies jetzt aber nur darum, daß du dich für verpflichtet haltest, mit deiner Klugheit meinen Jahren, deren Erfahrungen ich nicht genugsam vertraue, rätlich beizustehen. Ich fühle nämlich, daß ich alt und kränklich werde und allmählich dem Ende meiner Lebenstage entgegengehe, und deswegen macht es mir Sorgen und Unruhe, daß ich deine Muhme Laura noch unverheiratet sehe und vielleicht, wenn mich der Tod plötzlich überraschen sollte, dereinst in Ungewißheit über ihr Schicksal mit Reue und Bedauern verlassen würde, dies nicht vorher, als es noch in meiner Macht stand, gesichert zu haben. Ich besitze nicht übrig viel Hab und Gut, um über ihre Zukunft völlig beruhigt zu sein. Die Mitgift, die ich ihr bestimmen kann, ist nur eine mäßig große; sie ist zwar reichlich mit Vorzügen und Tugenden ausgestattet, aber in unseren Zeiten stehen diese Dinge in so geringem Werte, daß sie das letzte sind, wonach man bei einer Heirat fragt.» Also begann Laurens Vater, sich vernehmen zu lassen, und Lisardo hörte dem Trauerspiele seines Willens zu, ohne fähig zu sein, ihm ein Wort zu erwidern. Er drängte einige Tränen zurück, die der Schmerz in seine Augen gelockt, und verschluckte einige Seufzer, wiewohl er beide aufbewahrte, um sie bei schicklicherer Gelegenheit Lauren kundzugeben und sich in Gemeinschaft mit ihr zu betrüben. Er verstellte sich auf diese Weise, so gut er konnte, und alsbald fuhr sein Oheim zu reden fort: «Du mußt nun ferner wissen, daß Octavio Lauren schon lange, und zwar so leidenschaftlich liebt, daß sein eigner Vater sich mit Bitten und Geschenken für ihn um sie beworben hat. Er ist so reich, wie du weißt, und von so hohem Adel, daß ich nicht leicht eine bessere Versorgung für meine Tochter finden dürfte. Ich gedenke, morgen den Pakt zu vollziehen, und bin von Laurens Folgsamkeit überzeugt, da sie keinen andern Willen hat als den meinigen; dir habe ich mich indessen vorher anvertrauen wollen, um, ob ich wohl meiner Sache gewiß bin, doch in meiner Wahl von deiner Billigung bestärkt zu werden.»

Lisardo hatte seinem Oheim so tiefbetrübt zugehört, daß er kaum Atem schöpfen konnte, um gegen seinen Beschluß etwas vorzubringen. Er hätte zu dem Himmel, als zu der letzten Zufluchtsstätte Unglücklicher, aufschreien mögen; aber seine Pflicht und sein Unglück ließen es ihm nicht zu, und er sah sich sterben, ohne daß er zu klagen vermochte, da ihm eben sein Seelenschmerz den Mund verschloß. Alle seine Besinnungskraft zusammennehmend, antwortete er indes mit möglichster Sanftmut, indem er seinem Oheim das Verderbliche unbedachter Entschließungen und das Gefährliche zu bedenken gab, irgendwann etwas mit seinem Worte zu versprechen, dessen Vollbringen einem anderen zustehe, ja, wie ein Weib zuweilen bei aller Folgsamkeit nicht Gehorsam in einer Sache leisten könne, die dem Himmel nicht angenehm sei, und forderte ihn endlich auf, da Laura denn doch ihr Leben mit jenem Jüngling zubringen solle, sie selbst zu Rate zu ziehen und unter Vorstellung der Vorteile, die eine solche Verbindung ihr einbringe, sie um ihre eigne Willensmeinung darüber zu befragen. Lisardo sagte dies in der Absicht, durch einen Aufschub vielleicht eine Abhilfe des ihn bedrohenden Unglücks zu gewinnen, und sein Oheim nahm auch die Äußerung seiner Meinung gar nicht übel auf, indem er wirklich beschloß, Lauren in sein Geheimnis zu ziehen. Wie erschrak aber Lisardo, als der damit sonder Verzug zur Tat schreiten wollte! Er traute seinen Ohren nicht, recht gehört zu haben, und hielt dafür, seine Einbildungskraft habe ihm etwas vorgegaukelt. Von diesen Gedanken bestürmt, ging er nach Hause, wo ihn Laura mit einer Umarmung empfing; er erfreute sich aber dieser Gunst nicht, da sie ihm fast wie ein Abschied vorkam. Die beiden Liebenden pflegten in dem Zimmer einer Dienerin zusammenzukommen, die es ihnen zu wissen tat, wenn ihre Herrschaft sich der Nachtruhe ergeben, und blieben dann bis zur Morgenröte beieinander, ohne daß Lisardo den Genuß anderer als der keuschesten Freude der Liebe von ihr forderte. Er sagte seiner Muhme gegenwärtig, daß er sie in der nächstfolgenden Nacht zu sprechen wünsche; als er nun aber bei ihr war, erlaubte ihm sein Schmerz, bei der Vorstellung, daß sie für ihn verloren und bald in dem Besitze eines anderen sei, lange kein Wort hervorzubringen, bis er endlich unter Vergießung unzähliger Tränen begann, ihr den Entschluß ihrer Eltern zu eröffnen, den sie erriet, ehe er noch ausgeredet. Sie tauschten ihr gerechtes Leid gegeneinander aus; beschämt, einen Augenblick an sich selbst und ihrer Stärke gezweifelt zu haben, tröstete Laura jedoch gleich darauf Lisardo und versicherte ihn, daß sie lieber dies ihr betrübtes Leben aufgeben als nach dem Willen ihrer Eltern tun werde. Sie schieden zuletzt voneinander, als ihr Schmerz etwas milder geworden, der Morgen kam, und ihre Eltern, die die ganze Nacht über nachgesonnen, wie sie ihre Tochter am ehesten nach ihren Wünschen stimmen möchten, entboten sie zu sich, erinnerten sie daran, wie großen Dank sie ihnen für die Sorgfalt und den Eifer schulde, mit denen sie auf die Sicherstellung ihrer Zukunft bedacht wären, und erklärten ihr, welchen würdigen Gemahl sie ihr in Octavio auserwählt hätten. Laura hörte sie an und versuchte, sie anderen Sinnes zu machen, indem sie zu ihnen sagte: nicht allein, daß sie um keines Ehegatten willen so unbillig sein möge, sie zu verlassen, so sei überdies ihr Alter allzu gering dazu und sie wünsche lieber, ihre jungen Jahre zu genießen, als für einen Mann zu leben, den sie nicht kenne, und als all die Unbill und Sorgen des Ehestandes für Mann, Kinder und Hausstand einzugehen. Sie hätte ihren Eltern gern die wahre Ursache ihrer Weigerung eingestanden; aber sie fürchtete, sie möchten sie des Leichtsinns zeihen, wo die reinste Zuneigung ihr Herz leitete, oder sich gar über ihre Liebe erzürnen und Lisardo aus ihrer Nähe entfernen. Kurz, sie wußte sich mit solchem Geschick zu benehmen, daß ihre Eltern sie vorderhand in Frieden ließen und daß sie einen so guten Erfolg ihres Widerstandes ihrem geliebten Vetter zu wissen tun konnte, der ihr mit einer Umarmung dafür dankte.

Alsbald nach dieser Unterredung sahen aber ihre Eltern plötzlich Octavios Vater bei sich eintreten, der ihnen seinen Jammer verkündigte: sein Sohn gebärde sich vor Liebe ganz närrisch, und es ließe sich von seiner Verzweiflung für sein Leben das Schlimmste fürchten, da er um der Verschmähung seiner Liebe willen den Himmel der Grausamkeit und Ungerechtigkeit anklage.

Lauras Vater glaubte ganz gewiß, ihre Weigerung sei vielmehr durch Verschämtheit als durch Abneigung hervorgerufen, und da er dem Gehorsam und der Tugend seiner Tochter vertraute, so gab er unbesonnenerweise sein Wort ab, schon des nächstfolgenden Tages den Heiratsvertrag abzuschließen, und begab sich zu Lauren zurück, um fürder entschiedener gegen sie aufzutreten, wiewohl er durch seine diesmalige Strenge eben nichts weiter erlangte, als daß sie ihm alle Beredsamkeit der Liebe entgegensetzte. Ihre Hartnäckigkeit brachte ihn nun zwar allerdings gegen sie auf, indessen strebte er doch, ihr seinen Unwillen zu verbergen, solange er ihren guten Willen nötig habe, und hielt also dafür, daß es das beste sei, mit Lisardo zu reden, von dessen Gewandtheit und Einfluß auf Lauren er die Meinung hegte, sie würden ihre Widerspenstigkeit mit leichter Mühe beseitigen. Er rief ihn beiseite und klagte ihm den Starrsinn seiner Tochter, der freilich der Art war, daß Lisardo wenigstens nicht darüber klagen konnte. Er bat ihn, zu ihr zu gehen und ihr Vorwürfe zu machen und durch seine Vorstellungen womöglich zu verhüten, daß er nicht genötigt werde, strengere Maßregeln, zu denen er übrigens entschlossen sei, gegen sie zu ergreifen. Lisardo sagte ihm hierin zwar seinen Beistand zu; aber sein Oheim begnügte sich nicht damit, sondern verlangte von ihm noch zweierlei: erstens, daß er seinem Versprechen unverzüglich nachkomme, und zweitens, daß er selbst ein Ohrenzeuge dessen sei, was er für ihn tue, damit er sich von seinem Diensteifer und von Lauras Gesinnungen überzeuge. Zu diesem Ende erdachte er die etwas gewagte, wiewohl zweckmäßige List, daß Laura unter dem Vorgeben, ihr Vetter wünsche sie zu sprechen, herbeigerufen würde und er seinerseits, hinter den Vorhängen eines Bettes versteckt, ihr Gespräch behorche. Lisardo beklagte sich zwar gegen ihn, daß er ihm so wenig vertraue; der Greis beharrte indessen auf seinem Willen und schickte, ohne auf eine Einrede zu hören, nach Lauren aus. Laura kam, ohne irgend den Betrug zu ahnen, und Lisardo kam beinahe von Sinnen, sich zwischen Liebe und Pflicht also in die Klemme kommen zu sehen, daß er sich verdächtig machte, wenn er schwieg, sich selbst den Tod gab, wenn er gehorchte, und Lauren zugrunde richtete, wenn er seine Liebe an den Tag legte. Er hätte seiner geliebten Muhme gern ein geheimes Zeichen gegeben; aber es war ihm unmöglich, da ihr Vater alle seine Gebärden beaufsichtigte. Laura verwunderte sich, daß er schwieg, nachdem er sie doch zu sich beschieden, und wollte ihn schon mit vertrauten Worten darum fragen, als Lisardo sich noch zu rechter Zeit dessen, was da kommen sollte, versah und schnell zu ihr sagte: «Du weißt, schöne Laura, daß Kinder ihren Eltern Gehorsam und Dankbarkeit schuldig sind, und dies zwar insbesondere dann, wenn diese sie ihrem Stande gemäß verheiraten wollen. Die deinigen haben mir ihr Verlangen ausgesprochen, für deine Jugend, auf den Fall ihres dereinst doch unumgänglichen Todes, in der Art zu sorgen, daß ein Gatte, der dich achte, dir sodann an ihrer Statt seinen Schutz verleihe. Es ist ihnen leid, daß du in dieser ihrer wohlgemeinten Absicht mit Abneigung begegnest, und du hast wirklich Unrecht, dies zu tun, denn Octavio liebt dich und ist deiner würdig, die ganze Stadt hält ihn wert, sein Alter ist dem deinigen angemessen, sein tüchtiger Verstand wird von niemand in Zweifel gezogen, der ihn kennt, und sein großes Vermögen ist eine allbekannte Sache. Und wenn auch von allen diesen Umständen keiner für ihn spräche, so müßte schon der eine dir deine Einwilligung abgewinnen, daß es dein

Vater ist, der dir diesen Gatten zuführt. Tue also, was deine Kindespflicht von dir fordert und was jedermann von dir erwartet und wünscht. Im Namen deiner Eltern bitte ich dich darum inständigst und versichere dich, daß es mir zur größten Freude gereichen wird, dich mit ihnen in gutem Einverständnis zu erblicken.» Alles dieses sprach Lisardo in solcher Aufregung, daß jedes Wort auf der Zunge ihm zu Gift ward und jede Vorstellung, die er ihr machte, ihm den Tod gab. Laura sah ihn in solcher Verwirrung an, daß sie zu träumen glaubte, wie sie denjenigen, der sie seither, wie sie meinte, so heiß geliebt, sie bitten hörte, einen andern zu lieben. Indessen sammelte sie sich, dachte über Lisardos Worte von allen Seiten nach, legte sie sich bald so, bald anders aus und sprach bei sich selbst: Indem ich also den Gehorsam gegen meine Eltern aus den Augen setze und die Marter ihrer Drohungen seinetwegen erdulde, redet er mir so unumwunden zu, meine Liebe einem andern zuzuwenden? Wie vermöchte er so zu handeln, wenn er mich achtete oder sich irgend um meinen Verlust grämen würde? Wer mich bittet, daß ich ihn vergessen möge, den verdrießt es offenbar, daß ich ihn liebe. Steht es nun wohl einer Frau von Stande und von Einsicht an, sich einem Manne aufzuopfern, der sie verschmäht, weil er ihrer Schönheit müde ist? Die Männer sind veränderlich und unbeständig, und ihre Liebe nutzt sich mit der Zeit ab, wann sie sich erst wieder geliebt und ihre

Ungewißheit und ihr Zagen gehoben sehen. Lisardo ist ein Mann, hat sich geliebt gesehen und erweist sich nun wie andere. Er weiß, daß ich töricht genug bin, ihn anzubeten, und stellt also meine Geduld durch seine schnöden Kränkungen auf die Probe. Aber beim Himmel, ich will diesmal seinen Undank rächen und ihn seinen guten Rat teuer entgelten lassen; ich mag nun um deswillen Octavio zuteil werden oder einem anderen.

O arme Laura, möchte man ihr zurufen, halte ein, du gehst deinem Verderben entgegen und richtest auch den zugrunde, der dich eben nur aus Liebe zu dir beleidigt. Wüßtest du, was Lisardo um dich leidet, und daß dein Vater euch beide im Auge hat. Laura, sieh dich vor, Lisardo ist dir treu und betet dich an. Aber wer vermöchte ein zürnendes Weib zu bedeuten, das sich ein ungerechtes Vorurteil einmal in den Kopf gesetzt hat! Laura bestärkte sich in dem ihrigen überdies dadurch, daß sie wußte, eine Dame, und zwar keine von den mindest schönen ihrer Stadt, liebe Lisardo, denn dieselbe hatte sich ihr als seiner Freundin und Muhme, in der Hoffnung, daß sie etwas über ihn vermöge, anvertraut; und wiewohl sie wußte, daß Lisardo weit entfernt war, ihre Neigung zu erwidern, so überredete sie sich dennoch, da er sie zu bewegen suche, ihre Hand Octavio zu reichen, so müsse er etwa in jener Vorzüge von ihr wahrgenommen haben und den Wunsch hegen, frei zu sein, um ihr ganz anzugehören. Diese

Eifersucht erregte ihr ein bedenklicher Anlaß, der sie allerdings rechtfertigen konnte, wenn er in ihren Augen einem bis dahin offenbar grundlosen Verdachte den Anschein der Wahrheit lieh. Sie legte alles auf das ungünstigste aus, verschloß zu ihrer eigenen Qual ihre Ohren ihrer besseren Überzeugung und sprach, ohne an etwas anderes als an Rache zu denken, zu Lisardo: sie sei sehr wohl mit diesem Heiratsantrage zufrieden, es genüge ihr zu wissen, daß er Octavio begünstige, um ihre wesentlichen Bedenken zu beseitigen, sie selbst liebe und schätze Octavio, und er möge also ihren Eltern immerhin sagen, daß sie mit dessen Liebe sehr zufrieden, und wenn sie sich seither nicht so gezeigt habe, so sei dies nicht deswegen geschehen, weil sie ihn etwa nicht geliebt, sondern weil ihr der Gedanke, von ihnen zu scheiden, allzu schmerzlich gefallen. – Nach diesen Worten entfernte sie sich von Lisardo, ohne seine Antwort abzuwarten, und zog sich in ihr Zimmer zurück, ihr Unglück zu beweinen, bald zufrieden mit dem, was sie getan, bald es bereuend, daß sie sich selbst ihrer Rache opfere, indem sie sich einem Manne ergebe, den sie zwar nicht haßte, mit dem sie aber, einen anderen liebend, doch nicht leben konnte, ohne dem Tode zu verfallen. Ihr Vater brach hervor, umarmte Lisardo tausend Male und eilte mit seiner frohen Zeitung zu seinen und Octavios Verwandten von dannen. Es wurden Festlichkeiten angeordnet und Festkleider bestellt, und um

Lisardo stand es eben wie um einen Menschen, der zärtlich liebt und den geliebten Gegenstand, den er in so vielen Jahren erworben, in einer Stunde verlorengehen sieht. Er zieh Lauren allerdings des Leichtsinns, sich so rasch entschlossen zu haben; aber er wußte auch, daß es nicht sowohl ihre Neigung als ihr Zorn war, dem sie dabei nachgegeben hatte. Er wollte zu ihr gehen und ihr erklären, warum er sie zu einer Tat aufgemuntert, durch die sie sein betrübtes Leben wie mit einem scharfen Schwerte durchschnitt; aber es war schon Nacht. Er eilte, sich auszuweinen, hinaus ins Freie, wo man sich immer am besten das Herz von einem Leid erleichtert. Lauras Vater kehrte außer sich vor Freude nach Hause zurück und brachte den Bräutigam mit sich, ihn der Gesellschaft seiner Braut genießen zu lassen.

Laura empfing ihn mit niedergeschlagenen Augen, und Octavio sah darin eine ehrbare Verschämung; aber Lauras Augen wollten dies nicht zu erkennen geben, sondern nur einige Tränen verhehlen, die ihnen zwar nicht entfielen, sie jedoch erfüllten. Octavio war froh, daß am nächstfolgenden Tage seine Hoffnungen in Erfüllung gehen sollten, und Laura verbarg sich mit ihrem Grame und ihrem Unwillen vor Lisardo, der wohl hundertmal vergebens den Versuch machte, sie zu sprechen, deren Standhaftigkeit ihm kein Wort und keinen Blick mehr gönnte. Die beiden Liebenden verbrachten die Nacht so übel, wie ihr so nahe drohendes Unglück sie ihnen bereiten mußte, und da dasselbe überdies wollte, daß die drei nächsten Festtage dicht hintereinander fielen, so war das Aufgebot alsbald abgetan. Laura und Lisardo hatten sich mittlerweile weder gesprochen, noch auch würden sie sich gesehen haben, wenn ihre Augen sich nicht zuweilen eine verstohlene Freiheit genommen hätten. Laura verstellte sich, und Lisardo duldete; beide aber schwiegen und brannten doch vor Ungeduld, ihre Not zur Sprache zu bringen.

Der Hochzeitstag kam heran, und alles war in festlicher Unruhe und Aufregung, nur Lisardo nicht, der den Tod anrief, der nicht kam, weil er gerufen ward. Da fand Lisardo eines Abends eine unerwartete Gelegenheit, mit Lauren allein zu sein und, dem gewaltigen Strome seiner Angst und Pein folgend, ihr mit wenigen Worten seine treue Liebe und die List zu schildern, mit der sein grausamer Oheim ihn genötigt, selbst der Urheber seines Todes zu werden. Die Tränen und Seufzer, die er dabei vergoß und ausstieß, waren so herzbrechend, daß sie Lauren gerührt haben würden, wäre auch die Wahrheit von Lisardos Beteuerungen weniger überzeugend gewesen, als sie war. Laura sah ihr Unrecht unverzüglich ein und bereute es schmerzlichst; sie entschuldigten einander beide und kehrten zu ihrer früheren Vertrautheit zurück, wie man sich ja gewöhnlich vergleicht, wenn man untergeht. Laura umarmte Lisardo und wollte sich damit zum Widerstande gegen einen Vater, der sie verfolgte, und gegen einen Gatten, den sie verschmähte, weihen; und darauf schieden sie ohne viele Worte voneinander, da die vielen Besuche und die Unruhe im Hause ihnen nicht einmal so viel Zeit ließ, zum vollen Gefühl ihrer Bedrängnis zu gelangen.

Der allerunglücklichste Tag für Lisardo erschien, an dem Laura Octavios Armen übergeben werden sollte. Er verließ das Haus und ging zu einem Freunde, namens Alejandro, der der Vertraute seiner Leiden war, schüttete sein Herz gegen ihn aus und bat ihn, ihm eines seiner Pferde zur Flucht zu leihen, indem er zwar seine tödlichen Wunden ertragen, aber die Hand, die sie ihm schlagen, nicht sehen, sondern nach Sevilla gehen wolle, um sich die Erlaubnis auszuwirken, sich nach Los Reyes einzuschiffen, wo, wie er wisse, sein Vater sei. Alejandro billigte es, daß er sich entferne, weil er dafürhielt, daß Abwesenheit das beste Heilmittel der Erinnerung sei, und Lisardo, bevor er es ausführte, sandte noch Lauren eine schwarze Schärpe mit seinem Namenszuge, die er getragen, zum Andenken zu und ließ ihr seine Grüße zum Abschiede hinterbringen. Laura empfing beides und versank in Betrachtungen über das traurige Leben, das sie ohne Lisardo, in eines andern Besitz erwartete, während ihren Geliebten am Ende der Unwille über ihre Nachgiebigkeit oder gar die Liebe selbst in die Arme jener anderen Dame, die ihn liebte, führe.

Die Nacht überraschte sie über diesen Gedanken, sie sah das Getümmel und die Menge Menschen im Hause, denn schon sie hatte viele Verwandten, da sie von Adel, Octavio aber noch mehrere, weil er reich war. Sie erkundigte sich nach Lisardo und hörte, daß er im Hause jenes Freundes sei, den sie kannte. Da schnürte es ihr das Herz zusammen, und es wollte ihr unmöglich scheinen, mit einem anderen Manne als mit Lisardo zu leben. Sie verfolgte diesen Gedanken, beriet ihre Leidenschaft, die sie ermunterte, sich ihrem Vetter in die Arme zu werfen und also ihrem eignen Tode zu entfliehen, indem sie sich und ihm eine glückliche Zukunft bereite. Mit diesen Vorstellungen schmeichelte die Hoffnung ihr immer mehr, sie scheute sich zwar auch vor der Strenge ihrer Eltern und vor dem öffentlichen Ärgernis, das solche Schritte zu geben pflegen; aber alsbald besann sie sich wieder und sprach zu sich selbst: Ich bin das einzige Kind meiner Eltern, und noch kein Vater ist grausam genug gewesen, von den Bitten kindlicher Liebe und Ehrerbietung auf die Dauer ungerührt zu bleiben. Was können die Leute weiter dagegen haben, wenn ich mich demjenigen ergebe, der mein rechtmäßiger Gemahl ist? Würde es nicht viel schlimmer sein, wenn ich mich der Gefahr aussetze, als verheiratetes Weib Übles von mir zu reden zu geben, da bekanntlich ein solches, da es wider seinen Willen geworden, leicht geneigt ist, eine Torheit zu begehen? Sei also getrost, mein Herz, du sollst nimmermehr einen andern Gebieter erhalten als Lisardo, für den du geboren bist, und keine törichte Rücksicht soll soviel über mich vermögen, auf Leben und Glück zu gleicher Zeit zu verzichten.

Rasch entschlossen hüllte sie sich hierauf in ihren Schleier, faßte ihre Juwelen und Kostbarkeiten in ein Tuch zusammen und benutzte die Verwirrung, die im Hause herrschte, dazu, ohne von jemand bemerkt zu werden, durch die Masken, die sich als Gäste eingefunden, zu entfliehen. Sie befand sich auf der Straße, ehe sie noch recht zur Besinnung kam, und eilte nach der Wohnung Alejandros, den sie betrübter fand, als ihr lieb war, denn als sie ihn nach ihrem geliebten Lisardo fragte, antwortete er, der sei schon vor drei Stunden auf dem schnellfüßigsten Rosse nach Sevilla enteilt, weil er, von seinem Unglück entmutigt, nicht länger in seiner Heimat habe verweilen wollen. Laura hörte ihn an, und es war viel, daß eine Neuigkeit sie am Leben ließ, die jede Tat der Verzweiflung gerechtfertigt haben würde, indem eine Ohnmacht ihrem Antlitz einige Rosen raubte, sie sich für Lilien ausgaben, nachdem sie waren für Nelken gehalten worden. Alejandro hätte Laurens Tröstung gern zweien Pferden übertragen; aber er wagte nicht, es zu tun, da sie mehr tot als lebendig war und der Erholung von ihrem Unglück notwendig bedurfte. Überdies war es wahrscheinlich, daß sie, wann vermißt, auf allen Wegen und Stegen verfolgt würde und sodann in die Hände ihrer Feinde fiele; und also hielt er, was er denn auch tat, für das sicherste, Lauren in das Haus einer seiner Verwandten zu bringen, auf die er sich verlassen konnte und die sie als ihre Freundin mit Bereitwilligkeit bei sich aufnahm. Er traf diese Maßregel in der Absicht, sich in zwei oder drei Tagen selbst auf den Weg zu machen, um Lisardo zu suchen und ihn von der Fortsetzung seiner Reise abzuhalten, indem er ihn durch seine Mitteilungen überzeuge, wie er eben doch noch nicht hoffnungslos unglücklich sei.

Inzwischen war Lauras elterliches Haus bereits in gewaltigen Aufruhr geraten, Octavio wollte ganz närrisch werden, die Seinigen waren aufgebracht, Lauras Eltern bestürzt, und einer rannte zwecklos wider den anderen. Man gewahrte endlich, daß auch Lisardo verschwunden war, und nun beschuldigte man allgemein ihn des Verrats und nannte ihn den Urheber des Unglücks. Lauras Vater beschloß, ihn zu verfolgen und sich an ihm zu rächen, indem er ihn die härteste Strafe seines Verbrechens erdulden ließe. Octavio wünschte ihn zu begleiten, um zu beweisen, daß seine Liebe sich auch von so offenbaren Enttäuschungen nicht besiegen lasse, und da Lisardo geäußert, daß er die berühmte Stadt Madrid zu sehen verlange, in welcher damals König Philipp IV. seinen Hof hielt, so kamen sie miteinander überein, ihn allda aufzusuchen, derweil ihn selbst sein Kummer in den Tod und sein Reiseplan gen Sevilla führte. Alejandro war über ihre falsche Meinung und über ihre Abreise ungemein erfreut und wollte auch seinerseits alsbald mit dem Versprechen von Lauren scheiden, Lisardo aufzusuchen, da er überzeugt war, daß er ihn bei längerem Zögern leicht nicht mehr antreffen dürfte; nur willigte Laura, die übrigens einerlei Meinung mit ihm war, durchaus nicht darein, ohne ihn zurückzubleiben, und verließ also in seiner Begleitung die Stadt, indem beide, um der Gefahr willen, erkannt zu werden, zur Nachtzeit reisten. Alejandro nahm einen einzigen zuverlässigen Diener und für den Fall, daß ihre Reise nicht von so kurzer Dauer sei, als sie wünschten, eine gewisse Summe Geld mit sich.

Lisardos Wünsche, sein Leben geendet zu sehen, schien unterdessen der Himmel erhören zu wollen, denn an dem Eingange eines kleinen Ortes mußte sein Pferd so unglücklicherweise straucheln, daß es, da er darauf nicht vorbereitet war, einen für ihn äußerst schmerzlichen Fall tat, der ihn besorgen ließ, er möge einen wesentlichen Schaden genommen haben, denn er war nicht imstande, sich zu regen, bis einige von seinen Klagen gerührte Landleute ihre Arbeit verließen und ihn in ihren Armen in ein unfern einzeln stehendes Wirtshaus trugen, wo er geheilt wurde. Seine Verletzung war jedoch so bedeutend, daß er nach mehr als acht Tagen erst wieder genugsam zu Kräften kam, seine Reise fortzusetzen, und zwar, als Laura und Alejandro ihm bereits einen Vorsprung von zweien Tagen abgewonnen und an dem Orte, wo er krank darniederlag, vorbeigekommen waren.

Eines Abends, bei guter Zeit, gelangte er nach Adamuz, wollte sich aber, wiewohl er es nötig hatte, nicht zu Bette legen, weil ihm der peinliche Gedanke an Lauren und ihren vermeintlichen Gatten Octavio, in dessen Armen sie vielleicht schon seiner Liebe uneingedenk geworden, keine Ruhe ließ. Gegen die Mitte der Nacht verließ er den Ort wieder, und es waltete eine so dicke Finsternis um ihn, daß er die Gegend, durch die er reiste, gar nicht erkennen konnte und wohl einige Besorgnisse hegte, da er sie als unsicher kannte. Da vernahm er plötzlich neben sich ein Geräusch, das ihn zu dieser Stunde erschreckte und ihn vermochte, vom Pferde zu springen und seinen Degen zu ziehen. Gleich nachher nahm er eine Gestalt wahr, die sich unter dem Schirme der Nacht vorsichtig zwischen Gebüsch verborgen hatte. Sie anzurufen, wer sie sei, und ihr den Degen auf die Brust zu setzen war bei Lisardo das Werk eines Augenblicks. Der Mensch kam aber im mindesten nicht aus der Fassung, sondern erwiderte, wenn er sein Leben liebhabe, so möge er hergeben, was er besitze, denn wenn er sich dessen weigere, sei er verloren und werde von seinen Kameraden, deren Anzahl größer sei, als er sich vielleicht einbilde, in Stücke gehauen werden. Lisardo hielt dafür, dies könne eine eitle Drohung sein, und antwortete daher nicht anders als mit seiner Klinge, indem er so gewaltig auf den Räuber eindrang, daß derselbe in seiner Verteidigung weichen mußte. Alsbald aber zog sein Pfeifen und das Geklirre der Schwerter eine solche Menge von Feinden herbei, daß er sich nach allen Seiten gegen sie zu wehren hatte und, der Notwendigkeit nachgebend, suchen mußte, sich so geschickt als möglich kämpfend vor ihnen zurückzuziehen. Er legte dabei eine solche Tapferkeit an den Tag, daß es einem seiner Feinde leid tat, ihn, der sein Leben so entschlossen verteidigte, etwa einen schmählichen Tod erleiden zu sehen. Er pflanzte sich deswegen neben ihn hin, hielt mit seinem Zuruf und seiner Waffe seine stürmenden Gefährten ab und wendete sich dann zu Lisardo, indem er zu ihm sagte, seine und seiner Genossen Absicht sei nicht, zu morden, sondern zu rauben, wenngleich bei hartnäckigem Widerstande ihre Habsucht sich in Rachedurst verwandle. Er möge sich also nicht mutwillig in seinen Tod stürzen, sondern mit ihnen kommen und, um dem Drohen des Himmels zu entgehen, die Nacht bei ihnen zubringen, wo sie ihm die kleine Wunde, die sie ihm in die rechte Hand beigebracht, verbinden wollten. – Lisardo erwiderte: er achte das Leben nicht so hoch, daß er es etwa sonderlich ungern verliere, jedoch wolle er es auch nicht ohne Not von sich werfen und gehe darum auf diesen Vorschlag ein. Er übergab ihnen also seinen Degen, deutete ihnen die Gegend an, wo er sein Pferd hatte stehen lassen, und folgte ihnen, in Betrachtung der seltsamen Mißgeschicke versunken, mit denen ihn sein Unstern heimsuchte und die ihm, nachdem er sich einmal in den Verlust seiner Geliebten hatte finden müssen, doch nicht eben schwer zu ertragen fielen. Sie gelangten zu einigen verborgenen Höhlen, deren eine sie betraten, und hier bestrichen zwar die Räuber Lisardos Wunde mit Balsam, entäußerten ihn aber zu gleicher Zeit alles dessen, was er Wertvolles bei sich hatte, und überließen ihn sich selbst und seiner Schwermut, die seinem Geiste immer nur in Gedanken Laurens Abbild vorspiegelte, dessen von ihm so fern gewähntes Urbild, einer wunderbaren Laune des Schicksals nach, ihm gegenwärtig so nahe war, daß nur eine einzige Felsenwand es von ihm trennte.

Laura war nämlich gleichfalls zur Nachtzeit in Alejandros Begleitung durch diese Gegend gekommen und mit ihm so unerwartet von sechs Männern überfallen worden, daß ihrem Beschützer nicht einmal die Zeit geblieben war, ihnen seine Ritterlichkeit zu bestätigen, indem sie ihn seines Schwertes und seiner Habseligkeiten fast in einem Augenblicke beraubt hatten. Einer von ihnen, und zwar der Verwegenste, hatte währenddessen ein Auge auf Lauren geworfen und wollte, um sich ihre Gunst zu erwerben, nicht zulassen, daß ihr irgend etwas von dem, was sie bei sich führte, genommen ward, indem er sie wieder auf ihr Maultier hob und sie nach seinem Verstecke mit der Absicht führte, sich in dieser

Nacht ihrer Schönheit zu erfreuen, die ihre Klagen, Seufzer und Tränen über ihre verzweifelte Lage in den Augen seiner Begierde nur erhöhten. Sie kamen in der unwirtlichen Höhle an, die an jene andere grenzte, in die Lisardo geführt worden war, und der verwilderte Liebhaber schickte sich sogleich an, dem Gegenstand seiner Wünsche verschiedene Kleinodien zu verehren, die er auf Raubzügen erbeutet hatte. Alejandro war mitgekommen, der von seiner Freiheit um Laurens willen keinen Gebrauch machen wollte, und die Räuber behandelten ihn ihrethalb auch mit einiger Rücksicht, da er sich für ihren Bruder ausgegeben. Das schöne Mädchen zitterte vor dem ihr in der Gewalt dieser Menschen bevorstehenden Schicksale, das ihr nur zwischen Tod und Entehrung die Wahl zu lassen schien; indessen wollte ihr das Glück insofern wohl, als der Hauptmann der Bande, ein entschlossener Raufbold, sich in ihr Gesicht verliebte und ihren Besitz demjenigen, dessen Gefangene sie war, nicht gönnen wollte, wiewohl dieser, seinem Nebenbuhler an Ansehen kaum etwas nachgebend, den nicht minder festen Willen zu erkennen gab, sie gegen jedweden fremden Anspruch zu verteidigen. Laura freute sich dieser Entzweiung, da sie zu hoffen wagte, einer werde ihr also vor dem anderen Schutz verleihen, und indem nun die beiden Nebenbuhler, um sie zu unterhalten, sie in ihrer Wohnung umherführten und ihr alle Einrichtungen dort zeigten, waren sie eben auch in die Höhle gekommen, wo Lisardo in den Armen eines wohltätigen Schlafes von der ermüdenden Anstrengung des Kampfes ausruhte, als plötzlich die Nachricht einlief, daß die Justiz einer Ortschaft, die den Untergang der Räuber besonders eifrig betrieb, mit einer Schar Bewaffneter gegen sie anrücke. Alle erschraken hierüber auf das äußerste, und die beiden vergaßen augenblicklich ihrer Liebe und eilten von dannen, sich zu verteidigen und die Gefahr in das Auge zu fassen. Laura blieb allein zurück, wenngleich nicht so ganz allein, daß sie nicht mit wenigen Schritten das Ziel ihrer höchsten Wünsche hätte erreichen können. Sie ging tiefer in die Höhle hinein und stieß mit dem Fuße an einen vor ihr liegenden Körper. Sie blieb stehen, erkannte ihn für den eines schlafenden Mannes und neigte sich mit dem Lichte zu ihm nieder, um ihn näher in Augenschein zu nehmen, da eben die Neubegier nicht von einer Frau läßt, wenn sie auch in den äußersten Nöten ist. Sie sah ihn an, wurde bewegt, sah ihn wieder und aufmerksamer an und fand, daß er ein kleines Bild in seinen Händen hielt. Sie nahm es ihm aus denselben und führte es zu ihren Augen, die sich selbst darin wiedersahen. Sie wendete es hundertmal hin und wieder, der Meinung, daß über dem Blatt ein Stück Kristall angebracht sei, in dem sie sich spiegele, sie wandte sich dem Schläfer wieder zu, daß er ihr die Wahrheit sage, und sie erkannte in ihm alsbald ihren geliebten Lisardo, an dessen Seite sie sich niedersetzte und den sie durch ihre Umarmungen und die lauten Ausbrüche ihrer Freude aus seinem Schlummer erweckte, obwohl sie sich vorher das Antlitz verschleierte, um seine Freude ihn nicht allzu plötzlich überraschen zu lassen.

Lisardo verwunderte sich, in Gesellschaft zu sein, und da ihm Lauras anständige Kleidung sofort in die Augen fiel, so bat er sie, ihm zu sagen, wer sie sei und welche widerwärtigen Begegnisse auch sie in die Hände dieser Räuber geführt hätten. Laura wußte ihm nicht anders zu antworten, als indem sie sich ihm mit einer Umarmung zu erkennen gab, und Lisardo war anfangs über das, was er hörte und sah, dermaßen erstaunt, daß er nicht wußte, ob er wachte oder träumte, bis er am Ende alle seine Zweifel an der Wirklichkeit beseitigte und mit seiner Geliebten sich nunmehr dem Gefühle seines Glückes so ganz hingab, daß weder er noch sie lange Zeit über das Bedürfnis fühlten, ihre Abenteuer einander mitzuteilen. Nachdem sie dies zuletzt dennoch getan, sagte Lisardo, daß es für sie wohl geraten sein würde, ihre Einsamkeit zur Flucht vor den sie umdrohenden Gefahren zu benutzen.

Sie brachen also auf, um ihren Freund Alejandro, der sich dies Zusammentreffen nicht träumen ließ, davon zu benachrichtigen; sobald sie aber vor die Höhle hinaustraten, siehe, so kehrten eben auch die Räuber wieder, die sich überzeugt zu haben glaubten, von einem blinden Lärm erschreckt worden zu sein; denn die Gerichte von Córdoba hatten ihnen die ganze Nacht hindurch nachgespürt und waren nur infolge der Finsternis von der rechten Spur abgeirrt, bis sie mit dem Anbruche des Tages wieder darauf kamen, Geräusch hörten, dem sie vollends nachgingen und alsobald nach der Ankunft der Räuber die Höhle erreichten, in der sie diese umzingelten und gefangennahmen, ohne daß sie an Flucht oder Widerstand hätten denken können.

Einem der Liebhaber der unglücklichen Laura, und zwar dem Hauptmanne der Räuberbande, gelang es jedoch, sie mit sich in die Höhle, in der sich Alejandro befand, und durch einen geheimen Ausgang in das Freie zu schleppen, wo er für solche Fälle ein Pferd bereitstehen hatte, das er bestieg und auf dem er mit seiner schönen Beute, die er bewußtlos zu sich hinaufhob, weil sie über den abermaligen plötzlichen Wechsel ihres Schicksals in Ohnmacht gesunken war, von dannen flüchtete.

Lisardo mußte es sich gefallen lassen, trotz aller Einwendungen, mit unter der Zahl der Verbrecher als Gefangener abgeführt zu werden, denn da einige von der Bande sich auch für unschuldige Schlachtopfer auszugeben versucht hatten, um auf solche Weise ihre Freiheit zu erwerben, so ließen die Gerichte die Wahrheit aller Aussagen vorläufig auf sich beruhen und brachten ihre Gefangenen sämtlich ohne Unterschied in dem öffentlichen Kerker der Stadt Córdoba unter. Der arme Lisardo beteuerte nun zwar auch hier seine Unschuld wiederholt und forderte laut Gerechtigkeit; da er aber weder Freunde noch Geld besaß, das für ihn sprechen konnte, so blieben seine Beschwerden stumm, die Rechtsanwälte taub und die Richter übel berichtet. Überdies entmutigte es Lisardo am meisten, daß er weder von seiner geliebten Laura noch von seinem getreuen Alejandro etwas hörte, welch letzterer dermaßen sein wahrer Freund war, daß er, als er wahrnahm, wie der verwegene Räuber Lauren entführte, sich eilig des in der Nähe stehenden Pferdes bemächtigte, das Lisardo geritten hatte, und jenen auf demselben Wege, den er eingeschlagen, verfolgte. Er erreichte ihn früher, als er es selbst gehofft, da das doppelt belastete Pferd des Hauptmanns nicht mit seiner gewöhnlichen Schnelligkeit laufen konnte, und sobald sich dieser der unausweichlichen Gefahr versah und bedachte, daß jede Verteidigung seine Gefangennahme zur Folge haben müsse, entledigte er sich Laurens zu seiner Selbsterrettung und stieß sie vom Pferde, wiewohl er dennoch nicht seinen Zweck damit erreichte, weil er nach einer kleinen Weile von Feldbauern aufgehalten und zu den übrigen Gefangenen nach Córdoba eingebracht wurde.

Der Danksagungen, womit Laura Alejandro diesen abermaligen Ritterdienst vergalt, konnte sie lange kein Ende finden. Sie erfuhr, auf ihre Erkundigungen, die sie mit ihrem Erretter in dem nächsten Orte einzog, an den sie gelangten, daß Lisardo wahrscheinlich mit der ganzen Bande in Córdoba gefangengesetzt worden, und so schlugen sie miteinander den Weg nach dieser Stadt ein.

Lisardo saß eben eines Morgens, in schwermutvolle Betrachtungen über sein Schicksal versunken, in seinem Kerker, als er mit einemmal einen Kavalier und eine verhüllte Dame hereintreten und in seine Arme eilen sah, in denen er zuerst Alejandro und sodann ohne große Mühe seine Geliebte erkannte, denen er, wie denn vom Unglück heimgesuchte Menschen immer höher aufgeregt sind als andere, aus Dankgefühl zu Füßen stürzte. Alle drei besprachen hierauf zusammen, wie Lisardo schnellmöglichst zu befreien sei, und Laura händigte zu dem Ende Alejandro einige Kleinodien ein, die dieser mit Verlust zu Geld machte. Auch wurde man dadurch in den Stand gesetzt, von Lisardos Seite Klage vor Gericht einzureichen, und schon war es dahin gediehen, daß die Gerichte Lisardo wieder in völlige Freiheit setzen wollten, da es ihnen allmählich selbst vor ihrer Verwegenheit bangte, einen Edelmann in einem öffentlichen Kerker zurückzuhalten, als unerwarteterweise der höhere Befehl einlief, ihn um anderer Ursachen willen zu deportieren. Welch neuer Schreck, welche Verwirrung und welch tödliche Ungewißheit für alle drei! Indes wurden sie aus dieser letzteren alsbald dadurch gezogen, daß in Lisardos Gefängnis Octavio und Laurens gestrenger Vater vor ihnen erschienen, die, nachdem sie die

Flüchtigen vergebens am Hofe gesucht, sich anschickten, die vornehmsten Städte Andalusiens nach ihnen zu durchstreifen, und als sie deshalb gerade jetzt nach Córdoba kamen, von einem Freunde des alten Mannes, der da lebte, als zufällige Neuigkeit vernahmen: wie in dem Stadtgefängnisse ein von Straßenräubern ausgeplünderter Kavalier festgehalten werde, den sie kennen müßten, weil er seinen Aussagen nach aus Avila gebürtig sei. Der Greis stutzte über diese Zeitung, forschte weiter nach und erfuhr, daß der Gefangene der Feind war, den er suchte. Da er nun auch hörte, daß er drauf und dran war, aus der Haft entlassen zu werden, so sprach er mit den Richtern und führte gegen sie über die Verräterei seines Neffens so laute Beschwerde, daß sie sogleich erkannten, ihm nicht nur seine Freiheit nicht zu gewähren, sondern ihn sogar in strengeren Gewahrsam zu setzen.

Nachdem er soviel erlangt, kam er also mit Octavio selbst zu Lisardo, um zu hören, was er für sich anführen könne, und Laura hatte Geistesgegenwart genug, sich soviel wie möglich zu verhüllen, so wie auch Alejandro tat, mit dem sie sich darauf von Lisardo abwendete und im Gespräche zu anderen Gefangenen ging. Ihr Vater trat mit Octavio dagegen auf Lisardo zu, begrüßte ihn und fragte ihn, wo er Laura hingebracht habe. Lisardo antwortete, er habe sie weder entführt noch jemals in seinem Leben den verwegenen Gedanken gehegt, dies zu tun; der alte

Mann erzürnte sich aber über dies Leugnen, weil er glaubte, sein Neffe wolle ihn damit nur verhöhnen, und Octavio sagte ihm einige Beleidigungen, zu denen ihn seine Liebe, seine Eifersucht und der wehrlose Zustand seines Nebenbuhlers antrieben. Sie gingen hiernächst beide von ihm, um es der Justiz anheimzustellen, ihm das Bekenntnis abzunötigen, das er ihnen vorenthielt, und Lisardo erzählte seinem Freunde und seiner Geliebten, was sie mit ihm gesprochen hatten. Alejandro riet zu ehestmöglicher Trauung, wodurch Octavios Ansprüche ein für allemal vereitelt würden, und den Liebenden selbst war dieser Vorschlag eben recht; nur standen seiner Ausführung ihre nahe Blutsverwandtschaft und der Mangel kirchlichen Erlasses entgegen. Alejandro sagte ihnen aber, sie sollten getrosten Mutes sein und auf einen erwünschten Ausgang hoffen, denn er habe in Madrid einen Oheim, der im geheimen Staatsrate Seiner Majestät sei und an den er schreiben werde, um den Erlaß alsbald durch seine Vermittelung herbeizuschaffen. Alejandro erfüllte dies Versprechen, indem er seinem Oheime die klägliche Lage des Liebespaares schilderte, und da Laurens Vater seine zu gleicher Zeit eingereichte Klage mit erforderlichem Gelde zu unterstützen wußte, an dem es auch Lisardo zu seiner Verteidigung nicht gebrach, so wurde dieser Rechtshandel mit vielem Eifer für und wider betrieben.

Alejandro ließ Lauren in dem Hause einer vornehmen Dame, die sich ihrer als einer Fremden von Stande annahm, und er selbst mietete ein Maultier und ritt nach dem Orte, wo Lisardo so lange an seinem Falle darniedergelegen und wo er ein gerichtliches und von Zeugen beschworenes Dokument aufsetzen ließ, daß er während seines Daseins keinen anderen Menschen bei sich gehabt. Diese Schrift übergab er seinem Anwalte; derselbe riet ihm aber an, sich verborgen zu halten, denn die Räuber hätten in ihren Verhören ausgesagt, in ihrer Höhle eine Nacht lang eine Dame, namens Laura, beherbergt zu haben, die nicht in Lisardos, sondern in eines anderen Kavaliers Gesellschaft gewesen sei, dessen Name ihnen unbekannt geblieben. Alejandro wollte es allerdings auch scheinen, daß seine Person Gefahr liefe, insofern man aus seiner Freundschaft zu Lisardo leicht schließen konnte, daß er der Urheber des ganzen Anschlags sei, und er begab sich also in ein Kloster. Der Prozeß währte mehrere Monate, und da Lauras Vater am Ende sah, daß Lisardo beharrlich leugnete, was der, seiner Überzeugung nach, ganz gewiß getan, so beschloß er, ihm durch die Folter ein Bekenntnis abzuzwingen, dem er mit lauter Schlichen und Listen auszuweichen suche. Der alte Mann hatte größeres Ansehen bei den Richtern als der Beklagte, es fehlte auch nicht an geheimem Beistande gegen ihn, und da überdies sehr viele Umstände wider ihn sprachen, so ging der Antrag, ihm oder vielmehr Lauren die Folter zu geben, durch, die sich in Tränen auflöste und, unfähig, wie sie war, die Vollziehung dieses ungerechten Beschlusses zu dulden, mit der öffentlichen Erklärung auftrat, sie habe ihr väterliches Haus aus keinem anderen Beweggrunde verlassen, als um sich vor einem Gemahle zu erretten, den sie so sehr verabscheue, daß sie lieber ihren guten Ruf der gemeinen Menge habe preisgeben als ihm angehören wollen; übrigens sei sie aber ganz allein geflüchtet und wisse von dem Manne, der mit ihr zusammen von den Räubern eingefangen worden, nichts weiter, als daß er ihr, als einem hilflosen Weibe, Schutz verliehen habe. In der großen Aufregung, worein sie durch diesen Schritt geraten, zählte sie nunmehr, in Angst und Bangen irgendeinen neuen Schlag des Schicksals erwartend, ihre Augenblicke, als der Himmel, der es besser mit ihr beschlossen, ihr plötzlich durch Alejandro und die Vermittlung ihres Anwaltes die Nachricht von der mit den nötigen Zeugnissen eingegangenen Dispensation zukommen ließ und sie also in den Stand setzte, sich mit Lisardo, der deswegen eine Vollmacht ausstellte, trauen zu lassen. Es wurde der Gegenpartei eröffnet und bewiesen, daß Lisardo Laurens Gatte und Gebieter sei.

Ihr alter Vater wurde nun aber hierdurch dermaßen erzürnt, daß er, alle Bande des Blutes verleugnend und nur des Reichtumes eingedenk, um den sein Neffe ihn durch den Verlust des reichen Schwiegersohnes Octavio brachte, Lisardo und Laura desto unerbittlicher zu verfolgen beschloß. Er schilderte deswegen den Richtern auf das übertriebenste die Kränkung, die seinem Hause widerfahren sei, brachte desgleichen unverzüglich eine peinliche Klage gegen Alejandro vor, der geglaubt hatte, ungefährdet öffentlich erscheinen zu dürfen: daß er nämlich das Handwerkszeug zum Einsteigen in sein Haus und zum Raube seiner Tochter gewesen sei, mit der er zusammen gefunden worden, und erreichte durch diese Maßregel so viel, daß man Alejandro gleichfalls gefänglich einzog und zu Lisardo einkerkerte.

Hier ertrugen nun die beiden Freunde ihre Not mit Gelassenheit, die ihnen auch Lauras fast unablässige Gegenwart beibehalten half; jedoch sahen sie allerdings keiner erfreulichen Zukunft entgegen, denn ihre Gegner wurden immer erbitterter, und nicht allein, daß die Kosten ihrer Verteidigung von Lauras Juwelen immer mehrere verschlangen, sondern auch Alejandros Verwandte ermüdeten am Ende, einen Rechtshandel zu schützen, der ihnen doch keine Teilnahme erregen konnte. Lisardo sah sich angefeindet von dem, der eigentlich von der Natur dazu bestimmt war, sein Freund zu sein, er sah sich im Kerker und verarmt, er sah, daß er seinen getreuesten Freund und seine geliebte Gattin mit sich in sein Unglück zog, welche letztere um seinetwillen von ihrem Vater verstoßen worden war, und wie hätte ihn diese Erkenntnis nicht auf das tiefste niederschlagen müssen! Laura suchte ihn fortwährend zu trösten und aufzumuntern und versicherte ihm, sie habe noch Standhaftigkeit und Kraft genug, viel größere Leiden zu ertragen; um aber doch kein Mittel unversucht zu lassen, ihr Unglück abzuwenden, bat sie endlich eines Abends die Dame, die sich ihrer angenommen, Octavio sagen zu lassen, eine Dame, die keine geringe Meinung von ihm habe, wünsche ihn an einem gewissen Orte vor der Stadt zu sprechen, um zu erfahren, ob sein Inneres ebenso wohlbeschaffen sei als sein Äußeres. Dieser ihr beabsichtigter Versuch, Octavio durch eine Ansprache seiner Höflichkeit und Ritterlichkeit zur Versöhnung zu vermögen, wurde von ihrer Freundin gebilligt, und dieselbe ließ daher durch eine ihrer Dienerinnen eine schriftliche Einladung an ihn ergehen. Octavio las den Brief und zweifelte nicht, sonach irgendeine zärtliche Neigung erweckt zu haben; indessen teilte er sich für den Fall, daß man etwas anderes mit ihm vorhabe, Laurens Vater mit und bat denselben, ihm zu folgen. An Ort und Stelle angekommen, erkannte er, daß man ihn nicht getäuscht. Die Damen erwarteten ihn in einer Kutsche, in die sie ihn einzusteigen nötigten, da sie sahen, daß er allein war, und hierauf begann nun Laura ihn mit Bitten und Tränen zu bestürmen, ihm ihre Leiden um seinetwillen zu schildern und ihm vorzuhalten, wie es ihn so gar nicht beleidigen könne, daß sie ihn nicht liebe, da sie ihm ja nur einen anderen vorziehe, dem sie schon seit Jahren zu eigen sei. Während sie also sprach, hatte sich aber auch ihr Vater der Kutsche genähert, in der ihm Octavio allzu lange auszubleiben schien, und zwar dauerte es nicht lange, so erkannte er seine Tochter und erhitzte sich über ihren Anblick und über den Gedanken an all die Not, die er mit ihr hatte, dergestalt, daß er mit Tätlichkeiten an ihr die Rache nehmen wollte, die ihm kein Verklagen und Verhaftenlassen zuwege gebracht. Laura schrie, Octavio beschützte sie, und die Dame, die ihr Gesellschaft leistete, erzürnte sich mit vollem Recht über seine Rücksichtslosigkeit. Ja, der Lärm, den alle machten, wuchs am Ende solchergestalt an, daß er einen mit seiner Gattin vorüberfahrenden Kavalier veranlaßte, auszusteigen und mit einigen seiner Diener hinzukommen, um nach der Ursache des Zwistes zu fragen. Der Kavalier war ein Mann von angenehmem, soldatischem Wesen, und da er sah, welche Grobheiten Lauras Vater gegen Damen beging, so fiel er ihm in den Arm, ihn abzuhalten, sich etwa noch mehr zu vergessen.

Der alte Mann wendete sich gegen den Fremden, um zu sehen, mit welchem neuen Gegner er es zu tun habe, auch alle anderen richteten ihm ihre Blicke zu, dessen würdevolle äußere Haltung Ehrerbietung einflößen konnte, und wie stutzte und erstaunte Laurens Vater nicht, als er in dem Fremden seinen Bruder erkannte, der in seiner ruhigen Gemütsstimmung auch seinerseits nicht anstand, in Lauren und ihrem Vater alsbald Nichte und Bruder wiederzufinden und als solche in seine Arme zu schließen. Das Willkommen, das der erzürnte Greis ihm angedeihen ließ, war freilich nicht das schmeichelhafteste, und wie daher Lisardos Vater ihn fragte, wie es geschehen könne, daß er ihm, der nach so vieljähriger Abwesenheit und aus weiter Entfernung jetzt wiederkomme, so kalt begegne, so nahm es Laura auf sich, ihrem Oheime alles, was sich in ihrer Familie seitdem zugetragen, zu erzählen und ihm auch zu bekennen, wie es eben nicht habe anders kommen können, als daß sie ihrem teuren Vetter, mit dem sie auferzogen, in Liebe zugetan sei. Der gerührte Oheim belohnte ihre guten Gesinnungen für seinen Sohn mit den herzlichsten Umarmungen und berichtete dagegen in kurzen Worten von sich selbst, daß er in Ciudad de los Reyes, die als eine Silberstadt mit Recht nach Königen benannt werde, einem Kaziken als Verwalter seines großen Vermögens von mehr als achtzigtausend Dukaten bis zu seinem Tode gedient und daß sodann dessen hinterlassene Witwe, die ihm ihre Zuneigung geschenkt, ihn als ihren zweiten ehelichen Gemahl angenommen, ja sogar, da er ihr den Wunsch geäußert, nach Spanien zurückzukehren, Vaterland und Verwandte um seinetwillen mit ihm verlassen habe. Sie schlossen einander hierauf wiederholt in die Arme, Laura stieg aus der Kutsche, und man begab sich zu der schönen Indianerin, deren sorgenfreies Leben sie noch viel jünger aussehen ließ, als sie war. Nach einer herzlichen Begrüßung geleitete man sie zu der Kutsche der Dame aus Córdoba, um sie darin nach der Stadt zu bringen. Laurens Freundin wollte, daß sie mit ihrem Gatten in ihrem Hause absteige, und bewirtete beide auf das festlichste und ehrenvollste.

So geschah es denn auch bald, daß die streitenden Parteien sich gütlich miteinander verständigten und zufriedengestellt wurden, und es fühlte sich eben nur Laurens Vater in hohem Grade beschämt, daß sein Bruder selbst Zeuge der Tyrannei werden mußte, mit der er seinem Sohne begegnet war, dem man ohne den mindesten Verzug bei der Rückkehr nach der Stadt die frohe Botschaft von der Ankunft seines Vaters zu wissen tat.

Lisardo dankte dem Himmel für diese Wohltat. Sein Vater besuchte ihn in seinem Gefängnisse, und von Mitleid mit dem Zustande durchdrungen, in dem er ihn antraf, begab er sich, bevor er ihm etwas Näheres von seiner gegenwärtigen Lage erzählte, mit seinem Bruder vor Gericht und ruhte nicht eher, bis man ihn und seinen Freund Alejandro noch an dem nämlichen Abende auf seine Bürgschaft freigab. Lisardos erster Gang in seiner Freiheit führte ihn zu seiner geliebten Laura, deren Besitz ihm fortan niemand mehr streitig machte, und zu seiner zweiten Mutter, die bei den so glücklichen Verhältnissen, als sie nun in ihrer neuen Heimat fand, ihr altes

Vaterland nicht vermißte. Octavio tröstete sich, da er erkannte, daß ihm sein erhofftes Glück nicht etwa, weil er es nicht verdient, sondern weil es das Schicksal so haben wollte, nicht zuteil ward. Lauras Vater war zufrieden, weil er seine anfänglichen Absichten nun dennoch in Erfüllung gehen sah, und aus Dankbarkeit für die treue Anhänglichkeit seines Freundes brachte es Lisardo dahin, daß Alejandro eine Schwester seiner Gattin, die ihren Vater begleitete und auf die Alejandro ein Auge des Verlangens geworfen, mit dreißigtausend Dukaten Mitgift zur Ehe erhielt.

Darauf reiste die ganze Familie nach Avila zurück, und Lisardo führte daselbst mit seiner Laura das glücklichste Leben von der Welt, hatte sich auch im Verlaufe der Zeit schöner und gesunder Kinder mit ihr zu erfreuen.

ISIDRO DE ROBLES

STUDENTENGLÜCK

Ein Jüngling aus Andalusien kam auf die Universität Alcalà de Henares, um die Wissenschaften zu studieren. Er war von Eltern aus dem Mittelstande erzeugt und geboren, die Gott bereits zu ihren Vätern versammelt hatte, wollte aber mit seinen Ansprüchen höher hinaus, als wozu ihn seine Herkunft und sein geringes Vermögen berechtigten, und wendete also leider den Genuß seiner völligen Freiheit nicht anders an, als wohl auch ein wildes Pferd hätte tun mögen, das sein Führer mit einem Male entzügelt laufen läßt.

Gleich nach seiner Ankunft in Alcalà beurkundete der neue Student die Torheit, von der sein jugendliches Alter und die Traumwelt seiner Gedanken strotzte, dadurch, daß er sich eine Wohnung mietete, die des vornehmsten Edelmannes würde würdig gewesen sein. Er nahm zwei Bediente und eine Wirtschafterin an, die ihn begleiteten und sein Hauswesen und seinen Tisch besorgten, und es kam ihm dabei gar nichts weniger in den Sinn, als daß ein solcher Aufwand seinen Stand und seine Kräfte weit überstieg. Er hätte vernünftigerweise seinem Beutel nur zumuten können, auszureichen, wenn er etwa der Stubengenosse von den noch drei anderen armen Teufeln in einem ärmlichen Hinterhofe geworden wäre und sich mit seinen Kameraden der Reihe der Wochen nach gegenseitig selbst bedient hätte. Aber er war von der Befolgung so einfacher Klugheitsregeln weit entfernt und meinte, mit den drei- bis vierhundert baren Realen, die er besaß, nicht nur eine solche Lebensart, wie er begonnen hatte, fortsetzen, sondern wohl auch noch damit zur Not Algier erobern zu können.

In dieser trügenden Voraussetzung schloß er sich in seinem Umgange den allerreichsten Studenten an, ließ sich zu Gastereien einladen, besuchte die vornehmsten Häuser und machte wohl auch seinerseits Geschenke und erzeigte Aufmerksamkeiten, indem er sich auf diese Weise seinen Ruf als reicher, ansehnlicher Mann am leichtesten sicherte und sich bei handel- und gewerbetreibenden Leuten ein solches Vertrauen erwarb, daß er von ihnen seine Bedürfnisse in Menge auf Borg erhielt und also befähigt wurde, seine Lebensweise noch längere Zeit fortzuführen, als sein Geld eigentlich dauerte.

Das große Herz und der kühne, adlige Sinn, den er dabei, freilich neben einem nicht geringen Teil Eitelkeit und Ehrgeiz, bewies, wären in der Tat einer besseren Sache wert gewesen. Die Fakultät, der er sich widmete, war die des kirchlichen und weltlichen Rechts; denn es galt ihm gleich viel, dermaleinst geistliche oder weltliche Tracht anzulegen, wenn er nur das Glück hätte, sich durch seine Studien hinreichend auszuzeichnen, um hier oder dort zu den höchsten Würden zu gelangen.

Dieser abenteuerliche Student hieß in Andalusien Pablo, ließ sich aber in Kastilien Don Pablo nennen, trotzdem, daß es keine wohlfeilere Ware als den Ehrentitel Don gibt, der, den Datteln ähnlich, mit einem wenig süßen Fleisch einen übermäßigen Knochen verdeckt. Señor Don Pablo wanderte also seines eigentümlichen Weges weiter und wurde immer erfinderischer an Ränken, je mehr er sich auf Kosten seiner Fortschritte in der Gelehrsamkeit mit Schulden bereicherte. Da er nun am Ende dennoch niemand mehr fand, der ihm borgte, weil er seinen Gläubigern die ihm gestellten Zahlungsfristen immer weniger hielt und da es ihm mithin an dem notdürftigsten Unterhalte zu mangeln begann, wenn er nicht auch noch seine geringe, ihm überbliebene Habe veräußern wollte, so ging ihm allmählich doch die unangenehme Einsicht auf, daß er sehr unbedachtsam gehandelt habe und besser getan haben würde, nach Alcalà zu kommen, um zu dienen, anstatt um zu gebieten. Mit bitterer Reue im Herzen ging er oftmals an die Ufer des Henares hinaus, unter Seufzern und Klagen da zu lustwandeln, und entwarf und verwarf bei sich allerlei Pläne und Anschläge, wie er sich wohl aus seiner Verlegenheit heraushelfen möge. Da suchte ihn aber eines Tages während eines solchen Spazierganges einer seiner Freunde eiligst auf und warnte ihn, ja nicht wieder in die Stadt zurückzukehren, sondern in der nächsten Nacht zu flüchten oder sich an einem sicheren Orte zu verbergen, denn seine Gläubiger hätten ihre Sache den Händen der Gerechtigkeit übergeben, und der Pedell wäre nicht allein schon ausgezogen, ihn zu fangen, sondern auch bereits auf seiner Spur, weil er, als er ihn nicht zu Hause angetroffen, erfahren habe, daß er im freien Felde sei. Der arme Don Pablo fühlte seine bedrängte Lage auf das schmerzlichste und entsetzte sich besonders über die drückende Vorstellung, nunmehr in den Karzer wandern zu müssen, gleichwie seine ganze Armut aufgedeckt und zum Gespötte seiner Feinde werden zu sehen.

In dieser Stimmung schied er von dem Studenten, der ihm einen so guten Dienst geleistet hatte, und zog sich tiefer unter die Pappeln und Ulmen zurück, die die Ufer des Flusses beschatteten, bis er zu einer Stelle kam, wo diese Bäume ein dichtes Wäldchen bildeten.

Da er sich nun aber auch hier noch nicht sicher genug glaubte, so stieg er mitten drinnen auf eine mit Laub und Ästen reich bewachsene Pappel, auf der er nur der schärfsten Aufmerksamkeit hätte sichtbar werden können, und erwartete daselbst, in Schwermut und ängstliche Einbildungen versunken, den Anbruch der Nacht, um sich alsdann von seinem Baume herabzulassen und so weit von Alcalà zu fliehen, daß man dort nie wieder etwas von ihm höre. Es lastete ihm freilich schwer auf der Seele, seine Gläubiger also ohne alle Bezahlung lassen zu müssen, und er beweinte innerlich seine Torheit, indem er zu Gott betete, ihn in Zukunft auf dem Pfade der Vernunft und Klugheit anzuführen.

Derweil der bekümmerte Pablo in der Höhe sich auf diese Weise noch mit sich selbst und seiner üblen Lage beschäftigte, hörte er mit einemmal Schritte nahen und entdeckte, mit Vorsicht hinunterschauend, einen ihm wohlbekannten, angesehenen Bürger aus Alcalà, namens Rosino. Dieser Mann war in seiner Jugend arm gewesen, dann aber plötzlich emporgekommen und so reich geworden, daß er seine Tóchter an einen gelehrten Mann hatte verheiraten können und auch seine beiden Söhne, die ihm Gott gegeben, gut untergebracht haben würde, wenn sie nur hätten einschlagen wollen. Sie hatten sich dagegen leider beide auf die üble Seite gelegt und sich angelassen, das schöne Besitztum, welches ihr Vater in dem Laufe seines langen Lebens mit Fleiß und saurer Mühe erworben hatte, auf das leichtsinnigste zu vergeuden, wodurch denn der kluge und verständige Alte zu der Erkenntnis gelangt war, wenn es so fortginge, würde er wohl noch auf seine letzten Lebenstage Hunger und Kummer erdulden müssen. Dieses Unglück war für ihn noch dadurch vergrößert worden, daß er seine Frau durch den Tod verloren und nunmehr keinen Menschen mehr im Hause hatte, auf den er sich verlassen und dem er auch nur einen einzigen Real ruhig anvertrauen konnte, weil seine ausschweifenden, verschwenderischen Söhne ihm Türen und Schlösser aufbrachen oder die Schlüssel entwendeten und nachmachen ließen und seine Tochter und sein Schwiegersohn mit ihren Kindern, wenn sie ihn ja zuweilen besuchten, nicht sowohl zu ihm kamen, um ihn zu sehen, als vielmehr, um ihm, sowie er nur die Augen abwendete, was sie irgend konnten, wegzunehmen. So mußte er denn beständig auf der Hut sein und lebte wie unter Feinden, und wie er darum eben noch die runde Summe von tausend Escudos in Gold besaß, die er willens war, für den Notfall zurückzulegen und außer dem Bereiche seiner Söhne und seines Eidams zu verbergen, so kam er gegenwärtig in dieser Absicht aus Alcalà dahergewandert und trug sein Geld in einem leinenen Sacke bei sich, den er vorsichtigerweise in einen dazu gefertigten, der Erhaltung des Geldes wegen gewichsten und ausgeschmierten Beutel von Katzenfell gesteckt hatte. In die buschigste Mitte dieses Lustwäldchens gelangt, da wo der Torote in den Henares fließt und der Student Pablo auf seinem Baume sich geborgen hatte, blickte er nach allen Seiten umher, ob auch keine Leute in der Nähe seien, und zog, als er sich allein sah, ein Weidmesser hervor, mit dem er sehr geschickt vier bis fünf Stücke Rasen vom Boden abhob, der mit dem grünen, an baumreichen Flußufern wachsenden Brillenkraute bedeckt war. Er höhlte darauf ein ansehnliches Loch aus, legte seinen Schatz darein und sprach, als er es zuscharrte: «O verhüte Gott, daß dieses Geld in schlechte Hände falle; du weißt, Herr, zu welchem guten Ende ich es hier vergrabe, damit ich in meinem Alter und in meiner mir bevorstehenden Armut nicht vor anderer Türen betteln gehen muß und mir doch eine Messe lesen lassen kann, wann ich sterbe und wann von meinen ungeratenen Kindern gewiß kein einziges für mich sorgt.» Nach diesen Worten trat er den Boden wieder fest und belegte ihn auch wieder sorgfältig mit dem Rasen, so daß die aufgegrabene Stelle im mindesten nicht bemerkbar blieb. Auf daß er aber dereinst, wenn ihm vielleicht Zeit und Kummer sein Gedächtnis geschwächt hätten, seinen Notpfennig desto sicherer wiederfinde, grub er mit seinem Messer in die Pappel, worauf Pablo saß und worunter er das Geld verborgen hatte, mit großen Buchstaben das Wort *hier* ein und ging sodann beruhigten Gemütes nach der Stadt in seine Wohnung zurück.

Der arme Don Pablo, der alles dies mit angesehen hatte, ließ Rosino von dannen gehen und verhielt sich auf seiner Pappel ganz still und ruhig, bis es völlig Nacht geworden war. Im Vertrauen auf die tiefe Finsternis kletterte er dann herab, tastete nach der Stelle, wo er dafürhielt, daß das Geld vergraben sein müsse, und war auch so glücklich, alsbald auf den ausgeschnittenen Rasen zu treffen. Er grub den

Beutel mit leichter Mühe augenblicklich wieder aus, öffnete ihn im beseligenden Gefühle seines Glückes und warf sich damit zur Erde nieder, wo er beim klaren Lichte des eben aufgehenden Mondes den goldenen Inhalt überzählte und fünfhundert Dublonen in seinem Besitz fand. Allerdings gesinnt, diesen Schatz an seinen Eigentümer zurückzuerstatten, sobald er es jemals imstande sein werde, stand er doch nicht im mindesten an, sich die Taschen und seine zwar wohlriechende, aber leere Börse mit den blanken Goldstücken anzufüllen; den leinenen und den ledernen Sack warf er in das Loch hinein, das er zuschüttete und ebenso genau wieder mit dem Rasen bedeckte, wie es vorher bedeckt gewesen war. Er zog dann ein kleines Messer hervor, das er in einer Scheide bei sich trug, und schnitt als Fortsetzung des Wortes, womit der geplünderte Rosino den verhängnisvollen Baum bezeichnet hatte, in dessen glatte Rinde die folgenden Verse ein:

Hierher *kam, der nicht kommen sah*
den andren, der schon vor ihm nah
saß auf dem hohen Baume da
und der zwar nimmt, was er gebracht,
doch des Bezahlens bleibt bedacht,
wenn je das Glück ihm wieder lacht.

In diesen Beschäftigungen hatte Pablo ein gutes Teil der Nacht hingebracht, und als er damit zu

Ende war und sich überzeugt hatte, von niemand gesehen worden zu sein, lächelte die Morgenröte eben den neugebornen Tag an und schien zu gleicher Zeit den getäuschten Greis auszulachen, indem sie sich mit dem glücklichen Pablo freute. Dieser überlegte bereits ernstlich mit sich selbst, was er vernünftigsterweise mit seinem neuen Reichtum anzufangen habe, und ging währenddessen auf der Straße, die von Madrid nach Alcalà führt, eilig nach der Stadt zurück. Durch das Tor wieder eingetreten, schritt er gerade auf seine Wohnung zu und erschreckte mit seinem Anblicke daselbst auf das äußerste seine Freunde, die schon zu hoffen gewagt hatten, er werde durch die Flucht den Händen der Gerichte und dem Tode im Kerker entgangen sein, aus dem er sich, wie sie versichert waren, wegen seiner schlimmen Händel nimmermehr würde wieder befreien können, und die ihn nun so frei und unbefangen mußten in ihre Mitte treten sehen. Mit lachendem Mute sie in seine Arme schließend, sprach er zu ihnen: «Ihr müßt wissen, liebe Freunde, daß ich nicht ganz so arm bin, als wofür ihr mich gehalten habt. Wie würde ich mich denn auch sonst so tief in Schulden gesteckt haben, die ich nicht hätte bezahlen können! Ich besitze in meiner Heimat Vermögen genug, um den Aufwand zu bestreiten, den ich in Alcalà mache; aber die Nachlässigkeit meiner Verwalter hatte mich in augenblickliche Verlegenheit gebracht. Wie ich ihnen nun gegenwärtig, wo ich von meinen Gläubigern selbst gedrängt wurde, hart zusetzte und androhte, sie gerichtlich auspfänden und festnehmen zu lassen, wenn sie nicht ihre Verschuldungen gegen mich abtrügen, so entschlossen sie sich endlich, in der Besorgnis, die Gerichtskosten möchten sie höher zu stehen kommen als das ganze Kapital, mir nicht allein zweihundertfünfzig Escudos, als wieviel sie mir für dieses Jahr Zins schuldig sind, zu übersenden, sondern mir auch schon meine Gelder für das nächste Jahr vorauszubezahlen. Sie fertigten mir die ganze Summe durch einen Boten nach Madrid zu und von da nach Alcalà, und indem ich nun gestern eben nach Madrid gehen wollte, um sie von dort aus mit neuen Mahnungen zu bestürmen, gefiel es dem Himmel, mich in der Schenke von Viveros heute nacht mit dem Boten und seinem Gelde zusammentreffen zu lassen. Ihr seht also, daß ich Gerichte und Karzer keinesweges zu fürchten brauche, denn da der Mann einen Teil meines Geldes in Gold bei sich hatte, so habe ich ihm dies schon abgenommen, weil er so sehr ermüdet war, daß er heute erst spät zur Stadt kommen kann, und weil ich es nicht über mich gewinnen mochte, meine Angelegenheiten so lange in Verwirrung zu lassen. Dahier sind fünfzig Dublonen: was ich schuldig bin, beträgt zusammen etwa eintausend Realen; lauft also, ich bitte euch, zu meinen Gläubigern in der Stadt umher und holt sie mit ihren Rechnungen zu mir. Wenn ich gleich die ganze Nacht nicht geschlafen habe, so will ich doch nicht eher wieder ein Auge schließen, als bis sie samt und sonders befriedigt sind.» Er zeigte ihnen bei diesen Worten die geringe Summe, die er ihnen angegeben hatte, vor, damit der Anblick der größeren ihnen keinen Verdacht gegen ihn erwecke, und schenkte ihnen eine Dublone, mit der sie sich gütlich tun und belustigen möchten.

Seine Freunde, die Studenten, fanden ebenso wenig wie seine ehemaligen Diener in seiner Aussage den mindesten Widerspruch, denn es war darin alles zusammenhängend und begreiflich, und sie hatten ihn in Alcalà jederzeit einen gewissen Aufwand machen sehen, ohne daß sie wissen konnten, ob er vorher in seiner Heimat arm gewesen sei.

Es beeilte sich also ein jeder von ihnen, die Leute, denen Pablo etwas schuldete, aus der Stadt zusammenzuholen, und es kam einer wie der andere auf das bereitwilligste herbei, um eine außenstehende Schuld einzuziehen, auf deren Bezahlung er noch vor wenigen Stunden wohl nicht eben sicher gerechnet haben mochte.

Als hierauf Pablo seine Sachen vollständig geordnet hatte, ermangelte er nicht mehr, sich einzuschränken, fleißig zu studieren und alle ungehörigen Ausgaben sowie jede prahlerische Verschwendung einzustellen. Er wendete auf diese Weise die nächstfolgenden sechs Jahre seines Lebens und seiner Jugendzeit so wohl an und ging mit den ihm übriggebliebenen neunhundert Escudos so haushälterisch um, daß diese an und für sich vollkommen zu seinem Unterhalte derweil ausreichten und sein Fleiß ihm endlich die Erlaubnis verdiente, über das Dekret Graciáns öffentliche Vorlesungen zu halten, in deren Folge er sehr bald zu Freunden und zu Gönnern sowie zu großem Ansehen und zu Wohlhabenheit kam. Er widmete sich späterhin der ausübenden Rechtsgelehrsamkeit und heiratete die Tochter eines der begütertsten Einwohner von Alcalà.

Als nun Don Pablo sah, daß sein irdisches Glück gemacht und fest begründet war, so ging er in sich und erinnerte sich des Schatzes des alten Mannes, dem er nicht allein, wie ihm sein Gewissen sagte, dessen Zurückerstattung selbst, sondern auch eine besondere Dankbarkeit für die Wohltaten schuldig sei, die ihm jene Hilfe in der Not allmählich zuwege gebracht hatte. Noch bemüht, über den armen Rosino und sein Schicksal Erkundigungen einzuziehen, sah er ihn auf der Straße von Haus zu Haus betteln gehen. So weit hatte ihn denn schon seine Notdurft geführt. Einer seiner Söhne war, wie Don Pablo in Erfahrung brachte, gestorben, und der andere, immer tiefer in Ausschweifungen versinkend, am Ende in das Gefängnis geworfen worden, wo man ihn zweier Mordtaten und noch anderer Verbrechen bezichtigt und deswegen verurteilt hatte, den Tod am Galgen zu erleiden.

Wie sich also der arme Rosino durch diese Unglücksfälle in die äußerste Armut versetzt fand, weil sein Schwiegersohn und seine Tochter ihn darum verlassen und sich nach Sevilla gewendet hatten, von seinen Söhnen aber ihm auch nicht der Nagel an der Wand mehr übriggelassen worden war, so hatte er zwar eingesehen, daß es jetzt wohl an der Zeit sei, seine Zuflucht zu dem vergrabenen Schatze zu nehmen – man denke sich aber, mit welchen Gefühlen, anstatt des Geldes, jene in den Baum geschnittenen Verse gefunden! In bittere Klagen über sein Schicksal ausbrechend und nunmehr auch seines letzten irdischen Trostes beraubt, stellte er seine Zuversicht auf die Wohltätigkeit guter Menschen und lebte von dem, was sie ihm um Gottes willen gaben, indem er fortwährend in seinen Gebeten Gott anflehte, denjenigen, der ihm sein Geld genommen habe, zu segnen, damit er ihm, wie er in den Versen versprochen, sein Eigentum zurückerstatten möge. Sobald Don Pablo den Greis in diesem Zustande wahrgenommen hatte, trat er eines Tages auf ihn zu und fragte ihn, um ebensowohl mit Vorsicht als der Christenpflicht gemäß seinen Verbindlichkeiten gegen ihn Genüge zu leisten, was ihn in solche Dürftigkeit versetzt habe. Rosino trug ihm sein Unglück mit wenigen Worten vor, und Don Pablo bat ihn darauf, ihn nach seiner Wohnung zu begleiten, indem er zu ihm sagte: Dieweil ihm Gott keine Kinder gegeben habe, so wolle er, daß die Armen seine Erben würden. – Er kleidete ihn, räumte ihm in seiner

Wohnung ein besonderes Zimmer zu seinem Aufenthalte ein und sorgte für seinen täglichen Unterhalt. Desgleichen übernahm er die Verteidigung seines Sohnes, der im Kerker schmachtete, und angesehen, daß dessen Schuld doch keinesweges so klar erwiesen oder die peinliche Untersuchung gegen ihn so durchaus erschöpft war, daß man nicht mit gutem Gewissen noch einmal seine Lossprechung hätte betreiben können, so brachte er es durch seine Geschicklichkeit und seinen Eifer dahin, daß das über ihn gefällte Todesurteil in Landesverweisung und in eine gewisse Geldbuße gemildert wurde, welche letztere Don Pablo sich verbindlich machte, durch Almosen für ihn einzusammeln, wiewohl er sie in der Tat aus seinem eigenen Beutel bezahlte. Rosinos Sohn wurde aus seiner Haft entlassen und ging in die Verbannung, wo er sich, der Ausschweifungen seiner Jugend müde, wie einer, dem das Messer schon an der Kehle gestanden hatte und der also durch Schaden klug geworden, aufs Arbeiten verlegte. Seiner Bekehrung und Besserung sich darauf bei seiner Rückkehr wohl versehend, verheiratete Don Pablo ihn mit einer seiner Dienerinnen und trug nunmehr durch die Aussteuer, die er ihr mitgab, seine Schuld gegen den armen Rosino vollständig ab, nachdem er, wie gesagt, durch den Unterhalt des Vaters und die Unterstützungen, welche er dem Sohne bis dahin geleistet, das Kapital der tausend Escudos mit allen Zinsen, die etwa dazuzurechnen gewesen wären, schon zum größten Teile zurückerstattet hatte. Sich damit nichtsdestoweniger noch nicht begnügend, überließ er in seiner Dankbarkeit dem jungen Ehepaare und dem alten Manne ein kleines Häuschen, das zu dem seinigen gehörte, zur Wohnung und hörte nimmermehr auf, diese Familie zu schützen und zu begünstigen. Bemerkenswert war es, daß Don Pablo, sooft ihm auch der alte Rosino seinen Unfall mit dem vergrabenen Schatz erzählte, in seiner weisen Bedachtsamkeit doch niemals eine Miene dabei verzog oder auch nur das leiseste Zeichen oder Wort von sich gab, wodurch er hätte verraten können, daß er der Finder des Geldes gewesen sei.

RAMÓN DE MESONERO ROMANOS

EINE NACHTWACHE

I

Ich nehme an, daß alle meine Leser wissen, wie man eine Nacht in einem fröhlichen Salon durchwachen kann, in buntbewegter, lärmender Gesellschaft die Freuden des Karnevals auskostend. Ich möchte ferner annehmen, daß alle oder doch die meisten von ihnen das Vergnügen kennen, sich mit einer hübschen Partnerin zu unterhalten, während eine Musikkapelle spielt im Glanze strahlender Lichter, umgeben vom Lachen und Lärmen verschiedener Menschengruppen, die hin- und herwogen, sich begegnen, sich trennen und wieder vereinen.

Weiter möchte ich vermuten: ist dieser Ball zu Ende, und die schicksalsschwere Stunde der Entzauberung hat geschlagen, es einem jeden der Gäste passieren könnte, daß er, Feuer im Herzen, den Kopf voll herrlichster Träume, sich ganz auf seine Phantasie konzentriert; die äußere Umwelt völlig vergessend, er nicht darauf achtete, wie feucht seine Stirn geworden, wie seine Poren sich erweitert hatten, wie ungestüm seine Lungen arbeiteten. Er war allzusehr damit beschäftigt, eine weiße Hand zu halten, einem Jemand in den Wagen zu helfen. Dann muß er vielleicht lange in einem zugigen Gang warten, bis er im Gedränge an seinen Mantel gelangt. Er hatte nicht darauf geachtet, wie der Schweiß auf seiner Stirne erkaltete, seine Stimme heiser wurde, wie Brust und Kopf von Minute zu Minute mehr schmerzten und brannten.

Höchst wahrscheinlich fühlt dieser Mensch, zu Hause angekommen, sich von angenehmen Fieberschauern geschüttelt, die zur Abwechslung verschönt werden durch einen trockenen Husten, durch Hämmern in den Schläfen und ein gewisses Zunehmen der Schwerkraft in der oberen Hälfte seiner Körpermaschinerie, die es kaum mehr fertigbrachte, ihn auf den Füßen zu halten.

Ich stelle mir vor, daß unserm Freund jetzt der erste Verdacht aufsteigt, er könne krank sein, müsse mindestens auf einen kräftigen Schnupfen gefaßt sein. Er legt sich also ins Bett, wo ihn unfreiwilliges Zittern und Kältewellen packen, denen unerträgliche Hitze folgt. Er tröstet sich mit dem Gedanken, er werde durch ein Glas Limonade oder durch eine wohltuende Schwitzkur nach Ablauf der Nacht gesund genug sein, um den eben erlebten Abend nochmals zu wiederholen. Ich fürchte allerdings, diese Hoffnung wird vereitelt. Denn weder Schweissausbruch noch Ruhe genügen, um die verlorene Gesundheit wiederherzustellen. Da er sich stündlich schlechter fühlt, läßt unser Freund seinen Arzt rufen. Der hält ihm zunächst eine sinnvolle Predigt über die Unvernunft und verordnet ihm dann, das Bett zu hüten, auf jegliche Nahrung zu verzichten und alle möglichen abführenden Tränklein zu sich zu nehmen. Dazwischen solle man ihm immer wieder Umschläge auf den Leib machen. Das Ganze sei noch vergnüglicher zu gestalten durch das Ansetzen von Blutegeln an Stellen, die man anstandshalber nicht nennen darf. Das alles sind nämlich die hauptsächlichen Heilmittel, die der Kodex der modernen medizinischen Wissenschaft enthält, und es sind scheinbar Universalmittel für alle bekannten Leiden.

Schön, so weit also haben wir unsere Vermutungen ausgesponnen. Nun möchte ich, daß meine Leser sich denjenigen, dem all das geschilderte Ungemach zustieß, als den jungen Grafen von Tremedal vorstellen, einen Mann, der durch seine vornehme Abstammung, seinen persönlichen Charme, seine unerschöpfliche Phantasie brillierte und auf dem Gebiet amouröser Eroberungen einen gewissen Ruf genoß, der nicht unwesentlich zu seinem großartigen gesellschaftlichen Aufstieg beigetragen hatte. Diese gewiß beneidenswerten und vielbeneideten Eigenschaften waren ihm aber jetzt zu gar nichts nütze, da er zwischen sinnlosen und drückenden Kompressen und Verbänden gefangen lag, nicht anders als der kläglichste Stammgast eines Hospitals. Jedoch bestanden einige Unterschiede wenigstens in der äußeren Lage unseres Grafen, wenn auch sein Inneres in diesen Augenblicken die völlige Gleichheit mit jenen Menschen enthüllte, mit denen zu vergleichen er sich nicht herabgelassen hätte.

Er befand sich ja in seinem eigenen Hause, mehr oder minder sorgsam betreut in erster Linie von seiner Gemahlin, einer jungen, schönen und eleganten Frau von vierundzwanzig Lenzen, die, wenn sie auch nicht gerade an Artemis erinnerte, so doch an die leidenschaftlichen Heldinnen bei Balzac.

In der Reihenfolge der beim Krankenbett Wachenden kam jetzt ein naher Freund, der oft als Vermittler bei der häuslichen Eintracht wirkte, ein höfischer Militär, Helfershelfer bei den Liebesabenteuern des Ehemannes. Seine Aufgabe war es, die Untreue und eheliche Kühle zu verschleiern, den Abwesenden zu vertreten in der Theaterloge, in den Salons oder beim Ausreiten. So war er eine Art von Depot für das wechselseitige Vertrauen beider Eheleute, kurz, ein Stück Hausrat wie der Papagei oder der englische Windhund, unentbehrlich wie diese in einem vornehmen, modischen Hause.

Im zweiten Range des von mir gezeichneten Bildes fällt eine unverheiratete Schwester des Grafen auf, die, nach unseren weisen, verehrungswürdigen Gesetzen, dazu bestimmt war, ehrbar dahinzuvegetieren, da sie, obwohl von den gleichen Eltern und ihrem Bruder an Blut und natürlichen Rechten nicht nachstehend, den seltsamen Einfall gehabt hatte, als

Mädchen geboren zu werden. Zu dieser Ungerechtigkeit des Gesetzes gesellte sich die Ungerechtigkeit der Natur, die ihr jeglichen schmeichelhaften Beistand verweigert hatte. Man kann sich ungefähr vorstellen, wie die grausame Lage dieser Jungfrau war, die zweiunddreißig Jahre vergeblich verwartet hatte und außerdem noch recht talentiert war, eine zweifelhafte Beigabe für eine, die unglücklich und nachgeboren ist. Als einziges Gegengewicht für so viel Unerfreuliches durfte sie jedoch in ihrer Brust die nicht allzu moralische, gesetzlich aber hinreichend gerechtfertigte Hoffnung hegen, eines Tages – da der Graf keine Kinder besaß – doch noch eine angesehene Rolle in der Gesellschaft spielen zu können.

Außerdem umgaben das Krankenbett einige Verwandte und nahe Freunde des Hauses. Eine alte Tante, die Witwe irgendeines Beraters und Beamten des königlichen Haushaltes, ein wandelndes Archiv der Familienglorie, ein in Moschus einbalsamierter Leichnam, eine bewegliche Wachspuppe, die Verkörperung der alten kastilischen Aristokratie und des Zeremoniells der höfischen Etikette.

Dann waren da noch der Kammerdiener und Geheimsekretär des Herrn Grafen, sein Vertrauter und Günstling, der alle unmittelbar seinen Herrn betreffenden Dinge besorgte, einige Freundinnen der Gräfin und ihrer Schwägerin, lustige, mutwillige Mädchen und immer zur Koketterie geneigt, ein uralter Hausverwalter, der aussah, als habe man ihn lebendigen Leibes seziert, die personifizierte Bruchrechnung mit einer blonden Perücke, die wie Gold schimmerte, Hosen, eng wie die Börse eines Krämers, einem Überrock aus Sackleinwand, doppelt geknoteter Krawatte, einem Stock mit schlüsselförmigem Knauf, federnden Schnallenschuhen, einem Petschaft an der Uhrkette und einer Uhr ohne Uhrwerk, die viel versprach und nichts hielt, kurz, jemand, der den vollkommenen Ausdruck und die wahrhaftige Formulierung all seiner Ideen darstellte, ja ein kurzgefaßter Auszug einer langen Hausverwalterlaufbahn.

Den Rest der Gesellschaft bildete die eine oder andere elegante Dame, die von Zeit zu Zeit erschien, sich nach dem Gesundheitszustand ihres Freundes, des jungen Grafen, zu erkundigen, oder eine geschwätzige, sich in alles einmischende Nachbarin, die immer gerade zur rechten Stunde kam, um ein Wundermittel zu empfehlen, ein Fläschchen mit Kräuteressenz abzugeben oder in ihrer Zerstreutheit ein Gefäß mit Blutegeln zu entkorken.

Das ganze Bild wurde noch bunter gestaltet durch die entsprechende Ansammlung von Ärzten und Chirurgen, Praktikanten und andern Hilfskräften, von Dienstboten, Pförtnern, Lakaien, Kindern, alten Frauen und ähnlichem.

Ach, einen habe ich vergessen! Da hinten, in der verborgensten Ecke des Schlafgemaches, stand ein

Mann wie jemand, der ein paar Schritte von einem Bilde zurücktritt, um die Lichteffekte besser betrachten zu können – ernst, traurig, nachdenklich, kaum teilnehmend an der allgemeinen Betätigung und doch seine Gefühle mühsam mäßigend. Er mußte, wie man leicht merken konnte, ein alter, aufrichtiger Freund der Familie sein, dem der Vater des jungen Grafen auf seinem Sterbebette vielleicht den Sohn anempfohlen hatte. Er liebte den jungen Mann zärtlich, doch der hatte sich recht oft über die freimütigen, uneigennützigen Ratschläge des anderen geärgert. In seiner augenblicklichen Lage aber neigte sich der arme Kranke naturgemäß wieder dem alten Freunde zu, und es geschah nicht selten, daß sein getrübter Blick über alle Umstehenden irrte und dann an dieser geheimnisvollen Gestalt haften blieb, die seinen Blick erwiderte, und beide regelrecht stumme Zwiesprache miteinander hielten.

II

Ärztekonzilium

Nach wissenschaftlicher Berechnung war es der siebente Tag oder, besser gesagt, die siebente Nacht der Erkrankung des Grafen. Sein Zustand hatte sich so weit verschlimmert, daß ein tödlicher Ausgang der Krankheit befürchtet werden mußte. Der Hausarzt hatte seine gebräuchlichen Heilmittel alle angewendet und entschloß sich, voll Furcht vor der schweren Verantwortung, die allein auf ihm lastete, sie mit andern Kollegen zu teilen, die, wenn es nicht anders sein sollte, wenigstens bezeugen konnten, daß der Kranke nach allen Regeln der Arztkunst gestorben sei. Daher schlug er ein Ärztekonzilium für den gleichen Abend vor. Die Bescheidenheit des Antragstellers bewundernd, wurde die Anregung von allen Anwesenden mit Beifall aufgenommen und sofort in die Tat umgesetzt.

Der Älteste aus der Fakultät hatte die Zusammenkunft auf acht Uhr abends angesetzt. So erschienen im Abstand von wenigen Minuten vor dem Haustor des Grafen ein Jagdwagen, eine Droschke, ein Kabriolett und eine Gig, alles Nachkommen der alten Familie der Kalesche. In ihrer Verschiedenheit vertraten sie würdig den Fortschritt in der Entwicklung der Beleuchtung, der Schnelligkeit in unserm eiligen Zeitalter.

Aus der ersten dieser vier Equipagen – sie war auch die altmodischste – entstieg mit beträchtlicher Mühe ein alter vierschrötiger Mann, ein gewichtiger Arzt, dessen Ansehen über die wissenschaftlichen Fachkreise hinausragte. Sein Gesicht war frisch und rosig, den Jahren und den vielen Studien zum Trotz. Ein ungeheurer Bauch war kaum in die Kleidung zu zwängen, die altmodisch, fast symbolhaft wirkte, den Überlieferungen des 18. Jahrhunderts getreu. Er trug einen Spazierstock aus dreigeteiltem indischem Rohr mit einem Knauf aus massivem, glänzendem Gold und eine Mütze aus schwerer toledianischer Seide, die kaum die Spitzen der geschorenen fettigen Perücke sehen ließ.

Der nächste aus der Droschke war eine schwere, ernste Erscheinung, nicht zu fett und nicht zu mager, nicht zu altmodisch und nicht zu modern, nicht zu kahl, aber auch nicht mit zu vielen Haaren, mit einem anatomischen Blick, die Stirn voller Zweifel und Gedanken, ohne sonst ein äußeres Zeichen seiner hohen Kunst.

Das Kabriolett, dem man ansah, daß es gemietet worden war, entließ ein kleines, dreistes Männchen, quecksilbrig in seinen Bewegungen und kaum zum Schweigen zu bringen, unordentlich in seiner äußeren Erscheinung, die Weste nicht zugeknöpft, das Hemd halb offen und die Krawatte in den Nacken verrutscht. Handschuhe trug es nicht, um fünf verschiedenartige Ringe zur Geltung zu bringen. In der Hand hielt es einen Stock, mit dem es das Pferdchen angetrieben hatte, das offenkundig nicht das seine war. Kaum vor dem Hause angelangt, sprang es eilend vom Wagen, rannte, drei Stufen auf einmal nehmend, die Treppe hinan.

Dem vierten Fuhrwerk endlich, der Gig, entstieg ein eleganter, stutzerhaft gekleideter Jüngling, dessen einstudiertes Gehabe, seine feinen Handschuhe, die blütenweißen Manschetten, der gutgeschnittene Gehrock, das saubere, gepflegte Aussehen, kurz, dessen ganze Person den welterfahrenen, gebildeten und empfindsamen Arzt verrieten. Sein jugendliches Gesicht, überraschend ernst für sein Alter, drückte den Wunsch aus, sich über diese seine Jugend hinwegzusetzen und wissenschaftlichen Ernst und Grübelei vorzutäuschen. Das stimmte aber keineswegs zusammen mit der kompliziert geknoteten Krawatte. Sein tiefer, in sich gekehrter Blick ließ jedoch eine Seele vermuten, die der wissenschaftlichen Forschung zugewandt war und sich für eine ruhmreiche Zukunft begeisterte.

Die erste Begrüßung war vorüber, und der älteste Arzt als Leiter der Gruppe hatte die üblichen Fragen beantwortet. Die fünf Gelehrten zogen sich nun in ein Kabinett zurück, um über die Möglichkeiten zur Heilung nachzudenken.

Von diesem menschenfreundlichen Wunsche beseelt, ließen sie als erste Handlung Zigarrentaschen und Tabakbeutel herumgehen, bis jeder das harmonische Behagen verspürte, das eine echte Havannazigarre, eine kräftige Prise aromatischen Schnupftabaks auslöst.

Die erste Viertelstunde widmete man, wie es natürlich ist, der Erörterung verschiedener Fragen, die alle sehr interessant und passend waren. Nämlich, wie hart der Winter sei, wie häufig die Erkrankungen und welch vielgeplagtes Dasein daher ein jeder von ihnen führe. Der eine versicherte, er habe bis zu diesem Augenblicke schon vierzehn Opfer den Klauen des Todes entrissen. Der andere erzählte mit ernster Miene, er habe letzte Nacht höchst gefahrvoll entbunden. Ein dritter wischte sich den Schweiß von der Stirn bei der Wiederholung einer Rede, die er gerade in einer Versammlung gehalten habe, und der vierte trieb die Kollegen zur Eile an, da er noch vier weitere Visiten zu machen habe.

Nachdem sie sich über diese Punkte geeinigt hatten, suchten sie Übereinstimmung auf anderen Gebieten: über ihre Pferde und elenden Wagen. Sie belebten das Gespräch durch Erzählungen von ihren Käufen, ihren Tauschgeschäften und geldlichen Vergleichen und dem interessanten Kostenvoranschlag ihrer zukünftigen Ausgaben. Darauf wandte sich die Unterhaltung der üblichen Klage über die Geldknappheit unserer Zeit zu, welch schlechte Honorare die Patienten zahlten, die man wieder gesund gemacht, und wie gering die Dankbarkeit derjenigen, die starben. Jetzt ergriff der ernst aussehende Doktor das Wort. Er sprach von den Wahlen, analysierte weitschweifend die letzten Nachrichten über das Heer, worauf die übrigen vom Wechsel im Ministerium und dem Ergebnis der letzten Interpellation antworteten.

Nachdem man lang und breit diese Randgebiete der medizinischen Wissenschaft erörtert hatte, empfand man zweifellos, daß es nun Zeit sei, sich eingehender dem eigenen Fache zuzuwenden. Man diskutierte über die Ursachen der Krankheiten als solche, wobei man einige dem Magen zuordnete, andere dem Kopf, wieder andere der Leber und einige sogar den Fußknöcheln. Das war nun die gegebene Gelegenheit, um das Lieblingssystem eines jeden zu verteidigen. Der alte Herr erklärte sich als getreuer Anhänger der altmodischen Lehren und der kräftigenden Methode von John Brown. Ihm erwiderte der Ernsthafte mit einer umfassenden Darstellung des physiologischen Systems, der fieberdämpfenden Behandlung und der Diät von Broussais. Der Kleine antwortete mit einer ganzen Ladung von Scherzen und Unsinnigkeiten über alle vergangenen und zukünftigen Methoden. Er behauptete, für ihn sei die Medizin eine Art Wahrsagerei, eine Tochter des Zufalls und der Erfahrung, und nur empirisch könne man heilen, weshalb er ein festes System nicht anerkenne. Wenn man aber absolut nach einem System verfahren müsse, so erscheine ihm keines besser als das des M. Le-Roy, der so lebhaft und entschlossen vorgehe. Ein leichtes Lächeln der Verachtung zuckte über die Lippen des eleganten Arztes. Es genügte, um erkennen zu lassen, wie sehr er sich über seine Kollegen erhaben fühle. Man merkte das genau, auch wenn er nicht im gleichen Augenblick das Wort ergriffen haben würde. Er bewies mit wissenschaftlicher Genauigkeit die Irrtümer aller bisher genannten Systeme und pries die Philosophie einer neuen Entdeckung, der er als ein junger Arzt anhing, nämlich der Homöopathie des Dr. Hahnemann.

Der Alte unterbrach ihn mit schallendem Gelächter, und der Kleine gab verschiedene ironische Epigramme zum besten über das System, Krankheiten durch ihresgleichen heilen zu wollen, und fragte, ob er, wie Talleyrand einmal gesagt habe, das gesunde Bein abschneide, um dadurch das kranke zu heilen. Mit diesen und anderen Albernheiten reizte er den Zorn des Homöopathen und ließ eine gewaltige Zornesrede gegen die Quacksalber los, die – wie er sich ausdrückte – die vornehme Wissenschaft des Äskulap entehrten. Hierauf fing der Anhänger Broussais' an, seine Heilmethoden zu empfehlen, und der greise Jünger von Galen bemühte sich, dem unhöflich werdenden Gespräch eine andere Wendung zu geben. In diesem Moment beging einer der Besucher beim Krankenbett, wahrscheinlich der mürrische Unbekannte, den wir früher schon erwähnten, die Unhöflichkeit, vorsichtig die Glastür zu öffnen und die Herren darauf hinzuweisen, daß es dem armen Kranken von Minute zu Minute schlechter gehe; er fragte, ob sie sich auf irgend etwas geeinigt hätten, was man inzwischen dem Kranken geben könne, bis der endgültige Bescheid des Viererrates zu erwarten sei. Die Ärzte waren über ein so ungewöhnliches Ansinnen einigermaßen betroffen. Nach einigem Nachdenken halfen sie sich aus der Verlegenheit und erklärten, man solle dem Kranken sagen, er müsse etwas Geduld mit dem Sterben haben, denn sie seien ja gerade dabei, ihn zu retten. Und währenddessen bäten sie, ihm ihre aufrichtigsten Wünsche für seine baldige Genesung und ihrer aller lebhafteste Sympathie zu übermitteln.

Der Eindringling zog sich zurück, um dem Kranken diese tröstliche Antwort mitzuteilen.

Nachdem man die Probleme der Diagnose und der Prognose hinreichend erörtert hatte, kamen die Ärzte endlich dazu, sich mit der heilenden Kur selbst zu beschäftigen. Jeder der vier blieb seiner Methode treu: Der Brownist empfahl ein kraftstärkendes Rezept aus zweiunddreißig Bestandteilen. Davon sollte dem Patienten alle achtundvierzig Stunden ein Aufguß eingeflößt werden. Der Tod möge die Güte haben, so lange zu warten, da das Rezept nur in der Apotheke in der X-Straße zusammengestellt werden könne. – Der Schüler von Broussais behauptete, mit Hilfe von sechs Dutzend Blutegeln und vier Aderlässen könne man die Krankheit bekämpfen, und es sei nicht zu verachten, von Zeit zu Zeit einen Schluck Zuckerwasser zu verabreichen, um die Kräfte des Patienten zu stärken.

Der Homöopath stellte die Anwendung des Zwanzigmillionstel eines in anderthalb Krügen Rheinwassers aufgelösten Sandkornes zur Diskussion, womit man in einem Krankenhause in Mecklenburg-Strelitz ganz hervorragende Heilerfolge erzielt habe.

Der Empiriker schließlich schlug vor, der Kranke solle aufstehen, einen Spaziergang machen und nur alle zwei Stunden vierzehn Löffel von dem schnellwirkenden, Brechreiz und Durchfall hervorrufenden Mittel des M. Le-Roy einnehmen.

Ich überlasse es meinen Lesern, sich auszumalen, welchen Eindruck diese Vorschläge jeweils auf die andern drei Doktoren machte.

Plötzlich fiel ihnen ein, daß sie sich schon lange über die Zeit beratschlagt hatten, daß tausend andere Kranke der Hilfe ihrer Wissenschaft bedürften. Sie einigten sich also schnell darauf, daß es am besten sei, jeder behandle seine eigenen Patienten nach seiner Methode. Das solle also der Hausarzt auch tun. Pro forma verschrieben sie einige neue Senfpflaster, irgendein Abführmittel und meinten einstimmig, es wäre der Situation angemessen, wenn der Kranke seine Papiere ordne, da er möglicherweise bald in eine andere Welt übersiedeln werde. All das sagten sie mit sentimentaler Miene dem häßlichen, schon erwähnten Herrn, und nachdem sie ihn ihres tiefsten Vertrauens in den behandelnden Arzt versichert hatten, empfingen sie aus der Hand des Hausverwalters acht Goldstücke und begaben sich zufrieden von dannen, um ihren schweren Beruf weiter auszuüben.

III

Das Testament

Dies würde eine bedeutungsvolle Nacht der Entscheidung werden. Und fast alle Besucher, die in einem früheren Abschnitt aufgezählt wurden, boten sich an, bei dem Kranken zu wachen. Man erkannte einstimmig den gestrengen Unbekannten als Oberhaupt dieser Nachtwache an. Der traf sofort seine Anordnungen und wies jedem seinen Platz in dieser traurigen Szene an. Er untersuchte genau die improvisierte Hausapotheke, die sich harmonisch auf den Tischen und Nachttischchen ausbreitete. Die verschiedenen Flaschen, Becher und Tüten beschriftete er ordentlich mit den dazugehörigen Etiketten. Er zog die Uhr auf, die er alle paar Minuten zu Rate zog, und verfaßte ein regelrechtes Programm vom gegenwärtigen Augenblicke an bis zum Sonnenaufgang.

Die alte Tante schickte einen Lakaien nach ihrem Umhang und dem geweihten Heiligenbilde und zog aus ihrer Tasche einen mit Medaillons geschmückten Rosenkranz und ein prächtig gebundenes Gebetbuch.

Die Jugend beider Geschlechter, angeführt von dem charmanten Offizier, versuchte die junge Gräfin und ihre Schwägerin zu zerstreuen. Sie verzogen sich zu diesem Zweck in ein abgelegenes Gemach.

Um die langen Stunden der Nacht zu verkürzen und den Schlaf zu bannen, arrangierte man eine bescheidene Partie Ecarté.

Der Hausverwalter und der Kammerdiener, begleitet von dem Haufen der übrigen Dienerschaft, blieben auf Anordnung des Organisators dieser Nacht im Krankenzimmer, um sich in der Wache gegenseitig abzulösen.

Alles war in diesen vorbildlich getroffenen Anordnungen vorgesehen. Jeder wußte auf die Minute genau die Reihenfolge seiner Verpflichtungen, und in der ersten Stunde verlief alles mit der Genauigkeit und Übereinstimmung von Rädern und Zylindern einer Maschine, unter dem Antrieb der sie bewegenden Kraft.

Die Alte betete ihre Litaneien und legte dem Kranken Reliquien und Heiligenbilder auf den Mund. Der Hausverwalter empfing aus den Händen der andern Dienstboten die Medizinen und reichte sie dem Kammerdiener weiter, der sie dem Patienten verabreichte. Einer bettete den kranken Grafen um. Ein anderer schüttelte ihm die Kissen und legte die Senfpflaster auf. Der Unbekannte überwachte das Ganze, eilte hin und her, damit es an nichts fehle.

Inzwischen verdoppelte der Marsjünger im Gartenzimmer seine Bemühungen, die Damen zu zerstreuen. Er rieb die Schläfen der Gräfin mit wohlriechenden Essenzen, legte den Arm stützend unter die Sofakissen und manchmal auch unter den Kopf, der auf diesen Kissen ruhte. Unter dem edlen Vorwande, einem nervösen Zusammenbruch vorbeugen zu wollen, preßte er die beiden Hände der Gräfin kraftvoll in den seinen.

Plötzlich umfängt eine tiefe Ohnmacht den Kranken. Stimmen und Klingeln werden laut, und die Spielenden im Gartenzimmer, die Schwätzer im Saale, die Diener, die auf improvisierten Matratzenbetten schlafen, geraten alle in Aufregung und stürzen ins Schlafzimmer. Der Kranke, von dem guten Freunde gestützt, liegt matt und kraftlos da. Die Umstehenden rufen durcheinander:

«Den Arzt! Holt den Arzt! Den Beichtvater! Den Notar ...»

Jemand zieht ein Fläschchen mit Riechsalz hervor und steckt es dem Patienten fast in die Nase. Ein anderer eilt eifrig mit Büscheln brennenden Wergs herbei und will es an seine Schläfen halten. Ein dritter reibt ihm den Puls mit balsamischem Wasser aus Mekka und mit Venusschaum, den er im Nachttisch der Gräfin gefunden hatte. Wieder ein anderer rennt in die Küche nach Essig und stürzt herbei, um dem Kranken das Gesicht mit einer fertigen Salatsauce zu frottieren. Die ganze Zeit über kreischten die Frauen:

«Der Ärmste, er ist tot!»

Die Männer gebieten Schweigen. Die Alte betet mit lauter Stimme in einem Latein, das selbst der heilige Hieronymus nicht verstanden hätte. Die

Gräfin wird ohnmächtig und sinkt der Länge nach auf ein weiches Sofa.

Die Verwirrung wächst. Die einen lassen vom Grafen ab und kümmern sich um die Gräfin. Deren schrille Schreie wecken schließlich den Grafen aus seiner Ohnmacht. Er öffnet die tief in die Höhlen eingesunkenen Augen, schaut um sich und sieht sich von ängstlichen Menschen umringt, die ihn betrachten, als käme er aus einer anderen Welt. Er fühlt sich schon mit jenem respektvollen Schweigen umgeben, mit dem man vor einem Leichnam zu stehen pflegt.

Weit im Hintergrund, von der unheimlichen Gruppe fast verdeckt, zeigt sich jetzt ein Mann von düsterem, melancholischem Aussehen, dem Vorläufer des Todes gleichend, einem modernen Türhüter der Pforten zur Ewigkeit. Der Hausverwalter hatte diese unheilverkündende Persönlichkeit vorsichtig in das Schlafzimmer geleitet und sprach jetzt leise auf sie ein, nachdem er der Gräfin ein paar Worte ins Ohr geflüstert, vor der Schwester des Grafen drei tiefe Verbeugungen gemacht hatte.

Ob aus Klugheit oder sonst die Gelegenheit als Vorwand nehmend, räumten alle das Schlafgemach mit Ausnahme des Organisators der Nachtwache, des Hausverwalters und seines geheimnisvollen Gefährten.

«Hier sehen Herr Graf unsern hochgeschätzten Sekretär, Don Gestas de Uñate, der sich nach Höchst

Dero Gesundheit erkundigen und zugleich in Erfahrung bringen möchte, ob er Herrn Grafen in irgendeiner Weise beistehen könne.»

«O mein Gott», rief der Graf aus, «der Notar! Muß ich also unweigerlich sterben?»

«Wer redet denn davon, Herr Graf?» fiel der Notar rasch ein. «Ich komme nur als gehorsamster Diener, um mich Herrn Grafens Anordnungen zur Verfügung zu stellen und meine bescheidenen Dienste anzubieten. Damit soll nicht besagt sein, daß Herr Graf schlecht getan hätte, schon früher an mein Amt zu denken. Schließlich sind wir alle sterblich, und wenn der Mensch seine Angelegenheiten geregelt hat ...» Der strenge Hüter am Bette des Grafen verhielt sich während dieser kurzen Szene völlig schweigsam, als sei er von der Kühnheit des Hausverwalters überrascht und als habe ihn derselbe furchtbare Gedanke, den der Graf ausgesprochen, erst jetzt durchdrungen. Aber er mußte einsehen, daß dieser eigenmächtige Schritt des Hausverwalters vielleicht mehr Klugheit als Dreistigkeit bewies, wenn man bedachte, in welcher Verfassung sich der Graf befand. Deshalb versuchte nun auch der Freund, seinen ganzen Einfluß auf den Grafen geltend zu machen, damit dieser sich der furchtbaren Pflicht unterzöge.

Der Graf säumte nicht länger, dem Rat des Freundes in solch kritischer Lage zu folgen. Er gab durch Zeichen seine Resignation zu verstehen und befahl dem Hausverwalter, ein bestimmtes Schreibtischfach zu öffnen, in dem sich in einem verschlossenen Umschlag sein Letzter Wille befände, den er mit den notwendigen Klauseln formal gültig machen und unterschreiben wolle.

«Aber um Gottes willen», fügte er hinzu, «daß niemand meine Geheimnisse erfährt, ehe ich tot bin. Dieser Freund», und damit wandte er sich an den Namenlosen, «der Hausverwalter und mein Kammerdiener sollen die einzigen Zeugen sein, und ich verlange, daß meinen Befehlen Folge geleistet wird ...»

IV

Die Erbfolge

Jene drei Verbeugungen, die der Notar und der Hausverwalter vor der Schwester des Grafen gemacht hatten, verwandelten die Szenerie in dem abgelegenen Gartenzimmer völlig. Die liebenswürdigen Schwätzer, die sich dort wieder einfanden, waren um einige Illusionen ärmer durch diese letzte drohende Gebärde des Todes. Man begann also im Ernst an die Möglichkeit zu glauben und die Folgen für das gräfliche Haus zu bedenken. Ohne allzu großen Aufwand an neuen Ohnmachten fing die künftige Witwe an, eine wirkliche Unruhe zu zeigen, während sich wie durch elektrische Funken diese leichten Anfälle auf die Schwester des Grafen übertrugen. Die eben erwähnten höflichen Verbeugungen öffneten ihr nämlich die Aussicht auf eine glänzende Zukunft.

Wie das zu erwarten war, richtete sich nun die Fürsorge aller Anwesenden auf die ohnmächtige Schwester. Die Grimassen ihres häßlichen und stark verzerrten Gesichtes mußten allerdings den kühnsten und furchtlosesten Mann in Schrecken versetzen, besonders da die tiefe und echte Trauer auf dem schönen Antlitz der jungen Gräfin einen erstaunlichen Kontrast dazu bildete. Doch diese sah sich plötzlich allein, in Folge einer der wunderlichen Regellosigkeiten, so häufig in dieser betrügerischen Welt. Denn alle drängten sich nun hilfsbereit um die vermutliche Erbin!

O Gesetze! O Sitten!

All diesen eifrigen Dienern voran der junge militärische Günstling der Gräfin! Noch vor kurzem schien niemand anders als nur sie allein für ihn zu existieren. Nun aber vergaß er ihre Reize, schloß seine Augen vor der traurigen Erscheinung der Schwägerin, stürzte herbei, ihr behilflich zu sein, sie zu trösten, kniete vor ihr nieder, drückte ihre Hand und zeigte deutlich die tiefe Verzweiflung seines romantischen Gemütes ... Die vermutliche Erbin, ohne Zweifel beeindruckt von diesem heftigen Ausbruch eines ihr noch nie erwiesenen Gefühls, unterbrach für ein paar Augenblicke ihren schrecklichen Anfall, hob die geschlossenen Lider, richtete ihre tiefliegenden Augen auf den liebenswürdigen Helfer, und mit einer unbeschreiblichen Geste, die wie eine Karikatur des Schmerzes wirkte, erwiderte sie ächzend seinen Seufzer und überließ ihre Hand den Lippen des jugendlichen Siegers. Der hob die Stirn im Zeichen seiner bevorstehenden Verklärung und ließ seine Blicke mit einem verachtungsvollen Lächeln um den Mund über die Umstehenden schweifen. Als er aber in die schönen Augen der zukünftigen Witwe sah, mußte er die seinen in Zweifel und Verwirrung senken.

Just in dem Augenblick öffnete sich die Tür des Zimmers. Herein traten der Notar, der Hausverwalter und der Kammerdiener, angeführt von dem unbekannten Freunde. Dieser, kaum Herr seiner Bewegung werdend, verkündete den Anwesenden, daß sein Freund, der Graf, nicht mehr unter den Lebenden weile ...

Alle drängen sich um die vermeintliche Erbin ...

Der Notar verliest das Testament, und das Bühnenbild ändert sich erneut ...

In seinem Letzten Willen erklärt der Graf, er habe einen natürlichen Sohn, entsprossen aus einem der vielen Liebesabenteuer vor seiner Ehe. Er bitte seine Gemahlin um Vergebung wegen dieses Geheimnisses und vertraue ihr die Vormundschaft und Erziehung seines rechtmäßigen Erben an. Seine

Schwester aber muß sich weiterhin mit einem Seitenast am Stammbaum der Familie begnügen ...

Hoffnungen und phantastische Pläne entstanden, verdichteten sich und entschwanden wie Rauch. Das Morgenlicht erhellte allmählich den Raum und offenbarte die Enttäuschung auf den Gesichtern. Freunde und Diener scharten sich wieder um die verwitwete Gräfin, die Erzieherin und Herrin. Jeder bemühte sich, sie seiner nie unterbrochenen Anhänglichkeit zu versichern und ihr die schmeichelhaftesten Vorschläge zu unterbreiten. Das gestrenge Oberhaupt der Nachtwache machte aber nochmals seinen Einfluß geltend und riet der Gräfin das einzige, was man ihr im Augenblick raten konnte: nämlich sich zurückzuziehen und auszuruhen. Das tat sie denn auch, und mit ihr verschwanden alle Besucher.

Als der unbekannte Freund allein zurückgeblieben war, setzte er sich an einen Schreibtisch, griff nach der Feder und schrieb lange Zeit. Er begann seine Niederschrift mit dem Titel «Eine Nachtwache» und unterzeichnete sie mit den Worten «Der neugierige Schwätzer!»

JUAN VALERA

DER GRÜNE VOGEL

I

Lange, lange vor unserer Zeit lebte einmal ein mächtiger König, heiß geliebt von seinen Untertanen. Er regierte ein fruchtbares, ausgedehntes und dichtbevölkertes Reich im fernen Orient. Ungeheuere Schätze waren sein eigen. Er veranstaltete die glänzendsten Feste an seinem Hofe, und die liebenswürdigsten Damen, die klügsten und tapfersten Ritter, die es damals auf Erden gab, warteten ihm auf. Kriegsgewohnt war sein starkes Heer, und seine Flotte kreuzte, von Triumphen gelenkt, auf den Meeren. Die Parks, die Gärten, in denen der König sich erging oder jagte, waren berühmt wegen ihrer Ausdehnung und der seltenen Pflanzen, wegen des vielen kleinen Raubzeugs und der Vogelscharen, die dort gehegt wurden.

Was aber sollen wir erst von seinen Palästen und ihrer Pracht erzählen? Es übersteigt alle preisenden Worte. Da gab es die schönsten Möbel, Throne aus Gold und Silber, Gefäße aus Porzellan, das damals noch nicht so allgemein gebräuchlich war wie heutzutage. Es gab Zwerge, Riesen, allerlei Spaßmacher, Mißgeburten, die zur Belustigung und Unterhaltung Seiner Majestät dienten. Da gab es Köche und raffinierte Kuchenbäcker und nicht minder raffinierte Philosophen und Rechtsberater, die seinem Geiste Nahrung verschafften, mit Rat dem König zur Seite standen, spitzfindige Rechtsfragen entschieden, den Verstand durch allerlei Rätsel schärften und übten und in gewaltigen Heldenliedern den Ruhm des Fürstenhauses erhöhten.

Die Untertanen nannten ihren König mit Recht «den Glücklichen». Unter seinem Zepter wandte sich alles zum Guten. Sein Leben bildete eine Kette von glücklichen Ereignissen, deren Glanz nur vom dunklen Schatten des Schmerzes über den frühen Tod der Königin getrübt war, einer trefflichen und schönen Frau, die Seine Majestät von ganzem Herzen geliebt hatte. Man kann sich seine Klagen und Selbstvorwürfe vorstellen, denn aus übergroßer Zärtlichkeit war er selbst zur unschuldigen Ursache ihres Todes geworden.

Die Chroniken dieses Landes berichten, daß der König, so leidenschaftlich er sich auch einen Erben wünschte, schon sieben Jahre kinderlos verheiratet gewesen, als ein Krieg mit einem Nachbarlande ausbrach. Der König zog mit den Truppen aus. Vorher verabschiedete er sich zärtlich und liebevoll von der Königin. Die umarmte ihn und flüsterte ihm ins Ohr: «Sage es niemandem, damit die Leute nicht lachen, wenn meine Erwartungen sich nicht erfüllen. Ich glaube, daß ich guter Hoffnung bin!»

Die Freude des Königs über diese Neuigkeit kannte keine Grenzen. Und da dem alles zum Guten ausschlägt, der heiteren Sinnes ist, so triumphierte er über seine Feinde, tötete mit eigener Hand drei oder vier Könige, die ihm – wir wissen nicht mehr welches – Übel zugefügt hatten, zerstörte Städte, machte Gefangene und kehrte ruhm- und beutebeladen in die schöne Hauptstadt seines Reiches zurück.

Einige Monate waren mit dem Kriege vergangen. Und so geschah es, daß, während der König mit großer Pracht unter dem Jubel und Beifall des Volkes mit Glockengeläut seinen Einzug in die Stadt hielt, die Königin in den Wehen lag. Leicht und ohne Schwierigkeiten schenkte sie einem Kinde das Leben, trotz des Lärmes und der Aufregung und obschon es ihr erstes Kind war.

Wie übergroß war die Freude Seiner Majestät, als der erste Geburtshelfer des Reiches ihm beim Eintreten in die königlichen Privatgemächer eine wunderschöne Prinzessin zeigte, die eben das Licht der Welt erblickt hatte. Der König küßte seine Tochter und begab sich, Liebe und Genugtuung im Herzen, in das Schlafzimmer der Königin. Die ruhte in ihrem Bette so rosig, so frisch und lieblich wie eine Mairose.

«Mein allerliebstes Weib», rief der König aus und schloß sie in seine Arme.

Aber der König war so stark, der Ausbruch seiner Zärtlichkeit so leidenschaftlich, daß er, ohne es natürlich zu wollen, die Königin in seinen Armen erdrückte. Wie furchtbar waren seine Schmerzensschreie, seine Verzweiflung, seine Selbstvorwürfe und tausend andere Proben seines Leides.

Aber damit erweckte er die Königin nicht wieder zum Leben. Auch im Tode war sie schön wie eine Göttin. Ein Lächeln unaussprechlichen Entzückens schwebte um ihre Lippen. Gewiß war ihre Seele entflohen, eingehüllt in einem Seufzer der Liebe und stolz darauf, solche Zärtlichkeit erwecken zu können, die eine so leidenschaftliche Umarmung auslöste. Welche liebende Frau beneidet diese Königin nicht um ihr Schicksal?

Der König bewies seine große Liebe nicht nur zu Lebzeiten der Königin, sondern auch nach ihrem Tode. Er legte ein Gelübde ewiger Witwerschaft und Keuschheit ab und hielt es auch. Den Dichtern befahl er, ein Trauerlied zu verfassen, das noch heute in jenem Königreich als die kostbarste Perle der Literatur gilt. Drei Jahre lang währte die Hoftrauer. Ein Grabmal ward der Königin errichtet, von dem das berühmte Weltwunder in Halikarnasos nur eine dürftige Nachahmung war.

Aber, wie das Sprichwort sagt, kein Leid dauert hundert Jahre. Nach einigen Jahren schwand die Trauer des Königs dahin, und er hielt sich wieder für so glücklich, ja für noch glücklicher als zuvor. Die Königin war ihm im Traum erschienen und hatte ihm erzählt, sie sei Gottes Anblick teilhaftig geworden. Die kleine Prinzessin wuchs heran und entwickelte sich zu aller Freude.

Mit fünfzehn Jahren bezauberte die Königstochter durch ihre Schönheit, ihre Bildung, ihre außerordentlich feinen Sitten alle, die sie sahen und hörten. Der König erklärte sie als seine Thronerbin und wünschte sie bald zu verheiraten.

Mehr als fünfhundert königliche Abgesandte, auf Zebras reitend, verließen gleichzeitig die Hauptstadt mit Einladungen an mehr als fünfhundert Fürstenhöfe. Alle Prinzen möchten kommen und sich um die Hand der Prinzessin bewerben, die den, der ihr am besten gefiele, auswählen werde.

Der Ruhm ihrer außergewöhnlichen Schönheit hatte sich bereits über die Erde verbreitet. Sobald die Boten an den verschiedenen Höfen anlangten, gab es keinen Prinzen, er mochte noch so häßlich und unbedeutend sein, der sich nicht alsogleich entschlossen hätte, in die Residenz des «glücklichen Königs» zu reisen und in Wettkämpfen, Turnieren und geistreichen Debatten die Gunst der Prinzessin zu erlangen. Ein jeder bat seinen königlichen Vater um Waffen, Pferde und seinen Segen, vor allem aber um Geld, damit er sich an der Spitze eines glänzenden Gefolges auf den Weg machen könne.

Wer hätte es nicht sehen mögen, wie all diese hohen Herren beim Wohnsitz der kleinen Prinzessin ankamen! Was für Feste veranstaltete man damals in den königlichen Palästen! Welch komplizierte

Rätsel trug man der Prinzessin vor, um den eigenen Scharfsinn zu beweisen! Wunderbare Verse wurden geschrieben. Und erst die Serenaden, die die Prinzen sangen, die Bogen- und Faustkämpfe, die Wettrennen mit Wagen und zu Pferde! Jeder trachtete danach, den anderen zu besiegen, um das Herz der begehrten Braut zu erobern.

Aber diese, ganz im Gegensatz zu ihrer sonstigen Bescheidenheit, ihrem klugen Sinn, fühlte einen unüberwindlichen Widerwillen, eine nicht zu besiegende Gleichgültigkeit gegen all die Prinzen und zeigte ihnen so deutlich, wie wenig sie sich aus ihnen mache, daß diese sich höchst bedrückt fühlten. Ihre Klugheit erschien der Prinzessin töricht. Für Eitelkeit oder Gier nach ihrem Gelde hielt sie die ihr bezeigte Liebe. Kaum ließ sie sich herab, den Ritterspielen zuzuschauen, die Serenaden anzuhören oder den Liebesgedichten ein anmutiges Lächeln zu schenken. Die wertvollen Geschenke, die diese Bewerber aus ihrer Heimat mitgebracht hatten, häuften sich im Winkel einer Rumpelkammer des weiträumigen Palastes.

Eisige Abwehr bezeigte die Prinzessin all ihren Verehrern. Nur einem, dem Sohn des Tartarenkhans, war es gelungen, ihrer Gleichgültigkeit zu entrinnen. Aber nur, um ihren Haß zu erregen. Dieser Prinz war von ungewöhnlicher Häßlichkeit. Schräg seine Augen, stark hervorspringend die Wangenknochen und das Kinn. Kraus und verfilzt sein Haar, klein und gedrungen der Körper. Allerdings besaß er gewaltige Kräfte und einen unruhigen, spöttischen und hochfahrenden Geist. Keiner, nicht der harmloseste Mensch, entging seinem Spott. Seine besondere Zielscheibe war der Außenminister des «glücklichen Königs». Der verbarg hinter seiner gravitätischen Amtsmiene eine geringe Intelligenz. Dazu hatte er eine erbärmliche Art, sich im Sanskrit auszudrücken, der damaligen Sprache der Diplomaten untereinander, und forderte so immer wieder den Hohn und das Gelächter des Tataren heraus.

So standen die Dinge, und die Feste bei Hofe wurden täglich glanzvoller.

Die Prinzen aber verloren die Lust, wo sie so wenig Hoffnung sahen. Der «glückliche König» erzürnte sich, weil seine Tochter keine Entscheidung treffen wollte. Die Prinzessin zeigte aber weiter nur allzu deutlich, daß ihr alle Freier gleichgültig waren, außer dem Tatarenprinzen, der sich für sein abschreckendes Äußeres und für den offen zur Schau getragenen Haß der Prinzessin mit Zinseszinsen am berühmten Minister des königlichen Vaters rächte.

II

An einem schönen Frühlingsmorgen saß die Prinzessin in ihrem Ankleidezimmer. Ihre Lieblingszofe kämmte ihr das lange, feine Goldhaar. Die Türen eines zum Garten blickenden Balkons standen offen, um den erfrischenden Windhauch und mit ihm den Duft der Blumen einzulassen. Die Prinzessin schien in trüben Gedanken versunken und richtete nicht ein einziges Wort an ihre Vertraute.

Diese hatte gerade ein Band in der Hand, das sie um den goldenen Scheitel ihrer Herrin winden wollte, als plötzlich vom Balkon her ein wunderbar schöner Vogel hereinflog. Seine Federn schienen mit Smaragden besetzt zu sein, und so anmutig schlug er die Flügel, daß Herrin und Dienerin sich über alle Maßen entzückten. Der Vogel stürzte sich blitzschnell auf die Zofe, entriß ihren Händen das Band und flog davon.

Es ging alles so schnell, daß die Prinzessin kaum Zeit gehabt hatte, den Vogel richtig zu betrachten. Aber seine Kühnheit und Schönheit machten einen außerordentlichen Eindruck auf sie.

Einige Tage später führte die Prinzessin zusammen mit ihren Hofdamen einen Tanz vor den prinzlichen Gästen auf. Alle hatten sich in den Gärten eingefunden und sahen der Prinzessin bewundernd zu. Plötzlich merkte diese, daß sich ihr ein Strumpfband gelöst hatte. Sie stahl sich aus dem Reigen und schlüpfte, eine Entschuldigung murmelnd, in ein nahes Gebüsch, um das Band wieder zu befestigen. Schon hatte Ihre Hoheit das wohlgeformte Bein enthüllt, den weißen Seidenstrumpf hochgezogen und war gerade im Begriff, das Band, das sie in der Hand hielt, darum zu schlingen, als sie einen raschen Flügelschlag vernahm und den grünen Vogel auf sich zukommen sah. Der entriß ihr mit seinem elfenbeinernen Schnabel das Band und verschwand. Die Prinzessin stieß einen Schrei aus und fiel ohnmächtig zu Boden.

Die Freier und der König eilten herbei. Die ersten Worte, die die Prinzessin sprach, als sie wieder zu sich gekommen, waren:

«Man soll mir den grünen Vogel suchen ... ich muß ihn lebendig haben! Man darf ihn nicht töten ... ich will den grünen Vogel lebend besitzen!»

Aber vergeblich suchten ihn die Prinzen. Entgegen dem Befehl der Prinzessin, den grünen Vogel auf keinen Fall zu töten, ließen sie ihre Falken und andere Jagdvögel, ja sogar auf die Jagd abgerichtete Adler los. Doch umsonst! Weder lebend noch tot fand man den grünen Vogel. Daß man ihr den Wunsch, diesen Vogel zu besitzen, nicht zu erfüllen vermochte, quälte die Prinzessin und vermehrte ihre schlechte Laune. Schlaflos verbrachte sie die Nacht, und es war noch der beste Gedanke, den sie über die Freier hegte, daß sie nämlich allesamt nicht einen Heller wert seien.

Bei Tagesanbruch erhob sie sich, und im leichten Morgengewande, ungeschnürt und ohne Reifrock, war sie wunderschön und noch anziehender als sonst in solchem Negligé. Aber bleich und mit Schatten unter den Augen! Sie begab sich mit ihrer Vertrauten zu dem dichtbewaldeten Teil des Parkes, hinter dem Palaste, wo sich das Grabmal ihrer Mutter befand. Dort verweilte sie weinend und ihr Schicksal beklagend:

«Ach, Mutter, was nützen mir all meine Reichtümer, die ich nur verachte, was alle Prinzen der Welt, wenn ich sie nicht liebe? Was habe ich von meinem Königreich, wenn du nicht bei mir bist? Was soll mir mein Schmuck, die Juwelen, wenn ich den grünen Vogel nicht besitzen kann?»

Bei diesen Worten nestelte sie an ihrem Kleid und zog aus dem Busen ein schön verziertes Medaillon hervor, in dem sie eine Locke ihrer Mutter verwahrte. Aber kaum hatte sie es geküßt, als schneller denn je zuvor der grüne Vogel herbeischwirrte, mit seinem elfenbeinernen Schnabel gegen die Lippen der Prinzessin pickte und ihr das Medaillon entriß. Viele Jahre hatte dies an ihrem Herzen geruht und nie diesen verborgenen und begehrten Platz verlassen! Ebenso geschwind wie gekommen, verschwand der Räuber und verlor sich in den Wolken.

Dieses Mal wurde die Prinzessin nicht ohnmächtig. Dunkle Röte schoß ihr in die Wangen, und sie sprach zu ihrer Dienerin:

«Sieh nur meine Lippen an! Dieser unverschämte Vogel muß sie mir verwundet haben. Sie brennen so!»

Das Mädchen betrachtete die Lippen, konnte aber keinen Biß entdecken. Zweifellos aber mußte der Vogel ein Gift darauf zurückgelassen haben. Der Verräter ließ sich zwar nicht mehr blicken, aber der Gesundheitszustand der Prinzessin verschlechterte sich rasch. Sie erkrankte gefährlich. Ein unerklärliches Fieber zehrte an ihr. Sie sprach kaum noch etwas anderes als:

«Man soll ihn nicht töten ... lebendig will ich ihn haben ... ich will ihn besitzen ...!»

Die Ärzte waren sich darüber einig: Die einzige Medizin, die der Prinzessin würde helfen können, sei der grüne Vogel. Aber wo ihn finden? Vergeblich suchten ihn die geschicktesten Jäger. Vergeblich setzte man eine hohe Belohnung für ihn aus.

Der «glückliche König» berief einen Rat aller Weisen ein und drohte mit seiner königlichen Ungnade, wenn sie nicht herausfänden, wer der grüne Vogel sei, wo er lebe, da der Gedanke an ihn die Prinzessin so quäle.

Vierzig Tage und vierzig Nächte blieben die Gelehrten versammelt. Sie hörten nicht auf zu grübeln und diskutierten. Kaum gönnten sie sich wenige Minuten der Ruhe, kaum wagten sie zu essen. Höchst weise und tiefgründig waren ihre Reden. Aber sie fanden nichts über den grünen Vogel heraus.

«Herr, Herr», sagten sie schließlich zum König, warfen sich demütig ihm zu Füßen und neigten ihre Denkerstirnen. «Herr, wir sind Toren, erhänge uns alle. Unser Wissen ist Lüge. Wir wissen nicht, wer der grüne Vogel ist. Wir wagen nur zu vermuten, daß er vielleicht der Vogel Phönix aus Arabien ist.»

«Erhebet euch», erwiderte der König mit bemerkenswerter Großmut. «Ich vergebe euch, und ich danke euch für den Hinweis auf den Vogel Phönix. Unverzüglich werden sich sieben von euch mit reichen Geschenken zu der Königin von Saba begeben, und ich werde euch mit allem ausstatten, was man braucht, um Vögel lebendig zu fangen. Der Phönix muß sein Nest im Lande der Königin von Saba haben, und von dort werdet ihr ihn mir bringen, wenn ihr nicht wollt, daß mein königlicher Zorn euch strafe. Der wird euch erreichen, auch wenn ihr euch im tiefsten Inneren der Erde verstecktet.»

Und sieben der sprachkundigsten Weisen begaben sich nach Arabien, unter ihnen der Außenminister, was den Tatarenprinzen zu neuen Spötteleien veranlaßte.

Dieser Prinz sandte seinerseits Briefe an seinen Vater und fragte ihn um seine Meinung über den grünen Vogel. Der Khan war nämlich der berühmteste Zauberer jener Zeit.

Die Prinzessin war nach wie vor sehr krank und weinte so viel, daß sie täglich mehr als fünfzig Taschentücher mit ihren Tränen durchnäßte. Die Palastwäscherinnen waren dadurch außerordentlich beschäftigt. Damals hatten nämlich nicht einmal die Allervornehmsten eine solche Menge an Wäsche, wie es heute üblich ist, und so mußten ununterbrochen die Dirnen unten am Flusse waschen.

III

Eine dieser Wäscherinnen, die, wie man heute sagen würde, ein besonders knuspriger Backfisch war, kehrte eines Tages bei Sonnenuntergang vom Flusse zurück, wo sie die tränenfeuchten Tücher der Prinzessin gewaschen hatte.

Auf dem Wege, noch weit vom Stadttor entfernt, fühlte sie sich so ermüdet, daß sie unter einem Baume Rast machte. Sie zog aus der Tasche eine Orange, wollte sie gerade schälen und verzehren, als sie ihren Händen entfiel und mit großer Geschwindigkeit den Abhang hinabzurollen begann. Das Mädchen lief der Apfelsine nach. Aber je mehr die Kleine rannte, um so rascher rollte die Frucht, ohne einen Augenblick innezuhalten. Dem Mädchen gelang es nie, sie einzuholen, obwohl sie sie nicht aus den Augen verlor. Des Laufens müde, stand das arme Mädchen einige Male still und überlegte, ob es die Verfolgung nicht aufgeben solle. Obwohl nicht sehr welterfahren, schien ihm doch diese wettlaufende Orange nicht ganz geheuer. Aber jedesmal, wenn das Mädchen stehenblieb, ruhte auch die Orange, als sei sie nun endlich zum Stillstand gekommen und fordere ihre Besitzerin auf, sie nun zu greifen. Dem Mädchen gelang es auch wiederholt, die Frucht mit der Hand zu berühren, aber dann entglitt sie ihm wieder und rollte weiter.

Die kleine Wäscherin war so mit dieser unglaublichen Jagd beschäftigt, daß sie erst gar nicht bemerkte, wie sie durch einen dichten Wald lief, und daß die Nacht hereingebrochen war. Als sie die Apfelsine kaum noch erkennen konnte, begann sie sich zu fürchten und brach in verzweifeltes Weinen aus. Die Dunkelheit nahm rasch zu, und sie vermochte den Weg zurück nicht mehr zu finden.

Sie stolperte also aufs Geratewohl ein paar Schritte weiter, verzweifelt und halb tot vor Hunger und Erschöpfung. Da sah sie in nicht allzu großer Entfernung plötzlich funkelnde Lichter. Die, meinte das Mädchen, zeigten die Nähe einer Stadt an. Es dankte Gott und ging stracks auf das neue Ziel los. Wie groß aber war sein Erstaunen, als es bald, ohne den dichten Wald verlassen zu haben, vor den Toren eines prächtigen Schlosses stand. Das schien ihm aus purem Golde gebaut zu sein, so funkelte es. Der herrliche Palast des «glücklichen Königs» war dagegen nur eine armselige Hütte. Kein Wächter, kein Pförtner, keine Diener wehrten ihm den Eintritt, und die Kleine, die gar nicht dumm war, packte die Neugierde. Außerdem suchte sie ja nach einem Dach für die Nacht, nach etwas zu essen. Und so trat sie keck über die Schwelle, stieg eine breite, vornehme Treppe aus poliertem Jaspis hinan, durcheilte so prächtige und herrliche Gemächer, wie man es kaum beschreiben kann. Jedoch erblickte sie nirgends eine Menschenseele. Dabei waren all die Räume strahlend erleuchtet durch tausend goldene Lampen, deren duftende Öle liebliche Wohlgerüche verströmten. Kein Wunder, daß die kostbaren Gegenstände ringsum, von Reichtum und erlesenem Geschmack zeugend, die kleine Wäscherin, die nicht viel davon verstand, in höchstes Staunen versetzten. Selbst die Königin Viktoria in Person wäre entzückt gewesen und hätte das englische Kunsthandwerk für minderwertig erachtet und gewiß den Erfindern und Herstellern dieser Herrlichkeiten alle möglichen Patente und Orden verliehen.

Die Wäscherin bewunderte diese Dinge, wie sie es verstand, und näherte sich so allmählich einem Orte, von wo ihr die köstlichen Düfte aller denkbaren Speisen berückend entgegenschlugen. Sie war in der Küche angelangt. Aber weder ein Küchenchef noch Unterköche, weder Küchenjunge noch Mägde waren da. Alles ebenso verlassen und menschenleer wie überall in den Räumen des Palastes! Feuer brannte jedoch in den Herden, unter den Backröhren, den Bratöfen, und in zahlreichen Pfannen, Töpfen und sonstigen Gefäßen brodelte es. Unsere Abenteuerin lüftete den Deckel eines Topfes und entdeckte Aale, die dort kochten. Sie schaute in einen anderen Topf und fand den Kopf eines Wildschweines, gefüllt mit Fasanenbrüsten und Trüffeln. Kurz, es gab die delikatesten Speisen, die man auf der Tafel von Königen, Kaisern und Päpsten servieren mochte. Einige Gerichte schienen die der kaiserlichen, päpstlichen und königlichen Küchen so weit zu übertreffen, daß man schier zu glauben vermeinte, dort habe man nur Bohnensuppe und kalte Brotsuppe zustande gebracht.

Was sie sah und roch, regte die Kleine so an, daß sie sich mit einem Tranchiermesser bewaffnete und sich entschlossen an den Wildschweinkopf heranmachte. Kaum aber hatte sie sich dem Topf genähert, schlug ihr jemand auf die Hände. Der so gehandelt hatte, mußte sehr kräftig sein, war jedoch nirgends zu sehen. Und die kleine Wäscherin hörte eine Stimme, so nahe, daß sie die Bewegung der Luft und den warmen, lebendigen Hauch der Worte verspürte: «Halt! Das ist für meinen Herrn, den Prinzen!»

Erschrocken wandte das Mädchen seine Aufmerksamkeit einigen Lachsforellen zu, die sie für eine weniger prinzliche Speise hielt, und hoffte, man würde ihr diese nicht verweigern. Aber die unsichtbare Hand züchtigte erneut ihre Kühnheit, und die geheimnisvolle Stimme wiederholte: «Halt! Das ist für meinen Herrn, den Prinzen!»

Die kleine Wäscherin versuchte ihr Glück bei einem dritten, vierten und fünften Gericht. Immer aber geschah ihr das gleiche. Schwer fiel es ihr, den Gedanken ans Essen ganz aufzugeben. Doch es blieb ihr nichts anderes übrig, als erbittert die Küche zu verlassen.

Erneut wanderte sie durch die Gemächer; über allen lag die gleiche geheimnisvolle Einsamkeit. Nur das tiefste Schweigen schien in ihnen zu wohnen.

Schließlich kam die kleine Wäscherin in ein entzückend eingerichtetes Schlafzimmer. Umschlossen von Alabastergefäßen, verbreiteten zwei oder drei Kerzen ein gedämpftes, sinnliches Licht, das einlud zu Ruhe und Schlummer. Ein so bequemes und weiches Bett stand da, daß unser todmüdes Waschmädchen der Versuchung nicht widerstehen konnte, sich darauf niederzulegen und sich auszuruhen. Es wollte gerade sein Vorhaben in die Tat umsetzen, als den Körperteil, mit dem es sich aufs Bett setzte, ein Schmerz durchfuhr, als habe eine grobe Nadel kräftig hineingestochen. Wieder vernahm es jene Stimme:

«Halt! Das ist für meinen Herrn, den Prinzen!»

Man kann sich vorstellen, wie sehr die kleine Wäscherin erschrak und wie betrübt sie war, nicht einmal ausruhen zu dürfen, wo sie schon nichts zu essen bekommen hatte. Um sich den Hunger und die Müdigkeit zu vertreiben, fing sie an, sämtliche Gegenstände im Zimmer zu untersuchen und zu betrachten. Ihre Neugierde ließ sie sogar Wandbehänge und Teppiche aufheben.

Hinter einem dieser Vorhänge entdeckte das Mädchen eine köstlich verzierte Geheimtüre aus Sandelholz, mit Perlmutter eingelegt. Es stieß vorsichtig an die Tür. Die gab nach, und es stand an einer Wendeltreppe aus weißem Marmor. Es stieg hinab, bis es zu einem gewächshausähnlichen Raum gelangte. Die wohlriechendsten und seltensten Blumen und Pflanzen wuchsen dort. In der Mitte stand ein überaus großes Gefäß, offenbar aus einem einzigen reinen, stark leuchtenden Topas gehauen. Aus dem Zentrum des Gefäßes schoß ein Wasserstrahl empor, so gewaltig wie der Springbrunnen, der an der Puerta del Sol in Madrid sprudelt. Aber nicht wie dort war es natürliches, klares Wasser, sondern duftete nach kostbaren Essenzen, und in allen Farben des Regenbogens schimmernd, strahlte dieses Wasser hier ein eigenes Licht aus, das, wie man sich denken kann, besonders reizvoll wirkte. Wie Musik plätscherte der Strahl ins Becken. Man konnte meinen, dieser Springbrunnen sänge die schönsten Liebeslieder von Mozart oder Bellini.

Ganz entzückt betrachtete die kleine Wäscherin dieses Wunder und lauschte den Melodien, als ein Geräusch sie aufschreckte und sie bemerkte, wie eines der kristallenen Fenster aufsprang. Schnell versteckte sich das Mädchen hinter einer üppig wuchernden Pflanze, um die Personen oder Wesen beobachten zu können, die sich offenbar näherten.

Drei ungewöhnlich schöne Vögel flogen herein.

Einer von ihnen war leuchtend grün wie ein Smaragd, und zu ihrer großen Freude meinte die kleine Wäscherin in ihm den Vogel zu erkennen, der, wie man sich überall erzählte, die Ursache des krankhaften Kummers der «glücklichen Prinzessin» geworden war.

Die beiden andern Vögel waren bei weitem nicht so schön und waren doch tausendmal prächtiger als irgendein gewöhnlicher Vogel. Auf leichten Schwingen kamen die drei daher, ließen sich auf dem Rand des Topasbeckens nieder und tauchten in das Wasser.

Es dauerte nicht lange, da entstiegen der schimmernden Schale drei Jünglinge, so schön, so ebenmäßig in Wuchs, so schwanenweiß die Haut, daß sie Statuen glichen, die von Meisterhand aus getöntem Marmor gebildet waren. Die Kleine – man muß der Wahrheit die Ehre lassen – hatte noch niemals in ihrem Leben einen nackten Mann gesehen und kannte nur ihren Vater, ihre Brüder und deren Freunde in ihren sehr schäbigen Kleidern. So war sie nicht in der Lage zu entscheiden, bis zu welcher Vollkommenheit sich die männliche Schönheit erheben kann. Sie glaubte drei unsterbliche Genien der Engel des Himmels zu erblicken. So betrachtete sie, ohne zu erröten, mit großem Wohlgefallen die drei wie heilige, sündlose Wesen. Die entstiegen dem Becken und bekleideten sich mit prächtigen Gewändern.

Der Schönste von ihnen trug auf dem Haupt ein Smaragddiadem. Die beiden andern huldigten ihm als ihrem Herrn und Gebieter. Unbekleidet waren die Jünglinge der kleinen Wäscherin wie Engel oder Genien der Schönheit erschienen. Jetzt, da der eine so prächtig angetan, blendete sie sein majestätisches Aussehen schier, und sie konnte sich nichts anderes vorstellen, als daß er der Kaiser aller Welt, der herrlichste Prinz auf Erden sei.

Die drei vornehmen Herren begaben sich in den Speisesaal und nahmen an dem prunkvoll gedeckten Tische Platz. Eine unsichtbare, leise Musik grüßte sie bei ihrer Ankunft und umschmeichelte ihre Ohren, während sie speisten. Unsichtbare Diener trugen die Gerichte auf und bedienten, aufs beste geschult. Die kleine Wäscherin konnte alles beobachten. Sie war den Herren gefolgt, ohne daß man sie entdeckt hätte, und verbarg sich im Speisesaal hinter einem Vorhang. Von ihrem Versteck aus vernahm sie Bruchstücke der Unterhaltung und erfuhr so, daß der Schönste dieser Jünglinge der Kronprinz des großen chinesischen Kaiserreiches war, der eine seiner Begleiter sein Sekretär und der andere sein Lieblingsknappe. Sie waren verzaubert worden und während des Tages in Vögel verwandelt. Nur für die Nacht erlangten sie ihre natürliche Gestalt wieder durch das Bad in dem Springbrunnen.

Die neugierige Wäscherin bemerkte, daß der Prinz mit den Smaragden kaum etwas aß, obwohl seine Freunde ihn ständig dazu aufforderten. Er schien melancholisch und wie in einem Traum befangen. Ab und zu hob sich ein tiefer Seufzer aus seiner Brust.

IV

Die Chroniken, denen wir unsern Bericht verdanken, erzählen weiter, daß der Prinz mit den Smaragden am Ende dieses üppigen und doch wenig heiteren Mahles die Stimme erhob, als kehre sein Bewußtsein aus weiter Ferne zurück. Er sagte: «Sekretär, bringe mir das Kästchen meiner Freude.»

Der Sekretär stand auf und kehrte rasch mit dem kostbarsten Schmuckkästchen zurück, das je ein sterbliches Auge erblickt hatte. Jenes, in dem Alexander die Ilias verwahrte, war im Vergleich zu diesem nur eine ganz gewöhnliche Süßigkeitenschachtel.

Der Prinz nahm das Kästchen vorsichtig in die Hände, öffnete es und betrachtete lange mit liebevollen Augen den Inhalt. Er zog ein Band heraus, küßte es leidenschaftlich, brach in Tränen der Zärtlichkeit aus und rief:

Ach, kleines Band der Liebsten mein,
Wer wird ihr wohl jetzt nahe sein?

Darauf legte er das Band in das Kästchen zurück und

entnahm ihm ein reichgesticktes Strumpfband. Er küßte und streichelte es und rief dabei aus:

Ach, Strumpfband meiner Liebsten fein,
Wer wird ihr wohl jetzt nahe sein?

Schließlich holte er ein kostbares Medaillon hervor, und mehr noch als die beiden Bänder herzte und streichelte er das Schmuckstück, wobei er in einem so traurigen Ton sagte, daß es Herzen und Felsen erweichen mußte:

Ach, Medaillon der Liebsten mein,
Wer wird ihr wohl jetzt nahe sein?

Nach dem Essen zogen sich der Prinz und seine beiden Freunde in die Schlafgemächer zurück. Die kleine Wäscherin wagte nicht, ihnen auch dorthin nachzufolgen.

Als sie sich allein im Speisesaal fand, näherte sie sich der Tafel, auf der noch fast unberührt die verlockenden Speisen, die Süßigkeiten, die Früchte und die edlen, perlenden Weine standen. Aber die Erinnerung an die geheimnisvolle Stimme, an die unsichtbare Hand hielt sie zurück und zwang sie, sich mit dem Duft und dem Augenschmaus zu begnügen.

Um diese so unvollkommene Freude ganz auszukosten, ging sie ganz nahe an die Schüsseln heran, bis sie zwischen dem Tisch und dem Stuhl des Prinzen zu stehen kam. Da fühlte sie plötzlich, wie nicht nur eine, sondern zwei unsichtbare Hände sich auf ihre Schultern legten und sie sanft niederdrückten. Die geheimnisvolle Stimme sprach: «Setz dich und iß!»

Und plötzlich saß das Mädchen tatsächlich auf dem Stuhl des Prinzen. Und da die Stimme es ihm ja erlaubt hatte, fing es mit ungeheurem Appetit zu essen an. Die ungewohnten und erlesenen Speisen regten seinen Hunger noch mehr an, und während es zu Tische saß, fiel es in einen tiefen Schlaf.

Als es erwachte, stand die Sonne schon hoch am Himmel. Es blickte sich um und fand sich auf freiem Felde unter dem Baum liegend, wo es die Orange hatte essen wollen. Da lag die Wäsche, die es vom Fluß heraufgetragen hatte, und selbst die weggerollte Apfelsine lag dort.

Habe ich alles nur geträumt? dachte die kleine Wäscherin. Ich will gleich zum Palast des Prinzen von China zurückgehen, um mich zu überzeugen, daß all die Pracht dort Wirklichkeit und kein Traum war! Und sie gab der Orange einen Stoß, um zu sehen, ob sie ihr wieder den Weg weisen werde. Aber die Frucht rollte ein Stückchen, blieb dann in einem beliebigen Loch liegen oder vor einer kleinen Erhöhung, nachdem die Stoßkraft ihre Wirkung verloren hatte. Kurz, die Apfelsine benahm sich genau so, wie unter ähnlichen Umständen alle gewöhnlichen Apfelsinen es tun. Nichts an ihr war merkwürdig oder ungewöhnlich.

Ärgerlich schälte das Mädchen die Orange und sah, daß sie innen genau so war wie alle Orangen der

Welt. Sie verzehrte die Frucht, die nicht anders schmeckte als die Orangen, die das Mädchen früher schon gegessen hatte.

Kaum zu zweifeln: es hatte geträumt! Es sagte sich: «Keinen sichtbaren Gegenstand habe ich, um mir selbst zu beweisen, was ich gesehen habe. Trotzdem will ich zur Prinzessin gehen und ihr alles erzählen. Vielleicht hält sie es für wichtig!»

V

Während im Traum oder in Wirklichkeit die seltsamen Dinge geschahen, von denen wir eben berichtet haben, schlief die «glückliche Prinzessin», müde vom vielen Weinen, ruhig und fest. Es war schon acht Uhr morgens – eine Stunde, in der in jenen Tagen jedermann aufgestanden war und gefrühstückt hatte. Jedoch die Prinzessin lag noch zu Bett, ohne irgend etwas wahrzunehmen.

Die Lieblingsdienerin hielt die Neuigkeit, die sie brachte, für so interessant, daß sie es wagte, die Prinzessin zu wecken. Sie betrat das Schlafgemach, öffnete das Fenster und rief freudig aus:

«Herrin, Herrin, wacht auf und freut Euch. Hier ist jemand, der Euch Neuigkeiten vom grünen Vogel bringen will!»

Die Prinzessin erwachte, rieb sich die Augen, setzte sich auf und sagte: «Sind die sieben Gelehrten zurückgekommen, die in das Land der Königin von Saba reisten?»

«Nein, die sind nicht da», erwiderte die Zofe, «die Nachricht stammt von einer der Wäscherinnen, die Eurer Hoheit Taschentücher waschen muß.»

«Laß sie augenblicklich vor!»

Die kleine Wäscherin hatte hinter der Tür auf diesen Befehl gewartet und trat nun ein. Sie erzählte ganz unbefangen und natürlich, was ihr zugestoßen war.

Als das Mädchen von der Ankunft des grünen Vogels berichtete, jubelte das Herz der Prinzessin. Und als sie vernahm, wie er, in einen wunderschönen Prinzen verwandelt, dem Wasser entstieg, errötete sie über und über, ein liebreizendes Lächeln glitt um ihre Lippen, und sie schloß die Augen, als wolle sie sich in ihr Herz zurückziehen und den Prinzen mit den Augen der Seele erschauen.

Als die Prinzessin weiter erfuhr, wie sehr der Prinz sie verehre und liebe, ja anbete, als sie von der zärtlichen Sorgfalt vernahm, mit der er die drei geraubten Pfänder in dem kostbaren Kästchen aufbewahrte, da konnte sie sich trotz aller scheuen Zurückhaltung nicht mehr beherrschen: sie umarmte und küßte die kleine Wäscherin und die Zofe. Sie ließ sich – ganz gegen ihre Gewohnheit – in der harmlosesten und entschuldbarsten Weise gehen.

«Jetzt», rief sie aus, «kann ich mich erst eigentlich die ‹glückliche Prinzessin› nennen! Es war also keine bloße Laune, daß ich den grünen Vogel so sehnlichst zu besitzen wünschte. Es war Liebe! Es war und es ist Liebe, die auf verborgenem und ungewöhnlichem Wege in mein Herz eingedrungen ist. Ich habe den Prinzen nie gesehen, aber ich glaube, daß er sehr schön ist. Ich habe ihn nicht gesprochen, aber ich bin sicher, daß er sehr klug sein muß. Ich weiß nichts von seinem Leben, außer daß er verzaubert wurde und daß er mich bezaubert hat. Aber ich weiß, daß er tapfer, hochherzig und treu ist!»

«Herrin, wenn nicht alles ein Traum war», sagte die kleine Wäscherin, «kann ich Eurer Hoheit versichern, daß der Prinz einem Juwel aus purem Golde gleicht, ein so gutes und feines Gesicht hat, daß man ihn nur immerzu anschauen möchte. Der Sekretär ist auch nicht übel. Am meisten aber – ich weiß nicht warum – fühle ich mich zu dem Schildknappen hingezogen!»

«Den sollst du heiraten», erwiderte die Prinzessin. «Meine Dienerin kann den Sekretär haben, wenn sie mag, und ihr beide sollt meine Hofdamen werden. Dein Traum muß Wirklichkeit gewesen sein! Das sagt mir mein Herz. Jetzt ist aber zunächst das Wichtigste, die drei Vogeljünglinge zu entzaubern!»

«Ja, und wie können wir das anstellen?» fragte die Vertraute.

«Ich werde», meinte die Prinzessin, «selbst in den Palast des Prinzen gehen, und dann werden wir weiter sehen. Du wirst mich dorthin führen, kleine Wäscherin!»

Jetzt erst konnte diese ihre Geschichte zu Ende erzählen und erklären, warum sie nicht als Führerin tauge.

Die Prinzessin hörte ihr aufmerksam zu, überlegte eine Weile und sagte dann zu ihrer Dienerin:

«Geh in meine Bibliothek und hole mir die Bücher ‹Die Könige der Gegenwart› und den ‹Astronomischen Almanach›.»

Als die Bücher herbeigebracht waren, durchblätterte die Prinzessin das Buch über die zeitgenössischen Könige und las mit lauter Stimme die folgenden Zeilen vor:

«Am Tage, als der Kaiser von China starb, verschwand sein einziger Sohn und Thronerbe vom Hofe und aus dem Reiche. Denn man hat ihn nirgends mehr gesehen. Die Untertanen, die ihn für tot halten mußten, unterwarfen sich dem Khan der Tartarei ...»

«Was folgert ihr daraus, Herrin?» fragte die Dienerin.

«Was anderes soll ich daraus folgern», antwortete die Prinzessin, «als daß der Tartarenkhan meinen Prinzen verzaubert hat, um ihm die Krone zu entreißen. Deshalb verabscheue ich auch den Tartarenprinzen so sehr. Jetzt kann ich mir alles erklären!»

«Aber es ist nicht genug, eine Erklärung gefunden zu haben. Wir müssen auch auf Änderung sinnen», meinte die kleine Wäscherin.

«Das finde ich auch», sagte die Prinzessin. «Es sollen augenblicklich bewaffnete Männer, denen wir unbedingt vertrauen können, alle Straßen und Kreuzungen bewachen, wo die Boten des Tartarenprinzen vorbeikommen können, die er zu seinem Vater geschickt hat, um dessen Rat wegen des grünen Vogels einzuholen. Die Briefe, die diese Boten bei sich führen, müssen ihnen abgenommen und mir ausgehändigt werden. Leisten die Boten Widerstand, so soll man sie töten. Leben sie noch, so soll man sie ins Gefängnis werfen und niemanden zu ihnen lassen, damit keiner erfährt, was geschehen ist. Auch vor dem König, meinem Vater, soll diese Angelegenheit einstweilen verheimlicht werden. Wir drei ganz allein wollen alles vorbereiten. Hier habt ihr Geld genug, um das Schweigen, die Treue und den Mut der Männer zu erkaufen, die meinen Plan ausführen sollen!» Die Prinzessin erhob sich, schlüpfte in ihre Pantoffeln und warf einen Morgenrock über. Aus einem Geheimfach zog sie zwei schwere goldgefüllte Beutel, die sie ihren Vertrauten aushändigte.

Die verabschiedeten sich augenblicklich, um den Plan in die Tat umzusetzen, und die Prinzessin begann sich eingehend mit dem «Astronomischen Almanach» zu beschäftigen.

VI

Fünf Tage vergingen. Und in diesen fünf Tagen hatte die Prinzessin keine einzige Träne vergossen, was ihren Vater, den König, nicht wenig erstaunte. Ja, sie war sogar heiter und zu Scherzen aufgelegt und erweckte dadurch in den prinzlichen Bewerbern die schüchterne Hoffnung, sie werde sich am Ende doch noch für einen von ihnen entscheiden. Freier glauben nämlich immer an ihr Glück.

Niemand ahnte den wahren Grund dieses plötzlichen Stimmungswechsels, der so unverhofften Besserung.

Nur der Tartarenprinz, der von teuflischer Klugheit war, hatte den unbestimmten Verdacht, die Prinzessin könne Nachricht über den grünen Vogel erhalten haben. Außerdem spürte der Sohn des Khans das unheimliche Nahen eines großen Unglücks, hatte er doch mit Hilfe der von seinem Vater erlernten Schwarzen Kunst erfahren, er müsse in dem grünen Vogel seinen Feind sehen. Er hatte sich den Tag ausgerechnet, an dem die Boten, die er seinem Vater gesandt hatte, zurückkehren müßten. Denn der Tartar kannte den Weg und die Zeit, die man für die Reise benötigte, genau. Begierig, den Rat seines Vaters zu erfahren, bestieg der Tartarenprinz bei Morgengrauen sein Pferd und ritt in Begleitung von vierzig seiner Krieger den Abgesandten entgegen.

In aller Heimlichkeit hatte sich der Prinz aufgemacht; aber die «glückliche Prinzessin», die überall ihre Spione hatte und die, wie der Volksmund sagt, wie ein Luchs aufpaßte, erfuhr sofort von seiner Abreise und rief die kleine Wäscherin und ihre Zofe zu sich.

Sehr beunruhigt sagte die Prinzessin zu den beiden: «Meine Lage ist sehr unangenehm. Dreimal habe ich vergeblich versucht, eine Apfelsine ins Rollen zu bringen von dem Baum aus, an dem es der Wäscherin gelang. Aber die Orange wollte mich nicht zum Schloß des Geliebten führen. Ich habe den grünen Vogel nicht mehr gesehen, ich habe nicht herausfinden können, wie er zu entzaubern wäre. Nur eins habe ich aus dem ‹Astronomischen Almanach› herausgelesen: die Nacht nämlich, in der die kleine Wäscherin ihn sah, war die vom Frühlingsanfang. Vielleicht ist es erst möglich, ihn zum Frühlingsanfang im nächsten Jahr wiederzusehen. Bis dahin aber wird der Tartarenprinz ihn mir getötet haben! Und der Prinz wird ihn töten, sobald er den Brief seines Vaters gelesen hat. Um den in Empfang zu nehmen, ist er heute morgen mit vierzig seiner Leute losgeritten!»

«Betrübt Euch nicht, schöne Prinzessin», sagte die vertraute Dienerin. «Drei Gruppen von je hundert Mann erwarten die Boten an verschiedenen Stellen, um ihnen den Brief abzunehmen und um ihn Euch zu bringen. Die dreihundert sind tapfere Männer, führen Waffen aus schärfstem Stahl und werden sich vom Tartarenprinzen trotz seiner Schwarzen Künste nicht besiegen lassen.»

«Dennoch bin ich der Ansicht», fügte die Wäscherin hinzu, «man sollte noch mehr Leute gegen den Tartaren aussenden. Wenn der auch wirklich nur vierzig Mann bei sich hat, so habe ich doch sagen hören, daß sie mit verhexten Panzern und Pfeilen ausgerüstet sind, die jeden von ihnen so stark wie zehn gewöhnliche Krieger machen.»

Der kluge Rat der Wäscherin wurde beherzigt. Heimlich ließ die Prinzessin den tapfersten und klügsten der Generäle ihres Vaters zu sich kommen. Sie erzählte ihm alles, vertraute ihm ihren Kummer an und bat ihn um Hilfe. Er sicherte sie ihr zu, sammelte in aller Eile eine große Schar Soldaten und verließ mit ihr die Hauptstadt. Er war fest entschlossen, eher zu sterben, als nicht der Prinzessin den Brief des Khans der Tartarei und den Sohn des Khans lebend oder tot zu bringen.

Nachdem der General ausgezogen war, hielt die Prinzessin den Augenblick für gekommen, um den «glücklichen König» von dem Geschehenen zu unterrichten. Der König erzürnte sich sehr. Er erklärte die ganze Geschichte vom grünen Vogel für einen lächerlichen Traum seiner Tochter und des Waschmädchens. Er beklagte sich bitter, daß seine Tochter um solcher Träume willen so viele zu Mördern werden lassen wolle, einen so hochgeborenen Prinzen und die Gesetze der Gastfreundschaft, das Menschenrecht und jegliche Moral so gröblich verletze.

«Ach, Tochter», rief er aus, «du befleckst meinen Namen mit Blut, wenn wir nicht sofort etwas unternehmen!»

Die Prinzessin bekam es mit der Angst zu tun, und sie bereute, was sie eigenmächtig getan. Trotz ihrer leidenschaftlichen Liebe zu dem Prinzen von China wäre es ihr jetzt lieber gewesen, ihn ewig verzaubert zu wissen, als daß um ihrer Liebe willen nur ein einziger Blutstropfen vergossen würde.

So sandte man dem General die Botschaft, sich keinesfalls in eine Schlacht einzulassen. Aber es war schon zu spät! Der General war mit solcher Geschwindigkeit losmarschiert, daß es nicht mehr möglich war, ihn einzuholen. Damals gab es noch keine Telegraphen, keine andere Möglichkeit, einen Befehl zu übermitteln, als durch reitende Boten. Als diese endlich beim General anlangten, sahen sie gerade, wie alle Soldaten des Königs die Flucht ergriffen, und sie taten es ihnen eiligst nach. Die vierzig Reiter des Tartarenprinzen waren nämlich Zauberwesen, die sich in grauenhafte Ungeheuer verwandelt hatten und feuerspeiend die Verfolgung aufnahmen.

Nur der General, dessen Mut, Treue und Waffengewandtheit ans Übermenschliche grenzten, blieb unerschütterlich inmitten dieser nur zu begreiflichen Aufregung. Nach kurzer Überlegung stürzte sich der General auf den Prinzen, den einzigen Feind, der ein wirklicher Mensch war und mit dem er sich deshalb messen konnte. Er begann mit ihm einen mutigen, aber ungleichen Zweikampf. Die Waffen des Tartarenprinzen waren nämlich auch behext, und der General vermochte ihn nicht zu verwunden. Als er merkte, daß er seinen Gegner nur durch eine List würde überwältigen können, entfernte er sich ein wenig, riß sich schnell eine lange, starke Seidenbinde ab, die ihm als Gürtel diente, knotete unbemerkt ein Lasso daraus, stürzte sich mit unerwarteter Geschwindigkeit auf den Prinzen, warf ihm die Schlinge über den Kopf und gab seinem Pferde die Sporen. Der Prinz stürzte zu Boden und wurde im Galopp nachgeschleift. So brachte der General den Tartarenprinzen ums Leben. Kaum war der tot, als all die Ungeheuer verschwanden. Die Soldaten des «glücklichen Königs» erholten sich von ihrem Schreck, sammelten sich um ihren General. Und sie warteten auf die Boten, die den Brief des Khans bringen sollten. Diese ließen nicht lange auf sich warten. Noch am Abend des gleichen Tages kehrte der General in den Palast des «glücklichen Königs» zurück, den Brief des Khans in Händen. Mit höflicher, respektvoller Verneigung händigte er ihn der Prinzessin aus.

Diese erbrach das Siegel und wollte den Brief lesen. Aber vergeblich! Sie verstand nicht ein einziges Wort. Auch dem «glücklichen König» erging es nicht besser. Man rief die Sprachkundigen des Landes zusammen. Auch denen gelang es nicht, die Schrift zu entziffern. Ebensowenig Erfolg hatten die Mitglieder der zwölf königlichen Akademien, die nunmehr einberufen wurden.

Die sieben großen Weisen, die alle Sprachen der Welt zu kennen meinten, wurden befragt. Sie waren inzwischen ohne den Vogel Phönix zurückgekehrt und zum Tode verurteilt. Man versprach ihnen das Leben, wenn sie den Brief entziffern könnten. Aber sie vermochten es nicht. Ja, sie konnten nicht einmal sagen, in welcher Sprache er abgefaßt war. Jetzt hielt sich der «glückliche König» für den unglücklichsten aller Herrscher. Er machte sich Vorwürfe, Mitwisser eines unnötigen Verbrechens gewesen zu sein, und fürchtete die Rache des mächtigen Khans. Bis spät in die Nacht hinein fand er keinen Schlaf.

Sein Kummer wurde noch größer, als er am andern Morgen erfuhr, die Prinzessin sei verschwunden und habe ihm nur einen kurzen Zettel hinterlassen. Darauf stand:

«Vater, wenn du mich nicht in den Tod treiben willst, suche mich nicht und bemühe dich nicht, herauszufinden, wo ich bin. Es möge dir genügen, zu wissen, daß ich lebe und gesund bin. Du wirst mich aber nicht wiedersehen, bis ich den geheimnisvollen Brief des Khans entziffert und meinen geliebten Prinzen entzaubert habe. Lebe wohl!»

VII

Die «glückliche Prinzessin» hatte sich mit ihren beiden Freundinnen zu Fuß aufgemacht, um zu einem heiligen Einsiedler zu pilgern, der in dem unwirtlichen, einsamen Gebirge lebte, das sich hinter der Hauptstadt auftürmte. Es wäre der Prinzessin und ihren Getreuen auch gar nicht möglich gewesen, anders als zu Fuß zu der Einsiedelei zu gelangen, denn der Weg dorthin war nur ein Ziegenpfad und nicht geeignet für Pferde, Maultiere und Esel. Und das waren – mit Verlaub gesagt – dazumal die einzigen Vierfüßler, auf denen man in jenem Königreich sich fortbewegen konnte. Weil es eben nicht anders ging, aber auch aus demütiger Frömmigkeit machte sich die Prinzessin also zu Fuß auf, von niemandem sonst begleitet als von ihren beiden Freundinnen.

Der Einsiedler, dem der Besuch galt, war ein bußfertiger und frommer Greis, der für einen Heiligen galt. Allgemein wurde behauptet, er sei unsterblich, und man wußte recht stichhaltige Gründe für diese Behauptung. Gab es doch niemanden im ganzen Lande, der sich erinnern konnte, wann sich der Eremit in jener einsamen Gebirgsgegend niedergelassen hatte. Selten zeigte er sich den Menschen.

Die Prinzessin und ihre Freundinnen hatten von seiner großen Frömmigkeit und Weisheit gehört. Sieben Tage lang suchten sie ihn in dem unwegsamen, rauhen Gebirge. Am Tage durchforschten sie unablässig die Schluchten, das Gestrüpp. Nachts verbargen sie sich in Berghöhlen. Niemand fand sich, der sie hätte führen können. Zu unwirtlich war die Gegend. Selbst die Ziegenhirten mieden sie, aus Furcht vor dem Einsiedler, der jedem seinen Fluch androhte, der ihn in seinen Gebeten störte. Es bedarf keiner Erklärung, daß dieser fluchfreudige Eremit ein Heide war. Trotzdem seine Herzensneigung an sich gütig war, verpflichtete ihn seine finstere und furchtbare Religion dazu, solche Bannsprüche und Verwünschungen auszustoßen. Die drei Mädchen aber ahnten wie durch eine höhere Eingebung, daß nur der Einsiedler den Brief würde entziffern können, und waren deshalb fest entschlossen, selbst seinen Flüchen zu trotzen. Volle sieben Tage lang suchten sie ihn unermüdlich.

Am Abend des siebenten Tages wollten sich die drei gerade wieder zur Ruhe in eine Höhle zurückziehen, als sie im Hintergrund den Einsiedler selbst gewahrten, der seine Gebete verrichtete.

Der trübe, flackernde Schein einer kleinen Lampe erhellte kaum den unheimlichen Zufluchtsort.

Die drei zitterten vor dem Fluch des Einsiedlers und bereuten es fast, das Wagnis unternommen zu haben. Weiß wie Schnee war der Bart des Alten, seine Haut runzliger als eine Korinthe, sein Körper zusammengeschrumpft wie eine Mumie. Aus tiefliegenden, wie feurige Kohle glühenden Augen warf er einen Blick auf die Mädchen und sagte dann mit ganz heiterer, freundlicher Stimme:

«Dem Himmel sei Dank, daß ihr endlich gekommen seid! Hundert Jahre lang habe ich euch erwartet. Wie sehne ich den Tod herbei! Aber ich durfte nicht sterben, ehe ich nicht eine Aufgabe erfüllt hatte, die mir von dem König der Geister auferlegt worden war. Ich bin der einzige noch Lebende, der die hochentwickelte Sprache kennt, die in Babel vor der Völkerverwirrung gesprochen wurde. Jedes Wort dieser Sprache ist eine wirksame Zauberformel, die die höllischen Mächte aufruft und sie zwingt, dem dienstbar zu sein, der die Beschwörung ausspricht. Worte dieser Sprache haben die Kraft, alle Bindungen und Gesetze der Natur aufzulösen und neu zu festigen. Die uns heute bekannte Kabbala ist nur eine grobe Nachahmung jener einzigartigen und wortreichen Sprache. Die wohlklingendsten und geistreichsten unserer heutigen Kultursprachen sind nur armselig verkommene Dialekte jener Sprache, unsere Wissenschaft ein lügenhaftes Geschwätz, verglichen mit der Gelehrsamkeit, die damals geübt wurde. Jedes Wort trug in seinen einzelnen Buchstaben den ganzen Wesensinhalt des Dinges, das bezeichnet wurde, mitsamt seinen verborgensten Eigenschaften. Alles auf der Welt, wird es mit dem wahren Namen gerufen, gehorcht dem, der es nennt. So gewaltig war die Macht der Menschen, die jene Sprache beherrschten, daß sie versuchten, bis zu den Grenzen des Himmels zu steigen. Und es wäre ihnen auch zweifellos gelungen, hätte der Himmel nicht beschlossen gehabt, jene Ursprache der Vergessenheit anheimfallen zu lassen. Nur drei bevorzugte Weise, von denen zwei bereits tot sind, bewahrten als besondere Gunst des Teufels, Nimrods und seiner Nachkommen jene Sprache im Gedächtnis. Der letzte jener Teufelsgünstlinge starb vor einer Woche auf deinen Befehl, o ‹glückliche Prinzessin›. Nun gibt es nur noch einen einzigen Menschen auf der Welt, der den Brief des Khans der Tartarei entziffern kann. Dieser Mensch bin ich. Um dir diesen Dienst erweisen zu können, hat der König der Geister mich Jahrhunderte hindurch am Leben erhalten.»

«Hier ist der Brief, verehrungswürdiger, großer Weiser!» stammelte die Prinzessin und legte das geheimnisvolle Schriftstück in die Hände des Einsiedlers.

«Sogleich werde ich es entziffert haben!» erwiderte dieser. Er setzte sich seine Brille auf, näherte sich der Lampe, um zu lesen.

Mehr als zwei Stunden las er mit lauter Stimme, was in dem Briefe stand. Bei jedem Wort, das er aussprach, geriet das Weltall in Bewegung. Die Sterne schienen zu vergehen in tödlicher Blässe. Der Mond erzitterte am Himmel wie sein Abbild in den Wogen der Ozeane.

Die Prinzessin und ihre Freundinnen mußten sich

Augen und Ohren zuhalten, um die Geistererscheinungen nicht zu erblicken, um die donnergleichen, schauerlichen, schmerzerfüllten Stimmen nicht zu vernehmen, die aus den Tiefen der aufgewühlten Erde hervordrangen.

Als der Einsiedler den Brief zu Ende gelesen hatte, nahm er die Brille ab und sagte mit ruhiger Stimme: «Es ist nicht recht, nicht zweckmäßig und auch nicht möglich, o ‹glückliche Prinzessin›, daß du alles erfährst, was dieser abscheuliche Brief enthält. Es ist nicht richtig und nicht zweckmäßig, denn es stehen in ihm grauenhafte und dämonische Geheimnisse. Ich könnte dir auch gar nicht alles mitteilen, denn in keiner der heutigen Sprachen ließen sich diese unglaublichen, unerklärbaren Geheimnisse ausdrücken. Das Menschengeschlecht wird durch seine krankhafte, streberische Vernunft in Jahrtausenden vielleicht einiges Unwesentliches jener Dinge erfahren haben. Aber niemals wird jemand die Substanz dieser Geheimnisse erfassen können, die ich und der Khan der Tartarei kennen. Früher wußten die Urweisen davon, und sie bedienten sich dieser vollkommenen Sprache für ihre Geheimwissenschaften. Aber die Sprache verschwand der menschlichen Sünde wegen.»

«Dann sind wir also so klug wie zuvor!» seufzte die kleine Wäscherin. «Nach allem, was wir durchgemacht haben, um Euch zu finden, den einzigen, der uns diesen geheimnisvollen Brief übersetzen kann, erklärt Ihr nun, daß Ihr ihn uns nicht übersetzen wollt!»

«Ich will und ich darf es nicht!» erklärte der würdige Greis. «Aber ich will euch den Inhalt des Briefes mitteilen, soweit er von Interesse für euch ist. In kurzen Worten werde ich euch das Nötigste erklären, ohne mich mit Einzelheiten aufzuhalten, denn die Minuten meines Lebens sind gezählt, und der Tod ist mir endlich nahe.

Wegen seiner Tapferkeit, Klugheit und Schönheit war der Prinz von China der Liebling des Geisterkönigs, der ihn schon unzählige Male vor den Nachstellungen des Tartarenkhans gerettet hatte. Als der Khan merkte, es werde ihm unmöglich gemacht, den Prinzen zu töten, beschloß er, den Widersacher durch Verzauberung fern von seinem Reich zu halten und an seiner Stelle im ‹Reich des Himmels› zu herrschen. Der Khan wünschte natürlich, daß dieser Zauber niemals zu zerstören und ewig sei. Aber das gelang ihm trotz seiner wunderbaren Kenntnisse in der Schwarzen Kunst nicht. Der König der Geister durchkreuzte wieder seine bösen Absichten; wenn er auch leider die Verzauberung nicht ganz aufheben konnte, so vermochte er doch ihre Wirkung abzuschwächen.

Der Prinz wurde in einen Vogel verwandelt; aber der Geisterkönig machte es möglich, daß er wenigstens des Nachts seine wahre Gestalt wiedererlangte. Der Prinz lebte in einem Palast, wo er mit aller

Würde, allen Ehren und der Aufmerksamkeit bedient wurde, die seinem hohen Range zukam. Schließlich ließ sich der Khan noch zu einem Eingeständnis bewegen: der Zauber könne gelöst werden, wenn die folgenden Bedingungen erfüllt seien. Bei der geringen Meinung aber, die der Khan von den Frauenzimmern hatte, bei der Schlechtigkeit und Lasterhaftigkeit des Menschengeschlechtes im allgemeinen, hielt er die Bedingungen für unerfüllbar. Die erste Bedingung ist nun bereits erfüllt: ein junges Mädchen, klug, mutig und leidenschaftlich, aus dem einfachen Volke, hatte die drei verzauberten Jünglinge, die schönsten, die es auf Erden gibt, erblickt, wie sie nackt dem Bade entstiegen. Die Seele des Mädchens war aber so rein und keusch, daß auch nicht der leiseste sinnliche Gedanke in ihr geweckt worden war. Diese Probe mußte bei Frühlingsanfang bestanden werden, wenn die Natur in erregendem Liebesrausch ist. Das Mädchen solle wohl die Schönheit empfinden und lebhaft bewundern, aber auf rein geistige und fromme Weise.

Die zweite Bedingung – gleichfalls schon erfüllt – verlangte, daß der Prinz nach dreimaliger Begegnung, aber in Gestalt des grünen Vogels, einer Prinzessin seines Ranges eine ebenso keusche wie tiefe und unbezwingbare Liebe einflöße.

Die dritte Bedingung verwirklichte sich jetzt eben: nämlich, daß die Prinzessin diesen Brief in die Hände bekam und ich ihn ihr erläutern solle.

Die vierte und letzte Bedingung, bei der ihr drei Mädchen, die ihr meinen Worten lauscht, gleichermaßen mitwirken müßt, ist schwer, aber unerläßlich. Nur zwei Minuten bleiben mir vor dem Tode. Jedoch will ich euch noch in den Palast des Prinzen zu der Topasschale bringen. Dort werden die Vögel wieder hineintauchen und sich baden und in die schönsten Jünglinge verwandelt werden. Ihr drei werdet sie sehen. Aber ihr müßt bei ihrem Anblick die Keuschheit eurer Gedanken bewahren und die Jungfräulichkeit eurer Seelen. Jede von euch soll sich einem der drei Jünglinge in frommer und unschuldiger Liebe zuneigen. Die Prinzessin liebt ja bereits den Prinzen von China, die Wäscherin den Schildknappen. Die Dienerin möge sich in gleicher Weise in den Sekretär verlieben. Wenn die verzauberten Jünglinge zu Tische gehen, so folgt ihnen, ohne daß ihr gesehen werdet, und bleibt dort, bis der Prinz das Kästchen fordert und, das Band küssend, die Worte spricht:

Ach, kleines Band der Liebsten mein,
Wer wird ihr wohl jetzt nahe sein?

Wenn er das gesagt hat, muß sich die Prinzessin hervorwagen und ihr beiden andern auch. Jede von euch muß ihrem Auserwählten einen zarten Kuß auf die linke Wange drücken. Das wird der Augenblick sein, wo der Zauber seine Wirkung verliert. Der Tartarenkhan wird tot zu Boden stürzen und der Prinz von China wieder in den Besitz seines Reiches kommen. Außerdem werden ihm noch alle Khantümer, Königreiche und Provinzen zufallen, die der höllische Zauberer sich widerrechtlich angeeignet hat.»

Kaum hatte der Einsiedler diese Rede beendet, verzerrte sich sein Gesicht ganz seltsam. Er öffnete den Mund halb, streckte die Beine von sich und war tot.

Ehe aber noch die Prinzessin und ihre Freundinnen den nächsten Atemzug tun konnten, befanden sie sich hinter den grünen Gewächsen neben dem Topasbrunnen.

Alles geschah, wie es der Eremit gesagt hatte.

Die drei waren verliebt, alle drei waren sie keusch und unschuldig. Nicht einmal in dem gefährlichen Augenblick, wo sie den zarten und doch feurigen Kuß zu verschenken hatten, empfanden sie etwas anderes als eine tiefe, fromme und reine Gemütsbewegung.

Und so wurden die drei Jünglinge unverzüglich entzaubert. China und das Tartarenreich erlebten eine glückliche Regierungszeit unter dem Zepter des Prinzen. Noch glücklicher waren die Prinzessin und ihre beiden Freundinnen, hatten sie doch so außergewöhnlich schöne Männer geheiratet. Der «glückliche König» zog sich von den Regierungsgeschäften zurück und lebte fortan am Hofe seines Schwiegersohnes in Peking. Der General, der den Tartarenprinzen getötet hatte, bekam alle Orden

Chinas, dazu den Titel eines ersten Mandarins und eine hohe Pension für sich und seine Nachkommen.

Man erzählt sich, daß die «glückliche Prinzessin» und der Kaiser von China lange und zufriedene Jahre miteinander verbrachten und ein halbes Dutzend wunderschöner Kinder zeugten. Die Wäscherin und die Dienerin samt ihren Ehemännern erfreuten sich auch weiterhin der Gunst Ihrer Majestäten und gehörten zu dem höchsten Adel des chinesischen Reiches.

GUSTAVO ADOLFO BÉCQUER

MEISTER PÉREZ, DER ORGANIST

Während ich in Sevilla, in der Vorhalle von Sankt Agnes, auf den Beginn der Weihnachtsmesse wartete, erzählte mir die Pförtnerin des Klosters die folgende Geschichte.

Als ich sie vernommen, war ich natürlich noch ungeduldiger, der Messe beizuwohnen, begierig, ein wirkliches Wunder zu erleben.

Indes war nichts weniger wunderbar als die Orgel von St. Agnes, nichts alltäglicher als die Motetten, mit denen uns der Organist an diesem Heiligabend bedachte.

Beim Verlassen der Kirche konnte ich mich nicht enthalten, die Pförtnerin mit spöttischer Miene zu fragen:

«Woran liegt es, daß die Orgel des Meisters Pérez heute so schlecht klingt?»

«Nun», erwiderte die Alte, «das liegt daran, daß es nicht seine Orgel ist.»

«Nicht die seine? Was ist denn aus ihr geworden?»

«Die ist vor ein paar Jahren zusammengekracht, so alt war sie.»

«Und die Seele des Organisten?»

«Die ist nicht wieder erschienen, seitdem man die alte Orgel durch die jetzige ersetzt hat.»

Wenn es einem meiner Leser nach dem Anhören dieser Geschichte einfallen sollte, die gleiche Frage an mich zu richten, so weiß er schon jetzt, weshalb dieses Wunder nicht bis heute angedauert hat.

I

«Seht Ihr den dort im Purpurmantel mit der weißen Feder auf dem Barett, der aussieht, als trage er auf seinem Wams alles Gold der indischen Galeonen? Seht Ihr, wie er gerade, in diesem Augenblick, aus seiner Sänfte steigt, um der Dame die Hand zu reichen, die soeben die ihre verlassen hat und sich in Begleitung von vier fackeltragenden Pagen nähert? Es ist der Marqués von Moscoso, ein Verehrer der verwitweten Gräfin von Villapineda. Man erzählt sich, er habe die Tochter eines reichen Edelmannes heiraten wollen, bevor er seine Aufmerksamkeit dieser Dame zuwandte. Der Vater des jungen Mädchens aber, von dem man flüstert, er sei ein bißchen geizig ... aber still! Spricht man vom Teufel, ist er schon da! Seht Ihr den, der da unter dem Torbogen von San Felipe auftaucht, zu Fuß, in einen dunklen Mantel gehüllt und nur von einem Diener mit einer Laterne begleitet? Jetzt steht er gerade vor dem Altarbild...

Habt Ihr das Komturkreuz auf seiner Brust funkeln sehen, als er sich vor dem Heiligenbild verneigte? Ohne dieses Adelszeichen würde ihn jeder für einen Krämer aus der Schlangengasse halten ... Seht nur, wie die Leute ihm Platz machen und ihn respektvoll grüßen. Ganz Sevilla kennt ihn wegen seines ungeheuren Vermögens. Allein in seinen Gewölben hat er mehr Golddukaten als unser Herr, König Philipp, Soldaten hat. Und aus den Schiffen des Mannes könnte man eine Flotte zusammenstellen, die ausreichte, dem Großtürken Trotz zu bieten ... Seht nur, seht diese Gruppe von gewichtigen Herren! Das sind die vierundzwanzig Ritter, und da, schaut, ist auch der Flame, von dem man sagt, die Herren vom Grünen Kreuz hätten ihn noch nicht beim Kragen gepackt, nur deswegen nicht, weil er Einfluß hat auf gewisse Würdenträger in Madrid ... Der kommt nur in die Kirche, um Musik zu hören! ... Nein! Wenn Meister Pérez mit seinem Spiel faustdicke Tränen auspreßt, kann man sicher sein, daß seine Seele nicht mehr in seinem Leibe weilt, sondern schon im Siedekessel Beelzebubs ...

Ach, Frau Nachbarin, es sieht schlimm aus! Ich glaube, es wird hier noch eine Schlägerei geben. Ich flüchte mich in die Kirche. Denn nach allem, was ich hier sehe, gibt's mehr Prügel als Vaterunser. Du meine Güte, die Diener des Herzogs von Alcalá biegen gerade um die Ecke des Sankt-Peter-Platzes, und im Frauengäßchen, scheint mir, tauchen gerade die

Leute des Herzogs von Medinasidonia auf. Habe ich Euch's nicht gleich gesagt?... Schon haben sie einander gesehen, schon versperren sie sich den Weg. Keiner will weichen. Das Volk stiebt auseinander ... Die Ministranten, die bei solchen Gelegenheiten von Freund und Feind Keile kriegen, machen sich aus dem Staube ... Sogar der Herr Stadtrichter flüchtet mit seinem ganzen Amtsstaat in die Vorhalle ... Und da sagen die Leute, es gäbe Gerechtigkeit ... Ja, für die armen Teufel vielleicht ... Machen wir, daß wir fortkommen! Schon blinken die Schilde im Dunkeln. Allmächtiger Gott, steh uns bei! Schon hagelt es Hiebe. Frau Nachbarin, Frau Nachbarin, hierher, bevor sie die Tore schließen!

Aber still! Was ist das? Sie haben noch nicht richtig angefangen und hören schon wieder auf? Was ist denn das für ein Glanz? Brennende Fackeln! Sänften! Der Herr Erzbischof! Kaum habe ich die allerheiligste Jungfrau um Schutz angefleht, da sendet sie mir Hilfe! Ach, niemand ahnt, was ich dieser Hohen Frau schuldig bin! Mit Wucherzinsen zahlt sie mir die Kerzlein zurück, die ich jeden Samstag für sie anzünde! Schaut nur, wie prächtig er in seinem violetten Gewande und dem roten Käppchen aussieht! Gott erhalte ihn auf seinem Thron so viele Jahrzehnte, wie ich mir zu leben wünsche! Ohne ihn stünde halb Sevilla durch den ewigen Zwist der beiden Herzöge in Flammen. Schaut doch nur diese Riesenheuchler, wie sie sich beide an die Sänfte des

Prälaten drängen, um seinen Ring zu küssen! Wie sie ihm folgen, sich unter seine Leute mischen! Ist es zu glauben, daß diese beiden, die jetzt tun, als wären sie die dicksten Freunde, sich in einer halben Stunde in einer dunklen Gasse treffen und ... Es sind die gleichen, die gleichen ... Gott behüte mich davor, sie für Feiglinge zu halten! Schon oft haben sie ihren Mut im Kampfe gegen die Feinde unseres Heilandes bewiesen ... Wahr ist es schon, da sie sich suchten ... Wenn sie sich in der Absicht suchten, sich auszusöhnen, dann hätten sie sich schon längst gefunden, und der ewige Streit wäre für immer vorbei, bei dem nur für ihre Verwandten, ihre Vasallen und ihre Dienerschaft etwas abfällt ...

Aber kommt, Nachbarin, gehen wir in die Kirche, bevor sie überfüllt ist. Am Heiligabend pflegt sie so voll zu sein, daß nicht eine Stecknadel zu Boden fallen kann ... Ein gutes Geschäft haben die Nonnen mit ihrem Organisten gemacht! Wann war das Kloster wohl je so angesehen wie jetzt? Ich weiß, andere Sprengel haben Meister Pérez glänzende Angebote gemacht. Sogar der Herr Erzbischof hat ihm goldene Berge versprochen, um ihn für die Kathedrale zu gewinnen. Aber er, nein! lieber läßt er sein Leben, als daß er sich von seiner geliebten Orgel trennt!

Ihr kennt nicht den Meister Pérez? Natürlich, Ihr seid ja neu hier. Ich sage Euch, das ist ein Heilger. Arm ist er, und doch gibt er mehr Almosen als andere. Er hat keinen Menschen sonst auf der Welt außer seiner Tochter, keinen einzigen Freund außer seiner Orgel. Sein ganzes Leben hat er sich bemüht, über die Unschuld seiner Tochter zu wachen, die Register der Orgel in Ordnung zu halten! ... Schade nur, daß die Orgel so alt ist. Aber das macht nichts. Er ist so geschickt, ihre Register zu ziehen ... Sie spielt, daß es wie ein reines Wunder erklingt. Er hat alles im Griff ...

Ich weiß nicht, ob ich Euch gesagt habe, daß der Arme von Geburt an blind ist. Doch mit welcher Geduld trägt er sein Unglück! Und wenn jemand ihn fragt, wieviel er dafür geben würde, um sehen zu können, erwidert er: ‹Viel, aber nicht so viel, wie Ihr glaubt. Denn ich habe Hoffnung ...› – ‹Hoffnung, zu sehen?› – ‹Ja, und das bald›, fügt er mit einem Engelslächeln hinzu. ‹Ich bin schon sechsundsiebzig Jahre alt. Wie lange auch mein Leben noch währen mag, bald werde ich Gott schauen ...› Der Ärmste! Gewiß wird er ihn sehen, denn er ist demütig wie die Steine auf der Gasse, die sich von aller Welt treten lassen. Immer sagt er, er sei nur ein armer Klosterorganist, dabei könnte er selbst dem Kapellmeister der Kathedrale noch etwas beibringen. Er ist von klein auf dabei. Sein Vater war schon Organist. Ich habe ihn nicht mehr gekannt. Aber meine Mutter – Gott hab sie selig – erzählte uns, er habe ihn immer mit auf die Empore genommen, damit er den Blasbalg trete. Später zeigte der Junge so viel Talent, daß er, ganz natürlich, beim Tode seines Vaters dessen Amt erbte ...

Und was für Hände er hat! Gott segne sie! Er verdiente, daß man sie zum Goldschmied brächte und in Gold fassen ließe! Immer spielt er schön, immer. Aber am Heiligabend vollbringt er ein wahres Wunder. Zur Weihnachtsmesse fühlt er sich besonders hingezogen. Wenn um Mitternacht die heilige Hostie emporgehoben wird, in jener Stunde, da unser Herr Jesus Christus zur Welt gekommen, werden die Töne seiner Orgel zu wahren Engelschören ...

Aber warum soll ich Euch das jetzt ausmalen, was Ihr heute nacht hören werdet! Es genügt zu sehen, wie die allerbeste Gesellschaft von Sevilla, mit dem Herrn Erzbischof an der Spitze, in ein einfaches Kloster eilt, um Meister Pérez zu lauschen. Dabei dürft Ihr nicht glauben, daß nur die gebildeten Leute, die etwas von Musik verstehen, seine Verdienste hochschätzen. Nein, auch das Volk! Alle diese Menschenmassen, die Ihr da mit Kienfackeln herbeiströmen seht, die ihre Weihnachtslieder singen, von dem mächtigen Radau der Klappern, Trommeln und Pauken begleitet, drängeln und stoßen sich nicht, wie es sonst ihre Art ist. Sie verhalten sich mäuschenstill, sobald Meister Pérez die Hände auf die Tasten legt. Und wenn er anfängt ... man hört keine Fliege, aus allen Augen stürzen dicke Tränen ...

Und wenn er aufhört, hört man nur einen langen, tiefen Seufzer, der nichts anderes ist als der Atem der Andächtigen, den sie während des Spiels angehalten hatten ... Aber kommt, kommt! Die Glocken haben schon aufgehört zu läuten, und gleich beginnt die Messe. Es wird Zeit, einzutreten. Für die ganze Welt ist Heiligabend, aber für niemanden mehr als für uns.»

Bei diesen Worten durchschritt die gute Frau, die ihrer Nachbarin als Führerin gedient hatte, die Vorhalle des Klosters der heiligen Agnes. Mit Ellbogen verschaffte sie sich Einlaß in die Kirche und verschwand bald in der Menge, die sich vor der Tür drängte.

II

Die Kirche war mit verschwenderischer Pracht erleuchtet. Der von den Altären wogende Lichtstrom spiegelte sich in den reichen Juwelen der Damen, die auf dem Sammetkissen knieten, welches die Pagen ausgebreitet hatten. Ihre Gebetbücher empfingen sie aus den Händen ihrer Dienerinnen. Einen glänzenden Kreis bildeten sie alle vor dem Gitter des Hauptaltars.

Eingehüllt in goldverbrämte Mäntel, aus denen sie bisweilen mit wohlgeübter Gleichgültigkeit die roten und grünen Ordensbänder hervorschimmern ließen, in der einen Hand den Filzhut, deren Federn den Teppich berührten, die andere auf dem polierten Knauf des Degens oder das Heft des reich ausgelegten Dolches liebkosend, standen die vierundzwanzig Ritter mit den Edelsten von Sevilla und schienen eine Mauer zu bilden, um ihre Frauen und Kinder vor der Berührung mit den Volksmassen zu schützen.

Diese wogten im Hintergrund des Kirchenschiffes wie ein schäumendes Meer hin und her, brachen in Jubel aus, der von dem mißtönenden Lärm der Schellentrommeln und Tamburine durchsetzt war.

Der Erzbischof näherte sich. Umgeben von seinem Gefolge, nahm er neben dem Hauptaltar auf einem scharlachfarbenen Thronsessel Platz. Dreimal sprach er seinen Segen aus über das Volk. Das war das Zeichen für den Beginn der Messe. Trotzdem vergingen einige Minuten, bevor der Zelebrant erschien. Schon wurde die Menge ungeduldig. Die Ritter raunten sich einige Worte zu, und der Erzbischof schickte in die Sakristei, um sich zu erkundigen, weshalb die heilige Handlung nicht begänne.

«Meister Pérez ist krank geworden, schwer krank. Er kann der Mitternachtsmesse nicht beiwohnen», lautete die Antwort.

Die Kunde verbreitete sich augenblicklich unter der Menge. Unmöglich, die niederdrückende Wirkung zu schildern, die sie bei jedermann hervorrief. Nur soviel: Es erhob sich ein solcher Lärm in dem Gotteshaus, daß der Stadtrichter aufstand, seinen Leuten ein Zeichen gab, sich unter die erregten

Menschen zu mischen und die Ruhe wiederherzustellen.

In diesem Augenblick drängte sich ein magerer, grobknochiger und dazu noch schielender Mann zu dem Sessel des Prälaten.

«Meister Pérez ist krank», sagte er. «Die Messe kann nicht beginnen. Wenn Ihr es wünscht, will ich in seiner Abwesenheit die Orgel spielen. Meister Pérez ist ja nicht der einzige Organist auf der Welt, noch wird man, falls er sterben sollte, das Instrument ungenutzt lassen, nur weil niemand da sei, der es zu spielen verstünde...»

Der Erzbischof nickte mit dem Kopf zum Zeichen des Einverständnisses. Einige Gläubige, die diesen Menschen als einen neidischen Kerl und einen Feind des Meisters Pérez kannten, brachen bereits in Rufe des Unwillens aus, als man plötzlich von der Vorhalle her ein wildes Getöse vernahm.

«Meister Pérez ist da! Meister Pérez ist da!»

Auf das Geschrei derer, die sich um das Portal drängten, wandte alle Welt den Kopf dorthin. Und wirklich: Meister Pérez war am Kircheneingang erschienen, bleich und mit eingefallenen Augen, in einen Lehnsessel gebettet. Jeder stritt um die Ehre, ihn auf den Schultern zur Empore tragen zu dürfen. Nicht die Mahnungen der Ärzte, nicht die Tränen seiner Tochter hatten ihn im Bett zu halten vermocht.

«Nein!» hatte er gesagt, «das ist das letzte Mal, ich

weiß es. Ich weiß es, und ich will nicht sterben, ohne meine Orgel noch einmal gespielt zu haben. Erst recht heute am Heiligabend will ich hin. Los, ich will es, ich befehle es! Auf in die Kirche!»

Sein Wunsch wurde ihm erfüllt. Auf den Schultern trug man ihn auf die Empore, und die Messe begann.

In diesem Augenblick schlug die Uhr der Kathedrale die zwölfte Stunde.

Introitus, Evangelium und Offertorium waren vorüber, und es näherte sich der feierliche Augenblick, da der Geistliche die heilige Hostie mit den Fingerspitzen faßt und langsam emporhebt. Eine Wolke von Weihrauch erfüllte die Kirche mit bläulichen Wellen. Die Glocken setzten ein mit ihren schwingenden Klängen. Meister Pérez legte seine gekrümmten Hände auf die Tasten der Orgel.

Die hundert Stimmen der metallenen Pfeifen erklangen in einem majestätischen, langen Akkord, der sich allmählich verlor, als hätte ein Windstoß sein letztes Echo verweht.

Auf diesen ersten Akkord, der einer Stimme glich, die sich von der Erde zum Himmel erhob, antwortete ein zweiter, fern und zart, stärker und stärker werdend, der zu einem Strom betäubenden Wohlklangs anschwoll. Es war der Chor der Engel, der, den Weltraum durchdringend, die Erde erreichte. Hierauf vernahm man einen fernen mehrstimmigen Gesang, angestimmt von den Hierarchien der Seraphine. Tausend Hymnen zur gleichen Zeit, zusammenströmend, eine einzige bildend, die doch nichts anderes war als die Begleitung einer wundersamen Melodie, die über einen Ozean geheimnisvoller Töne dahinglitt wie der Nebelstreif über den Wellen des Meeres.

Bald verloren sich die ersten Gesänge. Neue erklangen und verhallten, einer nach dem anderen. Schlichter und schlichter ihre Form. Schon waren es nur noch zwei Stimmen, deren Echo sich verband. Schließlich blieb nur ein einziger Ton übrig, der wie ein Lichtstrahl dahinzitterte.

Der Priester senkte die Stirn. Über seinem kahlen Haupte zeigte sich im blauen Schleier des Weihrauchs die Hostie vor den Augen der Gläubigen. In diesem Augenblick löste sich der Ton auf, den Meister Pérez in einem Triller ausgehalten hatte.

Vom Ausbruch neuer gewaltiger Harmonien erschütterte die Kirche. In allen Winkeln summten die Wellen der Luft, die farbigen Fenster in ihren schmalen Bögen erbebten.

Aus jedem prächtigen Akkord entwickelte sich ein Thema, bald nah, bald fern, jetzt leuchtend, jetzt dumpf, als sängen Gewässer und Vögel, Winde und Blätter, Menschen und Engel, Erde und Himmel, jedes in seiner Sprache einen Hymnus auf die Geburt des Heilandes.

Die Menge lauschte erschüttert, bis ins Letzte ergriffen. In allen Augen glänzten Tränen. In jeder Seele leuchtete eine tiefe Andacht.

Der Priester, der die Messe zelebrierte, fühlte seine Hände zittern; denn Den er in ihnen erhob, Den die Menschen grüßten und die Erzengel, war sein Gott, und er sah den Himmel sich öffnen, die Hostie sich in den Leib Christi verwandeln.

Die Orgel tönte fort. Aber ihre Klänge erloschen allmählich, wie eine Stimme leiser und leiser wird, im Echo verhallt. Da ertönte plötzlich von der Empore her ein Schrei, ein herzzerreißender, schriller Schrei, der Schrei einer Frau.

Die Orgel hauchte einen seltsam verstimmten Ton aus, einem Schluchzen ähnlich. Dann blieb sie stumm.

Die Menge staute sich an den Stufen der Empore. Alle Gläubigen, ihrer frommen Ergriffenheit entrissen, blickten ängstlich nach oben.

«Was ist geschehen? Was ist los?» fragte einer den anderen, doch niemand wußte die Antwort, obwohl sich alle mühten, sie zu erraten. Die Verwirrung stieg. Der Tumult drohte die weihevolle Ordnung der Kirche zu brechen.

«Was war es denn?» fragten die Damen des Stadtrichters, der in Begleitung des Ministranten als einer der ersten auf die Empore gestiegen war und nun, bleich und tief betroffen, sich dem Platz zuwandte, wo der Erzbischof, ungeduldig wie alle anderen, seiner wartete, um die Ursache der Störung zu erfahren.

«Was ist vorgefallen?»

«Meister Pérez ist soeben gestorben!»

In der Tat, als die ersten Gläubigen, über die Stufen stolpernd, die Empore erreichten, sahen sie den armen Organisten mit dem Gesicht auf den Tasten seines alten Instrumentes liegen, das noch leise vibrierte, während seine Tochter ihm zu Füßen kniete, ihn unter Seufzen und Schluchzen vergeblich beim Namen rief.

III

«Guten Abend, meine liebe Frau Baltasara. Geht Ihr heute am Heiligabend auch zur Mitternachtsmesse? Ich wollte sie eigentlich in der Pfarrkirche hören. Aber so geht's ja immer ... Man geht dahin, wo etwas los ist. Wenn ich die Wahrheit sagen soll ... seit dem Tode von Meister Pérez ist es mir jedesmal, wenn ich seine Kirche betrete, als legte man mir einen Stein aufs Herz ... Der Arme! Er war der reine Heilige! Ich muß gestehen, daß ich ein Stück seines Rocks wie eine Reliquie aufhebe, und er verdient es. Bei Gott und meiner Seele, wenn sich der Herr Erzbischof nur ein bißchen dafür verwenden wollte, dann würden unsere Enkel ihn sicher noch, selig gesprochen, auf den Altären sehen. Aber wie soll das sonst geschehen? Wer tot, wer fort ist, hat keine Freunde! Heutzutage läuft man nur dem Neuen nach. Ihr versteht mich schon! ...

Was? Ihr wißt nichts von dem, was passiert ist? Wirklich, darin sind wir uns sehr ähnlich. Aus unserem Haus in die Kirche und aus der Kirche nach Hause zurück, ohne uns darum zu kümmern, was die Leute reden und was nicht ... Nur daß ich, so nebenbei, bald hier, bald dort ein Wörtchen auffange und dadurch, ohne es eigentlich zu wollen, doch immer auf dem laufenden bleibe ... Also, es scheint eine ausgemachte Sache, daß der Organist von St. Romani, dieser schielende Kerl, der immer alle anderen Organisten anschwärzt, dieser schlampige Bursche, der eher einem Schlächtergesellen ähnelt als einem Orgelspieler, heute nacht an Stelle von Meister Pérez die Orgel spielen wird. Ihr werdet es ja wissen, denn die ganze Welt weiß es. Es ist ja ein öffentliches Geheimnis in Sevilla, daß es sonst niemand wagen will. Nicht einmal seine eigene Tochter, die doch das Spielen gelernt hat und nach dem Tode ihres Vaters in das Kloster eingetreten ist ... Und das ist auch ganz natürlich! Uns, die wir an seine wunderbare Musik gewöhnt waren, muß alles andere mißfallen, wenn man sich auch noch so große Mühe gibt, keine Vergleiche anzustellen. Aber kaum hatte die Gemeinde den Beschluß gefaßt, die Orgel sollte dem Verstorbenen zu Ehren und als Achtung vor seinem Angedenken heute nacht stumm bleiben, da meldete sich dieser Bursche und erklärte, er getraue sich zu spielen. Nichts ist so dreist wie die Dummheit! Allerdings ist es nicht seine Schuld, sondern die Schuld derer, die eine solche Entweihung gestatten ...

Ja, ja, so geht's zu in der Welt ... Merkwürdig, wie viele Leute heute in die Kirche rennen. Man könnte meinen, es hätte sich von einem Jahr zum andern nichts geändert. Die gleichen großen Herren, der gleiche Aufwand, dasselbe Gedränge am Portal, dieselbe Erregung in der Vorhalle, genausoviel Volk im Kirchenschiff ... Ach, wenn der Tote sich erheben könnte! Er würde lieber noch einmal sterben, als seine Orgel von solchen Händen gespielt zu hören. Deshalb wollen die Leute aus diesem Stadtviertel dem Eindringling einen Streich spielen, wie man mir gesagt hat. In dem Augenblick, in dem er die Hände auf die Tasten legt, soll eine Katzenmusik auf Trommeln, Klappern und Pauken losgehen, wie man sie noch nicht gehört hat ...

Doch still, schon betritt unser Held die Kirche! Jesses, sieht er nicht aus wie ein Papagei? Was für eine Halskrause er bloß trägt! Und wie gewichtig er dreinschaut! ... Kommt nur schnell! Der Erzbischof ist schon da, die Messe wird gleich beginnen. Mir ist, als geschähe heute nacht etwas, wovon die Leute noch lange reden werden.»

Mit diesen Worten drängte sich die gute Frau in die Kirche, wobei sie sich wie üblich mit den Ellbogen unter Puffen und Knuffen den Weg durch die Menge bahnte.

Der Gottesdienst hatte bereits begonnen. Im gleichen Lichterglanz wie im Vorjahre erstrahlte die Kirche. Durch die Reihen der Gläubigen, die das Kirchenschiff füllten, schritt der neue Organist, um den Ring des Prälaten zu küssen, und bestieg alsdann die Empore, wo er ein Orgelregister nach dem anderen mit ebenso gekünstelter wie lächerlicher Wichtigtuerei herauszog.

Aus der dichten Menge, die sich am Zugang zur Tribüne drängte, stieg ein dumpfes, verworrenes Geräusch auf, ein sicheres Anzeichen dafür, daß ein Sturm sich zusammenbraue, der wohl bald ausbrechen werde.

«Er ist ein Gauner, der nichts kann und sich wer weiß was einbildet», sagten die einen.

«Er ist ein Nichtskönner, der die Orgel in seiner Pfarrkirche so heruntergewirtschaftet hat, daß sie klingt wie eine Nachtwächterknarre. Jetzt kommt *der* hierher, um Meister Pérez' Orgel zu entweihen», meinten die anderen.

Während einer von den Leuten bereits seinen Mantel zurückschlug, um besser auf seine Pauke schlagen zu können, während ein anderer seine Klappern untersuchte – kurz, sich alle rüsteten, Radau zu machen, wagten es nur ganz wenige, schüchtern jenen sonderbaren Menschen zu verteidigen, dessen hoffärtiges und aufgeblasenes Benehmen in so sichtbarem Gegensatz zu dem bescheidenen Auftreten, der leutseligen Güte des verstorbenen Meister Pérez stand.

Endlich war der erwartete Augenblick gekommen, der feierliche Augenblick, in dem der Priester, nachdem er sein Knie gesenkt und die frommen Worte gesprochen, die Hostie in die Fingerspitzen nahm...

Die Glocken läuteten, ein Regen kristallener Klänge. Die durchsichtigen Wellen des Weihrauchs stiegen auf. Die Orgel setzte ein...

In dem gleichen Augenblick erfüllte ein ohrenbetäubender Lärm die Kirche, den ersten Akkord völlig erstickend. Trommeln, Klappern, Dudelsäcke, Schalmeien – alle nur möglichen Instrumente schrillten gleichzeitig auf. Nur ein paar Sekunden währte der wilde Lärm. So plötzlich, wie er begonnen, verstummte er.

Langgezogen, kraftvoll, erhaben entquoll der zweite Akkord den metallenen Pfeifen der Orgel. Er glich einem Wasserfall unerschöpflich tönender Harmonien.

Himmlische Klänge, wie sie das Ohr im Augenblick höchster Verzückung liebkosen, Gesänge, wie sie die Seele nur erfaßt, wie sie die Lippen aber nicht wiederholen können. Abgerissene Töne einer fernen Melodie, in Intervallen erklingend, herbeigetragen auf den Schwingen des Windes. Verliebtes Blätterraunen, das über Baumkronen dahinzieht, ähnlich dem Rauschen des Regens. Tirilieren der Lerchen, die aus Blumen aufflattern wie ein Pfeil, der sich den Wolken zuschwingt. Unerklärbare Töne, machtvoll wie das Rollen des Donners, ehrfurchterheischende Engelschöre, eine niemals vernommene Himmelsmusik, die nur die Phantasie ergreift, beflügelte Hymnen, die zum Throne des Herrn aufsteigen wie eine Säule von Licht ... All das brachten die hundert Stimmen der Orgel hervor mit größerer Wucht, mit geheimnisvollerer Poesie, mit phantastischerer Färbung als je vorher ...

Als der Organist von der Empore herabstieg, drängte sich soviel Volk hin zu den Stufen, war der Eifer, ihn zu sehen und zu bewundern so groß, daß der Stadtrichter nicht ohne Grund befürchtete, der Organist könne im Gewühl erdrückt werden. Daher befahl er seinen Gehilfen, ihm den Weg mit dem Stock in der Hand zum Hauptaltar zu bahnen, wo der Erzbischof den neuen Meister erwartete.

«Ihr seht», sprach der Kardinal, als man den Organisten vor ihn geführt hatte, «ich bin aus meinem Palast nur hierhergekommen, um Euch zu hören. Werdet Ihr auch so hartnäckig sein wie Meister Pérez, der mir niemals den Weg ersparte und sich stets weigerte, bei der Weihnachtsmette in meiner Kathedrale zu spielen?»

«Im kommenden Jahr», erwiderte der Organist, «verspreche ich Euch zu Willen zu sein, denn nicht für alles Gold auf Erden würde ich je wieder diese Orgel anrühren.»

«Und weshalb nicht?» unterbrach ihn der Prälat.

«Weil sie», stammelte der Organist, sich vergeblich bemühend, die Erregung zu meistern, die sich in der Blässe seines Gesichtes enthüllte, «weil sie alt und schlecht ist und nicht mehr das auszudrücken vermag, was man will.»

Der Erzbischof verließ, von Priestern und Dienern begleitet, die Kirche. Sänfte auf Sänfte verlor sich in den winkligen Gassen. Das Volk zerstreute sich nach allen Richtungen. Schon wollte die Pförtnerin das Eingangstor zur Vorhalle schließen, als sie zwei Frauen bemerkte. Diese flüsterten ein Gebet vor dem Bild unter dem St.-Philipps-Bogen. Hierauf verschwanden sie im Zofengäßchen.

«Was wollt Ihr, meine liebe Frau Baltasara?» sagte die eine. «Ich bin nun einmal so. Ein jeder hat sein Steckenpferd. Und wenn mir's die barfüßigen Kapuziner noch so sehr beteuern würden – ich glaube die ganze Geschichte nicht ... Der Mensch, der da heute vor der Orgel saß, ist gar nicht imstande, so zu spielen, wie wir es eben gehört haben. Ich habe ihn doch tausendmal in St. Bartholomäii, in seiner Pfarrkirche, spielen hören. Dort hat er so schlecht gespielt, daß man sich Watte in die Ohren stopfen mußte ... Und schließlich hat ihn der Herr Pfarrer weggejagt. Man braucht ja bloß dem Mann ins Gesicht zu sehen, das doch, wie man sagt, der Spiegel der Seele ist ... Ich denke an den armen Meister Pérez, als ob ich ihn heute gesehen hätte. An sein Gesicht erinnere ich mich, wie er nach einem Heiligabend wie heute von der Empore herabkam, nachdem er die Hörer mit seiner Kunst fortgerissen hatte. Welch ein gütiges Lächeln lag auf seinem beseelten Gesicht! So alt er auch war – er sah aus wie ein Engel. Und nun nehmt den anderen ... Polterte er nicht die Treppen herunter wie einer, den die Hunde verbellen, bleich wie der Tod? ... Kommt, kommt, liebe Frau Baltasara. Ihr dürft es mir glauben, was ich Euch sage: Hier stimmt etwas nicht!»

Mit diesen Worten bogen die beiden Frauen um die Ecke des Gäßchens, verloren sich in der Nacht.

IV

Wieder war ein Jahr vergangen. Die Äbtissin des Klosters der heiligen Agnes und Meister Pérez' Tochter sprachen leise miteinander, halb verborgen in den Schatten des Kirchentores. Die Glocke rief mit mahnender Stimme die Andächtigen, aber nur ab und zu schritt jemand durch die stille Vorhalle, bekreuzte sich mit dem Weihwasser an der Eingangspforte und wählte sich dann einen Platz in irgendeiner Ecke, wo schon einige andere geduldig auf den Beginn der Weihnachtsmesse warteten.

«Nun, Ihr seht», sagte die Äbtissin, «Eure Furcht

ist ganz kindisch. Kaum ein Mensch ist in der Kirche. Ganz Sevilla drängt sich an diesem Heiligabend in die Kathedrale. Spielt also die Orgel, und spielt sie ohne alle Angst! Wir sind so gut wie unter uns. Aber warum schweigt Ihr, hört Ihr nicht auf zu seufzen? Was fehlt Euch? Was habt Ihr?»

«Ich habe ... Furcht!» rief das junge Mädchen mit erregter Stimme.

«Furcht? Wovor?»

«Ich weiß es nicht, vor etwas Übernatürlichem. Denkt Euch, gestern abend, als ich Euch sagen hörte, Ihr wünschtet es so sehr, mich die Orgel spielen zu sehen, wollte ich, stolz über Euer auszeichnendes Wort, die Register in Ordnung bringen, um euch heute abend zu überraschen ... Ich ging ganz allein auf die Empore. Die Uhr der Kathedrale schlug in diesem Augenblick. Ich weiß nicht welche Stunde, aber die Glockenschläge klangen tieftraurig. Und so viele waren es ... Ich stand wie angewurzelt auf der Schwelle der Tür, die zur Orgel führt. Die Zeit dünkte mich wie eine Ewigkeit.

Die Kirche war leer und dunkel. Dort hinten, in der Tiefe, blinkte wie ein verlorener Stern am nächtlichen Himmel ein flackerndes Licht: das Ewige Licht vor dem Hochaltar. Bei seinem schwachen Schein, der das Schaurige der Schatten noch deutlicher machte, sah ich drei Punkte, sah ich – Ehrwürdige Mutter, bezweifelt es nicht! –, sah ich einen Mann, der, schweigend und den Rücken mir zukehrend, eine Hand über die Tasten der Orgel gleiten ließ, während die andere die Register zog. Die Orgel erklang. Sie spielte wirklich, aber es ist nicht zu beschreiben wie. Jeder ihrer Töne glich einem Seufzer, der in den Metallpfeifen erstickt wurde. Die gepreßte Luft vibrierte drinnen. Kaum vernehmbare und doch wirkliche Töne.

Die Uhr der Kathedrale schlug noch immer. Und noch immer ließ der Mann vor der Orgel seine Hand über die Tasten gleiten. Ich hörte sogar, wie er atmete.

Vor Schrecken gerann mir das Blut in den Adern. Eiskalt war ich am ganzen Leib. Meine Schläfen aber brannten wie Feuer. Ich wollte aufschreien, aber ich konnte nicht. Jetzt wandte mir der Mann sein Antlitz zu, erblickte mich ... nein, nein, ich drücke mich nicht richtig aus: er sah mich ja nicht, denn er war blind ... Es war mein Vater!»

«Ach, Schwester, entschlagt Euch solcher Phantasien! Mit ihnen sucht der böse Feind unsere schwachen Sinne zu beunruhigen. Betet ein Vaterunser und ein Ave-Maria zum Erzengel Michael, dem Führer der himmlischen Heerscharen, auf daß er Euch gegen die bösen Geister beistehe! Legt Euch ein Skapulier um den Hals, das die Reliquie des heiligen Pakomius berührt hat, des Helfers gegen die Versuchungen. Nun aber eilt an Euren Platz vor der Orgel! Die Messe beginnt gleich, die Andächtigen warten schon voll Ungeduld. Euer Vater ist droben im Himmel. Anstatt Euch in Angst und Schrecken zu versetzen, wird er eher von da herniedersteigen, um seine Tochter für diesen feierlichen Augenblick zu inspirieren, auf daß die Weihnachtsmette zu einer besonders innigen Andacht werde.»

Alsdann nahm die Priorin inmitten der Klosterschwestern im Chore Platz. Meister Pérez' Tochter öffnete mit bebender Hand die Tür zur Empore und setzte sich dann auf die Bank vor der Orgel. Die Messe begann.

Sie begann wirklich. Bis zur Wandlung geschah nichts Bemerkenswertes. In diesem Augenblick erklang die Orgel, und gleichzeitig ertönte ein Schrei aus dem Munde von Meister Pérez' Tochter. Die Äbtissin, die Nonnen und einige Gläubige stürzten zur Empore hinauf.

«Da seht Ihr ihn! Seht ihn!» rief das Mädchen, ihre angstgeweiteten Augen auf die Bank heftend, von der sie erschrocken geflüchtet war, um sich am Geländer der Tribüne festzuhalten.

Jeder wandte den Blick auf die Orgel. Der Platz war leer, dennoch spielte die Orgel, spielte allein weiter. Nur Erzengel in mystischer Verzückung hätten mit ihr wetteifern können.

«Habe ich es Euch nicht tausendmal gesagt, meine beste Frau Baltasara? Habe ich Euch nicht gesagt, dahinter stecke etwas? Glaubt es mir! ... Was? Ihr seid heute, am Heiligabend, nicht in der Mitternachtsmesse gewesen? Trotzdem werdet Ihr wissen, was sich in unserer Kirche zugetragen hat. Ganz Sevilla spricht von nichts anderem. Der Herr Erzbischof ist wütend, und das mit Recht! Nicht bei der Mette in St. Agnes gewesen zu sein, ein solches Wunder versäumt zu haben! ... Und warum? Um eine Katzenmusik anzuhören. Denn die Leute, die den Organisten von St. Bartholomäii gehört haben, sagen, das Spiel in der Kathedrale sei wirklich nichts anderes gewesen ... Ich hab's Euch doch immer gesagt: der schielende Kerl konnte schon damals nicht spielen. Ein glatter Schwindel war's! Dahinter steckte etwas anderes. Was dahintersteckte, glaubt es mir, war die Seele von Meister Pérez!»

BENITO PÉREZ GALDÓS

DER OCHSE UND DER ESEL

I

Langsam verlöschte Celininas Leben. Die unglückliche Mutter wollte diesen Schicksalsschlag nicht glauben. Doch das Gesicht des Kindes überzog sich mit gelblicher Blässe. Der Körper erkaltete und war bald steif und starr wie der einer Puppe.

Man führte Vater und Mutter aus dem Zimmer.

Die nächsten Anverwandten leisteten dem toten Kinde den letzten Dienst.

Sie zogen Celinina ein Kleidchen über, weiß und duftig wie eine Wolke. Sie legten ihr weiße Schuhe an und kämmten ihr das dunkelbraune Haar auf anmutige Weise. Ein Mann trug einen mit blauer Seide ausgeschlagenen Sarg herbei. Da hinein legte man Celinina und stützte ihren Kopf mit einem weichen Kissen. Die Händchen wurden gefaltet und mit einem Band zusammengehalten. Zwischen die Finger schoben sie ihr einen Zweig weißer Rosen.

Die Frauen bedeckten einen Tisch mit prächtigen Tüchern. Darauf stellte man den Sarg. Einige Dutzend Kerzen wurden in den Kandelabern des Raumes angezündet. Sie verbreiteten eine traurige Helligkeit um Celinina.

II

Aus den hinteren Räumen des Hauses ertönten Seufzer einer männlichen und einer weiblichen Stimme: das jammervolle Klagen der Eltern! Tausend Erinnerungen, tausend schmerzende Bilder schlugen tiefe Wunden, bohrten sich wie spitze Dolche in ihre Herzen. Die Mutter vernahm das süße Stammeln Celininas, die alles verkehrt aussprach. Aus den Worten unserer Muttersprache machte das Kind reizende Karikaturen. Dem gerührten Herzen der Mutter klang alles aus ihrem niedlichen Munde wie die sanfteste Musik. Ihre Trübsal noch steigernd, sah die Frau überall noch die Kleinigkeiten herumliegen, mit denen Celinina in den letzten Tagen gespielt hatte, Dinge, die zu Weihnachten gehörten. Da lagen auf dem Fußboden tönerne Truthähne mit Beinen aus Draht, ein heiliger Joseph ohne Hände, einer der Heiligen Drei Könige auf einem Kamel, dem der Kopf fehlte. All diese Spielsachen waren ganz durchtränkt von der Seele des kleinen Mädchens. Die arme Mutter, wenn sie der Sachen gewahr wurde, zitterte am ganzen Körper, und im empfindlichsten Teil ihres Herzens schmerzte die Wunde. Das Allertraurigste von der Welt war für die Mutter jetzt jener Truthahn mit den Drahtbeinen.

Betrüblicher als für die Mutter war dies alles für den Vater. Bei ihm verschlimmerte sich der Schmerz durch quälende Gewissensbisse. Ich will kurz erzählen warum.

Seitdem Celinina krank geworden war, dachte sie nur noch an das poetischste aller Feste, an dem sich die Herzen der Kinder erfreuen: an das Weihnachtsfest. Wenn sich Celinina etwas wohler fühlte, sprach sie von nichts anderem als von Weihnachten. Im Delirium, wenn das Fieber wieder hoch anstieg, nannte sie die Spielsachen, die sie sich zum Christfest wünschte.

III

Der Vater, der keine anderen Kinder außer Celinina besaß, war sehr beunruhigt. Seine Geschäfte riefen ihn von Hause fort. Aber sehr häufig kehrte er zurück, um zu sehen, wie es der kleinen Kranken ginge. Traurige Vorahnungen beherrschten den guten Mann. Die Krankheit seines Kindes ging ihm nicht aus dem Sinn. Er dachte immerzu darüber nach, was er beitragen könne, um die Stimmung des Kindes zu heben, und brachte ihr jeden Abend ein kleines vorweihnachtliches Geschenk mit. Einmal legte er Celinina eine Herde Truthähne aufs Bett. Am nächsten Tage brachte er den heiligen Joseph mit der Krippe und dem Stall von Bethlehem nach Hause, später auch die Heiligen Drei Könige.

Durch die Gespräche ihrer Vettern wußte Celinina genau darüber Bescheid, was zu einer guten Feier der Heiligen Nacht gehöre. Sie wußte, daß ihr Werk noch unvollendet sei, denn es fehlten zwei wichtige Figuren: der Esel und der Ochse. Sie hatte keine Ahnung, was dieser Ochse, dieser Esel zu bedeuten hatten. Aber sie paßte gut auf, daß alles vollständig sein müsse, und verlangte ein ums andere Mal von dem bereitwilligen Vater die beiden Tiere, die ihr noch fehlten.

Der versprach, sie mitzubringen. Doch er vergaß es. Das Kind zeigte große Betrübnis, als es merkte, daß der Vater das Gewünschte nicht gekauft hatte. Der Vater wollte sofort seinen Fehler gutmachen. Jedoch hatte sich Celininas Zustand während des nächsten Tages so verschlechtert, daß der Arzt gerufen wurde. Seine Worte klangen nicht beruhigend. Niemand dachte mehr an Ochs und Eselchen. Am vierundzwanzigsten beschloß der arme Mann, sich nicht aus dem Hause zu rühren. Einen kurzen Augenblick lang schien sich Celininas Befinden zu bessern. Aber wie ein verwundeter Vogel, der in die höchsten Höhen entfliehen möchte, doch herabstürzt, so fiel auch das Kind in die Abgründe eines heftigen Fiebers. In seinem Fieberwahn sprach es unausgesetzt von dem Ochsen und von dem Esel.

Halb wahnsinnig stürzte der Vater aus dem Haus. Er lief durch alle Straßen. Doch er fand das ersehnte Spielzeug nicht. Er sagte sich schließlich: Wer wird jetzt noch an Ochsen und Esel denken? Er rannte hierhin und dorthin. Er stieg Treppen hinauf und drückte auf Klingelknöpfe. Er öffnete Türen, bis er zuletzt sechs, ja acht Ärzte zusammengesucht hatte und sie mit nach Hause nahm.

Celinina sollte unbedingt gerettet werden!

IV

Aber Gott wollte nicht, daß die Ärzte in die Entscheidung eingriffen, die Er getroffen hatte. Celinina verfiel wie ein Schmetterling, der, von einem Schlag verletzt, mit gebrochenen Flügeln zu Boden taumelt.

Auf den Straßen tönten Weihnachtslieder. Celinina öffnete die Augen, die schon für immer geschlossen schienen. Und mit einem ernsten Gemurmel, das nicht mehr dieser Welt angehörte, bat sie den Vater um Ochs und Esel. Schmerzerfüllt versuchten die Eltern, sie zu täuschen. Damit sie in ihren letzten Augenblicken eine Freude habe, gaben sie ihr die Puter und sagten:

«Schau, Herzenstöchterchen, da hast du das Eselchen und das Öchslein!»

Aber Celinina besaß noch so viel Verstandesklarheit, daß sie sofort merkte, die Puter waren eben nichts anderes als Truthähne. Mit anmutiger Bewegung stieß sie sie zurück. Dann heftete sie ihren

Blick unverwandt auf Vater und Mutter, hielt beide Händchen an den Kopf, um zu zeigen, wo es sie so sehr schmerze.

Endlich schwieg alles, wie das Werk einer Uhr schweigt, wenn sie stehenbleibt. Und das reizende Kind verwandelte sich in einen schlaffen Körper, kalt wie Marmor.

Verstehen Sie nun die Gewissensbisse des Vaters? Um Celinina ins Leben zurückzurufen, wäre er gern durch die ganze Welt gelaufen, hätte alle Ochsen und Esel – sicherlich alle, die es gibt – zusammengesucht. Der Gedanke, jenen unschuldigen letzten Wunsch seines Kindes nicht erfüllt zu haben, war wie ein spitzer, kalter Dolch, der sich ihm ins Herz bohrte. Vergeblich versuchte er, ihn mit den Gedanken herauszuziehen. Wozu dient die Vernunft, wenn sie, wie in diesem Falle, ein ebensolches Kind ist wie die Kleine, die in dem Sarge schlummerte und einem Spielzeug größere Bedeutung zumaß als allen anderen Dingen im Himmel wie auf Erden?

V

Im Hause verlöschten schließlich die Laute der Verzweiflung, als ob der Schmerz sich in die Seele verkröche, die ja seine eigentliche Wohnstatt ist, als ob der Schmerz die Türen des Bewußtseins zuschlüge, um einsamer zu sein, um sich in sich selbst zu erholen.

Es war Weihnachtstag. In dem Hause der Trauer, das gerade der Tod besucht hatte, herrschte Schweigen. Draußen, in den Straßen der Stadt, ertönte Musik: Kinderstimmen und Männerchöre sangen vom Kommen des Messias.

Vom Zimmer aus, in dem das tote Kind aufgebahrt lag, vernahm man aus dem oberen Stock das fröhliche Lärmen vieler Kinder. Sie feierten dort mit ihren Eltern Weihnachten und pflückten Spielsachen und Süßigkeiten von den Zweigen eines herrlich geschmückten Baumes. Es gab Augenblicke, wo die Decke des Saales zu beben schien unter dem Tosen oben, als ob sich die arme Tote in ihrem blauen Sarge erschrecke.

Von den drei Frauen, die bei Celinina wachten, zogen sich zwei zurück. Die dritte schlief ein.

Die Kerzen begannen sich zu bewegen, als ob unsichtbare Flügel durch den Raum schwebten. Die Spitzen an Celininas Kleidchen bewegten sich ebenfalls, als streife sie ein spielerischer Windhauch.

Celinina hob die Lider. Ihre schwarzen Augen füllten den Saal mit lebhaften Blicken. Darauf löste sie die gefalteten Hände. Ohne irgendwelche Anstrengung setzte sie sich auf.

Ein Flügelschlagen wurde hörbar, als ob alle Tauben der Welt in diesem Totenraume aus- und einflögen.

Celinina stand auf dem Fußboden. Sie reckte die Arme hoch. Sofort wuchsen ihr ein Paar kurze weiße

Flügelchen. Sie schlug mit ihnen, flatterte hoch und verschwand.

Dann war wieder alles wie zuvor. Nur der blaue Sarg war leer.

VI

Welch herrliches Fest fand an diesem Abend im Hause des Herrn X. statt!

Die Krippe war hell erleuchtet. Die Kleinen sangen und vergnügten sich in größter Lustigkeit. In den Festräumen hatten sich die entzückendsten Kinder aus zwanzig Straßen in der Runde versammelt. Der Baum bestand aus Eichen- und Zedernzweigen. Unzählbar waren die Geschenke, die von seinen Blättern herabhingen. Der Baum war mit mehr Lichtern geschmückt, als es Sterne am Himmel gibt. Die Freude der Kinder offenbarte sich in herrlichen Weihnachtsgesängen. Plötzlich wird ein Geräusch vernehmbar, das nicht von den Kindern stammt. Alle blicken auf zur Zimmerdecke. Da aber niemand dort etwas sieht, schaut einer den andern lachend an. Doch man hört das Rauschen von Flügeln, die an die Wände streifen, gegen die Decke stoßen. Selbst wenn sie taub gewesen wären, hätten sie das hören müssen. Es war, als ob sich alle Tauben aus allen Taubenschlägen des Universums in dem Saale befänden.

Aber man sieht nichts, absolut nichts.

Aber bald bemerken sie etwas ganz unerklärlich Wunderbares. Alle Figuren der Krippe beginnen sich zu bewegen. Ohne irgendein Geräusch wechseln sie ihre Plätze.

Die wunderbare Erscheinung versetzt die Anwesenden in Schrecken. Einige der Kinder lachen unbändig, andere weinen. Eine abergläubische alte Frau sagt: «Wißt ihr denn nicht, wer diese Unordnung anrichtet? Das tun die toten Kinder, die im Himmel sind und denen Gottvater in dieser einen Nacht erlaubt niederzusteigen und mit der Krippe zu spielen ...» Bald hört die Bewegung wieder auf. Wiederum das Rauschen von Flügeln, diesmal sich entfernend.

Viele der Anwesenden eilen herbei, um die Krippenfiguren zu untersuchen. Ein Herr sagt: «Der Tisch wird sich gesenkt haben. Dabei sind die Figuren durcheinandergefallen.»

Man fängt an, die Figuren zusammenzusuchen und wieder aufzustellen. Aber auch bei peinlich genauer Zählung und nachdem jede Figur untersucht worden ist, muß man feststellen, daß etwas fehlt. Man sucht und sucht. Ohne Erfolg! Zwei Figuren fehlen: der Ochse und der Esel!

VII

Der Morgen ist nahe. Die Ruhestörer, auf dem Wege zum Himmel, flogen zwischen den Wolken. Es waren Millionen und Abermillionen. Alle liebreizend und mit weißen Flügelchen.

«Schnell, schnell, Engelchen, bald wird es tagen!» rief einer.

Celinina war auch mit in der Schar.

«Komm her», sagte einer, «gib mir die Hand, dann fliegst du besser! ... Aber was hast du denn da?»

Celinina antwortete: «Die sind für mich, für mich!» und zeigte zwei Tontierchen.

«Wirf sie weg! ... Wenn uns Gottvater erlaubt niederzusteigen und auf der Erde herumzufliegen, so knüpft er die Bedingung daran, nichts mitzunehmen ...»

Celinina konnte die Gründe hierfür nicht einsehen. Noch fester drückte sie die beiden Tiere an die Brust. Sie wiederholte: «Sie sind für mich, für mich!»

«Laß sie ... schau, wenn du es nicht tust, werden wir Unannehmlichkeiten haben. Flieg hinunter und laß unten, was von der Erde ist und auf Erden bleiben muß! Ich warte in dieser Wolke auf dich ...»

Schließlich gab Celinina nach. Sie stieg hinab und ließ auf der Erde, was aus Erde war.

VIII

Man merkte bald, daß der reizende Leichnam Celininas – das, was ihre sichtbare Persönlichkeit ausgemacht hatte – anstatt des Blumenzweiges in den gefalteten Händen zwei Tontierchen hielt. Weder die Frauen, die bei ihr gewacht hatten, noch der Vater, noch die Mutter konnten sich das erklären.

Aber das schöne, so schmerzlich beweinte Kind wurde ins Grab gesenkt, einen Ochsen und einen Esel fest zwischen den kalten Händchen.

EMILIA PARDO BAZÁN

DER BLUTSTROPFEN

I

Mich quälte ein hartnäckiges Leiden, das ich nicht anders als eine Nervenschwäche bezeichnen kann. Um die zu bekämpfen, konsultierte ich Doktor Luz, der nicht nur für einen guten Wissenschaftler, sondern auch für künstlerisch interessiert galt.

Lächelnd meinte der Arzt: «Sie brauchen sich nicht zu schonen ... eher das Gegenteil!»

«Was, ich soll leichtsinnig sein?»

«Ungefähr das ... eine Kur der Aufrüttlung. Irgendwelche Dinge tun, die Ihren Lebenstrieb aufputschen. Was Sie krank macht, ist die Trägheit und die Teilnahmslosigkeit. Ein neuer Anreiz, das fehlt Ihnen. Könnten Sie sich nicht verlieben?»

«Ich glaube kaum. Die Frauen ... nur für den Augenblick. Und selbst einen kurzen Augenblick versuchen sie zu vergiften. Und die nicht an Gift denken, sind langweilig. Eine schlechte Medizin, Doktor, eine ganz schlechte!»

«Reisen Sie gern?»

«Reisen? Gladstone, Baedeker, Gasthäuser? Ich kenne Europa in- und auswendig, und da ich nicht auf Abenteuer im Stile Jules Vernes aus bin ... höchstens eine Reise im Flugzeug könnte mich noch aufregen ...»

«Na, dann erforschen Sie eben nicht die Erde, sondern Seelen! Nirgends ist das menschliche Leben ohne Geheimnis. Die Neugierde kann zur Leidenschaft werden. Für einen Menschen wie Sie, der psychologischen Forschungstrieb besitzt ...»

Ich dankte für den Rat, von dem ich mir nichts versprach. In mir festigte sich die Überzeugung, daß die Wissenschaft in meinem Fall versagte.

Am Abend dieses Tages, so gegen zwölf Uhr, betrat ich das Apollo-Theater und nahm einen Platz im Parkett. Mit äußerster Vorsicht schob ich mich an den andern Zuschauern meiner Reihe vorbei, die bereits alle saßen. Ich war davon überzeugt, niemanden belästigt zu haben, und war deshalb sehr erstaunt, als einer, und zwar mein Nachbar, mich mit lauter Stimme anschrie:

«Können Sie nicht besser aufpassen, Sie Tölpel!»

Noch größer wurde mein Erstaunen, als ich feststellte, daß der mich Beschimpfende ein junger Mann war, den ich vom Klub und anderen Zirkeln her kannte, einer aus der guten Gesellschaft. Eine derartige Wut ohne irgendeinen Grund und meine Verwunderung darüber entzündeten wie Funken mein niedergeschlagenes Gemüt.

Ich überlegte: Ist er betrunken?

Meine Vermutung schien gerechtfertigt. Das Gesicht meines Nachbarn war ungewöhnlich blaß;

seine Augen zeigten das seltsame Glänzen, das typisch ist für das kritische Stadium der Trunkenheit.

Er wiederholte seine Beleidigung: «He, ich rede mit Ihnen!» Aber weder seine Stimme noch seine Bewegungen zeigten die übliche Unsicherheit Berauschter. Warum suchte dieser Mensch bloß Streit?

Das übrige Publikum wurde aufmerksam und flüsterte. Die Leute in unserer Reihe standen auf. Wir beiden waren im Brennpunkt der allgemeinen Aufmerksamkeit. Jemand wollte sich einmischen. Plötzlich änderte der Angreifer sein Benehmen. Ohne den geringsten Übergang, auffallend brüsk, fing er an zu lachen und rief:

«Ach, Selva! Entschuldigen Sie! ... Ich habe Sie nicht erkannt ... Seien Sie mir nicht böse! ... Es tut mir außerordentlich leid ... Bitte, entschuldigen Sie!»

Die Entschuldigung war so übertrieben wie sein Zorn unbegründet. Beides machte mich argwöhnisch. Vage, halb unbewußt, bereit, sich sofort zu zerstreuen, schwelte der Argwohn in meinem Herzen, belebte meinen Geist, weckte Kräfte in mir und fesselte meine bisher so matte Aufmerksamkeit.

Während mein Ohr von der nervenaufpeitschenden, geräuschvollen Musik der Tangos und anderer Schlager gepeinigt wurde, ging meine Phantasie mit mir durch wie ein feuriges, wildes Fohlen. Es wollte mir scheinen, als sei die ganze Zornesszene jenes Menschen – er hieß Andrés Ariza – absichtlich gestellt gewesen. Warum aber? Der Mensch tut nichts ohne irgendeinen Beweggrund, zu irgendeinem Zweck. Welchen Grund mochte Andrés Ariza haben, so wütend zu werden, als ich auf meinen Platz ging, ohne ihn im geringsten zu stören? Anstatt die Beine und Füße der Tänzerinnen zu studieren, ihre rosa Trikots, ihre gebogenen Schuhe aus glänzendem Atlas, ihre steifgestärkten Röcke, ihre glitzernden Tücher, blickte ich verstohlen forschend nur auf Ariza.

Ich achtete nicht darauf, was auf der Bühne geschah. Ich zweifelte nicht: etwas bedrückte Ariza. Seine weiße, wohlgeformte Hand drehte nervös an den Spitzen seines Schnurrbartes. Von Zeit zu Zeit wandte er unruhig den Kopf nach mir um. Ich bemühte mich, daß er mich nicht dabei ertappte, wenn ich ihn anstarrte. Aber immer mehr fesselte mich die Erforschung seiner erregten Gesichtszüge, reizte mich das Geheimnis seines Wesens. Wenn er sich bewegte, ging ein starker, verfänglicher Gardeniendufth von ihm aus. Dieses Parfüm stieg mir zu Kopfe wie ein anreizend gemischter Wein. Sehr ausgeprägt mußte der Duft schon sein, sollte er sich von den tausend anderen des vollen Theaters unterscheiden.

Plötzlich schreckte ich auf ... Was ich gerade bemerkte, war etwas, das sich kaum natürlich und trivial erklären ließ. Aber ich sagte ja schon, daß meine Phantasie mit mir davonflog, und da ich nichts tat, um sie wieder einzufangen, schleifte sie mich eben mit.

Auf Andrés Hemdbrust, halb von der Weste verdeckt, war ein winzig rotes Fleckchen, glänzend wie unter der Liebe erglühte Lippen. Ein kleiner frischer Blutstropfen! Und ich fing an, mit kühnen Pinselstrichen ein Gemälde in Rot zu entwerfen aus dramatischen Ereignissen, aus Wahnsinn und Rache ... Wer weiß, was dahinterstand: eine Herausforderung ohne Zeugen, ein gefahrvolles Abenteuer, in Geheimnis gehüllt, wie es der Ehrenkodex erfordert?

Als ich eine halbe Stunde später das Theater verließ, um mich in aller Ruhe zu meiner Wohnung zu begeben, kamen mir andere Gedanken. Die frische Luft in der Calle de Alcalá, der Anblick der gewohnten Dinge, die Gassenjungen, die wie immer sich anboten, eine Droschke zu holen, die üblichen zerlumpten Mädchen, die mit heiserer Stimme Zeitungen feilboten, die halbleeren Straßenbahnen, die Menschen, die auseinandergingen in einem Schwarm lustiger, dreister, anzüglicher Worte. All das stieß mich in das Gefängnis der alltäglichen Wirklichkeit zurück, jener Mißgeburt, die mir Ekel einflößte. Einige Minuten lang hatte ich mir eingebildet, in meiner Nähe geschähe etwas Außergewöhnliches, und das hatte ein aufreizendes Nervenkitzeln verursacht. Die Stunde, in der dieser Eindruck vorherrschte, war nicht langweilig gewesen, sondern voll unruhiger, heißer Spannung.

Welche Gefühlswallung, welch unnütze Grübelei

über den Wutausbruch eines x-beliebigen Herrn, wegen eines Blutströpfchens, das vielleicht aus der Nase gefallen war!

Leider gibt es für die meisten Erscheinungen ganz gewöhnliche und prosaische Erklärungen, und das Leben ist ein Gewebe aus lockeren, gleichmäßigen, vorherbestimmten Maschen. Nichts Romantisches umrandet es.

Ich zuckte die Achseln und machte mich auf den Heimweg. Obwohl Winter und Wolken am Himmel, war die Nacht heiter. Ich hoffte, der Spaziergang werde mir helfen, Schlaf zu finden, der sich sonst nicht vor dem Morgengrauen einzustellen pflegte.

Ich lebte in einer jener neuen Straßen, die noch nicht vollständig urbanisiert und bebaut waren. Neben der kleinen Villa, die ich gemietet hatte, lag eine Baustelle, noch leer, mit unebenem Boden, schlecht eingezäunt mit weiß-blauen Planken. Es war nicht der einzige Ort in der einsamen Straße, wo die Beleuchtung genau so kümmerlich war wie das ganze Gelände. Die Möglichkeit, überfallen zu werden, beunruhigte mich nicht. Ich trug meinen Browning bei mir.

Ich weiß nicht, warum mir plötzlich der Gedanke kam, nicht gerade an einen Überfall, aber daß etwas nicht in Ordnung sei. Das Gefühl verstärkte sich, nahm von mir Besitz, während ich so vom Zentrum der Stadt meiner Wohnung zustrebte. Zweifellos wirkte die im Theater angeregte Phantasie fort. Wer weiß, was noch geschehen mochte! Ein Abenteuer belauerte mich, um mir unversehens in den Nacken zu springen. Höchst beunruhigt blickte ich mich nach allen Seiten um, lauschte gespannt auf jedes Geräusch. Gleichzeitig kreisten meine Gedanken hartnäckig um das verstörte Gesicht, den unechten Zorn Andrés Arizas. Warum nur hatte er sich so zornig gestellt? Was mochte die Erklärung für eine solche Verstellung sein?

Meine Besorgnis schien gänzlich unbegründet. Um mich herum war nichts weiter als jene eigentümliche dramatische Spannung, die verschlossene, schweigende Häuser bei Nacht ausstrahlen. Völlige Einsamkeit umgab mich. Wie bekannt, dauert in Madrid das Leben auf den Hauptstraßen bis weit in die Nacht hinein an. Aber in den abgelegeneren Straßen, in denen die reichen Aristokraten wohnen, begegnet man kaum jemandem zwischen ein und zwei Uhr nachts. Nicht einmal der Nachtwächter, der gute Pacomio, war zu sehen, als ich in meine Straße kam. Wahrscheinlich hatte er sich, wie schon öfters, in eine gewisse Kneipe geflüchtet, in der die Tagelöhner zu essen pflegten, die auf den verschiedenen Neubauten in der Nähe meines Hauses arbeiteten. Mir war es einerlei, denn ich hatte den Schlüssel zum Gartentor und den für die Haustür in meiner Tasche.

Während ich auf mein Haus zuging, lenkte irgend etwas, das ich nicht näher beschreiben kann, meine Blicke auf die verlassene Baustelle. Ich bemerkte eine Lücke im Bretterzaun. Verschiedene Planken waren losgerissen worden und lagen unordentlich verstreut herum. Drinnen im Grundstück sah ich auf der tonigen, vom Frost hart gewordenen Erde eine unbestimmbare Masse: etwas Großes, Schwarzes, Langes mit einem weißen Fleck am Ende.

Ich trat näher an den Zaun, bückte mich ... Es war der Körper eines Mannes im Gesellschaftsanzug, ohne Mantel. Was so weiß geleuchtet hatte, war sein wachsbleiches Gesicht und die steife Hemdbrust. Eine Leiche!

Der Tote, wenn er wirklich tot war, lag dicht am Zaun. War er lebend durch die Lücke geschlüpft, mußte er sofort hinter ihr umgefallen sein. Ich zog mein Feuerzeug und beleuchtete das Gesicht mit der Flamme.

Es war ein mir unbekanntes Gesicht. Und ich glaube doch, wenigstens vom Sehen, alle jungen Männer zu kennen, die sich in den Hofkreisen bewegen. Er mochte ungefähr fünfundzwanzig Jahre alt sein und trug einen blonden Schnurrbart. Die Erinnerung an Ariza überfiel mich aufs neue. Der Schnurrbart hatte sie hervorgerufen. Die ungeduldige Bewegung fiel mir ein, mit der Ariza seinen Bart gezwirbelt hatte. Es wunderte mich, daß der Tote keinen Schlips trug, noch Knöpfe im Hemd, noch eine Weste.

Während ich noch ganz in diese Betrachtungen versunken war, schreckten mich schwere Schritte auf. Es war nur der Nachtwächter, der, um ein Trinkgeld zu verdienen, mir meistens mit seiner Laterne behilflich war, damit ich das Schlüsselloch leichter fände. Er kam atemlos angetrampelt und stammelte wirre Entschuldigungen.

«Junger Herr ... Man hat mich in eine andere Straße geholt ... Ich mußte dem Herrn Grafen Marciela die Tür öffnen helfen ...»

In jedem andern Augenblick hätte ich über diese Ausrede gelacht. Wenn man nämlich die Gewohnheiten des kränklichen Grafen Marciela kannte, der ein sehr methodischer Mann war, so schien es äußerst unwahrscheinlich, daß er zu so später Stunde nach Hause gekommen war. Aber mir war nicht nach Lachen zumute. Mit befehlender Gebärde wandte ich mich dem Asturier zu: «Sehen Sie sich vor und lügen Sie lieber nicht! Gerade heute könnte es für Sie zu schwerer Belastung werden, wenn Sie etwas sagen, das nicht der Wahrheit entspricht. Versuchen Sie ja nicht, die Justiz zu täuschen! Auf diesem Grundstück befindet sich ein Toter.»

Entsetzt richtete der sogenannte Glühwurm das Licht seiner Laterne auf die Stelle, die ich ihm anzeigte. Als seine Blicke das Bild erfaßten, zerdrückte er einen Fluch zwischen den Zähnen.

Ich stand völlig unter dem Eindruck der fürchterlichen Entdeckung. Doch plötzlich stieg mir ein

Zweifel auf. Und wenn der Mann gar nicht tot war, sondern nur schwer betrunken? Dann müßte man ihm augenblicklich helfen, ihn zudecken, ihn unter ein Dach bringen.

«Helfen Sie mir, ihn aufzuheben», sagte ich zu dem Nachtwächter, «vielleicht lebt er ja noch.»

«Rühren Sie ihn nicht an, junger Herr!» rief Pacomio. «Wir wollen doch nichts mit denen von der Polizei zu tun haben und uns ins Unglück stürzen. Ich habe schon viele Tote gesehen. Dies ist einer mehr!»

Ich zwängte mich, die Bretter streifend, in das Grundstück. Der Nachtwächter leuchtete mir, während er unentwegt redete, mir Ratschläge erteilte, protestierte. Ich neigte mich über den Körper und befühlte eine Hand. Sie war eiskalt. Ich versuchte, ob noch Atem spürbar sei. Da war nichts. Ich hob den einen Arm. Steif fiel er wieder nieder. Pacomio hatte recht: Hier war keine Hilfe mehr vonnöten.

«Ich möchte nicht belästigt werden, noch hier Totenwache halten», murmelte ich und steckte dem Nachtwächter einen Duro zu. «Holen Sie Hilfe, benachrichtigen Sie die Behörde! Tun Sie das, was man in solchem Falle tun muß! Ich wiederhole, lügen Sie ja nicht, noch verschweigen Sie, daß ich die Leiche gesehen habe! Wenn man in einem solchen Falle nicht die Wahrheit sagt, hat man nur Schwierigkeiten.»

Zu Hause angelangt, legte ich mich nieder und versuchte einzuschlafen. Als mir das endlich gelang, beunruhigten mich Träume: verworrene Gewebe unzusammenhängender Szenen, in denen die beiden Eindrücke des Abends in Zusammenhang miteinander standen. Der Zwischenfall im Theater und das Drama auf dem Grundstück verketteten sich eng miteinander, von meinem aufgeregten Geist in Verbindung gebracht. Manchmal glaubte ich, der Tote und der Mann, der den Zornigen gespielt hatte, seien ein und dieselbe Person, manchmal meinte ich, der kalte Körper auf dem Bauplatz sei der Andrés Arizas. Dann wieder träumte mir, Andrés Ariza habe den Toten vor mir entdeckt und bezichtige mich des Mordes, da meine Wohnung so nahe vom Tatort läge, wo man das Opfer gefunden habe. Opfer? Verbrechen? Nachdem ich wieder erwacht war, konnte ich nichts dergleichen behaupten, denn ich vermochte mich nicht zu erinnern, an jenem Manne irgendeine Verletzung gesehen zu haben. Und trotzdem: meine ungewöhnliche Erregung rührte daher, daß ich fest überzeugt war, ein Verbrechen sei geschehen. Und ich begriff plötzlich: Das einzige, was unser Innerstes aufrührt, was die graue Einförmigkeit unserer Zivilisation zu zerreißen vermag, ist das Verbrechen! Der bittere, salzige Geschmack des Verbrechens hatte von meiner Zunge den schalen der Langeweile weggelöscht. Also nur ein Verbrechen vermochte mich zu interessieren. Ich kam mir vor, wie auf Dornen gebettet, Quecksilber schien durch meine Adern zu fließen. Warum hatte ich nicht mit ansehen wollen, wie der Leichnam fortgeschafft wurde? Vielleicht um meine Träume, meine seltsame Intuition reifen zu lassen. Weil ich nachgrübeln wollte, wie die sinnen, die Gesichte haben, die außerhalb des Wirklichen sind, das man mit den Augen sieht, um das Wirkliche zu finden, das sich verbirgt.

II

Es überraschte mich nicht, als ich gegen elf Uhr morgens eine Vorladung des Richters erhielt, die mich dringend in sein Amtszimmer rief.

Ich kleidete mich an, nahm ein einfaches Frühstück ein, und um schneller ans Ziel zu kommen, benutzte ich eine Droschke. Ich ließ mich bei dem Beamten melden. Es war ein noch junger Advokat, einer jener Intellektuellen, die in ihren Büros reihenweise die Bücher der Biblioteca Alcán stehen haben und gerne in der juristischen Akademie bei Gedächtnisfeiern Reden halten. Ich kannte ihn aus dem Atheneums-Verein, erinnerte mich aber erst daran, als ich ihn sah. Er begrüßte mich mit ausgesuchter Höflichkeit und versicherte mir gleich anfangs, er habe mich nur zu sich gerufen, um meine Ansichten zu erfahren. Der Nachtwächter habe ausgesagt, ich sei der erste gewesen, der die Leiche in dem Grundstück gesehen habe.

«Es hat noch einen anderen Grund, warum Sie mich verhören wollen», entgegnete ich, weil ich Lust verspürte, mich auf Kosten des Richters ein wenig zu amüsieren. Der bildete sich nämlich ein, schlauer als ich zu sein.

«Mein Häuschen grenzt doch an den Bauplatz. Das ist ein zweiter sehr wichtiger Grund, das brauche ich nicht extra hervorzuheben, denn Sie haben natürlich längst daran gedacht. Es dürfte nicht nur zweckmäßig sein, mich auszufragen, sondern auch meine beiden Hausangestellten. Vielleicht haben sie irgend etwas gesehen.»

Der Richter rief: «Mein Gott, wer würde denn an Sie denken ...!»

«Nun, Sie zum Beispiel. Im Augenblick bin ich nämlich die einzige Spur, denke ich mir. Oder irre ich mich?»

«Hören Sie, machen Sie keine Witze, Herr Selva! Die Angelegenheit ist zu ernst, als daß ich mich nicht Ihrer Mithilfe versichern möchte. Ich brauche Sie nicht zu fragen, woher Sie kamen, als sie den Leichnam fanden. Ich weiß es bereits. Sie kamen vom Apollo-Theater, wo Sie einen Wortwechsel mit einem jungen Mann gehabt hatten, mit Ariza, der den Platz neben Ihnen innehatte. Eine Lapalie natürlich. Ariza entschuldigte sich, und Sie waren wieder gut Freund miteinander.»

«Ich sehe, Sie sind gut unterrichtet. Fragen Sie also bitte, und ich will Ihnen das Wenige, was ich weiß, gern mitteilen.»

Und so tat ich denn, Punkt für Punkt. Der Richter hörte mir aufmerksam zu.

«Sie kannten den Toten nicht zufällig?»

«Ich bin sicher, daß ich ihn niemals irgendwo gesehen habe.»

«Ist das alles, was Sie mir über diesen Menschen sagen können?»

«Absolut alles!»

Ich bemerkte, wie er leicht die Stirn runzelte.

«Leider müssen wir Sie belästigen, Selva, um dieses Verbrechen aufzuklären.»

«So, es handelt sich also um ein Verbrechen?» rief ich heftig, beinah erfreut aus.

«Haben Sie daran gezweifelt?»

«Als ich gestern den Körper fand, konnte ich keine Verletzung oder Wunde an ihm entdecken, die auf Gewalt schließen ließe.»

«Das kommt ...»

«Entschuldigen Sie, daß ich Sie unterbreche. Ich hab's erraten. Sie brauchen nicht zu glauben, daß ich eine Erklärung nötig habe. Man konnte keine Wunde sehen, weil er nach dem Morde angekleidet wurde! Das hätte ich mir denken können, als ich bemerkte, daß er weder einen Schlips noch Hemdknöpfe trug.»

Das Gesicht des Richters verdüsterte sich zusehends. Er begann sich aufzuregen. Sein Argwohn wuchs sichtlich. Er erkannte in mir eine Kraft, die ihn dazu zwang, die seine ganz zu entfalten. Und er fürchtete vielleicht, seine Fähigkeiten würden nicht ausreichen, um mit einem so beherrschten und schlauen Gegenspieler wie ich fertig zu werden.

«Wir wollen die Situation ganz klarstellen, Herr Richter», fuhr ich fort und bat mit einer Handbewegung um Erlaubnis, ihm eine Zigarre anzubieten und mir eine anzuzünden. «Sie haben einen Verdacht gegen mich. Und sie tun recht daran. Ich an Ihrer Stelle würde das gleiche denken. Ich bin sicher, im Augenblick haben Sie keine andere Spur. Man kann das Verbrechen kaum gewöhnlichen Straßenräubern zuschreiben. Die Straßenräuber entkleiden allerdings ihre Opfer auf der Straße, wie es öfters vorgekommen ist, aber sie ziehen den Toten dann nicht wieder an. Ihre Pflicht ist es nun, mit allen Mitteln zu versuchen, meine Schuld festzustellen. Ich glaube, Sie werden nicht zögern, mich formell verhören zu lassen. Ich muß Sie allerdings warnen, muß Sie um etwas bitten: Sollten Sie sich zum Beispiel von der aufgeregten öffentlichen Meinung, die sich in der Presse äußern wird, beeinflussen lassen und mich in Haft nehmen, so wird das zur Folge haben, daß sich dieses Verbrechen nie aufklären wird.»

«Ich bitte Sie in aller Freundschaft, mir zu erklären, wie Sie das meinen», sagte der Richter.

«Ganz einfach. Ich habe mir vorgenommen, die Sache aufzuklären, und ich bilde mir ein, daß nur mir es gelingen wird. Vielleicht kommt mir diese Idee durch das Lesen jener englischen Bücher, die jetzt so in Mode sind, in denen es Amateur-Detektive und Kriminalbeamte aus Sport gibt. Sie wissen ja, daß der in der Natur lebende Mensch unmittelbare Eindrücke verarbeitet, wir Zivilisationsmenschen aber Angelesenes. Sie sind ein zu gebildeter Mann, um sich darüber nicht im klaren zu sein.»

«Und außerdem müssen Sie, Herr Selva, entschuldigen Sie, mit äußerster Genauigkeit beweisen, daß Sie diesem sensationellen Vorfall ganz fern stehen, was wir alle annehmen.»

«Bah, das hat mich nicht zu dieser Warnung getrieben. Das wird sich von ganz alleine herausstellen, und ich fordere die Behörden heraus, mir das Gegenteil zu beweisen. Aber das ist ganz gleichgültig. Das Motiv tut nichts zur Sache. Ist es in Ihrem Sinne, daß ich das Knäuel entwirre? Dann helfen Sie mir, ohne nur im geringsten Ihre amtlichen Pflichten zu vernachlässigen. Teilen Sie mir also mit, was nicht geheimgehalten werden soll, was die heutigen Zeitungen in ganz Madrid ausposaunen werden.»

Der Beamte zögerte einen Moment. Er fürchtete offenbar, eine solche Verantwortung zu übernehmen. Endlich entschloß er sich:

«Fragen Sie bitte!»

«Wer ist der Tote? Hat man ihn identifizieren können?»

«Ja. Er heißt Francisco Grijalba und stammt aus Malaga. Er kam von Zeit zu Zeit nach Madrid, verbrachte hier einige Tage in Geschäften für eine Zuckerfabrik, in der er einen wichtigen Posten bekleidete.»

«Gehört er zur guten Gesellschaft? Junggeselle? Reich?»

«Etwas von allem. Ein junger Mann der Gesellschaft, der arbeitete, dem man eine Zukunft in der kaufmännischen Laufbahn voraussagte.»

«Hatte er eine Geliebte in Madrid oder versuchte er sein Glück auf der Straße?»

«Diesen heiklen Punkt haben wir noch nicht aufklären können. Ich merke, Sie wollen auf den alten Rat hinaus: cherchez la femme!»

«Hatte er Familie in Malaga?»

«Eine verheiratete Schwester und den Vater, einen gebrechlichen Herrn, der wegen seiner Leiden auch nicht kommen kann.»

«Wie hat man ihn umgebracht? Welche Schläge oder Wunden hat er bekommen?»

«Zwei Wunden, eine, von einem Stoßdegen herrührend, direkt unter der linken Brustwarze, die das Herz verletzt haben muß. Man hat die Leichenschau noch nicht vorgenommen.»

«Wie haben Sie es fertiggebracht, ihn so schnell zu identifizieren?»

«Oh, das ist nicht schwer gewesen. Wir sind bald im Bilde gewesen. Man hat in den Luxushotels nachgefragt, ob irgendwo ein Gast fehle. Im ‹Hôtel de Londres› wurde festgestellt, daß seit gestern nachmittag Don Francisco Grijalba nicht mehr zurückgekehrt sei. Wir ließen den Besitzer kommen, und er erkannte ihn im Leichenhaus.»

Ich notierte mir: Hôtel de Londres.

«Am besten wäre es, Sie würden jetzt meine Aussage festlegen, Herr Richter», schlug ich vor, «wenn ich meine Zigarre aufgeraucht habe! Und haben Sie meine Aussage, wäre es ratsam, sofort und ohne einstweilige Verfügung, da Sie ja als Vertreter mitgehen, in meiner Wohnung eine Untersuchung vorzunehmen. Sie werden meine Papiere, meine Schränke und alles durchsuchen. Neben meinem Haus ist das bewußte Grundstück. Es wäre vonnöten, daß Sie auch dort alles persönlich untersuchen. In einem Fall wie diesem, darf man nichts außer acht lassen.»

Neue Wolken zogen sich auf der Stirn des Rechtsgelehrten zusammen, der nicht wußte, ob er in mir den zynischen, unverschämten, tollkühnen Verbrecher vermuten sollte oder ein höheres Wesen, einen Liebhaber von Aufregungen, einen Menschen, der es fertigbrächte, ihm, dem Fachmann, eine Lektion zu erteilen, trotz der juristischen Bibliothek und seiner Vorträge in der Akademie.

Schließlich meinte er: «Gut denn, ich sehe keine Schwierigkeiten, dem von Ihnen vorgeschlagenen

Wege zu folgen. Ich hatte das gleiche vor, im Vertrauen gesagt. Ihre Hausangestellten werden wir sofort vernehmen, wenn das Protokoll abgeschlossen ist.»

Wenige Minuten nach dieser Unterhaltung trat der Gerichtsschreiber ein und nahm meine Aussage zu Protokoll. Ich sagte in kurzen Worten die reine Wahrheit aus.

«Was taten Sie gestern und wohin sind Sie gegangen?» war eine der an mich gerichteten Fragen.

«Morgens zehn Uhr war ich bei Doktor Luz, den ich konsultierte. Um halb zwölf ging ich wieder nach Hause und tat nichts Besonderes, bis man mir um halb eins das Mittagessen servierte. Um drei Uhr ging ich in den Klub, las die Zeitung und plauderte über Politik mit ein paar Mitgliedern. Um sechs Uhr verließ ich den Klub und ging in den Laden des Antiquars Roelas in der Calle del Prado. Um acht speiste ich in der ‹Peña›. Dort ging ich um zehn Uhr fort. Da ich mir den ganzen Tag keine richtige Bewegung gemacht hatte, mich sehr langweilte und schlechter Laune war, streifte ich ohne ein bestimmtes Ziel durch die Straßen, um mich wieder zu fangen. Ein Viertel vor zwölf betrat ich das Apollo-Theater. Dort besuchte ich die letzte Vorstellung und ging dann nach Hause und legte mich schlafen.»

«Besinnen Sie sich gut! Ihre Aussage wird vorgelesen werden», bemerkte der Richter. «Vor allem bitte ich Sie, sich zu besinnen, ob Sie in jenen Stunden zwischen zehn und zwölf mit irgend jemandem gesprochen haben oder ob Sie jemand in der Zeit gesehen hat.»

«Ach so», bemerkte ich, «das sind gerade die Stunden, in denen der Mord begangen worden ist. Als ich meinen Parkettplatz im Apollo einnahm, lag Francisco Grijalba bereits auf dem Grundstück. Die Ärzte nehmen an, der Tod sei zwischen elf und halb zwölf Uhr eingetreten. Nicht wahr?»

«Richtig ...»

«Bedaure, ich kann niemanden nennen, mit dem ich in der Zeit gesprochen habe, noch habe ich irgendeinen Bekannten getroffen. Niemand wird mich in diesen Stunden erkannt haben. Ich hatte meinen Mantelkragen hochgeschlagen, hatte ein seidenes Tuch vor den Mund geschlungen aus Angst vor Neuralgien, den Hut tief in die Stirn gezogen. Außerdem suchte ich lästigen Menschen auszuweichen, die einem ihre Gesellschaft aufdrängen, wenn man allein sein will. Ich fürchte, es gibt kein Alibi, Herr Richter.»

Der Beamte schien nachzudenken. Dann sagte er: «Das ist also alles, was Sie wissen?»

«Ohne einen Punkt und ein Komma auszulassen!»

«Sie bleiben also bei der Behauptung, den Toten nicht gekannt zu haben?»

«Nicht einmal vom Sehen.»

Man las mir die Aussage vor, und ich unterschrieb

sie. Außerdienstlich fragte mich der Richter nun nochmals:

«Sie bestehen also darauf, die Wahrheit über dieses Verbrechen herausfinden zu wollen, das uns so im dunkeln läßt?»

Einen Augenblick lang war ich im Zweifel. Ich wollte mich da in etwas einlassen, was ich aller Wahrscheinlichkeit nach nicht würde lösen können. Vielleicht hatte ich vorhin, als ich mich gebrüstet hatte, dieses Verbrechen aufdecken zu können, unter dem Einfluß jener Aufschneiderei und Großmäuligkeit gehandelt, die heute so häufig ist und wo der Einzelne glaubt, ohne Hilfe der Gemeinschaft alles aus eigener Kraft zu erreichen, und es ihm oftmals auch wirklich gelingt. Welche Mittel standen mir zur Verfügung, um das verwirrte Knäuel zu lösen? Und doch ließen sich in meinem Inneren zwei Stimmen vernehmen. Erstens, daß die Aufdeckung dieses Verbrechens mich persönlich interessiere und daß die Justiz, könne ich diesen Fall nicht aufklären, unter Umständen in eine Sackgasse geraten werde.

Und zweitens glaubte ich etwas über das dunkle Geschehen zu «wissen», wenn auch nur dunkel verschwommen, mir auf seltsame Weise und durch fast unglaubwürdige Vorahnungen mitgeteilt.

Und ich argumentierte in Gedanken: Zum Teufel, ich bin ein intelligenter und kultivierter Mann, der nichts zu tun hat, der plötzlich auf unerklärbare

Weise Vorahnungen hat. Das Drama hat mich von Anfang an interessiert. Ich muß bis zum Ende mitspielen. Und es ist Tatsache, daß ich mich seit gestern nicht mehr langweile ... Wann fing es an, daß ich nicht mehr die Last der Langeweile spüre? Wann habe ich das bleierne Joch abgeworfen?

Ich erinnerte mich genau. Ich hatte mich nicht mehr gelangweilt von dem Augenblick an, wo mich Andrés Ariza im Theater anschrie. Und wieder war sein blasses, entstelltes Gesicht vor mir, und das Granatgefunkel des Blutstropfens auf seiner weißen Hemdbrust schmerzte wieder meine Augen. Entschlossen wandte ich mich wieder an den Richter:

«Ich bestehe darauf, den Fall mit klären zu helfen, und bitte Sie, daß man mir mit gutem Willen und Großzügigkeit zur Seite stehe, indem man mir meine Aufgabe erleichtert, auf meine Hinweise eingeht und mich vor allem noch nicht festnimmt ...»

Der Richter versprach mir: «Ich bin bereit, Ihnen zu willfahren. Aber Sie sind sich klar darüber, welche Pflichten und Verantwortungen Sie mir auferlegen? Verlangen Sie bitte nichts, was außerhalb meiner Kompetenz liegt!»

«Sie werden sehen, je nachdem mir geholfen wird, je schneller führt mein Bemühen zum Ziel.»

«Sind Sie damit einverstanden, daß wir jetzt die Bestandaufnahme Ihres Hauses vornehmen? Sie haben es ja selbst verlangt», antwortete mir ausweichend der Beamte.

«Und ich ersuche Sie nochmals darum. Wenn Sie wünschen, gehe ich zuerst, nehme mir eine Droschke, und Sie, Herr Richter, folgen mir in einer anderen. An meiner Haustür erwarte ich Sie. Es wäre nicht klug, wenn man uns zusammen fortgehen sähe. Das würde nur die Neugierigen reizen.»

Er stimmte mir zu, und ich verabschiedete mich: «Bis nachher!»

Draußen, auf dem Gang, wartete eine Gruppe von Gerichts-Berichterstattern. Aufgeregt erörterten sie das Verbrechen und die Möglichkeit von Artikeln und Informationen, die sich ihnen dadurch boten. Sie wollten mich anhalten. Höflich entschuldigte ich mich.

«Es ist nichts besprochen worden, was der Erwähnung wert wäre», speiste ich sie mit ein paar liebenswürdigen Redensarten ab, «die ganze Sache ist in undurchdringliches Dunkel gehüllt.»

Zwei Photographen nahmen mich unter die Lupe. Da das Licht sehr schlecht war, hoffte ich, daß man mich auf einem solchen Photo nicht würde erkennen können.

III

Als ich mich meinem Hause näherte, sah ich, daß ein Haufen neugieriger Müßiggänger vor dem Grundstück herumstanden.

Alles stürzte herbei, um zu sehen, wie ich aus der

Droschke stieg. Wenige Minuten später kam der Richter mit dem Gerichtsschreiber und in einer dritten Droschke zwei gutgekleidete Individuen, aber mit jenem ungeschliffenen spießbürgerlichen Gehabe, diesem Mangel an Ungezwungenheit, mit dem sie sich in ihren Kleidern bewegten, der sofort die Polizisten verriet. Ihre Mäntel und Hüte waren streng in Form und Schnitt. Ich machte derartige Beobachtungen erst, als wir ins Haus getreten waren. Draußen fing es an dunkel zu werden, und wir begrüßten uns erst in dem erleuchteten Vorzimmer.

«Die Herren sind von der Polizei», erklärte mir der Richter.

«Herzlich willkommen!»

Einer der beiden trat vor und auf mich zu und versuchte Herzlichkeit vorzutäuschen. Seine Augen aber waren scharf und forschend. Später erfuhr ich, daß er unter seinen Kollegen als der gewandteste und sicherste Spürhund galt. Die sensationellen Umstände des Verbrechens und die Erregung, die es in ganz Madrid hervorgerufen hatte, veranlaßten die Behörden, gleich anfangs den berühmten Cordelero hinzuzuziehen und ihm den Fall zu übergeben.

«Bitte, treten Sie ein, meine Herren!» drängte ich.

Mein Haus ist eine bequeme Junggesellenwohnung für einen, der keine wirtschaftlichen Sorgen zu haben braucht und sich für Kunst und Literatur interessiert. Es war alles in tadelloser Ordnung. Ich befahl meinen beiden treuen, alten Dienstboten Remigio und seiner Frau Teresa, die Zimmer zu zeigen. Die beiden machten entsetzte Gesichter, in denen unverhüllt die Furcht vor der Justiz stand. Sie gehorchten schweigend. Ich gab ihnen meine Schlüssel, und Türen und Möbel wurden geöffnet. Sie wußten ganz genau, daß sich hier nicht einmal der Schatten einer verbrecherischen Tat gezeigt hatte. Doch ich begriff gut die Furcht in ihren Herzen. Wir untersuchten das Speisezimmer, den Salon, einen kleinen Raum, in dem ich das Klavier stehen habe, die Küche und die Nebenräume. Alles machte den Eindruck, als werde hier ein friedliches, gesetztreues Leben geführt. Wir gingen in den oberen Stock. Dort befanden sich die Schlafzimmer und das Bad. Zuerst betraten wir mein Schlafzimmer, in dem ich in einem Empire-Sekretär meine Papiere aufbewahre. Ich händigte dem Richter den Schlüssel dazu aus. Während er den Schlüssel im Schloß drehte, ging Cordelero, der sich zurückgehalten hatte, zum Fenster und nahm mit raschem Griff ein Paket vom Boden auf.

«Was ist denn das?» sagte er, als ob er mit sich selbst spräche.

Ich drehte mich um und erblickte zu meinem größten Erstaunen ein Bündel, eingehüllt in dunkles Leinen und mit einem schwarzen Seidenband zusammengeschnürt.

«Was ist das, Teresa?» fragte ich meinerseits die

Dienerin. «Wer von euch beiden hat dieses Bündel dorthingelegt?»

«Wir wissen nichts davon, junger Herr, wir haben es nicht hergebracht!»

Cordelero legte das verdächtige Paket höchst vorsichtig auf einen kleinen Tisch, auf dem man mir gewöhnlich das Frühstück servierte.

Er maß mich mit fragenden Blicken, ehe er das Bündel öffnete. Auf ein zustimmendes Zeichen von mir löste er die Knoten, entfernte die Hülle aus seidigem Perkal und förderte einen eleganten Mantel aus feinem Tuch zutage, der mehrmals zusammengelegt war. Mehrere andere Gegenstände waren in ihm eingewickelt: eine nach Parfüm riechende Brieftasche aus englischem Leder, ein Taschentuch, eine flache Uhr mit Kette, einige Hemdenknöpfe aus Katzenaugen und großen Rubinen, ein Paar weiße Handschuhe, ein glattes Zigarettenetui, mit einem Kleeblatt aus Smaragden verziert.

Der Richter betrachtete mich mit einem Gesicht, düsterer als der Himmel vor dem Sturm.

«Cordelero», bat ich, «ich möchte Sie um etwas bitten. Diesen äußerst seltsamen Fund müssen wir uns unter allen Umständen zunutze machen. Berühren Sie nur ja nicht die Gegenstände aus Metall und Leder! Es ist von größter Wichtigkeit, die Fingerabdrücke nicht zu zerstören, die sicherlich darauf sind. Spuren von den Fingern des Verbrechers oder seiner Komplizen müßten zu finden sein.»

Der Polizeibeamte betrachtete mich mit einem Ausdruck, in dem Triumph und Staunen gemischt waren. Für ihn war es ein mich erdrückender Beweis, daß man in meinem Hause den Mantel und andere Wertgegenstände des Ermordeten gefunden hatte, wo der Leichnam im angrenzenden Grundstück entdeckt worden war. Und gleichzeitig begriff er wohl, daß meine Bemerkung richtig war und den modernen polizeilichen Methoden entsprach: hier konnte man die Fingerabdrücke und somit die Spuren des Mörders entdecken!

Er murmelte also: «Nichts wird angerührt, Herr Richter, man muß zu Protokoll nehmen, was hier gefunden wurde ...»

Mein Diener Remigio trat vor. Mit einer Stimme, die der Unwille erzittern ließ, sagte er:

«Mit Verlaub, Herr Richter, dieses Paket ist von dem Bauplatz nebenan in dies Zimmer geworfen worden. Sie können mir den Hals umdrehen, wenn's nicht stimmt.» Und er fuhr sich mit der Hand leicht über den Nacken.

«Der Herr hat uns befohlen, die Fenster seines Schlafzimmers immer offen zu lassen. Ich habe schon immer gesagt, das gibt noch mal Verdruß. Die Baustelle ist eine schlechte Nachbarschaft. Aber Befehl ist Befehl. Wissen Sie, was er sagte: ‹Ich will lieber eines Tages bestohlen werden, als jeden Tag schlechte Luft einatmen!› Nicht wahr, Teresa, das hat er immer gesagt? Und heute, als ich die Fenster zur Nacht schließen kam, trat ich im Dunklen ins Zimmer, hatte genug Licht zum Sehen vom Gang draußen. Ich machte die Fenster zu und ging wieder. So wahr ich Remigio Camino heiße und in Lugo geboren bin: Das Paket hat jemand von draußen hineingeworfen, und es war schon drin, als ich kam ...»

Die Erklärung des Dieners klang durchaus glaubwürdig. Mit einem ironischen Lächeln blickte ich Cordelero an. Der wandte sich verdrossen ab. Die Spur, die er verfolgte, war so klar, so unwahrscheinlich einfach, so bequem ... War ich der Mörder, so brauchte sich die Polizei nicht viel den Kopf zu zerbrechen, noch bestand die Gefahr eines polizeilichen Reinfalls. Und ich konnte ihnen ja kaum mehr aus den Fingern schlüpfen ...

Nachdem das Protokoll beendet und gesiegelt war und auf meine Veranlassung auch meine Papiere versiegelt worden waren, wandte ich mich an den Richter:

«Wenn Sie und Herr Cordelero eine Viertelstunde Zeit erübrigen können, hätte ich Sie gerne noch gesprochen.»

Das Gefolge verschwand: Schreiber, meine Diener, der Polizist, der Cordelero begleitet hatte, und ich bat die beiden Herren, Platz zu nehmen.

«Mit diesen ersten Untersuchungen hat man kostbare Zeit verloren», fing ich an. «Ich bedaure es jetzt außerordentlich, daß ich nicht zugegen war, als die Wache die Leiche abholte. Auf der Baustelle hätte man die Fußspuren der Mörder, die den Toten von einem andern Ort, wo der Mord begangen wurde, hierherbrachten, sicher entdecken können.»

«Warum reden Sie von Mördern?» brummte der Polizeibeamte. «Sind Sie überzeugt davon, daß es mehrere gewesen sind?»

«Es sind zum mindesten zwei, ein Mann und eine Frau. Und stellen Sie sich vor, was das für uns bedeutet hätte, wenn wir die Spur eines zarten, kleinen Fußes gefunden hätten! Jetzt ist es zwecklos, danach zu suchen. Unzählige Fußstapfen haben sie ausgelöscht. Aber nun zum Kern des Problems, meine Herren! Sie gehen von der Annahme aus, daß ich der Mörder sei. Vor einigen Stunden noch hat mich das nicht gewundert. Es war niemand anders in Erscheinung getreten als ich. Das gebe ich zu. Aber jetzt, wo in meinem Schlafzimmer ausgerechnet der Mantel und die Wertgegenstände des Ermordeten gefunden wurden, finde ich es, ehrlich gestanden, ziemlich naiv, wenn Sie Ihre Meinung nicht ändern. Wer nicht auf den Kopf gefallen ist, für den muß es doch ein klarer Beweis meiner Unschuld sein. Erinnern Sie sich doch, daß ich selbst um die Durchsuchung meines Hauses bat; und meinen Sie nicht auch, daß ein Schuldiger das Paket eher in einen Abwässerkanal geworfen hätte, wie es die Verbrecher meistens tun? Herr Cordelero, ich hatte Ihnen mehr zugetraut! Das kommt alles nur, weil die Presse heute morgen sich soviel mit mir abgibt, dabei aber zwei Tatsachen außer acht ließ, nämlich, daß ich es war, der den Toten entdeckte, und daß mein Haus an das Grundstück grenzt. Der Pöbel hält mich für den Schuldigen. Die wirklichen Mörder aber haben das gemerkt, und da die Effekten des Toten sie verraten könnten, sind sie auf die Idee gekommen, heute bei Einbruch der Nacht die Sachen in mein Fenster zu werfen. Wahrscheinlich war ihr ursprünglicher Plan, die Sachen einfach auf dem Grundstück zu lassen. Als sie aber meine offenen Fenster sahen, zielten sie ... und gingen lachend davon. Oder, besser gesagt, er ging lachend davon, denn es war nur einer hier. Das alles weist aber auf einen nur grobdurchdachten Plan hin. So kann man weder einen juristischen Beamten noch einen so erfahrenen Polizisten hinter das Licht führen.»

Cordelero wußte nicht, wie ihm geschah. Die Folgerichtigkeit meiner Beobachtungen verwirrten ihn. Er ahnte eine ganze Welt von Polizei-Wissenschaft, eine Hohe Schule dieser Kunst, die er nicht kannte. Das beschämte ihn.

Er fragte mich: «Warum meinen Sie, daß die Verbrecher ein Mann und eine Frau sind?»

Ich bekam Lust, ihn durch ein mitleidiges Lächeln herauszufordern. Der Richter aber, von dem Wunsche beseelt, zu zeigen, daß er mehr von den Dingen verstehe als der aus der Fassung gebrachte Spürhund, sprudelte hervor:

«Weil, Freund Cordelero ... das ist doch selbstverständlich, das Opfer wurde im Bett ermordet ... und da er nicht in seinem Hotel umgebracht wurde, ist es klar, daß eine Frau im Spiele ist ...»

Ich stimmte zu: «Eine Frau ist immer im Spiel. Oft aber bleibt sie hinter den Kulissen. In diesem Falle aber könnte ich schwören, daß sie aktiv Anteil genommen hat. Dieses kleine Paket ist von einer Frau verschnürt worden. Dieses Stück glänzender Seide, in das die Sachen eingewickelt sind, ist etwas, was kein Mann in seinem Hause aufzubewahren pflegt. Nur Frauen heben solcherlei Stoffreste in ihren Schränken auf. Sehen Sie doch in meinen Schränken einmal nach! Sie werden ganz andere Dinge darin finden als bei einer Dame. Das Band ist ebenfalls ein Zubehör, den kein Mann aufheben würde. Was meinen Sie, Cordelero?»

«Sie werden mir erlauben», entgegnete der, eine gekränkte Miene zeigend, «meine Eindrücke für mich zu behalten.»

«Ich gratuliere! Behalten Sie sie nur für sich! Ich spiele mit offenen Karten und gebe Ihnen die Trümpfe in die Hand. Die Herren Mörder, mögen sie sein, wer sie wollen, haben alles versucht, um auf mich den Verdacht zu lenken. Ich werde ihnen aber das Netz zerreißen. Ich werde sie herausfinden, und das in kürzester Frist. Ich schätze, daß es mir in drei Tagen gelingen wird, von heute an gerechnet. Und wenn mir mein Vorhaben gelingt – und davon bin ich fest überzeugt –, so möchte ich, daß Herr Cordelero den Ruhm der Entdeckung davonträgt. Jedem, der es hören will, werde ich erzählen, daß Sie beide es waren, Herr Cordelero und Sie, hochgeschätzter Herr Richter, die Licht in das Dunkel dieses Falles gebracht haben ... Ich dagegen stelle zwei Bedingungen. Die erste: Sie Ihrerseits tun, was in Ihren Kräften steht, um meine Unschuld zu beweisen. Das zweite liegt auf Ihrer Linie, Herr Cordelero: Versuchen Sie noch in dieser Nacht durch die Ihnen zur Verfügung stehenden Möglichkeiten herauszufinden, welche Leute in den beiden Straßen leben, die in die meine einmünden, und welcher Art diese Bewohner sind. Wer hier in meiner Straße wohnt, weiß ich. Und ich weiß auch, daß bei denen nichts für uns zu holen ist. Wenn Sie die Güte haben wollten, mir diese Auskünfte morgen früh mitzuteilen, so werde ich mich in die Schlacht werfen schon um die Mittagszeit, und es müßte schon etwas ganz Besonderes geschehen ...»

Hier unterbrach mich der Richter:

«Diese Bedingungen erscheinen mir recht vernünftig, Cordelero. Mehr kann Selva nicht tun.»

«Sie können in der Zeit mein Haus und meine Person ruhig bewachen. Es wird mir nicht einfallen, ins Ausland zu entweichen», fügte ich hinzu mit jenem leichten Spott, den ich gern anzuwenden pflege; «aber beeilen Sie sich mit dem Verzeichnis. Und wenn Sie das nicht fertigbringen sollten, so kann ich das auch herausfinden. Nur brauche ich dann einen Tag mehr ...»

Cordelero protestierte: «Warum sollte ich das nicht fertigbringen? Augenblicklich fange ich an!»

Er ähnelte einem Hunde, der nicht weiß, ob man ihm einen Knochen oder eine Peitsche vor die Nase hält.

Meine beiden Dienstboten wurden dann noch verhört. Sie meinten es besonders richtig zu machen und gaben nur einsilbige Antworten oder nur halbe Worte.

IV

Wie die vorherige war auch diese Nacht unruhig; ich träumte wieder völlig unzusammenhängendes Zeug. Diesmal nicht über das Verbrechen, sondern über den geringfügigen Zwischenfall im Apollo-Theater. Ich sah Andrés Ariza vor mir, wie er sich mit geballten Fäusten auf mich stürzte. Die eine Hand umklammerte, wie die Apachen ihr Messer, einen Schraubenschlüssel, der oben in einen spitzen Stachel auslief. Ein Instrument, das tödliche Wunden beibringt. Als ich nach Hilfe zu schreien begann, versteckte er die Hand mit der Waffe und streckte mir die andere entgegen, sich tausendmal entschuldigend. Dieser Albdruck dauerte an, bis mich Remigio weckte mit dem gleichen langen Gesicht, das er am Vorabend zur Schau getragen. Er teilte mir mit, es warte bereits «der bewußte Herr» auf mich.

«Aber Menschenskind, führ ihn herein ... und sei nicht so niedergeschlagen! Sie werden uns nicht gleich aufhängen ... bring mir auch das Frühstück!»

Düster blickend wie immer, holte Cordelero seine Liste aus der Tasche und wollte sie mir vorlesen. Eine Geste von mir hielt ihn aber zurück.

«Ich muß Sie tausendmal um Verzeihung bitten. Ich habe Sie zu viel und vergeblich arbeiten lassen. Ich habe mir überlegt, daß ich die Namen jener Nachbarn nicht gebraucht hätte, die mit Familie hier leben und von denen man weiß, daß nichts gegen ihre Rechtschaffenheit und Ehrbarkeit zu sagen ist. Erlauben Sie mir bitte ...», und damit nahm ich ihm die Liste aus der Hand, «Don Antonio Díaz Otero und Frau ... uninteressant! Marquesa de la Islaverde ... eine Witwe, die viel Gutes tut! – Auch nicht. – Conde de la Baldía ... siebzig Jahre alt, leidet an Rheumatismus – noch weniger! General Escalante ... Bah, der General ist ein sehr strenger Mann. – Aber hören Sie, aha ... Passen Sie auf, da ist Doña Julia Fernandina! Ist das nicht dieselbe, die man die ‹fesche Ferna› nennt? Die berüchtigte Tochter des Grafen von Tolvanera? Die ‹fesche Ferna›, sehr interessant! In Nummer fünfzehn? Warten Sie! Gut. Vielen Dank, Herr Cordelero. Wenn Sie mir erlauben, behalte ich diese Liste. Jetzt will ich schnurstracks zum Hôtel de Londres gehen, in dem der Ermordete logiert hat.»

«Dort hat man bereits Nachforschungen unternommen. Es steht mir nicht zu, Ihnen die Ergebnisse mitzuteilen. Aber diese Möglichkeit habe ich nicht übersehen, Herr von Selva!»

«Das kann ich mir denken. Aber schließlich, lieber Freund, sehen vier Augen mehr als zwei. Worum ich Sie laut unserer Vereinbarung bitten muß: begleiten Sie mich zum Hotel, damit man dort sich nicht weigert, mir Auskünfte zu erteilen. Und noch etwas. Wenn Sie wollen, stellen Sie die Fragen. Sie wissen ja: Der Ruhm der Entdeckung ist Ihrer, Herr Cordelero!»

Er sah mich scheel und mißtrauisch von der Seite an und strich sich den borstigen Schnurrbart.

«Worauf ich allerdings bestehe, ist Zurückhaltung», fügte ich hinzu. «Vorsicht, Vorsicht vor der Presse! Vor allem anfangs. Man muß die Pferde nicht scheu machen. Sie sollen mich ruhig weiter verdächtigen. Nichts von einer neuen Fährte!»

Ich sprang aus dem Bett, kleidete mich hastig an, und wir verließen das Haus durch eine Seitentür, die in den winzigen Garten meiner Villa führte und von wo aus wir in eine andere Straße gelangten. Und wir taten gut daran, diesen Weg zu wählen. Denn vor dem Gittertor meines Hauses hielten drei Zeitungsreporter Wache, die vergeblich Remigio zu bestechen versucht hatten, um zu mir vorgelassen zu werden. Im Hôtel de Londres fragten wir nach dem Besitzer. Der erschien sogleich und stellte sich uns zur Verfügung.

«Der Herr ist gestern ja schon dagewesen, wenige Stunden, nachdem man das Verbrechen entdeckt hatte», sagte der Hotelier und zeigte auf Cordelero. «Er hat nach tausend Dingen gefragt. Aber bitte, fragen Sie nochmals! Wir werden immer die Wahrheit sagen. Es ist nur in unserm Sinne, wenn sich die Sache bald aufklärt. Armer Herr Paco, er war so sympathisch! Man muß wirklich etwas gegen die Unsittlichkeit tun, sonst werden die Zeiten immer schlechter.»

Bei den Worten des Hoteliers strengte ich all meine geistigen Kräfte an und entdeckte im hintersten Winkel meines Seins etwas so Seltsames, daß ich kaum wage, es genauer zu beschreiben. Es war, als ob eine verworrene, vage Eingebung plötzlich Gestalt gewänne. Die scharfe Spitze dieser Erkenntnis verwundete mich und entlockte mir unwillkürlich einen Schrei. «Hier, hier», schien aus dem Dunkel ein von mir verschiedenes, unbekanntes Wesen zu rufen. Eine wirkliche Eingebung muß sich auf solche Weise manifestieren. Nämlich durch eine Art von übertriebenem Schmerz, der die Taten hervorruft, die nichts mit der Vernunft zu tun haben, nichts mit langsamer Berechnung und kurzen Gedankenflügen. Aus einem sehr tiefen, verborgenen psychologischen Schacht stieg eine Stimme auf, die, wie es in Träumen geschieht, zu mir sprach:

«Ja richtig! Man hat Sie weidlich ausgefragt. Aber die Untersuchung muß vervollständigt werden. Wir möchten nämlich wissen, wann hier zum letztenmal den Herrn Grijalba zu besuchen oder ihn abzuholen jener Freund von ihm gekommen ist ... wie heißt er doch noch: der Herr von Ariza!»

O Wahrheit, die von oben kommt! O höchste Wahrheit! Als ich diese Frage stellte aufs Geratewohl, vom Unbewußten getrieben, antwortete mir der Hotelbesitzer, als sei es das Allernatürlichste:

«Lassen Sie mich nachdenken! Am Montag wurde Herr Francisco ermordet ... Am Samstag ist der Herr von Ariza hiergewesen. Er ging aber nicht hinauf ins Zimmer. Er ließ dem anderen sagen, er möge hinunterkommen. Deswegen erinnere ich mich genau.»

«Kam er oft?» drängte ich in nervöser Spannung.

«Nein, Herr, er kam sehr selten. Aber, fühlen Sie sich schlecht, Herr? Sie sehen plötzlich so elend aus!»

«O keineswegs! Ich finde es nur sehr kalt in diesem Raum. Weiter, nur weiter! Sie sagen also, er kam nur selten? Die Hauptsache ist, daß sie sich jedenfalls gesehen haben.»

«Was das Sehen betrifft, so weiß ich nicht, ob sie sich sonst getroffen haben. Ich kümmere mich nur um das, was in meinem Hotel vor sich geht. Draußen wird wohl jeder Gast seine Freunde haben.»

«Wissen Sie, welche Art von Geschäften Herrn Paco nach Madrid führten?»

«Wenn ich ganz genau sein soll: nein. Aber er wird wohl auch diesmal wie gewöhnlich in Sachen dieser Zuckerfabrik hier gewesen sein, die er vertrat. Andere Male, die er hier war, mußte er Ausstände einkassieren.»

«Wissen Sie, ob er die einkassierten Summen direkt nach Malaga überwies oder irgendwo anders deponierte?»

Der Hotelbesitzer versuchte sich zu erinnern.

«Das hat mich der Herr Cordelero schon früher gefragt ... Genau weiß ich es nicht. Das einzige, worauf ich mich besinnen kann, sind verschiedene Telephongespräche, die er mit der Bank führte. Vielleicht hat er die Beträge auf der Bank eingezahlt.»

«Könnte ich das Zimmer des Toten sehen?» fragte ich.

«Die Gerichtsbehörden haben es versiegelt», bemerkte der Polizeibeamte in strengem Ton. «Ohne Vollmacht ...»

«Na, dann gehen wir lieber. Dieses Verhör hat wenig Erfolg gezeitigt», sagte ich heuchlerisch.

Wir eilten zur Bank. Ich war fieberhaft erregt. Vergebens versuchte ich meine Phantasie einzudämmen, mir einzureden, die Dinge nicht zu übertreiben. Die Begeisterung darüber, daß es mir gelungen war, den Namen Arizas in das dunkle Drama einzuflechten, machte mich toll. Wie der Stern die drei Weisen aus dem Morgenlande geleitet hatte, so mich jener Blutstropfen. Welche Horizonte beleuchtete sein Rot! Schon begann sich das düstere Verbrechen aufzuhellen. Jedoch, was konnte ich Positives beweisen? Daß Ariza, wie noch andere lebenslustige Madrider Jünglinge, ein Freund des Getöteten war? Nichts weiter. Und doch genügte mir das. Das Schicksal schien mir Ariza über den Weg geschickt zu haben, und er hatte verwegen sein Schicksal mit dem meinen gekreuzt, gleich wie sich zwei Schwerter im Kampfe kreuzen ...

Auf der Bank empfing uns nach kurzer Wartezeit der Direktor. Nach den ersten Begrüßungsworten und üblichen Phrasen fuhr der Direktor redselig fort:

«Ich verstehe Sie, Herr Selva, warum Sie sich in diese Sache eingemischt haben. Eine Serie unheilvoller Umstände hat Sie dazu getrieben, sich verteidigen zu müssen. Für mich sind Sie bereits gerechtfertigt. Wären Sie schuldig, so hätte man den Ermordeten sicherlich nicht ausgerechnet in dem Grundstück gefunden, das an Ihr Haus grenzt.»

«Besten Dank für diese Auffassung, Herr Direktor. Die Polizei denkt ebenso und hat mir gestattet, mich an der Untersuchung zu beteiligen ...»

«Die wird sehr mühselig sein ... Dies Verbrechen ist in solches Dunkel gehüllt ...»

«Glauben Sie das ja nicht. Die Dunkelheit liegt nicht auf dem Verbrechen als solches, sondern auf unserm mangelnden Verständnis. Es gibt kaum Verbrechen ohne einige deutliche, klare Spuren. Es wird gar nicht lange dauern, bis wir den uns jetzt beschäftigenden Fall geklärt haben werden. Es fehlen noch einige Daten. Wir müssen wissen, welche Geldsummen der Ermordete bei Ihnen eingezahlt hat.»

«Dreimal in zwei Wochen brachte er beachtliche Beträge her. Alles wurde dem Kontokorrent der Aktiengesellschaft gutgeschrieben und der Filiale in Malaga überwiesen. Im ganzen beliefen sich die eingekommenen Gelder auf etwas mehr als hunderttausend Pesetas.»

«Wann wurde die letzte Einzahlung gemacht?»

«Warten Sie ...»

Er ließ sich telephonisch das Datum aus dem Büro geben, und wir erfuhren, daß es sechs Tage vor dem Verbrechen geschehen sei.

«Glauben Sie, Herr Direktor, daß Grijalba alle rückständigen Gelder flüssiggemacht hat?»

«Ich glaube nicht. Dann wäre er nach Malaga zurückgefahren.»

«Es ist von größter Wichtigkeit, diesen Punkt zu klären. Ich brauche das Warum eines Menschen, der so viel Verständnis für die Sache hat, nicht extra zu erklären!»

Der Direktor nahm erneut das Telephon auf und verlangte: «Herr Durán soll kommen!»

Ein paar Minuten darauf trat Herr Durán ein.

Das Lispeln seiner lustigen, silbenverschluckenden Sprechweise ließ unschwer den Landsmann des Verstorbenen erkennen.

«Herr Durán», begann der Direktor, «verzeihen Sie, daß wir Sie stören müssen. Aber die Herren hier müssen noch einige Erkundigungen einziehen, den Mord in der Calle X. betreffend.»

Durán zuckte die Schultern.

«Wegen dieses Verbrechens braucht man keine Erkundigungen mehr einzuziehen. Der Mörder ist Selva, wer sollte es denn sonst sein?»

Ich machte dem Direktor ein heimliches Zeichen, er solle nichts sagen, und leutselig lächelnd pflichtete ich ihm bei:

«Wir sind der gleichen Meinung wie Sie. Selva ist natürlich der Mörder. Alles spricht dafür. Aber die Pflicht fordert, daß wir noch einige Einzelheiten aufklären. Waren Sie ein Freund des Ermordeten?»

«Er kam manchmal, um mich um Rat zu fragen. Ich kenne nämlich ganz Malaga und alle hiesigen Geschäftsleute.»

«Hat Herr Grijalba alle Ausstände eintreiben können?»

«Nein, Herr, wenn er mir die Wahrheit gesagt hat. Hundertfünfundzwanzigtausendundachtzig Pesetas hat er flüssiggemacht. Aber der Gesamtbetrag war größer. Es fehlten noch ungefähr hundertzweiundsiebzigtausend.»

«Von einem einzigen Schuldner oder von mehreren?»

«Warten Sie einmal ... Ich glaube, von der Casa Bordado & Co. Die waren scheinbar sehr halsstarrig. Es gab da Schwierigkeiten über die totale Schuld.»

«Wissen Sie, ob sie endlich gezahlt haben?»

«Das können wir gleich erfahren, wenn der Herr Direktor erlaubt. Ich kann in Ihrem Namen anrufen ...»

«Bitte, bitte, selbstverständlich!»

«Tausendvierzig ... Bordado ... Wer spricht dort? ... Gut. Der Bankdirektor läßt fragen, ob die Gelder gezahlt wurden, die Ihre Firma der Zuckergesellschaft von Malaga schuldete ... Ja? ... Sie meinen zu wissen, warum ich danach frage? ... Ganz recht, darum handelt es sich ... Also doch? Wann? ... Was? ... Am Montag ... Irren Sie sich nicht? ... Um wieviel Uhr? ... Um drei Uhr nachmittags? Vielen Dank ... Ja, es ist eine Schande, der arme Grijalba ... So, Sie haben dort die Papiere, die beweisen, daß Grijalba das Geld empfangen hat, und man kann Einsicht in sie nehmen ... Ja, wir haben so etwas vermutet ... Ein so angesehenes Haus wie das Ihre ... Verzeihen Sie die Störung! ... Vielen Dank nochmals!»

«Was haben Sie, Herr Selva?» rief der Direktor unbesonnen aus. «Sie sind so rot geworden. Fühlen Sie sich schlecht?»

«Nein, Herr Direktor, im Gegenteil. Es ist die

Freude. Behalten Sie gut im Gedächtnis, meine Herren, was Sie soeben hörten. Die hundertzweiundsiebzigtausend Pesetas hat Herr Grijalba am Montag, also am Tage seines Todes, einkassiert, zu einer Stunde, wo er sie nicht mehr in die Bank einzahlen konnte.»

Als ich mich Herrn Durán zuwandte, um auch seinem Gedächtnis diesen schwerwiegenden und bedeutungsvollen Umstand einzuprägen, sah er so verwirrt und benommen aus, daß ich lachen mußte. Denn ich zersprang fast vor Stolz und Genugtuung.

«Was ist mit Ihnen los, Herr Durán? Sind Sie eingeschüchtert, weil Sie eben feststellen mußten, daß ich der Selva bin, den Sie für den Schöpfer des Verbrechens halten? Grämen Sie sich nicht! Das wäre Unsinn. Ich würde als Außenstehender der gleichen Ansicht wie Sie sein. Das Lustige an solchen Fällen ist, daß der Schein meistens trügt. Nicht wahr, Herr Cordelero?»

V

Ich verabschiedete mich von dem mürrischen Polizeibeamten und ging zu Fuß nach Hause. Doch ich war ganz sicher, daß er mich aus einer gewissen Entfernung heraus nicht aus den Augen lassen würde. Während des ganzen nicht sehr weiten Weges arbeitete meine Phantasie fieberhaft, um die Geschichte der einzigen Frau in der Nachbarschaft zu rekonstruieren, die in den Mordfall verwickelt sein könnte.

Julia Fernandina! Julia Fernandina!

Sie war die Schwester der gegenwärtigen Condesa de la Tolvanera, gehörte einer sehr frommen, sittenstrengen, sehr vornehmen Familie an. Wo stammte sie her? Aus Andalusien etwa? Aus Andalusien, ja! Und ich hätte schwören können, aus Malaga. Wie aber hatte sich Julita, ein junges Mädchen der besten Gesellschaft, in die «fesche Ferna», den Stern fragwürdiger Anbetung, verwandeln können? Wie es in solchen Fällen meistens geht: es fing an mit einer Jugendliebe, einer verrückten, aber heiligen, und endete im Laster, in der Verkommenheit. Mit ungefähr zwanzig Jahren beschwor die junge Aristokratentochter einen Skandal im andalusischen «high life» herauf, indem sie mit einem Französischlehrer entfloh. Paris beendete den Flug des Turteltaubenpaares. Vom Pariser Treiben der «feschen Ferna» erzählte man sich die tollsten Geschichten. Ihr Vater tat alles, um sie zu enterben. Auf seinem Totenbett aber übermannte ihn die Scham, und er vermachte etwas von seinem bedeutenden Vermögen Julia. Diese kehrte nach Madrid zurück und umgab sich mit großem Luxus. Keine Dame wollte mit ihr verkehren. Aber es gab einige ihres Schlages, Gefallene und Ausgestoßene der Gesellschaft, die zu ihren Empfängen kamen, in Begleitung einer ganzen Anzahl junger Männer der oberen Zehntausend und berühmter Mitläufer. Verschiedene Söhne aus guter Familie, sogar die Väter jener jungen Männer vergeudeten ein Heidengeld mit der «feschen Ferna». Dann begann ihr Stern zu sinken. Aber sie änderte ihre Lebensweise nicht. Nur daß sie anstatt sich wie bisher in prunkvollem Gefolge zur Schau stellte, beinah zurückgezogen lebte. So, wie viele leben, die sich den Vierzigern nähern und zu denen gehören, die man vielleicht Nonnen im Dienste des Teufels nennen könnte. Trotz ihres zurückgezogenen Lebens tat sie aber keineswegs Buße. Sie fuhr fort, fette Vögel zu rupfen, wenn sie welche finden konnte, und sich mit irgendeinem Grünschnabel einzulassen. Wer war ihr letzter Galan? Ich war sicher, von ihm im «Peña» gehört zu haben. Mein Gedächtnis zog sich in die Länge wie die Saite einer Gitarre, wenn man den Wirbel anzieht. Ich versuchte, mich des Schönheitstyps der «feschen Ferna» zu erinnern, jenes zierlichen, feinen, mit dem Körper wie eine geschmeidige Schlange, einem kleinen Köpfchen, wie sie Goya gemalt hat und den man heute «beunruhigend» nennt. Ihre Augen waren schmachtend, mit bläulichen Ringen umrandet. Wer ihre mehr oder weniger intimen Reize preisen wollte, vergaß nie, ihre schön geformten Füße zu erwähnen. Woran ich mich genau erinnerte, war ihr Mund: blutrot im farblosen Gesicht. Dieser Mund mit den hochroten Lippen hatte mich früher einmal zu keineswegs frommen Gedanken verleitet. Augenblicklich aber drängte sich mir der Gedanke auf, jenen, einer offenen Wunde ähnelnden Mund mit den zwei Wunden zu vergleichen, die an Grijalbas Leiche entdeckt worden waren: in seiner weißen, jugendlichen Brust zwei dunkle Löcher! War das Verbrechen im Hause der «feschen Ferna» verübt worden?

Einen Augenblick lang meinte ich, ich habe, trotz der bisherigen Erfolge, meine Kräfte weit überschätzt, als ich mich verpflichtet hatte, innerhalb von drei Tagen die Kettfäden des dunklen Gewebes zutage zu fördern. Während ich so kleinmütig wurde, arbeitete mein Gedächtnis in den Winkeln des Unterbewußtseins. Der Phonograph, der unsere Sinneseindrücke aufbewahrt, arbeitete, um etwas von sich zu geben. Er drängte darauf, zu sprechen. Ein ganz merkwürdiges Erlebnis! Etwas, das ich völlig vergessen hatte, weil es mir, als ich es hörte, ganz unwichtig erschien, tauchte jetzt, wo es für mich Wesentliches bedeutete, langsam an die Oberfläche.

Ich sah mich wieder in unserm Klub. Es war ein Uhr nachts, und ich blätterte zerstreut in den Zeitungen. Neben mir, eine weiße Nelke im Knopfloch, die Zigarre zwischen den Lippen, schwatzten Manolo Lanzafuerte und Pepito Arahal wie immer von Weibergeschichten. Sie mischten allen Klatsch bunt durcheinander: die heimlichen Fehltritte von Damen der Gesellschaft, von hochstehenden Aristokratinnen mit dem, was öffentlich bekannte Abenteuerinnen, Dirnen und lose Mädchen getan hatten. Man sprach über vernichtete Existenzen, über Skandale, Verluste, niederträchtiges Verhalten und heimliche Erpressungen. Der Name der «feschen Ferna» wurde öfters genannt.

«Was, die ‹fesche Ferna›? Tatsächlich? Seitdem sie sich mit Perico Gonzalvo verkracht hat, weiß man nicht recht ...»

«Sie wird schon einen neuen Braten gefunden haben! Gonzalvo ist allmählich zu alt geworden und kann nicht mehr so recht ... Außerdem hat er keine Moneten!»

Da mischte sich Tresmes ein, der skeptische Tresmes, der gern kalte Duschen verabreichte. Er murmelte scherzend:

«Einen fetten Braten muß sie haben; denn wenn man so dick wird ...»

«Was, dick, die ‹fesche Ferna›?» widersprach Arahal. «Mensch, du verstehst ja nichts davon! Ich habe sie erst vorgestern gesehen ... Sie fuhr in einem kleinen Wagen zum Rennplatz. Man mußte wahrhaftig den Hut abnehmen! Hübscher denn je! Sie gehört zu den immer kindlich wirkenden Frauen. Sie muß irgendein Geheimmittel haben. Sie wirkt, als sei sie nicht älter als sechsundzwanzig Jahre.»

«Na, mein Junge. Du kannst ruhig fünfzehn oder zwanzig dazurechnen!»

«Wie ihr wollt! Der Geburtsschein ist unverständlich für einen Kanarienvogel! Das Alter der Frauen ist ihnen auf Gesicht und Busen geschrieben! Die ‹fesche Ferna› ist mehr wert als zwölf jener gelockten Mädchen, die nach gekochtem Kürbis schmekken. Die andere ist wenigstens ein richtiges Weib!»

«Warum hast du dich denn nicht mit ihr eingelassen?» fragte höhnisch Tresmes.

«Ei, ei, ei», und Arahal ahmte ein Volkslied nach, «bist du so einfältig wie ein neugeborenes Kind, oder hast du alles vergessen? Für mich gehört die ‹fesche Ferna› der Vergangenheit an. Das solltet ihr doch wissen. Oder etwa nicht, Manolo?»

«Und warum hast du sie sitzengelassen?»

«Weil ich Angst vor ihr bekam.»

«Was, Angst?»

«Ich weiß, was ich weiß. Da kann man schon Angst bekommen! Sie vergeudet alles Geld und vergeudet die inneren Kräfte. Es ist nur gut, daß beides nicht so delikat wie Blüten ist! Engel für die, die Engel lieben. Aber was zu viel ist, ist zu viel. Wenn ihr Näheres wissen wollt ...»

«Puh, wir wissen genug, mein Junge. Aber Tresmes soll sagen, was er weiß. Wer ist augenblicklich dran?»

«Er soll's sagen, er soll's sagen!»

Er soll's sagen, dachte ich jetzt angestrengt, mit der Qual, die einen Menschen packen kann, wenn er das Wichtigste vergessen hat. Und wie ein leuchtender Blitzstrahl fuhr mir nach ein paar angstvollen Minuten der Name durch den Sinn ...

Andrés Ariza! Andrés Ariza!

Ich war außer mir vor Freude. Ich blieb stehen, ich lehnte mich an eine Eckmauer. Alles fügte sich zusammen. Nicht der kleinste Schatten des Zweifels blieb, keine Ungewißheit mehr! Ich sah den Verlauf des Verbrechens so deutlich vor mir, als sei ich mit dabeigewesen. Die Voraussetzungen, der Plan, die Ausführung! Es war die klassische Steigerung der Unmoral, ein Abrutschen in die finstersten Abgründe. Das Paar brauchte dringend Geld. Vergebliche Anstrengungen, welches zu beschaffen. Eine verbrecherische Möglichkeit tauchte flüchtig auf, kam hartnäckig wieder, war wie ein giftiges Insekt in ihren Gedanken. Die Ankunft des Freundes aus der Provinz, der hohe Beträge einkassieren soll, bedeutende Rechnungen; leicht ist der einzufangen, denn schon seit geraumer Zeit ist auch er dem Zauber der «feschen Ferna» verfallen. Der Anschlag wird vorbereitet für den Augenblick, wo das Geld nicht mehr auf die Bank eingezahlt werden kann. Alle Einzelheiten der grausigen Tat ... der Schleier dunkler Geheimnisse, der sich dichter und dichter um die Wahrheit zieht ... All das habe ich allein, mit der Kraft meines Instinktes, mit der Romantik meiner Phantasie, entdeckt. Ich habe die wirklichen, sichtbaren Ereignisse zusammengefügt und so den Schlüssel zum Unsichtbaren gefunden!

Es galt nur noch, das Erratene zu bestätigen. Um das zu erreichen, mußte ich den Detektiv spielen und mich etwas außergewöhnlicher Mittel bedienen, etwa im Sinne eines Kriminalromans. Der erste Schritt mußte eine Unterredung mit der «feschen Ferna» sein. Wie diese Unterredung verlaufen sollte, wollte ich den Umständen überlassen. Der freundliche Zufall, das Glück im Spiel, jene schreckliche Gottheit, mußten mich weiter beschützen.

Was würde ein Berufsdetektiv in meiner Lage tun? Ganz klar: er würde sich zuerst einmal verkleiden. Kaum hatte ich daran gedacht, grübelte ich auch schon über die Art der Verkleidung nach. Ich brauchte eine, die mir jeden Augenblick erlauben würde, meine eigene Persönlichkeit wiederzuerlangen, ohne mich durch einen falschen Bart oder einen Maurerkittel lächerlich machen, ohne auch nur für wenige Sekunden die soziale Klasse verlassen zu müssen, zu der ich gehörte.

Die «fesche Ferna» kannte mich nur flüchtig vom Sehen, und das lag auch schon Jahre zurück. Ich hatte sie nicht, wie Pepito Arahal, in die Annalen meiner Vergangenheit eingetragen. Infolgedessen war eine große Veränderung nicht erforderlich. Ich ging zu einem Barbier und ließ mir Bart und Schnurrbart abnehmen, wie es die allerneuste Mode vorschrieb. In einem Parfümeriegeschäft erstand ich ein Döschen mit Schminke, um meiner Haut eine leicht rötliche Farbe zu geben. Dann ging ich nach Hause, um einen neuen Anzug einzuweihen, den ich gerade aus London bekommen hatte.

Ich vergewisserte mich, daß mich Cordelero weiterhin beobachtete und daß er mir nicht aus den Augen kam. Denn zwei sehr nach Polizisten aussehende Individuen promenierten vor meiner Villa. Sie vermochten ihr Erstaunen nicht zu verbergen, als sie mich so glattrasiert nach Hause kommen sahen. Noch größer aber ward ihre Unruhe, als ich kurze Zeit später das Haus wieder verließ, in einen eleganten Engländer verwandelt. Sie schienen sehr erregt. Überzeugt davon, daß ich stracks zum Bahnhof eilen würde, und ohne irgendwelche Vorsicht walten zu lassen, folgten sie mir, wahrscheinlich in der Absicht, mich festzunehmen. Nicht gering mußte ihre Verwirrung sein, als sie merkten, daß ich mich ganz einfach nur zum Hause Nummer 15 in der Nebenstraße begab und daß ich, nachdem ich den Portier kurz etwas gefragt hatte, langsam die Treppe hinaufstieg, wie einer, der einen Besuch machen will.

Im Hochparterre, wo die Abenteuerin ihre Wohnung hatte, öffnete ein lebhaftes Kammerkätzchen auf mein Läuten. Ihre lustige Stupsnase, das spitzbübische Lächeln schien den düsteren Ideen zu widersprechen, mit denen ich gekommen war.

«Wird der Herr erwartet?» fragte sie halb zurückhaltend, halb zuckersüß.

«Jedenfalls rechnet sie mit meinem Besuch», entgegnete ich unerschrocken. «Ich komme mit einer

Bestellung von Herrn Ariza, mit einer dringenden Bestellung.»

Das war sehr gewagt, denn Ariza konnte ja im Augenblick gerade dasein. Aber nur mit Verwegenheit kommt man in manchen Fällen zum Ziel.

«Treten der Herr bitte ein», beeilte sich das Mädchen zu antworten. «Wen darf ich melden?»

Ich murmelte einen halb englisch, halb spanisch klingenden Namen, und das Mädchen führte mich in den Salon. Der war raffiniert und in erlesenem Geschmack eingerichtet. Schon beim Eintreten schlug mir ein verführerisches Parfüm entgegen, das mir die Sinne verwirrte. Der betäubende Duft weißer Gardenien!

VI

Ich bin sehr empfindlich gegen Parfüms. Wenn ich nicht gleich eine Migräne bekomme, so erregen sie mir zum mindesten die Nerven und bringen mich in einen ungesunden Reizzustand. Dieser Duft, den ich schon im Apollo-Theater wahrgenommen hatte, mahnte mich sofort an den Blutstropfen. Ich betrat den Raum unter dem Einfluß dieses Parfüms, das die «fesche Ferna» beschuldigte. Wie eine schwache, halb vergessene Erinnerung stieg eine andere Beobachtung in mir auf: Es fiel mir ein, daß auch der Tote und die ihm gehörenden Sachen, die man in mein Schlafzimmer geworfen, den gleichen Geruch ausgeströmt hatten. Wie eine fixe Idee verfolgte dieser Geruch meine Schleimhäute!

Ich setzte mich wartend in einen Sessel, der ebenso elegant war wie die übrige Einrichtung. Ein Bildnis der «feschen Ferna», von einem Pastellzeichner, der nicht mehr in Mode war, hing über dem Sofa. Der frühverstorbene Künstler hatte mit großer Naturtreue den rätselhaften Ausdruck der schwarzen Augen getroffen und jene blutigrote Frische des Mundes, vor allem aber eine vollendet schöne Brust, klein wie die eines jungen Mädchens, teuflisch jungfräulich, die das hochgegürtete Kleid frei ließ. Es war ein Gewand nach der Mode des Empire, aus rosa Flor mit Silberstickerei. O Weiber, ihr Lockvögel des Bösen! Unter eurer Schönheit lauert das Gewimmel der Totenwürmer!

Nach fünf Minuten erschien die Sünderin. Während dieser kurzen Wartezeit hatte ich meinen Schlachtplan entworfen.

Es war, wie alles, was ich in dieser Angelegenheit bisher getan hatte, ein Überraschungsangriff, wobei der Erfolg vom Unerwarteten der Attacke abhing. Man durfte keine Zeit verstreichen lassen, auf daß das durchtriebene Frauenzimmer sich nicht zur Wehr setzen konnte. Es war wichtig, die Führung zu behalten durch geschicktes Manövrieren und durch unglaubliche Schnelligkeit.

Ich erhob mich und grüßte sie mit einer tiefen

Verneigung. Sie trat ins Zimmer, lächelnd, kindlich angetan mit einem raffinierten Hauskleid, das mit Rüschen und bauschigen Bändern verziert war. Sie schien nicht älter als fünfundzwanzig zu sein. Aber müde, malvenfarbene Schatten lagen um ihre dunklen Augen. Eine dumpfe, nervöse Bestürzung lag in der Bewegung, mit der sie unwillkürlich ihre Hand zurückziehen wollte, die sie mir hingestreckt hatte. Kalt und trocken war diese Hand!

«Ich habe sagen lassen, ich käme im Auftrage Arizas... Verzeihen Sie mir, gnädiges Fräulein, diese kleine Lüge. Ich gebrauchte sie, um unverzüglich vorgelassen zu werden», sagte ich mit leicht fremdländischem Akzent. «Ich komme in eigener Angelegenheit. Ich stamme aus Malaga, obschon ich in London aufgewachsen bin, und kenne seit vielen Jahren die Familie von Don Francisco Grijalba gut. Der ist ja leider ermordet worden, wie Sie wissen werden.»

Eine erdgraue Farbe überzog plötzlich das Gesicht der «feschen Ferna». Ihre Augen irrten planlos umher, als habe sie ein zu starker Lichtstrahl getroffen.

«Ich verstehe Sie nicht, mein Herr, in welchem Zusammenhang ...»

«O je, gnädiges Fräulein, ich merke, Sie wissen nichts von den neusten Nachrichten», rief ich aus, ohne irgendwelche Ironie in der Stimme, «das habe ich gleich befürchtet! Diejenigen, die sie hätten bewachen sollen, sind natürlich auf und davon. So ist es immer, wenn's gefährlich wird! Man versteht nur nicht recht, wie sich Ariza so verhalten kann, der sie doch liebt. Sie wissen offenbar nicht, welcher Sturm sich über Ihrem Haupte zusammenzieht. In Malaga und auch hier schon beginnt man als die Schuldigen an Grijalbas Tode, was meinen Sie wohl wen, zu bezeichnen?»

«Wie soll ich das wissen!» antwortete sie. Sie hatte sich von dem Schrecken erholt, warf mir blitzschnelle Blicke zu; ich begriff, daß der in ihnen liegende Hochmut nur entsetzliche Angst verdecken sollte.

«Wie, ist es möglich, daß Sie nicht Bescheid wissen? Welche Niederträchtigkeit, Sie so im dunklen zu lassen über derartig wichtige Dinge. Nachdem man die falsche Spur aufgegeben hat, verfolgt man eine neue. Ganz Madrid ist über dieses Verbrechen in der guten Gesellschaft entsetzt. Man zeigt auf Sie und Ariza als die Schuldigen in dieser Tragödie.»

Ein nervöses Zucken, ein unterdrücktes Gestammel des roten Mundes! Die blaue Farbe der Lippen ließ erkennen, wie das Blut aus ihrem Herzen wich. Ich merkte, wie sie das Entsetzen eines in der Schlinge gefangenen Tieres packte. Der Instinkt beherrschte sie. Ich wußte: während einiger Minuten war sie in meiner Hand. Das mußte ich ausnutzen.

«Sie werden in Kürze festgenommen. Was alles

noch schlimmer macht: Ariza, anstatt Sie zu warnen, ist auf und davon, niemand weiß wohin. Er wird gesucht, ist aber noch nicht gefunden ...»

Das war eine sehr gewagte Behauptung. Denn Ariza konnte im selben Augenblick an der Tür läuten. Ich vertraute auf den gnädigen, wohlwollenden Zufall. Ich tat recht daran. Die «fesche Ferna» zweifelte nicht an meinen Worten. Sie sah sich verloren. Sie wollte schreien und konnte nicht. Sie hob die Hand an den Hals. Ihr Gesicht wurde totenbleich. Sie schloß die Augen und verlor die Besinnung.

Nun tat ich etwas ganz Verrücktes. Ich nahm sie in meine Arme und wandte mich mit meiner Last den hinteren Räumen zu. Wie ich vermutet hatte, lagen Boudoir und Schlafzimmer direkt hintereinander neben dem Salon. Nur zwei hohe Säulen trennten die beiden Räume. Hinter diesen Säulen hing ein Vorhang aus wertvollen Brüsseler Spitzen. Er schien direkt für diesen Zweck gearbeitet worden zu sein, denn er zeigte das Monogramm Julitas mit der Grafenkrone der Tolvaranas. Nicht ohne Recht durfte sie dieses Monogramm benutzen, denn ihre Schwester war kinderlos! All das umfaßte ich mit einem Blick. Mein Wahrnehmungsvermögen schien sich ums Hundertfache vergrößert zu haben. Die Eingebung kam mir zu Hilfe. Ich bereitete das Drama im Geiste vor, wie ein Künstler sein Werk. Ich hob den kostbaren Vorhang und erblickte dahinter das Bett aus weißem Holz mit vergoldetem Schnitzwerk, Rosen, Pfeilköcher und Tauben darstellend, ebenfalls von Spitzen verhüllt, aus Seide das Bettzeug ... Hier, auf diesem ruchlosen Schrein der Unzüchtigkeit und Verderbtheit, war Grijalba geopfert worden! Ich sah die Szene genau vor mir: Grijalba achtlos schlafend. Ariza ihm seinen Degen durchs Herz stoßend. Und trotz des geringen Blutverlustes bei solchen Wunden erhielt er, ohne es zu merken, auf seiner Hemdbrust das Zeichen, das Stigma der bösen Tat: jenen Blutstropfen, der mir wie ein roter Stern den Weg gezeigt hatte ...

Ich legte die «fesche Ferna» auf das Bett. Die Ohnmacht dauerte an. Ich fächelte ihr mit meinem Taschentuch Luft zu. Da sie aber nicht zu sich kam, suchte ich nach dem komplizierten Verschluß ihres Korsetts. Ich knotete Bänder auf, zerriß sie, ich entfernte Kleidungsstücke, damit sie zu Atem komme. Auf einem Tischchen in der Nähe stand allerlei silberner Kram herum. Ich nahm eilig den Zerstäubungsapparat auf. Ihm entströmte eine Flüssigkeit mit dem gleichen verfänglichen, betäubenden Parfüm, das überall in der Wohnung zu spüren war. Das gleiche, das mir im Theater den Kopf vernebelt hatte, das den Kleidern des Ermordeten entströmt war ... Ein Geruch ist etwas Lebendiges oder zum mindesten etwas Gespensterhaftes. Er setzt sich im Gemüte fest, wiegelt es auf, nimmt es in Besitz und berauscht es ... ich verlor den klaren Kopf und gab mich der Einwirkung des Parfüms hin.

Da öffnete sie langsam die Augen, atmete tief, und mit einer unerwarteten Bewegung umschlang sie meinen Hals mit ihren Armen. Ein stilles Lächeln blühte auf dem Rot ihrer Lippen. Im schwarzen Abgrund ihrer Pupillen glomm ein teuflisches Licht, das mich gleicherweise anzog und abstieß. Es war nicht die Frau an sich mit ihren allzu bekannten Schlingen und Netzen, die diese verruchte Anziehungskraft auf mich ausübte. Es war die Idee, daß dieser Mund vom bittren Trunk des Verbrechens gekostet, den Kern menschlicher Schlechtigkeit berührt hatte, jener Bosheit, die der Kern unseres verworfenen Wesens ist. Als ich in diese Lippen biß, spürte ich den Geschmack des unseligen Apfels, die Ursache des menschlichen Sündenfalls, unseres elenden Erdendaseins ...

Mit leiser Stimme wiederholte sie:

«Rette du mich! Dieser infame Kerl hat mich verlassen! Das hatte ich schon befürchtet! Er hat das Geld mitgenommen. Er hat alles getan, alles. Rette mich! Du wirst sehen, wie ich lieben kann. Du weißt nicht, wie ich lieben kann. Meine Liebe ist wie glühendes Feuer. Ihn verabscheue ich! Du wirst es doch nicht zulassen, daß sie mich aufs Schafott führen! Rette mich, du Lieber, Lieber ...!»

Das stammelte sie, während die Wellen ihres heimtückischen Parfüms über mir zusammenschlugen, gleich wie ihre Gewänder, ihre sammetweiche Haut. Wie Schlangen knoteten sich ihre Arme um mich, ihre Lippen hatten mich behext, diese Lippen, auf denen die Neige vieler Sommer den faden Geschmack von Perversität und Bannflüchen zurückgelassen hatte.

Das Versprechen entfuhr mir wider Willen: «Hab keine Angst, ich werde dich retten ...»

Auf meinen Befehl hin erzählte sie mir den Hergang des Verbrechens. Alles hatte sich Andrés ausgedacht. Alles, wiederholte sie, indem sie sich vor mir demütigte mit all der Verruchtheit eines Menschen, der die Schuld von sich abwälzen will. Edler ist es, wenn man den andern verteidigt. Aber die «fesche Ferna» war zu sehr Weib, um nicht zu zittern und zu lügen.

Ich betrachtete sie mitleidig.

Ich vergaß, daß ich kurz zuvor Julitas Wohnung betreten hatte mit der festen Absicht, ihr eine Schlinge über den Kopf zu werfen und sie zu Fall zu bringen, um mir die Beweise für ihr Verbrechen zu verschaffen. In meinen Adern tropfte ein Trank aus unmännlichen Zeiten, in denen Milde und Nachsicht geübt wurde. Unwiederbringliche Augenblicke lang! Beinah hätte ich mich verpflichtet, diese Frau zu retten, und mein Versprechen machte mich gewissermaßen zum Helfershelfer der beiden Missetäter. Die Achse meines Gewissens hatte sich gedreht und die Richtung meines Denkens geändert. Ein Teil der Schuld lag schon auf mir. Der fatale Apfel knirschte zwischen meinen Zähnen, seine letzten Bissen blieben mir im Halse stecken, machten meine Augen tränen. Ich lag an der gleichen Stelle, wo die Kurtisane und ihr verderbter Liebhaber einen Mord begangen hatten. Die verbrecherische Tat drang in meine Poren, stieg mir ins Hirn, schlängelte sich durch meine Nerven, die noch lustvoll nachschwangen. Die ganze Atmosphäre füllte mich mit solchem Wahnwitz, daß ich, ohne es zu wissen, das Fenster des Boudoirs öffnete und meinen Kopf in die frische, eisige Luft hielt. Das war eine unverzeihliche Unbesonnenheit. Man hätte mich ausgerechnet in dem Haus sehen können, das wahrscheinlich schon morgen im Brennpunkt der Neugierde von ganz Madrid stehen würde. Aber das Luftbad brachte mich ein wenig wieder zur Besinnung und ließ mich klarer denken. Ich verfluchte mich, ich verachtete mich. Und wie König David bereute ich ... Menschliches Elend! Ich näherte mich der verbrecherischen Frau. Sie ließ einen mit Silber verzierten Schildpattkamm durch ihre Haare gleiten. Die waren ungefärbt, von wundervoller blauschwarzer Farbe. Siegesgewiß lächelte Julita mir zu. Ein neuer Triumph machte sie fröhlich, obschon sie sich noch unter dem kindlichen Schrekken krümmte. Ich kitzelte sie und flüsterte ihr ins Ohr, als ob es sich um einen Scherz handle:

«Sieh mal, hier um diesen runden, weichen Nacken, wo die kleinen Locken wachsen, dort wird der Strick des Henkers liegen ...»

«Nein, nein, du hast versprochen, mich zu retten», stöhnte sie und war nahe daran, wieder ohnmächtig zu werden.

«Na gut, wenn ich mein Versprechen halten soll, so dürfen wir keine Zeit mehr verlieren, Süße. Du mußt mir ganz genau erzählen, wie alles war, ohne irgend etwas auszulassen, und dich genau an die Wahrheit halten. Verstehst du mich? Wenn du lügst, um so schlimmer für dich. Und nachher suchst du deinen Schmuck zusammen und was du an Geld im Hause hast. Ich gebe dir, was dir noch fehlt, und dann marsch an die französische Grenze! Aber nun sprich, sprich ...!»

VII

Es war mir, als erfahre ich etwas, das ich ja schon lange, lange gewußt hatte. Meine Raterei war der Wahrheit ganz nahe gekommen.

«Ich kannte Grijalba gar nicht», begann Julita, «er aber, da er aus meiner Vaterstadt stammt, hatte mich einmal im Theater gesehen und verliebte sich Hals über Kopf in mich. Andrés, dieser verfluchte Andrés war sehr schlecht bei Kasse. Die Dinge waren so weit gediehen, daß wir keinen Ausweg sahen. Man sagt von mir, ich sei leichtsinnig ... Er aber spielte und spielte und verlor immer. Er war verzweifelt. Er sagte mir, er wolle nach Amerika auswandern oder sich eine Kugel durch den Kopf jagen.

Was weiß ich! Weißt du, was du da vorhin von meinem Schmuck sagtest?... Ich hab' keinen mehr. Alles ist verpfändet oder verkauft. Sogar die Möbel der Wohnung bis auf diese hier, ohne die ich nicht auskommen kann. Sieh her ...!»

Und sie öffnete eine Tür, die aus dem Boudoir führte, und ich erblickte einen völlig leeren Raum, in dem nur noch ein wackliger Stuhl und ein ganz gewöhnlicher Tisch standen.

«Das war das Eßzimmer. Es enthielt einige wertvolle Stücke, Holzschnitzereien, Teppiche, Arbeiten aus getriebenem Silber, Gobelins. Alles ist fort. Eines Tages sagte er, das Schlimmste sei nun vorbei. Sein Freund Grijalba sei gekommen, ein Mann von Vermögen, der so blind in mich verliebt sei, daß er mir sicherlich jede Summe, um die ich ihn bäte, vorschießen würde ... Und Grijalba kam mich besuchen, eingeführt von Andrés. Er schien entzückt von mir zu sein. Als es aber dazu kam, daß ich ihn um einen Vorschuß bitten wollte, zeigte er sich knauserig, drückte sich unter dem Vorwande, er sei ja noch ein ganz bescheidener Angestellter. Im nächsten Jahre aber werde er Sozius in der Zuckerfabrik werden und habe dann besser die Möglichkeit, sich großzügig zu zeigen. Im nächsten Jahr! Mir vom nächsten Jahr zu reden! Niemals habe ich etwas von den kommenden Jahren wissen wollen. Für mich gibt es nichts weiter als der gegenwärtige Augenblick! Nichts anderes ist uns sicher. Puh, das Leben ist so kurz! Für mich gibt es auch nur diese eine Liebe des Augenblicks, gerade die, die mir eben die Seele verbrennt. Merk dir das! Und ich geh' auch nicht von Madrid fort, mein Zigeunerchen, wenn du mir nicht schwörst, daß du mir ins Ausland folgen wirst ...!»

«Weiter, weiter, Liebling!»

«Also. Andrés fing an, mir einzureden, daß es noch andere Möglichkeiten gäbe, um Grijalba das Geld aus der Tasche zu ziehen. Er war ja nach Madrid gekommen, um große Summen einzukassieren. Sachen von Millionen, wie es uns schien. Wenn es uns gelänge, ihn eines Tages hier bei mir zurückzuhalten, wenn er gerade Geld eingenommen hatte, so war es nicht schwer, ihm die Brieftasche zu entwenden, ohne daß er viel Einwände hätte machen können, ihm sogar glauben zu machen, er habe sie anderswo verloren. Das ist nur eine Frage der Gewandtheit. Grijalba aber war sehr vorsichtig und deponierte alles ohne Verzug auf der Bank. Wir zweifelten schon am Erfolg. Da kam eines Nachmittags Andrés an. Er gebärdete sich wie ein Verrückter und redete, als ob er träume.

‹Heute hat er hundertsiebzigtausend Pesetas von der Casa Bordado & Co. eingenommen ... Er hat keine Zeit mehr gehabt, sie einzuzahlen. Er ist so mißtrauisch, daß er sie auch gewiß nicht im Hotel lassen wird ... Wir müssen es einrichten, daß er hier bei dir die Nacht verbringt!›

Und wir richteten es ein! Andrés trat nicht in Erscheinung. Er ließ sich selten blicken, wenn Grijalba bei mir war. Er versteckte sich. Meine Zofe schickte ich zu einer Cousine, um dort zu schlafen. Das war auch sonst geschehen, und es war nichts Besonderes dabei. Andrés kam, als es dunkel wurde. Niemand sah ihn in meine Wohnung eintreten. Die Portiersleute waren gerade beim Essen. Einige Minuten später kam Grijalba, ebenfalls von niemandem gesehen. Ich servierte ihm hier ein kaltes Abendessen und sorgte dafür, daß er gehörig Sekt und Likör trank. Ich will nicht sagen, daß er beschwipst war, aber etwas übel war ihm. Dazu trug auch ein Korb mit Gardenien bei, den er mir geschickt hatte und den ich dicht neben dem Tisch stehen hatte. Sie dufteten so ungewöhnlich stark!

Andrés hielt sich in dem Zimmer ohne Möbel versteckt. Er wartete darauf, daß ich Grijalbas Kleider durchsuchen könne, ihm die Brieftasche fortnehmen und sie ihm durch eine Türspalte zustecken werde. Aber Grijalba war zu mißtrauisch. Trotz seiner Benommenheit legte er die Brieftasche unter das Kopfkissen. Man merkte genau, daß er an nichts anderes als an seine Brieftasche dachte. Das empörte mich. Das war eine Mißachtung meiner Person! Wie kann man sich nur so über eine Brieftasche aufregen! Das verstand ich nicht. An erster Stelle kommt doch immer die Liebe. Ich ging unter einem Vorwande hinaus und erzählte es Andrés. Er runzelte die Stirn, biß sich auf die Schnurrbartspitzen und dachte nach. ‹Mach das Licht aus›, sagte er, ‹und zünde es sofort wieder an, wenn ich drin bin.› – Ich gehorchte. Ich war wie eine Maschine. Andrés zog die Stiefel aus. Ich hörte ihn nicht eintreten. – ‹Mach das Licht an›, flüsterte seine Stimme, so leise wie ein Lufthauch. Er drehte den Schlüssel um. Ich sah nichts weiter als das Blitzen des gezückten Degens. Zweimal blitzte es, um Grijalba zu treffen, der sich ganz bestürzt etwas aufgerichtet hatte. Die erste Wunde entlockte ihm einen Schrei. Bei der zweiten nichts. Die Waffe war ihm mitten durchs Herz gegangen. Er fiel leblos aufs Kopfkissen zurück. Wie schnell einer stirbt! Deshalb meine ich, nichts ist viel wert. Da hast du's. Andrés durchsuchte die Sachen und nahm die Brieftasche an sich. Dann zog er die Schuhe wieder an. Er war auf Strümpfen hereingekommen. Dann betrachtete er seine Manschetten und das Hemd, mißtrauisch, ob sie keine Blutspuren aufwiesen. Es waren keine dran ...»

«Doch, es waren doch welche dran», unterbrach ich Julita ernst. «So viel, daß ich es gesehen habe. Und deswegen bin ich hergekommen, um herauszufinden, was geschehen ist. Um eines Blutstropfens willen, um ein Nichts. Merk dir das! Vielleicht hilft es, dein Leben zu ändern. Nichts bleibt verborgen. Alles kommt einmal ans Licht. Alles wird von demjenigen aufgedeckt, der uns immer nach unsern Sünden strafen wird.»

Ein Schauder zuckte durch den Körper der Sünderin. Ein übernatürliches Frösteln ließ das Blut in ihren Venen gefrieren.

«Jeder Mensch hat sein Schicksal ... ich kann mein Leben nicht mehr ändern. Ich kann nicht gut sein ...»

Sie näherte ihren Mund meinem Ohr, so wie ich es vor kurzem bei ihr getan, und flüsterte: «Schon seit langem bin ich in der Gewalt des Teufels. Weißt du nicht, daß mein Vater vor Gram gestorben ist über meine Verrücktheiten?»

Mit kindlicher Unbeständigkeit fügte sie hinzu: «Aber du wirst mir helfen. Ich habe solche Angst, so schreckliche Angst.»

«Erzähl weiter ...!»

«Er sagte dann, wir müßten die Leiche verstecken, sie aus dem Haus schaffen. Das war das Schwierigste. Ich hatte Angst ... Ich trank ein Glas Kognak, um mich aufzumuntern. Andrés wiederholte unentwegt: ‹Schnell, schnell!› Wir kleideten uns in Windeseile an. Er ließ sich leicht wegtragen, war noch nicht steif geworden. Aus dem Mund floß ihm roter Schaum. Ich wischte es mit einem Taschentuch ab. Wir vergaßen, ihn mit seinem Mantel zuzudecken. Er hatte ihn im Vorzimmer aufgehängt. Ich nahm meine Schlüssel und machte im Treppenhaus Licht. Vorher vergewisserte ich mich durchs Flurfenster, ob der Nachtwächter gerade seine Runde mache. Er kommt sehr selten, wenn es draußen kalt ist. Die Straße war wie ausgestorben. Ich half Andrés, den

Körper hinunterzutragen, und öffnete ihm die Haustür.

Zum Glück ist die Treppe nicht lang bis zu meiner Wohnung. Andrés befahl mir unten abzuschließen und wieder hinaufzugehen. Ich wollte ihn begleiten. Er aber sagte, eine Frau werde man eher beachten und er könne es allein schaffen. Fünf Minuten später kam er wieder zurück. – ‹Ich hab' ihn in dem leeren Grundstück gelassen, du weißt schon, bei der Villa. Ich glaube, es wird lange dauern, ehe sie ihn dort entdecken ...›

Er schrak zusammen und besah sich im Spiegel. Alles, was ich dir eben erzählt habe, spielte sich in ungefähr anderthalb Stunden ab, von der Ankunft Grijalbas an bis zu dem Moment, wo sein Leichnam auf der Baustelle lag ...

Andrés meinte: ‹Es wäre günstig, wenn man mich jetzt irgendwo in der Öffentlichkeit sähe. Ich will mich irgendwo zeigen. Du wäschst alle Flecken aus, die du entdecken kannst. Hast ja genug Zeit dafür ...› Und er ging fort.»

Als Julita so weit mit ihrem Bericht gekommen war, mußte ich lächeln. Der gestellte Zornesausbruch im Apollo-Theater! Auch eine Art, sich zur Schau zu stellen, Zeugen zu gewinnen, die beschwören konnten, daß beinah auf die Stunde, da der Mord stattfand, er, Andrés Ariza, sich in einem Theater befunden hatte, weit, weit weg vom Ort, wo die Tragödie geschah!

«Und dann, Julita?»

«Dann blieb ich allein. Je länger, je mehr versuchte ich mir einzureden, es sei ja alles nur ein dummer Scherz gewesen. Ein Toter, der wie Rauch verschwunden war! Ein Toter in meinem Bett! Und ich, ich kleidete ihn an, ich schleppte ihn die Treppe hinunter! Aber Andrés hatte mir aufgetragen, ehe er verschwand, ich solle gut auf Blutspuren achten. Das Blut könnte reden, hatte er wiederholt gemahnt. Ich untersuchte alles. Im Bettzeug fand ich Spuren, auf dem Fußboden nichts. Der Degen war spitz wie eine Nadel gewesen. Ich wusch aus den Bettlaken das Wenige, was ich darin hatte entdecken können. Das einzig Verfängliche waren nun nur noch die Uhr, die Manschettenknöpfe und die andern Sachen. Bei Morgengrauen erschien Andrés. Vorsichtig packte er die Sachen ein und nahm sie mit, um sie verschwinden zu lassen.»

«Wer schleunigst verschwinden muß, bist du!» rief ich aus, denn ich hatte ja nun erfahren, was ich wissen wollte. «Kleide dich möglichst unauffällig, kleiner Hut, und nimm einen dichten Schleier um und sei in einer Stunde, wenn ich dir keine andere Nachricht zukommen lasse, an der Ecke der ... Straße! Dort wird dich ein von mir gemietetes Auto erwarten, das dich nach Frankreich bringen wird. Nimm etwas Geld mit! Der Chauffeur wird dir einen Umschlag übergeben, in dem noch etwas Geld sein wird. Wenn du kannst, sündige nicht mehr ...»

Sie heftete ihre dunkel umrandeten Augen, die im Rausch der Leidenschaft so unschuldig aussehen konnten, auf mich und murmelte: «Wir treffen uns in Frankreich, nicht wahr? Und wenn's nur darum ist, um mich zu bessern ...»

VIII

Nachdem ich für die Rettung der «feschen Ferna» gesorgt hatte, blieb mir noch eine andere Sache zu tun. Seitdem ich schamvoll meine eigene Schwäche, meine lüsternen Neigungen erkannt hatte, nachdem ich hatte feststellen müssen, daß mich die Abgründe anzogen, seitdem fühlte ich mich viel mitleidsvoller. Ich wollte versuchen, Ariza wenigstens vor öffentlichem Schimpf zu bewahren. Die Wohnung des Verbrechers fand ich heraus. Ich fragte in der wenig einladenden Pension nach ihm, in die ihn sicherlich seine fatale ökonomische Lage gebracht hatte.

Die Besitzerin zuckte die Achseln: «Der Herr Andrés? Ja, der hat sich seit drei Tagen hier nicht mehr blicken lassen!»

Ich ging wieder, ohne mir irgendeine Verwunderung anmerken zu lassen. Trotzdem die Zeitungen bestimmt keine Andeutungen gemacht hatten, die den Schuldigen hätten aufregen können, so war es doch ziemlich verständlich, daß er in Angst war.

Was ich der «feschen Ferna» vom Verschwinden ihres Komplizen erzählt hatte, war meine Erfindung gewesen. Aber es wäre schließlich nicht weiter verwunderlich gewesen, wenn der Mörder das Weite gesucht hätte.

Na, ich bin ja ein schöner Detektiv, dachte ich. Ich benehme mich ganz blödsinnig mit all diesen Verzögerungen und Vorbereitungen! Das erste, was man seit ewigen Zeiten für den wichtigsten Schritt hielt, war Beweise sammeln und die Verdächtigen verhaften zu lassen. Mit meinen romantischen Gefühlen hatte ich den einen Schuldigen schon den Gerichten entzogen und vielleicht den andern auch. Na, Cordelero würde sich eins lachen! ... Nun aber, wenn auch reichlich spät, mußte ich meine Pflicht tun. Ich mußte vor dem Richter den wahren Tatbestand aussagen. Und wenn Ariza spanischen Boden noch nicht verlassen hatte ...

Der Richter hörte mir höchst erstaunt zu. Mein Bericht war ja sehr dramatisch, trug aber den unleugbaren Stempel der Wahrheit. Das einzige, was ich ihm verschwieg, war die Wahrscheinlichkeit, daß sich die «fesche Ferna» nicht mehr in Spanien befand.

Ich beendete meine Rede mit den Worten: «Ich würde Ihnen nun raten, Herr Richter, mich die Sache weiterhin unter der Hand fortführen zu lassen. Es darf keine Zeit verloren werden. Die Schuldigen haben sich bisher in Sicherheit gewiegt, da die Polizei einer falschen Fährte folgte. Es war gut, mich zu beschuldigen. Die öffentliche Meinung wurde irregeführt, und die Presse, die mich so offensichtlich als den Täter bezeichnete, hetzte das Volk gegen mich auf. Aber in jedem Augenblick kann Ariza, der ja das Geld hat, flüchten ...»

«Man wird die nötigen Maßnahmen treffen ... Sie werden uns raten ...»

Mit größter Vorsicht wurde die Polizei eingesetzt. Was die «fesche Ferna» betraf, so wußte ich, es werde nicht leicht sein, sie zu fangen. Außerdem hatte man gar nicht die Absicht. Um zwei Uhr morgens des nächsten Tages war Ariza immer noch nicht gefunden worden. Das teilte mir der weiter sehr argwöhnische Cordelero mit. Ich merkte, daß er sich trotz des vielsagenden Verschwindens von Ariza nicht daran gewöhnen konnte, mich für unschuldig zu halten.

«Wie können Sie es sich erklären, daß der Herr von Ariza nicht aufzutreiben ist?» erkundigte er sich unwirsch.

«Oh, der wird sich gut versteckt haben, oder Sie sind nicht in der Lage, ihn richtig zu suchen», war meine Antwort.

«Ich möchte sehen, wie Sie ihn suchen würden», schnauzte der Polizeibeamte.

«Zum Teufel!» rief ich jetzt, im empfindlichsten Punkt meiner Eigenliebe verletzt, in der Eitelkeit des Amateurs, der die Fachleute belehren möchte.

«Gut, ich will noch einmal das Glück versuchen, Freund Cordelero. Ich werde Ariza finden. Sie aber forschen weiter, und ich tue es auf meine Art. Nur um eines muß ich Sie bitten: mich nicht mehr zu bewachen und auch nicht mehr das Haus von Doña Julia. Daß keiner dort erscheint. Das ist von größter Wichtigkeit. Also: abgemacht?»

«Sie werden ja gar nicht mehr überwacht», protestierte er.

«Also Schluß! Freiheit und Alleinsein, wenigstens ein paar Stunden lang!»

Wieder rief ich die seltsame Fähigkeit des halb Prophetischen zu Hilfe, die mich bisher auf Grund eines sehr geringen Tatbestandes durch das Labyrinth des dunklen Verbrechens geleitet hatte. Diese Tat sollte sich nicht wie so manche andere in Madrid im Nebel verflüchtigen. Meine psychologischen Schlußfolgerungen dienten dazu, einen ebenso poetischen wie scharfsinnigen Plan auszuhecken.

Ich stützte mich auf die Anziehungskraft der Gewohnheit. Wie der Stier hat ein Verbrecher dieses Gefühl. Sehr selten gibt es Verbrecher, die es nicht zurück an den Ort ihrer Tat zieht. Die Angst vor der Verfolgung treibt sie dorthin, wo sie annehmen, es müsse etwas für sie Wichtiges geschehen. Ein Angelhaken hat sich in ihrer Seele festgesetzt, und ein Geheimnis zerrt an der Schnur und zieht sie herbei. Das sind die sichersten Fische für den

Angler ... Für Ariza kam zu der Anziehungskraft des Tatortes noch die der Frau ... Der Fisch mußte anbeißen ...

Ich versteckte mich im Flur des Hauses, in dem Julita wohnte. Die Portiersfrau hatte ich mit einem reichlichen Trinkgeld bestochen. Ich war fest dazu entschlossen, mich von dort eine geraume Weile lang nicht fortzubewegen. Vorsichtig hatte ich mich zuerst erkundigt, ob das Verschwinden der Lebedame irgend jemandem aufgefallen sei. Sie hatte aber sehr schlau ihre Zofe wissen lassen, sie wolle einen Tag in Aranjuez verbringen, in Gesellschaft einiger Freunde. Und da das öfters vorkam, nahm niemand Notiz davon, sondern man erwartete sie am heutigen Abend oder morgen früh zurück. Die Polizei, meinen Anordnungen folgend, hatte keinerlei Maßnahmen getroffen. Ich richtete mich auf einem wackligen Sofa in der Portiersloge ein und übte mich bei dieser Warterei in Geduld. In meiner Manteltasche hatte ich ein Paket mit Kuchen und belegten Brötchen, um meinen Hunger zu stillen, wenn ich zu lange auf der Lauer werde liegen müssen. Um vier Uhr nachmittags, nichts Neues! Menschen gingen ins Haus und stiegen die Treppen hinan. Von Ariza keine Spur.

Nach und nach waren meine Kuchen verzehrt, sachte verschlungen mit der Gefräßigkeit eines Menschen, der an eine Fastenzeit gebunden gewesen war, die seine Sinne aufs äußerste geschärft hatte. Es wurde dunkel, und ich bat die Portiersfrau, Licht anzuzünden. Die Frau fing an, mich mit höchstem Mißtrauen zu betrachten. Ein neues, saftiges Trinkgeld machte sie unempfindlich. Es mochte halb sieben Uhr sein, als mein Herz mit jenem vorahnenden Schlag zu klopfen begann. Ariza, sorgfältig verborgen hinter dem hochgeklappten Mantelkragen und einem Schal, betrat den Hausflur.

Ich trat vor und packte ihn beim Kragen.

«Dieses Mal», sagte ich mit gedämpfter Stimme, «wirst du mir nicht entgehen. Versuche ja nicht, Widerstand zu leisten! Die Straße ist voll Polizisten, die sich in den Hauseingängen verbergen. Auf einen Ruf von mir kommen sie herbei.»

«Aber, wer sind Sie denn eigentlich?» fragte er, wich zurück und versuchte, sich dem Griff meiner Hände zu entziehen. «Was wollen Sie denn eigentlich von mir? Lassen Sie mich los, oder ...!»

«Gehen wir hinaus!» befahl ich.

Darauf sah er mir ins Gesicht und rief aus:

«Selva!»

«Ja, Selva. Der gleiche, mit dem du dein Schicksal hast vertauschen wollen. Weißt du nicht, daß ein solches Austauschen schlimmer ist als das von Schwerthieben? Du hast mich im Apollo-Theater beleidigt, um damit die Aufmerksamkeit des Publikums auf dich zu lenken und damit du erzählen könntest, du seist dort gewesen. Du hast die Leiche des Ermordeten ausgerechnet auf das Grundstück geschleppt, das an mein Haus grenzt; du hast durch mein Schlafzimmerfenster das Paket geworfen, das die verdächtigen Habseligkeiten enthielt. Du hast nicht klug gehandelt! Ich bin nicht der Mann, dem es behagt, wenn ein Herr Mörder mit ihm seinen Spaß treiben will! Du hast in mir den Spürsinn des Verfolgers, des Rächers geweckt. Ich habe das Verbrechen aufgedeckt. Und da es mir widerlich ist, eine Frau an den Galgen oder ins Zuchthaus zu bringen, so habe ich der «feschen Ferna» zur Flucht verholfen. Sie ist außerdem meine Geliebte.»

Unmöglich, den Ausdruck zu beschreiben, mit dem Ariza mir zuhörte. Seine Augen funkelten im Halbdunkel der Straße wie die feurigen Augen einer Katze.

«Ich verstehe nichts; von welchem Verbrechen reden Sie eigentlich?» wiederholte er dauernd albern. Aber seine brennenden Augen straften die Worte Lügen.

«Das Mittel zieht nicht mehr.» Ich duzte ihn nicht mehr! «Sehen Sie Ihrem Schicksal in die Augen! Seien Sie tapfer! Das wenigstens sollten Sie sein.»

«Ich bin tapfer genug, um Sie zusammenzuschlagen», schrie er und drohte mir mit den Fäusten.

«Sie verlieren nur Zeit damit ... Ich meine es gut mit Ihnen, obwohl Sie, unbesonnen wie immer, wieder Händel mit mir anfangen wollen. Ich brauche nur zu rufen, und die Polizei ist über Ihnen. Ich will sie aber nicht rufen, es sei denn, Sie zwingen mich dazu. Im Gegenteil, ich möchte Ihnen Zeit gönnen, um ... Nein, nein, das nicht, was ich in Ihren Augen lese! Entfliehen nicht! Sie halten mich wohl für einen Tölpel? So helfe ich nur Frauen. Männer müssen Mut haben. Sie sind kein professioneller Verbrecher. Sie sind immer, trotz all Ihrer Laster, ein Herr gewesen nach der sozialen Klasse, zu der Sie gehören. Und ein wirklicher Caballero muß daran glauben, daß es wichtigere Dinge gibt als Sicherheit und Leben. Oder irre ich mich?»

Ariza schwieg. Seine Augen irrten umher, als suchten sie in dem Pflaster eine Spalte, die sich auftue, ihn zu verschlingen, und ihn so meiner Gegenwart entzöge.

Schließlich sagte er: «Sie irren sich nicht. Aber ich verstehe nicht, was Sie meine Ehre angeht.»

Ich lachte und schleuderte ihm hochmütig entgegen:

«Aus Klassengeist!»

Er blickte wieder suchend um sich. Vor diese furchtbare Entscheidung gestellt, grübelte er offenbar über Mittel und Wege nach, über irgend etwas, das ihm der natürliche Instinkt eingeben könne, einen Ausweg zu finden.

«Ich habe keine Waffe», sagte er endlich.

«Und der kleine Degen?» fragte ich. «Er trifft ausgezeichnet, wenn Sie auch auf Ihrer Hemdbrust einen Blutstropfen hatten. Wissen Sie, Ariza, das

Blut redet, wie Sie es ja schon Ihrer Mittäterin gesagt haben.»

«Verflucht soll sie sein!» stammelte er. «Also machen wir Schluß. Ich habe Ihnen schon gesagt, daß ich keine Waffe habe.»

«Ich trage immer meinen Revolver bei mir», antwortete ich. «Da ist er!»

Ich fühlte, wie ein Schauer durch meinen Körper rann. Das Gesicht Arizas war verzerrt. Er drückte mir meine eigene Pistole gegen die Stirn.

Ich riß all meine Tapferkeit zusammen, kreuzte die Arme, hielt ihm mit meinem Blick stand. Plötzlich senkte er die Waffe und rannte wie ein Verrückter davon. Auf einem kleinen Platz in der Nähe hielt er inne. Ein Soldat, der Besitzer jener Kneipe, in der mein guter Nachtwächter die Nacht zu verbringen pflegte, und ein Vermessungsbeamter sahen, wie er die Waffe an die Schläfe setzte, abdrückte und aufs Gesicht stürzte ...

Als man die Leiche durchsuchte, fand man in der inneren Rocktasche den Grijalba entwendeten Geldbetrag. Etwas fehlte davon. Der Stockdegen war in seinem Zimmer in der Pension unter dem Teppich versteckt, dicht an der Zimmerwand.

Nach diesem Abenteuer merkte ich, daß ich seit meiner Kindheit für den Beruf eines Detektivs vorherbestimmt gewesen war. Die Sensationen, die ich während meiner Nachforschung erlebte, waren unerhört stark gewesen. Ich merkte, daß mich die

Langeweile nicht mehr plagte, wenn ich mich mit einem Beruf beschäftigte, der meinem Geschmack so entgegenkam und, ich wage es zu sagen, mit meinen Fähigkeiten und natürlichen Veranlagungen so übereinstimmte oder, wer es so nennen will, mit meinen kühnen und genialen Eingebungen.

Da ich mich nun zu dieser Tätigkeit entschlossen habe, werde ich nach England gehen, um das Fach besser zu studieren und von seinen Meistern zu lernen. Und ich werde ein reiches Betätigungsfeld in unserm Madrid haben, in dem das Geheimnis und die Zügellosigkeit herrschen. Ich werde Verbrechen aufdecken, denen romanhafte oder intellektuelle Züge anhaften. Und vielleicht werde ich eines Tages der Menschheit etwas mitzuteilen haben, das sich lohnt, gedruckt zu werden.

LEOPOLDO ALAS (CLARÍN)

DIE BEIDEN GELEHRTEN

Inmitten der Waldungen einer fruchtbaren und malerischen Gegend Spaniens liegt das Thermalbad Aguachirle. Jedermann ist dort zufrieden. Man kommt gut miteinander aus. Nur zwei alte, ehrwürdige Herren nicht. Sie können einander nicht ausstehen. Auf die andern Badegäste schauen sie verachtungsvoll herab, halten sie für gemeinen Pöbel.

Wer sind diese beiden alten Herren? Im Hotel weiß man kaum etwas über sie; zum ersten Mal besuchen beide das Bad. Woher sie stammen, bekommt man nicht heraus. Bestimmt jedoch sind sie keine Provinzler. Vielleicht kommt der eine aus dem Süden, der andere vom Norden oder auch umgekehrt. Vielleicht sind sie ganz woanders her. Fest steht nur: der eine behauptet, Don Pedro Pérez zu heißen, der andere nennt sich Don Álvaro Álvarez. Beide erhalten fast täglich ein dickes Paket mit ihrer Post: Briefe, Zeitungen, Zeitschriften und Bücher. Man hält die beiden Herren deshalb für Gelehrte. Was aber ist ihr Fach? Niemand kann es sagen, und sie selber verraten es nicht.

Die beiden Herren sind zwar sehr höflich, doch

zugleich kühl – unnahbar für jedermann. Anfangs ließ man sie gewähren, dachte nicht weiter über sie nach. Heiter nahm man die verachtungsvollen Blicke dieser Weisheitsapostel hin. Zwei Narren gewiß, mit anspruchsvollen Launen und schwierig im Umgang. Unter dem dünnen Mantel einer gefühlsarmen Erziehung verbargen sich vermutlich verteufelte Zornesausbrüche.

Nach ein paar Tagen aber sprachen die müßigen Badegäste bei Tisch von nichts anderem mehr als von dem Benehmen der beiden Herren. Man witterte hinter der gegenseitigen Abneigung eine höchst amüsante Komödie. Offen wagte niemand, sich über die beiden lustig zu machen. Dafür flößten sie zu viel Respekt ein. Aber hinter ihrem Rücken genoß man und kommentierte man die verschiedenen Grade, in denen sie ihren gegenseitigen Groll ausdrückten. Der verstärkte sich immer mehr, denn sie hatten noch dazu den gleichen Geschmack, die gleichen Gewohnheiten; sie suchten oder mieden die gleichen Dinge und ärgerten sich schwer darüber.

Pérez war ein paar Tage früher als Álvarez in Aguachirle eingetroffen. Er beklagte sich über das Zimmer, das man ihm gegeben hatte, über seinen Platz bei Tisch, über den Bademeister, den Klavierspieler, den Arzt, den Koch, das Zimmermädchen, den Hausdiener, der die Schuhe putzte. Ihn störten die Kirchenglocken, die Hühner und Hunde in der Nachbarschaft, die ihn nicht schlafen ließen.

Über die Kurgäste zu klagen, das scheute er sich. Dabei waren die sein allergrößter Verdruß. Welch ein erbärmlicher, jammervoller Menschenhaufen! Lüsterne Greise, alberne junge Mädchen, gezierte Mütter, egoistische Geistliche, zudringliche Burschen, gewöhnliche und geizige Parvenüs aus Südamerika, verdächtige Edelleute, unerträgliche Sonderlinge, ekelerregende Kranke – die ganze Pest des Spießertums! Und dabei waren es noch nicht einmal die Schlimmsten! Denn das einfache Volk ... uff, das Volk! Eine wirkliche Aristokratie gab es ja, streng genommen, gar nicht! Und diese allgemeine Unwissenheit! Welche Qual, das mit anhören zu müssen! Ohne ihm entfliehen zu können, mußte man bei Tisch den unbeschreiblichen Unsinn, die tollsten Trivialitäten über sich ergehen lassen! Ekel und Trauer bedrückten darob das Herz unseres Gelehrten.

Einige Zudringliche, an denen es in allen Badeorten nicht fehlt, versuchten, Pérez über seine Ansichten, seine Neigungen auszufragen, ihn zum Sprechen zu bringen, näheren Umgang mit ihm zu pflegen, ja ihn sogar zur Teilnahme an den gemeinsamen Spielen zu veranlassen. Ein Halbverrückter schlug ihm sogar vor, er solle mit einer gewissen Dame einen Rigaudon tanzen ...

Pérez hatte eine ganz besondere Art, sich derartiger lästiger Fliegen zu entledigen. Die Klügeren hielt er sich durch ein paar wenige Worte fern. Bei den Aufdringlicheren bedurfte es mehr Mühe, mehr unvermeidlicher Kühle. Aber es dauerte nie lange, und er war sie alle los. Diese ganze trübselige Menschheit störte ihn nicht wenig bei seinem Kampf um die eigene Bequemlichkeit. Spärlich genug war es ohnehin, was ihm der Badeort in dieser Beziehung bot. Andere hatten die besseren Zimmer, die angenehmeren Plätze bei Tisch. Andere vor ihm hatten sich der bequemeren Badewannen und sonstiger zur Kur gehörender Apparate bemächtigt. Andere, kurz gesagt, schnappten ihm die besten Bissen weg!

Ein sehr dicker und sehr beredter Kanonikus – man wußte nicht, ob auf Grund seines Alters oder eines hassenswerten Privilegs – hatte den Ehrenplatz am Haupttisch inne. Der Küchenchef und das gesamte Personal konzentrierten ihre besondere Aufmerksamkeit und Fürsorge auf diesen Platz, an dem es nie von den Türen und Fenstern her zog, was Pérez besonders zuwider war. Er saß jedoch nicht weit von dem Kanonikus entfernt und zeigte ihm seine Verachtung sehr deutlich. Er tat dies besonders auffallend und mit herausfordernden Blikken, weil er den Geistlichen, Don Sindulfo, beneidete. Doch der merkte gar nichts davon, hatte wiederholt versucht, ein Gespräch mit Pérez anzuknüpfen. Doch ihm ward so einsilbige Antwort, daß der Kanonikus Herrn Pérez bedauernd verzieh, als einem, der nicht wisse, was er tue. Ein Gespräch bei Tische ist doch so heilsam für die Verdauung!

Don Sindulfo schien einen Magen aus Gold zu besitzen! Er schwärmte für die Hotelküche mit ihren pikanten Saucen und scharfen Gewürzen. Pérez' Magen hingegen war wie eine Mimose. Ihm war dieses Essen mit seinen unerfreulichen französischen Gerichten höchst zuwider.

Don Sindulfo träumte selig mit offenen Augen, wenn die Essenszeit nahte. Pérez zitterte vor dem kritischen Augenblick, wo er eine Mahlzeit, zu der er weder Lust noch Appetit verspürte, verzehren mußte.

«Ah, es läutet zum ersten Male!» sagte Don Sindulfo jedesmal, wenn die Essensglocke ertönte, und lächelte seine Umgebung an.

«Oh, man läutet zum zweitenmal!» rief er bald darauf mit seiner vor Genußsucht zitternden Stimme.

Wenn Pérez ihn hörte, schwor er sich immer wieder aufs neue, schleunigst eine gewisse Monographie zu beenden, an der er gerade arbeitete und die für die Aufhebung der Domkapitel warb.

Der unverträgliche sogenannte Gelehrte versuchte hartnäckig, das Terrain zu untergraben: er verhandelte mit den Kellnern und höheren Angestellten, drohte mit seiner sofortigen Abreise, bis man ihm versprach, er solle den Ehrenplatz mit all seinen Vorteilen haben, wenn der Kanonikus abreise. Das sollte bald sein; und koste es, was es wolle, er, Pérez, reflektierte dann auf den Platz. Auch bot sich ihm die Möglichkeit auf ein Zimmer, sehr günstig gelegen, mit dem schönsten Blick, kühl und weitab vom Kurgetriebe und daher sehr ruhig. Um seinen Kaffee in Ruhe zu trinken, hatte Pérez sein Augenmerk auf einen stillen Winkel, weitab vom Klavier, gerichtet. Jetzt war er leider noch von einem verabschiedeten Obersten besetzt. Der mochte fähig sein, sich mit dem zu schießen, der ihm diesen Platz abspenstig machen wollte. Wenn der Oberst aber abreiste – was hoffentlich bald geschehe! –, so war dieser Platz unserm Pérez sicher.

Just da kam Álvarez an. Alles, was wir bisher über Pérez gesagt haben, traf auch auf Álvarez zu. Nur daß er einen stärkeren Willen hatte, mehr Ausdauer und Dreistigkeit, seine Extrawünsche vorzubringen. Sonst aber die gleichen unausstehlichen Launen!

Auch ihn verdroß diese Menschenansammlung von entsetzlicher Trivialität. Auch ihm verdarb der Anblick jenes Kanonikus, der am runden Mitteltisch den besten Platz besetzt hielt, den Appetit. Um so mehr, als der geistliche Herr mit aufreizender Heiterkeit alles ausgezeichnet zu verdauen schien. Álvarez durchbohrte ihn ebenfalls mit giftigen Blikken und antwortete kaum, wenn der freundliche Don Sindulfo ihn anredete. Álvarez bezeigte auch ein Interesse für das ruhige Zimmer, das sich Pérez vorgemerkt hatte; auch er schien den Winkel im Auge zu haben, wo der Oberst seinen Kaffee zu trinken pflegte.

Bei den gemeinsamen Mahlzeiten sah man Álvarez an der Nasenspitze an, daß er alle Anwesenden für Tölpel und Schwätzer hielt ... ausgenommen vielleicht einen gleich ihm alten und kahlköpfigen Herrn, der ihm gegenüber seinen Platz hatte, der niemals ein Wort sprach, niemals über die albernen Witze jener Leute lachte.

Das war kein Schwätzer, ein Tölpel gleichwohl! Warum sollte er keiner sein? Und Álvarez begann auch ihn mit Abneigung zu beobachten. Er stellte fest, daß sein Gegenüber meistens schlechter Laune war, egoistisch und voller Grillen, immer nur nach unmöglich zu erlangenden Bequemlichkeiten strebte.

Der ist wahrscheinlich ein Oberlehrer oder ein dünkelhafter Archivar! Und ich, ein Gelehrter von wissenschaftlichem Rang, der ich inkognito reise unter dem falschen Namen Álvarez, um mir die neugierigen und unverschämten Bewunderer vom Leibe zu halten, ich könnte mich totärgern über dieses alberne Schulmeisterlein, das es wagt, sich erhaben zu fühlen über das Gedränge der gewöhnlichen Badegäste!

Es kam ihm sogar vor, als betrachte dieser eingebildete Archivar ihn mit Zorn, mit Verachtung. Das war denn doch die Höhe!

Und das war nicht einmal das Schlimmste! Am meisten ärgerte ihn die häufige Übereinstimmung ihres Geschmackes, ihrer Neigungen, die sie unerträglich oft zusammenführte.

Sie paßten beide wirklich nicht an diesen Kurort! Álvarez ging sofort in die Halle hinaus, wenn der Pianist anfing, die «Ungarische Rhapsodie» zu spielen ... Dort stieß er natürlich auf Pérez, der ebenfalls dem mißhandelten Liszt entflohen war! Im Leseraum interessierte sich niemand für die «Times», außer dieser Archivar natürlich. Und das gerade in der Stunde, wo er, Álvarez der Falsche, sich über die auswärtige Politik unterrichten wollte in der einzigen Zeitung, die es in diesem Hause gab, die sich zu lesen lohnte!

Der Archivar konnte also auch Englisch! Auch das noch, dieser Pedant! Es machte Álvarez keinen Spaß, in den geschmacklosen Gartenanlagen des Hotels frische Luft zu schöpfen. Er suchte vielmehr die Einsamkeit einer Wiese von sprießendem Grün an einem steilen Abhang hinter dem Haus. Auf der Spitze des Hügels, im Schatten *seines* Apfelbaumes, wen fand er dort jeden Nachmittag? Pérez natürlich, der nicht ahnte, wen er da störte!

Weder Pérez noch Álvarez verzichteten auf den Platz. Sie setzten sich sehr nahe nebeneinander, ohne je ein Wort zu wechseln. Heimlich aber warfen sie sich Blicke voller Gift und Galle zu.

Wenn der vermeintliche Archivar derartige Sympathien bei dem falschen Álvarez auslöste, so wünschte Pérez den zum Kuckuck. Er hätte ihn gern öffentlich herausgefordert, wenn er sich nicht darüber klar gewesen wäre, daß Álvarez ein sehr energischer Mann sei und seine Fäuste stärker als die seinen.

Pérez war in Wirklichkeit ein südamerikanischer Gelehrter aus Ecuador, der schon seit vielen Jahren in Spanien lebte, allerlei Wissenschaften und die spanische Literatur studierte, öfters Reisen nach Paris, London, Berlin, Moskau und andere Hauptstädte unternahm. Er hieß natürlich nicht Pérez, sondern Gilledo. Auch er reiste manchmal inkognito, weil er meinte, so besser in Spanien forschen zu können, ohne daß ihm, erfuhr man seinen berühmten Namen, etwas verheimlicht werden könnte. Gilledo oder Pérez also nahm an, der Eindringling Álvarez sei irgendeine Provinzgröße, die den Berühmten spielte mit seiner Überspanntheit und seinen verrückten Ideen. Das war ja alles nur Theater! Und dies Theater war Pérez höchst lästig. Denn dieser Unbekannte, wahrscheinlich irgendein Apotheker, ahmte ihn offensichtlich nach, da er ihm stets in die Quere kam: beim Spaziergang, in der Halle, im Leseraum ...

Pérez hatte wohl bemerkt, daß Álvarez die abgeschmackte Badegesellschaft ebenfalls verabscheute oder wenigstens so tat, daß er mit Groll und Abneigung den Kanonikus beobachtete, der bei Tisch regierte.

Von Tag zu Tag wuchs so die Antipathie, man könnte schon sagen: der Haß zwischen den beiden Gelehrten, die inkognito reisten. Die heimlichen Beobachter dieses Hasses fürchteten ernstlich, aus dem Lustspiel könne unversehens eine Tragödie werden und die beiden seltsamen ehrenwerten Alten sich an die Köpfe geraten.

Und es kam zum kritischen Augenblick! Zufällig verließen den Badeort im gleichen Zug der Kanonikus, der Badegast, der das begehrte Zimmer bewohnt hatte, und der Oberst, der die stille Ecke nun frei ließ, die so weit vom Klavier wie möglich war! Eine entsetzlich unangenehme Situation ergab sich!

Es stellte sich nämlich heraus, daß die Hoteldirektion die Nachfolge von Don Sindulfo und das bequeme Zimmer erst Pérez und danach auch Álvarez zugesichert hatte.

Ohne Zweifel: Pérez hatte das Vorzugsrecht! Aber Álvarez ... mit *dem* Charakter! Was für ein Anblick, als die beiden, zitternd vor Wut, die Hände um die Stuhllehne des Kanonikus krampften! Man wußte nicht, ob sie um den Stuhl stritten oder ihn als Wurfgeschoß benutzen wollten. Sie beleidigten sich mit keinem Wort, aber sie verschlangen sich mit den Augen.

Der Hoteldirektor hielt es für ratsam, sich in den Streit zu mischen. Er eilte in den Speisesaal.

«Sie müssen entscheiden!» riefen die beiden Gelehrten wie aus einem Munde.

Es ließ sich nicht leugnen, daß Pérez das ältere Recht hatte. Álvarez gab auf latein nach, das heißt, er zitierte einen Paragraphen aus dem Römischen Recht, der zugunsten seines Gegners sprach. Er wollte damit klarstellen, daß er aus Vernunftsgründen verzichtete, nicht etwa aus Angst.

Nun ging es um das Zimmer! Es wurde noch schlimmer! Wieder war Pérez zeitlich der erste gewesen. Álvarez aber erklärte, dieser Beweis sei von Grund auf unsinnig und nichtig. Daher: «Tractu temporis convalescere non potest ...» Man könne nicht immer die Zeit vorschieben. Es sei lächerlich, daß Pérez deshalb alle Vorteile im Übermaß für sich in Anspruch nehme. Er halte sich an das ihm gegebene Versprechen und er werde sogleich das unglückselige Zimmer beziehen. Seine Koffer habe er bereits dorthinbringen lassen.

Und er pflanzte sich auf der Türschwelle auf, die Fäuste drohend geballt, und schrie: «In pari causa, melior est conditio possidentis ...»

Damit trat er in das Zimmer und schloß von innen ab.

Pérez verzichtete nicht auf Grund des Römischen Rechtes, sondern aus Angst.

Was die Ecke des Obersten betraf, so stritten sie

darüber jeden Tag aufs neue. Beide eilten so schnell sie konnten zu dem Platz, um nur ja der erste dort zu sein. Der später Kommende brummte protestierend vor sich hin, setzte sich ganz dicht neben seinen Feind an das gleiche Marmortischchen.

Wie gräßlich zuwider waren sie sich einander! Aber da sie den gleichen Geschmack, die gleichen Antipathien und Sympathien hatten, flohen sie stets die gleichen Orte und suchten die gleichen Zufluchtsstätten auf.

Eines Tages, als Pérez wieder vor der «Ungarischen Rhapsodie» ausgerissen war, setzte er sich in die Halle auf einen Schaukelstuhl, einen Stoß von Briefen und Zeitungen in der Hand.

Kurz darauf erschien Álvarez mit einem ähnlichen Packen und ließ sich Pérez gegenüber ebenfalls in einem Schaukelstuhle nieder. Natürlich grüßten sie sich nicht.

Beide vertieften sich in ihre Briefe.

Aus dem Haufen seiner Korrespondenz zog Álvarez eine Karte heraus und betrachtete sie lange, völlig verblüfft.

Auch Pérez meditierte über einer ähnlichen Karte mit entsetzten Augen.

Álvarez hob endlich den Kopf und starrte seinen Feind betroffen an.

Der, wenig später, blickte gleichfalls auf und stierte offenen Mundes auf den unglückseligen Álvarez.

Der raffte sich auf, streckte seine Hand aus und stammelte mit zitternder Stimme: «Ist es möglich ... Sie, mein Herr ... sind ... kann es denn sein ... der Doktor Gilledo?»

«Und Sie ... oder träume ich etwa ... kann es möglich sein? ... Sie sind der berühmte Fonseca? ...»

«Ja, Fonseca, der Freund, der Schüler, der Bewunderer und Apostel des Meisters Gilledo und seiner Lehre ...»

«... von unserer Lehre, bitte. Sie stammt nicht nur von mir. Ich bin der Bahnbrecher gewesen. Sie sind der geistvolle, der gelehrte, tiefschürfende, beredte Reformator und Verbreiter meiner Lehre, dem ich so viel verdanke ...»

«Und hier treffen wir nun zusammen ...»

«Und hätten wir nicht jene lächerliche Schwäche gehabt – die Idee stammt von mir, ich muß es zugeben –, uns durch eine Photographie von Angesicht kennenlernen zu wollen ...»

«Wahrhaftig, ohne diese Schwäche ...»

Fonseca tat den ersten Schritt. Er öffnete weit die Arme und schloß sie um Gilledo, natürlich mit der Gemessenheit, die berühmten Gelehrten geziemt.

Was geschehen war, ist sehr einfach zu erklären.

Beide Wissenschaftler hatten sich, wie schon gesagt, ausgedacht, unter dem falschen Namen zu reisen. Von seiner Madrider Wohnung aus hatte sich Fonseca die Post in Paketen nachschicken lassen unter dem Namen Álvarez. Gilledo hatte die gleiche Idee mit seiner Post gehabt.

Seit vielen Jahren waren Gilledo und Fonseca sozusagen ein Herz und eine Seele auf dem Felde ihrer Wissenschaft. Gilledo hatte als erster gewisse höchst komplizierte Theorien über die prähistorischen Wanderungen bestimmter Völker und über andere vorgeschichtliche Probleme aufgestellt. Fonseca hatte seine Hypothesen mit neidloser Bewunderung aufgegriffen und sie auf anderen Gebieten der Völkerkunde und Sprachwissenschaften so einleuchtend angewandt, daß sie zu großer Bedeutung gelangten. Er verbreitete die Ideen in vielgelesenen Büchern, die für das Publikum leichter zu verstehen waren als die Schriften Gilledos. Der seinerseits neidete dem Apostel seiner Ideen nicht den Glanz seiner volkstümlichen Darstellung, noch verleugnete Fonseca je die Überlegenheit des Urhebers der Theorien, seines Meisters, wie er ihn freimütig zu nennen pflegte. Die Polemiken, die sie gemeinsam gegen Wissenschaftler anderer Meinung durchfochten, vertieften ihre Beziehungen noch. Anfangs war ihr ständiger Briefwechsel rein wissenschaftlichen Inhalts. Manchmal erwähnten sie die gegenseitige Zuneigung, manchmal den gemeinsamen Stolz. Mit der Zeit aber wurde der Ton ihrer Briefe persönlicher, mehr als seien sie Brüder und nicht nur Fachkollegen.

Álvarez oder, besser gesagt, Fonseca war der leidenschaftlichere von beiden. Er sehnte sich schließlich derart danach, das Angesicht seines Schreibfreundes endlich kennenzulernen, daß er dies schriftlich bekannte, nicht ohne daß beide die Idee eigentlich für eine lächerliche menschliche Schwäche hielten. Trotzdem waren sie übereingekommen, sich an einem gleichen Datum ihr Bildnis zuzuschicken.

Der Zufall, der bei einer solchen Geschichte unerläßlich ist, hatte es gewollt, daß diese Photographien an genau dem gleichen Tage ankamen und vielleicht wirklich ein Unglück verhüteten.

Merkwürdigerweise hatte keiner der beiden Freunde daran gedacht, dem anderen von der bevorstehenden Reise inkognito in das Thermalbad zu schreiben. Das stand mit allen Einzelheiten in dem Begleitbrief zu den Bildern. Natürlich! Wie hätte es anders sein können!

Álvarez und Pérez schätzten sich ganz außerordentlich. Sie redeten sich auch nach der Entdeckung mit den falschen Namen an, um das Geheimnis ja zu wahren. Denn sie wollten selbstverständlich nicht, daß irgend jemand im Hotel etwas von dem Vorgefallenen erführe.

Sie schätzten sich so sehr, sie waren so kluge und beherrschte Gelehrte, daß sie natürlich allen Streit, allen Haß, der sie getrennt hatte, als sie sich verkannten, gänzlich abstreiften und sich mit dem größten Respekt, mit vollendeter Achtung behandelten, ohne auch nur die geringste Meinungsverschiedenheit mehr zu haben. Ja, sie waren so sehr einer Meinung, daß am Tage nach der großen Entdeckung beide zufällig wieder den gleichen Entschluß faßten: nämlich, sobald als möglich den Kurort zu verlassen und dahin zurückzukehren, wo sie hergekommen waren.

So geschah es auch. Schon am selben Nachmittage reiste Gilledo mit dem Zuge nach Süden, und Fonseca schlug die Richtung gen Norden ein. Sie sahen sich im Leben niemals wieder.

Und jeder von ihnen dachte, er habe die Klugheit eines Marc Aurel bewiesen, indem man sich so rasch und schmerzlos voneinander getrennt habe. Denn – o schwache Menschennatur! – die kindische und prosaische Abneigung, die der unbekannte Freund dem anderen eingeflößt hatte, war nach dem sinnlosen Erkennen nicht etwa gewichen!

Das Geschöpf ihrer Einbildung aus Fleisch und Blut, das beide sich erdichtet hatten, als sie sich haßten und verachteten, ohne zu wissen, wer sie wirklich waren, es ließ sich nicht mehr verjagen. Der wirkliche, wenn auch unsichtbare Freund aus dem Briefwechsel und der gemeinsamen wissenschaftlichen Arbeit ließ sich nicht mehr ins reine Gefühl bannen. Für Fonseca war und blieb der Gilledo, den er mit leiblichen Augen gesehen hatte, immer der abscheuliche Archivar; für Gilledo blieb Fonseca der verhaßte Apotheker ...

Sie korrespondierten weiter, aber nur noch über rein wissenschaftliche Probleme.

Ein Jahr später aber veröffentlichte ein deutsches Jahrbuch einen Artikel, der eine Sensation für die Archäologen in aller Welt bedeutete. Er hieß «Eine abweichende Meinung» und war von Fonseca gezeichnet. Der Verfasser versuchte zu beweisen, daß jene prähistorischen Rassen nicht vom Westen nach dem Osten gezogen seien, wie er unter dem Einflusse seines gelehrten Meisters bisher geglaubt habe, sondern vielmehr, dem Laufe der Sonne folgend, vom Osten nach dem Westen!

ARMANDO PALACIO VALDÉS

EIN INTERVIEW MIT PROMETHEUS

Freund Esteve war sozusagen ein Freund auf Widerruf. Manchmal besuchte er fast täglich die Kneipe, in der ein paar Schriftsteller von mehr oder minder hohem Ansehen zusammenkamen. Dann verschwand er plötzlich und blieb drei oder vier Monate lang dem «Zirkel des Klatsches» fern, wie böse Zungen unsere Zusammenkünfte nannten.

Bald waren wir ernsthaft besorgt, bald machten wir uns lustig über die plötzliche Flucht. Stets aber erwarteten wir von ihm etwas Ungewöhnliches, Verwegenes.

Die einen behaupteten, seine Hauswirtin habe seine Sachen beschlagnahmen lassen und er läge auf einer Matte mit einem Halseisen, das ihn am Fliehen hindern sollte. Andere wiederum versicherten, er streife durch die Gastwirtschaften der Armenbezirke und zettele dort Verschwörungen gegen die Regierung an. Noch andere erklärten, er habe alle seine Kleider verpfändet und müsse daher, seit zweiundvierzig Tagen schon, im Bett bleiben.

Als wir am wenigsten an ihn dachten, erschien Freund Esteve zur gewohnten Stunde im Café, wie üblich lächelnd, und, wie ebenfalls üblich, eine Zehn-Centavos-Zigarre im Mund. Wir empfingen ihn alle mit herzlicher Freude und sparten nicht mit lauten Zurufen.

«Willkommen, Esteve!» – «Setz dich her, Esteve!» – «Nein, hier her, zu mir, ich muß mit dir reden!» – «Nein, er soll sich mit mir unterhalten!»

Freund Esteve war ein geschätzter Plauderer, überhaupt ein höchst angenehmer Gesellschafter. Ich habe selten einen Menschen getroffen, der so viel kunterbunte Phantasie besaß und ein solches Talent im Lügen. Die Glut seiner Einbildungskraft schmolz alle Wahrheit, verwandelte sie in Lüge oder vielleicht in höhere, vollkommenere Wahrheit. Ist doch die Welt, wie die Philosophen versichern, nichts als unsere Vorstellung.

Doch gab es unter uns einen, der diese phantastischen Geschichten verachtete und im Grunde seines Herzens einen barbarischen Haß gegen unseren liebenswürdigen Aufschneider hegte. Dieser Mann war ein rechter Wolf im Schafspelz. Von Beruf Buchhalter in einem Handelshaus, war er in unserem Kreis durch einen Dichter eingeführt worden, der ihm ein paar Peseten schuldete. Um den Unmut des Mannes zu besänftigen, ließ er ihn an dem unterhaltsamen Geläster unserer literarischen Runde teilnehmen. Martínez, so hieß der Fremde, fühlte sich in unserem Kreise wie der Fisch im Wasser. Allmählich gewann er die Überzeugung, Literatur bestehe in all ihren Äußerungen, wie Epik, Lyrik und Drama, aus nichts anderem als gegenseitiger Verunglimpfung der Autoren. Was darüber hinausginge, sei nichts wert. Da er selber im boshaften Herabsetzen und Beschimpfen anderer ein Meister war, hielt er sich für bedeutender als alle Dichter von der Antike bis heute.

Er haßte uns alle von Herzen, davon war ich überzeugt. Seine tiefste Abneigung jedoch galt unserem Freund Esteve, nicht zuletzt deshalb, weil dieser ihm gar keine Beachtung schenkte. Sein häufiges Verschwinden bot ihm eine gute Gelegenheit, oft über ihn herzuziehen.

Im letzten Jahr hatte Freund Esteve als Mitglied einer Regierungskommission einer Ausstellung wegen in Antwerpen geweilt. Dieser dreimonatige Aufenthalt war in seiner glutvollen Phantasie zu einem wahren Wunder geworden. Allmählich erreichte die Reise das Ausmaß des Argonautenzuges oder der Entdeckungsfahrten Vasco da Gamas.

«Als ich in Wien war ...», begann er zu erzählen.

«Dahin ist er offenbar gesprungen», zischte Martínez.

Ein andermal berichtete er: «Als ich in St. Petersburg ankam ...»

«Hör sich das nur einer an», knurrte der jähzornige Buchhalter, «weiter nichts als St. Petersburg!»

Eines Nachmittags, als der gute Esteve so recht in Stimmung, begann er seine Erzählung: «Während der zwei Tage, die ich in Sebastopol verbrachte, langweilte ich mich furchtbar ...»

«Heiliger Himmel, Sebastopol! Das ist ja unerträglich», schimpfte Martínez.

Esteve hob den Kopf, warf einen fragenden Blick auf den Zwischenrufer, dessen Bemerkung er nicht zu verstehen schien.

Martínez senkte die Augen, und Freund Esteve fuhr seelenruhig fort: «... langweilte ich mich furchtbar. Ein russischer Offizier, den ich im Hotel kennengelernt, sagte zu mir: ‹Ich bin zur Festung Soukhoum-Kaleh abkommandiert. Hätten Sie Lust, mich auf meiner Reise zu begleiten? Morgen fahr' ich ab. Wir können das gleiche Schiff benutzen. Acht Tage dauert das Ganze. Sie werden sich glänzend unterhalten und allerhand Neues sehen.›

Gesagt, getan! Am folgenden Morgen schifften wir uns auf einem elenden Küstendampfer ein, und zwei Tage später erreichten wir den Hafen von Soukhoum-Kaleh. Die üppige Vegetation dort verblüffte mich. Schwül und betäubend die Atmosphäre! Wild und wuchernd die Natur, Erde wie Menschen. Es erinnerte mich an die Umgebung von Rio de Janeiro ...»

«Sagen Sie, Freund, wann sind Sie eigentlich in Rio gewesen?» unterbrach ihn einer aus unserer Gesellschaft.

Esteve überhörte die Frage und berichtete mit unerschütterter Ruhe weiter: «Dort, in Soukhoum-

Kaleh, wachsen die gleichen Bäume wie in den Tropen Amerikas. Doch die Eingeborenen, die noch richtige Wilde sind, ziehen keinen Nutzen aus der fruchtbaren Erde. Sie pflanzen nur Reis an, Gerste und Gemüse. Ich muß gestehen, in den zwei Tagen, die ich dort weilte, habe ich mich noch mehr gelangweilt als in Sebastopol. Maximowitsch, so hieß mein Reisegefährte, hielt sich fast ständig im Café auf. Ich mußte mit ihm einen Aperitif nach dem anderen trinken ... Was war das für ein Mensch, dieser Maximowitsch! Sein Leben verbrachte er damit, den Appetit anzuregen, ohne ihn jemals zu befriedigen. Den Morgen begann er mit Trinken, und damit beschloß er auch den Tag: Curaçao, Bitter, Wermut, Absinth, Amer Picón. Er kannte sich auf dem Gebiet der Aperitife aus, und wenn sich die Essensstunde näherte, zog er es vor, im Café zu bleiben und weiter seinen Appetit zu steigern. Es ging ihm wie jenen unserer Professoren, die das ganze Jahr damit zubrachten, uns in das Studium ihres Lehrfaches einzuführen. War dann das Jahr um, hatten wir mit dem eigentlichen Studium noch nicht einmal begonnen ... Wie gesagt, ich langweilte mich, und um mich bis zur Abfahrt des Dampfers zu zerstreuen, schlug ich Maximowitsch vor ...»

Jedesmal, wenn Esteve den Namen Maximowitsch erwähnte, stieß Martínez einen Klagelaut aus, als ob ihn jemand heimlich gekniffen hätte.

«Ich schlug also Maximowitsch vor, einen Ausflug ins Innere zu unternehmen. Der berühmte Berg Elbrus war nicht sehr weit, und wenn wir auch nicht bis zum Gipfel kämen, würde es sich doch lohnen, an seinen Abhängen aufzusteigen. Maximowitsch willigte ein, obschon ungern. Wir kletterten in einen klapprigen Wagen und fuhren in das offene Land, wo, wie in Neapel, Mandel-, Maulbeer- und Lorbeerbäume, Zitronen und Aprikosen grünten. Wir hatten vor, in einer der Bretterhütten der Barbaren zu nächtigen, die uns als Christen am liebsten umgebracht hätten; doch sie fürchteten sich vor dem Russen ... Sobald wir uns dem Elbrus näherten, änderte sich die Vegetation. Man sah nur noch Eichen, Erlen und Platanen. Schließlich mußten wir unser Gefährt verlassen, weil die Straße aufhörte. Wir mieteten uns Esel, um den Anstieg zu beginnen. Nach wenigen Stunden schon erblickten wir nur noch Tannen, Fichten und Lärchen. Wir stießen auf alle möglichen Mineralquellen. Überall leuchtete grüner und tiefroter Porphyr...»

Warum bloß diese lehrreiche Schilderung Martínez so außer sich brachte! Noch heute kann ich mir es nicht erklären. Er fauchte wie eine Katze, die man in einen engen Winkel eingesperrt hatte. Esteve sandte seinem Widersacher zuweilen einen Blick wohlwollender Überraschung. Doch stören ließ er sich nicht.

«Wir waren bereits ziemlich hoch gestiegen. Den Gipfel aber zu erklimmen, dazu konnten wir uns nicht entschließen. Wäre es doch recht beschwerlich gewesen! Maximowitsch hatte die Besteigung schon zweimal vorher gemacht. Mir schien es, daß er zu einem dritten Aufstieg keine Lust verspürte. Daher machten wir mitten in den Bergen, in einem armseligen Dorfe, halt, in der Absicht, dort die Nacht zu verbringen. Zu diesem Zwecke bezogen wir eine Hütte, aus der Maximowitsch vorher den Besitzer mit Fußtritten verjagt hatte. Wir setzten uns an einen ungehobelten Tisch. Maximowitsch holte aus seinem Rucksack eine Flasche Absinth hervor, und wir begannen zu trinken, zu rauchen und zu schwatzen. Der tolle Bursche trank den Absinth ungemischt, während ich mir Wasser zugoß.

‹In dieser Gegend war es›, sagte ich nach einer Weile, ‹wo der Donnerer Zeus den Titanen Prometheus an einen Felsen geschmiedet hat zur Strafe für seine Kühnheit, das Feuer vom Himmel zu rauben.›

‹Ich weiß›, entgegnete Maximowitsch und sog dabei an seiner Zigarre. ‹Ich kenne Prometheus.›

Verständnislos sah ich ihn an. Maximowitsch erwiderte den Blick mit einem spöttischen Aufleuchten der Augen. Offensichtlich belustigte ihn meine Überraschung.

‹Ja, ich kenne Prometheus, und ich kenne die Stelle, wo er noch immer gefesselt ist. In weniger als zwei Stunden kann ein Mann, der gut zu Fuß ist, den Ort erreichen.›

Ich versichere euch, Freunde, bei diesen Worten war es mir, als verlöre ich meinen Verstand. Meine Augen verrieten so sehr mein Entsetzen, daß Maximowitsch laut auflachte. Voller Wut sprang ich von meinem Stuhl auf und schrie ihn an: ‹Sie lügen!›

Maximowitschs Augen blitzten düster. Auch er hatte sich erhoben. Er legte die Hand an seinen Revolver, beherrschte sich aber. Meinen Arm ergreifend, sagte er trocken: ‹Maximowitsch lügt nicht! Er wird dir das gleich beweisen. Komm nur mit!›

Er verließ die Hütte, ich folgte ihm halb ängstlich, halb neugierig. Die Sonne war im Untergehen. Wir hatten mehr Zeit verschwatzt, als ich angenommen hatte.

Nun wanderten wir wieder einen rauhen Pfad, umgingen einen steinigen Berggrat. Schließlich blickten wir in ein tiefes, finsteres Tal. Wälder von Pinien und Tannen schienen über diesem Tal zu hängen. Wie in einer dantesken Landschaft waren die Bäume ineinander verschlungen zu den seltsamsten Gebilden.

‹In dieses Tal müssen wir hinabsteigen›, erklärte Maximowitsch.

‹Also steigen wir hinunter!› entgegnete ich entschlossen.

Dort unten war schon Nacht. Über uns türmten sich die Berge, sonderbare Gestalten, die sich gegen das Tiefblau des Himmels wie drohende Riesen abhoben.

Wir folgten dem Ufer eines vereisten kleinen Baches, und nach einer längeren Wanderung sahen wir uns durch einen gewaltigen Felsblock am Weitergehen gehindert. Maximowitsch, einen Augenblick lang unsicher, untersuchte dann den Felsen. Wie ein Hund, der eine Fährte verfolgt, lief er hin und her.

Es war jetzt tiefe Nacht. In dem Stückchen Himmel, das die Berge frei ließen, schwamm der Mond, gelblich und trübe, als sei er die Totenampel über einem Grabe. Schließlich riß Maximowitsch die Tannenzweige gewaltsam zur Seite und lenkte meinen Blick auf eine Öffnung in dem Felsen, gerade groß genug, als daß ein Mensch hindurchschlüpfen konnte.

‹Wagst du es?› fragte er mich mit spöttischen Augen und deutete auf die Höhle.

Eigentlich fehlte mir der Mut dazu. Ich stand da, mehr tot als lebendig. Aber unser liebes Ehrgefühl, unser verteufelt liebes Ehrgefühl, ließ mich ruhigen Tones antworten: ‹Ja, ich wag's!›

Maximowitsch drang als erster in die Höhle ein, ich folgte ihm. Am Eingang war sie eng, doch erweiterte sie sich bald. In ihr herrschte völliges Dunkel. Der Fußboden war weich, als wäre er aus Sand. Maximowitsch hatte mir das Ende seines Stockes gereicht. Daran mich festhaltend, ging ich furchtlos hinter ihm her. Nach etwa einer halben Stunde blieb mein Begleiter stehen. ‹Hier wird der Weg sehr schmal›, sagte er. ‹Man muß sich auf den Boden legen und auf allen vieren weiterkriechen. Ich will vorangehen, und wenn ich auf der anderen Seite angelangt bin, rufe ich dich.›

Ich merkte, wie er sich von mir entfernte und sich auf den Boden legte. Ein paar Minuten später vernahm ich seine Stimme: ‹Ich bin drüben. Leg dich auf den Boden und komm!›

Tatsächlich folgte ich seiner Aufforderung und kroch auf dem Bauche durch eine schmale Öffnung. Sie sah aus wie ein Wasserrohr. Plötzlich aber, als ich eine bestimmte Stelle erreicht hatte, spürte ich, daß ich nicht mehr vorwärts konnte, sei es nun, weil das Rohr sich verengte, oder sei es wegen meiner wachsenden Angst.

Bestürzt versuchte ich zurückzukriechen, aber auch das vermochte ich nicht. Panischer Schrecken überfiel mich. Der Schweiß begann mir aus allen Poren zu rinnen, kalter Schweiß, der Schweiß des nahenden Todes. Ich sah ihn deutlicher vor Augen als euch in diesem Augenblick. Doch ich riß mich zusammen, stieß einen Schrei aus. Mit äußerster Kraft gelang es mir, mich loszureißen, und bald darauf sank ich Maximowitsch in die Arme, der mich am Ausgang erwartete. Er erkundigte sich, warum ich geschrien hätte. Ich erklärte es ihm und sah ihn lachen, was mir ganz und gar nicht gefiel.

Alsdann wanderten wir noch eine Weile durch die finstere Höhle. Endlich atmete ich wieder frische

Luft, und Maximowitsch sagte: ‹Wir sind dicht am Ausgang.›

Das stimmte. Als wir draußen, war es dort ebenso dunkel wie im Innern der Höhle. Der Mond war verschwunden. Nur einige Sterne leuchteten am Himmel. Ich wollte einen Schritt vorwärts gehen, aber Maximowitsch hielt mich mit Gewalt zurück. Er erklärte, wir stünden am Rande einer tiefen Schlucht.

‹Siehst du den Berggrat uns gegenüber?› fragte er mich. ‹Das ist der Felsen, an den Prometheus geschmiedet ist.›

Ich sah mir fast die Augen aus dem Kopf, konnte aber nichts entdecken außer der schwarzen Masse eines gewaltigen Berges. Über unseren Häuptern flatterten Vögel. Unheimlich ihr Flügelschlag!

Maximowitsch flüsterte mir zu, es seien die Adler, die an der Leber des Prometheus fräßen und die sich hierin ständig ablösten. Ich fühlte, wie ein eisiger Schauer über meinen Rücken lief ... Ich wollte meinen Begleiter anflehen, mit mir umzukehren, die Stätte dieses Grauens zu verlassen. Da erhob sich ein furchtbarer Tumult. Wie ein Donnerschlag war es, wie lautes Heulen. Mir sträubten sich die Haare. Ich war starr vor Schrecken.

‹Hör zu, Prometheus beginnt zu sprechen!› sagte Maximowitsch und preßte nervös mein Handgelenk.

Zunächst vernahm ich nur ein paar verworrene Laute. Ihre Bedeutung entging mir. Einmal glaubte ich, ein Wort zu verstehen. Es klang wie eine Verwünschung. Allmählich nahm ich andere Worte wahr, und als sich mein Ohr gewöhnt hatte, begriff ich, daß der Titan griechisch sprach.

Maximowitsch steckte zwei Finger in den Mund und pfiff. Die übernatürliche Stimme verstummte für einen Augenblick, dann ertönte sie wieder. Sie schien eine Frage zu stellen, die ich nicht verstand. Maximowitsch, der etwas Griechisch konnte, rief auf französisch zurück: ‹Wir sind hier zu zweit.›

‹Ach, ihr seid zwei Sterbliche›, entgegnete, gleichfalls auf französisch, die furchterregende Stimme. ‹Woher kommt ihr?›

‹Ich bin ein russischer Offizier›, schrie Maximowitsch.

‹Ich bin Korrespondent des ‚Freien Volkes'›, rief ich mit meinen nicht mehr starken Kräften.

‹Ich kenne diese Zeitschrift nicht ... Es sind ihrer heute so viele, so viele! Daß sie da sind, verdankt ihr wie letztlich alles andere mir ... Die Presse verbindet euch Sterbliche über jede Entfernung. Sie prangert das Unrecht an, verbreitet die segensreichen Entdeckungen eurer Gelehrten. Stolz war ich, als ich die erste Zeitschrift, noch feucht, die Druckerei verlassen sah. Ich zollte mir Beifall, ich beglückwünschte mich, dem Olymp den heiligen Funken entrissen zu haben, der eure Maschinen in Bewegung setzt ... Aber ach, der Tyrann des Himmels, der rücksichtlose Zeus, zerstört alle meine und eure

Pläne! Mit rächender Hand verwandelt er das Nützliche in Verderben ... Diese herrliche Erfindung wird euch zur dauernden Last, stachelt Tag und Nacht den Hochmut an, den Neid, den Zorn. Ich wollte, daß sie unter euch Wahrheit und Gerechtigkeit verbreite, sie aber steigert nur eure Hast. Der Rausch der Publizität vernichtet euch. Die Früchte der Erkenntnis reifen nicht mehr. Mit gieriger Hand pflückt ihr sie grün, um eurer Eitelkeit zu frönen. Die sauren Früchte vergiften euch ...›

‹Prometheus, die Presse lenkt die Menschen auf das Gute hin›, erwiderte ich mit lauter Stimme, mehr gereizt als furchtsam.

‹Die Presse ist keine Krone mehr, sie ist ein Dornengeflecht. Wer wirklich Verdienste hat, versteckt sich, um nicht mit den Lobpreisungen verwechselt zu werden, die ihr täglich in ahnungsloser Gleichgültigkeit in die Welt posaunt. Und die ohne jene Liebe sind, mit der ich meine Statuen meißelte, ihnen Leben einflößte ... Wieviel Leid habt ihr mir bereitet, wieviel Leid!›

‹Dir, ruhmreicher Titan, verdanken wir den Feuerfunken, der Industrie und Handel befähigt, die Erde umzugestalten. Unser Wohlstand, unsere Kultur – sie hängen von deinem kostbaren Geschenk ab›, rief ich ihm zu, um ihm zu schmeicheln.

Prometheus verharrte einige Augenblicke lang in Schweigen, dann aber donnerte er los mit noch furchtbarerer Stimme: ‹Industrie und Handel! Ja, ich hatte sie auserwählt, um euch von dem grausamen Joch der Mächte zu befreien, die Pluto und Neptun in Bewegung gesetzt hatten, um euch zu schaden. Von diesem einsamen Felsen aus verfolgte ich mit Sorge und Freude eure ersten Anstrengungen, die, wie immer, der Erfolg krönte. Ihr überwandet den Raum, legtet den Winden Zügel an, ihr bestimmtet den Lauf der Flüsse. Ihr entrisset Pluto einen Teil seiner Schätze; sie erwärmen euch an Wintertagen. Es gelang euch, jene andere wilde und geheimnisvolle Kraft zu beschwören, die schöpferisch ist und weltzerstörend zugleich. Sie erhellt eure Räume mit dem klaren Licht der Sonne, sie trägt eure Gedanken und eure Stimmen über Berge und Meere ... Und endlich gelang euch, was wir, die Unsterblichen, niemals zu erreichen vermochten: Ihr spottetet Jupiters Zorn, lenktet seinen versengenden Blitzstrahl ab ... Wie stolz war ich über euren Fortschritt! Aus vollem Herzen lachte ich, als ich Jupiter unruhig werden sah und die übrigen Götter wütend. Doch, ach, es ist euch nicht gegeben, zur rechten Stunde einzuhalten, euren unersättlichen Wünschen selber eine Grenze zu setzen. Ich hatte euch in die hohe Kunst der Zahlen eingeführt, welche die Harmonie alles Erschaffenen verbürgt. Nur zu bald vergaßet ihr ihren Sinn. Von blindem Wahn erfaßt, verstandet ihr es nicht, euer tägliches Leben zu erhöhen mit den Dingen, die ich euch geschenkt hatte. Ihr zerbracht die Ketten, die euch an die Erde schmiedeten, aber anstatt euch zum Fluge zu erheben, wälzt ihr euch im Schlamm. Ihr nutzt eure großartigen Erfindungen nicht, um das Geheimnis, das euch umgibt, zu lüften, um euren Geist durch Wahrheit und Schönheit zu läutern, um das Glück zu genießen, das ich in meinen Träumen für euch ersonnen hatte, das Glück zu lieben, das Glück, in Liebe füreinander zu leben. Nein! Wenn ihr der Natur ihre Geheimnisse entreißt, geschieht es nur, um euren Durst nach Vergnügungen zu vergrößern, um euer Leben auf eine noch raffiniertere Weise zu genießen, euren Leib zu ergötzen, der droht, euren Geist auszulöschen. Ach, eure Errungenschaften dienen nur dazu, euch den Tieren, nicht aber den Göttern näher zu bringen! Seid ihr glücklich? Sagt es mir! Nein, ihr seid es nicht! Ein Leben der Verweichlichung schlägt niemals zum Glück der Sterblichen aus. Jagend nach vergänglichen Freuden, irrt ihr über die Erde wie die unglückliche Io, die Jungfrau, die, von einer Bremse gestochen, fiebernd über Flüsse und Berge hastet, ohne je Ruhe zu finden ...›

‹Aber wir haben uns die Freiheit erobert, die politische, soziale ...›, erkühnte ich mich, dem Titan zuzurufen.

‹Auch wir sind dabei, sie uns zu erobern›, beeilte sich Maximowitsch stolz hinzuzusetzen.

‹Diese Art von Freiheit›, erwiderte Prometheus, ‹ja, einige von euch haben sie errungen. Ich war es, der euch wirksam dabei half, als ich die Begeisterung in eure Brust pflanzte, euch lehrte, das Leben um des Lebens willen zu wagen. Wie wenig habt ihr die Freiheit genutzt! Hat sie euch gedient, das Unrecht aus der Welt zu schaffen, in Frieden miteinander zu leben? Für eine Handvoll erbärmlichen Goldes brachtet ihr Zerstörung über Völker, die unschuldig und friedlich lebten, weit von euch entfernt. Und um sie euch zu unterwerfen, reißt ihr euch in Stücke, ihr, die ihr euch zivilisiert nennt. Ihr tut es auf den Schlachtfeldern mit größererWut als Tiger ihre Beute im Dschungel. Ich habe euch von Jupiters Tyrannei befreien wollen. Ihr jedoch seid der Tyrannei einer unverständigen, ungebildeten Mehrheit verfallen oder habt euch der Minderheit politischer Räuber zu beugen ... Wißt ihr, was ich denke? Wenn es mir auch nicht gelang, mein Ziel zu erreichen – ihr hättet wenigstens Zeit gehabt, euch zu versöhnen ...›

‹Uns zu versöhnen? Mit wem?› fragte Maximowitsch.»

Als der gute Esteve an diesem Punkt angelangt war, sprang Martínez von seinem Stuhl auf, wobei ein Glas zu Boden fiel und in tausend Stücke zersplitterte.

«Bei allen Göttern, solch einen Unsinn kann kein gesunder Mensch auf die Dauer mit anhören! Der Kerl muß betrunken sein!»

Schleunigst rannte er zur Tür. Bevor er sie erreichte, entgegnete ihm Esteve in energischem Ton: «Ich bin durchaus nicht betrunken, mein Herr!»

Mit leiserer Stimme und einem Augenzwinkern fügte er gleich darauf hinzu: «Vielleicht aber war ich es damals. Maximowitsch und ich erwachten nämlich am nächsten Morgen, lang auf die Erde gestreckt, und in erheblicher Entfernung von dem Dorf, in dem wir hätten übernachten sollen.»

BLANCA DE LOS RÍOS Y NOSTENCH

DER SPIEGEL

I

Oberst Pacheco, dieser Veteran aus Afrika, ist eins der trefflichsten Exemplare, die uns vom Typ des alten Soldaten ohne Furcht und Tadel geblieben sind. Guter Christ, glühender Patriot, treuer Kamerad, war er aufrichtig bis zur Grobheit, doch stets gerecht; er war pünktlich und sauber und selbst im Alter schneidig, gesund an Leib wie an Seele. Kurz: ein vollendeter Caballero.

Oberst Pacheco lebt allein, denn früh traf ihn das Unglück, seine Frau in der Stunde sterben zu sehen, da sie ihrem Sohne das Leben gab. Indes hörte man ihn nie von diesem Schicksalsschlag sprechen. Er ist wohl ein Egoist, dachten entschuldigend einige Freunde. Ach, sie wußten nicht, daß solch ein Schweigen nur die Furcht des Riesen vor seiner eigenen Empfindsamkeit war. Hätte er sich ihnen vielleicht mit feuchten Augen offenbaren sollen? Ein Veteran, wie er, Tränen vergießen ... vor den Augen der Menschen? Lieber tot!

Kein Wunder, daß dieser Mann das Muster eines

Freundes war. Und er war es tatsächlich bis zur Selbstaufopferung. Sein Opfer war schweigend und ohne Einschränkung, wie man es von solch einem Manne erwarten konnte.

So anhänglich und hochherzig er sich seinen Freunden gegenüber verhielt – keinem von ihnen bewies er seine Treue mehr als dem alten Grafen Santurbi, einem ebenso vornehmen wie unglücklichen Manne, den alle in den Tagen seines Wohlstandes gekannt hatten und um den sich jetzt, da er in einer einfachen Wohnung der Isabel-Straße dahinsiechte, niemand mehr kümmerte.

Denn wer erinnert sich nicht des prachtvollen Palastes, der dem Grafen in der gleichen Straße gehört hatte, in der er heute allein und verlassen dahinwelkt? Die Salons Santurbis wetteiferten mit denen der Montijos und Medinacelis. Der Aufwand übertraf den der Osunas und kam dem des Königshauses nahe. Doch ... der Staub der Eitelkeit zog den Schmutz des Elends nach sich.

Der Wahrheit zuliebe sei gesagt: Weder Eitelkeit noch Mißwirtschaft verursachten den Ruin des Grafen. Der eigentliche Grund seines wirtschaftlichen Zusammenbruchs war eine unglückselige Verkettung von Umständen: Rückschläge an der Börse, schlechte Ernten, Konkurs von Banken und alle möglichen anderen Widerwärtigkeiten. Sie vereitelten selbst die aussichtsreichsten Unternehmungen des Hauses Santurbi. Die Großzügigkeit des Grafen einerseits und die Habgier der Wucherer anderseits taten das Ihre, den Zusammenbruch zu beschleunigen. Santurbi, Witwer wie Pacheco, blieb schließlich einsam und krank zurück.

Die Gicht quälte ihn; sie ließ ihn nachts nicht schlafen, und am Tage fesselte sie ihn an seinen Sessel. Weder konnte der Graf gehen noch sich ohne Hilfe ankleiden. Kaum daß er Hand oder Fuß rühren konnte. Besonders trostlos war, daß sich die schleichende Krankheit in erschreckend raschem Maße verschlimmerte. Seine Wünsche ihm von den Augen abzulesen, ihm in seinen Nöten beizustehen, den gelähmten Körper zu stützen, den gebrochenen Geist aufzurichten – hierfür standen jederzeit die stets freigebige Hand, der stets starke Arm, das immer jugendliche Herz, die unveränderlich gute Laune des wackeren Obersten zur Verfügung.

Seitdem der Graf erkrankt, betrachtete es Oberst Pacheco als seine Aufgabe, das, was dem zugrunde gerichteten Magnaten verblieben war, vorteilhaft zu veräußern: Wertpapiere, einige wenige Juwelen. Unbegreiflich, durch welch geheime Zauberkünste es dem Obersten immer wieder gelang, den Erlös dieser unbedeutenden Überreste unerschöpflich erscheinen zu lassen. Jedenfalls erlaubte es dem Kranken, sich einen Diener zu halten. Nie fehlte es ihm an den Lieblingsspeisen, an Feuer im Kamin, an Arznei, an wärmenden Kleidern, an Wäsche, Tabak, mit anderen Worten: nie an dem, wonach es einen Mann seines Geschmacks und seiner Gewohnheiten gelüstete.

Gewiß, es vollzog sich alles in einem bescheidenen Rahmen, denn der Oberst besaß außer seinem Einkommen kein nennenswertes Vermögen. Zu den Einkünften des Grafen standen jedoch die Aufwendungen in keinem Verhältnis. Als der Graf die liebevollen Manöver seines Freundes durchschaute, vermochte er sich der Tränen nicht zu erwehren. Unter solchen Tränen der Dankbarkeit untersagte er dem Freunde, künftig Opfer zu bringen. Der Oberst bestritt indessen hartnäckig, großzügig gehandelt zu haben. Es wirkte rührend und komisch zugleich. War doch dieses entschiedene Leugnen der stärkste Ausdruck seines hochherzigen Sinnes.

Pacheco wurde mürrisch aus Güte, barsch aus Zärtlichkeit, und der Graf, der seine wahren Motive erriet, begriff wohl, daß sich hinter dem spröden Verhalten seines Freundes dessen echte Liebe verbarg. In jeder Grobheit vermutete er ein neues heimliches Opfer. Der unglückliche Edelmann, einst durch Besitz ausgezeichnet, jetzt in seinem Selbstgefühl leicht verletzbar, vergalt die Haltung des anderen durch eine tiefe und männliche Dankbarkeit, deren zartester Ausdruck die schweigenden Tränen waren, die über seine eingefallenen Wangen in den schneeweißen Bart rollten.

Gerade das war es, was den Obersten am meisten aufbrachte. Sah er den Grafen weinen, bohrte er sich die Fingernägel so tief in die Knie, daß es fast Löcher in der Hose gab. Vor Erregung lief sein Gesicht rot an. Er stampfte auf den Boden wie ein wütendes Kind und sparte nicht an Flüchen. Solches Toben aber war nur die Maske, hinter welcher der kindliche Riese seine fast mütterliche Zuneigung zu verbergen trachtete.

Damit der Graf nicht merke, daß der Oberst auch die ärztlichen Honorare für seinen Freund übernommen hatte, tat Pacheco, als behandle der junge, elegante Doktor Villegas den Kranken aus respektvoller Verehrung. Da aber Villegas berühmt war durch seine Erfolge bei der Behandlung rheumatischer Leiden, wollte der Oberst seinen Freund keinem anderen Arzte anvertrauen.

II

Eines Morgens war Don Francisco Pacheco gerade bei einer äußerst heiklen Beschäftigung. Er rasierte sich nämlich. Nie hatte er diese Arbeit einem Barbier anvertraut. Sorgfältig vermied er es, auch nur ein einziges Haar des weißen Kranzes zu entfernen, der wie ein silberner Nebel sein edles Gesicht umrahmte.

Noch stand er vor dem Spiegel, da erschien der junge Arzt, tadellos gekleidet und nach frischen Essenzen duftend. In wenigen Worten erklärte er dem Obersten, was sein Gewissen plage, was ihn zu so unangebrachter Stunde hergeführt habe: Der Zustand des Grafen verschlechtere sich von Tag zu Tag. Es sei eine Frage von Leben und Tod, ob man ihn jetzt, im Herbst, in die Bäder von Archena brächte. Er habe das zwar angeordnet, Santurbi ihm aber auseinandergesetzt, er könne die Reise nicht unternehmen, weil ihm die Mittel dazu fehlten. Darüber hinaus habe ihm der Graf verboten, die Sache mit ihm, dem Obersten, zu besprechen. Ein solches Verbot käme jedoch einem Attentat auf das Leben seines Patienten gleich; daher habe er, Villegas, es für seine unausweichliche Pflicht gehalten, den Herrn Oberst über die wirkliche Verfassung des Kranken zu informieren, auf das große Wagnis hinzuweisen, das dieser liefe, falls er die einzige Hilfe, die ihm die ärztliche Wissenschaft zu seiner Rettung böte, in den Wind schlüge.

Während der Arzt sprach, geriet der Oberst mehr als einmal in Gefahr, sich zu schneiden. So nervös wurde er von dem, was er hörte. Als Villegas geendet hatte, blieb Pacheco zunächst stumm. Es schien, als fände er keine Worte, seine Gedanken auszudrücken, als habe er keine Gedanken, die er in Worte kleiden müsse.

Der junge Doktor versuchte, dem aufgeregten Obersten zu Hilfe zu eilen. Aber alles, was der Arzt noch vorbrachte, diente nur dazu, dem ungestümen Alten die Fassung völlig zu rauben.

Freundlich, fast schmeichelnd meinte der Doktor, alles im Leben habe seine Grenze, der Herr Oberst habe die seine an Großmut und Hochherzigkeit dem Grafen gegenüber bereits weit überschritten.

«Kein Schimmer von Großmut, Freund Villegas! Ich habe nur mein Einkommen verpfändet. Im Augenblick habe ich nicht einen Centavo», brüllte der Alte mit einer Stimme, die von Zorn bebte, und mit Tränen im Herzen.

Wieder beteuerte der Arzt, die Selbstverleugnung des Obersten habe seine Grenze. Mit einer Absicht, die er vielfach umschrieb und verschleierte, fügte er hinzu, Freundschaft wie Liebe beruhe auf Gegenseitigkeit. Nichts schmerze ihn mehr als das Gefühl, ein dargebrachtes Opfer mit Undank aufgenommen zu sehen.

Man kann sich vorstellen, wie entschieden der Oberst augenblicklich eine eindeutige Erklärung für diese Unterstellung forderte.

Hierauf beeilte sich der Arzt, seine Worte zu erläutern.

«Die Wahrheit, Herr Pacheco ... Verzeihen Sie mir, daß ich es wage, mich in Ihre persönlichen Angelegenheiten einzumischen, doch Sie sind mir ein hochgeschätzter Freund, und welch ein musterhafter Freund sind Sie dem Grafen! ... Ich kann nicht leugnen: es schmerzt mich aufrichtig, zu sehen, daß Sie sich des Nötigsten berauben, um dem Grafen beizustehen ... Warum sollte man es bestreiten?

Der Graf hingegen zieht es offenbar vor, seinen aristokratischen Launen zu leben, als sich selber um sein Wohl zu kümmern, daran zu denken, was er alles Ihrer übermenschlichen Güte verdankt ... Kurz, er nimmt eher Ihr Almosen an, als sich von einem kostbaren Gegenstand zu trennen. Von ihm will er sich anscheinend nicht losreißen. Lieber will er zugrunde gehen ...»

«Was für einen Gegenstand, zum Teufel nochmal, Herr Villegas?» donnerte der Oberst in heftigem Zorn. «Was für einen Gegenstand sollte mein armer Freund zurückhalten? Sein hartes Schicksal hat ihn doch längst von allem Besitz getrennt! Von allem, sogar von den Porträts seiner Eltern, kostbaren Miniaturen, die ich selber an ein ausländisches Museum verkauft habe.»

«Und dennoch: der Graf besitzt ein Schmuckstück, so wertvoll, daß er damit seine Lage erheblich verbessern, Sie von jeglicher Last befreien könnte.»

«Langsam, langsam, Herr Villegas! Der Graf ist keine Last für mich. Er wird es nie sein, weder eine schwere noch eine leichte Last. Wir sind Freunde! Potztausend! Und was das Juwel betrifft – ich glaube, Sie bilden sich da etwas ein ...»

«Herr Pacheco, wüßte ich nicht mit Sicherheit, daß das Schmuckstück da ist, und verspräche ich mir nicht von seinem Verkauf die Rettung des Kranken – ich hätte Sie niemals belästigt.»

«Aber was für ein Schmuckstück soll es in dem

Hause noch geben, wo selbst die Nägel von den Wänden verschwunden sind?»

«Einen Spiegel.»

«Einen Spiegel? Ach, ja! Ich erinnere mich des kleinen Spiegels aus Frankreich, mit irgendwelchen Steinen besetzt. Ihn benutzt Don Fernando wahrscheinlich beim Ankleiden.»

«Mit irgendwelchen Steinen? Nein! Mit Brillanten ist er besetzt, und zwar antik geschliffen, durchsichtiger als Wasser und leuchtender als die Sonne.»

«Unmöglich! Sind Sie Ihrer Sache sicher?»

«Ganz sicher!»

«Wenn ... Aber es kann nicht sein!»

«Ich verstehe mich auf Brillanten. Ich schwöre Ihnen bei meiner Ehre: Die Steine des Rahmens sind von reinstem Schliff. Mehr als fünf Karat groß, sind sie ein Vermögen wert.»

«Aber ...»

«Lassen Sie uns zum Grafen gehen! Gelingt es uns, ihn zu überreden, sich von dem königlichen Spielzeug zu trennen, dann haben wir sein Leben gerettet, und für seinen Unterhalt ist gesorgt.»

«Gehen wir also!» entgegnete der Oberst trocken.

Während er sich, zitternd und voller Unruhe, zum Ausgehen fertigmachte, verwandelte ein tiefer Schmerz sein sonst so frisches und fast jugendliches Aussehen. Sollte es wirklich wahr sein, was dieses Zukkerpüppchen von Arzt da herredete? Über den inneren Zwiespalt war das Äußere des Obersten gealtert.

III

Damit der Graf nicht merke, daß der Arzt sein Verbot, dem Obersten von der Badekur zu berichten, übertreten hatte, verabredeten Pacheco und Villegas, sich erst wieder und wie zufällig im Hause Santurbis zu treffen. Sie wollten dort scheinbar unbeabsichtigt das Gespräch auf die Sache bringen. Dann sollte der Arzt, seinen Gewissenszwang nicht verhehlend, dem Grafen die Bäder verschreiben, in Gegenwart des einzigen Menschen, der auf den Kranken Einfluß hatte.

Alles geschah wie beschlossen. Kaum hatte jedoch der Graf das verstörte Gesicht seines Freundes gesehen, übertrug sich dessen Unrast auf ihn selbst. Gleichsam angesteckt, versuchte er sich den Grund des auffälligen Doppelbesuches zu erklären. Indessen gelang es ihm nicht, die ungewöhnliche Schweigsamkeit des alten Soldaten zu deuten.

Und wie unheilbar Kranke oder Unglückliche mißtrauisch werden, immer neue Schläge erwarten oder Krankheiten befürchten, die es gar nicht gibt, so begann der arme Graf zu argwöhnen, seine Todesstunde sei nahe, dies die Ursache des ärztlichen Besuches wie der tiefen Trauer seines Freundes.

Da aber beide Herren auf der Notwendigkeit einer Reise nach Archena bestanden, wurde Santurbi wieder schwankend in seinem Verdacht. Er überlegte: wenn sie ihn aufgäben, würden sie nicht so eindringlich zu der Kur raten. Wäre es nicht der Gram um sein unmittelbar bevorstehendes Ende – was sei dann der Grund für das schlechte Aussehen von Paco? Nie vorher hatte er ihn so elend gesehen.

«Da hast du's, Fernando», sagte der Oberst ziemlich grob. «Jetzt hast du Villegas gehört. Die Bäder von Archena sind dein einziges Heil. Es ist eine Entscheidung auf Leben und Tod ... Aber jetzt die Geldfrage. Warum um den heißen Brei herumreden? Ich... du kennst mich ja ... Wenn ich Geld hätte ... Es ist keine Ausrede ... Aber woher nehmen? ... Ich will nicht Pacheco heißen ... Du kennst mein Motto: Taten, nicht bloß Worte! Noch heute früh würde ich mit dir in das verdammte Bad reisen. Aber ... wenn ich es nicht tue, wirst du dir wohl selber sagen, daß ich es nicht kann ...»

«Wenn du es nicht kannst ... Was soll ich sagen, mein armer Freund?»

«Herr Graf», bemerkte der Doktor, «meine Einmischung ist vielleicht unklug ... Der Übereifer eines Arztes, Besorgnis um die Gesundheit seines Patienten ... Aber Sie, Sie könnten vielleicht ...»

«Was sollte ich können, Doktor Villegas? Was sollte ich können?» fragte der Graf erstaunt.

«Sieh mal, Fernando, wir wollen ehrlich miteinander sein. Wüßte ich einen Ausweg, besäße ich noch ein wertvolles Schmuckstück, und sei es auch nur aus einer Stimmung ... Dürfte ich es behalten, dich darüber sterben lassen? Müßte ich nicht für die

Hilfe sorgen, für die Kur, die dir als einzige Rettung vom Arzt verordnet wird ...?»

«Einen Ausweg ... ein Schmuckstück ... Aber wovon redest du bloß, Paco?»

«Ich sage die Wahrheit, wie es sich gehört, die ungeschminkte Wahrheit. Besäße ich ein so kostbares Stück wie den Spiegel, der da in deinem Schlafzimmer hängt ... Glaubst du, ich ließe dich lieber sterben, verkaufte ihn nicht?»

Hätte ein Blitz vor den Füßen Santurbis eingeschlagen, er hätte ihn nicht tödlicher treffen können.

«Aber, Herr Graf, glauben Sie wirklich, daß Brillanten wertvoller sind als Gesundheit und Leben?» bemerkte der Arzt. Er wollte im Erbleichen des Alten den sichtbaren Beweis für dessen schmutzigen Geiz erkennen.

«Ja, mein Lieber, mitunter sind sie wertvoller», erwiderte der Edelmann, zögernd, doch mit fester Stimme.

«Sind es Brillanten oder nicht, mit dem der Spiegel eingerahmt ist?» fragte der Oberst. Zugleich reichte er seinem Freunde den Spiegel, den er von der Wand abgenommen hatte, neugierig, die Wahrheit zu erfahren.

«Brillanten sind es, Paco ... Alte Steine, die schönsten und kostbarsten. Nur schwer wird man ihresgleichen finden», brachte der Graf hervor, keineswegs verwirrt. Unbeschreiblich traurig der Ton seiner Stimme. Sie durchdrang den guten Pacheco, lähmte fast seinen Mut.

Schließlich fragte dieser in höchster Verwunderung: «Also ... Aber dann ...» Er verstummte. Der erdrückende Beweis für eine Handlungsweise, die ihm ungeheuerlich schien, dies einerseits und anderseits die stolze und vornehme Sicherheit Don Fernandos überstiegen die Fassungskraft des Obersten.

Graf Santurbi als Mann von Welt, im Umgang mit Menschen erfahren, blickte abwechselnd auf den Doktor und den Obersten. War der Blick auch nur flüchtig, nicht scharf und forschend, er genügte, um ihm auf dem Grund der Seelen der beiden Männer den gleichen Verdacht zu enthüllen, einen für ihn tiefbeleidigenden Verdacht, so verschieden er sich äußerte. Für den Arzt, als Verkörperung des Vulgären, das in bösartiger Neugier nach den Sünden anderer sucht, wurde dieser Verdacht dadurch zum Genuß, daß er bei einem vornehmen Charakter Schuld entdeckte. Bei dem Obersten hingegen, dessen Seele edel und ganz Liebe war, offenbarte sich jener Argwohn als grausame Furcht, an einem Freund zweifeln zu müssen, dem er mit ganzer Inbrunst anhing.

Wie auch immer: das Mißtrauen verwundete den Stolz und die Empfindsamkeit des Grafen. Er begriff sofort, er müsse sich vor dem argwöhnischen Freund und vor dem unverschämten Zuträger rechtfertigen. Mit aller Gewalt bemühte er sich, seinen sich aufbäumenden Standesstolz zu mäßigen, sein Freundesherz zu beruhigen, das von diesem beleidigenden Verdacht zerrissen war.

«Ich muß Ihnen erklären», begann Santurbi, «wieso solch ein kostbares Schmuckstück in den Händen eines Armen» – Pacheco machte eine unwillige Handbewegung –, «in den Händen eines Armen, der von der Großmut eines Freundes lebt ...»

«Wenn du auf diese Weise fortfährst, dann gehe ich!» rief der Oberst mit Donnerstimme.

«Ich verstehe, ich muß Ihnen erklären, muß Ihnen die Geschichte des Schmuckstückes erzählen», fuhr der Graf fort, der mit einer Handbewegung seinen Freund zu besänftigen suchte. Als sich jetzt der Arzt diskret entfernen wollte, hielt ihn Santurbi mit einem Wink zurück.

«Nein, nein! Ich bitte Sie, behalten Sie Platz! Ich will, daß Sie beide die Geschichte hören! ... Du weißt nur zu gut», und dabei blickte er den Obersten an, «wie sehr ich meine arme Maria geliebt habe ... Meine Frau, Herr Villegas, die einzige Frau, die es für mich gegeben hat, die ich je geliebt habe.» Der Graf zielte mit dieser Bemerkung auf die vielen stadtbekannten amourösen Abenteuer des Doktors. «Meine Frau vereinte in sich alle Schönheit des Leibes und der Seele. Erinnerst du dich, Paco? Erinnerst du dich, wie sie war, als ich sie heiratete? Du, der sie kannte, sag es ohne Übertreibung: sah man je wieder so viel Tugend mit so viel Schönheit vereint?»

Paco wurde unruhig. Nervös zog er an der Bügelfalte seiner Hose.

«Ach, Freund! Du, der du Freuden und Leid wie ich durchgekostet hast» – der Oberst drückte seine Nägel ins Fleisch, daß es fast blutete –, «du weißt am besten, wie man liebt, wenn man nur ein einziges Mal liebt, eine Frau liebt, wie ich sie liebte, eine Frau, die meine Gattin werden sollte, die meine Liebe leidenschaftlich erwiderte. Jung zu sein, der Erbe eines stolzen Wappens, ungezählten Goldes, großer Güter, königlicher Paläste, unschätzbarer Edelsteine ... Solch kostbare Gaben und eine paradiesische Liebe der Angebeteten zu Füßen legen zu dürfen ... Zu viel war es für diese Welt. Erinnerst du dich, Paco?»

Paco wurde hochrot vor Erregung.

«Am Vorabend meiner Hochzeit war ich in Paris. Besessen von den Träumen der Liebe – und hier beginnt meine Geschichte –, überfiel mich der heiße, kindliche Wunsch des Verliebten, für meine Maria etwas fremdartig Schönes, Seltenes ausfindig zu machen, etwas Außergewöhnliches, das niemand, selbst Königinnen nicht besäßen. Schmuckstücke aus Perlen, aus Brillanten, Smaragden, Saphiren oder Türkisen in Form von Halsketten, Diademen, Broschen ... das hatte man allzuoft gesehen, war nichts Besonderes ...»

Mit jedem Wort steigerte der Graf seine Begeisterung. Sie verjüngte sein Antlitz, vergeistigte den stolzen, wehmütigen Ausdruck, die hohe, klare, marmorbleiche Stirn.

«Ich wollte», setzte er seine Erzählung fort, «Maria etwas mitbringen, das ihre Schönheit verherrlichte. Ich dachte an ein Gemälde. Aber Gemälde hingen genug an den Wänden unserer Schlösser. Und außerdem: ein Bild war nichts Originales, wäre nicht sie gewesen. Es hätte eine armselige Nachahmung werden können, nicht aber ihr Abbild. So kam mir in den Sinn, ihr einen Spiegel zu schenken, der zwar ein Juwel werden sollte, dessen Kostbarstes, Strahlendstes aber, die lebende Perle, sie selber, Maria, bilden würde, der lebendige Glanz ihrer Schönheit. Ein venezianischer Spiegel, eingerahmt von vollkommenen Steinen, wie sie, gleichviel zu welchem Preis, in der Welt zu finden seien, Kristalle ohne Schatten, ohne Trübung, fehlerlose Brillanten, fast durchsichtige Gebilde, von irisierenden Strahlen umgeben, ein Kunstwerk, würdig, ihr umgoldetes Madonnenantlitz zu halten ... Und dennoch wenig für den, der es am liebsten in einen Sternenkranz gefaßt hätte!»

Hier brach die von Leidenschaft erschütterte Stimme des Grafen. Tränen erstickten sie.

Der Oberst, bewegt vor Rührung, schämte sich über sich selbst.

Das Gesicht des Arztes hatte einen ungewöhnlichen Ernst angenommen.

Nach einer Weile erholte sich der Graf.

«Du weißt, Paco, wir waren glücklich ... wie du mit Luisa» – der Oberst fühlte, wie sein Herz sich mit Tränen füllte. «Aber ach, unser Glück währte nicht viel länger als das eure. Im gleichen Jahre, in dem die Katastrophe über dich hereinbrach, erkrankte meine arme Maria. Du wirst dich dessen entsinnen. Du, mein armer Freund, erlebtest an einem einzigen Tage den Schiffbruch all deiner Hoffnungen.» – Der Oberst fühlte die Tränen aufsteigen; es war, als schnürten sie ihm die Kehle zu. – «Du weißt, was Schmerz ist. Aber ... welches Martyrium kann mit dem meinen verglichen werden? Maria, die Angebetete, in meinen Armen dahinwelken zu sehen wie eine Blume, die ich an meinem Herzen getragen, mit meinem Atem genährt hatte. Was wir mit unseren Küssen beleben wollten, entzog sich uns, entfiel unseren Händen, entblätterte ... Ach, du weißt nicht, Paco ...» – Und ob Paco es wußte! So gut, daß er unmittelbar vor der größten Demütigung seines Lebens stand, nämlich in seinen Augen Tränen zu zeigen. – «Du weißt nicht, was ich gelitten habe ... Wir sprachen nie darüber. Ich wollte nicht die alten Wunden aufreißen ... In weniger als einem Jahr waren wir in der Schweiz, in Andalusien, in Malta, in Aix-les-Bains, in Panticosa, in Nizza ... Keine Reise, die wir nicht unternahmen, keine Kur, die wir nicht an meiner armen Kranken versuchten, keinen Arzt von Ruf, den wir nicht konsultiert hätten. Alles aber war umsonst. Weder die frische Brise des Meeres noch die Bergluft, weder Kälte noch Wärme, keine Wissenschaft, selbst alle meine Zärtlichkeiten vermochten die furchtbare Krankheit aufzuhalten, die ihren Körper verzehrte, sie schließlich ganz zerstörte. Nichts konnte jenen Todesschleier von ihr nehmen, der sie umhüllte, der sie vergiftete, sich mit ihrem Blut vermischte, ihr die Farben raubte, die Augen schloß. Ich aber war blind. Ich weigerte mich, zu sehen, was vor meinen Augen geschah. Ich leugnete, was ich mit allen Sinnen wahrnahm. Ich redete mir ein, die Fieberflecken auf ihren Wangen seien frische Rosen der Gesundheit, der Verfall ihrer Kräfte sei nur Schwäche, es sei noch Zeit, sie zu retten ...»

Hier mußte der Graf Atem schöpfen.

Dann berichtete er weiter: «Sie war dem Tode nahe. Schon fühlte ich, wie ihre Hände erkalteten. Und doch noch schien es mir möglich, sie mit meinen Küssen zu wärmen. Vergeblich nickte der Arzt mit dem Kopfe, um mir anzuzeigen, daß das Ende da sei. Dann sah ich, wie ihre keuchende Brust sich kaum mehr hob, wie ihre Lippen weiß und unbeweglich, die Pupillen gläsern und starr wurden unter den gesenkten Augenlidern. Ich neigte mich zu ihr hin, wie jemand, der nach einer letzten Sicherheit, nach einer unmöglichen Hoffnung hascht. Von einem unklaren Drang getrieben, eilte ich zum Toilettentisch Marias, entnahm ihm den Spiegel, der so oft ihre sieghafte Schönheit zurückgestrahlt hatte.

Zitternd näherte ich ihn ihren Lippen ... Ein feiner Hauch, ein leichter Schleier trübte augenblicklich das edle Kristall ... Der letzte Atemzug ihres Lebens, meines Lebens, die letzte sichtbare Spur von Marias Seele, die zu Gott flog ... Und jetzt, da ich nichts bin, nichts mehr habe, da ich glaubte, jede Erniedrigung ausgekostet, jeden Verlust erlitten zu haben ... da fordert man von mir, mich von meinem allerletzten Gut zu trennen? Als wäre ein Ideal in Geld auszudrücken. Da fordert man von mir, diesen Spiegel zu verkaufen, in dem für mich noch der Schein ihrer Schönheit leuchtet, der ferne Strahl unseres Glücks, diesen Spiegel, in dem ich noch immer den Flug ihrer Seele zum Himmel sehe ...»

Schluchzend beendete der Graf seine Geschichte. In diesem Schluchzen zersprang sein Stolz.

Der Oberst erlebte die größte Schande seines Lebens. Er brach in Tränen aus wie ein kleines Kind. Er weinte aus Ergriffenheit und aus Scham bei dem Gedanken, seinen Freund so völlig verkannt zu haben.

Der junge Arzt war uneins mit sich selber. Um sich zu beruhigen, meinte er zu seinem Gewissen: Wie konnte ich das alles ahnen? Ich dachte nur, was jeder andere in meinem Falle auch gedacht hätte.

Und damit hatte er recht.

MIGUEL DE UNAMUNO

EIN GANZER MANN

Der Ruf von Julias außergewöhnlicher Schönheit erfüllte die ganze Gegend, in deren Mitte die alte Stadt Renada lag. Julia war etwas wie die offizielle Schönheit des Landes, gleichsam ein Denkmal mehr, und zwar ein frisches, lebendiges unter den vielen architektonischen Schätzen der Stadt. «Ich gehe nach Renada», pflegten die Leute zu sagen, «um mir die Kathedrale und Julia Yañez anzusehen.» Und doch lag in den Augen der Schönen etwas wie die Vorahnung einer kommenden Tragödie. Für alle, die sie betrachteten, hatte ihre Haltung etwas Beunruhigendes. Die Alten wurden traurig, wenn sie sahen, wie sie vorüberging und die Blicke aller ihr folgten, und die Jungen wälzten sich in der Nacht unruhig auf ihrem Lager und schliefen später ein als sonst. Julia war sich ihrer Macht bewußt; allein sie fühlte auf ihrer Seele die drückende Last eines unheilschwangeren Schicksals. Eine leise Stimme in ihrem Innern, die sich vom tiefsten Grund ihres Bewußtseins losrang, schien ihr zuzuflüstern: deine Schönheit wird dich zugrunde richten. Und sie suchte sich zu zerstreuen, um diese Stimme nicht zu hören.

Der Vater dieser königlichen Schönheit, Don Victorino Yañez, ein Mann von etwas dunkler Vergangenheit, setzte seine ganze Hoffnung auf seine Tochter, mit deren Hilfe er seine zerrütteten Vermögensverhältnisse wiederherzustellen gedachte. Er war Handelsagent, und seine Geschäfte gingen von Tag zu Tag schlechter. Sein letztes und bedeutendstes Geschäft, die letzte Karte, die er noch auszuspielen hatte, war Julia. Er hatte auch noch einen Sohn, aber dieser war ein verkommenes Subjekt und schon seit vielen Jahren verschollen.

«Uns bleibt nichts mehr als Julia», pflegte er zu seiner Frau zu sagen, «alles wird davon abhängen, wen sie sich zum Manne nimmt oder mit wem wir sie verheiraten. Wenn sie eine Dummheit begeht – und ich fürchte fast, daß sie es tut –, so sind wir verloren.»

«Und was nennst du eine Dummheit begehen?»

«Du hast selbst soeben eine begangen. Ich muß sagen, dir fehlt jeder gesunde Menschenverstand, Anacleta.»

«Was soll ich tun, Victorino? Kläre mich doch auf, du bist der einzige, der hier von uns allen noch etwas Verstand hat.»

«Was geschehen muß, das habe ich dir wohl schon mehr als hundertmal gesagt. Du mußt auf Julia aufpassen und zu verhindern suchen, daß sie sich mit einem von diesen albernen Liebhabern einläßt, mit denen die Mädchen unserer Stadt ihre Zeit verträdeln und dabei jeden Sinn für das Maß und schließlich ihr Gleichgewicht verlieren. Ich will nichts wissen vom Kokettieren, Durchs-Fenster-Gucken und Sich-den-Hof-machen-Lassen! Ich will nichts hören von diesen kleinen Studenten und ihrer Kurmacherei!»

«Und was soll ich mit ihr anfangen?»

«Was du mit ihr anfangen sollst? Ihr zu verstehen geben, daß unsere Zukunft, daß unser aller Wohlergehen, deines wie meines, und vielleicht auch unsere Ehre ... du verstehst doch!»

«Gewiß verstehe ich.»

«Nein, nein, du verstehst mich noch nicht. Die Ehre, hörst du wohl, die Ehre unserer Familie hängt von ihrer Verheiratung ab. Sie muß etwas aus sich machen, muß sich zur Geltung zu bringen suchen.»

«Armes Kind!»

«Armes Kind? Worauf es ankommt, ist, daß sie sich nicht mit allerhand minderwertigen Liebhabern abgibt und nicht immerfort diese törichten Romane liest, die sie nur überspannt machen und ihr den Kopf mit blauem Dunst anfüllen.»

«Ja, was willst du denn, das sie tun soll?»

«Vernünftig sein, nachdenken, sich Rechenschaft ablegen, was sie an ihrer Schönheit besitzt, und gebührend Nutzen daraus ziehen.»

«Ich in ihrem Alter ...»

«Geh, Anacleta, rede doch keine Torheiten! Wenn du den Mund auftust, ist es immer nur, um eine

Albernheit zu sagen. Du in ihrem Alter ... Du in ihrem Alter ... Damals, als ich dich kennenlernte ...»

«Ja, ja, leider ...» Und die Eltern des schönen Mädchens trennten sich, um am folgenden Tage die gleiche Unterhaltung von neuem zu beginnen. Die arme Julia aber litt schwer, denn sie erkannte die ganze Abscheulichkeit, die abgründige Häßlichkeit der Pläne ihres Vaters. «Er will mich verkaufen», sagte sie, «um seine zerrütteten Vermögensverhältnisse in Ordnung zu bringen, vielleicht sogar, um am Zuchthause vorbeizukommen ...» Und so verhielt es sich in der Tat.

Und aus einem gewissen Instinkt der Auflehnung gab sie dem ersten besten Bewerber ihr Jawort.

«Um Gottes willen, Kind», sagte ihre Mutter, «ich weiß, was vorgeht, und habe schon gesehen, wie er das Haus umschleicht und dir Zeichen macht. Ich weiß, daß du einen Brief von ihm erhalten und ihm darauf geantwortet hast ...»

«Und was soll ich tun, Mama? Soll ich leben wie eine Sklavin oder eine Gefangene, bis der Pascha kommt, an den mich Vater verschachern will?»

«Sprich doch nicht so, Kind!»

«Darf ich denn keinen Liebhaber haben wie andere Mädchen?»

«Jawohl, aber einen richtigen.»

«Und wie soll ich wissen, ob es ein richtiger ist oder nicht? Man muß doch einmal einen Anfang machen. Wenn man sich liebhaben will, muß man sich doch erst kennengelernt und miteinander verkehrt haben.»

«Ach, Liebe! Liebe ...»

«Allerdings. Ich soll wohl auf einen Käufer warten?»

«Man kann weder mit dir noch mit deinem Vater vernünftig reden. So seid ihr nun einmal, ihr Yañez. Ich verwünsche den Tag, an dem ich mich verheiratet habe.»

«Gerade das will ich nicht auch eines Tages sagen müssen.»

Die Mutter ließ sie schließlich in Frieden, und Julia wagte es, allem die Stirn bietend, ihrem ersten Freier durch das Fenster des Erdgeschosses, von einer Art Nische aus, eine Unterhaltung zu gewähren. Wenn mein Vater uns dabei überrascht, dachte sie, ist er fähig, sich an mir zu vergreifen. Aber um so besser, dann wird jeder wissen, daß ich sein Opfer bin und daß er mit meiner Schönheit Geschäfte macht. Sie beugte sich aus dem Fenster hinaus und erzählte Enrique, einem angehenden jungen Don Juan aus Renada, von all dem schwarzen, moralischen Elend, das in ihrer Familie herrschte. Und nun wäre er erschienen: Er, ihr Retter, ihr «Erlöser». Enrique fühlte, obwohl er ganz im Banne ihrer Schönheit stand, wie sein Mut zu sinken begann. Dieses junge Mädchen, sagte er sich, hat tragische Anwandlungen. Sie liest sentimentale Romane. Und als er es so weit gebracht hatte, daß ganz Renada wußte, die berühmte königliche Schönheit habe ihm erlaubt, an ihr Fenster zu kommen, suchte er nach einem Vorwand, sein Wort zurückzunehmen. Bald fand sich auch eine Gelegenheit. Eines Morgens kam Julia ganz außer Fassung, mit geröteten, glänzenden Augen die Treppe heruntergelaufen und sagte zu ihm:

«Enrique, es ist nicht mehr zu ertragen. Das ist weder ein Vaterhaus noch eine Familie – das ist eine Hölle. Mein Vater hat Kenntnis von unseren Beziehungen erhalten und rast vor Wut. Denk dir nur, gestern abend ließ er sich so weit hinreißen, mich zu schlagen, bloß weil ich mich zu rechtfertigen suchte.»

«So ein Barbar!»

«Du weißt noch nicht alles. Er sagte, dich würde er sich auch noch vornehmen!»

«Vornehmen ...? Er soll nur kommen ...! Das hat mir gerade noch gefehlt.»

Doch fügte er leise bei sich selbst hinzu: «Ich muß der Sache ein Ende machen, denn dieses Scheusal ist tatsächlich imstande, etwas Ungeheuerliches zu begehen, wenn er merkt, daß man ihm sein teuerstes Kleinod rauben will; und da ich ihm nicht aus der Klemme helfen kann ...»

«Sag, Enrique, liebst du mich?»

«Geh, was ist das für eine Frage!»

«Nein, antworte mir, liebst du mich?»

«Von ganzem Herzen und von ganzer Seele, mein Kind!»

«Wirklich?»

«Wahrhaftig!»

«Wärst du für mich zu allem fähig?»

«Aber gewiß, zu allem!»

«Nun gut, dann bring mich fort von hier, entführe mich! Wir wollen fliehen, weit, weit weg von hier, dorthin, wo mein Vater uns nicht erreichen kann.»

«Beruhige dich doch, Kind!»

«Nein, nein, entführe mich, wenn du mich liebst. Raub meinem Vater seinen Schatz, damit er ihn nicht verschachern kann. Ich will nicht verschachert sein, ich will, daß du mich entführst. Entführe mich!»

Und sie verabredeten untereinander, wie sie entfliehen wollten.

Aber am folgenden Tage, der für die Flucht festgesetzt war, als Julia schon ihr Bündel geschnürt und heimlich eine Kutsche bestellt hatte, erschien Enrique nicht.

«So ein Feigling! Oh, schlimmer als ein Feigling. Ein niederträchtiger, gemeiner, mehr als ein gemeiner Lump!» sagte Julia, indem sie sich über das Bett warf und wütend ins Kissen biß. «Und dabei sagte er, er liebe mich! Nein, er hat mich nie geliebt, es gelüstete ihn nur nach meiner Schönheit. Und nicht einmal das! Er wollte nur vor ganz Renada damit großtun können, daß ich, Julia Yañez, jawohl, keine geringere als ich, ihm meine Hand versprochen habe. Und nun wird er herumgehen und erzählen, ich hätte ihm vorgeschlagen, mit ihm zu fliehen. Oh, dieser Schuft, dieser Schuft! Dieser gemeine Schuft! Ganz wie mein Vater – so niedrig und gemein, wie nur ein Mann sein kann!» Und sie redete sich in eine wachsende Erbitterung und Verzweiflung hinein.

«Ich sehe, mein Kind», sagte die Mutter zu ihr, «daß die Sache ein Ende hat, und ich danke Gott dafür. Siehst du? Dein Vater hat recht. Wenn du so fortfährst, wirst du dich noch mehr kompromittieren!»

«So fortfahre? Wie?»

«Nun, wenn du dem ersten besten, der sich an dich heranmacht, so entgegenkommst. Du wirst noch in den Ruf der Koketterie kommen, und ...»

«Um so besser, Mutter, um so besser. Um so mehr Freier werde ich haben, besonders solange ich die Reize behalte, die mir Gott verliehen hat.»

«Oh, denk an die Familie deines Vaters, denk an das Geschlecht, dem du angehörst!»

Doch wirklich hatte Julia schon bald darauf einen neuen Freier, dem sie die gleichen vertraulichen Eröffnungen machte und den sie zu demselben Schritte veranlassen wollte wie Enrique. Dieser Freier, Pedro, war jedoch von härterem Charakter und starrköpfiger als jener erste. Und aus den gleichen Überlegungen wie damals machte sie ihm bald danach den Vorschlag, sie zu entführen.

«Sieh, Julia», entgegnete ihr Pedro, «ich widersetze

mich ja der Flucht nicht. Mehr noch, ich bin entzückt von deinem Plan. Glaube mir! Aber sieh, wenn wir von hier entfliehen – wo wollen wir denn hin und was wollen wir nachher anfangen?»

«Das wird sich schon finden.»

«Nein, das wird sich nicht finden. O nein, das müssen wir uns schon jetzt überlegen. Gegenwärtig und noch während einer geraumen Zeit werde ich kaum die Mittel zum Leben aufbringen können. Bei mir zu Hause wird man uns nicht aufnehmen. Das weiß ich. Und was deinen Vater betrifft ...! Sag mir also ... was sollen wir beginnen, wenn wir entflohen sind?»

«Wie? Willst du etwa dein Wort zurücknehmen?»

«Was sollen wir aber tun?»

«Du verlierst doch nicht den Mut?»

«Ja, aber sag mir nur, was sollen wir tun?»

«Was ...? Uns das Leben nehmen!»

«Du bist toll, Julia!»

«Jawohl, toll ..., toll vor Verzweiflung, vor Ekel, toll vor Angst und Grauen vor meinem Vater, der mich verschachern will ... Und wenn du toll wärst, toll vor Liebe, so würdest du dir mit mir zusammen das Leben nehmen.»

«Hör mal, Julia. Denk doch nur, was du sagst. Du willst, ich soll toll vor Liebe sein, vor Liebe zu dir, und mir mit dir zusammen das Leben nehmen. Du sagst aber nicht: du willst dir zusammen mit mir das Leben nehmen, weil du toll bist vor Liebe zu mir, sondern nur, weil du toll bist vor Abscheu gegen deinen Vater und dein Vaterhaus. Das ist doch nicht dasselbe!»

«Oh, wie gut du überlegen kannst! Liebe überlegt nicht!»

Sie brachen ihre Beziehungen ab. Und Julia sagte sich: Auch dieser hat mich nicht geliebt, auch dieser nicht. Man verliebt sich in meine Schönheit und nicht in mich. Ich bin nur ein schönes Aushängeschild für ihre Eitelkeit. Und sie weinte bitterlich.

«Siehst du», sprach ihre Mutter zu ihr, «habe ich dir's nicht gesagt? Jetzt wird wieder ein Neuer an die Reihe kommen.

«Es werden noch Hunderte an die Reihe kommen, jawohl, noch Hunderte, bis ich den Richtigen finde, der zu mir gehört, ihn, der mich von euch befreien wird. Ihr wollt mich verkaufen!»

«Sag das doch zu deinem Vater!»

Und Doña Anacleta ging in ihr Zimmer und weinte hier für sich allein.

«Schau, mein Kind», sagte schließlich Julias Vater, «ich habe mir diese Geschichte mit deinen Freiern ruhig angesehen und keine Maßnahmen dagegen getroffen, wie ich es eigentlich hätte tun sollen, aber ich warne dich. Ich habe jetzt genug von diesen Torheiten, weitere dulde ich nicht. Damit du es weißt!»

«Ich habe aber schon welche begangen!» rief die Tochter mit bitterem Spott aus, indem sie dem Vater herausfordernd in die Augen sah.

«Was für welche?» fragte dieser in drohendem Tone.

«Ich habe mir schon einen neuen Freier zugelegt!»

«Einen neuen ... Wen?»

«Wen? Du rätst wohl nicht, wen? Wie?»

«Mach keine Scherze und höre auf! Sonst verliere ich die Geduld.»

«Nun denn, keinen anderen als Don Alberto Menéndez de Cabuérniga.»

«Mein Gott!» rief die Mutter.

Don Victorino erblaßte, ohne etwas zu sagen.

Don Alberto Menéndez de Cabuérniga war ein schwerreicher Gutsbesitzer, ausschweifend und launisch in seinem Geschmack, was Frauen betraf. Man sagte ihm nach, er scheue keine Ausgaben, wenn es galt, ein Weib zu gewinnen, das ihm gefiel, und man erzählte, er lebe getrennt von seiner Frau ... Man behauptete auch, er pflege die Frauen, die er besessen hätte, zu verheiraten und ihnen eine glänzende Mitgift mitzugeben.

«Und was sagst du dazu, Vater, du schweigst?»

«Du bist wohl verrückt!»

«Nein, ich bin weder verrückt, noch leide ich an Halluzinationen. Er spaziert auf der Straße auf und ab und geht fortwährend an unserem Hause vorüber. Soll ich ihm sagen, daß er sich mit dir verständigen soll?»

«Ich gehe, sonst nimmt das noch ein schlechtes Ende.» Und der Vater erhob sich und verließ das Haus.

«Aber mein Kind, mein Kind!»

«Ich sage dir, Mutter, das ist ihm gar nicht unangenehm. Ich sage dir, er ist fähig, mich an Don Alberto zu verschachern.»

Der Wille des armen Mädchens war gebrochen. Sie begann einzusehen, daß sogar verkauft zu werden für sie eine Erlösung bedeutete. Die Hauptsache war, daß sie dies Haus verlassen, ihrem Vater entfliehen konnte: komme, was da kommen wolle ...

Um jene Zeit erwarb ein reicher Mann namens Alejandro Gómez in der Umgebung von Renada ein Landgut: eines der größten und wertvollsten Güter der Gegend. Niemand wußte etwas Genaues darüber zu sagen, woher er stammte, man wußte nichts von seiner Vergangenheit, auch hatte man nie jemand von seinen Eltern oder Verwandten noch von dem Ort reden hören, wo er geboren war und seine Jugend verbracht hatte. Nur so viel war bekannt, daß er in seiner frühesten Kindheit von seinen Eltern zuerst nach Kuba und dann nach Mexiko mitgenommen worden war, und daß er sich dort, man wußte nicht wie, ein ungeheures Vermögen erworben hatte: ein Vermögen von geradezu fabelhaften Dimensionen – man sprach von mehreren Millionen Duros. Das geschah noch, ehe er das dreißigste Jahr erreicht hatte, wonach er nach Spanien zurückkehrte, mit dem Entschluß, sich hier anzukaufen. Man sagte, er sei Witwer und habe keine Kinder; auch liefen über ihn die phantastischsten Gerüchte um. Alle, die mit ihm verkehrten, hielten ihn für einen ehrgeizigen Mann, voller großzügiger Pläne, für sehr eigenwillig, starrsinnig, von ungeheurer Konzentriertheit und Energie. Auch prahlte er gerne mit seinen plebejischen Allüren.

«Wenn man Geld hat, kommt man in der Welt überall durch», pflegte er zu sagen.

«Nicht immer und nicht jedermann», erwiderte man ihm.

«Jedermann ..., nein, aber die, die es verstanden haben, sich ihr Geld selbst zu erwerben. So ein Junkerlein, das eine große Erbschaft gemacht hat, ein Gräflein oder ein schwächlicher Herzog, die kommen allerdings nicht weit, sie mögen noch so viele Millionen haben ... Aber ich? Ich? Ich? der ich es verstanden habe, mir selbst und ganz allein ein Vermögen zu machen, bloß durch meiner Hände Arbeit? Ich?»

Man mußte bloß hören, wie er dieses «Ich» aussprach. In dieser Setzung und Betonung seiner Person lag der ganze Mann beschlossen.

«Nichts von dem, was ich mir ernstlich vorgenommen habe, ist mir mißglückt oder entgangen, alles habe ich durchgesetzt. Wenn ich will, bringe ich es noch bis zum Minister. Ich will bloß nicht.»

Man sprach Alejandro auch von Julia, der monumentalen Schönheit von Renada.

Ich muß sie mir ansehen, sagte er sich. Und sowie er sie gesehen hatte, sprach er: «Die muß ich besitzen!»

«Du weißt, Vater», sagte Julia eines Tages, «dieser vielberufene Alejandro – du kennst ihn doch, man spricht doch seit einiger Zeit nur noch von ihm ..., der, der Carbajedo gekauft hat ...»

«Ja, ja, ich weiß schon, wen du meinst. Nun, was ist es mit ihm?»

«Weißt du, daß der mir auch nachläuft?»

«Du willst dich wohl über mich lustig machen, Julia?»

«Nein, ich scherze nicht, die Sache ist ernst, er stellt mir nach.»

«Ich sage dir doch, laß die Scherze!»

«Hier! Hier hast du einen Brief von ihm.»

Und sie zog ein Blatt aus dem Busen und warf es dem Vater ins Gesicht.

«Und was gedenkst du zu tun?» fragte dieser.

«Was soll ich tun? Ihm sagen, daß er dich aufsuchen und sich mit dir über den Preis einigen soll.»

Don Victorino durchbohrte seine Tochter mit einem Blick und ging hinaus, ohne ein Wort zu sagen. Und so vergingen einige Tage, während denen eine Atmosphäre düsteren Schweigens und stummer Gereiztheit über dem Hause lag. Julia hatte ihrem neuen Bewerber ein Antwortschreiben voller Sarkasmen und stolzer Verachtung zustellen lassen. Wenige Tage darauf erhielt sie einen mit rauher Hand, in groben, eckigen, aber deutlichen Schriftzügen geschriebenen Brief, der nur die folgenden Worte enthielt: «Sie werden schließlich doch mir gehören. Alejandro Gómez weiß alles zu erreichen, was er sich vornimmt.» Und als Julia den Brief gelesen hatte, sagte sie sich: Das ist ein Mann! Wird er mein Retter sein, oder werde ich ihn erlösen? Wenige Tage, nachdem der Brief angekommen war, rief Don Victorino seine Tochter zu sich, schloß sich mit ihr ein und sprach, indem er sie beinahe kniefällig anflehte, mit Tränen in den Augen, zu ihr:

«Sieh, liebes Kind, alles hängt jetzt von deinem Entschluß ab: unsere Zukunft und meine Ehre. Wenn du Alejandro nicht nimmst, werde ich meinen Ruin bald nicht mehr verheimlichen können, ja, vielleicht sogar meine ...»

«Sprich es nicht aus ...!»

«Nein, nein, ich werde es nicht mehr verheimlichen können. Der Verfalltag naht heran, und dann komme ich ins Gefängnis. Bis heute habe ich den Schlag noch parieren können. Dank dir, indem ich mich auf dich berief. Deine Schönheit war mein Schild. Alle sagten sie: ‹Das arme Kind›.»

«Und wenn ich ja sage?»

«Dann ist alles gut. Ich will dir die ganze Wahrheit mitteilen. Er hat erfahren, wie es um mich steht, er hat sich nach allem erkundigt, und heute bin ich wieder frei und atme wieder auf. Dank ihm; er hat alle meine Schulden bezahlt. Nun bin ich auch frei von meinen ...»

«Ich weiß, ich weiß, schweig! Und nun?»

«Nun hänge ich von ihm ab, alle hängen wir von ihm ab. Ich lebe auf seine Kosten. Du selbst, du lebst auch auf seine Kosten.»

«Das bedeutet wohl, daß du mich schon verkauft hast?»

«Nein, er hat uns gekauft!»

«So daß ich ihm also schon gehöre, ob du willst oder nicht?»

«Nein, er verlangt das ja gar nicht; er will nichts und fordert nichts.»

«Wie großmütig!»

«Julia!»

«Ja, ja, ich habe alles begriffen. Sage ihm, er kann meinetwegen kommen, wann er will.»

Und als sie das gesagt hatte, überlief sie ein Zittern.

Wer hatte das gesagt, war sie es gewesen? Nein, nein, es war eine andere gewesen, eine, die sie in ihrem Innern trug und die sie tyrannisierte.

«Verzeih, mein Kind, verzeih mir!»

Der Vater erhob sich, um seine Tochter zu küssen, allein diese stieß ihn zurück und rief aus:

«Fort, beschmutze mich nicht!»

«Aber Kind!»

«Geh, geh und küsse lieber deine Dokumente oder die Asche deiner Papiere, die dich ins Gefängnis gebracht hätten!»

«Hab' ich Ihnen nicht gesagt, Julia, daß Alejandro Gómez alles erreicht, was er sich vornimmt. Mir mit so was zu kommen! Mir!»

Das waren die ersten Worte, mit denen der junge Magnat aus Amerika im Hause Don Victorinos vor dessen Tochter hintrat. Und das Mädchen erzitterte bei diesen Worten, denn sie sah zum ersten Male in ihrem Leben einen wirklichen Mann vor sich. Und dieser Mann erschien ihr weit höflicher und weniger plump und grob, als sie es erwartet hatte. Bei seinem dritten Besuch ließen die Eltern beide allein. Julia zitterte, Alejandro schwieg. Diese Angst und dieses Schweigen dauerten eine Weile.

«Mir scheint, Ihnen ist nicht ganz wohl, Julia», sagte er.

«Nein, nein, mir ist wohl!»

«Warum zittern Sie denn so?»

«Vielleicht vor Kälte ...»

«Nein, aus Furcht.»

«Furcht? Furcht wovor?»

«Furcht ... vor mir!»

«Und warum sollte ich Furcht vor Ihnen haben?»

«Doch! Sie haben Furcht vor mir.»

Ihre Angst machte sich in einem heftigen Weinkrampf Luft. Julia weinte, und der Tränenstrom quoll aus dem tiefsten Grunde ihres Innern hervor. Sie weinte mit dem Herzen. Das Schluchzen schien sie zu ersticken, ihr den Atem zu rauben.

«Bin ich denn ein Ungetüm?» murmelte Alejandro.

«Man hat mich verkauft!»

«Und wer sagt das?»

«Ich, ich sage es. Aber nein, nie werde ich Ihnen gehören, höchstens wenn ich einmal tot bin!»

«Du wirst die Meine sein, Julia, du wirst mir gehören ... und mich lieben. Wie? Du willst mich nicht lieben? Mich? Das ist unmöglich!»

Auf diesem «Mich» lag eine Betonung, die den Quell von Julias Tränen versiegen machte, es schien ihr, als ob ihr Herz stille stünde. Sie blickte Alejandro an, und eine Stimme schien ihr zuzuflüstern: «Das ist ein Mann.»

«Machen Sie aus mir, was Sie wollen!»

«Was willst du damit sagen?» fragte er, indem er hartnäckig fortfuhr, sie zu duzen.

«Ich weiß nicht ... Ich weiß nicht, was ich sage.»

«Was soll das heißen: Ich soll aus dir machen, was ich will?»

«Ja, was du willst ...»

«Ja, aber ... was ich ... aus dir machen will» – dieses «ich» klang voll und triumphierend –, «ist ... mein Weib.»

Ein Schrei entschlüpfte Julia. Und mit ihren herrlichen großen Augen, die vor Erstaunen strahlten, sah sie lange den Mann an, der lächelnd bei sich sprach: «Ich werde die schönste Frau Spaniens besitzen.»

«Sie glauben also ...»

«Ich glaube ... ich glaube ...»

Und wieder drohten die Tränen ihre Brust zu sprengen und sie zu ersticken.

Da fühlte sie plötzlich ein Paar Lippen auf den ihren, und sie hörte eine Stimme, die zu ihr sagte: «Ja, mein Weib. Mein legitimes Weib. Es ist alles klar. Das Gesetz wird meinen Willen sanktionieren. Oh, mein Wille ist selbst das Gesetz.»

«Ja, dein Weib.»

Sie war besiegt, und man kam überein, Hochzeit zu feiern.

Was hatte dieser rauhe, hermetisch verschlossene Mann an sich, daß er zugleich Furcht einflößte und imponierte? Und, was das Schrecklichste war, ihr eine Art seltsamer, fremdartiger Liebe aufzwang? Denn Julia wehrte sich gegen die Liebe zu diesem Abenteurer, der sich vorgenommen hatte, eine von den Schönsten zum Weib zu nehmen, auf daß sie mit seinen Millionen prunken sollte. Obschon sie sich gegen diese Liebe wehrte, fühlte sie sich zu einer Unterwürfigkeit gezwungen, die eine Art von Verliebtheit war. Und es lag etwas wie die Liebe einer Sklavin zu einem kühnen, anmaßenden Eroberer darin.

Er aber – sagte Julia zu sich selbst –, er liebt mich wirklich. Er liebt mich? Mich? wie er zu sagen pflegt. Und wie er das sagt! Wie er das ausspricht: Mich! Liebt er mich? Oder will er nur mit meiner Schönheit Staat machen? Bin ich für ihn vielleicht nur ein seltenes, kostbares Möbelstück? Ist er wirklich in mich verliebt? Wird er nicht bald genug haben von meinen Reizen? Wie dem auch sei, bald werde ich verheiratet sein, frei von diesem verfluchten Vaterhause, frei von diesem Vater, denn er wird doch nicht bei uns wohnen. Wir werden ihm eine Rente aussetzen, und er wird fortfahren, meine arme Mutter zu peinigen und sich mit den Dienstboten herumzuzanken. Wir wollen nur dafür sorgen, daß er nicht wieder Schulden macht. Ich aber werde reich sein – reich, unendlich reich!

Allein das befriedigte sie nicht. Sie sah sich beneidet von den Einwohnern Renadas, die von ihrem unglaublichen Glücke sprachen und behaupteten, ihre Schönheit hätte das Höchste erreicht, was sie erreichen konnte. Aber liebte sie dieser Mann auch? Liebte er sie wirklich? Ich muß mir seine Liebe erringen, sagte sie zu sich selbst, es ist für mich eine Notwendigkeit, daß er mich wirklich liebt. Ich kann sein Weib nicht sein, ohne daß er mich liebt, denn das wäre die schlimmste Form, sich zu verkaufen. Aber – liebe ich ihn denn eigentlich? Sie fühlte sich von ihm überwältigt, während eine geheimnisvolle Stimme, die aus ihrem tiefsten Innern kam, ihr zuraunte: «Das ist ein Mann!» Jedesmal, wenn Alejandro «ich» sagte, erzitterte sie vor Liebe. Und sie erbebte vor Liebe, obschon sie glaubte, daß dies einen anderen Grund habe, oder nicht wußte, warum das geschah ...

Die Hochzeit hatte stattgefunden, und beide Ehegatten zogen in die Hauptstadt. Alejandros Beziehungen und Freundschaften waren, seinem großen Reichtum gemäß, sehr zahlreich, aber ein wenig seltsamer Art. Die meisten Herren, die in seinem Hause verkehrten, darunter nicht wenige vom alten Adel, die Julia umschwärmten, mußten wohl Schuldner ihres Gatten sein, der Geld gegen sichere Hypotheken auslieh. Aber sie wußte nichts von seinen Geschäften, denn ihr Mann sprach nie mit ihr darüber. Es fehlte ihr an nichts, sie konnte jede ihrer Launen befriedigen; nur das mangelte ihr, wonach sie am meisten verlangte. Nicht die Liebe des Mannes, dem sie sich unterjocht, von dem sie sich bezaubert fühlte, sondern die Gewißheit dieser Liebe. Liebt er mich oder liebt er mich nicht? Er überhäuft mich mit Aufmerksamkeiten, er behandelt mich mit der größten Achtung, aber er tut es auf so eigenwillige Art, mit der Geste des Herrschers. Er verwöhnt mich sogar, aber liebt er mich? Doch es war vergeblich, mit diesem Manne über Liebe und Zärtlichkeit zu sprechen.

«Nur die Narren reden über solche Dinge», pflegte Alejandro zu sagen. «Mein Entzücken, mein Liebling, meine Süße, meine Liebe ... Ich ... ich sollte solche Dinge sagen? Mir will man mit solchen Dingen kommen? Mir? Das sind Romangeschichten. Ich weiß ja, daß du eine solche Lektüre gern hast.»

«Nun ja, ich habe sie wirklich gern.»

«Nun, so lies nur, soviel du Lust hast. Schau, wenn dir so viel daran liegt, so laß ich dir, hier auf dem Platze nebenan, einen großen Pavillon für deine Bibliothek errichten und sie mit allen Romanen anfüllen, die seit Adams Zeiten geschrieben wurden.»

«Was du für Dinge redest!»

Alejandro kleidete sich so einfach, bescheiden und gewöhnlich wie nur möglich. Nicht nur weil er durch seine Kleidung möglichst wenig auffallen oder unbemerkt bleiben wollte, sondern weil er mit Vorliebe ein gewisses plebejisches Wesen zur Schau trug. Es kostete ihn Überwindung, seine Kleidung zu wechseln, ja, er hatte eine fast zärtliche Vorliebe und Anhänglichkeit für seine getragenen Kleider. Man hätte meinen können, er drückte sich noch am selben Tage, an dem er einen neuen Anzug anzog, an den Mauern und Wänden herum, um ihn abzuscheuern, damit er recht alt und abgetragen aussehen sollte. Dagegen legte er besonderen Wert darauf, daß seine Frau so schön und elegant wie nur möglich gekleidet ginge, damit ihre natürliche Schönheit noch mehr zur Geltung käme. Er war durchaus kein sparsamer oder kleinlicher Zahler; was er jedoch am liebsten und mit ganz besonderer Vorliebe bezahlte, waren die Rechnungen der Modistinnen und der Schneiderinnen, waren die Kleider für seine Julia.

Es machte ihm Freude, an ihrer Seite zu gehen, wobei der Unterschied in der Kleidung und Haltung beider Ehegatten besonders in die Augen sprang. Es ergötzte ihn, wenn die Vorübergehenden stehenblieben, um seine Frau anzusehen, und wenn diese kokett die Blicke der Leute auf sich lenkte. Er sah darüber hinweg oder, richtiger, er tat so, als nähme er keine Kenntnis davon. Es war, als wollte er zu denen, die seine Frau mit wollüstigen Blicken betrachteten, sagen: Sie gefällt euch? das freut mich: denn sie gehört mir, mir allein; gut, mögt ihr doch meinetwegen rasend werden und den Verstand verlieren. Und sie fragte sich, als ahnte sie etwas von diesen Empfindungen: Liebt mich dieser Mann nun eigentlich oder liebt er mich nicht? Denn sie dachte immer an ihn, an *diesen Mann, ihren Mann.* Oder, besser noch, an den Mann, dem sie gehörte, der ihr Herr war. Und allmählich verwandelte sich ihre Seele immer mehr in die Seele einer Favoritin, einer Haremssklavin, die zwar die einzige Sklavin ihres Herrn, aber doch eine wirkliche und vollkommene Sklavin war.

Es gab zwischen ihnen nichts, was auch nur im geringsten einer Intimität geglichen hätte. Sie hatte keine Ahnung von dem, was ihren Herrn und Gatten interessierte, was ihn beschäftigte. Nur manchmal wagte sie es, ihn nach seiner Familie zu fragen.

«Meine Familie?» meinte Alejandro, «ich habe jetzt ebensowenig eine Familie wie du, und das berührt mich weiter nicht. Meine Familie bin ich: ich und du, du, die du mir gehörst.»

«Und deine Eltern?»

«Denke, ich hätte nie welche gehabt. Meine Familie beginnt mit mir. Ich habe mich selbst gemacht.»

«Ich wollte dich noch etwas fragen, Alejandro, aber ich habe nicht den Mut dazu ...»

«Warum nicht den Mut? Ich werde dich doch nicht auffressen! Bin ich je gekränkt oder über etwas beleidigt gewesen, was du mir gesagt hast?»

«Nein, niemals, ich beklage mich ja nicht ...!»

«Das hätte auch noch gefehlt ...!»

«Nein, ich beklage mich nicht, aber ...»

«Also gut, so frage doch, schnell, mach ein Ende!»

«Nein, ich frage lieber nicht.»

«So frage doch!»

Er sagte dies in einer solchen Weise, und aus seinen Worten klang ein so mächtiger, grenzenloser Egoismus, daß sie, zitternd vor Furcht und Liebe, einer demütigen, unterwürfigen Liebe, der Liebe einer Lieblingssklavin, zu ihm sprach:

«Also gut, sage mir – du bist Witwer?»

Es war, als glitte ein leichtes Stirnrunzeln wie ein Schatten über sein Gesicht, und Alejandro entgegnete:

«Ja, ich bin Witwer.»

«Und deine erste Frau?»

«Man hat dir wohl etwas erzählt?»

«Nein, aber ...»

«Man hat dir etwas erzählt, sprich!»

«Nun denn, ja, ich habe etwas gehört.»

«Und du hast es geglaubt?»

«Nein, ich habe es nicht geglaubt!»

«Freilich, du konntest, du durftest es ja auch nicht glauben.»

«Nein, ich habe es nicht geglaubt!»

«Natürlich, wer mich so liebt, wie du mich liebst, wer mir so gehört wie du, kann diese dicken Lügen nicht glauben.»

«Gewiß liebe ich dich!» Sie sagte das, weil sie hoffte, damit auch ihn zu einer Liebeserklärung zu veranlassen.

«Schön, ich habe dir schon gesagt, daß ich diese sentimentalen Romanphrasen nicht gerne habe; je weniger man davon spricht, daß man sich liebt, um so besser.»

Und nach einer kurzen Pause fuhr er fort:

«Man hat dir erzählt, ich hätte mich in Mexiko verheiratet, als ich noch jung war. Mit einer Frau, die unendlich reich und älter war als ich, mit einer ältlichen Millionärin. Und man hat dir gesagt, ich hätte sie gezwungen, mich zu ihrem Erben zu machen, und sie dann bald darauf getötet. Hat man dir nicht etwas Derartiges erzählt?»

«Ja, das war es, was man mir gesagt hat.»

«Und du hast es geglaubt?»

«Nein, ich habe es nicht geglaubt. Ich konnte es nicht glauben, daß du dein Weib getötet hast.»

«Ich sehe, du hast ein besseres Urteil, als ich annahm. Wie konnte ich mein Weib, wie konnte ich eine Sache töten, die mein war, die mir gehörte?»

Was war es, das die arme Julia erzittern machte, als sie diese Worte hörte?

Sie gab sich keine Rechenschaft von dem Grunde ihres Erschauerns; aber es war das Wort «Sache», das ihr Mann in Beziehung auf seine erste Frau gebraucht hatte.

«Es wäre ja auch eine vollständige Torheit gewesen», fuhr Alejandro fort. «Wozu? Um sie zu beerben? Ich wäre doch der Nutznießer ihres Vermögens geblieben, so wie ich es noch heute bin. Seine eigene Frau töten! Es liegt doch nicht der mindeste Anlaß dazu vor, seine eigene Frau zu töten.»

«Trotzdem hat es Männer gegeben, die ihre Frauen töteten», wagte Julia einzuwenden.

«Wozu? Weswegen?»

«Aus Eifersucht oder weil sie betrogen wurden.»

«Bah, bah, Eifersucht! Das ist nur etwas für die Dummen. Nur Narren können eifersüchtig sein, weil nur ihnen ihre Frauen untreu werden können. Aber mir, mir? Mich kann meine Frau nicht betrügen. Weder hat jene erste es gekonnt, noch kannst du es.»

«Sprich nicht so, laß uns über andere Dinge reden!»

«Warum?»

«Es schmerzt mich, dich so reden zu hören, als ob es mir jemals auch nur im Traume eingefallen wäre, dich zu betrügen!»

«Ich weiß, ich weiß es, ohne daß du's mir sagst. Ich weiß, daß du mich nie betrügen wirst.»

«Natürlich nicht!»

«Du kannst mich ja gar nicht betrügen. Wie? Mich betrügen? Meine Frau? Unmöglich! Und was die erste betrifft, die andere – so starb sie, ohne daß ich sie zu töten brauchte.»

Es war einer jener wenigen Fälle, daß Alejandro ein längeres Gespräch mit seiner Frau hatte. Diese wurde nach diesem Gespräch furchtsam und nachdenklich. Liebte sie dieser Mann? Oder liebte er sie nicht?

Arme Julia! Ihr neues Heim war genau so entsetzlich wie ihr Elternhaus. Sie war frei, vollkommen frei, konnte machen, was sie wollte, konnte ein- und ausgehen, ihre Freundinnen empfangen, selbst die Freunde, die ihr besonders lieb waren. Aber liebte sie ihr Gatte und Herr? Die Ungewißheit, ob dieser Mann sie liebte, kettete sie unlöslich an ihr Dorado, hielt sie gleichsam gefangen in diesem glänzenden Kerker, dessen Türen immer offen standen.

Ein Strahl der aufgehenden Sonne fiel in die sturmbewegte Finsternis ihrer versklavten Seele, als sie eines Tages merkte, daß sie ein Kind von ihrem Herrn und Gatten unter dem Herzen trug. Jetzt werde ich erfahren, ob er mich liebt oder nicht, sagte sie sich.

Als sie ihm die erfreuliche Neuigkeit mitteilte, rief Alejandro aus:

«Das habe ich erwartet, jetzt habe ich einen Erben, aus dem ich einen Mann machen werde: einen Mann wie ich selbst; ich habe es erwartet.»

«Und wenn wir kein Kind bekommen hätten?» fragte sie.

«Unmöglich! Es konnte gar nicht anders kommen. Ich mußte einen Sohn haben. Ich!»

«Aber es gibt doch so viele Leute, die heiraten und keine Kinder bekommen.»

«Andere Leute, ja! Aber ich!? Nein! Ich mußte einen Sohn haben. Ich!»

«Und warum?»

«Weil es unmöglich war, daß du mir keinen Sohn schenktest.»

Und der Sohn kam zur Welt. Allein der Vater blieb immer gleich verschlossen. Nur ließ er nicht zu, daß die Mutter den Knaben selbst stillte.

«Nein, nein, ich zweifle nicht an deiner Gesundheit und an deinen Kräften, aber stillende Mütter reiben sich zu schnell auf; ich will nicht, daß du dich zu früh verbrauchst. Ich will, daß du dich jung erhältst: so lange wie möglich!»

Und er fügte sich erst, als der Arzt ihm die Versicherung gegeben hatte, daß Julia, weit entfernt sich zu verbrauchen, nur noch gewinnen würde, wenn sie ihren Knaben selbst stillte, ja daß sie noch voller und schöner werden würde.

Der Vater lehnte es ab, seinen Sohn zu küssen. «Mit der Küsserei fällt man ihnen nur lästig», sagte er. Mitunter aber nahm er ihn in die Arme und schaute ihn eine Weile an.

«Du hast mich einmal nach meiner Familie gefragt», sagte Alejandro eines Tages zu seiner Frau, «hier hast du sie. Jetzt habe ich eine Familie, jetzt habe ich jemand, der mich beerben und mein Werk fortsetzen wird.»

Julia wollte ihren Mann fragen, worin denn eigentlich sein Werk bestünde, aber sie fand nicht den Mut dazu. «Mein Werk», was konnte das Werk dieses Mannes sein? Schon zum zweiten Male hörte sie ihn dieses Wort aussprechen.

Zu den Besuchern, die sich am häufigsten bei ihnen sehen ließen, gehörte auch die Familie des Grafen Bordaviella, vor allem der Graf selbst, der in geschäftlicher Verbindung mit Alejandro stand. Dieser hatte ihm nämlich eine bedeutende Summe zu hohen Zinsen geliehen. Der Graf pflegte mit Julia, die eine leidenschaftliche Vorliebe für dieses Spiel hatte, Schach zu spielen und seiner Freundin, der Frau seines Gläubigers, sein Herz auszuschütten, indem er ihr seine häuslichen Sorgen und Mißhelligkeiten anvertraute. Denn der häusliche Herd der gräflichen Familie von Bordaviella war eine kleine Hölle, obwohl nur ein schwaches Feuer in ihr brannte. Der Graf und die Gräfin verstanden sich nicht und liebten sich nicht. Jeder Teil führte ein

Leben auf eigne Rechnung, und die Gräfin gab allen möglichen Skandalgerüchten reichliche Nahrung. Es gab immer ein Rätselraten: Wer ist jetzt an der Reihe, Hausfreund beim Grafen Bordaviella zu werden? Der arme Graf aber flüchtete sich in das Haus der schönen Julia, um mit ihr Schach zu spielen, und suchte über sein eigenes Unglück hinwegzukommen, indem er Trost in fremdem suchte.

«Nun, war dieser Graf schon wieder da?» fragte Alejandro seine Frau.

«Dieser Graf, dieser Graf, welcher Graf?»

«Nun, dieser da. Es gibt doch nur einen Grafen, einen Marquis und einen Herzog ... Für mich sind sie alle gleich, wie wenn sie alle eine und dieselbe Person wären.»

«Ja, er war da!»

«Es freut mich, wenn es dir Spaß macht. Dann erfüllt er doch wenigstens einen Zweck, der arme Narr.»

«Auf mich macht er den Eindruck eines sehr intelligenten und gebildeten Menschen. Er ist sehr wohlerzogen und sympathisch.»

«Ja, ja, auch einer von denen, die Romane lesen. Aber schließlich – wenn dich das amüsiert ...»

«Er ist sehr unglücklich.»

«Bah, er ist selbst schuld daran.»

«Und warum?»

«Weil er ein Tölpel ist. Es ist doch ganz klar, was da vorgeht. Bei so einem Flachkopf, wie der Graf es ist, ist es doch ganz natürlich, daß die Frau ihn betrügt. Das ist doch kein Mann! Ich verstehe nicht, wie jemand sich so etwas zum Mann nehmen konnte! Aber vielleicht hat sie ja auch nicht ihn, sondern seinen Titel geheiratet. Mir sollte eine Frau so kommen wie die Gräfin diesem Unglücklichen!»

Julia sah ihren Mann an und rief, fast ohne zu wissen, was sie sagte:

«Und wenn sie es so machte? Wenn deine Frau es mit dir ebenso machte wie die seine mit ihm?»

«Torheiten!» Und Alejandro fing an zu lachen. «Du willst wohl unser Leben mit dem Salz deiner Bücher würzen? Aber wenn du mich auf die Probe stellen willst, indem du mich eifersüchtig machst, dann irrst du dich. Ich gehöre nicht zu dieser Sorte von Leuten. Mir mit so was zu kommen – mir! Amüsiere dich meinetwegen damit, diesem Narren von Bordaviella den Kopf zu verdrehen!»

Sollte es wirklich so sein, daß dieser Mann nichts von Eifersucht weiß? sagte Julia zu sich selbst. Sollte er sich gar keine Gedanken darüber machen, daß der Graf andauernd zu uns kommt, mich umwirbt und mir den Hof macht? Wie er es ja doch wirklich tut. Ist er meiner Treue und Liebe so sicher? Ist er seiner Macht über mich so gewiß? Oder ist es nur Gleichgültigkeit? Liebt er mich? Oder liebt er mich nicht? Und sie geriet geradezu außer sich. Ihr Herr und Gatte peinigte sie bis aufs Blut.

Die arme Frau versteifte sich immer mehr darauf, ihren Gatten eifersüchtig zu machen, weil sie darin den Prüfstein für seine Liebe erblickte. Allein vergebens. Sie konnte es nicht erreichen.

«Willst du mit mir zum Grafen gehen?»

«Wozu?»

«Zum Tee!»

«Zum Tee? Nein, ich habe keine Magenschmerzen. Zu meiner Zeit und bei uns zu Hause trank man diese trübe Flüssigkeit nur, wenn einem der Magen weh tat. Also gute Verrichtung, tröste den armen Grafen ein wenig! Die Gräfin und ihr neuester Freund, der jetzt eben an der Reihe ist, werden wohl auch dabeisein. Eine schöne Gesellschaft, das! Aber schließlich, das gehört dazu ...»

Inzwischen fuhr der Graf fort, Julia zu belagern. Er gab sich den Anschein, als fühlte er sich tief bedrückt durch sein häusliches Unglück, um das Mitleid seiner Freundin zu erwecken, durch ihr Mitleid ihre Liebe zu gewinnen und eine sündige Leidenschaft in ihr zu entzünden. Auch gab er ihr zu verstehen, daß er mancherlei Einzelheiten aus ihrem internen Familienleben wüßte.

«Ja, Julia, es ist wahr, mein Haus ist eine Hölle, und Sie tun recht daran, mich zu bemitleiden. Oh, wenn wir uns doch früher kennengelernt hätten! Ehe ich dieses unglückliche Joch auf mich nahm! Und Sie das ...»

«Und ich das meine? Nicht wahr?»

«Nein, nein, das war es nicht, was ich sagen wollte ... nein.»

«Also, was wollten Sie sagen, Graf?»

«Ehe Sie sich diesem Manne, Ihrem Gatten, hingaben ...»

«Haben Sie etwa Grund zu der Annahme, daß ich mich damals Ihnen hingegeben hätte?»

«Oh, oh, ohne Zweifel!»

«Wie eingebildet ihr Männer doch seid!»

«Eingebildet?»

«Ja, eingebildet. Ihr haltet euch alle für unwiderstehlich.»

«Ich – nicht ...»

«Also wer sonst?»

«Darf ich es Ihnen sagen, Julia?»

«Sagen Sie, was Sie wollen!»

«Also gut. So will ich es Ihnen sagen. Nicht ich wäre unwiderstehlich gewesen, sondern meine Liebe ... Jawohl, Julia, meine Liebe.»

«Aber das ist ja eine regelrechte Liebeserklärung, Herr Graf! Vergessen Sie nicht, daß ich eine verheiratete Frau bin, die in ihren Mann verliebt ist!»

«Das ... das ...»

«Wagen Sie daran zu zweifeln? Jawohl, verliebt, wie ich sagte, verliebt, ehrlich und aufrichtig verliebt in meinen Gatten.»

«Aber er seinerseits ...»

«Wie? Was war das? Wer hat Ihnen gesagt, daß er mich nicht liebt ...?»

«Sie selbst ...»

«Ich? Wann hätte ich Ihnen gesagt, daß Alejandro mich nicht liebt? Wann?»

«Sie haben es mir mit den Augen gesagt, mit Ihren Mienen, mit Ihrer ganzen Haltung ...»

«Hiernach wäre ich es gewesen, die Sie aufgefordert hätte, mich zu umwerben? Nun wohl, Herr Graf, es war das letztemal, daß Sie unser Haus betreten haben!»

«Um Gottes willen, Julia!»

«Das letztemal, sage ich!»

«Um Gottes willen, lassen Sie mich wenigstens wiederkommen, um Sie zu sehen, Sie betrachten zu dürfen, bei Ihrem Anblick meine Tränen hinunterzuschlucken und still in mich hineinzuweinen.»

«Wie hübsch!»

«Und was ich Ihnen sagte ... was Sie so zu kränken schien ...»

«Schien? – Es hat mich wirklich gekränkt.»

«Kann ich Sie denn kränken?»

«Herr Graf ... !»

«Was ich Ihnen sagte und was Sie so gekränkt hat, war ja nur dies: daß ich Sie, wenn wir uns gekannt hätten, ehe ich mich für immer an meine Frau gekettet hatte und Sie sich an Ihren Gatten: daß ich Sie damals mit derselben unsinnigen Liebe geliebt hätte, mit der ich Sie heute liebe ... Lassen Sie mich Ihnen mein Herz öffnen! Ja, ich hätte Sie mit derselben irrsinnigen Liebe geliebt, mit der ich Sie heute liebe, und hätte mir Ihre Liebe durch die meine erobert. Nicht durch meinen Wert oder durch meine Verdienste hätte ich Sie gewonnen, sondern allein durch die Macht meiner Liebe. Denn, Julia, ich gehöre nicht zu jenen Menschen, die da glauben, durch ihren Wert und ihre Verdienste, durch das, was sie sind, ein Weib erringen und beherrschen zu können. Ich gehöre nicht zu denen, die da verlangen, geliebt zu werden, ohne ihre Liebe als Gegengeschenk darzubringen. Ich armer, heruntergekommener Aristokrat habe nichts von diesem Stolz in mir.»

Julia sog langsam, Tropfen für Tropfen, das süße Gift in sich hinein.

«Denn es gibt Menschen, die unfähig sind, zu lieben, die aber fordern, daß man sie liebe, und ein Recht auf unbegrenzte Liebe und Treue von seiten der Frau zu haben glauben, die sich ihnen hingibt. Es gibt Menschen, die sich eine berühmte Schönheit zur Frau nehmen, um mit ihr zu prunken, sie neben sich zu haben und mit sich herumzuführen, wie man eine gezähmte Löwin mit sich herumführt, um sagen zu können: Das ist meine Löwin! Seht, wie folgsam, wie ergeben sie mir ist! Sollte man deswegen seine Löwin lieben?»

«Herr Graf, Herr Graf, jetzt betreten Sie ein Feld ... Sie verirren sich ...»

Hier rückte der Graf noch etwas näher an sie heran und flüsterte ihr etwas zu; seine Lippen berührten dabei fast ihr Ohr, und die wundervolle Muschel von rosigem Fleisch, die von einem Ring glänzenden kastanienbraunen Haares umrahmt wurde, verspürte den Hauch seines heftig wogenden Atems:

«Wohin – in wen ich mich verirre – das bist du! In dich, in deine Seele ...», sprach er leise.

Dieses «du» ließ das schuldvolle Ohr sich in ein glühendes Rot verfärben.

Julias Busen wogte wie das Meer, wenn der wilde Nordwind es peitscht.

«Ja, Julia, ich dringe in dich, in deine Seele ein.»

«Lassen Sie mich, um Gottes willen, lassen Sie mich in Ruhe, Graf! Wenn er jetzt hereinkäme ...!»

«Oh, jetzt wird er nicht hereintreten. Was liegt ihm an dir? Er läßt uns allein. Er läßt uns allein, weil er dich nicht liebt ... Nein, er liebt dich nicht. Er liebt dich nicht, Julia ... er liebt dich nicht!»

«Er hat volles Vertrauen zu mir ...»

«Zu dir nicht! Zu sich selbst! Er hat ein unerschütterliches Vertrauen zu sich selbst; verblendet, wie er ist, glaubt er, weil er Alejandro Gómez ist – ihm, dem Alejandro Gómez, der sich ein großes Vermögen zusammengerafft hat – ich will lieber nicht wissen, auf welche Weise –, ihm könne es nicht passieren, von seiner Frau betrogen zu werden. Und mich verachtet er, das weiß ich ...»

«Ja, er verachtet Sie ...»

«Ich wußte es. Aber ebenso wie mich verachtet er dich.»

«Bei Gott, Herr Graf, bei Gott, schweigen Sie, oder Sie töten mich ...!»

«Wer dich töten wird, ist er. Und du wirst nicht die erste sein ...»

«Das ist eine Infamie, Herr Graf, das ist eine Infamie. Mein Mann hat nie seine Frau getötet, gehen Sie, gehen Sie und kommen Sie nie wieder!»

«Ich gehe, aber ich komme wieder, du selbst wirst mich rufen ...»

Er ging und ließ sie, aufs tiefste verletzt, mit einer schmerzhaften Wunde im Herzen zurück. Hat dieser Mann recht? sagte sie sich. Ist es wirklich so, wie er behauptet? Er hat mir zum Bewußtsein gebracht, was ich mir selbst nicht eingestehen wollte. Ist es wahr, daß er mich verachtet? Ist es wahr? Liebt er mich wirklich nicht?

Die Beziehungen zwischen Julia und dem Grafen Bordaviella gaben schließlich Anlaß zu Stadtgesprächen und allerhand boshaften Bemerkungen. Allein Alejandro kümmerte sich nicht darum, oder er tat so, als ob er sich nicht darum kümmere. Einem Freunde, der versuchte, ihm versteckte Anspielungen zu machen, schnitt er kurz das Wort ab, indem er erklärte: «Ich weiß schon, was Sie mir sagen wollen. Aber lassen Sie das lieber, das ist nur dummes Geschwätz, das die Leute machen. Mir? Mir will man mit solchen Albernheiten kommen? Warum sollen wir es den Frauen mit ihrer Vorliebe für Romantik verwehren, sich interessant zu machen? Bin ich etwa ein Feigling?»

Als jedoch eines Abends ein Herr im Kasino sich gestattete, in seiner Gegenwart einen zweideutigen Witz zu machen und etwas von Hörnern zu murmeln, ergriff er eine Flasche, warf sie ihm an den Kopf und richtete ihn übel zu. Das gab einen fürchterlichen Skandal.

«Mir, mir diese faulen Witze?» sagte er in ruhigem Ton, wobei er vollkommen die Herrschaft über seine Stimme behielt. «Als ob ich nichts davon gehört hätte, als ob ich nichts von diesen Albernheiten wüßte, die hier von allerhand Narren über die romantischen Einfälle meiner armen Frau verbreitet werden ... Ich hätte nicht übel Lust, diesem törichten Geschwätz ein Ende zu machen.»

«Aber doch nicht so, Don Alejandro», wagte jemand einzuwerfen.

«Und wie sonst? Sagen Sie mir doch, wie?»

«Indem Sie diesem Gerede den Boden entziehen!»

«Soll ich dem Grafen etwa verbieten, mein Haus zu betreten?»

«Das wäre allerdings das beste.»

«Das hieße nur, den bösen Zungen recht geben. Und ich bin kein Tyrann. – Wenn doch dieser Graf, der ein vollkommener Narr ist, meine Frau amüsiert! Ich schwöre Ihnen, das ist nur ein unschuldiger Irrer, der den Don Juan spielt. Wenn dieser Hanswurst meiner Frau Spaß macht – soll ich sie dieses Vergnügens berauben, nur weil die anderen Verrückten dies oder jenes reden? Das fehlte gerade noch ...! Und sie sollte mich hintergehen? Mich? Sie ... Ihr kennt mich wohl nicht?»

«Aber Don Alejandro ... der Anschein lehrt ...»

«Ich kümmere mich nicht um den Schein, sondern um Realitäten ...»

Am folgenden Tage erschienen in Don Alejandros Hause zwei Herren mit sehr ernsten Gesichtern, um im Namen des Beleidigten Genugtuung von ihm zu fordern.

«Sagen Sie ihm», entgegnete er, «er soll mir die Rechnung des Arztes schicken, der ihn behandelt; ich will sie ihm bezahlen und den Schaden, den er erlitten hat, dazu.»

«Aber Don Alejandro!»

«Was wünschen Sie noch?»

«Wir – nichts. Der Beleidigte wünscht, Sie sollen die Beleidigung zurücknehmen und ihm Genugtuung ... ihm eine Ehrenerklärung geben.»

«Ich verstehe Sie nicht ... ich will Sie auch gar nicht verstehen ...»

«Wenn nicht, so wünscht er sich mit Ihnen zu schlagen.»

«Sehr schön, sobald er will ... Bitte, sagen Sie ihm, sobald er will. Aber dazu ist es nicht nötig, daß Sie sich herbemühen. Sekundanten sind hier überflüssig. Sagen Sie ihm bitte, wenn sein Kopf wieder gesund ist, ich meine, wenn er sich von dem Schlag mit der Flasche erholt hat, soll er mich benachrichtigen. Dann begeben wir uns zusammen, wohin er will, schließen uns ein und gehen mit Maulschellen und Fußtritten aufeinander los. Andere Waffen akzeptiere ich nicht. Dann mag er sich überzeugen, wer Alejandro Gómez ist ...»

«Don Alejandro, Sie machen sich über uns lustig», sagte einer der Sekundanten.

«Aber ich bitte Sie, keineswegs. Sie stammen aus einer anderen Welt als ich. Sie stammen von vornehmen Eltern, von altadeligen Geschlechtern ab. Ich dagegen kann sagen, ich habe weder Eltern noch eine andere Familie als die, die ich mir selbst geschaffen habe. Ich komme aus dem Nichts her. Ich will nichts hören von diesen leeren Ausflüchten und von diesem Ehrenkodex. Daß Sie es nur wissen, meine Herren!»

Die Sekundanten erhoben sich; einer von ihnen nahm eine sehr feierliche Haltung an und erklärte ziemlich energisch, wenn auch nicht ohne die schuldige Achtung für Don Alejandro, denn schließlich handelte es sich doch um einen wirklichen Millionär und einen Mann von geheimnisvoller Vergangenheit:

«Also, Herr Alejandro Gómez, dann gestatten Sie mir, Ihnen zu sagen ...»

«Sagen Sie alles, was Ihnen beliebt, aber wägen Sie Ihre Worte gut ab, denn ich habe hier noch eine zweite Flasche bei der Hand ...»

«Dann» – und hierbei erhob der Sekundant seine Stimme –, «dann sind Sie kein Kavalier, Don Alejandro Gómez.»

«Das ist doch klar, daß ich keiner bin; das ist klar, daß ich keiner bin. Ich ein Kavalier? Wann denn und woher nur? Ich bin als Eseltreiber geboren, Herr, und nicht als Kavalier. Ich bin auch nicht auf dem Esel zu *ihm* geritten, den man meinen Vater nannte, um mein Vesperbrot einzunehmen, sondern ich bin zu Fuß hingegangen, jawohl zu Fuß. Klar, daß ich kein Kavalier bin. Kavalier! Ich und ein Kavalier! Ich ... Gehen Sie ... gehen Sie doch ...!»

«Jawohl, gehen wir», sagte einer der Sekundanten zum andern, «denn hier haben wir nichts mehr zu tun. – Sie werden die Konsequenzen dieses unqualifizierbaren Benehmens zu tragen haben, Don Alejandro.»

«Ganz Ihrer Ansicht, ich nehme sie auf mich, und was diesen ... na also diesen Kavalier anbetrifft, der seine Zunge nicht im Zaum halten kann und dem ich einen Schlag auf den Schädel gegeben habe, so sagen Sie ihm bitte – ich wiederhole das noch einmal –, er soll mir die Rechnung seines Arztes einsenden und sich in Zukunft überlegen, was er sagt. Und Sie, meine Herren, wenn Sie – denn es kann ja alles passieren –, wenn Sie einmal etwas von diesem unmöglichen Menschen, diesem Barbaren und groben Klotz von einem Millionär, ohne jedes kavaliermäßige Ehrgefühl, wünschen sollten, so kommen Sie bitte nur zu mir, ich will Ihnen gerne dienen, wie ich schon anderen Herren und Kavalieren gedient habe.»

«Das ist nicht zum Aushalten – gehen wir!» sagten die Sekundanten.

Damit gingen sie.

Am selben Abend erzählte Don Alejandro seiner Frau von diesem Auftritt und seiner Begegnung mit den Zeugen, nachdem er ihr vorher erzählt hatte, wie er dem Mann die Flasche an den Kopf geworfen hatte, und er sprach mit großer Befriedigung von seiner Heldentat. Sie hörte ihn furchtlos an.

«Ich ein Kavalier? Ein Kavalier! Ich?» rief er aus. «Ich, Alejandro Gómez? Niemals! Ich bin nicht mehr als ein Mann, aber ein ganzer Mann, nicht mehr als ein ganzer Mann.»

«Und ich?» sagte sie, um nur etwas zu sagen.

«Du? Du bist ein ganzes Weib. Eine Frau, die Romane liest. Und er – das Gräflein, der Schachspieler –, das ist ein Nichts, eine Null, nicht mehr als eine Null. Aber wozu sollte ich ihn dir nehmen, wenn er zu deiner Unterhaltung beiträgt und wenn du dich mit ihm amüsierst, so wie du dich mit einem Schoßhündchen vergnügst? Wenn du dir ein Hündchen gekauft hättest, so ein langhaariges Hündchen, weißt du, oder ein Angorakätzchen oder ein Äffchen, und es nun streicheltest oder gar küßtest – würde ich dir etwa das Hündchen, würde ich dir etwa das Kätzchen oder das Äffchen wegnehmen und es vom Balkon auf die Straße werfen? Das wäre noch schöner! Vor allem: es könnte ja auch einem Vorübergehenden auf den Kopf fallen. Und mit dem Gräfchen ist es genau dieselbe Sache, das ist doch auch nur so ein kleiner Köter, so ein Äffchen, so ein Kätzchen. Amüsier dich mit ihm, soviel du Lust hast!»

«Aber, Alejandro, die Leute haben recht, wenn sie sagen ... Du mußt diesem Mann dein Haus verbieten!»

«Mann?»

«Also gut, du mußt dem Grafen von Bordaviella dein Haus verbieten!»

«Tu du es doch! Solange du ihm nicht das Haus verbietest, ist das ganze Gerede, daß es ihm gelungen sei, dein Herz zu gewinnen, nichts als infames Geschwätz. Denn wäre es wirklich so weit gekommen, daß du anfingest, dich für ihn zu interessieren, so hättest du ihm längst den Laufpaß gegeben, um dich vor der Gefahr zu schützen.»

«Und wenn ich mich wirklich für ihn interessierte?»

«Gut, schon gut. Das kenne ich. Ich kenne das: du willst mich eifersüchtig machen. Mich? Aber wann wirst du dich endlich davon überzeugen, Weib, daß ich nicht bin wie die anderen?»

Julia verstand ihren Gatten immer weniger, und doch fühlte sie sich immer mehr von ihm bezwungen, unterjocht und von der heißen Sehnsucht gefoltert, zu erfahren, ob er sie liebte oder nicht. Alejandro seinerseits war zwar von der Treue seiner Frau überzeugt, besser, davon durchdrungen, daß seine Frau, seine eigene Frau, ihn, Alejandro, nicht betrügen könnte: ihn, der nichts Geringeres war als ein ganzer Mann; er sagte sich jedoch: Das Leben in der Stadt und das Romanlesen haben dieser armen Frau den Kopf verdreht. Und so beschloß er denn, mit ihr aufs Land zu gehen. Sie begaben sich auf eines seiner Güter.

«Ein kurzer Landaufenthalt wird dir guttun», sagte er, «das beruhigt die Nerven. Und wenn du dich ohne dein Kätzchen langweilen solltest, kannst du das Gräflein auffordern, uns zu begleiten. Denn du weißt doch, daß ich nicht eifersüchtig und deiner ganz sicher bin.»

Hier auf dem Lande steigerten sich die Selbstquälereien der armen Julia noch. Sie langweilte sich fürchterlich. Ihr Gatte wollte ihr nicht gestatten, Bücher zu lesen.

«Ich habe dich hierhergebracht, damit du dich von deinen Büchern trennst und deine Neurasthenie loswirst, bevor es schlimmer wird.»

«Meine Neurasthenie?»

«Das ist doch klar. Alle deine Quälereien kommen nur daher. An alledem sind allein die Bücher schuld.»

«So werde ich wohl nie mehr lesen dürfen?»

«Nein, das verlange ich nicht ... Ich verlange überhaupt nichts von dir. Bin ich denn ein Tyrann? Habe ich je etwas von dir verlangt?»

«Nein, nicht einmal das: daß ich dich lieben soll!»

«Natürlich! Weil man so etwas nicht von einem Menschen verlangen kann. Und überdies weiß ich doch, daß du mich liebst und keinen anderen zu lieben vermagst. Nachdem du mich kennengelernt und durch mich erfahren hast, was ein Mann ist, kannst du keinen anderen mehr lieben, auch wenn du es dir noch so sehr vornähmest. Das versichere ich dir! Aber sprechen wir nicht mehr von diesen Büchern. Ich habe dir schon gesagt, daß ich diese Romantik nicht leiden kann. Das sind Kindereien, die höchstens dazu gut sind, um mit irgendeinem schmächtigen Grafen beim Tee darüber zu reden.»

Der Kummer der armen Julia wurde noch verstärkt, als sie die Entdeckung machte, daß ihr Gatte sich in einen Liebeshandel mit einer einfachen und sehr wenig verführerischen Magd eingelassen hatte. Als sie eines Abends nach dem Abendessen allein waren, sagte Julia plötzlich zu ihm:

«Du glaubst wohl, ich merke nichts von deinen Beziehungen zu Simona?»

«Ich habe mir ja auch keine besondere Mühe gegeben, sie zu verheimlichen; aber das ist doch so unwichtig!»

«Was willst du damit sagen?»

«Daß du mir zu schön dazu bist, um dich jeden Tag zu besitzen!»

Julia erbebte; es war das erstemal, daß ihr Mann sie so offen und unverhüllt «schön» nannte. Allein – liebte er sie auch wirklich?

«Aber mit diesem ordinären Frauenzimmer ...», sagte Julia, bloß um etwas zu sagen.

«Gerade deswegen. Sogar ihre Unsauberkeit gefällt mir. Du mußt nicht vergessen, daß ich sozusagen auf einem Misthaufen aufgewachsen bin und etwas von dem habe, was einer meiner Freunde ‹Behagen am Schmutz› nennt. Und jetzt nach diesem bäuerlichen Zwischengericht werde ich deine Schönheit, deine Anmut und Eleganz noch mehr schätzen lernen.»

«Ich weiß nicht recht, ob das, was du mir sagst, Schmeicheleien sind oder Beschimpfungen.»

«Schon gut. Das sind alles die Nerven; und ich glaubte dich auf dem Wege der Besserung ...»

«Natürlich, ihr Männer könnt machen, was euch beliebt, ihr könnt uns betrügen ...»

«Wer hat dich betrogen?»

«Du!»

«Das nennst du betrügen! Bah, die Bücher, die Bücher ... ich gebe nicht einen Pfifferling für die Simona und ...»

«Freilich! Sie bedeutet dir nicht mehr als ein Hündchen oder ein Kätzchen oder ein Äffchen!»

«Ein Äffchen. Natürlich. Nicht mehr als ein Äffchen! Mit einem Äffchen hat sie die größte Ähnlichkeit! Du hast es ausgesprochen: ein Äffchen! – Aber habe ich damit aufgehört, dein Mann zu sein?»

«Du willst wohl sagen, ich habe damit nicht aufgehört, deine Frau zu sein ...»

«Ich sehe, Julia, du wirst wieder vernünftig!»

«Natürlich. So was wirkt ansteckend.»

«Aber das hast du hoffentlich von mir und nicht von deinem Kätzchen?»

«Selbstverständlich von dir.»

«Also gut, ich glaube nicht, daß dieser ländliche Zwischenfall dich eifersüchtig gemacht hat. Du und eifersüchtig! Du? Du meine Frau? Und auf dies Affenweib! Übrigens, was sie betrifft, ich mache ihr ein schönes Geschenk, und sie ist entzückt.»

«Freilich, wenn man Geld hat ...»

«Und mit dieser Mitgift kriegt sie im Handumdrehen einen Mann. Und wird ihrem Gatten zugleich mit der Mitgift einen Sohn schenken. Und wenn der Sohn nach seinem Vater gerät, der ein ganzer Mann ist, trägt der Freier einen doppelten Gewinn davon.»

«Schweig, schweig, schweig!»

Die arme Julia fing an zu weinen.

«Ich dachte, der Landaufenthalt würde dich von deiner Neurasthenie heilen. Wir müssen uns in acht nehmen, daß sie nicht schlimmer wird.»

Zwei Tage darauf kehrten sie in die Stadt zurück.

Und wieder gab sich Julia ganz ihrem Kummer und ihren Sorgen hin, und von neuem begann der Graf von Bordaviella mit seinen Besuchen, wenn er sich dabei auch ein wenig in acht nahm. Diesmal war es Julia, die, zum Äußersten getrieben, den Einflüsterungen des Grafen ihr Ohr lieh und ihr Gift in sich einsog; vor allem suchte sie ihre freundschaftlichen Beziehungen zu dem Grafen auch nach außen hin und ihrem Gatten gegenüber demonstrativ zu betonen, so daß dieser sich zuweilen sagte: Sie muß aufs Land zurück und sich in Behandlung begeben.

Eines Tages, als ihre Verzweiflung keine Grenzen mehr kannte, fuhr sie ihren Gatten mit den Worten an:

«Du bist kein Mann, Alejandro! Du bist kein Mann!»

«Wer? Ich? Und warum nicht?»

«Nein, du bist kein Mann, du bist kein Mann!»

«Sprich, erklär dich näher!»

«Ich weiß, daß du mich nicht liebst, daß dir nichts an mir liegt, daß ich für dich nicht die Mutter deines Sohnes bin und daß du mich nur aus Eitelkeit geheiratet hast, um mit mir zu prunken und mit meiner Schönheit Staat zu machen, um ...»

«Gut, schon gut, das ist Romantik. Warum bin ich kein Mann?»

«Ich weiß, daß du mich nicht liebst.»

«Ich habe dir schon hundertmal gesagt, daß dies Gerede von Lieben und Nichtlieben und alle diese

Albernheiten nur Redensarten sind, die du von deinem Kavalier, dem Grafen, gelernt hast.»

«Ich weiß ja, daß du mich nicht liebst.»

«Nun gut, und was weiter?»

«Und daß du damit einverstanden bist, daß der Graf – das Kätzchen, wie du ihn nennst – hier zu jeder Zeit ein- und ausgeht ...»

«Wer damit einverstanden ist, das bist doch du!»

«Warum soll ich nicht damit einverstanden sein, wenn er doch mein Geliebter ist? Du hast doch gehört: mein Geliebter! Das Kätzchen ist mein Liebhaber!»

Alejandro blickte seine Frau ruhig und ohne eine Spur von Erregung an, während diese, die einen Wutausbruch erwartet hatte, noch mehr in Erregung geriet und schrie:

«Wie? Du tötest mich nicht, wie die andere?»

«Weder ist es wahr, daß ich die andere getötet habe, noch ist es wahr, daß das Kätzchen dein Geliebter ist. Du belügst mich, um mich in Wut zu bringen. Du willst einen Othello aus mir machen. Mein Haus ist kein Theater. Und wenn du so weiter fortfährst, wird schließlich alles damit enden, daß du wahnsinnig wirst und daß man dich ins Irrenhaus sperrt.»

«Wahnsinnig? Ich wahnsinnig?»

«Unheilbar wahnsinnig. Zu glauben, daß du einen Geliebten hast! Mich das glauben machen wollen! Als ob mein Weib mich betrügen könnte! Mich! Alejandro Gómez ist doch kein Kätzchen. Er ist ein ganzer Mann. Nein, du wirst nicht erreichen, was du willst, du wirst es nicht dahin bringen, daß ich dir allerhand Romanphrasen und verliebte Redensarten ins Ohr flüstere, wie dein gräflicher Kavalier es zu tun pflegt. Mein Haus ist kein Theater!»

«Feigling, Feigling! Feigling!» schrie Julia ganz außer sich. «Feigling!»

Dagegen muß ich etwas Durchgreifendes tun, sagte sich ihr Gatte ..., und damit ging er.

Zwei Tage nach dieser Szene, nachdem Alejandro seine Frau während der ganzen Zeit in ihrem Zimmer eingeschlossen gehalten hatte, rief er sie plötzlich zu sich. Die arme Julia trat ganz erschrocken ein. Im Arbeitszimmer ihres Gatten erwarteten sie Alejandro, der Graf von Bordaviella und noch zwei andere Herren.

«Sieh, Julia», sprach ihr Gatte mit einer grauenerregenden Ruhe zu ihr, «diese beiden Herren sind Irrenärzte, die auf meine Bitte gekommen sind, dich auf deinen Geisteszustand hin zu untersuchen, damit wir dich in Behandlung nehmen. Du bist nicht ganz richtig im Kopfe; in deinen lichten Momenten wirst du das selbst einsehen.»

«Und was tust *du* hier, Juan?» fragte Julia den Grafen, ohne von ihrem Gatten Notiz zu nehmen.

«Sie sehen», sagte dieser, indem er sich an die Ärzte wandte, «sie hat noch immer ihre fixen Ideen; sie versteift sich darauf, daß dieser Herr hier ihr ...»

«Jawohl, er ist mein Geliebter», unterbrach sie ihn, «wenn er es nicht ist, soll er es sagen.»

Der Graf blickte zu Boden.

«Sie sehen, Herr Graf», sprach Alejandro zum Grafen Bordaviella, «wie beharrlich sie an ihrer verrückten Idee festhält. Denn Sie haben doch keinerlei derartige Beziehungen zu meiner Frau gehabt, noch je welche haben können.»

«Natürlich nicht», rief der Graf aus.

«Sehen Sie wohl, meine Herren!» fügte Alejandro hinzu, indem er sich an die Ärzte wandte.

«Wie ... ? Wie nur ... ?» schrie Julia, «du wagst es? Du, du, Juan du, mein Kätzchen, du wagst es, zu leugnen, daß ich dir angehört habe?»

Der Graf erzitterte unter dem kalten Blicke Alejandros und sagte:

«Mäßigen Sie sich, gnädige Frau, kommen Sie zu sich! Sie wissen, daß nichts hiervon wahr ist. Sie wissen, wenn ich dieses Haus aufsuchte, so geschah es als Freund, sowohl als Freund Ihres Gatten wie als Freund von Ihnen, gnädige Frau, und da ein Graf von Bordaviella nie einem Freunde einen solchen Schimpf antun könnte ... so einem Freunde wie ...»

«Wie ich», unterbrach ihn Alejandro. «Mir, Alejandro Gómez, kann kein Graf einen Schimpf antun, noch kann eine Frau mich betrügen. Sie sehen doch, meine Herren, daß diese Arme wahnsinnig ist.»

«Wie? auch du? Juan, auch du, mein Kätzchen?»

rief Julia. «Feigling, Feigling, Feigling! Mein Mann hat dir wohl gedroht, er hat dich eingeschüchtert, und aus Furcht, aus feiger Furcht wagst du, Feigling, es nicht, die Wahrheit zu sagen, und gibst dich zu dieser infamen Komödie her, auf Grund deren ich für verrückt erklärt werden soll! Feigling, Feigling, gemeiner Feigling! Auch du, wie mein Mann ...»

«Sie sehen, meine Herren ...», sagte Alejandro zu den Ärzten.

Die arme Julia bekam einen Schwächeanfall und sank wie vernichtet in sich zusammen.

«Also, mein Herr», sprach Alejandro, indem er sich an den Grafen wandte, «wir wollen jetzt gehen und die beiden Herren Doktoren hier mit meiner armen Frau allein lassen, damit sie ihre Diagnose beenden können.»

Der Graf folgte ihm. Als sie das Zimmer verlassen hatten, sagte Alejandro zu ihm:

«Sie wissen also, Herr Graf, meine Frau ist wahnsinnig, oder ich schlage euch beiden, sowohl Ihnen wie ihr, den Schädel ein. Sie haben zu wählen.»

«Was ich zu tun habe, ist lediglich dies: Ihnen zu bezahlen, was ich Ihnen schulde, damit ich nichts mehr mit Ihnen zu tun habe.»

«O nein, was Sie zu tun haben, ist, Ihre Zunge zu hüten. Wir bleiben also dabei, daß meine Frau unheilbar krank ist und daß Sie ein Trottel sind. Also nehmen Sie sich in acht!» – und hierbei wies er auf eine Pistole, die er bei sich hatte.

Als die Doktoren einige Zeit danach das Zimmer Alejandros verließen, sagten sie sich: «Das ist ja eine entsetzliche Tragödie. Was machen wir da?»

«Was sollen wir anderes tun, als sie für irrsinnig erklären? Denn anderenfalls wird dieser Mensch sie umbringen und diesen unseligen Grafen dazu.»

«Aber unser ärztliches Gewissen?»

«Das Gewissen verpflichtet uns in diesem Falle, ein größeres Verbrechen zu verhüten.»

«Wäre es nicht besser, ihn, das heißt Alejandro, für irrsinnig zu erklären?»

«Nein, er ist nicht wahnsinnig, bei ihm liegt die Sache anders. Er ist nichts Geringeres als ein ganzer Mann, wie er zu sagen pflegt.»

«Arme Frau! Es war ein Jammer, sie anzuhören! Was ich befürchte, ist, die Sache könnte damit enden, daß sie wirklich wahnsinnig wird.»

«Wenn wir sie für verrückt erklären, können wir sie vielleicht noch retten. Vor allem kommt sie dann aus diesem Hause fort.»

Und so geschah es. Sie wurde für irrsinnig erklärt und danach von ihrem Gatten in einem Irrenhaus untergebracht.

Dichte, finstere, eiskalte Nacht breitete sich über die Seele der armen Julia, als sie sich im Irrenhause wiederfand. Der einzige Trost, der ihr blieb, war, daß man ihr fast täglich ihren Knaben brachte, damit sie ihn sehen konnte. Sie nahm ihn in ihre Arme und badete sein Gesicht in ihren Tränen. Und das arme Kind weinte, ohne zu wissen warum.

«Mein Kind, mein liebes Kind», sagte sie, «könnte ich dir doch das ganze Blut deines Vaters aus den Adern saugen! Warum muß *er* nur dein Vater sein?»

Und wenn sie danach allein blieb, sagte das arme Weib, das sich bereits am Rande des Wahnsinns befand, zu sich: Werde ich in diesem Hause nicht schließlich tatsächlich wahnsinnig werden und so weit kommen, zu glauben, meine Beziehungen zu diesem niederträchtigen Grafen seien nur ein Traum, eine Halluzination gewesen? Oh, dieser Feigling, dieser gemeine Feigling! Mich so im Stich zu lassen! Zu erlauben, daß man mich hier einsperrt! Das Kätzchen! Jawohl, das Kätzchen! Mein Mann hat ganz recht. Und er, Alejandro! Warum hat er uns nicht getötet? Ah, nein, das war eine viel schrecklichere Rache. Töten? Dies gemeine feige Kätzchen töten? Nein, ihn demütigen, ihn erniedrigen, ihn zur Lüge zwingen, ihn nötigen, mich im Stich zu lassen! Er zitterte vor meinem Gatten, jawohl, er zitterte vor ihm! Weil mein Gatte ein Mann ist! Und warum hat er mich nicht getötet? Othello hätte mich getötet. Aber Alejandro ist kein Othello, nein, er ist nicht so tierisch und leidenschaftlich wie Othello. Othello war ein wilder Mohr, aber wenig intelligent. Alejandro dagegen, Alejandro hat einen ungeheuren Verstand, der seinem höllischen, seinem plebejischen Stolz völlig zu Diensten steht. Nein, dieser Mensch brauchte seine erste Frau nicht zu töten. Er brachte sie so weit, daß sie von selbst starb. Sie starb aus Angst vor ihm. Und ich? Liebt er mich?

Und hier im Irrenhause fing sie von neuem an, ihr Herz und ihren Geist mit dem aufreibenden Dilemma zu peinigen: Liebt er mich? Oder liebt er mich nicht? Und sie sagte sich schließlich: Ich, ja, ich liebe ihn! Blind, sinnlos!

Und weil sie fürchtete, tatsächlich verrückt zu werden, gab sie sich den Anschein, als wäre sie geheilt, indem sie einfach erklärte, ihr Gerede von ihren Beziehungen zu dem Grafen Bordaviella wäre nur eine Halluzination gewesen. Man meldete es sogleich ihrem Gatten.

Eines Tages rief man Julia ins Wartezimmer, wo ihr Gemahl ihrer harrte. Sie trat ein und warf sich ihm schluchzend zu Füßen.

«Verzeih mir, Alejandro, verzeih mir!»

«Steh auf, Frau!» Und er richtete sie auf.

«Verzeih mir!»

«Dir verzeihen? Was nur? Weswegen? Man sagte mir, du seist wieder geheilt; man habe dich von deinen Halluzinationen befreit ...»

Julia bemerkte mit Schrecken den kalten, durchdringenden Blick ihres Gatten. Mit Schrecken und zugleich mit irrsinniger Liebe. Einer blinden Liebe, die aus einer nicht weniger blinden Furcht entsprang.

«Du hast recht, Alejandro, du hast recht. Ich war

verrückt, unheilbar wahnsinnig, und nur um dich eifersüchtig zu machen, nur deswegen habe ich alle diese Geschichten erfunden. Alles war erlogen. Wie hätte ich dich betrügen können! Dich, Alejandro? Glaubst du es mir?»

«Du fragtest mich einmal, Julia», sprach der Gatte mit eisiger Kälte, «du fragtest mich einmal, ob es wahr wäre, daß ich meine erste Frau getötet habe, und ich antwortete dir mit der Gegenfrage, ob du so etwas glauben könntest; – was sagtest du mir doch damals?»

«Ich sagte dir: ‹Nein, ich glaube es nicht, ich könnte es nicht glauben.›»

«Nun, so sage ich dir heute, daß ich es niemals geglaubt habe und es nie glauben konnte, daß du dich diesem Kätzchen hingegeben hast. Genügt dir das?»

Julia erzitterte. Sie fühlte sich am Rande des Wahnsinns, eines Wahnsinns, der eine Mischung aus Furcht und Liebe war.

«Und nun?» fuhr das arme Weib fort, indem es ihren Gatten umarmte und ihm ins Ohr flüsterte: «Nun, Alejandro, sage mir, liebst du mich?»

Und da entdeckte die arme Frau zum ersten Male etwas in Alejandro, was sie früher niemals in ihm bemerkt hatte ...

Sie entdeckte in dieser schrecklichen, einsamen, verschlossenen Seele einen Abgrund, den dieser Liebling des Glücks bisher eifersüchtig verborgen gehalten hatte. Es war, als wenn ein flammender

Blitzstrahl einen Augenblick lang die dunkle Nacht dieser Seele grell erleuchtete und ihre Tiefen hell aufstrahlen ließe im Licht. Sie sah zwei Tränen in den kalten Augen dieses Menschen, sah diese Tränen seinen sonst so messerscharfen Blick verdunkeln. Und er brach in die Worte aus:

«Sollte ich dich nicht lieben, mein Kind? Wie sollte ich dich nicht lieben? Von ganzer Seele, mit all meinem Blut, mit meinem ganzen Innern, mehr als mich selbst. Zu Anfang, als wir heirateten – nein, damals nicht, aber jetzt, heute – blind, irrsinnig. Ich bin dein, ich gehöre dir mehr als du mir.»

Und er küßte sie wie ein Wahnsinniger, mit einer fieberhaften, heißen, animalischen Wildheit, indem er stammelte: «Julia, Julia, meine göttliche Julia, mein Alles!»

Sie glaubte, sie müßte wahnsinnig werden, als sie die Seele ihres Gatten so offen vor sich liegen sah.

«Jetzt möchte ich sterben, Alejandro», flüsterte sie ihm ins Ohr, indem sie ihren Kopf auf seine Schulter legte.

Bei diesen Worten schien es, als wenn ihr Mann erwachte und wieder zu sich käme, wie nach einem tiefen Traum. Und es war, als hätte er die beiden Tränen, die in seinen Augen schimmerten, hinuntergeschluckt, so kalt und schneidend blickte er wieder.

«Das alles ist doch nicht geschehen, nicht wahr,

Julia? Du weißt doch: ich habe doch nicht gesagt, was ich gesagt habe ... Vergiß es wieder»!

«Vergessen?»

«Gut, behalte es für dich, wie wenn du nichts gehört hättest!»

«Ich werde schweigen!»

«Halte es vor dir selbst geheim!»

«Ich will es tun, aber ...»

«Genug!»

«Aber um Gottes willen, Alejandro, laß mich nur einen Moment ... wenigstens einen Moment ... Liebst du mich um meiner selbst willen ...? Würdest du mich auch lieben, wenn ich einem anderen gehörte, oder liebst du mich nur, weil ich dein Eigentum bin?»

«Ich habe dir schon gesagt, daß du dies vergessen sollst. Und dringe nicht weiter in mich, denn wenn du das tust, so muß ich dich hierlassen. Ich bin gekommen, um dich von hier fortzunehmen, aber ich will, daß du gesund herauskommst.»

«Ich bin ja gesund ...!» rief Julia leidenschaftlich.

Und Alejandro nahm seine Frau mit sich nach Hause.

Einige Tage, nachdem Julia aus dem Irrenhause in ihr Heim zurückgekehrt war, erhielt der Graf von Bordaviella von Alejandro eine Einladung oder richtiger den Befehl, zu ihm zu kommen, um bei ihm zu Mittag zu speisen.

«Wie Sie wissen werden, Herr Graf», schrieb er ihm, «ist meine Frau vollkommen geheilt aus dem Irrenhause entlassen worden. Und da die Arme Sie während ihrer Krankheit schwer gekränkt hat, ohne sich jedoch einer beleidigenden Absicht bewußt zu sein, indem sie Ihnen eine Infamie zumutete, deren Sie als Kavalier vollkommen unfähig sind, so bitte ich Sie in ihrem Namen, übermorgen, Donnerstag, zu uns zu kommen und mit uns zu Mittag zu speisen, damit sie Ihnen die Genugtuung geben kann, die Sie als Kavalier beanspruchen dürfen.

Meine Frau bittet Sie darum, und ich befehle es Ihnen. Denn wenn Sie an diesem Tage nicht kommen sollten, um diese Genugtuung mit den entsprechenden Erklärungen entgegenzunehmen, werden Sie die Konsequenzen zu tragen haben. Sie wissen sehr gut, wessen ich fähig bin.

Ihr Alejandro Gómez.»

Der Graf von Bordaviella leistete der Aufforderung Folge und erschien bleich, zitternd und fassungslos zum Diner. Dieses verlief in düsterer Stimmung und unter trübseligen Gesprächen. Man sprach über lauter nichtige Dinge, wobei sich Alejandro in Gegenwart der Diener die allerderbsten und boshaftesten Scherze erlaubte. Julia sekundierte ihm. Nach dem Nachtisch wandte sich Alejandro an einen Bedienten und sagte zu ihm: «Bring den Tee herein!»

«Den Tee?» rief der Graf aus.

«Ja, Herr Graf», erwiderte der Hausherr, «aber nicht weil ich Leibweh hätte, sondern nur, um in die richtige Stimmung zu kommen. Man trinkt am besten Tee, wenn sich Kavaliere Genugtuung geben.»

Und dabei wandte er sich nach dem Diener um und befahl ihm zu gehen.

Die drei blieben allein. Der Graf zitterte. Er wagte es nicht, den Tee anzurühren.

«Schenk mir zuerst ein», sagte Alejandro zu Julia, «ich will zuerst trinken, damit Sie sehen, Herr Graf, daß man in meinem Hause alles ruhig und ohne Furcht genießen kann.»

«Aber wenn ich ...»

«Nein, Herr Graf, obwohl ich kein Kavalier bin, bin ich doch noch nicht so weit heruntergekommen. Und nun wird meine Frau Ihnen eine Erklärung geben.»

Alejandro sah Julia an, und diese begann langsam und mit geisterhafter Stimme zu sprechen. Sie war heute von wunderbarer Schönheit. Ihre Augen leuchteten in einem blendenden Glanz. Ihre Worte entströmten kalt und langsam ihrem Munde, aber man hatte den Eindruck, daß sich hinter ihnen ein verzehrendes Feuer verbarg.

«Ich habe meinen Gemahl veranlaßt, Sie einzuladen, Herr Graf», sagte Julia, «denn ich muß Ihnen Genugtuung für eine schwere Beleidigung geben.»

«Mir, Julia?»

«Nennen Sie mich nicht Julia. – Jawohl, Ihnen. Als ich wahnsinnig wurde – wahnsinnig aus Liebe zu meinem Gatten – und mich um jeden Preis vergewissern wollte, ob er mich liebte oder nicht, entschloß ich mich, Sie als Mittel zu gebrauchen, um seine Eifersucht zu wecken, und in meinem Wahn klagte ich Sie an, mich verführt zu haben. Das war eine bewußte Irreführung und wäre eine Infamie von mir gewesen, wenn ich nicht wahnsinnig gewesen wäre. Verhält es sich nicht so, Herr Graf?»

«Sehr wohl, Doña Julia!»

«Señora de Gómez», verbesserte ihn Alejandro.

«Vergeben Sie mir, daß ich Sie so verdächtigte – damals, als ich und mein Gatte Sie noch ‹mein Kätzchen› nannten?»

«Alles ist vergeben.»

«Das, dessen ich Sie damals verdächtigte, war eine gemeine und niederträchtige Handlung, die eines Kavaliers wie Sie unwürdig ist.»

«Gut, sehr gut», fügte Alejandro hinzu. «Eine gemeine und niederträchtige Handlung, eines Kavaliers unwürdig. Sehr gut!»

«Und obgleich ich, wie ich wiederholen muß, infolge meines damaligen Zustandes zu entschuldigen bin, bitte ich dennoch, mir zu verzeihen. Verzeihen Sie mir?»

«Gewiß, natürlich, ich verzeihe Ihnen Doña Julia, alles, alles verzeihe ich Ihnen, ich verzeihe Ihnen beiden», rief der Graf ächzend, mehr tot als lebendig, und sehnsüchtig auf den Moment wartend, da er dieses Haus verlassen könnte.

«Ihnen? Ihnen?» unterbrach ihn Alejandro. «Mir haben Sie nichts zu verzeihen.»

«Es ist wahr, es ist wahr.»

«Aber beruhigen Sie sich doch!» fuhr der Gatte fort. «Mir scheint, Sie sind sehr erregt. Trinken Sie noch eine Tasse Tee? Julia, schenk dem Grafen doch Tee ein! – Oder wollen Sie eine Tasse Lindenblütentee?»

«Nein, nein.»

«Also gut. Meine Frau hat Ihnen gesagt, was sie Ihnen zu sagen hatte, und nachdem Sie ihr nun ihren Wahnsinn verziehen haben, bleibt mir nur noch übrig, Sie zu bitten, daß Sie unser Haus auch weiterhin mit Ihren Besuchen beehren. Nach allem Vorgefallenen werden Sie verstehen, daß es einen sehr schlechten Eindruck machen würde, wenn wir unsere Beziehungen nunmehr abbrächen. Und da meine Frau jetzt – dank meinen Bemühungen – vollkommen geheilt ist, laufen Sie ja auch keine Gefahr mehr, wenn Sie zu uns kommen. Um Ihnen mein Vertrauen in die vollständige Heilung meiner Frau zu beweisen, lasse ich Sie jetzt beide allein, für den Fall, daß sie Ihnen noch etwas mitzuteilen haben sollte, was sie Ihnen in meiner Gegenwart nicht mitzuteilen wagt oder was ich aus Schicklichkeitsgründen nicht hören darf.»

Und Alejandro entfernte sich, indem er sie beide Auge in Auge miteinander zurückließ, ohne daß man hätte sagen können, wen von den beiden dieses Benehmen mehr überraschte. Welch ein Mann! dachte der Graf, und Julia dachte bei sich: Das ist ein Mann!

Es folgte ein drückendes Schweigen. Julia und der Graf wagten es nicht, einander anzusehen. Der Herr von Bordaviella blickte nach der Türe, durch die der Gatte hinausgegangen war.

«Nein», sagte Julia, «blicken Sie nicht so auf die Tür, Sie kennen Alejandro nicht. Er steht nicht hinter der Tür und horcht, was wir miteinander reden.»

«Wie kann ich das wissen, er wäre sogar fähig, noch Zeugen herbeizuholen.»

«Warum sagen Sie so etwas, Herr Graf?»

«Glauben Sie denn, ich erinnere mich nicht an jene grauenhafte Szene, als er die beiden Ärzte herbeiholte, mich so tief demütigte als nur möglich und die Infamie beging, Sie für wahnsinnig erklären zu lassen?»

«Aber es war doch auch wirklich so: Wenn ich damals nicht wahnsinnig gewesen wäre, hätte ich doch nicht gesagt, daß Sie mein Geliebter sind.»

«Aber ...»

«Was, aber, Herr Graf?»

«Wollen Sie mich jetzt für verrückt erklären oder mich wahnsinnig machen? Wollen Sie mir gegenüber etwa leugnen, Julia, daß ...»

«Doña Julia oder Señora de Gómez!»

«Wollen Sie etwa leugnen, Señora de Gómez, daß Sie schließlich meine Anträge angenommen haben? Nicht nur meine Anträge, nein, auch meine Liebe ...»

«Herr Graf!»

«Daß Sie sie nicht nur angenommen, sondern daß Sie sie provoziert haben und daß es dazu kam ...»

«Ich habe Ihnen schon gesagt, Herr Graf, daß ich damals irrsinnig war, ich brauche Ihnen das nicht zu wiederholen.»

«Wollen Sie leugnen, daß ich nahe daran war, Ihr Geliebter zu werden?»

«Ich wiederhole noch einmal, ich war irrsinnig.»

«Dann kann ich keinen Moment länger in Ihrem Hause bleiben.»

Der Graf streckte Julia seine Hand hin, voller Furcht, sie könnte sie zurückweisen, aber sie nahm sie entgegen und sagte:

«Sie wissen ja, was mein Gatte Ihnen gesagt hat. Sie können zu uns kommen, wann Sie wollen. Nun, da ich Gott sei Dank und durch Alejandros Bemühungen wieder vollständig hergestellt und geheilt bin, würde es einen sehr schlechten Eindruck machen, wenn Sie Ihre Besuche einstellen würden.»

«Aber Julia!»

«Wie? Kommen Sie immer wieder auf das zurück, womit wir begonnen haben? Habe ich Ihnen nicht gesagt, daß ich damals irrsinnig war?»

«Wen Sie noch beide verrückt machen werden, Sie und Ihr Gatte, das bin ich!»

«Sie ...? Sie und verrückt? Das scheint mir nicht so leicht ...»

«Aber natürlich. Das Kätzchen ...!»

Julia fing an zu lachen, und der Graf entfernte sich, aufs tiefste beschämt und niedergedrückt, entschlossen, dies Haus nie wieder zu betreten.

Alle diese Seelenfoltern und Qualen erschütterten die Gesundheit der armen Julia. Sie fiel einer schweren seelischen Krankheit zum Opfer. Ja, es schien fast, als ob sie diesmal wirklich wahnsinnig werden würde. Sie verfiel oftmals in einen Zustand des Deliriums, während dessen sie in heißen, leidenschaftlichen Worten nach ihrem Gatten verlangte. Und ihr Gatte ging auf die schmerzlichen Verzückungen seiner Frau ein und suchte sie zu beruhigen.

«Ich bin dein, dein, ganz dein: ich gehöre dir allein», flüsterte er ihr ins Ohr, während sie, an seinem Halse hängend, ihn heftig an sich preßte, als wolle sie ihn erdrücken. Er nahm sie mit sich auf sein Gut, in der Hoffnung, daß sich ihr Zustand auf dem Lande bessern würde. Aber ihr Übel nahm nur noch zu. Etwas Furchtbares ging in ihrem Innern vor.

Als der mit allen Glücksgütern gesegnete Mann sah, daß ihm der Tod sein Weib zu rauben drohte, geriet er in einen Zustand dauernder kalter Raserei. Er ließ die besten Ärzte herbeirufen.

«Es ist alles vergeblich», sagten diese zu ihm.

«Retten Sie sie, erhalten Sie sie mir! Um meinetwillen!»

«Es ist unmöglich, es ist völlig unmöglich, Don Alejandro.»

«Erhalten Sie sie mir, koste es, was es wolle! Ich gebe mein ganzes Vermögen, alle meine Millionen für sie hin ... für ihr Leben!»

«Es ist unmöglich, Don Alejandro, es ist unmöglich!»

«Mein Leben, mein Leben für das ihre. Können Sie denn keine Bluttransfusion machen? Zapft mir mein ganzes Blut ab und übertragt es auf sie! Nehmt mein Blut und übertragt es auf sie! Nehmt mein Blut!»

«Unmöglich, Don Alejandro, ganz unmöglich!»

«Warum unmöglich? Mein Blut! Mein ganzes Blut, nehmt mein Blut für sie hin!»

«Gott allein kann sie retten!»

«Gott? Wo ist Gott? Ich habe nie an ihn gedacht.»

Und er sprach zu seiner Frau Julia, die mit jedem Tage in reinerer Schönheit erstrahlte, einer Schönheit, die der herannahende Tod noch mehr verklärte: «Wo ist Gott, Julia?»

Sie erwiderte, indem sie ihren Blick zum Himmel emporrichtete und die großen, fast gänzlich fahlen Augen auf ihn heftete, mit fadendünner Stimme:

«Hier hast du ihn!»

Alejandro blickte auf das Kruzifix, das über dem Kopfende des Bettes hing, ergriff es, umklammerte es fest mit seinen Händen und sprach: «Erhalte sie mir, erhalte sie mir und verlange alles, alles von mir, was ich habe: mein ganzes Hab und Gut, mein ganzes Blut und mein ganzes Sein: Nimm mein Ich!»

Julia lächelte. Diese blinde Raserei ihres Gatten erfüllte ihre Seele mit einem unendlich süßen Lichte. Wie glücklich war sie endlich! Hatte sie je zweifeln können, daß dieser Mann sie liebte?

Und die arme Frau ließ Tropfen für Tropfen ihr Leben verrinnen.

Sie wurde marmorbleich und kalt. Ihr Mann legte sich zu ihr, umschlang sie mit seinen starken Armen und wollte ihr seine ganze Wärme mitteilen, an Stelle der ihrigen, die langsam aus dem Körper der Armen entwich. Und er wollte ihr seinen Atem einhauchen. Er war wie irrsinnig, sie aber lächelte.

«Ich sterbe, Alejandro, ich sterbe!»

«Nein, du stirbst nicht», sagte er zu ihr, «du kannst nicht sterben.»

«Glaubst du, dein Weib könnte nicht sterben?»

«Nein, mein Weib kann nicht sterben. Eher sterbe ich selbst vor ihr. Mag er kommen, der Tod, mag er nur kommen. Aber zu mir, zu mir! Er soll nur kommen!»

«Ach, Alejandro, jetzt könnte ich alles für mein Leiden hingeben. Ich, die ich zweifelte, daß du mich liebst!»

«Und das ist wahr. Ich liebte dich nicht. Diese Liebe – das habe ich dir tausendmal gesagt –, das ist eine Torheit, Julia, das ist Bücherweisheit. Nein, nein, ich liebte dich nicht, nein, nein! Liebe ... Liebe ... Diese elenden Feiglinge, die von Liebe sprechen, lassen zu, daß ihre Frauen sterben. Nein, das ist nicht Liebe! Ich liebe dich nicht.»

«Wie denn nur?» fragte sie mit einer ganz feinen, fadendünnen Stimme, und wieder überfiel sie ihr alter Kummer.

«Nein, nein, ich liebe dich nicht, Julia. Ich ... ich ... ich ... oh ... Es gibt kein Wort dafür!» Und er brach in ein trockenes Schluchzen aus, ein Schluchzen, das mehr einem Röcheln glich, einem Röcheln voll wilden Schmerzes und rasender Liebe.

«Alejandro!»

Und in diesem schwachen Ausruf lag der ganze schmerzliche Jubel des Triumphs.

«Nein, nein, du wirst nicht sterben, du kannst nicht sterben. Ich will nicht, daß du stirbst! Töte mich, Julia, und lebe! Komm, töte mich, töte mich!»

«Doch, Alejandro, ich sterbe ...»

«Und ich mit dir!»

«Und unser Kind, Alejandro?»

«Mag es auch sterben; was soll es mir ohne dich!»

«Gott, mein Gott, du bist irrsinnig!»

«Ja. Du hast recht, ich bin irrsinnig, toll vernarrt in dich. In dich, Julia. Ja, ich, ich, der Irrsinnige! Töte mich, nimm mich mit dir!»

«Wenn ich nur könnte!»

«Nein, töte mich und lebe!»

«Und du?»

«Ich? Wenn ich nicht dir gehören kann, nun wohl, so will ich dem Tode gehören.» Und er drückte sie noch stärker an sich, in dem Wunsche, sie festzuhalten.

«Alejandro! Sag mir zum Schluß noch: Wer bist du eigentlich?» flüsterte ihm Julia ins Ohr.

«Ich? Nichts anderes mehr als dein Mann. Der, zu dem du mich gemacht hast.»

«Alejandro ...!»

Sein Name, von seinem Weibe im Flüsterton gesprochen, glich einem Gemurmel aus dem Jenseits des Todes, herübergeweht vom andern Ufer des Lebens, während der Kahn über den dunklen See gleitet.

Kurze Zeit danach fühlte Alejandro, daß er nur noch einen leblosen Körper in seinen starken Athletenarmen hielt. In seiner Seele herrschte finstere Nacht und schneidende Kälte. Er stand auf und betrachtete die starre, leblose Schönheit. Nie hatte er sie so herrlich und strahlend gesehen. Sie schien wie in Licht gebadet, dem Lichte der ewigen Morgenröte nach der letzten Nacht. Und indem er sich in die Erinnerung verlor, fühlte er in seinem schon kalten Fleisch, gleich einer Wolke von Eis, sein ganzes Leben vorüberziehen, dieses Leben, das er vor allen, besonders aber vor sich selbst, verborgen gehalten hatte. Er dachte an seine grauenhafte Kindheit zurück, wie er schreckhaft zusammenzuckte vor den unbarmherzigen Schlägen seines Vaters, wie er ihn verfluchte und wie er eines Abends ganz toll vor Wut die Faust vor einem Christusbild seiner Dorfkirche ballte.

Er verließ schließlich das Zimmer und schloß die Tür hinter sich. Er ging zu seinem Knaben. Der Kleine war nur wenig mehr als drei Jahre alt. Der Vater nahm ihn mit sich, schloß sich mit ihm ein und begann ihn mit rasender Leidenschaft an sich zu drücken und zu küssen. Und der Knabe, der nicht an die Küsse seines Vaters gewöhnt war, weil er nie welche von ihm empfangen hatte, und der wohl etwas von der wilden Leidenschaft, die sie erfüllte, ahnen mochte, fing an zu weinen.

«Still, mein Kind, sei still, ganz still! Wirst du mir verzeihen, was ich jetzt tun will? Verzeihst du mir?»

Der Knabe schwieg und sah seinen Vater unerschrocken an, der in des Kindes Augen, seinem Munde, seinen Haaren die Augen, den Mund, die Haare Julias wiederzufinden suchte.

«Verzeih mir, mein Sohn, vergib mir!»

Er zog sich für eine Weile zurück, um seinen Letzten Willen niederzuschreiben. Dann begab er sich von neuem zu seiner Frau, zu dem Leichnam, der einst sein Weib gewesen war, und schloß sich mit ihr ein.

«Mein Blut für das deine!» sprach er zu ihr, wie wenn sie ihn hörte. «Der Tod hat dich geraubt, ich gehe, dich zu suchen!»

Einen Augenblick glaubte er ein Lächeln über das

Antlitz der Toten gleiten zu sehen; es war, als bewegte sie ihre Augen. Und er überschüttete sie mit rasenden Küssen, als könnte er sie damit zum Leben erwecken, er rief sie beim Namen und flüsterte ihr schreckliche Schmeichelworte zu, die furchtbar anzuhören waren. Sie blieb kalt.

Als man einige Stunden darauf die Tür zum Zimmer der Toten aufsprengte, fand man ihn, die Arme um sein Weib geschlungen, bleich und starr von der Kälte des Todes – blutlos und blutüberströmt.

VICENTE BLASCO IBÁÑEZ

ZWEI FLIEGEN AUF EINEN SCHLAG

Beim Öffnen seiner Tür fand Sento ein Papier im Schlüsselloch.

Es war ein anonymer Zettel voller Drohungen. Vierzig Duros forderte man von ihm. Er sollte sie bis zum Abend in den Backofen vor seiner Tür legen.

Banditen hatten das ganze Dorf in Aufruhr versetzt. Weigerte sich einer, ihre Forderungen zu erfüllen, dann fand man sein Feld verwüstet, die Ernte zerstört. Ja, mitunter erwachte er um Mitternacht und hatte kaum noch Zeit, dem Strohdach zu entfliehen, das, in Flammen gehüllt, herabstürzte, alles mit seinem erstickenden Rauch vergiftend.

Sentos Nachbar Gafarro hatte, tapfer, wie er war, geschworen, er werde die Bande entdecken. Er verbrachte die Nächte versteckt auf den Wegen, das Gewehr unter dem Arm. Aber eines Morgens fand man ihn tot in einem Wassergraben mit aufgeschlitztem Leib und zerschmettertem Kopf.

Sogar die Zeitungen in Valencia berichteten von dem, was geschehen, daß die Hütten bei Nacht verrammelt würden, überall Panik herrsche.

Jedesmal, wenn die Behörden mit dem alten Batista, dem Ortsvorsteher, über die Sache sprachen, schleuderte er Blitze vor Zorn. Er versicherte, er und sein zuverlässiger Polizist Sigró genügten, um mit der Plage fertig zu werden.

Indes dachte Sento nicht daran, sich an den Dorfschulzen zu wenden. Wozu? Er hatte keine Lust, weder dessen Lügen noch dessen Versprechungen anzuhören.

Eines stand jedoch fest: vierzig Duros hatte man von ihm gefordert. Wenn er sie nicht in den Backofen legte, würde man seine Hütte niederbrennen, diese Hütte, die er schon wie einen verlorenen Sohn betrachtete, mit ihren weißen Wänden, dem Dach aus dunklem Stroh, den Kreuzchen an den Rändern, den blauen Fenstern, den Weinreben über der Tür. Sie war sein ganzes Vermögen, das Nest, das sie alle barg, die er am meisten liebte: seine Frau, seine drei kleinen Kinder, zwei alte Gäule, treue Gefährten in der täglichen Schlacht um das Brot, die weiß-rote Kuh ...

Wie schwer mußte er auf seinem Acker arbeiten! Seit Urgroßväterszeiten hatte ihn die ganze Familie mir ihrem Blut und ihrem Schweiß gedüngt, um die Handvoll Duros zusammenzubringen, die er, in einem Topf verborgen, unter dem Bett hütete.

Wer sie ihm rauben wollte, der würde es ordentlich mit ihm zu tun bekommen!

Als die Nacht sich näherte, wußte Sento immer noch nicht, wie er sich wehren sollte. Schließlich ging er sich Rat holen bei einem Alten in der Nachbarhütte, einem verbrauchten Greis, von dem man erzählte, er habe in seiner Jugend mehr als einen zur Strecke gebracht.

Der Alte hörte ihn an, die Augen fest auf die dicke Zigarette gerichtet, die seine zitternden Hände rollten. Recht habe er, das Geld nicht hergeben zu wollen. Wenn sie es schon rauben wollten, dann wie wirkliche Männer, Angesicht zu Angesicht! Siebzig Jahre sei er alt, aber sie sollten es nur wagen, ihm solche Briefchen zu bringen! Wollen mal sehen, ob er nicht genug Schneid mehr habe, das Seine zu verteidigen ...

Die ruhige Sicherheit des Greises übertrug sich auf Sento, der sich zu allem fähig fühlte, um sich für das Brot seiner Kinder zu wehren.

Mit einer Feierlichkeit, als handle es sich um eine Reliquie, zog der Alte hinter der Tür das Juwel des Hauses hervor: ein altes Gewehr. Er lud es selber, denn er verstünde seinen alten Freund am besten. Wenn der Stutzen mit dieser tödlichen Ladung nicht losgehe, sei nur Gottes Zorn daran schuld.

An diesem Abend sagte Sento zu seiner Frau, die Reihe sei an ihm, die Äcker der Nachbarschaft zu bewässern. Alle glaubten ihm und legten sich bald schlafen.

Als Sento seine Behausung verließ, die er fest zuschloß, sah er im Sternenlicht den guten Alten unter einem Feigenbaum. Er wollte Sento die letzten Anweisungen geben, damit der Schuß sein Ziel nicht verfehle. Gut auf die Tür des Backofens zielen und ruhig bleiben! Wenn sich jemand bücke, um das vermutete Geld zu suchen, dann: Feuer! Es sei die einfachste Sache der Welt. Jedes Kind könne sie ausführen.

Auf den Rat seines Nachbarn legte er sich zwischen zwei Geranienbüsche im Schatten der Hütte nieder. Den Gewehrlauf fest auf die Ofentür gerichtet, konnte der Schuß nicht fehlgehen. Nur Mut und im rechten Augenblick abdrücken!

Mit einem «Behüt dich Gott, mein Sohn!» entfernte sich der Alte.

Sento dachte daran, daß hinter der Lehmwand der Hütte, die seine Füße berührten, Pepeta und seine Kinderchen schliefen. Das gab ihm Mut.

Er zählte die Glockenschläge, die von der Kathedrale von Valencia die Stunde verkündeten. Elf Uhr? Würden sie nicht kommen?

Plötzlich schwiegen die Frösche. Auf dem Pfad näherten sich zwei dunkle Gestalten, die Sento wie riesige Hunde vorkamen. Jetzt sah er deutlich: es waren zwei Männer, die sich gebückt, fast kniend, vorwärts bewegten.

«Das sind sie», murmelte er. Seine Zähne klapperten.

Die beiden Männer blickten sich nach allen Seiten um, als ob sie eine Überraschung befürchteten. Sie suchten sorgfältig die Gegend ab. Dann näherten sie sich der Hütte. Hierbei gingen sie zweimal dicht an Sento vorüber. Sie waren in Mäntel gehüllt, unter denen Flinten hervorschauten. Es mußten dieselben sein, die Gafarro getötet hatten.

Jetzt schlichen die Banditen zum Ofen. Einer von ihnen bückte sich, legte die Hand auf die Öffnung. Ein sicheres Ziel! Aber der andere – sollte der frei ausgehen?

Der arme Sento fühlte, wie ihm der Schweiß ausbrach.

Einen erschießen hieß dem anderen wehrlos gegenüberstehen. Ließ er sie aber beide laufen, würden sie sich rächen und ihm die Hütte niederbrennen.

Der eine, der Schmiere stand, ärgerte sich über die Tollpatschigkeit seines Kumpans und wollte ihm beim Suchen helfen. Die beiden bildeten eine dunkle Masse, die die Öffnung des Backofens verdeckte. Das war der rechte Augenblick! Mut, Sento! Abgedrückt!

Die Salve erschütterte die ganze Gegend. Sento hatte einen Feuerfächer gesehen und fühlte, wie ihm auf einmal das Gesicht brannte. Das Gewehr entfiel seinen Händen. Er schüttelte sie, um sich zu überzeugen, daß sie unverletzt seien. Kein Zweifel jedoch: das Gewehr hatte sich entladen!

Am Ofen war nichts zu sehen. Die Banditen mußten geflohen sein. Als auch Sento fortlaufen wollte, öffnete sich die Tür seiner Hütte, und heraus trat Pepeta im Unterrock. Der Schuß hatte sie geweckt.

Ihr war eingefallen, daß ihr Mann noch draußen auf den Feldern war. Als sie auf die Ofenöffnung zugingen, sahen sie zwei Männer auf dem Boden liegen, einer über dem anderen.

Sento hatte das Ziel nicht verfehlt. Der Schuß des alten Gewehrs hatte beide getroffen. Und als Sento und Pepeta voll schreckhafter Neugier die Leichen beleuchteten, um die Gesichter zu sehen, wichen sie mit bestürztem Ausruf zurück.

Es waren Batista, der Ortsvorsteher, und sein Polizist Sigró.

Das Dorf war ohne Obrigkeit, dafür aber ruhig.

RAMÓN DEL VALLE-INCLÁN

FURCHT

Den bangen, angstvollen Schauer, der ein Bote des Todes zu sein scheint, den wahren Schauer der Furcht habe ich nur ein einziges Mal empfunden. Es war vor vielen Jahren, da man seine adelige Abstammung nachweisen mußte, wenn man Offizier werden wollte.

Ich hatte gerade die Achselstücke der vornehmen Kadettenschule erhalten. Lieber wäre ich in die Leibgarde des Königs eingetreten, aber meine Mutter widersetzte sich dem, und der Familientradition folgend, wurde ich Grenadier im Königsregiment. Ich erinnere mich nicht mehr genau, wann das geschah, aber ich weiß noch, mir wuchsen damals die ersten Barthaare. Heute bin ich ein alter Mann.

Vor meinem Eintritt ins Regiment wollte mir meine Mutter ihren Segen geben. Die gute Frau lebte zurückgezogen auf dem Lande, in dem Dorf, wo mein Vaterhaus stand. Dorthin reiste ich in kindlichem Gehorsam. Am Tage meiner Ankunft schickte sie nach dem Prior von Brandeso, damit er käme und mir in unserer Hauskapelle die Beichte abnähme. Meine Schwestern, Maria Isabel und Maria Fernanda, damals noch Kinder, gingen in den Garten, um Blumen zu pflücken, mit denen meine Mutter den Altar schmücken wollte.

Sie rief mich mit leiser Stimme, reichte mir ihr Gebetbuch und ermahnte mich, mein Gewissen gründlich zu erforschen.

«Geh auf die Galerie, mein Sohn, dort kannst du das am besten tun!»

Die herrschaftliche Galerie verband die Kapelle mit der Bibliothek. Die Kapelle selbst war feucht und dunkel. Jeder Laut hallte dumpf in ihr wieder.

Über dem Altarschrein ruhte das Wappenschild, das die katholischen Könige dem Herrn von Bradomín, Pedro de Tor, der «Bock» oder nur der «Alte» genannt, einst verliehen hatten. Die königlichen Werkstätten hatten das Schild kunstvoll ausgeführt.

Rechts vom Altar war Pedro de Tor beigesetzt. Die Statue eines betenden Kriegers schmückte sein Grab.

Tag und Nacht brannte das Ewige Licht vor dem Altarschrein, wie ein königliches Juwel verfertigt: die goldenen Trauben aus dem Weinberg des Evangeliums schienen sich dem Beschauer in ihrer ganzen Fülle anzubieten. Der sie bewachte, war der fromme Weise aus dem Morgenlande, der dem göttlichen Kinde Myrrhen dargeboten hatte. Sein goldbestickter Seidenmantel erstrahlte im frommen Glanz eines orientalischen Wunders.

Das Lampenlicht zwischen den Silberketten glich

dem furchtsamen Flügelflattern eines gefangenen Vogels. Es sah aus, als wollte er dem Heiligen entgegenfliegen.

Meine Mutter stellte die Blumenständer mit den Rosen selber zu Füßen des morgenländischen Königs auf. Hierauf kniete sie, von meinen Schwestern begleitet, vor dem Altar nieder. Von der Galerie hörte ich das Murmeln ihrer Stimme, die jedes Ave-Maria eröffnete. Sobald aber die Kinder antworteten, vernahm ich alle Worte des Gebets.

Der Tag neigte sich, und die Stimmen der Betenden klangen immer kräftiger in der stummen Finsternis der Kapelle. Traurig und erhaben klang es wie ein Echo der Passion. Ich fiel in eine Art von Dämmerzustand.

Die Kinder setzten sich auf die Altarstufen. Weiß die Kleider, wie das Linnen des priesterlichen Gewandes. Ich konnte nur noch einen Schatten unterscheiden, der unter der Lampe des Sanktuariums betete. Es war meine Mutter, die in ihren Händen ein aufgeschlagenes Buch hielt und mit gesenktem Haupte darin las.

Von Zeit zu Zeit bewegte der Wind den Vorhang eines hohen Fensters. Dann sah man an dem schon verdunkelten Himmel das Antlitz des Mondes, bleich und übernatürlich wie das eines Gottes, dessen Altar in Wäldern und an Seen errichtet wird.

Meine Mutter schloß mit einem Seufzer ihr Buch und rief die Mädchen. Ich bemerkte, wie ihre weißen Schatten durch die Kapelle glitten, sie an der Seite meiner Mutter niederknieten. Mit einem schwachen Leuchten zitterte das Lampenlicht über den Händen, die das Buch noch einmal geöffnet hatten. Inmitten des Schweigens ertönte ihre Stimme, fromm und langsam. Die Mädchen lauschten. Ich erriet, daß ihnen das Haar lose zu beiden Seiten des Gesichts herabfiel auf die weißen Kleider.

Ich war eingeschlafen. Plötzlich weckte mich der Aufschrei meiner Schwestern. Ich hob meinen Blick und sah, wie sie sich in der Mitte des Sanktuariums eng und entsetzt an meine Mutter klammerten. Meine Mutter ergriff ihre Hände, eilte mit den Kindern davon.

So rasch ich konnte, stürzte ich hinunter. Ich wollte ihnen folgen, hielt aber, von Schreck überwältigt, inne.

Im Grab des Kriegers klapperten die Knochen des Skeletts. Die Haare standen mir zu Berge.

Die Kapelle lag in tiefem Schweigen. Ich konnte deutlich das hohltönende, grauenvolle Rollen des Schädels auf dem Steinkissen unterscheiden. Ich hatte Angst wie nie zuvor, aber ich wollte nicht, daß meine Mutter und meine Schwestern mich für einen Feigling hielten, und so verblieb ich regungslos in der Kapelle, die Augen auf die halboffene Tür gerichtet.

Das Ewige Licht flackerte. Noch immer bewegte sich der Vorhang des Fensters. Wolken zogen über dem Mond dahin. Sterne glänzten auf, erloschen wieder. Auf einmal ertönte aus der Ferne freudiges Hundegebell und Schellengeläute.

Eine ernste Stimme, offenbar die eines Geistlichen, rief: «Hierher, Carabel! Hierher, Kapitän!»

Es war der Prior von Brandeso, der erschienen war, um mir die Beichte abzunehmen.

Kurz darauf vernahm ich die zitternde, verängstigte Stimme meiner Mutter. Deutlich hörte ich das fröhliche Jagen der Hunde. Die dunkle Stimme des Priesters erhob sich langsam wie zu einem gregorianischen Gesang: «Gleich werden wir sehen, was es war ... Bestimmt nichts Übernatürliches. Hierher, Carabel! Hierher, Kapitän!»

Der Prior von Brandeso erschien in der Tür. Die Jagdhunde waren ihm vorangeeilt.

«Was geht hier vor, Herr Grenadier?»

Mit fast erstickter Stimme entgegnete ich: «Herr Prior, ich habe das Skelett in seinem Grabe klappern hören!»

Gemessen schritt der Prior durch die Kapelle. Es war ein stolzer Mann mit aufrechtem Gang. In jungen Jahren hatte er ebenfalls als Königsgrenadier gedient. Er kam auf mich zu, ohne seine flatternden weißen Gewänder festzuhalten. Dann legte er mir die Hand auf die Schulter, blickte in mein bleiches Gesicht und sagte feierlich: «Möge nie der Prior von Brandeso sagen müssen, er habe einen Königsgrenadier zittern sehen!»

Er nahm seine Hand nicht von meiner Schulter. Unbeweglich standen wir da und betrachteten einander. Kein Wort wurde gewechselt.

In diesem Schweigen vernahmen wir erneut das Geräusch. Die Hand des Priesters blieb völlig ruhig. Die Hunde an unserer Seite spitzten die Ohren. Wieder hörten wir den Schädel auf seinem Steinkissen rollen. Das Fell der Hunde sträubte sich.

Der Prior stieß mich an: «Herr Königsgrenadier, wir müssen herausfinden, ob das Teufels- oder Hexenspuk ist.»

Und er näherte sich dem Grab, ergriff die beiden Bronzeringe, die auf einem der Grabsteine, nämlich auf dem, der die Inschrift trug, befestigt waren.

Bebend vor Furcht trat ich hinzu. Der Prior schaute mich an, ohne seine Lippen zu bewegen. Ich legte meine Hände neben die seinen auf die Bronzeringe. Wir zogen. Langsam hoben wir den Stein.

Ein kaltes, schwarzes Loch zeigte sich vor unseren Augen. Ich sah, wie sich der ausgetrocknete gelbliche Schädel bewegte. Der Prior griff mit einem Arm ins Grab, um ihn aufzuheben. Dann reichte er mir den Schädel. Zitternd nahm ich ihn entgegen. Ich stand in der Mitte des Presbyteriums. Das Licht der Lampe senkte sich auf meine Hände. Als ich hinsah, packte mich ein Schüttelfrost. Ich hielt ein Nest Schlangen, die sich zischend entknäulten, während der Schädel die Stufen des Altars herunterrollte.

Der Prior blickte mich mit den scharfen Augen eines Kriegers an. Aus seiner Kapuze blitzten sie auf wie aus dem Visier eines Helmes.

«Herr Königsgrenadier, erwarten Sie keine Absolution. Feiglingen erteile ich sie nicht!» Sein Gewand zusammenraffend, verließ er die Kapelle.

Die Worte des Geistlichen hallten noch lange in meinen Ohren nach. Ich höre sie noch jetzt. Vielleicht habe ich dieser Worte wegen später gelernt, dem Tode wie einer Frau zuzulächeln.

PÍO BAROJA

ELIZABIDE

Was mag sie denken? Ob sie zufrieden ist?

Das fragte sich Elizabide, der viel herumgekommen war, oft, wenn er im halbverwilderten Garten arbeitete, Maintoni von der Kirche zurückkehren sah.

Das Leben Maintonis kam ihm so merkwürdig vor! Natürlich, daß jemand, der wie er die Welt durchstreift hatte, die Ruhe und Stille eines Dorfes anziehend fand. Maintoni hingegen, die diesen Winkel nie verlassen – sollte sie nicht den Wunsch verspüren, Theater und Feste zu besuchen, ein glanzvolleres, abwechslungsreicheres Leben zu führen? Da Elizabide sich keine Antwort auf seine Fragen zu geben vermochte, fuhr er fort, die Erde gelassen umzubrechen.

Später dachte er: Sicher ist sie eine energische Frau. Ihre Seele ist so ruhig, so abgeklärt, daß man sich deswegen beinahe Gedanken machen könnte. Aber ich kann das bloß vermuten ...

Und Elizabide, zufrieden darüber, daß er diese Sorgen nicht zu teilen brauchte, setzte seine Arbeit fort.

Ein merkwürdiger Kerl – dieser Elizabide! Alle

Vorzüge und Nachteile des Basken steckten in ihm! Mutig war er und ein Spaßvogel, ein wenig ironisch, ein bißchen träge. Leichtsinn und Vergeßlichkeit waren die hervorstechenden Eigenschaften seines Charakters. Nichts war ihm übertrieben wichtig, vieles vergaß er. Fast sein ganzes Vermögen hatte er auf seinen Wanderungen durch Amerika verschwendet. Bald war er dort Journalist, bald Vieh-, bald Weinhändler gewesen. Oft war er nahe dabei, sich ein neues Vermögen zu erwerben, doch seine Gleichgültigkeit verhinderte es stets. Er gehörte zu jenen Menschen, die sich treiben lassen, ohne sich gegen die Unbill des Schicksals aufzulehnen. Er selbst verglich sein Leben mit einem Rudel Hirsche, die an einem Meeresufer wandern, die verlorengehen, weil sich niemand ihrer annimmt.

Seine Gleichgültigkeit, seine Trägheit waren eher unbewußt als absichtsvoll. Er war oft geistesabwesend. Ein dahinströmendes Wasser, eine dahingleitende Wolke oder ein plötzlich aufleuchtender Stern genügten, und er vergaß einen gerade gefaßten Entschluß. Vergaß er es aus anderen als den genannten Gründen, legte er sich nicht Rechenschaft darüber ab.

Auf einer Farm in Uruguay, wo er durch sein gutes Benehmen und sein nicht minder gutes Aussehen aufgefallen war – damals war er achtunddreißig Jahre alt gewesen –, hatte ihm der Besitzer die Hand seiner Tochter angeboten, eines recht häßlichen Mädchens, durch die Liebesgeschichte mit einem Mulatten kompromittiert. Elizabide, dem das ungebundene Leben auf der Farm nicht übel gefiel, nahm den Vorschlag an. Er stand kurz vor der Heirat, als ihn eine tiefe Sehnsucht nach seiner Heimat, dem Heugeruch ihrer Bergwiesen, nach den Nebellandschaften überfiel. Um jegliche Auseinandersetzung zu vermeiden, erklärte er eines frühen Morgens den Eltern seiner künftigen Frau, er wolle nach Montevideo reisen, um das Hochzeitsgeschenk zu kaufen. Hierauf ritt er fort. Nachher nahm er den Zug in die Hauptstadt. Dort schiffte er sich nach Spanien ein.

In seine Heimat zurückgekehrt, in ein Dörfchen der Provinz Guipúzcoa, empfing ihn sein Bruder Ignacio, der dort eine Apotheke besaß, mit herzlichen Umarmungen. Alsdann besuchte Elizabide seine alte Amme. Ihr versprach er, nie wieder davonzulaufen. Schließlich richtete er sich in seinem früheren Hause ein. Doch als im Dorf bekannt wurde, er habe in Amerika nicht nur kein Geld gemacht, sondern alles mitgenommene verloren, fiel einem jeden ein, Elizabide habe schon immer im Rufe eines Narren, eines haltlosen Umhertreibers gestanden. Elizabide kümmerte das alles nicht im geringsten. Er grub seinen Garten um, bastelte in seinen Mußestunden an einem Kanu, mit dem er auf dem Fluß fahren wollte. Darüber ärgerte sich das ganze Dorf.

Anfangs glaubte er fest, sein Bruder Ignacio, dessen Frau und Kinder verachteten ihn. Daher mied er ihr Haus. Dann aber bemerkte er, daß sein Bruder und seine Schwägerin ihn schätzten. Sie machten ihm Vorwürfe, daß er sie so selten besuche. Hierauf kam Elizabide öfters.

Das Haus des Apothekers, am Ausgang des Dorfes und abgesondert von den anderen Häusern gelegen, hatte einen ummauerten Vorgarten, dessen dunkelgrüne Lorbeerbäume das Haus einigermaßen vor dem Nordwind schützten. Es fehlte ein Balkon, und die Fenster waren ungleichmäßig in die Wand eingelassen. Einige von ihnen waren zugemauert.

Wer hat vom Zuge aus oder vom Wagen auf seinen Reisen durch die nördlichen Provinzen nicht solche einsame Häuser gesehen, die in ihm, ohne recht zu wissen warum, ein Gefühl des Neides erweckten? In ihnen, so schien es, lebe es sich angenehm, von ihnen erträumte man sich ein friedliches Dasein. Die Fenster mit ihren Vorhängen deuteten auf ein fast klosterhaftes Innere, auf große, gewölbte Zimmer mit Nußbaumschränken und riesigen Holzbetten, kurz, auf ein stilles, beschauliches Leben, dessen Stunden langsam dahinglitten, gemessen von der alten Uhr auf dem hohen Schrank, die ihr dunkles Ticktack in die Nacht schickte.

Solch einem Haus glich das des Apothekers. Im Garten erblickte man Beete mit Hyazinthen und Heliotrop, Rosenbüsche und Hortensien. Bis zu den Fenstern des unteren Stockwerkes reichten sie. Über die Gartenmauer ergoß sich eine wahre Flut von einfachen weißen Rosen, die man im Baskischen «Törinnen» nennt, weil sie so leicht verwehen, welken und abfallen. Als Elizabide, nun schon mit größerem Vertrauen, das Haus seines Bruders betrat, zeigten ihm der Apotheker und seine Frau, von all ihren Kindern begleitet, das reinliche, helle und wohlduftende Haus. Darauf wurde der Garten besichtigt, und hier erblickte Elizabide zum ersten Mal Maintoni, die, den Kopf mit einem Strohhut bedeckt, Erbsen in ihre Schürze sammelte. Elizabide wechselte mit ihr nur einen kühlen Gruß.

«Wir gehen zum Fluß», sagte die Apothekersfrau zu ihrer Schwester. «Sag den Kindern, sie sollen die Schokolade dorthin bringen.»

Maintoni ging ins Haus. Die übrigen stiegen durch den langen Tunnel, den zwei Reihen Birnbäume mit ihren fächergleich gebreiteten Zweigen bildeten, zu einem kleinen, baumbestandenen Platz am Flusse hinab, wo ein einfacher Tisch und eine Steinbank aufgestellt waren. Die Sonne fiel durch das Laubwerk. Sie erleuchtete den Grund des Flusses, so daß man die runden Steine seines Bettes und die Fische erkennen konnte, die langsam vorbeischwammen und glänzten, als seien sie aus Silber. Das Wetter war auffallend beständig, der Himmel blau, klar und heiter. Bevor es dunkelte, brachten die beiden Mädchen aus dem Apothekerhaus auf Tabletten Schokolade und Zwieback. Die Kinder stürzten sich wie wild auf das Gebäck. Elizabide plauderte von seinen Reisen, erzählte einige Abenteuer, und alle hingen gespannt an seinen Lippen. Nur sie, Maintoni, schien sich nicht sonderlich für die Geschichten zu begeistern.

«Morgen kommst du doch wieder, Onkel Pablo?» fragten ihn die Kinder.

«Aber ja, ich werde wieder kommen!»

Hierauf machte sich Elizabide auf den Heimweg. Unablässig dachte er an Maintoni. Er träumte sogar von ihr. Im Geiste sah er sie, wie sie war: zierlich, schlank, mit schwarzen, strahlenden Augen, von den Kindern umgeben, die sie umarmten und mit Küssen überschütteten.

Der älteste der Apothekerssöhne bereitete sich auf das Bakkalaureat vor. Elizabide gab ihm Nachhilfestunden im Französischen. Er sorgte sich weiter um die Schwester seiner Schwägerin, die sich dem Unterricht hinzugesellt hatte. Heiter und gleichmütig, wie Maintoni zu sein schien, legte er sich die Frage vor, ob ihre Seele die eines wunsch- und begierdelosen Kindes oder ob sie nur gleichgültig dem gegenüber sei, was sich nicht auf die bezog, die im Hause lebten. Gedankenvoll blickte er Maintoni an. Was ging in ihr vor?

Einmal faßte er Mut und erkundigte sich: «Denken Sie nicht daran zu heiraten, Maintoni?»

«Ich! Heiraten!»

«Warum nicht?»

«Wer soll sich um die Kinder kümmern, wenn ich

heirate? Und außerdem bin ich schon eine alte Jungfer», erwiderte sie lachend.

«Mit siebenundzwanzig Jahren eine alte Jungfer! Dann muß ich ja mit meinen achtunddreißig ein hinfälliger Greis sein!»

Darauf entgegnete Maintoni nichts. Sie lächelte nur.

An diesem Abend beschäftigte sich Elizabide unablässig in Gedanken mit Maintoni. Was für eine Frau ist sie wohl? Sie ist nicht stolz, auch nicht schwärmerisch und trotzdem ... Am Flußufer, in der Nähe eines schmalen Pfades, bildete eine Quelle einen tiefen Teich. Sein Wasser schien ein Kristall zu sein, unbeweglich, wie es war. Wie die Seele Maintonis, meinte Elizabide bei sich, und doch ... Er wurde die Gedanken an sie nicht los, im Gegenteil; er dachte mehr denn je an sie.

So kam der Sommer. Im Garten des Apothekers versammelte sich die ganze Familie. Auch Maintoni und Elizabide, der Unstete, waren zugegen. Niemals war er so pünktlich gewesen, niemals so glücklich und zu gleicher Zeit so unglücklich. Als es Nacht wurde und der Himmel sich mit Sternen füllte, gewannen die Gespräche an Vertraulichkeit. Das Gequake der Frösche begleitete sie. Maintoni war mitteilsamer als sonst.

Um neun Uhr vernahm man das Schellengeläut der Postkutsche. Sie fuhr durchs Dorf, ein kräftiges Licht strahlte vom Bock des Postillons.

Die Gesellschaft löste sich auf. Elizabide begab sich nach Hause, wobei er Pläne für den nächsten Tag machte, die wie immer um Maintoni kreisten.

Mutlos fragte er sich zuweilen: Ist es nicht dumm, die ganze Welt durchstreift zu haben, um sich hier in diesem Nest in ein Dorfmädchen zu verlieben? Wer brächte es fertig, diesem ruhigen, unerschütterlichen Wesen etwas zu sagen!

Der Sommer verging, die Zeit der Feste war da. Wie alljährlich, schickten sich der Apotheker und seine Familie an, die Pilgerfahrt nach Arnazabal zu unternehmen.

«Du kommst doch mit uns?» fragte der Apotheker seinen Bruder.

«Nein.»

«Warum nicht?»

«Weil ich keine Lust habe.»

«Na gut, aber ich muß dich darauf aufmerksam machen, daß du mutterseelenallein zurückbleiben wirst, denn sogar unsere Töchter kommen mit.»

«Und Sie auch?» sagte Elizabide zu Maintoni.

«Und ob! Diese Ausflüge machen mir immer einen Heidenspaß!»

«Glaub ihr nicht! Das ist nicht der Grund!» erwiderte der Apotheker. «Sie will in Arnazabal den Arzt wiedersehen, den jungen Mann, der ihr schon letztes Jahr den Hof gemacht hat.»

«Und warum nicht?» rief Maintoni lächelnd.

Elizabide wurde erst bleich, dann rot; aber er sagte nichts.

Am Vorabend des Ausfluges erkundigte sich der Apotheker erneut bei seinem Bruder: «Also kommst du mit oder nicht?»

«Schön, ich werde mitkommen», murmelte Elizabide.

Am nächsten Morgen standen alle früh auf und verließen das Dorf. Zunächst wanderten sie die Landstraße entlang, dann folgten sie einem Fußpfad durch Wiesen, auf denen das Gras hoch wuchs und feuerrote Fingerhüte blühten. Schließlich verschwanden sie in den Bergen.

Der Morgen war frisch und feucht, alles mit Tau bedeckt. Am zartblauen Himmel lösten sich ein paar weiße Wölkchen zu leichten Flocken auf.

Um zehn Uhr erreichten sie Arnazabal, ein hochgelegenes Dorf mit einer Kirche, ein paar Gassen mit Steinhäusern und einem Ballspielplatz, mitten im Ort.

In Arnazabal besaß die Apothekersfrau ein kleines Landhaus. Dort rastete die Gesellschaft, nachdem sie in der Küche von einer alten Dienerin begrüßt worden war. Die hatte aufgehört, Zweige ins Feuer zu werfen, die Wiege eines Kindes zu schaukeln.

Besonders herzlich küßte sie Maintoni, deren Schwester und die Kinder. Die Alte war hager, ihre Haut wie Pergament. Die Nase lang und gebogen, der Mund zahnlos, das Gesicht voller Runzeln, ihr Haar weiß. Den Kopf hatte sie in ein schwarzes Tuch gehüllt.

«Und Sie sind der Herr, der in Amerika gewesen ist?» fragte die Alte Elizabide und blickte ihm dabei ins Gesicht.

«Ja, das bin ich.»

Inzwischen hatte es zehn Uhr geschlagen. Zu dieser Stunde begann das Hochamt, und alle begaben sich in die Kirche. Nur die Alte blieb zurück.

Bevor man sich zum Essen hinsetzte, schossen der Apotheker, seine Frau und die Kinder von einem Fenster aus eine Unzahl Raketen ab. Dann gingen sie alle ins Esszimmer. Mehr als zwanzig Personen waren um den Tisch versammelt, unter ihnen der Arzt des Dorfes, der sich in die Nähe von Maintoni setzte und sie, wie gleichfalls ihre Schwester, mit galanten Redensarten überhäufte. In diesem Augenblick empfand Elizabide eine so tiefe Traurigkeit, daß er daran dachte, die Heimat zu verlassen und nach Amerika zurückzukehren. Während der Mahlzeit blickte Maintoni oft zu ihm hin.

Sie will sich über mich lustig machen, dachte er. Sie ahnt, daß ich sie liebe, und kokettiert mit dem andern. Am Golf von Mexiko wird noch einmal meine Heimat liegen.

Das Essen zog sich bis nach vier Uhr hin. Im Ort hatte schon der Tanz begonnen. Der Arzt, der nicht von Maintonis Seite wich, fuhr fort, ihr Schmeicheleien zu sagen. Sie aber wandte weiter ihre Blicke Elizabide zu.

Als das Fest am Abend seinen Höhepunkt erreicht hatte, begann man den Qurrescu zu tanzen. Die Burschen hielten sich an den Händen. Vom Trommler angeführt, umtanzten sie den Dorfplatz. Zwei von ihnen entfernten sich von den anderen. Sie tuschelten miteinander, schienen sich ihrer Sache nicht sicher. Schließlich luden sie, die Mützen in der Hand, Maintoni ein, ihre Ballkönigin zu werden. Sie versuchte auf baskisch, ihnen das auszureden, blickte zu ihrem Schwager herüber, der lächelte, zu ihrer Schwester, die gleichfalls lächelte, und zu Elizabide, der finster dreinschaute.

«Los, sei nicht töricht!» rief ihre Schwester.

Und der Tanz begann mit all seinen wechselseitigen Begrüßungen – Anklänge an ein lange vergangenes heroisches Zeitalter. Darauf tanzten der Apotheker mit seiner Frau und der junge Arzt mit Maintoni den Fandango.

Es dunkelte. Auf dem Platz zündete man Fackeln an, und die Gäste dachten an die Heimkehr. Man trank im Landhaus noch eine Tasse Schokolade. Dann machten sich die Apothekersfamilie und Elizabide auf den Rückweg.

In der Ferne, von den Bergen her, hörte man die «Irrinzis», die lauten Schreie derer, die ihrerseits von Ausflügen zurückkehrten, Laute, die wie wildes Eselsgeschrei klangen. Im Dickicht leuchteten die

Glühwürmchen wie bläuliche Sterne, und die Frösche durchschnitten das Schweigen der heiteren Nacht mit ihrem kristallischen Quaken.

Beim Abstieg von einem Hügel wünschte der Apotheker, daß alle einander an den Händen faßten und den Weg mit dem Lied begleiteten: «Aita San Antoniyo Urquiyolacua. Ascoren biyotzeco santo devotua.»*

Obwohl Elizabide sich von Maintoni, auf die er böse war, fernhalten wollte, sorgte der Zufall dafür, daß sie sich neben ihm einfand. Beim Bilden der Kette reichte sie ihm die Hand, eine kleine, zarte, warme Hand. Jetzt gefiel es dem Apotheker, der als erster vorangegangen, anzuhalten und nach rückwärts einen Stoß auszuteilen, worauf alle übrigen ihrerseits zu stoßen begannen. Dadurch kam es, daß Elizabide ein paarmal Maintoni in seinen Armen auffing. Übermütig schalt sie ihren Schwager aus und blickte dabei auf den noch immer düster dreinschauenden Weltenwanderer.

«Warum sind Sie bloß so traurig?» fragte Maintoni ihn mit leichtem Spott in der Stimme. Ihre schwarzen Augen blitzten in der Nacht.

«Ich? Ich weiß es nicht! Ich bin einer von jenen unglücklichen Menschen, die, ohne daß sie es wollen, über die Fröhlichkeit der anderen traurig werden.»

* Pater San Antonio von Urquiola ist ein Heiliger. Viele Herzen sind ihm ergeben.

«Aber Sie sind doch nicht unglücklich», erwiderte Maintoni, und sie blickte ihn so tief aus ihren schwarzen Augen an, daß Elizabide meinte, selbst die Sterne müßten seine Verwirrung wahrnehmen.

«Nein, ich bin nicht unglücklich», murmelte Elizabide, «aber ein Narr bin ich, ein unnützer Mensch, wie das ganze Dorf von mir sagt.»

«Und was Leute, die Sie nicht kennen, von Ihnen sagen – das kränkt Sie?»

«Ja, denn ich fürchte, es ist wahr, und für jemand, der wieder nach Amerika auswandern will, ist dergleichen sehr ernst.»

«Auswandern! Sie wollen auswandern?» flüsterte Maintoni mit trauriger Stimme.

«Ja.»

«Aber weshalb?»

«Ach, das kann ich Ihnen nicht sagen.»

«Und wenn ich es erriete?»

«Das würde mir sehr leid tun, denn Sie würden sich über mich lustig machen ... Ich bin alt ...»

«Keine Spur!»

«Ich bin arm.»

«Das macht nichts.»

«Maintoni! Ist das wahr? Sie würden mich nicht zurückweisen?»

«Nein, im Gegenteil!»

«Dann also ... würdest du mich lieben, wie ich dich liebe?» fragte Elizabide fast unvernehmlich.

«Immer, immer ...» Und Maintoni senkte ihr Haupt

auf Elizabides Brust. Er küßte ihr kastanienfarbiges Haar.

«Maintoni! Komm her!» rief ihre Schwester. Maintoni entfernte sich, doch nicht, ohne sich viele Male nach Elizabide umzudrehen.

Sie setzten ihren Weg auf den einsamen Pfaden fort. Ringsherum erzitterte die Nacht voller Geheimnisse. Am Himmel glitzerten die Sterne.

Elizabide, dessen Herz ein unaussprechliches Gefühl überflutete, schaute, trunken vor Glückseligkeit, mit weitgeöffneten Augen auf einen fernen, fernen Stern und sprach zu ihm mit leiser Stimme ...

JOSÉ MARTÍNEZ RUIZ (AZORÍN)

EIN BRIEF AUS SPANIEN

Daniel und Rosario sind miteinander verheiratet und leben hier in Paris. Innerlich sind sie noch immer mit Madrid verbunden. Es fehlt ihnen nicht am Lebensnotwendigen.

Den ersten Monat benutzten sie, Paris kennenzulernen. Sie besuchten die Museen, besichtigten Kunstdenkmäler. Das Neue besiegte in ihnen das Überkommene. Das Neue, das waren die nie zuvor gesehenen Dinge in Paris, das Überkommene aber ist, was wir immer gesehen, immer genossen haben.

Das Zimmer, in dem sie wohnten, zwei Meter lang und acht Meter breit, enthielt zwei Betten, einen Lehnstuhl, zwei Sessel, einen kleinen Tisch. Nebenan ein kleines Badezimmer.

Die Zeit verstrich. Woche folgte auf Woche. Und erneut übt das Herkömmliche seine Herrschaft über Daniel und Rosario aus. Aus ferner Vergangenheit, über Generationen hinweg, kommt es auf sie zu als Fülle des Überlieferten. Es umfaßt das Seelische wie auch das Körperliche.

Schon sind Daniel und Rosario müde geworden, sich Paris anzusehen. In Frankreich sind weder die

Speisen noch die Träume – wie wesentlich beide! – mit denen in Spanien zu vergleichen. Den Speisen fehlt, was den Gaumen derer reizt, die Spanien kennen: das Öl. Die Träume können gar nicht die gleichen sein. Sie können so angenehm nicht sein, denn die Betten sind so anders. Jeden Abend, wenn sie sich niederlegen, widmen Daniel und Rosario einen Gedanken den Kissen Spaniens, den weichen, zarten spanischen Matratzen.

Daniel und Rosario wissen nicht mehr, was sie tun sollen. Die Tage sind unendlich langweilig. Man sollte nicht «unendlich» sagen. Daniel und Rosario sind nicht mehr jung, für sie ist die Zeit kürzer als in ihrer Kindheit, in der Jugend.

Was Rosario und Daniel nicht ertragen können, ist das Ausbleiben von Nachrichten aus der Heimat. Im ersten Monat erhielten sie regelmäßig Post. Jetzt kommt nichts mehr: kein Brief, keine Karte, kein Telegramm. Sie haben ihrer Familie geschrieben und telegraphiert. Sie haben den Freunden geschrieben und telegraphiert, sie möchten ihnen Nachricht über die Familie senden. Die Antwort blieb aus! Die Tage verbringen sie in ihrem Hotelzimmer. Besessen von dem Gedanken, ihren Angehörigen sei etwas zugestoßen, quält sie die Ohnmacht, nicht helfen zu können. In ihrem häuslichen Trott hatte sich Rosario einst unaufhörlich von der Küche in die Speisekammer, von der Speisekammer in die Nähstube, von der Nähstube in den Estrich bewegt.

Hier in Paris sitzt sie mit gekreuzten Armen da, unbeweglich. Daniel hat eine Weile gelesen, dann hat er das Buch weggelegt. Er scheint zu träumen. Noch andere Dinge quälen sie. Geld besaßen sie gerade so viel, wie sie für das Hotel brauchten. Aber für anderes mangelte es ihnen.

Aus Madrid hatten sie bei ihrer überstürzten Flucht nur zwei Koffer mit etwas Kleidung mitnehmen können. Die Kleider waren neu gewesen, aber mit jedem Monat, der verging, wurden sie fadenscheiniger. Sie hatten nichts zum Wechseln. Das empfanden sie als eine drückende Last. Denn ein Kleidungsstück anzuziehen, das sich von dem unterscheidet, das man lange getragen, ist eine Wohltat.

Alles hatte sich gegen sie verschworen. Alles. Vom aschgrauen, regnerischen Pariser Himmel bis zu den Kleinigkeiten der täglichen Lebensführung.

Kein Brief kam.

Wenn man in hundert, zweihundert, in tausend Jahren von den Dingen sprechen wird, die heute geschehen, in Spanien geschehen, so werden die Menschen sie nicht verstehen.

Paris ist von Madrid nicht weit entfernt. Der Verbindungsmittel sind viele. Und täglich reisen viele von der einen Stadt zur anderen. Durch die Post, den Telegraph, den Rundfunk kann man sich leicht von dem einen zum andern Ort verständigen. Und doch: vom Hause Daniels und Rosarios in Madrid gelangte nichts in ihr Hotelzimmer. Man möchte meinen, die Entfernung von Madrid nach Paris sei größer als die von Madrid nach irgendeiner Stadt Australiens oder Neuseelands. Undurchdringlich, grauenerregend der Raum zwischen Madrid und Paris!

In den beiden Heimatlosen wuchs die Angst. Sie nährten sich von der Hoffnung, der nächste Tag werde den Brief bringen. Aber er kam nicht. Bei ihnen zu Hause in Madrid mußte etwas geschehen sein. Zweifellos: es ist etwas geschehen, wenn die Nachrichten ausbleiben. Weshalb sandten ihnen nicht wenigstens die Freunde einen Brief, die sie um ein Wort gebeten hatten? Sicherlich taten sie es nicht, um keine Unglücksbotschaft senden zu müssen. Die Gewißheit eines Unglücks, eines furchtbaren Unglücks, legte sich lastend auf Daniel und Rosario.

«Es kommen keine Briefe», sagte Rosario, «weil wir immer im Hotel sind und auf sie warten. Hast du nicht beobachtet, Daniel, daß Briefe immer dann ankommen, wenn man nicht zu Hause ist?»

Daniel zwang sich ein Lächeln ab. Sie verließen das Haus zu einem langen Spaziergang. Kein Brief bei der Rückkehr! Um sich selbst zu vergessen, und sei es auch nur für einige Augenblicke, beschäftigte sich Daniel mit Lesen. An einem der Seine-Ufer kaufte er eines Tages die Werke von Äschylos. Als er eins der Trauerspiele gelesen, erklärte er es Rosario. Ohne daß sie es anfangs bemerkten, vermehrte der erdichtete Schmerz, erdichtet zwar, doch stark ihren wirklichen Schmerz. Agamemnons Tragödie erschütterte sie. Sie erörterten sein Schicksal. Agamemnon kehrt glücklich aus Troja zurück, triumpherfüllt, in höchster Erwartung. In Argos bleibt er vor dem Tor seines Palastes stehen. Seine Gemahlin ließ über die Treppe einen prächtigen Teppich breiten, damit der Fuß des Heimkehrenden sich nicht stoße. Lächelnd liebkost sie Agamemnon. Der schreitet über die Schwelle. Hinter dem Portal, das sich schließt, begegnet er Grauen und Tod.

«Findest du nicht, Rosario, daß Agamemnon den Palast nicht hätte betreten sollen?»

«Du hast recht, Daniel», erwiderte Rosario. «Hinter der Pforte lauerte das Unglück, das er nicht erwartet hatte.»

«Vielleicht zauderte er vor der Pforte, von einer Vorahnung überwältigt?»

Die Tage vergingen. Mit jedem neuen Morgen wuchs die Angst. Daniel und Rosario aßen nur wenig. Ihre Seelenqual hatte ihnen den Appetit geraubt. Man mag nicht essen, wenn man unter solchen Spannungen lebt.

Dann, als sie eines Tages ins Hotel zurückkamen, gerade über die Schwelle ihres Zimmers traten, erblickten sie einen weißen Fleck auf dem Tisch. Schreck überwältigte sie. Wie gebannt blieben sie stehen. Ein Zweifel war nicht möglich. Sie erreichten den Tisch, erkannten, was es war. Da lag der Brief, ein Brief mit einer spanischen Marke. Keiner sprach ein Wort. Daniel sah Rosario an, und Rosario hielt den Blick auf Daniel geheftet. Ja, der Brief, der ersehnte Brief war da!

«Er trägt keinen Trauerrand», meinte schließlich Rosario.

«Glaubst du denn, Rosario, sie würden solches Papier benutzen? Sie wollen gewiß nicht, daß wir's gleich im ersten Augenblick sehen, daß ein Unglück geschehen ist», wandte Daniel schmerzerfüllt ein.

Sie wagten nicht, den Brief zu öffnen. Ein Tor geht auf – wie in Äschylos' Tragödie –, und hinter ihm lauert der Tod. Ein Brief wird geöffnet, und hinter ihm lauert das Entsetzen.

Sie brachten es nicht fertig, den Brief aufzumachen. Die Furcht war stärker als ihr Verlangen. Die Minuten verstrichen, unberührt blieb der Brief. Böse Ahnungen lasteten auf den beiden. Jetzt zogen sie es vor, lieber nichts zu erfahren als die Wahrheit.

In diesem Augenblick greift Rosario zum Telephon. Sie zittert, während sie den Hörer abnimmt. Sie zittert, während sie spricht. Voller Angst hat sie einen Bekannten angerufen. Der Bekannte soll kommen. Er wohnt in der Nähe. Er soll den Brief öffnen. In der Zwischenzeit wollen Daniel und Rosario fortgehen. Bei ihrer Rückkehr wird der Freund ihnen den Inhalt des Briefes mitteilen.

Daniel und Rosario wandern wie geblendet durch die Straßen. Schließlich kehren sie in ihr Hotel zurück. Daniels Hand ergreift die von Rosario.

Vor dem Hotel ist ein kleiner Garten. Jetzt nähern sie sich dem Garten. Von ihm aus sieht man das Fenster des Zimmers, das sie bewohnen. Daniel und Rosario gehen langsam, immer langsamer. Der nächste Augenblick wird das Rätsel lösen. Die Sphinx wird gesprochen haben. Aber sie wagen nicht, in das Hotel einzutreten. Sie nehmen auf einer Gartenbank Platz. Rosarios Hand ruht in der von Daniel. Schweigend, mit stockendem Herzschlag, blicken sie auf das Fenster ihres Zimmers, in einem Augenblick höchster Angst, einem Augenblick, der ein Jahrhundert lang währt.

RAMÓN PÉREZ DE AYALA

DAS SONNTAGSLICHT

I

Cástor Cagigal war schon angezogen. Er hatte seine besten Kleider angelegt, sich sorgfältig rasiert, sein dunkles Haar geglättet und geölt.

Er trug einen marineblauen Anzug, Lackschuhe und eine karmesinrote Krawatte aus Atlasseide. Den herzförmigen Knoten hatte er mit einer goldenen, mit verschiedenartigen Steinchen besetzten Nadel geschmückt. Sie stellte zwei Pferde im Galopp dar und eine Peitsche mit so viel Windungen und Schnörkeln wie die Unterschrift eines Notars. Die Nadel war das Geschenk von Cástor Cagigals Braut.

Cástor blickte in seinem Zimmer umher. Er dachte daran, daß er es bald für immer verlassen müsse. Laut zählte er an seinen Fingern: «Heute ist Sonntag – Montag, Dienstag, Mittwoch, Donnerstag, Freitag. Alles in allem noch sechs Tage!»

Er seufzte. Seine Augen streichelten die weißen Wände des Zimmers, die indigofarbenen Balken der Decke, die schweigsamen und schlichten Dinge: das Bett aus Mahagoni. Beinahe ebenso breit wie lang war es, mehr als einen Meter hoch mit seinen vier gewaltigen Matratzen, dem kleinen bunten Federbett, der gehäkelten Bettdecke. Alles das Werk der geschickten Hände Doña Predestinacións und aus ihrer Jugendzeit stammend.

Und dann: die Kommode, ebenfalls aus Mahagoni, dickbäuchig und von herrschaftlichem Aussehen; der große Spiegel, der sie krönte, mit dem grünen Tüllschleier; die geschnitzte Truhe, der Plüschsessel, das silberne Weihwasserschälchen, die Osterpalme, die Spitzenvorhänge. Auf der anderen Seite der angelehnten Tür, im Halbdunkel: die gute Stube mit ihren mit rotem Wollstoff bezogenen Möbeln.

Das erste Zimmer war sauber und hell, anheimelnd, freundlich. Man hätte nicht gedacht, daß es zu einer Pension gehörte, und doch war es so. Es gehörte zu dem einzigen Wirtshaus in Cenciella – Herberge, Gaststätte und Pension in einem.

Im Erdgeschoß, in dem kleinen Laden, war in buntem Durcheinander alles erhältlich: Kolonialwaren, Erzeugnisse aus Katalonien, Eisenwaren. In dem gleichen Raume wurde gepackt. Schließlich diente er noch als Ausschank. Haus und Laden, Gaststätte und Pension gehörten Doña Predestinación, der Witwe eines gewissen Hermenegildo Celemín.

In der Pension wohnten nur zwei Dauergäste: Cástor Cagigal, der Gemeindesekretär, und Deogracias Alpaca, Dirigent der städtischen Kapelle.

Ab und zu stiegen auch einige Handelsreisende hier ab.

Mit dem Musiker hatte Doña Predestinación nicht viel im Sinn. Er war ein Mann von vierzig Jahren, spindeldürr, gelblich und unverschämt. Er sprach mit heiserer Stimme, hüstelte ständig und spuckte nach allen Seiten. Dazu bezahlte er eine Pesete weniger Pension als der Sekretär. Cástor hingegen hatte sich vom ersten Augenblick an die Gunst Doña Predestinacións erworben durch sein vorteilhaftes, gepflegtes Äußeres, sein freundliches, kindliches Gesicht, seine schüchterne Haltung, seine nachdenklichen Augen, seine ehrliche Art zu sprechen. Mit jedem Tag wuchs er ihr mehr ans Herz. Nach Tisch, wenn Herr Alpaca nicht zugegen war, setzte sie sich zu ihm und befragte ihn eingehend über sein bisheriges Leben. Als sie erfuhr, daß er weder Vater noch Mutter habe, fing sie sogar zu schluchzen an.

«Sie armes Kind! Sie armes Kind!» rief sie ganz erschüttert, als handle es sich um ein Kind, das man der Mutterbrust entrissen habe, und sie ergriff Deogracias' Serviette, um sich die Augen zu trocknen. Cástor war damals achtundzwanzig Jahre alt.

In solchen Nachtischgesprächen hatte Cástor der stets teilnehmenden Doña Predestinación die Geschichte seines Lebens berichtet. Sohn einfacher Tagelöhner aus der Provinz Salamanca, hatte er sich schon als Kind in der Stadt verdingen müssen, und zwar im Hause eines Anwalts. Der war es, der ihm den ersten Elementarunterricht erteilte. Aus eigener Kraft und den Schlaf um sein Recht betrügend, hatte er später die Reifeprüfung bestanden und mit glänzendem Ergebnis Rechtswissenschaft studiert. Nach beendetem Studium nahm er die Stelle eines Repetitors in einer höheren Schule von Valladolid an. Die Stelle war schlecht bezahlt.

Hier in Valladolid erfaßte ihn, er wußte selber nicht wie, eine tiefe Leidenschaft zur Malerei. Er kaufte sich einen billigen Malkasten und bildete sich auf eigene Faust aus. Als er eines Tages im Amtsblatt der Provinz Pilares las, die Stelle eines Sekretärs in Cenciella sei mit zweitausend Peseten Gehalt frei, bewarb er sich darum, ohne sich freilich große Hoffnungen zu machen, denn er besaß dort keinerlei Einfluß noch irgendwelche Fürsprache. Aber gerade weil ihn niemand protegierte, erhielt er die Stelle.

In Cenciella fühlte er sich wohl. Vorher hatte es nichts anderes für ihn gegeben als studieren und arbeiten, erbärmlich schlecht zu wohnen, ungenügend zu essen, ständig zu träumen. In seinen Träumen sah er immer wieder eine grüne, melancholische und doch irgendwie liebliche Landschaft. Ihr entsprach die Landschaft von Cenciella. Außer in seinen Träumen hatte er weder Freunde noch Liebschaften gehabt. Weder kannte er Spiel noch Scherze, überhaupt keine Zerstreuung. Da er in Cenciella nur wenig zu tun hatte, fand er tagsüber

Zeit genug, um zu malen. Gegen Abend pflegte er zu lesen oder sich für Wettbewerbe vorzubereiten, die in Zeitungen ausgeschrieben waren. Nachdem er einen Monat in der Pension zugebracht, nannte ihn Doña Predestinación mein Sohn. Sie trat ihm ihr eigenes Schlafzimmer und den Salon ab, damit er dort Gäste empfangen, seine Bücher, Papiere und Bilder bequem unterbringen könne. Zum ersten Mal in seinem Leben fühlte sich Cástor wie zu Hause, unter seinem eigenen Dach.

Bald jedoch verliebte er sich bis über die Ohren in ein Mädchen des Ortes: Balbina Carbajo, gleichfalls eine Vollwaise. Sie lebte mit ihrem Großvater, Herrn Joaco, zusammen, einem mürrischen alten Geizhals, der in seiner Jugend in Amerika gewesen war. Der Alte erfreute sich eines gewissen Wohlstandes, zwang aber seine Enkelin, im Hause als Näherin zu arbeiten. Balbina tat es mit größtem Fleiß, galt überhaupt als das tüchtigste Mädchen im Ort und auch als das hübscheste. Cástor wagte nicht, diese Liebe Doña Predestinación zu beichten, doch es bedurfte dieser Beichte gar nicht, denn sie erriet sofort, was los war, und was sie nicht erriet, fand sie in wenigen Tagen heraus.

Doña Predestinación, über diese Liebe im tiefsten Herzen gerührt, beschloß, die Sache zu einem glücklichen Ende zu bringen; sie meinte, daß einer solchen Liebe die allerwärmste, entschlossenste und tränenreichste Zustimmung gebühre.

Da Cástor Angst vor dem Alten hatte, bat ihn Doña Predestinación um die Hand von Balbina. Man hätte sie sehen sollen, wie sie sich für diesen feierlichen Augenblick ausstaffiert hatte! Sie war schon Mitte vierzig, aber noch so faltenlos, frisch und stattlich, daß Deogracias Alpaca ihr offen den Hof machte.

Herr Joaco nahm die Werbung an, betrachtete er doch den Sekretär als eine glänzende Partie. Die Hochzeit wurde auf die letzte Aprilwoche festgesetzt und abgemacht, daß das Paar beim Großvater wohnen solle. Zurück von Herrn Joaco, küßte Doña Predestinación ihren Schützling Cástor auf die Stirn und redete ihn mit «du» an. Sie weinte und lachte im gleichen Atemzuge. Indes wurde von diesem Tage an Doña Predestinación traurig. Deogracias Alpaca gab sich alle Mühe, sie aufzuheitern, erzählte ihr lustige Geschichten und machte ihr noch auffälliger als vorher den Hof, worauf sie aber nur mit zornigen Augen und spröden Lippen antwortete.

Inzwischen kam die letzte Aprilwoche heran und mit ihr der Tag des dritten Aufgebots von Cástor und Balbina. Es war Sonntag, ein heiterer, wunderbar heiterer Sonntagmorgen.

II

An diesem Sonntag war es, daß Cástor sein Zimmer mit Wehmut betrachtete. Mit einer seltsamen Mischung aus Liebe und Dankbarkeit hing er an den Räumen. Irgendwie schmerzte es ihn, künftig nicht mehr darin leben zu dürfen. Wieder seufzte er und öffnete die Tür des Balkons, von dem man auf den Marktplatz blickte.

Cástor trat auf den Balkon. Das Sonnenlicht, das die Aprilluft durchflutete, umhüllte ihn, durchdrängte ihn mit angenehmen Schauern.

Immer hatte Cástor geglaubt, das Licht am Sonntag sei ein anderes als an den übrigen Wochentagen, das Sonntagslicht sei festlich, das Licht der übrigen Tage glanzlos. Das Licht an diesem letzten Aprilsonntag aber strahlte für Cástor festlicher denn je. Die Hände auf das Gitter gestützt, die Augen halb geschlossen, rief er sich, nicht ohne Bewegung, das Jahr in Cenciella ins Gedächtnis zurück: ein Jahr ruhigen Glücks. Da klopfte ihm jemand auf die Schulter. Es war Doña Predestinación.

«Möchtest du für einen Augenblick ins Zimmer kommen? Ich hätte etwas mit dir zu besprechen, mein Sohn.»

«Gern.»

«Mach die Balkontür zu und schließ auch die Tür zum Salon! Ich will nicht, daß dieser Dummkopf Alpaca zuhört.»

«Haben Sie mir ein Geheimnis mitzuteilen?»

«Es ist eigentlich kein Geheimnis, und doch ist es eins. Zunächst aber sag mir, was du heute zu tun gedenkst. Sag es mir bitte ganz genau!»

Leicht verzagt schüttelte Cástor den Kopf.

«Wenn es dir unangenehm ist, es mir zu sagen, dann wäre es mir lieber, du sagtest mir gar nichts.»

«Das ist es nicht, Doña Predestinación. Es ist vielmehr so, daß ich bis zu diesem Augenblick noch gar nicht daran gedacht habe, was ich heute morgen tun muß. Eine lästige Sache ... Denken Sie nur: Im ganzen Jahr fanden kaum sechs Gemeinderatssitzungen statt. Jede Woche schrieb ich ein Protokoll, als ob sich der Gemeinderat versammelt hätte. Und heute, ausgerechnet heute, am Tag meines letzten Aufgebots, läßt der Bürgermeister den Gemeinderat zusammenrufen, um die Umsatzsteuer neu festzusetzen. Ich wollte den Tag mit meiner Braut verbringen und kann jetzt nicht einmal mit Balbina in die Messe gehen.»

«Also hör zu: Erstens wirst du dafür sorgen, daß mich die Steuer nicht allzusehr schröpft, denn im letzten Jahr hat man mich zu hoch eingeschätzt. Und zweitens: Glaubst du nicht, daß dich der Bürgermeister heute mit Absicht belästigt?»

«Mit Absicht?»

«Du weißt also nicht, daß der Bürgermeister mit Herrn Joaco schlecht steht? Seit einiger Zeit will er nämlich den Garten, der an sein Grundstück grenzt, kaufen. Der Alte aber will nicht. Es ist nicht zum Aushalten. Nur für den doppelten Preis will er ihn hergeben.»

«Und was hat das mit mir zu tun?»

«Weißt du nicht, daß der Bürgermeister Herrn Joaco bedroht hat?»

«Stadtgeschwätz!»

«Weißt du nicht, daß sich hier im Ort zwei politische Gruppen, die Becerriles und Chorizos, auf den Tod hassen?»

«Leider weiß ich es.»

«Und weißt du nicht, daß die Becerriles heimlich flüstern, du hieltest es mit der Partei der Chorizos und du hülfest ihnen bei ihren Machenschaften?»

«Das ist nicht wahr!»

«Aber die Becerriles behaupten es.»

«Ich gehöre keiner der beiden Parteien an. Und vor allem, ich bin ehrlich. Davon werden sich schließlich beide Parteien überzeugen.»

«Du weißt somit nicht, daß die Becerriles, die Söhne und Neffen des Bürgermeisters, diese elenden Landjunker und Dorftyrannen, am Ruder sind? Brutal, wie sie Gott nun einmal geschaffen hat, sind sie zu jeder Schweinerei fähig, die ihnen durch den Kopf schießt.»

«Was geht das mich an?»

«Daß Leto, der Älteste, Balbina den Hof gemacht hat, vergiß das nicht!»

«Balbina hat es nie ernst genommen!»

«Bei allen Heiligen, wie hätte sie die Satansbrut ernst nehmen können! Dieser Leto ist ein Schuft, ein Gauner! Du schweigst jetzt, Gott segne dich! Du würdest nicht einmal etwas Böses über die sagen, die dir schaden wollen! Ja, Leto hat ihr den Hof gemacht und danach sein Bruder, diese Kanaille von Tarín, und darauf noch ein anderer Bruder, dieses Schwein von Nan, der die Telva vom Tabaksladen betrogen hat. Alle drei machten ihr den Hof, einer nach dem anderen, und alle drei mit unsauberen Absichten. Ich sage dir das nicht, mein Sohn, um dich zu betrüben. Ich will dir nicht weh tun, ich möchte dich nur vor Kummer bewahren und vor Gefahren schützen. Gestern abend, du warst schon schlafen gegangen, erschien unten im Laden Longinos, der ‹Hanswurst›, wie sie ihn zum Spott nennen, der Diener, Laufbursche oder was er sonst noch sein mag der Becerriles. Er tat nichts anderes, als in verschleierten Worten über den heutigen Tag zu sprechen. Heute werde etwas Ungewöhnliches geschehen ... Zugleich sah er mich mit so boshaften und abstoßenden Blicken an, daß mir angst und bange wurde.»

«Was soll schon passieren? Nichts. Alles, was Sie mir gesagt haben, ist wahr. Aber seitdem unser Hochzeitstag feststeht, haben sie Balbina nicht mehr belästigt.»

«Wirklich nicht?»

«Oder vielleicht doch ... Sie haben ihr Vorwürfe

gemacht, haben sich ein paarmal beklagt. Aber belästigt haben sie sie nicht wieder. Was kümmert sie Balbina?»

«Das dünkt dich also rein gar nichts? Sie sind rasend vor Wut. Aber, um von etwas anderem zu sprechen: Hat dich Herr Joaco zum Essen eingeladen?»

«Nein.»

«Gott im Himmel, was für ein Geizkragen! Um wieviel Uhr fängt die Sitzung an?»

«Um zehn.»

«Wann wird sie zu Ende sein?»

«Wie kann ich das wissen? Ich denke, so um zwei Uhr herum. Wenn sie erst einmal anfangen, von dieser verdammten Steuer zu reden, hören sie nie wieder auf.»

«Also, paß auf! Du gehst jetzt in die Neun-Uhr-Messe und gleich von der Kirche ins Rathaus, ohne deine Braut zu sehen. Vom Rathaus kommst du zu mir zum Essen. Am Nachmittag wirst du Balbinas Haus nicht verlassen. Wenn es Zeit zum Abendessen wird, schicke ich dir vertrauenswürdige Leute. Sie werden dich begleiten, für den Fall, daß diese Verbrecher es wagen sollten, etwas gegen dich zu unternehmen.»

«Seien Sie unbesorgt, Doña Predestinación! Ich werde alles so machen, wie Sie's mir geraten haben», erwiderte Cástor sanft und nachgiebig.

Er fühlte sich frei von der Unruhe und den Ängsten, unter denen Doña Predestinación litt.

«Gott segne dich! Gott segne dich! Du bist ein Engel. Wie sollte Gott dich nicht schützen? Es gäbe ja sonst keine Gerechtigkeit im Himmel!»

Cástor ging zur Kirche. Kaum war er auf der Straße, hatte er alles vergessen: alles, die Sorgen Doña Predestinacións, ihre Ermahnungen, ihre vorausschauenden Maßnahmen ...

III

Auf dem Weg zur Kirche machte Cástor einen kleinen Umweg. Er wollte am Haus seiner Braut vorbeigehen.

«Balbina! Balbina!»

Ein Fenster, vor dem ein Topf violetter Glockenblumen stand, öffnete sich, und Balbina erschien, heiter und morgenfrisch, in ihrem besten Sonntagsstaat. Ihr honigfarbenes Haar fiel ihr in zwei Zöpfen auf die Schultern. Ein himmelblaues Band hielt das Haar am Kopfe fest. Den freien Hals schmückte eine Korallenkette. Über den Schultern trug sie ein Tuch von Merino. Voll strahlte die Sonne in ihr Gesicht. Schützend legte sie die eine Hand vor die Augen.

«So früh habe ich dich nicht erwartet ...»

«Bevor ich zur Messe gehe, wollte ich dich noch sehen. Da schau» – und mit dem Finger zeigte er auf die zwei Pferde, die über den herzförmigen Krawattenknoten galoppierten.

«Sehr schön», sagte Balbina mit stolzem Lächeln, und ihre weißen Zähne blitzten im Sonnenlicht. «Hast du's gern?»

«Dich habe ich noch viel lieber. Du bist wie eine weiße Lilie.»

Und wirklich glich sie dieser Blume, dem Symbol der Anmut, Reinheit und Lieblichkeit.

«Schweig still, du Schmeichler!» Ihre Wangen erröteten wie Früchte, die durch ein Wunder plötzlich reif geworden waren. «Also kommst du heute morgen nicht wieder?»

«Ich kann nicht. Die Sitzung wird lange dauern. Aber nach dem Essen komme ich wieder. Und du?»

«Ich werde zum Hochamt gehen, zum letzten Aufgebot. Meine Freundinnen werden mich begleiten. Mein Großvater hat Kuchen und Weißwein gekauft.»

«Wirst du mir etwas aufheben?»

«Ja, natürlich!»

Jetzt hörte man im Hause eine Stimme rufen: «Balbina! Balbina!»

Balbina erwiderte: «Ich komme schon, Großvater!»

Und dann zu Cástor: «Leb wohl, der Großvater ruft mich!»

Kaum hatte sich Balbina zurückgezogen, als Herr Joaco in Hemdsärmeln auftauchte.

Er war ein hagerer alter Mann mit buschigen Augenbrauen und einem großen, weißen, gezwirbelten Schnurrbart, der einem kleinen Springbrunnen ähnlich sah.

«Guten Tag, Schwiegersohn! Heute ist wirklich Sonntagslicht, wie du es nennst. Siehst du das Licht? In Amerika ist es immer so. Es lebe Amerika!»

Und er verschwand. Cástor begab sich zur Kirche, um die Messe zu hören. Als er die Kirche verließ, näherte sich ihm Herr Nicolas, der «Dicke» genannt, das Oberhaupt der Partei der Chorizos.

Die Chorizos, eine der beiden politischen Richtungen des Ortes, die sich in ihrem tödlichen Haß gegenseitig schadeten, soviel sie nur konnten, bildeten die demokratische Gruppe, die aristokratische und autoritäre hingegen die Becerriles.

Zur demokratischen Richtung gehörten die Industriellen und Kaufleute. Der Name Chorizos rührte von dem einzigen Industriezweig der Stadt her, nämlich der Wurstfabrikation, der Bearbeitung von Häuten und der Herstellung von Schuhen.

Die Becerriles hatten keine besonderen Machtmittel. Sie führten nur aus, was die Mächtigen der Provinzhauptstadt und in Madrid beschlossen hatten. Sie bildeten zusammen eine einzige große Familie. Über den Häusern prangten stolze Wappen. Weder arbeiteten die Becerriles auf ihren Besitzungen, noch taten sie sonst etwas Nützliches. Sie waren große Jäger, berüchtigt außerdem als Spieler, Trinker und Streithähne. Ungestraft begingen sie alle nur möglichen Frevel. Viele Jahre hindurch waren sie mit Unterstützung der Behörden die Tyrannen des Ortes gewesen. Schließlich aber hatten sich die Chorizos, empört über so viele Übergriffe, zu einer so festen und entschlossenen Gruppe zusammengetan, daß es schien, es würde ihnen gelingen, die Becerriles zu stürzen. Schon begannen einige Politiker aus der Provinzhauptstadt und aus Madrid mit den Chorizos zu verhandeln.

«Offenbar ist der Bürgermeister verrückt geworden», sagte der «Dicke», der diesen Spitznamen seinem mächtigen Körperumfang verdankte. Er kleidete sich äußerst auffallend. Auf dem Bauch hing ihm eine schwere goldene Kette, mit der seine dikken, roten Finger beständig spielten.

«Hören Sie, Herr Nicolas», erwiderte Cástor. «Ich halte es nicht für klug, daß man uns zusammen sieht. Ich bin in einer recht heiklen Lage. Sie wissen doch, daß die Becerriles flüstern, ich gehörte zu Ihrer Partei?»

«Sie werden sich unserer Partei anschließen müssen. Entscheiden Sie sich und seien Sie kein Kind! Die anderen können Sie sowieso nicht absetzen, sogar jetzt nicht, wo sie an der Macht sind. Uns gehört die Zukunft. Das ist die Hauptsache. Mit der Herrschaft der Becerriles ist es endgültig vorbei.»

«Noch nicht, Herr Nicolas! Sie wissen, daß ich mit meiner Sympathie auf Ihrer Seite stehe, aber ...»

«Seien Sie kein Kind und bekennen Sie sich zu uns!

Darüber wollte ich gerade mit Ihnen sprechen. In der heutigen Sitzung sind wir in der Mehrheit.»

«In der Mehrheit?!»

«Jawohl, in der Mehrheit! Sie müssen nämlich wissen, Fermín, Sabina und Justo sind zum Hahnenkampf nach Pilares gegangen. Wie es scheint, haben sie allerlei Wetten dort abgeschlossen, und ohne diese drei Stimmen, die den Becerriles heute entgehen, haben wir die Mehrheit. Der Bürgermeister wird sich grün ärgern. Aber es hilft ihm nichts! Unsere Steuervorschläge werden auf diese Weise angenommen.»

Sie näherten sich dem Gemeindehaus. Vor dem Eingang, in zwei Gruppen geteilt, warteten die Stadtverordneten der beiden politischen Lager auf den Beginn der Sitzung. Auf der einen Seite der Bürgermeister, Don Senen Becerril, und seine vier Söhne, Leto, Pipo, Tarín und Nan, alle vier mit Gottes Beistand Mitglieder des Gemeinderates, außerdem seine drei Neffen, Doro, Lalón und Nin, ebenfalls Stadtverordnete. Alle sieben jungen Becerriles glichen einander, alle waren sie hager und von hohem, fast übergroßem Wuchs. Tarín überragte sie alle. Alle hatten sie knochige, harte und kalte Gesichter, stoppeligen, blonden Bartwuchs. Mit Absicht waren sie nachlässig gekleidet: schmutzige Samtanzüge und Feldstiefel. So sahen sie eher in diesem Aufzug wie Jäger aus.

Die Chorizos hingegen, von kleiner Statur, trugen zufriedene Mienen zur Schau. Sonntäglich-sorgsam ihre Kleidung.

«Auf Sie haben wir gewartet, um anfangen zu können, Herr Sekretär», sagte der Bürgermeister trocken.

«Heute ist Ihr letztes Aufgebot, nicht wahr? Freuen Sie sich sehr?» erkundigte sich Leto mit einem häßlichen, boshaften Grinsen.

«Ja», entgegnete Cástor kurz.

«Also, viel Glück!» Leto klopfte ihm auf die Schulter. «Bei Gott, ist das Mädchen reizend! Der leckere Bissen für einen Prinzen!»

Vor Eröffnung der Sitzung fand der «Dicke» noch Zeit, Cástor ins Ohr zu flüstern: «Mir schwant Unheil.»

IV

Nachmittags gegen zwei Uhr traf Cástor im Hause von Doña Predestinación ein. Er war bleich und niedergeschlagen. Alpaca, der schon gegessen hatte, saß noch am Tisch und rauchte eine übelriechende Zigarre, wozu er unaufhörlich spuckte. Er entschuldigte sich, nicht auf Cástor gewartet zu haben.

«Weil heute Feiertag ist, konnte ich nicht warten. Gleich fängt die Probe an. Sie wissen, wir werden am Nachmittag einen Walzer spielen, den ich komponiert und Ihnen und Balbina gewidmet habe. Versäumen Sie ja nicht, ihn sich anzuhören! Ich muß jetzt fort. Alles Gute!»

Bevor er das Zimmer verließ, wandte er sich zu Doña Predestinación. Er sah sie traurig an und stieß einen Seufzer aus: «Ach! Wann wird man Ihnen und mir Glück wünschen?!»

«Gehen Sie zum Teufel, Sie lächerlicher Mensch!» knurrte Doña Predestinación, die mit Cástor allein sein wollte.

Kaum hatte Alpaca das Zimmer verlassen, fragte sie ängstlich: «Was ist passiert?»

«Es war ein Höllenspektakel. Alle brüllten durcheinander. Sie warfen sich gegenseitig Beleidigungen an den Kopf, schlugen mit den Fäusten auf den Tisch. Schließlich schleuderten die Becerriles alles zu Boden, so daß die Sitzung geschlossen werden mußte, bevor irgend etwas entschieden war.»

«Und du? Ist dir etwas Unangenehmes zugestoßen?»

«Hm, etwas eigentlich Unangenehmes, nein. Als ich zum Rathaus kam, gratulierte mir Leto mit einem hämischen Grinsen. Dann, während der Sitzung, mußte ich wegen der Steuern des Herrn Joaco eingreifen, dem die Becerriles zweihundert Peseten aufbrummen wollten ...»

«Was für Gauner!»

«Sie begründeten es damit, daß er vom Bürgermeister siebentausend Duros für seinen Obstgarten gefordert hätte.»

«Das Doppelte von dem, was er wirklich wert ist. Das hat ihm der Bürgermeister selber gesagt.»

«Natürlich, auch ich erwähnte es. Dann machte Leto einige Bemerkungen ...»

«Drohungen?»

«Ich wußte nicht recht, worauf er hinaus wollte. Dem Tone nach schienen es Drohungen zu sein. Ich kümmerte mich nicht weiter darum, denn ich sah, daß er rot anlief, er nicht wußte, was er sagte.»

«Herr Jesus, diese Henkersbrut! Aber hab keine Angst, was kann er dir schon antun?»

«Das meine ich auch. Was kann er schon tun?»

«Sei jedenfalls auf deiner Hut. Es sind Bestien!»

Sie schwiegen eine Weile.

«Du gehst fort, gehst fort ...», murmelte Doña Predestinación mit feuchten Augen. Sie spielte auf die bevorstehende Hochzeit an.

«Aber was reden Sie, Doña Predestinación! Ich gehe, und ich bleibe doch. Ich verlasse dieses Haus, aber glauben Sie mir, der Gedanke daran schmerzt mich ...»

«Ich weiß es, mein Sohn.»

«Ich wohne nur ein paar Meter weit von hier. Sie werden uns täglich besuchen.»

«Das möchte ich herzlich gern. Aber dieser Herr Joaco ist ein solcher Grobian.»

Mit dem letzten Bissen im Munde und mit seinem Malkasten in der Hand lief Cástor zu seiner Braut. Als Doña Predestinación allein war, brach sie in Tränen aus.

Balbina stand wartend am Fenster.

«Ich bin schon ganz ungeduldig.»

«Die Sitzung dauerte so lange und endete mit einem Tumult.»

Der Großvater ließ sich von Cástor genau den Verlauf der Sitzung erzählen. Als die Rede auf seine Angelegenheit kam, sprang er auf, die Fäuste geballt. Den Karabiner an der Wand betrachtend, zischte er: «Wenn dieses Rindvieh mir eine solche Steuer auferlegt, bringe ich ihn um!»

«Heilige Muttergottes!» rief Balbina. «Beruhige dich, Großvater, es wird schon alles gut werden. Warum sollen wir uns den heutigen Tag verderben? Was wollen wir heute nachmittag unternehmen? Wohl, was euch, Großväterchen, am meisten Spaß macht! Ich weiß es: mit dem Lehrer Karten spielen.»

«Und euch hier allein lassen? Was sollen die Leute dazu sagen!»

Cástor wurde ärgerlich und sagte schnell: «Wir gehen vorher fort. Man muß das Sonntagslicht in der freien Natur genießen. Ich werde malen.»

«Wer wird euch begleiten?»

«In dieser Woche heiraten wir. Glauben Sie da nicht, daß wir allein ausgehen können, ohne Ärgernis zu erregen?»

Der Alte ließ sich überzeugen. Seine Leidenschaft für das Kartenspiel trug nicht wenig dazu bei.

Cástor und Balbina gingen in den Garten hinter dem Haus und von dort querfeldein. Schließlich kamen sie zum Apfelgarten einer nahegelegenen Einsiedelei. Der Garten lag an einem Abhang, der sanft zum Fluß hinabführte. Der Boden war dicht mit samtenem grünem Gras bedeckt, und die zahlreichen Bäume standen gerade in Blüte.

Das Brautpaar ließ sich auf der Wiese nieder, und Cástor begann zu malen. Der Fluß rauschte gleichmäßig und dunkel. Zwischen den weißblühenden Apfelbäumen schimmerte die Einsiedelei mit ihrer einfachen Säulenhalle, dem Tor mit den rotbemalten Eisenstangen. Das goldblinkende kleine Licht im Innern zitterte im Schatten.

Während des Malens sang Cástor mit lauter Stimme, sein Herz der Zukunft zugewandt.

«Ich will Richter werden», sagte er alsdann zu Balbina, «Richter, Oberrichter, Gerichtspräsident ... Du wirst die Frau Präsidentin. Wie findest du das?»

Balbina flog begeistert an seine Seite durch das wundersame Reich der Träume, und so verbrachten sie zwei Stunden.

«Weißt du, Balbina, was ich entdeckt habe? Daß ich ein ausgezeichneter Maler bin. Wenn ich Glück habe, werde ich eines Tages ein großer Künstler sein. Das möchte ich noch lieber als Gerichtspräsident werden. Gefällt dir, was ich gemalt habe?»

«Es gefällt mir besser als die Wirklichkeit!»

«Aber glaubst du, daß ich das Sonntagslicht richtig getroffen habe? Das ist das Wesentliche. Sieh mal: der wahre Maler muß eher das Licht eines jeden

Wochentages unterscheiden können als die einzelnen Farben. Rot von Blau oder Gelb kann jeder unterscheiden. Das Licht des Sonntags aber vom Licht des Freitags oder Mittwochs zu unterscheiden, das können nur ganz wenige ... Glaubst du, die Leute, die den Kalender gemacht haben, hätten nur aus einer Laune die Woche in sieben Tage eingeteilt? Keineswegs. Ebensowenig, wie sie zufällig den Regenbogen in sieben Farben unterteilt haben. Die Dinge sind, wie sie sind, aber wir Menschen brauchen lange, sie richtig einzuschätzen. An den Wochentagen besitzt die Sonne ein Licht, das zwar leuchtet und wärmt, doch nicht belebt. In der Woche kümmert sich die Sonne gar nicht um die Erde.»

«Erkläre mir, wie das kommt!»

«Ganz einfach. Hast du nie beobachtet, daß jemand dich fest anblickte oder doch wenigstens dich anzublicken schien und du dann plötzlich herausfandest, daß der Betreffende dich gar nicht meinte, sondern nur in deiner Richtung gesehen hatte, wenn auch viel, viel weiter?»

«Das stimmt!»

«Ebenso ist es mit der Sonne. Während der Woche sieht es nur so aus, als blicke sie auf die Erde hinunter. In Wirklichkeit sieht sie jedoch viel weiter. Vielleicht blickt sie jeden Tag auf irgendeinen entfernten Planeten. Für die übrigen Planeten ist das dann ein leerer Blick, ein Blick ohne Seele. Am Sonntag aber schaut die Sonne auf die Erde. Ihr Blick durchdringt die Poren der Erde. Sie badet die Erde in ihrem Licht. Alles reckt sich dem Licht entgegen.»

«Ein bißchen hängt doch wohl davon ab, ob der Himmel bewölkt oder heiter ist. Glaubst du das nicht?»

«In keiner Weise! Ich werde dir ein anderes Beispiel geben. Es ist genau entgegengesetzt dem vorigen. Hast du nicht einmal das Gefühl gehabt, jemand blicke dich an, während du ihm deinen Rükken zukehrtest? Du kannst den, der hinter dir steht, nicht sehen, und doch weißt du, er sieht dich an.»

«Ja, ganz richtig. Es ist dies ein sonderbares Gefühl.»

«Nun, genau so verhält es sich mit dem Sonntagslicht, selbst wenn der Himmel bedeckt ist. Wir können die Sonne nicht sehen. Aber wir wissen genau, sie blickt auf uns!»

«So ist es vielleicht ...»

«Ich verstehe, was du sagen willst. Damit wäre vielleicht zu erklären, warum wir in der Woche arbeiten und uns am Sonntag ausruhen sollen. Ist es das, was du sagen wolltest?»

«Ja.»

«Ich habe oft an Sonntagen arbeiten müssen. Immer war das Licht das gleiche beseelte Licht, durchdringend wie ein Blick. Seit ich in Cenciella bin, habe ich an Wochentagen kaum etwas zu tun, und doch erscheint es mir, als sei das Licht in der Woche müde, zerstreut, irgendwie fern, als leuchte es nicht für mich. Findest du das nicht auch?»

«Ich weiß es nicht. Du hast viel gelesen, kennst tausend Dinge. Ich bin ein armes, ungebildetes Landmädchen.»

«Schon als Kind hatte ich diesen Eindruck vom Besonderen des Sonntagslichts. Immer litt ich darunter, wenn der Sonntag zu Ende ging. Die Dämmerung stimmte mich traurig, trauriger als alle anderen Abenddämmerungen in der Woche. Denn in der Woche verabschiedete sich die Sonne nur bis zum nächsten Tag. Am Sonntag aber nahm ich Abschied von dem ungewöhnlichen Licht für eine ganze Woche, bis zum nächsten Sonntag.»

Die Sonne war schon am Untergehen. Die weißen Apfelblüten schimmerten rosig. Ein Bündel sinkender Strahlen streifte die Erde, rastete in den Verästelungen der Bäume, Lanzen aus dunklem Kupfer ähnlich. Ein Stern erschien am Himmelszelt, zwinkerte dem kleinen Lichte der Einsiedelei zu, das jetzt stärker leuchtete. Man hätte meinen können, es habe das Haus verlassen, sei vor dem Tor erschienen.

«Wie heiter ist dies alles! Wie schön! Und doch: welche Trauer erwacht schon in der Natur!»

«Weshalb Trauer?»

«Weil das Sonntagslicht schwindet, weil alles fühlt, daß es verschwindet, um nicht wiederzukehren.

Auch nicht am kommenden Sonntag. Niemals wird es wiederkommen. Für die Blüten dieser Bäume ist es der letzte Sonntag. Am nächsten Sonntag werden sie keine Blüten mehr haben. Für das Wasser dieses Flusses ist es der letzte Sonntag, denn am nächsten Sonntag wird er anderes Wasser führen. Anders wird das Licht der Einsiedelei sein. Es ist unser letzter Sonntag ...»

«Als Unverheiratete», flüsterte Balbina mit niedergeschlagenen Augen.

«Wir werden nicht mehr zwei sein. Wir werden eins sein ... Wie ich dich liebe, mein Herz!»

«Wie ich dich liebe, mein Cástor!»

In der Ferne hörte man eine Musikkapelle schrill und blechern einen Walzer blasen. Der Fluß rollte so seltsam dahin. Es war, als ob eine Sternschnuppe vorbeiflöge.

Balbina und Cástor, in ihren Gedanken versunken, merkten nicht, daß sich einige Männer näherten. Einer von ihnen löste sich von der Gruppe und kam auf das Paar zu. Es war Longinos, Handlanger, Gehilfe und Hofnarr der Becerriles.

«Die Herren, meine Vorgesetzten, wünschen mit Ihnen zu sprechen, Herr Sekretär.»

«Geh nicht, geh nicht! Wir wollen fliehen, um Hilfe rufen», flüsterte Balbina ihrem Bräutigam ins Ohr. Zitternd erfaßte sie seinen Arm.

«Weshalb nicht, kleine Närrin?» fragte Cástor lächelnd und stand auf. «Hab keine Angst, Kind! Man soll die Leute nicht verärgern, ihnen entgegenkommen ...»

Cástor ging auf die sieben Becerriles zu, welche, die Hände in den Hosentaschen, ihn mit einem merkwürdigen Gesichtsausdruck erwarteten. Sobald er neben ihnen stand, packten ihn drei an den Schultern und fesselten ihm die Hände. Cástor versuchte nicht, sich zu wehren. Er war wie versteinert. Er begriff einfach nicht, was man von ihm wollte. Traurig und gefaßt fragte er: «Habe ich Sie jemals in Wort oder Tat beleidigt? Warum tun Sie mir das an? Begreifen Sie nicht, daß sich das arme Mädchen entsetzt, wenn es das mit ansehen muß? Was wollen Sie von mir?»

Statt ihm eine Antwort zu geben, schlossen sie ihm den Mund mit einem Tuch, das sie im Nacken verknoteten. Dann banden sie ihn an einen Baumstamm und kehrten sein Gesicht der Stelle zu, wo die anderen drei Becerriles Balbina gebunden und geknebelt hatten.

Hierauf schleppten sie Balbina zu Cástor, der immer noch nicht begriff, was vorging. Schweigend legten sie Balbina auf die Erde.

Balbina kämpfte verzweifelt, um sich der acht Männer zu erwehren. Sie zwangen sie schließlich, sich ruhig zu verhalten. Sie hatten sie mit so bösen Worten beschimpft, daß sie sich schließlich ergab. Wie entseelt lag sie da.

«Du, Longinos, paß auf, daß uns hier niemand plötzlich überrascht!» befahl Leto.

Noch hörte man in der Ferne den Walzer, den Deogracias Alpaca für das Brautpaar komponiert hatte.

«Wir können uns nicht beklagen. Uns begleitet sogar Musik», bemerkte Nan mit gemeinem Lachen.

Und vor Cástors Augen entehrten die sieben, einer nach dem anderen, Balbina. Das Mädchen hatte die Besinnung verloren.

Cástor blickte wie gebannt auf das Licht der Einsiedelei. Sein Kopf konnte keinen Gedanken fassen. Während seine Schläfen flogen, wiederholte Cástor unaufhörlich diese Worte: «Jesus Christus, schütze sie! Jesus Christus, schütze sie!»

«Longinus!» schrie der riesige Tarín.

Longinus lief herbei. «Ich glaube, du hörst nie auf...», sagte Longinus atemlos. Und fügte hinzu: «Jetzt bin ich dran.»

«Los, los! Vorwärts!» brüllte Leto und gab ihm einen Tritt.

«Ihr Nimmersatten! Das war nicht vorgesehen», brummte Longinos. Er schnitt eine Grimasse und rieb sich die Kehrseite.

Leto entfernte das Tuch, mit dem Cástor geknebelt worden war, und sagte zu ihm: «Ich hoffe, es ist im Interesse aller, daß von dieser Sache nichts bekannt wird. Auf Wiedersehen! Wir wünschen Ihnen einen glücklichen Honigmond!»

Doro, ein anderer der Becerriles, überlegte einen Augenblick, ob das Abenteuer noch einer komischen und bissigen Ergänzung bedürfte. Er krönte die niederträchtige Beleidigung, indem er Cástors Palette nahm und ihm Nase und Wangen wie einem Clown rot anmalte.

«Schuft! ... Möge Gott dir verzeihen!» knirschte Cástor, rasend vor Zorn. Dann senkte er die Augen.

Doro war offenbar einen Augenblick lang unschlüssig, ob er ihn ohrfeigen solle, doch fand er es besser, die Brauen zusammenzuziehen, ihn scheel anzublicken und verächtlich mit den Schultern zu zucken. Dann ging er mit den anderen davon, läßigen Schrittes, die Hände in den Hosentaschen.

Es dunkelte.

Als Balbina wieder zu sich gekommen war, richtete sie sich auf und rieb sich die Augen. Dann sprang sie auf und rannte wie toll zum Fluß. Cástor begriff sofort, daß sie sich ins Wasser stürzen wollte. Mit verzweifelter Stimme schrie er: «Balbina! Balbina! Balbina! Beim Gott im Himmel fleh' ich dich an, komme, binde mich los!»

Balbina blieb stehen. Dann schritt sie langsam hügelan, den Kopf tief auf die Brust gesenkt. Endlich stand sie neben Cástor und versuchte ihn loszubinden. Bevor sie damit fertig war, stürzte sie am Fuße des Baumes nieder. Erneut hatte sie die Besinnung verloren.

Cástor befreite sich selbst und neigte sich über das geliebte Mädchen, das vor ihm gebrochen dalag. Weinend schloß er sie in seine Arme, drückte sie heftig an seine Brust. Es waren die ersten Küsse, die er ihr gab ...

Balbina regte sich wieder. Müde öffnete sie die Augen. Ängstlich fragte sie: «Wirst du mich heiraten?»

«Oh, Balbina!»

Fast brach ihm die Stimme.

«Kannst du mich jetzt noch lieben?»

«Mehr denn je zuvor, mehr denn je zuvor! Mehr denn je zuvor, meine keusche weiße Lilie!»

Seine Worte überstürzten sich. Von Liebe und Schmerz überwältigt, hob er das bleiche Antlitz der Geliebten an sein Herz, bei aller Leidenschaft so behutsam wie möglich, als wäre sie wirklich eine Lilie.

V

Bevor die Becerriles ihre Schurkentat vollbrachten, hatten sie für ein Alibi gesorgt. Sie waren gegen fünf Uhr mit ihren elenden Kleppern und Maultieren auf dem Marktplatz von Cenciella erschienen. Dort hielten sie eine Weile an und erzählten so laut, daß es jeder hören konnte, sie ritten in die Berge von Tabardina auf Gemsjagd. Mehr als eine Woche werde die Jagd dauern. Hinter der Stadt jedoch ließen die Becerriles ihre Reittiere in einem verfallenen Keller zurück, um nach Cástor und Balbina zu suchen.

Jetzt, nach ihrer Untat, ritten sie weiter, äußerst vergnügt, daß ihnen alles so trefflich geglückt war. Im Ort aber hatte nicht einer die leiseste Kenntnis oder Ahnung von dem Vorfall.

Balbina, die vor ihrem Großvater nach Hause zurückgekehrt war, hatte sich zu Bett gelegt. Als der Alte erschien, verstellte sie sich, so gut sie konnte, und sagte ihm, sie fühle sich nicht ganz wohl. Da der Sonntag ein Tag der Unruhe und der lärmenden Schenken war, konnte Cástor sich leicht davonstehlen, ohne bei Doña Predestinación Verdacht zu erwecken. An den folgenden Tagen bis zur Hochzeit blieb Balbina krank, Cástor aber weigerte sich, die Hochzeit aufzuschieben.

Gleich nach der Heirat reisten sie in einen Erholungsort am Meer und verbrachten dort zwölf Tage. Zurück, fühlte sich Balbina gekräftigt und besseren Mutes ...

Nach dem Essen blieben Cástor und Herr Joaco allein zurück.

«Weshalb habt ihr mir nichts gesagt?» fragte der Alte mit wutentbranntem Gesicht, flammenden Auges und bebender Stimme.

«Wissen Sie denn ...?»

«Die ganze Stadt weiß es. Der räudige Hund Longino hat es in der Schenke in Parrulo erzählt.»

«Meine arme Balbina!» schluchzte Cástor und richtete die Blicke nach oben.

«Und du armer Kerl und ich armer Kerl, wir alle, alle, alle sind zu beklagen.»

«Meine arme Balbina! Ob es wohl eine Gerechtigkeit im Himmel gibt?»

«Der Himmel ist hoch. Wir, die wir hier unten leben, sollten uns nicht in seine Angelegenheiten mischen. Wir hier unten wissen nur zu gut: Es gibt nur eine einzige Gerechtigkeit, und das ist die, die wir uns selber erkämpfen. Ich hätte sie schon alle umgebracht», versicherte der Alte mit unmißverständlicher Aufrichtigkeit, wobei er seine zornigen Augen auf den Karabiner heftete.

«Nein, nein! Es hieße Balbina töten!»

«Erst die Rache!»

«Erst Balbina!»

«Wenn ich mich zurückgehalten habe, so nur deshalb, weil ich nicht alle diese Gauner umbringen kann. Es bleibt also nichts anderes übrig, als sie vor Gericht zu schleppen und sie zu einer gewaltigen Geldstrafe verdonnern zu lassen!»

«Kommt die Sache vors Gericht, dann muß Balbina die grauenhafte Tat den Richtern und Geschworenen mit eigenem Munde berichten, und dann steht es in den Zeitungen ...» Er verbarg sein Gesicht in den Händen. «Begreifen Sie nicht, daß das hieße Balbina töten?»

«Was sollte denn geschehen?»

«Ich weiß es nicht. Nur eines weiß ich: Wir müssen Balbina helfen, die Sache zu vergessen.»

«Was macht es schon, wenn sie es vergißt? Es bleibt die Schande. Selbst wenn sie vergißt, werden all die anderen stets daran denken.»

«Ist *sie* denn entehrt? Die anderen sind es!»

«Alle sind es!»

«Nein, tausendmal nein!»

«Sie fühlt sich bestimmt so entehrt wie ich. Und wenn du nicht ebenso fühlst, hast du kein Blut in den Adern!»

«Mein Herz ist gebrochen, Herr Joaco. Mein Verstand aber bleibt kühl. Ich begreife die Größe unseres Unglücks. Indes bestreite ich, daß es nicht wiedergutzumachen sei, wie Sie denken ... und wie Balbina denkt, obwohl sie nicht den Mut hat, es mir zu sagen. Einer weißen Taube hat man die Flügel gebrochen. Sie kann nicht mehr fliegen. Welch trostloser Schmerz! Sie kann nicht mehr fliegen ... Der Spiegel, in den ich blicke, ist in tausend Stücke zerbrochen. Wie füge ich sie wieder zusammen? Nein, es ist nicht wiedergutzumachen. Die Seele Balbinas, der reine Spiegel, in den ich blicke, die weiße Taube, die ich anbete ... ihre Flügel sind gebrochen ... Vielleicht wird sie eines Tages wieder fliegen wie früher, vielleicht werde ich in den Spiegel blicken wie einstmals. Den Biß der Giftschlange kann man heilen. Sollte kein Mittel da sein gegen den Frevel dieser Bösewichte?»

Je länger er sprach, desto stärker weinte er. Schließlich hatte er ganz die Fassung verloren.

Plötzlich vernahm man vor dem Haus einen furchtbaren Lärm. Stürmisches Glockenläuten. Blech schlug man gegen Blech. Das Volk draußen machte sich den Spaß, dem jungen Paar ein Ständchen mit Katzenmusik zu bringen, ihnen zotige und gemeine Scherze zuzurufen.

Herr Joaco griff zum Karabiner, stürzte ans Fenster und schoß. Cástor, der ihm unmittelbar gefolgt war, gelang es, den Schuß in die Luft abzulenken.

Randalierend entfernte sich das Pack. Alsdann übertönte ein wilder Schrei den Tumult.

Cástor neigte sich über das Fensterbrett. Er sah Doña Predestinación mit aufgelöstem Haar. Sie war völlig außer sich. Mit einem Stock bewaffnet, jagte sie hinter einigen Burschen her. Während sie lief, hieb sie ununterbrochen auf ihre Schädel ein. Dabei rief sie: «Ihr Schweine! Memmen ihr, Jammerlappen! Habt ihr eigentlich Hosen an? Warum setzt ihr nicht den Becerriles nach? Schlagt diese Banditen nieder, zieht ihnen bei lebendigem Leibe die Haut ab!»

VI

Als der schlaue Fuchs, der er nun einmal war, begriff der Bürgermeister sofort, die Chorizos würden die Balbina angetane Schmach zu einer politischen Frage machen. Er begriff auch: die Tage der Becerriles in Cenciella seien gezählt. Da er über gute Verbindungen in der Provinzhauptstadt verfügte, tat er sein möglichstes, die Jungvermählten mit aller Vorsicht aus Cenciella zu entfernen.

Zwei Tage nach jener Katzenmusik wurde Cástor zum Mitglied der Provinzialvertretung in Pilares ernannt. Das junge Paar und der Alte verließen ihren bisherigen Wohnsitz, so rasch sie konnten. In einem Vorort von Pilares bezogen sie ein kleines Haus.

Den Morgen verbrachte Cástor im Amt. Am Nachmittag ging er mit seiner Frau spazieren, zunächst in der Umgebung. Da diese Landschaft sie jedoch zu sehr an die von Cenciella erinnerte, in ihnen ein Grauen erweckte, gingen sie weiter durch einsame Pfade, auf entlegenen Wegen. Immer war Balbina traurig. Sie blieb die weiße Taube mit den gebrochenen Flügeln. Oft legte Cástor leise seine Hand auf ihre Stirn, als wollte er die böse Saat der bitteren Erinnerung aus ihrem Denken tilgen.

Dankbar flüsterte Balbina: «Deine Hand ist sanft und gut wie der Flügel eines Engels. Aber selbst Engelsflügel können Erinnerungen nicht auslöschen.»

Balbinas Traurigkeit teilte sich Cástor und dem Großvater mit. Sie vertiefte sich noch, als untrügliche Anzeichen darauf hindeuteten, daß Balbina einem Kinde entgegensah.

Die Ungewißheit über die Vaterschaft aber peinigte alle drei gleich stark, obschon niemand den Mut hatte, es zu bekennen.

Cástors Amtskollegen hatten bald das Geheimnis seines Lebens gelüftet. Es verging nun kaum ein Morgen, an dem er nicht in seiner Schreibmappe Karikaturen oder Verse mit Anspielungen fand. Er ertrug alles voll Ergebung, nur von der einen Sorge erfüllt, die Dinge möchten in der Stadt bekannt werden.

Eines Tages aber gab ihm der Großvater heimlich eine Zeitung, wobei er vor Wut stotterte: «Der Blitz soll diesen erbärmlichen Schreiberling treffen!»

In dem Blättchen berichtete ein Provinzliterat von der Schandtat in dem Apfelgarten der Einsiedelei, doch nicht in dem reinen kastilischen Stil der Cid-Dichtung, sondern in dem schlüpferig-ironischen Stil Boccaccios. In dieser Form erreichte die Kunde von der Schmach das Viertel, in dem Cástor und Balbina wohnten.

Sogleich entschloß sich Cástor, durch seine Fachzeitschriften nach einer Sekretärstelle in einem entfernten Orte zu suchen. Er machte sie schließlich in Tejeros, einem Städtchen der Provinz Campos, ausfindig. Er bewarb sich und wartete.

Als sich der Tag von Balbinas Niederkunft näherte, nahm Herr Joaco Cástor beiseite: «Man muß eine Hebamme benachrichtigen.»

«Besser einen Arzt.»

«Nein, nein! Eine Hebamme! Das paßt besser in meine Absichten!»

In Herr Joacos Augen blitzte ein unheimlicher Entschluß. Er fügte hinzu: «Was willst du mit dem tun, das da geboren wird?»

«Ich ... ich ... ich habe gar nichts gedacht», stammelte Cástor.

«Du denkst nie, Cástor!»

Es kam ein Knabe zur Welt. Böses ahnend, ließ die Mutter es nicht zu, daß man das Kind von ihrer Seite nähme oder es irgend jemand anfasse.

Außerhalb des Zimmers flüsterte der Alte Cástor zu: «In jedem Fall muß etwas geschehen ... Es muß verschwinden!»

«Das erlaube ich nicht! Das erlaube ich nicht! Es wäre ein Verbrechen an der unglücklichen Mutter.»

«Und das sagst *du*? Was soll ich sagen, wo *sie* doch schließlich von meinem Fleisch und Blut ist ... Aber du?»

«Es ist Balbinas Sohn, und damit genug. Und außerdem: Was kann das arme Geschöpf dafür?»

Trotz seiner blutrünstigen Pläne verliebte sich der Großvater sogleich in das Kind. Obwohl von Natur nüchtern und hart, wurde er jetzt weich und zärtlich.

Cástor litt mehr den je. Er wollte das Kind lieben, aber er bildete sich immer wieder ein, das sei nicht möglich. Schließlich versuchte er, sich einzureden, er liebe es trotz alledem. Es war jetzt Balbina, die in schweigendem Mitleid mit ihrer Hand seine Stirn streichelte.

Als Balbina wiederhergestellt war, erhielt Cástor den Sekretärposten in Tejeros.

Das Paar beschloß, sofort abzureisen.

Beim Einpacken fragte Balbina ihren Mann: «Kannst du mir helfen, das Kind zu wickeln, damit wir Zeit sparen?»

Sie hielt den Kleinen im Schoß. Das Kind war halb nackt, weinte und strampelte mit seinen rosigen Beinchen. Von bittersüßen Gefühlen überwältigt, neigte sich Cástor über den Kleinen.

Plötzlich erbleichte Cástor. Er wollte sprechen, aber ihm versagte die Stimme.

«Cástor, Cástor!» rief Balbina. «Fehlt dir etwas?»

Cástor winkte den Großvater mit Zeichen herbei. Als er neben ihm stand, begann er seinen Rock aufzuknöpfen, Hemd und Unterhemd abzulegen, bis er eine Seite ganz entblößt hatte. Mit dem Finger wies er auf ein rotes Mal mit gezacktem Rande, das einem Nelkenblatt ähnlich sah. Da legte er den Finger auf ein gleiches Zeichen, das das Kind ebenfalls an der Seite trug. Er küßte Weib und Kind. Sein Herz wollte ihm vor Glück fast zerspringen: Das Kind war sein Sohn!

VII

«Welch unsägliches Glück!» rief Cástor. Er breitete die Arme aus und blickte gegen Himmel.

Sie hatten gerade das Abendessen beendet. Seit einem Jahr wohnten sie in Tejeros, geliebt und geachtet von allen Nachbarn.

Cástor wiederholte: «Welch unsägliches Glück!»

«Ja, ja», erwiderte Balbina und zwang sich, auch ein wenig Glück zu empfinden. «Ich hätte nie gehofft, noch einmal glücklich zu sein nach ...»

Es war, als dringe eine düstere Wolke ins Zimmer. Leise fuhr sie fort: «... nach dem letzten Sonntag unseres wirklichen Lebens.»

«Sei still, sei still!» flehte der Alte.

«Weshalb? Die Tatsache, daß ich wieder davon sprechen kann, ist ein Beweis, daß ich schon fast geheilt bin. Grauenhaft lange war die Zeit, da mir der Kopf brannte, wenn ich nur daran dachte. Ich wäre lieber gestorben, als die Sache zu erwähnen. Ja, wir sind glücklich, Cástor», fügte sie hinzu und drückte seine Hand. «Aber das Sonntagslicht hat noch nicht wieder geleuchtet.»

«Es wird wieder leuchten, Balbina! Vertraue auf Gott!»

«Nur in Amerika leuchtet es immer», brummte der Alte. In diesem Augenblick klopfte es laut an der Tür.

«Herein!»

Der Arzt des Ortes trat ein.

«Wie geht es dem Kleinen? Schläft er schon? Wie geht es Ihnen? Gut?»

Er setzte sich und wischte sich den Schweiß. «Ich bin schlechter Laune. Soeben habe ich einem Reisenden eine Wunde verbunden, die ihm Onkel Berrueco beigebracht hat. Der Mann ist der Vertreter einer Kelterei aus Pilares.»

Herr Joaco, Cástor und Balbina erbleichten.

Der Arzt bemerkte es nicht, sondern fuhr fort: «Was es doch für Menschen gibt! Gott im Himmel! Was für Giftmäuler!» Er blickte dabei vor sich hin. «Dieser Vertreter behauptet, Sie zu kennen, nicht persönlich, aber dem Namen nach. Er fing an, eine gräßliche Klatschgeschichte zu erzählen. Onkel Berrueco, als er sie hörte, haute ihm ein paar herunter. Mit zerbeultem Schädel fiel der Verleumder vom Stuhl.»

Tiefes Schweigen.

Balbina unterbrach es und sagte mit fester Stimme:

«Was der Mann erzählt hat, ist wahr.»

Mit entsetzten Augen sprang der Arzt auf.

«Und die sieben Banditen sind nicht aufgehängt worden?» Voll Sympathie wandte er sich Cástor und Balbina zu. Er ergriff ihre Hände: «Ihr armen Freunde! Welch eine Tragödie!»

In diesem Augenblick erschienen mehrere Nachbarinnen, küßten und umarmten Balbina. Erregt riefen sie durcheinander: «Was für eine Gemeinheit! Was für eine Gemeinheit! So ein Verleumder!»

Balbina fühlte sich plötzlich elend. Sie mußte sich hinlegen. In aller Stille verließen die Nachbarinnen das Haus.

Noch am späten Abend saß Cástor am Kamin, die Ellbogen auf die Knie gestützt, den Kopf zwischen seinen Händen.

Der Großvater trat zu ihm: «Hör zu, Cástor! Weißt du, was ich beschlossen habe? Ich verkaufe meinen gesamten Besitz. Für Garten und Haus werde ich von dem Bürgermeister in Cenciella siebentausend Taler bekommen. Will er nicht zahlen, dann drohe ich ihm, seine Sippschaft und ihn selber ins Gefängnis zu bringen ... Wir gehen nach Amerika. Du bist intelligent und du bist ehrlich. Drüben wirst du reich werden. Balbina wird das Geschehene schließlich überwinden. Wir wollen in eine andere Welt, in eine Welt, die anders ist als die hier. Wir wollen weit, weit, weit fort ...»

VIII

Schon hat das Schiff den Anker gelichtet. Ferner und ferner rückte das Land. Balbina hat ihren Kopf an Cástors Brust gelegt. Das Kind schläft in den Armen des Alten. Das Land verschwindet, jenes verwünschte Land, das wie ein Fluch auf Cástors und

Balbinas Herz lastet. Die Brust atmet freier. Es ist Mittag. Der Himmel rein und wolkenlos. Die Sonne spiegelt sich im Meer.

«Was für ein herrliches Licht!» ruft Balbina.

«Welch ein Tag ist heute? Bei all den Aufregungen der Reise wissen wir es gar nicht mehr», sagt der Großvater.

«Ich weiß es. Heute ist Sonntag», erklärt Cástor. Ein Stewart nähert sich mit Briefen in der Hand. Er ruft die Namen der Empfänger aus: «Justo Matute ... Pedro González ... Cástor Cagigal ...»

Cástor nähert sich dem Stewart. Mit bebender Stimme fragt er ihn: «Ein Brief für mich?» Er war bei den letzten Postsachen, die kurz vor der Abfahrt eingetroffen waren.

Als Cástor die Schriftzüge auf dem Umschlag sah, wurde er sogleich ruhiger. Er hatte die Handschrift von Doña Predestinación erkannt. Mit lauter Stimme las er den Brief seiner Frau und dem Großvater vor:

Mein lieber Cástor!

Ich weiß, daß Herr Joaco hier gewesen ist, obwohl er nicht so höflich war, mich zu besuchen. Er ist ein Grobian. Ich weiß auch, daß ihr nach Amerika geht. Du Undankbarer! Warum habt ihr mir dies nicht geschrieben? Werdet recht glücklich, so glücklich, wie ihr es verdient! Vielleicht hat es euch Herr Joaco erzählt, daß es mit den Becerriles immer mehr bergab geht und daß jetzt die Chorizos am Ruder sind. Und wie sie am Ruder sind! Seit du von hier fort bist, habe ich dich so sehr vermißt ... Ich habe dich wie eine Mutter geliebt, und so werde ich dich immer lieben. Jetzt werde ich weinen. Ich bin ganz allein, so allein, daß ich mich gezwungen sah, eine Entscheidung zu treffen, und du bist der erste, dem ich es gestehe. So höre denn: ich werde Deogracias heiraten.

Wenn man ihn näher kennenlernt, findet man heraus, daß er im Grunde seiner Seele gut ist. Was das Spucken anbelangt, so hat er sich dank meinem ständigen Schimpfen sehr gebessert. Er hat zwar noch nicht gelernt, in den Spucknapf hineinzuspucken, was offenbar sehr schwer ist. Aber er kommt dem Ziel jeden Tag etwas näher. Und vor allem: Was soll eine alleinstehende, kinderlose Frau ohne den einzigen Sohn machen, den ich in dir verloren habe?

Gott segne dich! Gott segne dich! Vergiß ja nicht, mir aus Amerika zu schreiben, und sage mir, ob es stimmt, was die Leute erzählen, daß die Frauen dort nackt in den Straßen herumlaufen. Leb wohl, küsse Balbina und euer Kind, das ich nun nicht kennenlernen werde. Es zerreißt mir das Herz! Leb wohl! Gott segne dich, mein Sohn!

Predestinación Sánchez

«Das paßt zu ihr!» bemerkte der Großvater. «Für alle hat sie Grüße, für mich bloß bissige Bemerkungen! Sie ist selber ein Grobian!»

Ein Passagier setzte sich neben sie. Er bot dem Alten eine Zigarre an und fragte: «Wohin gehen Sie?»

«Wo uns niemand kennt und wo sich niemand um das kümmert, was wir hinter uns lassen», brummte der Alte barsch.

«Die Welt ist klein, und überall weiß jeder von jedem», sagte der Unbekannte. Es war, als spräche er zu sich selbst. Dann lehnte er sich gleichgültig in seinen Liegestuhl zurück.

Nach dreitägiger Fahrt stand Cástor früh am Morgen auf, um sich das Schiff anzusehen. Als er durch die dritte Klasse schlenderte, wo die Auswanderer wie eine Herde zusammengepfercht waren, hörte er seinen Namen rufen: «Don Cástor! Don Cástor!»

Es waren sechs Einwohner von Cenciella mit ihren Frauen und Kindern. «Wir sind aus Cenciella geflohen. Man kann da nicht mehr leben. Sie wissen ja, wie es unter der Herrschaft der Becerriles zuging. Sie wissen es, und auch die arme Balbina weiß es. Aber unter den Chorizos ist es noch viel schlimmer geworden.»

Cástor wollte Balbina nichts von der Begegnung erzählen. Es war ihm, als würde sein Herz durch die unheilbare Schande vergiftet.

Er sagte Balbina nichts, aber zwei Tage später erfuhr sie es selber.

Am zehnten Tage nach der Abreise, um vier Uhr morgens, lief das Schiff auf einen Felsen.

In zehn Minuten hatte das Meer es verschlungen, so rasch, wie Feuer ein Bündel Gras verzehrt.

Unter den wenigen, die man gerettet, waren der Großvater und sein Enkel.

Cástor und Balbina fanden gemeinsam den Tod.

Nachwort

Wie sich der Blick des Dichters aus der Faszination des Morgenlandes löst, sich dem Abendlande zuwendet, wie aus dem Widerspruch der christlichen, maurischen und jüdischen Tradition, die den Gang der iberischen Kultur jahrhundertelang bestimmte, Werke von echt spanischen Gehalten und Formen entstehen – wir können es an den seelischen Bezügen dieser einprägsamen Geschichten ablesen.

Aus den Quellen des Orients schöpfend, vereint Don Juan Manuel (1282–1348) in seinem «Conde Lucanor» (1335) fremdes, darunter indisches, persisches und hebräisches Erzählgut mit dem einheimischen, das er dem Volksmund abgelauscht, durch die eigene Erfahrung bestätigt gefunden hatte. Ebenfalls aus dem Orient ist die dort übliche, in «1001 Nacht» gemeisterte Rahmenerzählung, die Juan Manuel benutzt.

Das künstlerische Mittel der Einkleidung macht Schule. Cervantes beherrscht es in seinen «Novelas ejemplares» in Vollkommenheit. Er nennt sie «Exemplarische Novellen», weil sich «wirklich keine darunter befindet, aus der sich nicht irgendein nützliches Beispiel entnehmen ließe» (Vorrede zu den «Novelas ejemplares»). Den «ejemplo provechoso», das nutzbringende Beispiel, bieten fast alle Erzähler der Frühzeit spanischer Literatur.

Vielleicht weil Juan Manuel seine Geschichten so schlicht und schmucklos dargeboten hat, reizte es spätere Dichter, nicht nur spanische, sie schöpferisch auszuspinnen. Die Schelmengeschichten des «Lazarillo de Tormes» wurden Vorbild für Lesage in seinem «Gil Blas», Calderón de la Barca inspirierten sie zu seinem Schauspiel «La vida es sueño» («Das Leben ist Traum»), und Shakespeare verdichtet sie zur Fabel seines Lustspiels «Der Widerspenstigen Zähmung». Die Phantasie Hans Christian Andersens entzünden die Stücke zu Märchen wie «Des Kaisers neue Kleider»; damit beginnt unser Buch.

Das orientalische Vorbild erweckt, zumal durch romantischen Anreiz, die «novela morisca», den «maurischen Roman»; er ehrt den geschlagenen Gegner, ihn anerkennend, ja bewundernd.

Das Wort «novela» dürfen wir indes nicht allzu eng fassen. Man versteht darunter gleichfalls den «Kurzroman». Auch das Wort für Erzählung, «cuento», läßt mehrere Deutungen zu, von der kurzen Episode im «Conde Lucanor» bis zur weitgespannten Geschichte in der Art des anonymen «Alcalde von Alora und der Abencerraje».

Unter den «maurischen Romanen» hat sie durch den hohen Grad ritterlicher Gesinnung, natürlichen

Takt, durch die verhaltene Gewalt des Wortes nicht ihresgleichen. An echter, überzeugender Liebesglut wird sie von keiner andern spanischen Liebesgeschichte übertroffen. Die «novela ejemplar», die Miguel de Cervantes Saavedra (1547–1616) durch seine reife Erzählkunst auf den Gipfel führt, wird in dieser vollendeten Form richtunggebietend für die gesamte spanische Novellistik des 17. Jahrhunderts. Wie «Die Macht des Blutes» sind alle Stücke angelegt: etwas Ungewöhnliches, Unerwartetes geschieht gleich zu Anfang. An Verwicklungen wird nicht gespart. Spannung peinigt den Leser. Dann löst sich alles harmonisch auf, nie tragisch – das würde der Anlage dieser Erzählgattung widersprechen. Die Katharsis schenkt die Nutzanwendung, den «ejemplo provechoso». Durch ihren sittlichen Ernst unterscheidet sich die beispielhafte Novelle von der italienischen «novella» zur Zeit der Renaissance. Boccaccio frönt einer unbändigen Lust am Erzählen um des Erzählens willen. Cervantes und seine Nachfolger beugen sich vor einer moralischen Norm.

Freilich konnte nur ein wirklicher Meister der ständig drohenden Gefahr begegnen, der Versuchung nämlich, seine Kunst zur Kanzel der Moral zu machen. In der Geschichte «Unverhofft kommt oft» von Juan Pérez de Montalbán (1602–1638) wird dies gezeigt. Im «Studentenglück» von Isidro de Robles, geschrieben 1666, mildert gezügelte Einbildungskraft das Unwahrscheinliche des Vorfalls.

Einer anderen Erzählung merkt man das dramatische Talent ihres Urhebers an. In der Geschichte, die «Eifersucht bis in den Tod» betitelt ist, setzt Lope Félix de Vega Carpio (1562–1635) – dies der volle Name des berühmten Dramatikers – szenenhaft die Akzente. Die Geschichte ist eine von vieren, zu denen den Dichter seine junge Geliebte, Doña Marta de Nevares Santoyo, angeregt hatte.

In den Erzählformen des 15. und frühen 16. Jahrhunderts: Ritterroman, Schäferdichtung und «novela morisca», überwiegt eine idealisierende Tendenz. Im Gegensatz zu ihr die betont realistische Haltung der «novela picaresca». Dieser Schelmenroman ist die ureigene Schöpfung des spanischen erzählerischen Genius.

Lazarillo de Tormes war bereits eine volkstümliche Figur im Lied, als ihn ein unbekannt gebliebener Autor zum Helden eines Buches macht; es erscheint zum ersten Male im Jahre 1554. Auf den Seiten des schmalen Bandes trägt der kleine Lazarus die bitteren Erfahrungen seiner Jugend in der Ichform vor. Das war das technisch Neue des Romans, eine der Ursachen für dessen Frische und Unmittelbarkeit. Lazarillo de Tormes redet, wie ihm der Schnabel gewachsen ist. Und er verhehlt dabei weder seine Fehler noch seine Tugenden. Indem er, der zwar nicht kreuzbrav, aber beileibe nicht böse ist, die Herren lebendig-nah schildert, denen er gedient hat, vermittelt er uns ein vielfarbiges Bild der spanischen Gesellschaft des 16. Jahrhunderts: Geistlichkeit, Adel und Beamtenschaft. Das Volk ist ohnehin stets gegenwärtig. So wird das Buch zum ersten, weithin wirkenden Sittenroman.

Begreiflich bei dem raschen und anhaltenden Erfolg, daß man wissen will, wer das mit Kunst und Lustigkeit geschriebene Buch eigentlich verfaßt habe. Noch zu Anfang des vorigen Jahrhunderts stand auf dem Titelblatt als gesicherter Name der von Diego Hurtado de Mendoza (1503–1575). Heute zweifelt man, und gewiß nicht grundlos, daß sich dieser kultivierte Staatsmann, der sein Land auf dem Konzil von Trient vertrat, das anspruchslos-natürliche Volksbuch ausgedacht habe. Zu wenig kannte er wohl die niedrigen Volksschichten, um sie uns packend und zutreffend zu schildern, zu wenig auch die elenden Schenken und Herbergen, um uns ihr klirrendes Durcheinander durch Lazarillo de Tormes zeigen zu lassen. Eher möchte man den Hieronymitermönch Juan de Ortega für den Verfasser halten. In einer 1605 veröffentlichten Geschichte seines Ordens ist davon die Rede, Fray Juan habe das kleine Werk «dank seiner liebenswürdigen und heiteren Persönlichkeit» geschrieben, als er Student in Salamanca gewesen sei. Abgelehnt hat die jüngste Forschung diese Möglichkeit nicht, sie hat aber auch noch andere Namen in die Debatte geworfen, den des Schauspielers Lope de Rueda, des Dichters Sebastián de Horozco, um nur diese zu erwähnen.

Bündige Beweise für die Autorschaft fehlen in jedem Falle. Als einzig sicher wird angenommen, daß der zweite Teil des «Lazarillo de Tormes», der im Jahre 1555 erschienen ist, nicht von dem selben Verfasser herrühren könne. Dafür sei die Fortsetzung zu talentlos, zu unwirklich, ein Rückfall in die Praktiken der Ritterromane. In unserm Buch ist daher auf den zweiten Teil verzichtet worden.

Als der «pícaro», der Schelm, literaturfähig geworden war, sind ihm bis zum heutigen Tage eine Unzahl verwandter Gesellen nachgefolgt. Weniger harmlos als Lazarillo sind Guzmán de Alfarache, dessen ans Verbrecherische grenzende Streiche uns Mateo Alemán mitteilt, oder jener Pablo, mit dem uns Quevedo in der «Vida del Buscón» («Leben des Gauners») bekannt macht. Die «pícara» als weibliches Gegenstück zum «pícaro» stellte sich ebenfalls bald ein. Als «Pícara Justina» eines unbekannten Autors (vielleicht Andréas Pérez de León?) streift sie sorglos abenteuernd umher, als «Hija de Celestina» («Tochter der Celestina») oder als «Ingeniosa Helena» («Listenreiche Helene») schickt sie Alonso de Salas Barbillo auf raffinierten Männerfang.

Es ist ein Franzose, Alain-René Lesage (1668 bis 1747), der dem Lazarillo die Tore zur Welt öffnet. Er hat den Kastilier in Gil Blas von Santillana umgetauft. Gleichfalls in der Ichform erzählt dieser sein Leben, das ihn auf mehr krummen als geraden Wegen durch alle Stände Frankreichs führt. Aus dem spanisch-nationalen Lazarillo de Tormes wird ein allgemeingültiger Typus, der in jedem Volke und Raume denkbar ist. In Frankreich ist er liebenswürdig-verbindlich, schließlich nur darauf aus, als geachteter Mann eine gesicherte Rente zu verzehren. In England, wo Fieldings Tom Jones, Smollets Peregrine Pickle zur selben Familie gehören, sind die abenteuernden Nachfahren Lazarillos naturwüchsige, nicht immer umgängliche Burschen. In Holland, wo der Dramatiker Brederoo den «pícaro» auf die Bühne bringt, zeigt er sich polternd, bramarbasierend. In Deutschland aber wird der «Landstörtzer» – wie man den deutschen Schelm nennt – verinnerlicht durch Grimmelshausen in seinem «Simplizissimus». Ist im «Lazarillo de Tormes» alles locker, eher zufällig zusammengefügt, so ordnet sich im «Simplizissimus» das Einzelne zu einem sorgfältig komponierten Ganzen. Bleibt der spanische Schelm zum Schluß der Geschichten der gleiche, der er am Anfang gewesen, so nicht sein deutscher Vetter. Er wandelt sich durch sein Schicksal, wird reifer, tiefer in seiner Menschlichkeit.

Mit dem ausgehenden 17. Jahrhundert erlahmte die Schöpferkraft des spanischen Genius. Epigonen zehren vom Erbe, wandeln unermüdlich die gesicherte Form ab, zumal die der Schelmengeschichte. Den bunten Reigen der «Pícaro»-Gestalten mehrt Pater Francisco Islas um den Geistlichen in seiner «Historia del famoso predicador Fray Gerundio de

Campazos, alias Zotes» («Geschichte des berühmten Predigers Fray Gerundio de Campazos, alias Zotes»). Die Verspottung des falschen Predigertums in dieser einzigen überragenden Erzählung des 18. Jahrhunderts entspricht dessen satirisch-burleskem Grundzug. In der Erzählung «Nachtwache» von Ramón de Mesonero Romanos ist von solchem Geist noch etwas zu spüren.

Es bedurfte des erweckenden Impulses aus dem Auslande, um die schwindende Schaffenslust neu zu beleben. Um 1833 erreichte der Wogenschlag der Romantik die Iberische Halbinsel. Die deutschen Romantiker vermittelte der rührige Hamburger Konsul J. N. Böhl de Faber, dessen Tochter, die 1796 in der Schweiz geborene Cecilia Böhl de Faber, unter dem Pseudonym Fernán Caballero den ersten regionalistischen Roman schrieb: «La Gaviota»* (wörtlich «Möwe», hier der Spitzname der Titelheldin). Mit dieser eindringlichen Schilderung des andalusischen Volkslebens, bereichert durch das glückliche Einbeziehen von Lied und Legende, begründet Fernán Caballero eine Richtung der spanischen Literatur, die auch für die Erzählung wegweisend wird: den Regionalismus.

Die Begegnung mit der Romantik wird zum fruchtbaren Austausch. Neben den deutschen Dichtern fordern englische, wie Walter Scott, Byron, französische, wie Chateaubriand und Hugo, italie-

* In der Manesse Bibliothek der Weltliteratur

nische, wie Manzoni, ihren Tribut. Er wird nicht lange geleistet. Nach dem Norden strömt alsbald die schöpferische Fülle des «Goldenen Zeitalters». In unsern Breiten setzen sich die Brüder Schlegel für das Drama der «Edad de Oro», insbesondere für Calderón ein, Jakob Grimm für die Romanceros. Clemens Brentano überträgt die Novellistik jenes fruchtbaren Jahrhunderts.

Zu eigenwillig und auch zu selbständig ist das Denken des Spaniers, als daß es nicht der fremden Einflüsse bald Herr würde und sie in seinem Sinne umformte. Charakteristische Tendenzen der Romantik, ihr betont nationales Bewußtsein, ihr liebevolles Pflegen der Tradition, vornehmlich der im Volke wurzelnden, trafen sich mit spanischen Bestrebungen, wie ihnen der «costumbrista», der ausharrende Schilderer einheimischer Sitten und Gebräuche, längst nachhing. Der Regionalismus ist also eine Akzentverschiebung. Eine bestimmte Landschaft, ein bestimmtes Dorf werden zum Gegenstand der Kleinmalerei; sie hält weiter deren Menschen mit minuziösem Pinselstrich fest. Ein Wort Ortega y Gassets über den Roman, daß man in Spanien nicht erfinde, sondern beobachte, gilt in hohem Maße von der Erzählung. Eigentümlich für die Pyrenäenhalbinsel sind gleichfalls die «kulturellen Verspätungen», von denen Ramón Menéndez Pidal spricht. Sie fallen ins Auge bei der Romantik und später beim Realismus. Indes ist ebenso überraschend, wie schnell es dem iberischen Genius gelingt, die Verspätung «aufzuholen», Meisterwerke in der neugewonnenen Formsprache zu schaffen.

Die spanische Romantik feierte ihre Triumphe hauptsächlich in der Lyrik (José de Espronceda) und im Roman (Mariano José de Larra, Enrique Gil y Carrasco), doch geschieht es nicht auf Kosten der Erzählung. Ihre sittenschildernde Absicht, diesmal auf die Hauptstadt gelenkt, verdeutlicht «Eine Nachtwache». Ihr Verfasser, Ramón de Mesonero Romanos, 1803 in Madrid geboren und dort 1882 gestorben, war bis zu seinem dreißigsten Lebensjahre Kaufmann, dann nur noch der kritisch-scharfe Chronist der Metropole. Er führte den «costumbrismo» auf den Gipfel in seinen «Escenas matritenses» («Madrider Szenen»). In ihnen greift er «das Laster an, nicht den Lasterhaften», wie das auch in der «Nachtwache» der Fall ist, die offenbar auf Erfahrung fußt, jetzt vom Dichter ironisch durchleuchtet.

Des Andalusiers Juan Valera eigentliches Feld ist der Roman. In «Pepita Jiménez» * fesselt uns die Zeichnung der tragenden Frauengestalt, eben Pepita Jiménez, die Darstellung des Konfliktes zwischen göttlicher und irdischer Liebe mehr als das andalusische Leben, obschon es farbenfroh das Buch durchbebt. Valera (1824–1905), der vielgereiste Diplomat – er weilte in fast allen Teilen Europas, im Orient, in Amerika –, ist daher eher als einfühlender

* In der Manesse Bibliothek der Weltliteratur

Psychologe anzusprechen denn als «costumbrista». Spaniens großer Kritiker Marcelino Menéndez y Pelayo sagt von ihm mit Recht, er sei der «gebildetste, der griechischste, der erfreulichste, der entzückendste unter unsern Schriftstellern». Die Erzählung «Der grüne Vogel» bezeugt es; in ihr versah Valera altspanisches Märchengut aufs wunderlichste mit zeitgenössischem Kolorit, wenn er etwa «Königin Victoria in Person» hineinwebt.

Aus dem reichen Born der im Volke lebendigen Legende hat Gustavo Adolfo Bécquer (1836–1870) seine Erzählung «Meister Pérez, der Organist» geschöpft. Bécquer ist der Enkel einer Deutschen. Nach ihr hat er sich genannt; denn mit wirklichem Namen hieß er Domínguez Batista. In Sevilla als Sohn eines Malers geboren, wird Bécquer mit zehn Jahren Waise. Mittellos treibt es ihn 1854 nach Madrid. Die untergeordnete Sekretärstelle in einem Ministerium, die ihm Freunde vermitteln, verliert er, kaum daß er sie angetreten; sein Vorgesetzter hat ihn beim Dichten überrascht, ihn kurzerhand entlassen. Als er sich nach einer unglücklichen Liebesaffäre 1861 verheiratet, fügt die Ehe seiner Armut und Krankheit – Bécquer war tuberkulös – neues Leid zu. Seinen Ruhm hat er nicht mehr erlebt; er starb, als er die erste Ausgabe seiner Legenden vorbereitete. Sein Hauptwerk sind jedoch nicht die von Heine mitgeprägten Legenden, sondern die «Rimas» («Reime»).

Béquers Schicksal, eigentümlich für so manchen romantischen Schriftsteller, ist in Spanien ungewöhnlich. Meist bewahrt den Spanier seine Nüchternheit vor Exzessen, seine offenkundige Fähigkeit, Sein und Schein zu unterscheiden. Diese Anlage hat in der romantischen Epoche dafür gesorgt, daß der Sinn für das Wirkliche nie ganz verblaßte. Eine betont realistische Sicht beherrscht das Werk von Benito Pérez Galdós *. Ähnlich wie Balzac bevölkert Pérez Galdós die Welt mit seinen, eben Galdósschen Gestalten. Der spanische Mittelstand lieferte ihm die Vorbilder. Aus dessen Perspektive werden das einfache Volk und der Adel, wird Spaniens Geschichte beurteilt.

Von Las Palmas de Gran Canaria, wo Benito Pérez Galdós im Jahre 1843 das Licht der Welt erblickte, kam er als Neunzehnjähriger nach Madrid. Dort studierte er, ohne sich besonders auszuzeichnen, Jurisprudenz. Schon bald entdeckte er seine eigentliche Berufung. Ihr, der Erzählkunst, widmete er dann sein Leben. Als er 1912 erblindete, nahm er seine Zuflucht zum Diktat. In seinen Romanen, Erzählungen und Dramen tritt dieser vielleicht größte neuere Meister Spaniens für Freiheit und Toleranz ein. Der künstlerische Wert seiner Bücher hat fast nie darunter gelitten. Von seinen Romanen ragen die «Episodios nacionales» (46 Bände, 1873–1921)

* Von Pérez Galdós ist «Amigo Manso» in der Manesse Bibliothek erhältlich.

hervor. In ihnen hat er die politische und soziale Geschichte Spaniens im 19. Jahrhundert dargestellt. Die Weihnachtserzählung «Der Ochse und der Esel» ist ein Kabinettstück liebevoller Einsicht in die Welt des Kindes.

Doña Emilia Pardo Bazán (1851–1921) veröffentlichte schon mit siebzehn Jahren literaturkritische Essays, die Aufsehen erregten. Eine hitzige Diskussion entfachte sie durch ihre Schrift «La cuestión palpitante» («Die brennende Frage»), in der sie den Naturalismus verteidigte. Zola dankte ihr in überschwenglichen Worten. Indes blieb die Dichterin ihren Thesen nicht lange treu. Sie wandte sich dem Realismus zu, weil «dessen Ideal umfassender und vollkommener» sei als der tragende Gedanke des Naturalismus. In der Erzählung «Der Blutstropfen» verblüfft uns die beinah unweiblich durchdringende Art der Beobachtung, die kühle Logik. Und doch ist die Geschichte ein treffendes Beispiel für Darstellung, Stil und Denkweise der Pardo Bazán.

Verbrachten Pérez Galdós und Doña Emilia Pardo Bazán ihr Leben größtenteils fern ihrer Heimat in Madrid, so Leopoldo Alas das seine in der Provinz Asturien, wo er 1852 geboren wurde. Unter dem Pseudonym «Clarín» («Trompete») erklang früh von Oviedo der angriffslustige Ton seiner satirisch-kritischen Artikel. Von Claríns gewichtigem Roman «La Regenta» («Die Regentin»), das Leben in einer rückständigen Provinzstadt (Oviedo) schildernd, erklärte Pérez Galdós, er sei «ein glückliches Exempel des wiedererstandenen Naturalismus». Wie bei der Pardo Bazán aber wandelte sich Claríns Stil. Er wird schlichter, eindringlicher. Beobachtet im Sinne Ortega y Gassets ist gewiß die Handlung der Erzählung «Die beiden Gelehrten». Im Hauptberuf war nämlich Leopoldo Alas Professor für Rechtswissenschaft. (Was auch in den Rechtsgrundsätzen der Geschichte zu spüren ist!) Er kannte also die Eifersüchteleien seiner Kollegen. In Oviedo ist Clarín 1901 verschieden.

Am Anfang seiner literarischen Laufbahn hat Armando Palacio Valdés (1853–1938) seinem asturischen Landsmann Alas bei dessen Angriffen sekundiert. Zusammen brachten sie ihre kritischen Schriften heraus. Mit der Zeitschrift «Freies Volk» im «Interview mit Prometheus» scheint Palacio Valdés auf seine eigene Zeitschrift, die «Revista Europea», führend im letzten Viertel des 19. Jahrhunderts, anzuspielen. In Ironie steht er Clarín nicht nach; doch mildert ein warmherziger Humor ihre Schärfe. Von den teils naturalistischen, teils realistischen Romanen, in denen er die seelischen Konflikte ebenso sicher zu deuten weiß wie die regionale Eigenart zu schildern, hat ihn «La hermana San Sulpicio» («Die Schwester San Sulpicio»), Schauplatz Andalusien, neben Blasco Ibáñez zum meistgelesenen spanischen Schriftsteller im Auslande gemacht.

Doña Blanca de los Ríos y Nostench (1862–1950)

stellte sich zuerst als Lyrikerin vor. Ihre Stärke liegt jedoch weniger auf diesem Feld als in der Erzählung und in der Literaturkritik. Wie Hartzenbusch hat sie besonders das Drama der «Edad de Oro» erforscht. Ihr Buch über Tirso de Molina und die textkritische Ausgabe seines Werkes überraschten durch neue Gesichtspunkte in der Datierung der Stücke wie bei der Biographie des Dichters. Mit dem Roman «La niña de Sanabria» («Das Mädchen von Sanabria») gesellt sich Blanca de los Ríos zu den «regionalistas», wie sie denn viele ihrer Geschichten in ihre andalusische Heimat verlegt hat. Indes versteht sie es auch, wie in der Geschichte «Der Spiegel», das Madrider Milieu überzeugend einzufangen.

Zu Beginn des 20. Jahrhunderts ist die spanische Erzählkunst voll entfaltet. Dichterinnen wie Emilia Pardo Bazán, Dichter wie Pérez Galdós, Armando Palacio Valdés stehen im Zenit ihres Schaffens. Anregung gewährt jetzt die Lyrik der französischen Parnassiens, der Symbolisten. Den geistigen Landgewinn sichert der aus Nicaragua stammende Rubén Darío * durch seine in Wahrheit revolutionierenden sprachlichen Mittel, seine neuen lebensträchtigen Formen. Soweit es die Prosa betrifft, vernehmen wir das Echo vor allem in den Romanen und Erzählungen Valle-Incláns.

Am gleichen Karibischen Meer, wo Darío zu

* Siehe «Unter dem Kreuz des Südens» in der Manesse Bibliothek.

Hause, erlebt Spanien 1898 jene politisch-militärische Demütigung, die es seine letzten amerikanischen Besitzungen kostet. Überraschend wird es von den USA besiegt. Die Selbstbesinnung, welche die unerwartete Niederlage auslöst, ruft jene Schriftsteller auf den Plan, die wir heute als «Generation von 98» zusammenfassen. In unserer Anthologie gehören ihr an: Miguel de Unamuno (1864–1936), Ramón del Valle-Inclán (1870–1936), Pío Baroja (1872–1956) und José Martínez Ruiz («Azorín», 1874–1967). Kaum ideologisch, doch zeitlich wird ihr Vicente Blasco Ibáñez (1869–1928) zugezählt, hingegen zur nachfolgenden Generation Ramón Pérez de Ayala (1881–1962). Wie in jedem geistigen Bezirk wollten die «Achtundneunziger» auch in der Literatur die provinzielle Enge sprengen, «europäischer» werden, obschon es gerade hier weniger nötig war, als sie vermuteten. In ihrem Ausdruck verschieden, ist gemeinsam für die «Generation von 98» ihre Herkunft aus der Provinz, aus Familien des bürgerlichen Mittelstandes. Daher ihr Protest gegen die Provinzialität.

Miguel de Unamuno, im Norden Spaniens, in Bilbao, geboren, studierte Philosophie und Rechtswissenschaft, bevor ihn die altehrwürdige Universität von Salamanca als Professor der griechischen Sprache berief. Mit dieser Universität blieb er sein Leben lang, viele Jahre als ihr Rektor, verbunden. Aus dieser Stellung wird er, der «unruhigste Frager

Spaniens», von Primo de Rivera auf die abgelegene Insel Fuerteventura im Kanarischen Archipel verbannt. Im Triumph nach Frankreich entführt, kehrt er, als der Diktator gestürzt ist, nach Salamanca zurück. Unbeugsamer Individualist, wird ihm die Entscheidung im Bürgerkrieg durch den Tod, am letzten Tage des Jahres 1936, abgenommen.

Miguel de Unamuno ist in erster Linie Essayist, und als solcher erschließt er uns spanische Wesensart wie kein anderer seiner Zeitgenossen und selbst wie später Ortega y Gasset nicht. Wieder und wieder kreisen Unamunos Gedanken um Spanien. Dessen Seelengrund symbolisieren für ihn Don Quijote und Sancho Pansa, wobei er, um diesen Grund auszuloten, Don Quijote mit Ignatius von Loyola in Parallele setzt. In dem Essay «Del sentimiento trágico de la vida» tritt er aus der Perspektive des Todes für dieses «tragische Lebensgefühl» als spezifisch spanischen Auftrag ein. Damit trennt er, der sich mehrfach als «Achtundneunziger» wandelt, Spanien geistig vom übrigen Europa. Seine Kultur vermöge den Widerspruch von Zeit und Ewigkeit, wie ihn ein Spanier erlebe, nicht zu harmonisieren. Es heißt von Unamuno, er konstruiere seine Dramen, Romane und Erzählungen, deren Figuren seien nur die Träger seiner Ideen. Ob man dem beipflichten will oder nicht – in Geschichten wie «Ein ganzer Mann» fesselt er uns bis zum letzten Satz.

In dieser Erzählung fallen, wie öfter bei Unamuno, scharfe Worte gegen den Adel. Ramón del Valle-Inclán hingegen fühlt sich durch sein verwandtes aristokratisches Wesen zu ihm hingezogen. Empfand er sich nicht selber als «Marqués de Bradomín», den Helden seines Hauptwerkes, den «Sonatas» («Sonaten»)? Die vielen Anekdoten über ihn bekräftigen es. In Puebla del Caramiñal oder in Villanueva de Arosa, in der Provinz Galicien, geboren, verbringt Valle-Inclán nach Reisen in Mexiko sein Leben in Madrid. Dort wird er zu einer stadtbekannten Persönlichkeit. «Er war die beste Maske, die je auf zwei Beinen die Calle de Alcalá kreuzte», bekennt Ramón Gómez de la Serna in seiner ausgezeichneten Biographie des Dichters. Individualist wie Unamuno und ein erklärter Gegner jedweder Gewalt, hat er seine freimütige Kritik an den politischen Verhältnissen wiederholt mit Gefängnis gebüßt. In seiner Kunst ist Valle-Inclán häufig dem Grenzbereich zwischen Rationalem und Irrationalem zugeneigt. Sein Zwielicht beherrscht die stimmungsstarke Erzählung «Furcht».

Ein Baske, wie Unamuno, ist Pío Baroja. Er bezeichnete sich selbst als einen «demütigen, irrenden Menschen». Elizabide, in der gleichnamigen Geschichte, umkleidet er mit seinen Zügen, doch lauert bei diesem und bei anderen Gestalten Barojas: Zalacaín, Silvestre Paradox, hinter dem Zögernden die Lust zum Abenteuer, der «hombre de acción», ein nach Handlungen dürstender Mensch. Denn: es sei die Tat um der Tat willen das Ideal des gesunden und starken Mannes, im Abenteuer aber melde sich der Gestaltungswille des Lebens. Pío Baroja, ursprünglich Landarzt, dann, weil einträglicher, Bäcker, vernachlässigt mitunter die Form. Raffinierter Stilkunst in der Art von Valle-Inclán oder Azorín abhold, achtet Baroja eher auf den Rhythmus. Es ist der harte, unmißverständliche des Tambours, das Staccato von Morsezeichen.

Azorín (José Martínez Ruiz), früh aus Monóvar, einem Dorf in der Provinz Alicante, nach Madrid verschlagen, drängt wie die andern Vertreter der «Generation von 98» in die Politik. Wiederholt Abgeordneter, wird er Unterstaatssekretär des Erziehungsministeriums, als die konservative Komponente, die in jedem Spanier über den Revolutionär, der für die republikanische Staatsform gekämpft hatte, Oberhand gewinnt. Von den zahlreichen Pseudonymen: «Cándido», «Ahrimán», die sich Martínez Ruiz zulegte, behält er schließlich nur «Azorín» bei; Antonio Azorín hieß der Titelheld eines seiner Romane. Eigentümlich für diesen Meister der Miniaturmalerei ist die wenig straffe Fabel. «Das Leben», sagte er, «ist keine Fabel. Es ist mannigfaltig, verschiedenartig, wellenförmig, voller Widersprüche.» Das abwartende Schweigen in der Geschichte «Ein Brief aus Spanien» sorgt für die Spannung. Das Flüchtige der Zeit, das Vergängliche,

Ungewisse löst sie aus mit zwingender, unheimlicher Gewalt.

Azoríns politischer Hang findet nur selten einen Niederschlag in seiner Kunst. Anders bei Vicente Blasco Ibáñez. Ihm war Politik sittliche Verpflichtung, allgemein verbindlich und daher nicht nur als spanische Angelegenheit in den Cortés vertretbar. Der kosmopolitische Aspekt dieser Haltung verstärkt sich bei dem alternden Dichter. Siebenmal ist er Abgeordneter gewesen, dreißigmal hat er wegen seines republikanischen, die Völker verbindenden Ideals im Gefängnis gesessen, dann entfloh er aus Spanien. Ihm war es nicht nur um das Wort zu tun, und daran müssen wir bei seinem umfassenden literarischen Werk stets denken. Er wollte verwirklichen, wofür er stritt. In den fünf Jahren seines Aufenthalts im südlichen Amerika gründete Blasco Ibáñez, spanischer Tradition getreu, Städte, Siedlungen. Als praktischer Landwirt ist er ein Kolonisator großen Stils. Der Emigrantenroman «Los Argonatas» («Die Argonauten») wird die Frucht dieser Tätigkeit. Er gehört zur vierten der vom Dichter selbst unterschiedenen Schaffensperioden. Zur ersten rechnet er den unter Zolas Einfluß entstandenen sozialen Roman «La Barraca» («Die Baracke»), zur zweiten den Thesenroman «Sangre y Arena» (unter dem Titel «Blutige Arena» ins Deutsche übertragen), zur vierten den Kriegsroman «Los cuatro jinetes del Apocalipsis» («Die vier apokalyptischen Reiter»). In Erzählungen aus seiner Heimat Valencia, von den Bauern und Fischern der Huerta, erfüllt er den von Cecilia Böhl de Faber einst begründeten Regionalismus. Aus diesem Kreis die Geschichte «Zwei Fliegen auf einen Schlag».

Bewundernder Schüler von Galdós und Clarín (und von diesem nicht nur in literarischer Hinsicht, sondern auch als Student der Rechte), wendet sich Ramón Pérez de Ayala zeitig dem Roman zu. Mit sechsundzwanzig Jahren erscheint sein Erstling «Tinieblas en las cumbres» («Finsternis auf den Gipfeln»). Ihm folgen der Madrider Künstlerroman «Troteras y danzaderas» («Dirnen und Tänzerinnen»). In beiden betont realistischen Büchern weicht er den Zeitfragen, zumal den sozialen, nicht aus. Kritik an der Gesellschaft Jesu übt er in dem Roman «A(d) M(ajorem) D(ei)». Das Problem der Ehre, stets dem Spanier auf den Nägeln brennend, packt er in Romanen wie «Tiger Juan» und «El curandero de su honra» («Der Arzt seiner Ehre») an. Es ist das Thema unserer Geschichte «Das Sonntagslicht».

Seine Gedichte hat Pérez de Ayala in dem Band «El sendero innumerable» («Unzählige Pfade») gesammelt, seine politischen Aufsätze unter anderm in «Política y toros» («Politik und Stiere»). Für einen Künstler, der in einem Meisterwerk wie «Belarmino y Apolinio» vorurteilsfrei Gewissensfragen des Glaubens darzustellen wagte, war kein Platz im diktatorischen Spanien. Er wanderte damals nach Argentinien aus.

So ist denn die Erzählkunst nicht nur ein getreuer Spiegel des spanischen Charakters. Hinter den Geschichten und zunehmend mit jeder Generation verbergen sich innere Spannungen einer großen, verkannten Nation.

Albert Theile

Inhalt